INIMIGO IMORTAL

INIMIGO
MORTAL

TIGEST GIRMA

INIMIGO IMORTAL

Tradução
Thaís Britto

1ª edição

Galera
RIO DE JANEIRO
2025

PREPARAÇÃO
Leandro Tavares

REVISÃO
Laís Curvão
Paula Prata
Rodrigo Rosa de Azevedo

DIAGRAMAÇÃO
Abreu's System

TÍTULO ORIGINAL
Immortal Dark

CIP-BRASIL. CATALOGAÇÃO NA PUBLICAÇÃO
SINDICATO NACIONAL DOS EDITORES DE LIVROS, RJ

G437i

Girma, Tigest
    Inimigo imortal / Tigest Girma ; tradução Thaís Britto. – 1. ed. – Rio de Janeiro : Galera Record, 2025.

    Tradução de: Immortal dark
    ISBN 978-65-5981-581-4

    1. Ficção etíope. I. Britto, Thaís. II. Título.

25-95734
    CDD: 892.8
    CDU: 82-3(397)

Gabriela Faray Ferreira Lopes – Bibliotecária – CRB-7/6643

Copyright © 2024 by Tigest Girma

Mapa e brasão da universidade, copyright © 2024 by Virginia Allyn

Arte da capa, copyright © 2024 por Jessica Coppet. Design da capa por Jenny Kimura.
Capa, copyright © 2024 por Hachette Book Group, Inc.

Todos os direitos reservados.
Proibida a reprodução, no todo ou em parte, através de quaisquer meios.
Os direitos morais da autora foram assegurados.

Texto revisado segundo o Acordo Ortográfico da Língua Portuguesa de 1990.

Direitos exclusivos de publicação em língua portuguesa somente
para o Brasil adquiridos pela
EDITORA GALERA RECORD LTDA.
Rua Argentina, 120 – Rio de Janeiro, RJ – 20921-380 – Tel.: (21) 2585-2000,
que se reserva a propriedade literária desta tradução.

Impresso no Brasil

ISBN 978-65-5981-581-4

Seja um leitor preferencial Record.
Cadastre-se e receba informações sobre nossos
lançamentos e nossas promoções.

Atendimento e venda direta ao leitor:
sac@record.com.br

Para as meninas negras que sempre se encantaram pela beleza sombria dos vampiros. Desta vez, os imortais se parecem conosco.

&

Para minhas garotas habesha que ousam ocupar novos e maravilhosos espaços. Mantenham a cabeça erguida e deixem que vejam vocês.

Aviso de conteúdo: Inimigo imortal *explora o mundo selvagem dos vampiros e os humanos que tentam sobreviver a ele. Além disso, apresenta alguns temas pesados, como abuso parental, consumo de sangue, morte, violência sangrenta, assassinato, conteúdo sexual, linguagem ofensiva, ideação suicida e violência. Leitores, por favor, tenham consciência disso antes de pegar seu convite. As portas da Universidade Uxlay estão agora abertas para vocês.*

"ጨለማ ደርባባነት ያለው እንግዳ ሲሆን ቀስ ብሎ ነው የሚበላህ"

A ESCURIDÃO É UMA CONVIDADA GRACIOSA.
DEVORA VOCÊ AOS POUCOS.

Traduzido dos textos em amárico que foram
destruídos na Fogueira do Abismo.
País de origem: Etiópia.

PRÓLOGO

Visíveis apenas pela luz das velas à janela da Universidade Uxlay, um campus tão antigo quanto as criaturas que abrigava, uma reitora e seu vampiro jaziam sentados em meio a uma conversa particular.

Eles analisavam um pergaminho que expunha a planta detalhada da cidade e, em especial, a gota de sangue que começava a desaparecer perto da catedral. O mapa era um dos tesouros favoritos da reitora, passado em sua família de geração em geração antes de todos os aparatos do tipo serem destruídos. Ela nunca superaria essa perda.

Antes de desaparecer sobre o papel amarelado, o sangue deu origem a três letras que formaram a palavra "mot". Morte.

— Silia Adane está morta — disse a reitora, exatamente uma hora depois de se sentarem ali.

Seu vampiro juntou a ponta dos dedos e respondeu em aáraco. Para um idioma morto, ele tinha uma potência de vida fora do normal, como se fosse uma serpente agitada a dançar sobre a língua.

— Então é verdade. O testamento com a herança está em vigor.

A reitora afastou a cadeira e caminhou até a janela. A noite avançava da floresta, os longos dedos envolvendo as Torres Arat e suas estátuas enlutadas no topo. Uma luz dourada emanava da boca aberta da escultura do leão, incrustada em uma das paredes de pedra. Cada um dos animais ganhava vida para iluminar os corredores e halls de entrada.

— Ainda há mais duas da linhagem Adane — disse ela.

— Você quebraria a promessa que fez a ela? Achei que fosse sua amiga querida.

A reitora franziu as sobrancelhas grossas. Seu vampiro gostava de agir com honestidade e crueldade na mesma medida. Mesmo quando mais nova, isso já era o que a reitora mais desgostava nele.

Era lógico que não queria quebrar a promessa. O sangue de Silia tinha se esvaído do mapa durante semanas. Ela havia sido infectada por uma doença rara que nem mesmo a Uxlay seria capaz de curar. A reitora insistira para que Silia trouxesse as duas sobrinhas de sabe-se lá onde se escondiam para que passassem o legado da família a uma delas antes que fosse tarde demais. A teimosia, no entanto, era a maior sina de todos os Adane.

Silia Adane buscou a liberdade a um custo inacreditável, um tanto egoísta até, ainda que não para si mesma. Catorze anos atrás, após a morte da irmã e do cunhado, Silia desaparecera no meio da noite e levara consigo as sobrinhas gêmeas. A reitora perdoara que tivesse traído sua responsabilidade por um único motivo — luto.

O luto tinha a própria maneira de arrancar pela raiz o senso de dever. Foi por isso que a reitora o elegera o principal inimigo a ser dominado. Aquele também era o motivo de estar ali, planejando os próximos passos, e não ao lado da amiga falecida. Não era o momento de fraquejar. Ser dotada desse controle era a razão pela qual conseguia administrar um campus onde a paz se mantinha entre inimigos naturais. E a paz não iria durar se o testamento dos Adane se concretizasse.

A reitora decidiu não contar ao seu vampiro que se arrependia da promessa. Na época, parecera justificada. O que importava se ninguém jamais entrasse em contato com as meninas? Ela tinha certeza de que Silia iria se casar, ter filhos e perpetuar a linhagem da grande Casa Adane. Como estivera errada... A morte perseguia a Casa Adane sem titubear, e a reitora não tinha escolha a não ser trazer uma nova vida para ela.

A mulher examinou a escuridão que se espalhava.

— Vamos buscar a menina em Green Heights em uma semana.

— E a outra?

— Infelizmente, não sei onde ela está. Dizem que fugiu do lar adotivo no dia em que completou 18 anos.

Ela olhou para o vampiro a fim de averiguar se ele sabia de algo a respeito. Costumava se incomodar por ele quase não movimentar os músculos da face, por seus olhos cor de carvão encararem sem nunca piscar.

— Talvez uma seja suficiente. — Seu vampiro permaneceu impassível. — A presença delas vai causar certo aborrecimento.

A reitora se virou para a janela.

— Como acontece com tudo que não é familiar.

— Verdade. — Ele pensou a respeito. — Eu iria gostar de tê-las nas minhas aulas. A mãe era uma das minhas alunas mais inteligentes.

A história do pai e da mãe das meninas era uma lenda, mas lendas às vezes carregam tragédias.

— Quer que eu vá buscá-la? — perguntou ele.

— Não, eu vou.

No reflexo do espelho, uma linha marcava sua pele escura.

— Você nunca sai da Uxlay.

— Receio que seja necessário.

— Por quê?

A reitora voltou a se sentar, com calma, a mesma com que revelou mais uma informação:

— Porque Kidan Adane foi detida por assassinato há 24 horas.

Um brilho surgiu nos olhos pretos de seu vampiro.

— Ela tirou a vida de quem?

— Ainda não sei. É estranho, mas Kidan Adane não acredita que a irmã fugiu. Na verdade, está convencida de que um vampiro raptou June Adane. De que a trouxeram para cá, para a universidade, contra sua vontade.

Com uma expressão concentrada, ela o examinou mais uma vez. Ele não estava com a testa franzida. Ela ficava encantada ao ver como ele se estabelecera naquela pele antiga, tão bonito e firme quanto no dia em que o conhecera. Na época, ela tinha dezenove anos, e ele, cinco séculos. A reitora esfregou a mão enrugada. O tempo era algo assustador.

— Eu saberia se June Adane estivesse aqui — disse ele, apenas.

— Foi o que imaginei também. Sem dúvida, se um crime como esse tivesse acontecido, você teria lidado com a situação do jeito apropriado.

— Com certeza.

Ele não demonstrou qualquer sinal de indignação diante da insinuação. Ela gostava disso nele. Era raro que ele levasse as coisas para o lado pessoal. E nunca mentia. Contudo, eram tempos estranhos, e a lealdade era sempre a primeira baixa em meio à mudança.

— Como sabe de tudo isso? — perguntou ele. — Por certo que seguir e vigiar as meninas é uma quebra da promessa.

Satisfeita com o desempenho dele no decorrer do interrogatório, a reitora apontou para uma pilha de cartas ao lado da escultura de um animal — uma pequena impala, uma espécie de antílope grande, com dois chifres deslumbrantes.

— Kidan Adane escreve bastante para cá, sempre implorando que a Uxlay devolva a irmã dela. Já tentei encontrar June, mas a garota desapareceu. Infelizmente para Kidan, Silia transformou a Uxlay na origem de todos os seus pesadelos.

Ele se moveu com a rapidez de uma sombra surpreendida pela luz, com o cuidado de não tocar a impala de vidro ao pegar as cartas. Aquilo fez os lábios da reitora se curvarem em um pequeno sorriso. A superstição fazia com que a maioria dos dranaicos evitasse a bela impala, assim como convencia os alunos de que esfregar uma estátua de leão aumentava a força. À medida que lia as cartas, o vampiro ia franzindo as sobrancelhas, e uma ruga se formou no meio da testa.

— Você nunca respondeu? — perguntou ele, curioso.

— Mantive minha palavra.

Ele já estava ao lado dela havia quase quarenta anos e ainda não compreendia suas promessas nem seus esforços desmedidos para mantê-las. Viver em meio aos juramentos dela tinha tornado a vida deles bem difícil.

— O que mudou agora? — perguntou ele.

A reitora analisou uma das cartas. As palavras de Kidan foram se transformando em raiva e súplica, o sol e a lua de uma perda terrível.

— Mot sewi yelkal — disse ela, em aáraco.

A morte nos liberta de nosso eu anterior.

Em um momento muito raro, os lábios de seu vampiro se curvaram em um dos cantos. Sempre se divertia quando seus alunos recitavam para ele suas lições. Ainda mais quando tinham vivido tempo suficiente para de fato compreender seus respectivos significados.

1.

KIDAN ADANE DEU A SI OITO MESES PARA MORRER. Era um cronograma bastante generoso, para dizer a verdade. Dois meses teriam sido suficientes para o ato violento. O restante do tempo era uma vã tentativa de sonhar. Era o tipo de sonho que ela nem sequer teria cogitado se não estivesse desidratada e semiconsciente dentro e fora de seu quarto.

Queria viver de novo com a irmã naquela casinha estranha. Viver em uma época em que não era necessário provar inocência a cada esquina. Aquele último pensamento a tirou de seu estado de torpor e a fez rir. Ela soava injustiçada e, pensando bem, como uma vítima.

Kidan deu uma risada ruidosa outra vez, como se houvesse uma chaminé entupida dentro do peito, um som doloroso, bruto. Quanto tempo fazia que não falava? As cortinas permaneciam fechadas por causa das câmeras, então a lâmpada era sua única fonte de luz. Como qualquer sol artificial, era quente demais e incendiava o ar do ambiente, o que obrigava Kidan a trabalhar seminua no chão do apartamento.

O suor se acumulava na pele escura de sua testa e molhava o arquivo que ela lia, e a perna dobrada estava soterrada em algum lugar debaixo da montanha de papéis. Não podia apagar a luz. Não quando tinha tanto a fazer. Não quando estava tão perto. Na cabeça de Kidan, ela estava presa a uma única noite sem fim, e o inferno não devia ser muito diferente disso.

Movimento, precisava de movimento. Levantou-se rápido demais, cambaleando, e o sangue correu pela perna que estava dobrada, o que a paralisou. Ela sacudiu os membros para afastar a dormência e caminhou até a pequena cozinha.

Assassina.

A palavra saltava de uma matéria de jornal fixada à geladeira, bem acima da foto de uma garota negra.

Kidan Adane era uma assassina. Ela aguardou a pontada de remorso que deveria sentir ao pensar na afirmação. Até experimentou comprimir os lábios e franzir o nariz, na tentativa de forçar alguma emoção. Entretanto, assim como naquela noite explosiva, não conseguiu chorar. Esperou que algum fiapo de humanidade lhe escapasse. Estava totalmente seca. Uma estátua esculpida de uma obsidiana.

Kidan se serviu de uma bebida. Ouviu os cliques das câmeras, acompanhados de pequenos flashes de luz. Virou-se de repente para a janela, e a bebida quase escorregou de sua mão. As cortinas continuavam fechadas, mas os repórteres vinham com suas garras e tentavam alcançar as frestas, como gaivotas em busca de pão.

Seja paciente, pensou ela.

Tudo seria elucidado em breve. Em exatos oito meses. Era para quando estava marcado seu julgamento. Kidan não tinha a menor intenção de participar. Muito antes disso, uma gravação com sua confissão seria encontrada debaixo da cama, a maquinação violenta de sua mente revelada a todos.

Outro flash estourou da câmera, e ela se contorceu. Era bem improvável que conseguissem uma imagem dela, mas talvez fosse melhor se vestir. Sua intenção não era esconder os seios fartos nem o quadril largo. Uma foto picante poderia até ser algo bom para ela: uma violação grosseira de sua privacidade passando de mão em mão. Não seria tão ruim assim. Kidan balançou a cabeça. Lá estava ela de novo, pensando em maneiras de manipular a solidariedade das pessoas.

Kidan olhou para o reflexo no espelho, e uma vozinha fina e frágil saiu de dentro de si.

— Você não é igual a eles. *Não é* igual a eles.

Eles.

Tia Silia os chamava de dranaicos. Vampiros.

Apesar do calor das paredes do apartamento, Kidan sentiu um arrepio. Os dranaicos não diferiam em nada dos humanos. Era isso que a perturbava tanto. O mal não devia andar por aí disfarçado de humano. Era uma profanação.

Kidan detestava a tia. Detestava sua inércia. Ela esperara tempo demais para resgatá-las daquela sociedade abjeta. Talvez o mal ainda não tivesse se infiltrado em Kidan quando era criança. June tinha se saído melhor, mas Kidan se refestelara no mal. Sua curiosidade mórbida e sua fascinação doentia pela morte, a coleção de filmes sobre o assunto e, agora, tendo cometido o próprio ato — tudo isso se originara dos vampiros. Se pudesse enfiar a mão no peito naquele exato momento e arrancar seu coração corrompido, ela o faria.

Oito meses.

Kidan sentiu o alívio percorrer o corpo diante dessas duas palavras. Tudo que precisava fazer era esperar oito meses para morrer. Garantir que June fosse encontrada. Aguentar só por mais um tempinho aquela existência miserável.

Uma foto de June brilhou na tela do notebook aberto. Elas não se pareciam nem um pouco, apesar de terem nascido com minutos de diferença. O desaparecimento de June não tivera nenhuma cobertura de imprensa, nem mesmo um cochicho na vizinhança. Onde Kidan estaria se aqueles repórteres tivessem saído em busca de sua irmã perdida do mesmo jeito que fizeram com ela? Não, garotas negras precisavam cometer atos horríveis para ter direito aos holofotes.

Os papéis no chão eram uma pesquisa ensandecida para rastrear um lugar chamado Universidade Uxlay. Kidan procurara durante doze meses e vinte dias. Seus olhos se voltaram ao gravador debaixo da cama, e a temperatura do cômodo baixou. Ali estava a última e torturante conversa entre Kidan e sua vítima.

Melhor, pensou, quase sorrindo. Estava colocando a culpa onde ela merecia estar. A vítima de *Kidan*.

A gravação continha a prova e o nome da pessoa — não, do animal — responsável por raptar June. Era apenas uma questão de encontrar o maldito lugar. E ele.

Kidan agachou e analisou sua pesquisa. Pegou uma caneta, arrancou a tampa com o dente e começou a escrever mais uma carta para tia Silia, que nunca a respondera.

Se havia alguma mínima chance de reencontrar June, ela passaria o restante da vida escrevendo.

Apertou os dedos e eles cravaram-se na palma das mãos. Pequenos rastros de sangue mancharam sua pele. Com o indicador, ela desenhou um quadrado contínuo na palma da mão. Nervosismo. Identificou a emoção. Então ela ainda não era um caso totalmente perdido. O espelho quebrado do outro lado do cômodo refletia um padrão disforme na pele escura de seu pescoço. Um rosto frio e apático a encarava de volta. Se ao menos ela conseguisse chorar antes do julgamento, o mundo talvez a perdoasse. Ela poderia viver um pouco mais.

Chore, ordenou ela para a própria imagem.

Por quê?, perguntou o reflexo de volta. *Você faria tudo de novo.*

Uma hora depois, quando os repórteres foram embora, Kidan vestiu um casaco de moletom bem grande com capuz, pegou os fones de ouvido e trancou o pequeno apartamento. Tinha se mudado para lá por um motivo bem específico.

Do outro lado da rua, na esquina entre a Longway e a St. Albans, havia um único locker. Uma das chaves pertencia a Kidan e a outra a tia Silia, que morava na Uxlay. Sempre que colocava uma carta ali, Kidan se escondia e aguardava. Às vezes, esperava por dias, e dormia num café das redondezas ou mesmo na rua, mas alguém sempre aparecia para buscar as cartas. Todas as vezes, a pessoa com casaco de capuz escapava de Kidan, fosse escalando o portão do parque com uma força assustadora, fosse desaparecendo em meio ao tráfego.

Toda semana ela entrava na brincadeira de gato e rato. Tia Silia estava lendo suas cartas, mas, por algum motivo bizarro, continuava a ignorá-la.

Depois de colocar a nova carta no locker vazio, Kidan aguardou no ponto de ônibus. Era um lugar novo, e ela esperava que, ao se misturar aos passageiros, conseguisse ter mais tempo para identificar o mensageiro.

Enquanto aguardava, a voz doce de June ecoou pelos fones de ouvido. O mundo de Kidan voltou a se equilibrar.

— *Oi* — sussurrou a irmã. — *Não sei muito bem como começar, então vou só fazer uma introdução genérica.*

June gravara quinze vídeos antes de desaparecer. Aquele era o primeiro, de quando tinha 14 anos. Kidan ouvia as gravações todos os dias, com exceção da última. Esta ela só aguentara ouvir uma vez e então a deletara, para que não a machucasse.

Com as mãos nos bolsos, desenhava com os dedos o formato de um triângulo e curtia a sensação boa do som de arranhado que o movimento provocava. O triângulo se transformou num quadrado quando June falou de Kidan no vídeo.

Kidan não tirava os olhos do locker, mas pelo canto do olho enxergou uma sombra imóvel.

Uma mulher debaixo de um galho de árvore retorcido. Sua pele negra ganhava um tom de bronze antigo sob a luz natural, e ela usava uma saia verde-escura e um coque alinhado com perfeição.

A completa imobilidade da mulher era extraordinária, como se fosse uma coruja marrom empoleirada em um galho, olhando diretamente para ela.

Kidan sentiu um formigamento na nuca. Tinha a estranha sensação de que, quem quer que fosse, aquela mulher estivera esperando por ela.

2.

GRAVAÇÃO DE VÍDEO
10 de maio de 2017
June, 14 anos, no celular de Kidan
Localização: banheiro de Mama Anoet

— *Oi* — sussurrou June, piscando diante da câmera. Suas
tranças curtas caíam ao redor do queixo repleto de cicatrizes
e espinhas. — *Não sei muito bem como começar, então vou
só fazer uma introdução genérica. Meu nome é June. Estou
na escola Green Heights. Acho que estou gravando esse vídeo
por causa do que aconteceu hoje. Me meti em confusão por
dormir na aula de novo.*

Uma pausa.

— *Tenho parassonia. Eu sei, palavra difícil. Significa que
não apenas sou sonâmbula como também dou chutes e gritos
durante o sono. Minha irmã cuida de mim, mas... sei que ela
fica cansada. Eu estou cansada de mim.*

Uma breve risada.

— *Tento ficar acordada o máximo de tempo possível, mas
é pior ainda quando tento controlar. Igual a hoje. Sei o que
está pensando: vá buscar ajuda. Acredite, estou tentando.*

*Um movimento na câmera fez ficar à mostra os muitos
xampus, uns quatro tipos diferentes; a cortina de banho estampada de borboletas; remédios para ansiedade e depressão.*

— Não temos como pagar consultas com um psicólogo, sério mesmo, mas a orientadora pedagógica não é ruim. Na verdade, é por causa dela que estou fazendo esse vídeo. A senhorita Tris disse... que estou com medo de alguma coisa. Algo sobre o qual não quero falar com ninguém. Ela também me disse para escrever tudo. Mas eu odeio escrever. Então ela sugeriu que eu gravasse vídeos de mim mesma. E, se tivesse coragem, que os compartilhasse. Ela é boa, não é? — Um pequeno sorriso que não chegou aos olhos. — Então, do que eu tenho medo?

June respirou fundo, hesitante, e olhou nervosa para a porta.

— Tenho medo de... vampiros.

A tela ficou escura quando o celular foi colocado sobre a pia, a câmera virada de frente para ela. Havia barulho de água corrente e eco de respingos, e assim um minuto se passou. O rosto de June, de pele negra, voltou ao foco, dessa vez um pouco molhado, enquanto ela se sentava na borda da banheira.

— Vampiros. — Seu tom de voz de tornou mais forte. — A boa notícia, se é que existe uma, é que eles não são mais perigosos para todas as pessoas. Então, se alguém estiver assistindo a isso e acreditar em mim, pode dormir tranquilo sabendo que seu sangue tem gosto de veneno para eles. Mas eles ainda precisam se alimentar, precisam de sangue para sobreviver.

O celular balançou um pouco.

— Por causa de algo chamado "Primeira Restrição", os vampiros são obrigados a se alimentar apenas de famílias específicas. Há gerações, cerca de oitenta linhagens estão presas nesse ciclo. Adivinha quem faz parte de uma dessas famílias? Pois é.

June desviou o olhar da câmera, os olhos vidrados em algo fora do enquadramento.

— Quando o assunto é família disfuncional, a proporção ficou um pouco acima do normal para minha irmã e eu. Mas nós escapamos. Nossa tia nos tirou dessa vida depois que nosso pai e nossa mãe morreram e nos trouxe para cá, para a casa de Mama Anoet. Estamos seguras aqui, mas eu os vejo todas as noites... nos meus sonhos... e às vezes até nos corredores da escola. É como se eu soubesse que... um dia eles virão atrás de nós.

Ela inspirou e depois soltou o ar. Mexeu na pulseira de prata fininha em seu pulso.

— Toda noite, Kidan me lembra das Três Restrições impostas aos vampiros. Ajuda um pouco. Me faz lembrar que não podem chegar até mim com tanta facilidade. A Segunda Restrição limita um pouco sua força, e a Terceira Restrição exige um grande sacrifício para que transformem um humano em um deles. Kidan sempre diz que o poderoso Último Sage não soube usar esse dom incrível. Que ele devia ter matado todos os vampiros em vez de impor limitações a eles. Acho que ela tem razão. Nossa vida teria sido muito diferente se ele tivesse feito isso.

Ela solta a pulseira de borboleta, os olhos apertados.

— Então por que estou gravando esse vídeo? Acho que quero que a senhorita Tris saiba. Talvez até meus amigos. Talvez todo mundo. Não quero viver assim pra sempre. Não quero passar cada minuto de cada dia pensando em quando eles virão atrás da gente. Quero me sentir segura e...

Uma batida alta na porta a fez derrubar o celular.

— June, sou eu.

June cambaleou um pouco; a maçaneta da porta girou.

Kidan fez uma careta ao ver o celular molhado.

— Vamos, rápido.

Na mesma hora, June digitou a senha para deixar os vídeos privados.

A senha dela sempre foi um conjunto de cinco números cuja soma resultava em 35. Era a idade que a mãe biológica delas tinha quando morreu, assim como o número de vampiros, dranaicos, designados para sua família. Trinta e cinco vampiros que consumiriam o sangue de June e Kidan se elas não tivessem escapado.

3.

KIDAN COLOCOU A MÃO NA FACA ESCONDIDA DENTRO DO casaco. Tinha elevações que pressionavam a palma da mão de maneira desconfortável, e a lâmina se curvava mais perto da ponta. O toque provocou um arrepio na coluna.

Parecia que todos os barulhos da noite haviam silenciado enquanto Kidan se aproximava da mulher. Preferia que ela se mexesse. Aquela imobilidade era característica de animais, e traços animalescos eram típicos dos dranaicos.

— Quem é você? — O tom de voz de Kidan saiu estranhamente alto em meio ao silêncio.

A mulher era corpulenta, tinha sobrancelhas grossas e bem desenhadas e olhos escuros e reflexivos. Usava um broche dourado no peito no formato de um melro com um olho prateado.

— Sou a reitora Faris da Universidade Uxlay. Pelo que sei, você está a minha procura.

A calçada deu um solavanco, o que fez Kidan soltar a faca por um instante. Estava boquiaberta por causa da possibilidade de ver algo que vinha buscando com esperança desmedida e desapontamento dilacerante simplesmente se materializar ali na sua frente.

— Ux… Uxlay? — perguntou depois de um tempo, temendo que o lugar desaparecesse de novo.

— Isso.

Aquela resposta desanuviou a mente de Kidan. O que estava fazendo? Soltou a faca.

— Então veio me levar — disse. — Me trocar pela June?

Kidan sentiu o peito se encher de esperança. Quantas noites insones passara deitada na cama imaginando as muitas variações possíveis daquela cena? Era uma manifestação insana, um objetivo que manteve seu coração batendo mesmo depois da noite do incêndio, em que ela devia ter morrido.

A reitora entrelaçou as mãos diante de si.

— A Uxlay não tem qualquer envolvimento com sequestro de humanos. Nossas leis são contra isso.

— Leis? — contestou Kidan enquanto se aproximava cada vez mais. — Onde estavam suas leis quando um dranaico designado para minha família sequestrou minha irmã?

Os dedos de Kidan estavam tensionados por causa do esforço para não estrangular a mulher. A reitora piscou os olhos escuros e cautelosos. Bom.

— É uma acusação grave. Tem alguma prova?

A prova de Kidan estava em seu pequeno apartamento, presa debaixo da cama com uma fita. A confissão de sua vítima nomeou o responsável. No entanto, aquilo também provava que Kidan tinha torturado e matado.

O tom de voz de Kidan ficou tão grave que poderia acordar os mortos.

— Um vampiro levou minha irmã.

A reitora Faris pendeu a cabeça para o lado.

— Falo com você como representante da Uxlay, Kidan. Talvez não saiba o que isso significa, porque não cresceu usufruindo de nossa educação. Mas sou responsável por fazer cumprir a paz entre humanos e dranaicos. É a função mais importante da minha vida, e a faço valer por meio de leis e punições. Você acredita que foi prejudicada, no entanto não há prova. Peço a você que seja razoável apesar de seu luto. Não posso acusar um dos meus dranaicos sem qualquer evidência.

A reitora Faris falava como uma política majestosa, como se o campus fosse palco de toda lei e ordem. Aquilo entrava em conflito com todas as histórias que Kidan concebera para aquele lugar maldito.

Kidan se preparava para argumentar, quando de repente pensou em algo:

— Foi você, não foi? Você pagou minha fiança.

Depois que fora presa, um milagre havia acontecido a Kidan. A fiança inviável fora paga integralmente por uma mulher tão poderosa que solicitara anonimato, concedido pela justiça.

— Você merece uma chance de provar sua inocência — disse a reitora direto ao ponto. — Assim como todos os outros. Você é inocente, não é?

Kidan deu um passo para trás. Aquela mulher não estava ali para falar sobre June. A gentileza, ainda mais daquele tipo, sempre tinha um preço.

— Por que está aqui?

A reitora Faris a encarou por um segundo.

— Infelizmente, sua tia Silia faleceu. Ela adoeceu, e a enfermidade a consumiu rápido demais. Sinto muito.

Kidan olhou, surpresa, para o locker. Morta. Seus olhos permaneceram secos, mas o choque a tirou do prumo. Mais um membro de sua família se fora. Será que o mesmo vampiro estaria por trás daquilo?

Tia Silia existia basicamente em sua imaginação, nas histórias, no mundo de antes, para que o depois fizesse sentido. Para provar que elas não tinham aparecido do nada na porta de Mama Anoet. Diante daquela informação, Kidan não tinha mais qualquer peso, mais um fio fora arrancado de si. Ela então pensou nos olhos cor de mel de June, em seu sorriso gentil, e voltou a sentir o chão sob seus pés.

A reitora pegou um envelope branco com uma insígnia vermelho-sangue.

— Neste momento, você é a próxima na linha de sucessão da linhagem para herdar a Casa Adane. Aqui está sua carta de admissão.

Kidan recuou.

— Não tenho qualquer interesse em me tornar escrava de vampiros.

A expressão calma da reitora desapareceu.

— Não use determinados termos sem estar ciente de suas consequências. É a última vez que usa essa palavra na minha frente.

Kidan queria dar uma risada, mas só conseguiu emitir um som de deboche.

— Não estou interessada. Só quero a June.

— Muito bem. Acredite se quiser, convencer alunos que não querem entrar na minha universidade não faz parte do meu trabalho. A maioria faz um esforço imenso para conseguir uma vaga na Uxlay. — Ela tirou outra carta do bolso. — Assine aqui e vou embora.

Kidan olhou para ela com desconfiança.

— O que é isso?

— Um testamento, assinado primeiro por seu pai e sua mãe e depois por sua tia, deixando tudo para o último dranaico restante de sua casa.

Kidan ficou boquiaberta. Pegou a carta. A maior parte do texto estava coberta com tinta preta, alguns trechos obviamente ocultados. Conforme lia, ela ficava cada vez mais horrorizada, apertando as bordas do papel até amassar.

— Curioso, não é? — disse a reitora Faris, os olhos brilhando. — É a primeira vez na história da Uxlay que uma família decide deixar a casa para seu dranaico. O vampiro que você acusa de ter sequestrado sua irmã é o mesmo a quem sua família confiou o seu legado.

A garota sentiu um gosto ruim na boca. Ninguém conseguia ver? Aquilo era uma prova ainda mais evidente. Um motivo. Ele enganara a família por causa da herança, ou então a tinha coagido. Sequestrara June em segredo para se manter hidratado e...

— Não — disse a reitora.

— O quê?

— Está achando que ele os forçou a assinar isso. Não é verdade. Eles fizeram a escolha por livre e espontânea vontade. Há muitas coisas que você desconhece no nosso mundo. O poder de nossas casas, de nossas leis. É extraordinário. É o tipo de conhecimento que só vai ter caso resolva se juntar a nós. Ninguém entra na Uxlay sem convite.

Kidan olhou para os trechos pintados de preto no papel. O que a reitora estava escondendo?

A reitora Faris olhou para o relógio fino e dourado. Daquele bolso que parecia infinito, tirou uma caneta.

— Infelizmente, tenho que ir embora. Por favor, assine para indicar que você não tem interesse em contestar o testamento como possível herdeira e eu vou embora.

Kidan encarou a caneta como se fosse veneno. Depois de um tempo, a reitora Faris recolheu a mão.

— Talvez precise pensar um pouco. Se estiver interessada, as casas na Uxlay são herdadas por meio da educação. Você precisa frequentar a universidade e se formar em um curso que ensina sobre a coexistência de vampiros e humanos. Vou esperar três dias pela sua resposta.

O semblante da mulher desarmou Kidan. Quando a reitora lhe ofereceu a carta de admissão outra vez, ela a pegou, devagar. O papel era duro, compacto, e apresentava um selo que exibia dois leões segurando espadas na boca, apontadas para o pescoço um do outro.

Por quê? Kidan permaneceu encarando o selo, querendo desaparecer. Por que sua família tinha feito aquilo? Quando ergueu a cabeça, a mulher tinha desaparecido.

4.

KIDAN JOGOU A CARTA DE ADMISSÃO NO CHÃO ABARROtado de coisas e chutou a pirâmide de copos de macarrão instantâneo vazios que estava no canto. Não havia espaço para eles se espalharem, então quicaram na parede e bateram em sua canela. Devagar, ela se sentou no chão e abaixou a cabeça, as tranças pendendo como uma cortina. O cômodo pareceu diminuir até que ela tomou uma consciência desconfortável de seu corpo e sua dificuldade de respirar. A tinta estava descascando nos cantos, o banheiro só funcionava quando os outros inquilinos não usavam demais, e havia uma mancha misteriosa no carpete que resistiu a banho de água sanitária. O calor daquele lugar poderia fritar um escorpião. Não aguentava passar mais um dia ali. Não sem a irmã. Sem pensar muito, passou o dedo sobre a pulseira de borboleta. Queria ir para casa. Mesmo se fosse uma casa feita de papelão.

Para Kidan, casas lembravam um animal de estimação feroz. Eram sujas, muitas vezes infestadas e não importava a decoração que tivessem, elas nunca gostavam de ser propriedade de alguém. Não de verdade. Kidan achava uma tremenda deslealdade recorrerem a outra casa se a atual falhasse de alguma forma. Sua mãe adotiva, Mama Anoet, concordava, e então, mesmo quando crianças, June e Kidan davam um jeito de arranjar dinheiro para pagar o aluguel. Quando tinha 10 anos, Kidan vendia as pulseiras estranhas que confeccionava, e June, seus minidonuts viciantes. A memória fez sua boca aguar e depois ficar seca.

Com os dedos rígidos, ela pegou o testamento do pai e da mãe e da tia. Sentia o fogo percorrer suas veias a cada palavra traiçoeira. Sua família sabia que vampiros eram perigosos. Por que teriam afastado June e Kidan de tudo que conheciam, apagado suas respectivas identidades e as deixado pobres se aquele não fosse o motivo? Em seus momentos mais sensíveis, Kidan costumava esperar que o pai e a mãe aparecessem à porta de Mama Anoet, prontos para fugir com elas. Teve que perdoá-los por esse fracasso, porque estavam mortos. Aquela herança poderia ter sido a maneira de proteger Kidan e a irmã, mas, em vez disso, eles tinham feito o impensável.

Tinham deixado tudo para ele.

A assinatura do vampiro estava bem ali, o "s" curvado como uma cobra. Susenyos Sagad.

Kidan ouviu os apelos de sua vítima ecoarem por todo o cômodo e dentro do peito.

"*Susenyos Sagad! Esse é o nome dele. Ele… Ele a levou!*"

Ela desenhou uma forma no carpete com o dedo, a pele queimando contra o tecido áspero. De novo, de novo e de novo. Um triângulo ficou marcado no tecido. Bom. Mente e corpo estavam em sintonia. Sentia apenas uma fúria incontrolável em relação a Susenyos Sagad.

Às vezes, a mente de Kidan escondia algumas coisas dela, e apenas seus dedos conseguiam traduzi-las. Triângulos para raiva, quadrados para quando o medo transbordava e círculos para momentos de alegria.

Desde pequena, ela usava os símbolos para desemaranhar seus pensamentos.

Kidan mal conseguia entender o testamento por completo por causa dos trechos pintados de tinta preta. A reitora Faris tinha escolhido apenas as partes da Uxlay que queria mostrar. O que tinha deixado de fora?

Leis para herdar uma Casa
Um vampiro herdeiro precisa ocupar a Casa da Família sozinho por 28 dias consecutivos para que o testamento tenha validade.

Kidan leu de novo. Vinte e oito dias. Quanto tempo havia se passado desde a morte da tia? Uma semana? Duas? Ela sentiu o estômago revirar ao imaginar a cena revoltante de Susenyos Sagad sentado à mesa de jantar, tendo June como refeição, contando os dias até que pudesse ocupar a casa por completo.

Contestação do testamento
Se um descendente humano da Casa da Família quiser se tornar o herdeiro, deve frequentar a Universidade Uxlay e estudar a respeito da coexistência entre humanos e vampiros.
Se o descendente humano ainda não tiver se formado, mas quiser reivindicar a casa, pode morar na Casa da Família durante os estudos do Dranacto.

A reitora tinha destacado a última frase. Era uma brecha: permanecer na casa para interromper a ocupação solitária do vampiro. Kidan teria que morar com ele. Sentiu ânsia de vômito.

Ela se levantou, abriu uma mísera fresta da cortina e olhou para o repórter e seu operador de câmera, distraídos enquanto fumavam um cigarro. Por força do hábito, virou-se para olhar o locker.

Alguém estava lá. Abrindo o locker. Pegando sua carta. Kidan entrou em estado de alerta na hora.

— Ei!

Quando a palavra deixou sua boca, ela já estava saindo pela porta, descendo a escada três degraus por vez. Quando chegou do lado de fora, a pessoa havia sumido.

— Merda! — Seu grito assustou uma senhora e chamou a atenção do repórter.

Ele correu atrás dela, que por sua vez se apressou em atravessar a rua e ir até o locker. Tirou a chave do pescoço e se enrolou um pouco para abrir.

O repórter, magro e com mau hálito, ligou a câmera próximo a ela. O instinto de Kidan era enfiar aquele aparelho pela goela dele, mas estranhamente ela se conteve.

— Kidan, os vizinhos souberam o que aconteceu. Você planejou isso por muito tempo?

Ela o ignorou. Porque, pela primeira vez em muitos anos, algo tinha sido deixado no locker — um livro encadernado. Seus dedos tremiam quando ela colocou o livro pesado debaixo do braço, fechou o locker e atravessou de volta depressa. O repórter em sua cola. Quando ela estava prestes a bater a porta, ele gritou:

— Como é a sensação de matar um membro da própria comunidade?

Kidan ergueu a cabeça e encarou a câmera diretamente. Por um momento, ela era June, aos 14 anos, escondida no banheiro de Mama Anoet, ansiosa para contar ao mundo todas as coisas que a assustavam.

Má, ela pensou. Foi como tinha se sentido. *E todo mal precisa morrer.*

A reitora jurou que não entraria em contato com você, mas ela vai quebrar essa promessa se algo acontecer comigo. Eu a conheço muito bem. Pedi a alguém de minha confiança na Uxlay que deixasse isso para você. Esse alguém me devia um último favor. E, se você estiver indo para a cova dos leões, precisa estar preparada.

Eu queria muito que você fugisse, mas pela persistência de suas cartas vejo que se tornou uma mulher teimosa. Rezo para que isso de algum modo a proteja.

Então, ouça com atenção, Kidan, e se mantenha alerta. Tudo começou muito antes da minha época, mas algo sempre assombrou a nossa família. Foi o que levou seu avô e sua avó, seu pai e sua mãe e agora sua irmã. Uxlay se voltou contra a Casa Adane.

Neste livro, reuni tudo o que consegui sobre as outras casas, além de algumas informações específicas que você deve aprender. June está em algum lugar no meio disso tudo. Se está lendo esta carta, significa que não consegui encontrá-la. Espero que isso possa guiá-la; use meus olhos e conhecimento como se fossem seus e descubra a verdade.

Caso decida fugir, engula a poção falsa que está dentro do livro. Não vai fazer mal algum a você. Os efeitos do veneno serão percebidos pelo seu vampiro, pois vão alterar seu cheiro. Uxlay vai achar que está morrendo. Uma herdeira moribunda é livre e sem muito valor. Use isso para se libertar.

Confie apenas em si mesma.

Sua tia querida,
Silia

5.

K IDAN SE VESTIU DEVAGAR E AJEITOU A GOLA *ROLÊ* NO pescoço. Gostava de cobrir o máximo de pele possível, ainda mais na área da garganta. Sempre usava um lenço ou uma gravata, uma camada extra de proteção.

Ela jogou as longas tranças por cima dos ombros. As raízes tinham escapado do penteado, e as mechas se emaranhavam umas às outras. A falta de sol fez o tom reluzente de sua pele negra dar lugar a um amarelado frio. A boca estava curvada em uma carranca. Kidan pegou o creme de pentear e se aprumou, o que a deixou com a aparência mais limpa.

Tinha lido as primeiras páginas do livro de tia Silia antes de arremessá-lo na parede. Não havia respostas ali, apenas mais perguntas.

Tia Silia havia confinado Kidan e June em um lugar que não fora muito seguro, e então falhara em encontrar June.

Todas as mulheres que juraram proteger Kidan a abandonaram.

Por instinto, ela tocou a pulseira de borboleta. Se olhasse bem de perto, ainda dava para ver as manchas de sangue nas reentrâncias das asas. O sangue da dona da pulseira era um detalhe cor de rubi macabro no metal prateado.

Borboletas. A voz da dona da pulseira ecoou em seus ouvidos. *Elas nos lembram de que estamos em constante transformação.*

Enfiado no livro, havia um comprimidinho azul. Bastava engoli-lo e deixar aquele mundo para trás.

Kidan era muito pequena na época da morte do pai e da mãe, mas o sentimento que a sucedeu era inesquecível. Em todos os momentos de sua vida, sentiu como se estivesse em um quarto totalmente escuro, enquanto uma respiração quente e inquietante atingia seu pescoço. Aquela coisa, o que quer que fosse, não parava de respirar, e o coração de Kidan entrava em um frenesi doloroso. A coisa nunca atacava, apenas esperava. Observava.

Mama Anoet conseguira enxotar a fera com seus dedos carinhosos — dividindo os cabelos volumosos de Kidan, preparando frango picante para o jantar, usando seus vestidos dominicais para a igreja.

Segurança. Ela havia sentido o gostinho da segurança. Uma palavra menos familiar para ela do que musgo crescendo sobre a pele.

Um ano antes, na noite do aniversário de 18 anos das irmãs, tudo fora por água abaixo. Ela fechou os olhos na tentativa de conter a memória, mas não adiantava. Aquela cena ficou gravada na alma de Kidan, em seu âmago.

June desmaiada no jardim, iluminada pela luz suave da lua, os lábios vermelhos de sangue. Kidan lutava para abrir a porta trancada da sala, batendo furiosamente enquanto a sombra de um homem saía carregando sua irmã e sumia na noite. Kidan contara aquilo à polícia diversas vezes — deixando de fora a parte dos vampiros. Contara à droga do mundo inteiro. Contudo, o quarto de June fora esvaziado por completo. Todos os rastros dela desapareceram. Chegaram à conclusão de que ela havia fugido de casa. E já tinha idade legal para fazer isso.

Kidan torturara e matara com o objetivo de descobrir o nome daquele vampiro nas sombras. E durante todo aquele tempo ele estivera esperando na Casa da Família? Tinha se alimentado de June naquela noite até ela morrer? Ou a estava mantendo presa? Kidan sentiu a visão embaçar e, antes mesmo de se dar conta, pegou o telefone e ligou para o número que estava na carta de admissão.

A reitora Faris atendeu de imediato.

— Quem fala é a Kidan — disse depressa, antes que pudesse mudar de ideia. — Vou para a Uxlay.

— Que excelente notícia.

— Com uma condição — postulou, devagar, tentando respirar. — Preciso dos seus melhores advogados no meu julgamento. É daqui a oito meses.

Uma longa pausa. Kidan precisava de tempo para procurar June.

— E por que eu aceitaria essa proposta?

Kidan recostou-se na cama, o tom de voz firme.

— Porque, assim como eu, você não quer que Susenyos Sagad herde a Casa Adane.

Um momento de silêncio. O coração de Kidan acelerou.

— Muito bem. Vou mandar alguém de minha confiança para acompanhar você até aqui. — A reitora hesitou. — Mas desde já dou um aviso, Kidan Adane. Os legados não são simplesmente herdados na Uxlay. É preciso lutar por eles. Está pronta para isso?

Arrepios percorreram a coluna de Kidan.

— Estou.

Depois de desligar, Kidan permaneceu sentada no silêncio torturante, desenhando formas.

Uxlay. Ela iria para o covil deles. Morar com ele. Matá-lo.

O luar que entrava pela janela alongou a sombra de Kidan e a distorceu tanto que começou a parecer uma figura magra e lúgubre sobre o carpete, não muito diferente daquela que sequestrara June.

Você não é como eles.

Mas ela era um monstro de um jeito próprio. E partia o coração de Kidan saber que acabaria deixando a irmã de novo no fim de tudo aquilo, depois que June fosse encontrada e estivesse em segurança. June não iria querer falar com ela, muito menos tocá-la, quando soubesse quem a irmã matara. Mesmo que tivesse sido em nome de June — *principalmente* por ter sido em seu nome. June jamais seria capaz de perdoá-la, e Kidan não conseguiria viver com isso. Ela sentiu um arrepio e brincou com o comprimido azul. Tudo que lhe restava era prender todo o mal que havia dentro de si, de modo que, quando partisse, deixaria o mundo um pouquinho mais limpo.

6.

LOCALIZADA PRÓXIMA A UMA CIDADE QUE LUTAVA PARA não ser engolida pelas árvores, a Universidade Uxlay era uma impassível extensão de pedras antigas. Tão silenciosas quanto um mosteiro durante o horário de orações, as torres do campus eram as primeiras a serem iluminadas pela luz do sol, brilhando em meio à névoa. Pareciam velas antigas apoiadas nos braços de uma criatura enorme que acordava todos os dias para expiar os pecados de seus residentes.

É lógico que Kidan enxergava um jeito mais puro de salvar a alma deles. O sol tinha que arder. Queimar com fúria suficiente para que as chamas lambessem aquelas torres e incendiassem a pedra antiga com fogo sagrado. Aquela seria a verdadeira absolvição.

Ela não tinha pensado muito a respeito do lugar onde morreria — mas ali, naquele chão de paralelepípedos, causando o máximo de caos possível antes de descer ao inferno propriamente dito? Era até meio poético.

Seu sorriso se refletiu na janela molhada de chuva e curvada de leve.

Olha só para mim, apreciadora de poesia, pensou. *De repente, no fim das contas, me torne uma boa aluna.*

A pessoa que a levou até lá no meio da noite parou o carro na cidadezinha próxima, o que deu a Kidan tempo para esticar as pernas e tomar café da manhã. Não estava com fome, no entanto. A cidade de Zaf Haven era pequena, mas tinha certo movimento, seus moradores humanos pareciam emanar histórias e segredos, presos sob as garras dos dranaicos e pedindo ajuda. Ela se recompôs, os olhos fixos no horizonte, e ouviu a voz de June.

À medida que o carro passava por estradas asfaltadas, árvores densas e pelo enorme portão dourado da universidade, Kidan se obrigou a tirar aquelas pobres almas de sua cabeça. Não podia se distrair e se deixar levar pelos outros.

Após receber uma mensagem com um aviso de que a reunião da reitora estava atrasada e um pedido de desculpas, Kidan caminhou por ali sozinha ao amanhecer. Ainda era cedo, mas já havia sons de movimentação, portas se abriam e se fechavam, o aroma de café no ar.

Ela se deparou com um lindo jardim cheio de pássaros gorjeantes, um cenário pacífico demais para um lugar como aquele. Uma pira de fogo rodeada por uma grade tremulava no centro do jardim. Kidan se sentou no banco em frente e aproximou as mãos da fonte de calor.

Uma pequena criatura se contorceu próximo ao seu pé, um passarinho com a asa quebrada. Alguma coisa tinha cortado seu pescoço fino. Kidan segurou-o com as duas mãos. Os batimentos do animal estavam irregulares, e as penas se debatiam, furiosas, quando Kidan sussurrou:

— Calma, calma. Vou ajudar você.

Um lugar como aquele com certeza tinha uma enfermaria. Ela olhou ao redor e chamou o primeiro jovem que viu. Ele caminhava com a cabeça erguida para o céu, e um de seus dedos marcava a página do livro que carregava.

Kidan tirou os fones de ouvido.

— Ei, pode me ajudar?

Ele parecia um pouco mais velho de perto, talvez 20 anos, a pele escura como todas as outras pessoas naquele lugar, mas com um brilho saudável que Kidan só sentia em si mesma depois de ficar um tempo sob o sol. Os cabelos bagunçados estavam presos com uma faixa, e havia dois cachos soltos na frente. Aquele visual combinava com sua mandíbula forte.

— Está com a asa quebrada. Tem enfermaria aqui?

— De animais, não.

A voz dele era grave e misteriosa, como se não falasse com muita frequência.

Havia uma toranja cortada da qual pingava sangue na capa do livro que ele segurava.

Kidan examinou as penas azul-claras do passarinho e seus olhos perolados. Pareciam estar olhando dentro de sua alma.

— Ele vai morrer se você continuar apertando desse jeito. — As palavras dele pareciam saídas de um túnel. O jovem estendeu a palma da mão e esperou. — Está sofrendo.

A luz ultrapassou a névoa e o iluminou um pouco mais. Suas feições eram tão harmônicas quanto um vidro escuro. Kidan foi possuída por um desejo estranho de tocar a extremidade das sobrancelhas dele e seguir o rastro do sol da manhã. Um círculo de luz brilhante e dourado iluminou os cabelos dele, coroando-o como se fosse um rei perdido. O restante do rosto de pele marrom permanecia às sombras. Ele tinha a beleza de um eclipse, algo que merecia ser estudado e admirado ainda que queimasse os olhos. Kidan não queria piscar. Ou melhor, não conseguia. Ela o observava com a sensação horrível e fervorosa de querer algo que não era seu. Mesmo após o tempo ter deixado a situação estranha e implorado que ela desviasse o olhar, Kidan seguiu encarando-o.

E ele deixou.

Era como se os dois soubessem que ele iria escapar dela em breve. E foi o que aconteceu, de maneira devagar e gentil, como as nuvens se movendo no céu e as folhas caídas dançando sob seus pés. Sem o ardil dos raios de sol, os olhos dele não conseguiam esconder a verdade. Já não olhavam para o rosto dela, e sim para seu pescoço coberto. Olhos que fervilhavam com um desejo arrepiante. Com o mesmo apetite com o qual olhou para o passarinho. Ela sentiu um arrepio congelante em suas costas. Ele não era humano.

Com as próprias mãos, ela apertou e apertou, até as batidas irregulares diminuírem e, por fim, cessarem. Kidan colocou o passarinho nas mãos dele. O corpo estava curvado, o pescoço, quebrado.

Ele ergueu o olhar do pássaro morto e depois se voltou a ela.

— Por que não o entregou a mim?

— Porque você o teria matado também. — Kidan sentia a pele formigar enquanto ele a encarava com certo interesse. — Você é um deles, não é? Um dranaico?

Sua pele tinha o tom muito próximo ao da terra. Ela devia ter adivinhado. Ele era lindo e tinha aqueles olhos que viveram mil anos e consideravam tudo meio tedioso.

Ele quase deu um sorriso.

— Você me acusa de um ato de maldade e, no entanto, foi você quem o cometeu... sem dúvida você só pode ser humana.

Kidan sentiu a mandíbula tensionar.

— Eu não queria matá-lo.

— Isso faz diferença? Morte é morte.

— Morte com intenção é cruel. Você *queria* matá-lo, teria gostado de matar. Dá pra ver no seu rosto.

Ele não negou a acusação. Kidan se levantou e espanou duas penas de suas roupas. O dranaico a observou, ainda segurando o passarinho. Ele esperou até que estivessem se olhando nos olhos e então jogou o passarinho na pira.

Ela se ajoelhou e tentou pegá-lo, contorcendo-se quando a grade de metal queimou seus dedos. Kidan observou horrorizada enquanto as penas carbonizavam.

Uma voz mordaz e familiar ecoou das chamas: "*O mal está dentro de você. Vai envenenar todos nós. Reze, Kidan.*"

O vampiro se agachou ao lado dela perto do brilho quente, a voz bem próxima.

— Morte por lesão, por sufocamento ou por fogo — disse ele. — Diga, humana, qual dessas o passarinho teria preferido?

Kidan sentiu a visão escurecer, perturbada pelas chamas. Suas cordas vocais se retesaram.

Ele respirou fundo e debochou:

— Você se meteu na vida dele e provocou três mortes, quando poderia ter sido apenas uma. Se eu fosse você, estaria horrorizado. Uma alma imoral como a sua não deveria andar por aí sem supervisão.

Houve um momento de silêncio entre os dois, o fogo aquecendo a pele dela.

— Ou então — continuou ele — você poderia se levantar, aplaudir a si mesma por levar a morte além de seus limites de maneira bem inteligente

40

e se juntar a mim para uma agradável discussão sobre mortalidade mais tarde.

Kidan se levantou, sim, devagar, para cuspir aos pés dele. Os olhos mortos dele passearam, divertindo-se, até chegarem ao pescoço da garota. Ficaram ali por tempo suficiente para que ela percebesse. Kidan queria ajeitar a gola rolê — mas, acima de tudo, queria machucá-lo, queria pegar a faca de dentro do casaco e cravá-la em seu peito, ouvindo os sobressaltos dos desconhecidos ao redor. Ela se controlou. Uma faca não iria matá-lo, de qualquer forma. Em vez disso, Kidan saiu andando. Havia muita coisa em risco, e aquela era apenas sua primeira hora ali.

7.

— **A**NTES DE VOCÊ CONHECER O DRANAICO DE SUA CASA, preciso que compreenda exatamente pelo que está brigando — disse a reitora Faris a Kidan, e em seguida tomou um gole do chá.

As duas estavam sentadas na grandiosa Casa Faris, dentro da barriga de uma baleia. A brisa fria que entrava pela sacada causava arrepios em Kidan.

O chá já tinha esfriado em suas mãos.

— Estou aqui para herdar a casa.

— Sim, mas o que exatamente é uma casa?

Kidan franziu as sobrancelhas.

— Como assim?

— Casas são poder. Não de um jeito metafórico, mas literal. — A reitora parou por um momento e deixou que a garota absorvesse aquelas palavras. — Por exemplo, por que não tenta largar essa xícara?

Kidan olhou para baixo, depois de volta para a mulher. Talvez viver com aquelas criaturas tivesse deixado a reitora meio perturbada.

— Coloque a xícara na mesa — orientou.

Kidan obedeceu ao pedido. Quando soltou, o objeto continuou grudado a sua mão. Tentou mais uma vez, com força, o que chegou até mesmo a provocar um *clink*. Seus dedos continuavam segurando a asa da xícara. Kidan se levantou e sacudiu a mão com vigor. A xícara foi jogada contra a parede.

— Você colou isso na minha mão? — perguntou Kidan.

A reitora Faris arqueou uma das sobrancelhas.

— Por favor, sente-se e vou explicar.

Com os nervos à flor da pele, Kidan se sentou devagar.

A reitora arrastou para o centro da mesa uma pequena tábua que continha algumas palavras escritas.

Nenhuma xícara deve ser largada nesta casa.

— As casas cumprem leis. Leis ordenadas por seus donos. — O tom de voz da reitora era calmo, ensaiado. — Criei esta lei especificamente para este exercício, é óbvio.

Kidan piscou. E então de novo. Em seguida, empurrou a cadeira, levantou-se e foi até a cozinha. De início, tentou desgrudar a própria pele da xícara usando a bancada de apoio. Quando não obteve sucesso, encontrou uma colher e tentou enfiá-la entre a xícara e a palma da mão. Aquilo só a fez gritar uma série de impropérios quando a colher se soltou e ricocheteou em sua testa. Kidan abriu a torneira e enfiou a mão debaixo da água, o que só serviu para deixar a porcelana escorregadia e ainda encharcar seu suéter.

— Quando você acabar por aí, podemos continuar — disse a reitora da sala de jantar.

Kidan fechou a torneira e se inclinou sobre a pia, respirando com dificuldade. Impossível. De jeito nenhum.

Kidan voltou à sala de jantar molhada e assustada.

— Tire isso de mim.

— Com certeza.

A reitora Faris colocou a própria xícara sobre a mesa. Na mesma hora, a de Kidan se soltou e caiu. Por reflexo, Kidan conseguiu segurá-la. Olhava boquiaberta para a xícara, a superfície lisa e as imagens gravadas nela. Não havia nada extraordinário no objeto — e, ainda assim, tinha desequilibrado a gravidade de seu mundo.

— Como?

— Depois de muitos anos de prática até alcançar o domínio, as casas se tornam uma extensão de seus respectivos donos. São criaturas bastante complicadas.

O poder das casas...

Kidan se sentou outra vez enquanto encarava a xícara como se ela pudesse de repente começar a cantar.

— Estamos todas calmas? — perguntou a reitora.

Kidan assentiu.

— Muito bem. Agora, ouça com atenção o que vou dizer. Durante centenas de anos, os humanos foram perseguidos e torturados pelos vampiros. Éramos completamente indefesos perante eles. Os únicos que conseguiam enfrentá-los eram os Sage, mas todos eles foram exterminados. — A reitora franziu a sobrancelha por um momento. — No entanto, antes de morrer, o Último Sage criou as Três Restrições.

Kidan conhecia aquelas restrições poderosas. Ela as tinha recitado diversas vezes para June quando a irmã tinha pesadelos, enquanto abraçava seu corpo encharcado de suor. Sua favorita era a Terceira Restrição. Ela garantia que a população de vampiros nunca crescesse demais.

— O Último Sage também nos deu poder sobre nossas casas. Cada acto, que são os membros das Oitenta Famílias, tem o direito de se tornar o possível dono da casa. No passado, cada casa podia criar leis individuais. Como você pode imaginar, isso causava muitos conflitos entre as famílias.

— Leis… como países — disse Kidan, a mente ainda meio enevoada.

— Exato. Cada pessoa e cada casa agia por conta própria. Quando houve o acordo de paz entre vampiros e humanos, os vampiros foram convidados a morar conosco, dentro de nossas respectivas casas, como nossos companheiros. Isso mudou tudo.

Kidan sentiu um gosto ruim na boca ao ouvir as palavras "paz" e "vampiros" na mesma frase. Eram intrinsecamente opostas, e uma não poderia existir enquanto a outra vivesse.

A reitora Faris continuou.

— A Uxlay é singular porque decidimos viver em comunidade. Doze herdeiros e herdeiras se juntaram para respeitarem uma lei universal a todas as casas. Uma lei que nos protege do mundo exterior.

A névoa se dissipou e deixou Kidan apenas com sangue nos olhos. Tanto poder desperdiçado em proteção contra o mundo exterior? Qual era a serventia daquilo se o verdadeiro problema era interno?

— Venha comigo.

A reitora Faris se levantou e saiu pela sacada.

Kidan foi atrás dela, pisando firme diante do vento forte. A Uxlay inteira se estendia diante delas. Um conjunto de casas — estavam mais para mansões, na verdade — em volta do campus como um cinturão.

— Se você reparar, cada casa compartilha a fronteira com a casa seguinte ao redor de todo o campus. Algumas delas abrigam um cemitério e até campos esportivos em sua área sem quebrar esse círculo. A arquitetura é proposital, para que a lei universal não se quebre.

— O que exatamente é essa lei?

— Ninguém pode entrar ou mesmo encontrar a Uxlay sem autorização, seja humano ou vampiro.

Kidan segurou o parapeito com força. Enfim fazia sentido por que nunca tinha conseguido encontrar a universidade. Todos os meses passados dentro daquele apartamento, beirando a insanidade perante a ideia de que o lugar existia, mas sem conseguir provar — aquilo tinha sido cruel. Ela analisou as feições da reitora, as linhas nos cantos dos olhos castanhos que denunciavam a idade — embora não houvesse nada de suave em sua postura.

Kidan franziu a testa.

— Mas esta casa não faz fronteira com as outras.

A reitora Faris assentiu.

— Como são as fundadoras, as Casas Adane e Faris são as únicas capazes de estabelecer leis próprias. Assim, a responsabilidade e as funções da reitoria da Uxlay recaem sobre nós.

Kidan quase perdeu o equilíbrio. Seus ancestrais tinham fundado a Uxlay? Tinham sido reitores? E, mais importante, a Casa Adane podia estabelecer a *própria* lei. Ela não conseguia nem imaginar tamanho poder. O choque da nova descoberta era uma possibilidade animadora. Uma arma. Enfim tinha uma boa arma contra eles.

Os olhos de Kidan brilharam.

— Está me dizendo que posso estabelecer qualquer lei na Casa Adane? Tipo a sua lei do chá?

As palavras da reitora Faris foram bem cuidadosas.

— Estabelecer e mudar a lei de uma casa é uma arte muito difícil. Arte que você aprenderá no ano que vem, se ainda estiver conosco. Mas, ainda assim, vai demorar alguns anos para estar pronta.

Anos...

Kidan fitou o lado de dentro da xícara. Será que era tão difícil assim?

A reitora apontou para um imóvel escuro que se apresentava diante delas.

— A Casa Adane. Apenas as nossas casas ficam dentro dos limites da fronteira, Kidan. A responsabilidade que nos foi designada é enorme, um poder do qual não podemos abusar. Se Susenyos Sagad herdar a Casa Adane e utilizar esse poder de modo errado, vai causar a ruína da Uxlay.

Kidan abriu um sorriso forçado.

— Se está tão preocupada com o fato de ele criar leis próprias, por que não acredita que ele tenha sequestrado minha irmã?

A reitora Faris falou devagar e repetiu a mesma pergunta frustrante.

— Que prova você tem de que ele levou sua irmã?

Kidan abriu a boca e então a fechou. As palavras da confissão de sua vítima ecoaram em seus ouvidos.

"Susenyos Sagad!... Ele... Ele a levou!"

Sentiu um gosto ruim na boca. A prova de Kidan não poderia ser usada. Ainda não.

— As leis de uma casa só podem ser alteradas por seus verdadeiros donos. Você pode ver por que as responsabilidades de quem herda na Uxlay são importantes. Todos vocês são essenciais para preservar a comunidade da Uxlay e manter nosso povo seguro.

Kidan estava começando a entender.

— E a lei só funciona dentro da casa, não do lado de fora. Certo?

A reitora Faris pegou uma pétala caída no parapeito e deixou que a brisa a levasse.

— Isso. A lei da minha casa só funciona no território dos Faris.

Kidan olhou para o círculo sob uma nova perspectiva. Cada uma daquelas casas compartilhava fronteiras para que a lei de uma se estendesse até a outra, criando assim um enorme escudo de proteção.

— O que acontece se uma das casas na fronteira decidir quebrar a lei universal?

Kidan imaginava aquele sistema como uma represa: bastava um único e significativo vazamento para que tudo desmoronasse e fosse exposto ao mundo exterior.

A reitora olhou para ela com curiosidade.

— A Uxlay foi construída com base na ideia de que seria uma comunidade segura e escondida. Qualquer um que tenha problema com isso será retirado de nossa sociedade. E nós vamos nos adaptar para compensar essa perda.

Ela falava como se fosse um general diante da tropa.

Kidan franziu a testa.

— Mas e se os vampiros se insurgirem contra vocês aqui dentro? Se os escravizarem e, bem, capturarem e forçarem vocês a fornecer sangue a eles?

A reitora Faris não pareceu ofendida com aquele questionamento.

— Foi justamente esse estilo de vida baseado na morte e no caos que o Último Sage encerrou ao propor essa nova forma de coexistência. Acha que vampiros são idiotas violentos? Eles desejam a paz tanto quanto nós. Escolheram coexistir ao nosso lado, e tem sido assim por muitas gerações. Quem não desejar viver sob esse sistema pode ir embora da Uxlay, e alguns já foram.

Eles desejam a paz tanto quanto nós. Kidan queria rir, mas a reitora Faris parecia de fato acreditar naquelas palavras.

A reitora voltou para dentro e serviu uma xícara de chá de canela.

— Se Susenyos Sagad ocupar aquela casa sozinho por 28 dias consecutivos, ele se torna o único dono. Se for morar com ele, o testamento é suspenso, e você terá tempo para se formar e reivindicar sua casa. Por favor, beba.

Kidan pegou a xícara quentinha e sentiu um frêmito lhe subir pelo braço. De imediato, colocou-a em cima da mesa para checar se a lei ainda estava alterada. Estava. Como aquilo tudo funcionava?

— Ou então você pode simplesmente prendê-lo.

— Admiro sua coragem, Kidan, mas suposições e julgamentos vão tornar sua vida aqui muito difícil. Eles são úteis até certo ponto. Seja cautelosa, mas nunca fria. Ainda mais quando os pequenos grupos e clubes da Uxlay começarem a lhe fazer convites.

Kidan franziu o nariz.

— Não estou interessada em grupo algum.

— Mas eles vão se interessar por você. — Os olhos apurados da mulher carregavam um brilho de alerta. — Todo mundo quer amizade com uma herdeira de uma Casa Fundadora. Transite com cuidado.

— Com certeza… mas eu preciso frequentar as aulas?

O rosto dela adotou ainda mais seriedade.

— Sim, precisa frequentar, e o fracasso não é uma opção. Qualquer outro acto pode repetir as matérias e tentar de novo no ano seguinte sem colocar a herança em risco. Você, não. O único motivo pelo qual está autorizada a morar em uma de nossas casas é por estar estudando nossa filosofia. Se você repetir, Susenyos tem o direito de expulsar você até o próximo ano de curso, e então vai ser tarde demais.

Kidan respirou fundo. Em seguida assentiu.

— Mas antes das aulas começarem, há algo importante a ser feito. — A reitora Faris se inclinou para a frente, como se contasse um segredo. — Quero que descubra qual é a lei em vigor na sua casa. Ela só vai se revelar a potenciais herdeiros.

Já existe uma… lei em vigor.

Kidan olhou para as próprias mãos.

— Imagino que não tenha a ver com chá.

A reitora Faris abriu um quase sorriso.

— Não, infelizmente, não.

— E onde encontro a lei? Fica em uma mesa, igual à sua?

Uma ruga se formou entre as sobrancelhas da reitora. Com um tom de voz hesitante, ela respondeu:

— A casa é um eco da mente. Ela se apresenta de maneira diferente a cada herdeiro em potencial. A melhor resposta que posso dar a você é que a lei estará escondida no cômodo em que você menos quiser entrar.

Kidan piscou devagar.

— Não entendi.

— Vai entender quando se instalar. — Ela assentiu. — Ao contrário de estabelecer ou alterar uma lei da casa, descobrir a lei já existente é uma tarefa mais simples. Acredito piamente no seu êxito.

A reitora se virou para as cortinas esvoaçantes. Elas tremulavam com uma nova rajada de vento, e a mulher inclinou a cabeça, como se ouvisse algo.

— Pode entrar — disse a reitora Faris, embora ninguém tivesse batido à porta.

Um homem de tranças e postura extraordinariamente ereta adentrou o cômodo.

— Este é o professor Andreyas, meu companheiro e seu professor de Introdução ao Dranacto — informou a reitora.

Dranacto — o nome oficial da filosofia ensinada na Uxlay. Um curso no qual ela teria que ser aprovada, sem sombra de dúvida. Nem Kidan, nem ele estenderam a mão. Impressionava a Kidan como eles se ajustavam bem à pele humana. Andreyas a examinou com seus olhos que nunca piscavam, e Kidan sentiu um arrepio congelante.

— É um prazer. — A voz dele serpenteava como a cauda de um escorpião. Ele se inclinou para sussurrar algo no ouvido da reitora.

Na manga do professor Andreyas havia um broche dourado — um melro de olhos prateados idêntico ao da reitora Faris. A insígnia da Casa Faris, Kidan concluíra.

— Muito bem — disse a reitora. — Vamos visitar Susenyos agora. Venha, Kidan. Explico tudo a você no caminho.

Kidan seguiu atrás dos dois. Formavam uma dupla estranha, mas impressionante, caminhando lado a lado. Um inumano, de pele de aço, eterno. A outra, uma mulher negra, de pele macia, que envelhecia. Ainda assim, era ele quem seguia os passos dela, obedecia sua voz e se adaptava aos seus movimentos. Uma sombra para um sol.

8.

A REITORA FARIS E KIDAN CHEGARAM A UMA CASA QUE tinha o mesmo ar de riqueza e o mesmo tipo de madeira maciça de uma mansão mal-assombrada. Se outras casas lembravam animais selvagens domésticos, no entanto, Kidan achava que aquela estava com os dentes quebrados e infectada com uma doença bem particular.

Ela olhou pelas janelas na tentativa de enxergar o dranaico que vivia ali, de maneira muito conveniente, à medida que toda sua família morria. Se Kidan não tivesse feito um acordo com a reitora, colocaria fogo naquela casa também.

— Achei que seria maior. — Kidan franziu a testa, comparando a casa à mansão Faris.

— Seu pai e sua mãe tinham um gosto mais modesto. — A expressão no rosto da reitora Faris foi suavizando à medida que examinava a casa. — Fazia anos que eu não entrava aqui.

— Por quê?

— Passei a comandar minha casa quando tinha 20 anos, e desde então não pude mais entrar em casas de outros donos. A Casa Adane não pertence a ninguém neste momento. É uma circunstância muito rara, e estou feliz de poder visitá-la.

Kidan não conseguia nem sequer começar a entender todos aqueles costumes. Ela olhou para a chaminé preta e as calhas sujas.

— Não me lembro desta casa — disse enquanto tentava vasculhar a memória.

— Não tinha mesmo como você lembrar. A Uxlay não permite que crianças morem aqui. Todas estudam no internato onde a presença de vampiros não é autorizada. Quando terminam, elas vêm até aqui para dar continuidade aos estudos.

— Mas se a Uxlay é tão segura, por que precisa me acompanhar até lá dentro?

— Porque até semana passada Susenyos Sagad estava certo de que herdaria esta casa. Não sei muito bem o que vamos encontrar lá dentro.

Começaram a ouvir música ao chegarem perto da aldrava em formato de leão. Era um ritmo repleto de percussão e instrumentos de sopro, e os vocais cantavam em uma língua estrangeira. A porta de carvalho era mais pesada do que Kidan imaginara, e rangia conforme se abria, deixando evidente que as dobradiças careciam de lubrificação. O cheiro de carpete velho e poeira assentou em sua língua. Parecia ao mesmo tempo habitada e abandonada desde a saída de seus ocupantes. Kidan gostou. Era uma demonstração incomum de lealdade mantê-la inalterada, sem apagar a história. Por um segundo, imaginou que poderia encontrar o pai e a mãe no andar de cima.

— Os vampiros não fazem faxina? — perguntou Kidan.

— Você tem uma cozinheira, Etete. Então não vai estar sozinha por completo. Ela vai ajudar bastante. Infelizmente, a presença dela não conta para invalidar o testamento porque ela não é herdeira da Casa Adane.

A ideia de ter uma cozinheira não era muito reconfortante.

Havia prateleiras de vidro cheias de antiguidades e pequenos tesouros em todos os cantos. Ao olhar mais de perto, pareciam ser badulaques do leste da África, provável que provenientes de escavações arqueológicas. Embora Kidan fosse etíope, mal reconhecia a própria cultura. Mais uma coisa que estava perdida há tempos.

A reitora ergueu os olhos da foto que estava admirando. Uma mulher de saia longa e casaco de pé em meio a ruínas e ao lado de um homem com chapéu de aba larga. Na parte de baixo, lia-se: Projeto Arqueológico Axum, 1965.

— Sua família tinha paixão por recuperar coisas perdidas. Também tinha muita dificuldade em dividir as coisas que recuperava. O Projeto

Arqueológico Axum investiga o período dos Sage no norte da Etiópia. Muitos perderam as esperanças de que o antigo Axum pudesse ser encontrado de novo, mas seus antepassados estavam determinados a localizá-lo.

Entraram em uma sala cheia de móveis. Ainda não havia qualquer sinal do dranaico. Em cima da lareira, havia um retrato gigantesco pendurado. Mostrava com riqueza de detalhes cinco pessoas muito bem-vestidas. Uma delas, uma mulher parecida com tia Silia em um vestido preto e com os cabelos presos em um coque frouxo. Kidan não se lembrava se o nariz dela tinha mesmo aquele formato. Havia duas pessoas mais velhas de cabelos brancos e, no meio, um casal sorridente, ele de terno e ela em um vestido vermelho. June herdara os olhos gentis e brilhantes do pai. Kidan puxara o nariz reto e a testa grande da mãe, que parecia sempre séria, mesmo quando não estava. No entanto, os cabelos soltos e cacheados da mãe tinham ficado apenas para June. Kidan puxou as pontas de suas tranças, que estavam emboladas e duras como ferro. Era uma batalha lidar com o cabelo, e muitos pentes já haviam sido sacrificados pela causa. Seu pai parecia compreender a dificuldade e escolhera usar o cabelo bem curtinho e denso. Todas as características dela e de June vinham daqueles desconhecidos. Aquilo pareceu se sobrepor a todo o resto, tão vivo que ela sentiu vontade de chorar.

— Quando isso aqui foi pintado?

Sua voz vacilante revelou a emoção. Os pais pareciam tão… jovens, mais ou menos da mesma idade que ela.

— Na festa de gala dos acto, uns 16 anos atrás.

A reitora olhou para a assinatura no canto, e seu tom de voz se alterou ligeiramente.

— Obra de Omar Umil, é óbvio.

Omar Umil… Por que o nome era familiar? Estava no livro da tia Silia. A única pessoa sobre quem ela escrevera com carinho, e que atualmente estava em Drastfort, a prisão da Uxlay. Mais um mistério.

Kidan teve que fazer um grande esforço para desviar os olhos do quadro e, mesmo quando o fez, sabia que daria mais uma olhadela quando passasse ali de novo.

Elas seguiram a música até chegar a uma espécie de sala comum que abrigava uma escrivaninha e uma imensa estante de livros.

O corpo de Kidan de repente foi acometido por uma onda violenta de frio.

Havia diversas garotas de pé perfiladas no centro do cômodo. Todas estavam vendadas, e o sangue escorria de seus ombros mordidos.

— June — sussurrou Kidan ao entrar desembestada na sala escura.

Segurou uma das garotas e tirou sua venda. Um par de olhos verdes piscou para ela, em vez dos castanho-claros. Kidan deu um passo para trás. Continuou ao longo de toda a fileira, tirando a venda das jovens, uma por uma. Nos momentos mais difíceis, Kidan já imaginara aquela cena, June sendo torturada e tendo o sangue drenado. Ela sentiu a garganta fechando de pavor ao chegar à última garota.

Por favor. Por favor.

Kidan enfim encontrara a Uxlay e entrara no lugar onde Susenyos vivia... June devia estar ali. Ela *tinha* que estar. Seus dedos tremiam muito, e ela não conseguiu puxar a última venda. A própria garota retirou e revelou os olhos pretos arregalados. Não eram castanhos cor de mel.

— Quem é você? — sussurrou a garota.

Kidan cambaleou e se segurou na parede, tentando puxar o ar para os pulmões.

Atrás das garotas, três pessoas estavam sentadas a uma mesa, em meio a algum tipo de jogo. Uma delas estava de costas para Kidan, os cabelos escuros e grossos caindo até o ombro.

Dranaicos. Se Kidan cuspisse fogo, já estariam todos incinerados.

A reitora Faris parou ao lado dela, a compaixão nos olhos dando lugar a algo mais severo ao avistar os vampiros. Dois deles se levantaram de uma vez só — um garoto e uma garota.

Havia uma faixa dourada em volta da testa do garoto, o corpo musculoso sob uma camisa apertada. Ele deu um sorrisinho nervoso.

— Reitora Faris. Não a estávamos esperando aqui.

A reitora nem se preocupou em usar a formalidade em seu tom de voz.

— A captação de sangue é proibida fora dos edifícios Sost do Sul. De quem foi essa ideia?

A garota de pele escura abaixou a cabeça de leve em um pedido de desculpas. Usava um casaco e um colete de veludo brocado, com uma flor vermelho-sangue pregada na gola. O cabelo era cortado na altura do pescoço, liso e com cachos atrás da orelha. Parecia um lorde da era vitoriana.

— Peço desculpas. — Seu tom de voz era mais formal.

A reitora Faris franziu a testa.

— Esperava mais de você, Iniko. Apresente-se ao Andreyas e diga que está banida da captação pelos próximos três meses.

Iniko assentiu de novo, aceitando a punição sem questionar.

A reitora olhou para as meninas.

— Iniko e Taj, levem suas convidadas com vocês e me esperem no meu escritório.

Taj, o jovem com a faixa dourada, abordou as garotas.

— Venham comigo, moças. Deem as mãos, sim, por aqui.

Ele piscou para Kidan ao sair. Ela sentiu as narinas dilatarem de nojo.

Quando eles saíram, a reitora Faris se sentou na cadeira posicionada de frente para o vampiro, que recolhia as cartas com calma. Kidan ficou encostada na parede.

— Iniko já contou a você sobre a mudança em sua situação?

— Ah, lógico, receber pelos meus melhores amigos a notícia de que vou ser cortado do testamento não é algo que eu esqueceria.

A voz do vampiro parecia familiar, grave e debochada. Kidan deu alguns passos para a frente devagar, o coração acelerado.

— Imaginei que seria melhor assim. Ela tem um talento para argumentar com você — comentou a reitora.

— Acho que tem.

— E essa captação de sangue? Foi ideia da Iniko mesmo?

— Ela quer encontrar alguém compatível para mim. Não posso impedir seu desejo.

A reitora Faris olhou para as mangas da camisa dele.

— Não está usando seu broche. Está pensando em mudar de casa?

Ele se mexeu, pegou no bolso um broche prateado com duas montanhas lado a lado e prendeu-o na manga.

— Sempre Adane.

Ele pronunciou o sobrenome de Kidan com a afetação correta e uma familiaridade excessiva.

Sua atenção enfim se voltou a Kidan, o que a deixou paralisada. Os olhos embotados pelo tempo. A pele muito próxima ao tom da terra.

— Olá, passarinha.

Kidan sentiu a visão turvar e começou a respirar com dificuldade.

Ele pendeu a cabeça para o lado.

— Já matou mais criaturas inocentes desde a última vez que te vi?

A reitora Faris apontou de um para o outro.

— Vocês já se conheceram?

Ele esboçou um breve sorriso.

— Eu a ajudei quando ela estava desesperadamente precisando, mas acho que ela enxerga de outro modo.

— Era para você esperar até que eu os apresentasse — disse a reitora Faris, a reprovação carregada no tom de voz.

O sorriso realçou a pele marrom-escura dele.

— Há bem poucos rostos novos por aqui. Tive que satisfazer minha curiosidade.

A reitora levou a mão à têmpora.

— Kidan Adane, este é o vampiro da sua casa, Susenyos Sagad.

O sorriso era forçado quando ele voltou a encará-la, o desgosto transparecendo por um momento. Kidan se sentiu como o passarinho que eles mataram, já morta e agora arremessada na fogueira.

9.

ELES SE SENTARAM NO CÔMODO TOMADO POR BARULHI-
nhos, e o cheiro de bebida e de lenha em brasa deixou Kidan sufocada.
Susenyos Sagad estava inteiramente à vontade. Sossegado, do jeito que
homens arrogantes sempre ocupavam os espaços.

Não, homem, não.

Um raio de sol que entrava pela janela a lembrou da imortalidade dele.
Susenyos enganara a decadência e a podridão e tinha conseguido que uma
das estrelas mais poderosas lhe banhasse com sua luz dourada. Quando
mudou de posição, o sol fez seu trabalho sobre as sombras também. Deixou
sua textura mais macia, como mel, e brilhou sobre sua bochecha como se
fosse o horizonte, fazendo seu papel de disfarçar o monstro de humano.

— Ayzosh, atfri — disse ele em um tom de voz oscilante.

— O quê?

— É amárico. — Seus olhos adotaram maior seriedade. — Quer herdar
a Casa Adane e não sabe nem a própria língua?

Ele olhou para a reitora Faris com a testa franzida, e os dois conversaram
como se Kidan não estivesse lá, o que só a deixou mais angustiada. A voz
de Susenyos em amárico era dura, rápida e direta. Parecia uma língua que
mostrava os dentes.

Aquele idioma era mais uma coisa que June e ela tinham abandonado
depois da morte dos pais biológicos. Foi como elas sobreviveram. Obri-
garam-se a se esquecer do amárico, enfiando o inglês goela abaixo até que
se tornasse tudo o que conheciam. Mama Anoet se certificou disso. Kidan
passou a mão nos dedos, lembrando-se dos beliscões que levava quando

respondia qualquer coisa em seu idioma nativo. Ninguém jamais poderia descobrir que elas eram as crianças Adane.

A certa altura, a reitora Faris se levantou.

— Você tem direito de falar diretamente com ela, mas lembre-se das leis. Ela ainda não é sua companheira, mas qualquer aluna matriculada merece receber o mesmo tipo de cortesia. Kidan, estarei lá fora se precisar de mim.

Quando ficaram a sós, Susenyos serviu uma bebida a ela que cheirava a gasolina.

— Venho servindo à Casa Adane por muitas gerações — começou. — E pelo modo como suas costas estão rígidas e tensas, me parece que você detesta este lugar, o que me faz imaginar por que está aqui. Acredito que esteja interessada no dinheiro. No luxo. Não tenho motivo algum para não destinar uma pequena parte dos lucros a você. As coisas se tornam melhores quando compartilhadas.

Kidan se segurou para não trincar os dentes ao falar.

— *Suponho* que, neste combinado, você ficaria com a casa.

Ele deu de ombros e se recostou na cadeira.

— Manter uma casa dá muito trabalho.

— Concordo. — Ela adotou o mesmo tom de voz relaxado dele. — Mas adoro um desafio.

A expressão no rosto dele era curiosa. Uma mistura de aborrecimento e interesse.

— Está flertando comigo, passarinha?

Kidan respirou fundo. Que audácia daquele cara.

— *Não.*

— Não está interessada no dinheiro nem atraída por mim. Sinto que infelizmente estamos ficando sem assunto.

Então ele gostava de joguinhos. Kidan dissipou a tensão dos ombros.

— Sempre traz garotas vendadas aqui?

Vampiros não podem beber o sangue de qualquer humano, então aquelas garotas eram de Famílias Acto.

— Como a reitora Faris explicou, as regras não permitem. É uma pena, porque são uma companhia deliciosa.

Ela sentiu náusea.

— O que faz com elas depois?

Ele pendeu a cabeça para o lado.

— Mando pra casa.

— Mandou June Adane pra casa?

Ela fez a pergunta sem nem piscar, atenta a qualquer reação da parte dele. Nem precisava ter prestado tanta atenção, entretanto. Até quem estivesse do lado de fora vendo pela janela poderia sentir a mudança na atmosfera do cômodo, o brilho divertido no rosto dele se esvaindo e tornando-se algo morto há tempos.

Susenyos não admitiria. Se as leis da Uxlay em relação aos humanos eram tão rígidas e temidas, ele não admitiria. Contudo, ela queria falar o nome da irmã naquela casa, queria deixar explícito que não iria embora sem ela.

— Infelizmente, você me entedia — concluiu ele com um movimento da mão. — Estou aqui lhe oferecendo o mundo, e você prefere reduzir-se a acusações sem sentido.

Dessa vez, ela abriu um quase sorrisinho.

— Minhas fontes são muito boas.

Kidan notou um leve franzir entre as sobrancelhas dele. Talvez fosse preocupação. Ele deu uma olhada para a porta fechada.

Lógico. A reitora Faris.

— Então por que as autoridades do campus não me prenderam? Por que não estamos em um tribunal?

Kidan só podia encarar o próprio ódio. Se fosse revelar sua fonte, tinha que ser no momento certo, com a garantia de que June estaria a salvo, ou então aquela evidência a levaria para o buraco.

Como uma criança que acabara de descobrir um tesouro, Susenyos se inclinou para a frente, os olhos brilhando.

— Você não é a primeira pessoa a me acusar. Deve ser algo no meu rosto. Mas vou contar uma coisa a você que meus inimigos não entendem: eu gosto de levar o crédito pelos meus delitos, porque eles são engenhosos. Agora, sequestrar sua irmã? Onde estaria o desafio nisso?

Kidan pegou a bebida, segurando-se para não jogar tudo na cara arrogante dele. Em vez disso, bebeu aquele fogo líquido. Estava mais forte do que imaginava, mas ela manteve o olhar fixo nele.

Susenyos a observou colocar o copo vazio sobre a mesa.

— Então, vamos falar sobre quanto você vai me custar? Um milhão deve ser suficiente.

Kidan se levantou e examinou o luxo do cômodo. Era dinheiro de gerações, móveis imponentes feitos de madeiras caras, almofadas de veludo macias e suaves. Passou os dedos pelo material.

— Essa é uma almofada Saui — disse ele perto dela, sua sombra cobrindo-a. Kidan sentiu o corpo travar ao perceber que ele tinha ido até ali sem fazer nenhum barulho. — Vê como a costura é delicada? O artista só fez três exemplares antes de morrer. Posso dar de presente a você para comemorar nosso novo acordo.

Ele valorizava bens materiais. Dava para sentir na cadência de sua voz. Objetos tinham mais significado do que a menção à irmã dela. Kidan enfiou a unha sob a costura.

— Calma — avisou ele.

Ela abriu um sorrisinho, sabendo que ele estava olhando. Puxou o fio vermelho delicado, descosturando-o.

O som ríspido que saiu da boca de Susenyos fez cócegas no pescoço dela antes mesmo que ele falasse.

— Não.

Kidan olhou para ele devagar, observando os olhos pretos e agitados, a postura firme, o esforço que fazia para manter os punhos cerrados ao lado do corpo, e não ao redor do pescoço dela.

Ela deixou a linha cair entre eles, e o tom de vermelho avivou os olhos de Susenyos por um instante. Ele chegou mais perto dela, roubando o ar de seus pulmões.

Será que a mataria ali mesmo?

O som dos sapatos de salto baixo da reitora Faris anunciou sua volta. Susenyos se afastou depressa. Kidan conseguiu soltar o ar.

— Bem, Kidan, onde vai dormir esta noite?

Kidan abriu seu primeiro sorriso para Susenyos, largo e confiante. Ele era esperto o suficiente para ficar desconfiado, então franziu as sobrancelhas.

— Acho que vou ficar com o quarto maior.

Susenyos Sagad é o último dranaico remanescente em nossa casa. Ele não fala com muita frequência, mas acredito que tenha algum tipo de acordo com seu pai e sua mãe. Acho que está esperando que eu morra para poder reivindicar a casa para si. Sinto seus olhos sobre mim, sua presença sombria sempre por perto. Não sei por que minha irmã e seu pai deixaram o legado para ele, mas foi o último desejo dos dois. Eles adoravam manter segredos, e eu temo que tenha sido o que, no fim das contas, os matou.

Vou deixar a casa para ele, mas, se você quiser, deve tomá-la. Ela poderá proteger você de modo que não fui capaz.

Quatro casas se voltaram contra a Casa Adane.

Fique atenta a essas famílias: Ajtaf, Makary, Qaros e Umil. Acho que Susenyos pode estar trabalhando com eles. Proteja-se.

As leis da Uxlay

Lei universal:
Nenhum indivíduo, humano ou vampiro, pode encontrar ou entrar na Uxlay sem autorização.

O ranking das casas

(Baseado no número de dranaicos leais a cada casa e sua situação atual nos negócios)

1. Casa Ajtaf (234 dranaicos)
2. Casa Faris (124 dranaicos)

3. Casa Makary (100 dranaicos)
4. Casa Qaros (98 dranaicos)
5. Casa Temo (97 dranaicos)
6. Casa Delarus (81 dranaicos)
7. Casa Rojit (65 dranaicos)
8. Casa Piran (55 dranaicos)
9. Casa Goro (33 dranaicos)
10. Casa Luroz (23 dranaicos)
11. Casa Umil (10 dranaicos)
12. Casa Adane (1 dranaico)

— *História das Casas Acto*
Por Yohannes Afera

10.

KIDAN NÃO DESFEZ AS MALAS. DEIXOU-AS NO CANTO DE um quarto enorme que podia ser ocupado por três pessoas. Depois de uma hora de gritaria com a reitora, Susenyos saiu de casa furioso. Kidan observou seu longo casaco arrastando no chão enquanto ele saía em disparada pelos degraus da entrada, a reitora atrás dele. Kidan não perdeu tempo. Vasculhou todos os cômodos depressa, começando pelo andar em que estava. Havia quatro quartos no total, todos iguaizinhos, a não ser por um.

O quarto dele.

Foi impossível não compará-lo ao seu apartamento sufocante que desde então, ainda bem, estava abandonado. As cortinas dela estavam sempre fechadas para que o sol não interrompesse a escuridão. Aquilo a forçava a se deter a revisitar os pensamentos que lhe perturbavam, uma espécie de meditação macabra.

Susenyos Sagad, pelo contrário, acolhia o sol: havia uma parede inteira de vidro que exibia a floresta distante e o crepúsculo que se aproximava. O fato de ele se achar merecedor de luz a frustrava demais.

O cheiro de livros e tinta eram mais fortes no centro do quarto. Kidan estava acostumada ao farfalhar e à confusão de papéis, mas, enquanto suas leituras engoliam o chão e se espalhavam pelas gavetas, ali os papéis estavam enrolados em pergaminhos, milhares deles empilhados na parede oposta. Ela se sentiu contrariada de novo. Como tudo era bem cuidado, arrumado e limpo.

Kidan pegou um dos pergaminhos, soltou o laço e começou a analisar a escrita cuidadosa.

Carta para o Imortal

Eu me sinto uma boba escrevendo para você. Meus amigos acham que fantasio demais, por acreditar que as frestas do nosso mundo escondem magias maravilhosas, mas de que outra maneira é possível viver? Tem de haver algum outro tipo de existência para nós. Os seres humanos não podem ter uma mente dotada com a capacidade de criar e imaginar e, ainda assim, serem forçados a viver neste ciclo sem fim de dinheiro e trabalho.

Espero estar fazendo isso certo. Você pediu nome, país e data.

Por favor, me escreva de volta. Não porque minha vida está em perigo ou porque preciso de ajuda, e sim porque saber que você existe salvaria a minha imaginação, e isso é tudo de que preciso para mudar minha vida.

Rosa Tomás
Luanda, Angola, 1931

Kidan franziu a testa e pegou mais algumas cartas. Eram todas de diferentes países e anos; a mais antiga que encontrou era de 1889. Pergaminhos enrolados. Kidan não conseguia compreender. Seu melhor palpite era de que ele tinha algum tipo de negócio, e aquelas cartas eram pedidos, mas o que de fato ele oferecia em troca era difícil de deduzir, já que em cada uma havia um pedido diferente. Na quinta carta, Kidan já não suportava mais o desespero dos remetentes. Estavam implorando para que um monstro os salvasse. Ela correu os olhos pela parede — havia pelo menos mil delas ali.

No closet dele, havia uma seleção de casacos caros, camisas largas e calças pretas e marrons. Na mesa de cabeceira, viu o livro que ele segurava na primeira vez que se encontraram, o que tinha uma toranja cortada com sangue pingando dela.

Kidan tirou tudo das gavetas da mesa de cabeceira — alguns anéis, uma caixa de canetas, manuscritos encadernados, frascos dourados.

Já estava quase desistindo e saindo do quarto quando um raio de sol refletiu numa pulseira prateada, enfiada bem lá no fundo. Tudo ficou em silêncio. O gorjeio dos passarinhos, o farfalhar do vento, os rangidos de uma casa antiga.

O coração de Kidan batia acelerado.

Trêmula, ela pegou a correntinha. Havia um pingente de borboleta pendurado.

Kidan deixou escapar um soluço e então cobriu a boca. Ela fizera duas pulseiras iguais — uma para Mama Anoet, outra para June. Aquela, a mais especial, tinha um pingente de três pontas que representava as Três Restrições impostas aos vampiros. Para ajudar a afastar os pesadelos da irmã.

Kidan sentiu a voz falhar.

— *June.*

Uma voz fria quebrou o silêncio do cômodo.

— Que porra você está fazendo no meu quarto?

Kidan ficou paralisada. Susenyos estava de pé na porta, de braços cruzados, os olhos fixos na pulseira e no conteúdo de suas gavetas espalhado pelo chão.

Ela precisava dar o fora dali. Falar com a reitora Faris.

Antes que Kidan pudesse fechar o punho, Susenyos a empurrou para trás com uma rapidez sobrenatural e recuperou a pulseira com um guardanapo.

— Devolve — rosnou Kidan, levantando-se e partindo para cima dele.

Susenyos segurou os pulsos dela com facilidade, e a manga do casaco de Kidan se mexeu, revelando a própria pulseira igual. Uma ruga se formou entre as sobrancelhas dele.

— Onde ela está? — Kidan bradava. — O que fez com ela?

Os olhos dele pareciam o fundo do oceano.

— Receio não saber de quem você está falando.

Com saliva depositada nos cantos da boca, ela rugia:

— Onde ela está, porra?

Susenyos a arrastou até a porta do quarto com uma força assustadora.

— Vamos precisar estabelecer alguns limites. Se eu encontrar você no meu quarto de novo, não vou ser tão gentil.

Ele a jogou para fora como se fosse um saco de roupa suja. Kidan tentou voltar, mas a porta tinha sido trancada. Ela bateu até os punhos ficarem machucados — e então a porta se abriu. Kidan entrou correndo. A janela estava aberta. Contudo, ele tinha sumido, levando a pulseira junto.

Sua única chance. A prova de que precisava para que a reitora Faris acreditasse nela. Tinha sumido.

Kidan gritou tão alto que os passarinhos em todas as árvores da Uxlay saíram voando.

11.

KIDAN SE APRESSOU PARA REVIRAR TODOS OS OUTROS quartos e chegou a se aventurar no andar inferior, que abrigava uma adega meio assustadora, e num espaço amplo e vazio, cheio de tapetes de treino e equipamentos que pareciam pouco utilizados que levantaram poeira ao serem tocados.

De volta ao andar de cima, ela encontrou uma porta trancada. Havia uma tapeçaria vermelha com um leão bordado pendurada na porta, bem ao lado da sala de estudos.

Na cozinha, encontrou a cozinheira, uma mulher mais velha com fios brancos em meio ao cabelo afro e que cheirava a pão de fermentação natural.

— Ah, aí está você. — A mulher sorriu, a bochecha suja de farinha. — Meu nome é Ruth, mas todo mundo me chama de Etete. É um prazer ter você aqui.

Kidan ficou boquiaberta. O que aquela mulher estava fazendo naquele tipo de lugar?

— Eu queria entrar no quarto com a decoração de leão, mas está trancado — disse, com uma voz pouco amigável.

— Infelizmente, não tenho a chave. — Etete franziu a testa. — Fica com Susenyos.

— O que tem lá dentro?

— Não sei.

— E onde ele deixa a chave?

— Pendurada no pescoço.

Kidan soltou um xingamento por dentro. Mesmo que conseguisse se transformar num inseto para pegar a chave, ele sentiria sua presença e lhe daria um safanão. Ela voltou até aquelas maçanetas de metal onduladas e podia jurar ter ouvido June batendo na madeira e pedindo ajuda, apavorada.

Aquilo durou exatos dois minutos.

Correu até o jardim infestado de ervas daninhas e voltou carregando um machado até a porta vermelha com o leão. Respirou fundo, prendeu as tranças e segurou o cabo.

— Acto Kidan! — Etete se aproximou correndo. — O que está fazendo?

— Não tenho a chave.

— Espere, você não pode...

Kidan ergueu o machado, e a gravidade a ajudou a dar um golpe rápido e forte, até sentir a resistência vibrar por seus ombros. Ela não acertou a maçaneta, e o machado ficou cravado na madeira castanho-avermelhada.

Kidan olhou para trás. Etete a encarava com certo choque, a mão no peito.

— Você deveria ir embora — disse Kidan ao soltar o machado da porta.

Se ela encontrasse qualquer coisa relacionada a June, aquele machado acabaria encontrando outra função. Kidan não queria ter o sangue da mulher nas mãos.

Etete balançou a cabeça, murmurou algumas orações e voltou para a cozinha.

Dessa vez, Kidan acertou em cheio a maçaneta. O metal dourado voou por cima de sua cabeça e foi parar em algum lugar na sala de estudos. Ela sentiu uma onda de satisfação percorrer o corpo. Os braços doíam, e a respiração estava ofegante, mas Kidan precisava fazer aquilo de novo.

Os últimos dias tinham estado completamente fora de seu controle, como se ela tivesse sido jogada em alto-mar sem um remo. Bem, agora tinha um remo.

Ela abriu a porta com um chute e entrou empunhando sua arma. O frio a atingiu de imediato, fazendo sua respiração sair em fumaça. A escuridão era total. Em sua cabeça, Kidan chegou à pior conclusão possível. Era um necrotério. Por que mais aquele cômodo estaria àquela temperatura congelante? Será que ela veria o corpo de June exposto da forma exata à da noite em que ela desaparecera? A pele marrom sem cor, os lábios delicados cobertos de sangue?

Com o coração acelerado, Kidan alcançou o interruptor e se preparou. A escuridão deu lugar a fileiras e mais fileiras de prateleiras que iam do chão ao teto — todas cheias não de corpos, e sim de coisas que um dia foram usadas por eles.

Kidan passou por uma braçadeira delicada com uma inscrição antiga, uma coroa destruída, como se seu dono tivesse sido decapitado, uma mecha de cabelo trançado. Do outro lado, havia roupas de realeza com bordados no formato de cruzes e diamantes. Também sandálias de outras eras e instrumentos musicais que ela nunca tinha visto, feitos de peles de animal.

Artefatos.

Aquele era o segredo dele? Em qualquer outra circunstância, Kidan pegaria alguns dos artefatos para admirar suas características, pensar em como transformá-los em outra coisa.

Contudo, June não estava ali. Todo o interesse que podia ter naquelas coisas se transformou em raiva. Kidan ergueu o machado e destruiu um conjunto de cerâmica com estampas intricadas. Os pedaços voaram pelo cômodo como se fossem confete. Golpeou mais uma vez. Uma fileira inteira de quinquilharias se chocou e explodiu das prateleiras. Ela estraçalhou mais duas prateleiras, gritando e rugindo pelo esforço.

A coroa despedaçada rolou até os pés de Kidan, e ela a pegou e a colocou na cabeça. Era de metal puro, desconfortável, mas as pontas eram lindas, cruzes de ouro com detalhes em rubi. Ela viu o próprio reflexo em um espelho todo ornamentado, havia um vestígio de sorriso.

Então parou. Lá no fim do cômodo, havia o retrato de uma deusa. Uma mulher de pele negra com uma máscara quebrada e um par de espadas gêmeas atrás de si. Luz irradiava dela, poderosa, ofuscante. Os olhos da mulher ultrapassaram a fresta de madeira e incitaram o motim em Kidan. Era como se ela ecoasse toda a dor e toda a raiva que fervilhavam sob sua pele. Com um golpe muito gratificante, Kidan rasgou o quadro.

Era um gesto pequeno, e até mesquinho, mas ela saboreou a destruição daquele cômodo. Não era nada comparado ao que ele tomara dela, mas, se alguma daquelas coisas significava algo para ele, aquilo já saciava sua vontade.

Kidan levou a coroa consigo. Parecia algo pessoal, que continha uma história incrustada, e ela sempre gostara de colecionar coisas que lembrassem a vida.

Ela então ligou para a reitora Faris e contou sobre a pulseira de June.

A reitora ficou em silêncio por um longo tempo antes de responder:

— Vou investigar.

Poucas horas antes, a mulher se recusara a acreditar que Susenyos tinha sequestrado June. Aquilo já era um progresso.

Kidan levou a coroa para o quarto e começou o trabalho tedioso de arrancar cada uma das cruzes de metal com uma tesoura. Era ouro maciço e ela acabou cortando a pele devido ao esforço, mas, após conseguir retirar tudo, sorriu.

Depois de desmontar a coroa, Kidan encontrou um colar e adicionou as cruzes nele. Ela continuaria roubando tudo o que Susenyos considerava precioso para dar de presente à irmã quando a encontrasse.

Kidan tomou banho, quase relaxada pela primeira vez em um bom tempo. Até cantarolou uma música ao trocar de roupa e pegar o diário da tia enquanto comia um prato de chechebsa. Em vez de ir embora, como fora instruída, Etete — com uma expressão severa no rosto — lhe trouxera uma tigela de pão kita frito reluzindo com manteiga picante.

— Se quiser sobreviver por aqui, vai precisar de força. Coma.

Kidan pretendia recusar, mas o cheiro apimentado e gostoso lhe deixou com água na boca. Suas papilas gustativas estavam desesperadas por algo além de macarrão instantâneo. Então ali estava ela, com a boca ardendo e uma sensação indesejada de culpa e gratidão, lendo as palavras da tia. Havia algumas conexões que ela precisava investigar antes de o semestre letivo começar na universidade, especificamente a participação das casas no desaparecimento de June. Como tinham trabalhado junto de Susenyos.

Pela quantidade de palavrões que Susenyos Sagad gritava em língua estrangeira, Kidan sabia que ele tinha descoberto a destruição de sua sala de artefatos.

Ela abriu um sorriso genuíno e guardou suas coisas antes de descer. Não iria perder o espetáculo.

Susenyos havia tirado o casaco, a manga da camisa dobrada, enquanto vasculhava a confusão. Kidan ficou encostada no corrimão da escada, observando cada centímetro de desgosto no rosto dele. As sobrancelhas franzidas, os lábios curvados. Era tudo muito prazeroso.

Susenyos olhou para cima, segurando um cálice quebrado, e seu olhar encontrou o dela. Ele caminhou até a escada, o peito subindo e descendo. Kidan ficou de pé nos degraus, apontando com a cabeça para o quarto.

— Quem faria uma coisa dessas? — disse ela, piscando.

Susenyos se avultou sobre ela, uma veia latejando sob a têmpora. Do ângulo onde estava, Kidan percebeu que ele tinha amassado o cálice ao segurá-lo, sem muito esforço. Queria que ele tentasse atacá-la com aquelas mãos, dando-lhe uma desculpa para expulsá-lo daquela casa e deixar que apodrecesse na prisão.

— Você não tem ideia do que destruiu — disse ele, soltando o ar, a voz grave. — Aquele retrato era inestimável.

Kidan tomou cuidado ao olhar para o cômodo. Deixou-o ali prostrado. A respiração dele ficou mais entrecortada conforme ela o ignorava. Depois de um tempo, voltou ao normal.

— Sua família teria vergonha de você.

Aquilo a fez se virar para ele de repente, o olhar fulminante em sua mandíbula firme.

— Uma filha da Casa Adane que não valoriza a história. Você é uma desgraça para sua família, não é mesmo?

Kidan ficou de pé e bradou.

— Não ouse falar comigo sobre a porra da minha família.

O veneno em suas palavras não teve qualquer impacto nele. Seus olhos eram brilhantes e cruéis.

— De verdade, estou feliz que todos tenham morrido antes de ver o que você se tornou.

Kidan deu um tapa na cara dele. Aquele contato libertou alguma coisa dentro dela, uma espécie de despertar do monstro que se escondia em seu interior.

Ele tinha dito "todos". Todos estavam mortos, inclusive June. Aquilo era uma confissão? Ele tinha matado June?

Susenyos tocou a própria bochecha e curvou a língua. E a vitória de Kidan se dissipou. Ele tinha conseguido induzi-la a machucá-lo primeiro.

— Onde está a coroa? — perguntou ele.

Como ele dera falta tão rápido?

— Onde está a pulseira de June?

Kidan abriu e fechou os punhos, uma, duas vezes, tentando se livrar da energia que se infiltrava entre os dois.

Susenyos lançou a mão para a frente, e ela se encolheu, mas então ele se conteve e obrigou-se a segurar o corrimão da escada. Em seguida, inclinou-se para a frente e sussurrou:

— A reitora me disse que a garota fugiu, e agora entendo por quê. Deve ser um inferno ter você como irmã.

Kidan abriu a boca, mas nenhum som escapou. Sua língua estava seca. Ele tinha libertado um pesadelo que ela escondera lá no fundo e a obrigara a lidar com a questão do porquê de as malas de June estarem todas arrumadas naquela noite.

A aversão fez o corpo de Kidan tremer por inteiro. A lâmpada acima deles piscou. Os olhos de Susenyos se voltaram a um ponto em seu pescoço e ficaram ofuscados pela fome. Sem pensar muito, ela tocou o pescoço, e ele desviou o olhar. Susenyos pegou um frasco dourado no bolso do casaco e bebeu o líquido do interior. A mudança em sua feição foi repentina. A ponta de seus cabelos ganhou um tom vermelho, os olhos absorveram a luz e ficaram tão reluzentes que chegava a ser doloroso olhar diretamente para eles.

Kidan deu um passo para trás, o tom de voz tenso.

— O que... é isso?

— Esta é sua tábua de salvação. Enquanto eu tiver isto, não vou morder esse seu pescocinho lindo. — Ele olhou para a clavícula dela, fazendo-a se arrepiar.

A respiração de Kidan ficou acelerada.

A certa altura, ele deu um passo para trás, sorrindo.

— Se quiser jogar este jogo de destruição, vamos lá. Eu nunca perdi.

Com o dedo indicador, ela logo desenhou os quatro cantos de um quadrado sobre a coxa.

Medo.

Mas de quê? Era uma novidade surpreendente que Kidan ainda sentisse medo de algo relacionado a sua segurança física. Ela fechou as mãos com força, até sentir dor, como se quisesse expurgar toda emoção de si. Não podia ter medo. Tinha que erradicar todo o mal. Era essa moralidade que lhe permitia se levantar da cama e conviver com o peso do que fizera. Erradicar todo o mal — inclusive ela mesma.

Apenas companheiros ofereciam sangue aos vampiros. Será que Susenyos tinha um companheiro de outra casa? Ela não tinha certeza e precisava pesquisar mais sobre costumes.

Susenyos passou o restante da noite de luva e com um produto químico de cheiro forte, tentando restaurar o que conseguisse de todos os artefatos estilhaçados, como um cirurgião. O cuidado com o qual restaurava cada fragmento fez o sangue de Kidan ferver. Estava enojada por ele prezar por objetos inanimados de forma tão íntima. Entretanto, ao tocar a pulseira de borboleta de sua vítima, ela percebeu que aquele era um sinal da maldade. Objetos davam mais prazer aos seres malignos do que às pessoas a quem um dia pertenceram. Kidan tentou se livrar daqueles pensamentos. Não queria traçar paralelos entre ela e Susenyos, mas ao mesmo tempo precisava fazê-lo. Ele tinha sequestrado June; ela havia tirado a vida de um ser humano. Desprezá-lo significava desprezar a si mesma, e matá-lo significaria matar a si própria. Então, quando chegasse a hora, Kidan teria que ser forte. Os dois tinham que morrer.

No quarto, ela relaxou os ombros e dormiu assim que caiu na cama.

Então, exatamente à meia-noite, a casa tremeu. Ela abriu os olhos. O telefone sacudia na mesa de cabeceira como se as placas tectônicas debaixo da casa estivessem se movendo. Ela se levantou correndo.

Um grito desesperado ressoou pela fresta da porta.

Socorro!

12.

O TAPETE DO CORREDOR ONDULAVA COMO SE FOSSE UMA língua, salivando à espera de Kidan dar um passo à frente, e aqueles eram... olhos a encarando? Ela sentiu o coração subir à boca e então segurou a porta, pronta para fechá-la, quando o grito irrompeu de novo. Alguém sentia uma dor agonizante.

Kidan trincou os dentes e saiu do quarto em direção à escuridão, sentia a pele formigar. Uma respiração quente e perturbadora soprou em seu pescoço, fazendo os pelos de sua nuca se arrepiarem. Seu corpo todo sacudiu num solavanco. Ela conhecia aquele monstro. Depois que o pai e a mãe morreram, ele a visitara todas as noites, até que Mama Anoet dera fim à criatura. Como ele a encontrara de novo? Kidan se virou, e a respiração não estava mais ali.

— Quem está aí? — Apenas a própria voz ecoou pelo corredor até o hall. — Se controla — murmurou pra si mesma.

O grito angustiado irrompeu de novo, e dessa vez era um homem torturado, tentando reprimir seus gemidos. Kidan desceu as escadas e seguiu o som até um quarto que já tinha vasculhado e deixado de lado, já que não tinha nada além de móveis cobertos por lençóis. O que havia de diferente nele era que se ampliava para além da casa principal, e tinha um telhado de vidro em forma de domo. Kidan imaginou que devia ser uma espécie de observatório.

Naquele momento, a lua estava no ponto mais alto do céu, banhando o cômodo inteiro com seu brilho profundo.

Uma silhueta estava de joelhos. Susenyos, sem camisa, a boca aberta em um grito silencioso. Olhava para as estrelas da noite com as pupilas embaçadas. Kidan deu um passo para a frente, os olhos arregalados.

Que diabos...

— Não. — Etete surgiu do nada, o que fez Kidan se encolher. — Não entre aí.

Kidan abraçou o próprio corpo, o coração acelerado. A mulher se apressou em cobrir Susenyos com a manta que tinha trazido e o ajudou a caminhar até o corredor.

— Vou trazer água — disse ela, e em seguida desapareceu.

O suor escorria pela testa de Susenyos, e seus ombros tremiam quando ele olhou para o relógio. Ao notar Kidan ali, ficou quieto. Seus olhos voltaram ao normal, brilhantes como o fogo.

— Você entrou no quarto? — perguntou ele.

Ela cruzou os braços, ainda confusa a respeito do que estava acontecendo.

— E se eu tiver entrado?

Susenyos caminhou até Kidan, e a manta escorregou de seus ombros musculosos. Segurou a cabeça da garota com ambas as mãos, prendendo-a. Kidan sentiu o peito arfando, em sincronia com a respiração pesada de Susenyos.

— Minha sede de sangue é incontrolável naquele cômodo. Se eu te encontrar lá... — disse, inclinando-se até o pescoço dela e respirando fundo, o que a deixou paralisada — ... você vai morrer.

O cheiro dele era forte, como chuva de verão e terra molhada. A luz da lua iluminava seus músculos contraídos sob a pele escura, o poder que emanava neles era vasto e ameaçador. Kidan começou a tomar consciência de sua vulnerabilidade, da maciez de seu corpo. Que chance June teve? June, que chorava até quando matavam uma aranha. Os dedos de Kidan se moviam em um movimento patético. Susenyos olhou para baixo e deu um passo para trás, satisfeito por tê-la assustado.

Ela estava se preparando para contestar e discutir com ele quando de repente... June se materializou, os olhos cor de mel e um sorriso no rosto, de pé atrás dele.

O chão se abriu debaixo de Kidan.

— June? — gritou, a voz aguda.

A imagem da irmã se dissipou como uma vela que se apaga.

Susenyos abriu um sorrisinho lento enquanto compreendia.

— Imagino que esteja começando.

Kidan balançou a cabeça. O que estava havendo com ela?

— Não pode ficar nesta casa sem pagar o preço.

— Que preço? — perguntou ela, mordendo a isca.

A risada dele foi gutural.

— Você vai ver.

Kidan saiu correndo para longe dele, pelo corredor, tentando procurar não sabia o que exatamente, até que... o fantasma de June surgiu outra vez, falando sem emitir som, ignorando a figura sombria atrás de si.

Kidan apertou os olhos. Era o mesmo pesadelo de sempre. Kidan atrás de uma janela, batendo furiosamente, seus avisos impossíveis de ouvir, e um vampiro chegando ao pescoço de June, esfregando sangue nos lábios dela com o polegar, afundando o rosto no pescoço dela.

— *Kidan!* — gritou June.

Kidan se virou, o coração batendo acelerado no peito, subindo até a boca. Ela deu dois tapas no rosto para garantir que estava acordada.

— Kidan? Anda logo! — gritou June outra vez, em alto e bom som.

Kidan quase caiu de cara no chão do corredor escuro, correndo de uma parede à outra. Contudo, era como se a irmã estivesse presa atrás do concreto, e, se Kidan conseguisse cavar, a encontraria.

— June! — O grito de Kidan ecoou bem alto.

— *Kidan. Você nunca quer fazer vídeos comigo.*

Kidan diminuiu o passo. Conhecia aquela gravação, fora a que ela havia apagado dos vídeos de June. Nunca mais queria ouvi-la de novo — então por que ela estava tocando com tanta nitidez naquele corredor?

— *Minha irmã não gosta de câmeras. Enfim, onde eu estava? Certo. Minha parassonia está piorando. Não contei a ninguém a não ser minha irmã, mas acho que tem alguém me seguindo. Nas primeiras semanas, achei que estava imaginando, porque a pessoa sempre desaparecia quando eu olhava. Mas uma das minhas amigas percebeu também, e, desde então, não consigo me concentrar em nada. Vejo aquela sombra em todo lugar.*

O medo na voz da irmã fez Kidan desmoronar e levar as mãos aos ouvidos.

— Pare!

— *Precisa tomar seu remédio* — disse Kidan.

— *Você não acredita em mim.*

— *Lógico que acredito. Mas você passou a vida inteira vendo coisas, June. Como sabe que isso é...*

— *Real?*

Silêncio.

— *Eu sei o que vi* — respondeu June, irritada.

— *Estamos seguras aqui, June. Eu prometo. Só, por favor, toma isso.*

Um barulho de comprimidos sacudindo.

O barulho se estendeu para as paredes e ecoou nas lâmpadas, que começaram a piscar.

— Pare! — disse Kidan, a voz fraca, caindo no chão de joelhos. Ela não aguentava ouvir aquilo.

Ela escutou passos por perto. A silhueta sombria estava ali para levá-la também. Um garoto de testa franzida se agachou ao seu lado. Kidan sentiu um arrepio congelante quando se lembrou de quem se tratava.

Susenyos virou a cabeça para conferir o relógio.

— Nem um minuto.

Ela escondeu o rosto.

— O que está fazendo?

Ele colocou as tranças de Kidan para trás e ergueu o queixo da garota para se deleitar com sua dor.

— Pelo visto eu estava preocupado à toa. Você não é forte o suficiente para dominar esta casa.

Kidan deu um tapa na mão dele e se concentrou em seu rosto, o olhar passeando pela sobrancelha, pelo meio da testa e pelo queixo — repetidas vezes. Um caos de triângulos. A raiva reprimia o medo.

— Vá embora da Uxlay — avisou ele. — Ou então isso aqui vai ser só o começo.

Ele se levantou e saiu andando, roubando a raiva dela e deixando apenas o ar espesso em seu lugar. Kidan se sentiu engolida. O tempo parecia infinito, o silêncio corroía seu corpo, e o mundo, que já era sombrio, mergulhou na escuridão completa.

Aquela solidão era tão poderosa, tão violenta, que ela levou a mão ao coração em busca de alívio. Precisava acabar com tudo naquele instante. Sua pulseira, seu comprimido. O artefato emitiu um ruído quando o fecho quebrou.

Mãos quentes de pele macia a tocaram, e Kidan teve a sensação de ser carregada para o andar de cima e de ser colocada na cama confortável. Por um momento, achou que fosse Mama Anoet e quis chorar. Aquele quarto desanuviou seus pensamentos, como um pano úmido.

Etete voltou com um prato de pão integral.

— Coma. Vai se sentir melhor.

Kidan mastigou e sussurrou:

— O que está acontecendo comigo?

Etete falou com o tom de voz grave.

— A casa está ecoando o que há na sua mente.

A reitora Faris tinha mencionado algo do tipo, mas aquilo? Aquilo estava longe do que ela imaginara.

— Afeta você também? — perguntou Kidan, o tom de assombro.

— Sim. Mas vocês dois sofreram grandes perdas, então o peso da casa sobre vocês é maior. Ela devolve o que você sente. Quartos diferentes representam emoções diferentes. Vai melhorar.

Kidan pensou no observatório, no frio que emanava de lá. Susenyos de joelhos, em agonia, embora estivesse sozinho.

— Ele vai lá com frequência?

Etete apertou os lábios.

— Eu disse a ele que me avisasse quando fosse. Temo que um dia eu chegue tarde demais. Então vou dar o mesmo conselho a você. Nunca fique nos corredores por muito tempo.

— Corredores?

— Sim, eles incorporaram a sua dor agora.

Kidan preferia sair pela janela a fazer aquilo de novo. Franziu a testa.

— Mas por que ele vai lá?

— Para ser o dono de uma casa, é preciso passar por várias etapas. A primeira é dominar todas as partes da própria mente.

Kidan arregalou os olhos devagar. A reitora tinha, convenientemente, deixado aquela informação de fora. Muito provável que por ter imaginado que Kidan nunca entraria naquele lugar se soubesse. O pior inimigo dela era sua mente. Como sobreviveria àquilo?

— Qual é a segunda etapa?

— Acho que a casa compartilha o corpo com você e lhe dá um pouco de sua força. Mas não sei direito os detalhes. Só o professor Andreyas conhece a verdadeira arte. — A voz de Etete carregava um tom de luto. — Susenyos vem trabalhando há anos para tentar mudar a lei atual.

— Qual é a lei da casa? — perguntou Kidan, de repente, lembrando-se da orientação da reitora Faris.

— Infelizmente, não sei. Apenas herdeiros em potencial conseguem ler.

Se Susenyos estava passando por todo aquele inferno para dominar a casa, devia ser algo bem importante.

"A lei estará escondida no cômodo em que você menos quiser entrar."

Kidan olhou para o corredor que se ondulava, mordendo o lábio.

— Você me ajuda? Caso fique difícil demais? Preciso descobrir qual é a lei.

Etete apertou os olhos, um tom de derrota em suas palavras.

— Ajudo. Assim como ajudei sua mãe.

Kidan virou a cabeça de repente. O retrato da mãe surgiu à sua frente. A testa grande, os olhos penetrantes e o cabelo como o de June, de textura macia e cacheado nas pontas. Um olhar resignado e cuidadoso se dirigia a todo e qualquer observador, como se ela tivesse caminhado pela vida com um propósito inegável. Uma nuvem fria de entorpecimento se espalhou pelo quarto. Kidan desviou o olhar daquela mulher gentil. Parte dela queria fazer mais perguntas, mas para quê? A mãe estava morta. E saber se ela era uma cantora gentil como June, péssima na cozinha ou boa em trabalhos manuais como Kidan só tornaria a perda mais sofrida. Seu peito já doía o suficiente.

Ela tensionou o maxilar e afastou aquela imagem. Concentrou-se de novo. A lei da casa, o quer que fosse, guardava os segredos de Susenyos. Talvez guardasse June também.

13.

QUATRO MINUTOS. ESSE ERA O TEMPO MÁXIMO QUE Kidan suportava nos corredores com seus demônios antes de precisar ser resgatada. Tentou durante três dias horríveis, e só conseguiu aguentar aqueles minutinhos constrangedores.

— Algumas pessoas demoram mais do que outras — dizia Etete, trazendo água para os lábios secos de Kidan. — Seja paciente.

Ela estava sendo consumida pela frustração. Susenyos sabia qual era a lei e estava ativamente tentando mudá-la. Kidan precisava saber também.

Com a mente em frangalhos, dormir era a única coisa que lhe trazia algum alívio. Uma fuga de June, com seus olhos acolhedores que se transformavam em pedras. Acusadores, punitivos. Kidan dormia pesado e mergulhava na escuridão.

Só que, naquela manhã, suas orelhas estavam congelando. Ela puxou as cobertas para cima, ainda sonolenta, mas o vento encontrou seus tornozelos. Dobrou as pernas, mas, assim que se aqueceu de novo, um pássaro grasnou ali perto. Ela resmungou. Devia ter deixado a janela aberta. Tentou abrir os olhos, mas estava insuportavelmente claro, como se estivesse debaixo de uma lente de aumento e uma luz fluorescente. Depois de se acostumar à claridade, decidiu se levantar. As árvores balançavam com o vento da manhã ao seu redor, sob o céu azul. *Isto é um sonho*, pensou. Então suas mãos se apoiaram em algo que parecia couro de dragão. Ela percebeu a posição em que estava, o corpo inclinado para a frente, e escorregou, a princípio devagar, e então deu um solavanco. Sentiu uma pontada no estômago e gritou, até parar de repente.

As meias em seus pés mergulharam na água fria, e ela se agarrou às telhas de couro de dragão para evitar a queda. A calha tinha segurado Kidan, e o resto de chuva depositado ali molhou todo o seu corpo. Havia também algo viscoso tocando seu tornozelo, algo sobre o qual ela se recusou a pensar muito.

Kidan e seu cobertor estavam no telhado.

No telhado.

— Socorro! — gritou, mas sua voz saiu muito baixa. Ela estava com o coração na boca.

Como Susenyos tinha conseguido fazer aquilo sem acordá-la? Nunca mais iria dormir.

Ela se recompôs e gritou mais alto:

— Socorro! Alguém, por favor!

Kidan ousou dar uma olhada para baixo e viu seus livros e roupas todos espalhados pelo jardim. Ela ficaria furiosa se não estivesse tão apavorada.

Então um milagre aconteceu. Uma garota de vestido xadrez e suéter cor de creme veio andando pela rua. Em suas mãos, havia alguns objetos de Kidan, e ela parecia ter seguido a trilha dos objetos até ali.

Ela olhou para cima, os cabelos cacheados.

— Sei que as estrelas são lindas à noite, mas não está com frio aí?

O tom de voz inocente da garota foi aos poucos atraindo Kidan. Ela fechou os olhos bem apertados, tentando tirar aquilo da cabeça. Em seu apartamento, era mais fácil apartar-se do mundo e evitar a tentação de resgatar coisas lindas e indefesas. Ela monitorava os vizinhos durante o dia pela janela, uma comichão sob a pele, imaginando se voltariam seguros para casa e para suas respectivas famílias. Quando se atrasavam uma hora, Kidan se torturava imaginando uma criatura sombria se alimentando deles, pensando que tinha deixado aquilo acontecer de novo.

Em todo ser humano indefeso ela enxergava *a mesma pessoa*. June. Sorriso tímido, olhos cor de mel, crédula por natureza. E a ânsia dolorosa de proteger lhe invadia como uma onda violenta, sem qualquer sentido. Como naquele instante.

Kidan procurou um caminho que não lhe levasse até a garota, mas não via nenhum.

— Veja se tem uma escada no galpão — conseguiu dizer Kidan. — Rápido.

A garota encontrou o galpão no jardim. Desapareceu e voltou com uma escada. Kidan teve que fazer um esforço enorme para tirar a perna da calha e pisar no primeiro degrau. Quando sentiu o aço firme sob os pés, conseguiu respirar e começar a descer.

Kidan reuniu suas coisas numa bolsa sem tirar os olhos do chão, mas com os ouvidos atentos.

— Sou Ramyn, a propósito. Sua guia pelo campus. Era para nos encontrarmos uma hora atrás.

Kidan fechou os olhos. Óbvio que tinha esquecido.

— Certo, me desculpe.

A garota hesitou.

— Tudo bem. Eu não devia estar aqui mesmo. Se puder não falar que me viu, vai ser ótimo. Minha família mora aqui perto. Eu venho aqui pra... observar a casa de vez em quando.

Aquilo deixou Kidan intrigada. Olhou para ela com atenção, os olhos grandes, a pele marrom-clara, o piercing reluzente em formato de flor no septo. Que estranho. Observar as casas era coisa de gente indesejada e sem convite, e Kidan queria saber por que Ramyn fazia aquilo. No entanto, obrigou a si mesma a desviar o olhar e quebrar o feitiço.

— Quer uma bala de framboesa? — Os lábios de Ramyn já estavam meio rosados pelo doce.

— Não, obrigada, Ramyn. Podemos fazer isso amanhã?

Ramyn nem sequer estava ouvindo. Na verdade, parecia estar no próprio mundo, caminhando até a porta.

— Por que estava dormindo no telhado?

— Não dormi lá porque quis. — Kidan trincou os dentes. — Foi o dranaico da casa que fez isso.

Ramyn arregalou os olhos.

— Ele... ele está aí?

— Quem? Susenyos?

— Sim. — Ramyn engoliu em seco, e Kidan ficou tensa.

— Você o conhece?

— Só de nome. — Ramyn deu uma risadinha, mas o que saiu foi um som estranho. Seus olhos castanhos e expressivos se voltaram para cima. — Mas se você é Kidan Adane, onde estava durante todo esse tempo?

— Eu cresci... em outro lugar, outra cidade.

— E o dranaico da sua casa não quer você? — A voz de Ramyn ficou tensa. — Por quê?

— Quem se importa? Eles são todos repugnantes.

Ela ficou boquiaberta.

— Como pode falar assim deles? Não está tentando ser companheira dele?

Kidan estava com dificuldade para responder às perguntas dela. Analisou a expressão franzida da menina. Ramyn continuou tagarelando, parecia uma bola nervosa de energia.

— É uma bobagem, não é? Tantos anos esperando até termos idade suficiente para conhecê-los no Jantar Inaugural e, quando enfim acontece, não é o que esperávamos. O que estou tentando dizer é que é importante causar uma boa impressão, sabe? Vamos trabalhar com eles, bem, por um longo tempo, se tivermos sorte.

Kidan viu uma oportunidade. Ramyn estava distraída, mordendo o lábio inferior.

— Obrigada pela ajuda. Preciso ir.

Kidan entrou correndo na casa e fechou a porta. Abriu uma fresta na cortina com cuidado para observar a garota. Ramyn franziu a testa e depois saiu caminhando, o piercing do nariz reluzindo sob a luz do sol que parecia brilhar diretamente sobre ela.

Susenyos apareceu, a camisa aberta no colarinho, o mesmo livro do dia em que se conheceram nas mãos. *Ebid Fiker*, esse era o título do livro. Era amárico, mas ela ainda assim o decorou.

— Ah, aí está você. Achei ter ouvido ratos no telhado. Alguém precisa mesmo limpar essas calhas.

— Eu podia ter morrido — disse ela, fervilhando de ódio.

— Que dramática. Teria no máximo fraturado um osso. Mas uma morte por queda seria um fim muito sem graça pra você.

Os olhos dele ganharam um tom sombrio ao dizer aquelas palavras e se voltaram ao pescoço exposto dela. O pijama de Kidan era solto, a gola ampla. Ela sentiu uma onda de nojo percorrer seu corpo.

— Fique longe de Etete — avisou ele, e Kidan apertou os olhos.

— Por quê? Está com medo que eu descubra a lei?

— Os herdeiros e herdeiras notáveis e merecedores conseguem descobrir a lei assim que entram na casa. Ler a lei é a parte mais fácil do processo. — Ele abriu um sorriso cruel. — E nem isso você conseguiu. Por que eu deveria ter medo?

O olhar de Kidan pareceu um pouco desanimado, porém ela logo demonstrou firmeza em sua expressão.

— Mas devo estar chegando perto. Por que mais iria recorrer a uma pegadinha infantil?

Ele arqueou uma sobrancelha, a expressão divertida no rosto.

— Está criticando meus ataques agora? Talvez eu devesse ser mais criativo.

Ela ergueu as roupas recolhidas do chão até o pescoço, para escondê-lo de Susenyos, e subiu a escada enquanto deixava um rastro de pegadas molhadas, as meias fazendo um barulho pegajoso.

Depois de subir o primeiro degrau, ela parou, o tom de voz mais frio que gelo.

— Você vai trazer minhas coisas até eu terminar o banho, senão é você quem vai dormir lá fora.

— Isso é uma ordem?

Susenyos falou com muito cuidado, e ela se deu conta de que ele também estava se controlando.

Olhou para ele.

— É. Eu gosto das leis deste lugar. E a lei diz que, se um dranaico machucar fisicamente um humano, ele vai sofrer consequências graves...

— Espere aí, eu não encostei em você...

Kidan bateu com a própria cabeça na parede ao lado da escada. Viu estrelas em seu campo de visão, mas se recuperou rápido na tentativa de não perder o choque estampado no rosto dele — meu Deus, aquilo era maravilhoso!

Haveria um ferimento bastante aparente no dia seguinte, mas enfim o vampiro compreendeu com quem estava lidando. Kidan saiu andando, o sangue escorrendo pela testa, mas sorrindo mesmo assim. Quando chegou ao topo da escada, deu mais uma olhada triunfante para ele, mas o que viu a deixou totalmente apavorada.

Susenyos Sagad se agachou, tocou as gotas de sangue dela e levou até os lábios. Eles se encararam, os olhos dela arregalados de terror, os dele ofuscados pela fome.

— Seu sangue é vermelho, passarinha. Achei que seria preto de tanto ódio.

Kidan saiu correndo para o quarto, trancou a porta e respirou. Ela tocou a testa e se contorceu de dor. O corte tinha sido mais fundo do que planejara, e o sangue escorria por seus dedos.

Ela ouviu passos lentos se aproximando, o que a deixou paralisada. Ele não abriu a porta, mas sua sombra estava ali debaixo. Kidan sentiu o coração quase sair pela boca.

Ele mudou de posição, e uma sombra reta e escura irrompeu para dentro do quarto, pela fresta da porta. Ele tinha… se sentado ali fora? Kidan ouviu o som de uma bebida sendo aberta.

A voz dele era áspera e raivosa.

— Está exalando esse cheiro pela casa inteira. Você precisa parar de sangrar.

Ela trincou os dentes.

— Certo, vou fazer isso agora mesmo.

Dessa vez, a voz foi mais baixa, quase um suspiro.

— Rápido.

84

"A Casa Ajtaf e a Casa Adane, as mais antigas de todas, uma tem o peso da tradição; a outra, o legado. A Casa Ajtaf usou madeira e pedra e construiu sua trajetória, saindo das cabanas de barro para as casas com telhados planos e até prédios arranha-céus, rumo ao futuro. A Casa Adane reuniu seus anciãos ao redor de uma fogueira, ouviu a história, cavou a terra e mergulhou no passado.

Uma construiu para si um trono de ouro; a outra, se enfiou em cavernas. <u>São a Casa de Ouro e a Casa de Barro</u>."

— *História das Casas Acto*
Por Yohannes Afera

Os canalhas da Casa de Ouro nunca se preocuparam muito conosco, mas nos últimos anos eles andam querendo brincar no barro. A Casa Ajtaf quer comprar nosso Projeto Arqueológico Axum, iniciado muitos anos atrás para descobrir o antigo povoado do Último Sage. Seu pai e sua mãe se recusaram a vender; e eu também. É a única coisa com a qual concordamos plenamente. A Casa Ajtaf vai continuar pressionando você, mas não ceda.

14.

KIDAN TINHA UM STALKER. ELA OLHOU PARA TRÁS PELA segunda vez enquanto caminhava pelo campus e se deparou com um garoto de cabelo escuro, usando roupas pretas, em meio às árvores, observando-a. Diversas possibilidades povoavam sua mente — talvez fosse o mensageiro que levara o diário da tia Silia, talvez tivesse informações de June, talvez fosse um repórter. Contudo, ele desapareceu em meio ao turbilhão de alunos do turno da manhã antes que Kidan pudesse descobrir.

Ela balançou a cabeça, era provável que estivesse sendo paranoica. Não pela primeira vez, tocou o broche de bronze na manga da camisa. O símbolo da Casa Adane eram duas montanhas emaranhadas uma à outra. Kidan imaginou que fosse uma homenagem a seu passado arqueológico. Ela queria tirá-lo, evitar qualquer coisa que a conectasse a *ele*, mas a reitora Faris dissera que era obrigatório. Broches de bronze para iniciantes, de prata para os graduados em Dranacto, e de ouro para os mestres de suas respectivas casas.

Todos os estudantes e vampiros da Uxlay exibiam as insígnias de suas respectivas casas em broches usados na manga ou no peito. Kidan se viu observando os braços e as camisas dos alunos, num jogo de tentar associar quem pertencia a que lugar, aprendendo os símbolos.

— Adane! Me ajude aqui!

Os sapatos pretos de salto baixo de Ramyn balançavam de um galho alto. Ela usava uma saia xadrez vermelha com camisa branca, e sua meia-calça estava rasgada. A bolsa em tom pastel com a inscrição *Salvem as raposas selvagens* estava caída à base da árvore.

— Essa merda só pode ser brincadeira — sussurrou a si mesma.

Kidan pensou em sair andando e avisar a outra pessoa sobre o ocorrido, mas encontrar Ramyn em uma situação similar à sua era tão inacreditável que a fez permanecer ali.

Kidan coçou a têmpora.

— O que aconteceu?

Ramyn riu, nervosa.

— Lembra quando falei que um dranaico e um acto precisam ter uma boa relação? Contei à dranaica da minha casa sobre o que aconteceu com você, sabe, como uma piada pra quebrar o gelo, porque ela não gosta muito de mim. Falei que pelo menos ela não tinha *me* colocado no telhado, porque morro de medo de altura. Aí ela me convidou pra dar uma volta e... me colocou aqui.

A criatura que vivia dentro de Kidan exibiu as garras, furiosa.

— Não vai denunciar isso? — perguntou Kidan.

— Não, não, tudo bem.

— Por que não?

— Não quero arranjar confusão.

Ramyn olhou para baixo e logo fixou o olhar num ponto à frente.

Kidan tinha muitas dúvidas. A mais óbvia era por que os humanos temiam os dranaicos se a reitora falava tanto sobre paz.

— Não tem escada, Ramyn. Você vai ter que descer sozinha.

Ramyn balançou a cabeça com firmeza.

— Tudo bem. Eu fico aqui.

— Eu vou te orientando. Não vou sair daqui até você descer.

Ramyn não se moveu. Kidan se lembrou do que fazia quando June sentia medo. Um jogo que consistia em encontrar alguma coisa pior para dissipá-lo. Kidan olhou para a pilha de livros que saía da bolsa de cor pastel.

— Olha, Ramyn, hoje é meu primeiro dia na aula de Introdução ao Dranacto, e não posso chegar atrasada. Tenho certeza de que não quer se atrasar também.

Ramyn olhou para baixo, para os livros.

— Então vamos lá, está bem? Antes que a gente seja reprovada por atraso.

Um tanto relutante, Ramyn concordou. Elas foram com calma. Encontrar o jeito certo de pisar no tronco foi difícil, então Kidan a orientou a tirar os sapatos. Com a meia-calça rasgada servindo como uma segurança a mais, Ramyn foi descendo e tirou o cabelo cacheado do rosto quando enfim pisou na grama.

— Obrigada. Obrigada.

Ela se jogou no chão.

Kidan balançou a cabeça, divertindo-se, e a ajudou a se levantar.

— O que aconteceu com seu rosto? — perguntou Ramyn, a testa franzida e os olhos preocupados.

— Ai. — Kidan tocou a testa. Tinha doído, mas cumprira seu propósito. Susenyos mal olhava para ela desde então. — Eu me machuquei tentando abrir uma porta emperrada.

Elas entraram em um pátio grande, e Kidan esticou o pescoço para olhar os prédios antigos.

— Acho que posso fazer o tour com você no caminho — disse Ramyn.

— Não precisa.

A garota perdeu o brilho.

— Mas eu treinei.

Kidan soltou um suspiro profundo.

— Tudo bem.

Ramyn ficou radiante e pegou algo na bolsa.

— Aqui. Seu cronograma completo e a lista do curso.

Kidan pegou o papel.

Universidade Uxlay

Semestre 1

Aluna: Kidan Adane

Casa: Casa Adane, Departamento de História e Arqueologia

Lista de matérias

África Oriental e os Mortos-Vivos, *Faculdade de História*

Introdução ao Dranacto, *Faculdade de Filosofia*

Mitologia e Modernidade, *Faculdade de Filosofia*

Textos obrigatórios

Migração: Uma história dranaica, de Nardos Tesfa
Introdução ao Dranacto, de Demasus e Último Sage
Deuses negros e seus filhos, de Wesfin Alama

— Há diversos departamentos na Uxlay, mas o Departamento de Artes tem quatro subdivisões: Faculdade de Arte, Faculdade de História, Faculdade de Línguas e Linguística e Faculdade de Filosofia. Elas formam as Torres Arat — explicou Ramyn, ao parar no centro do pátio gramado.

Ela apontou para as torres que contornavam o gramado, cada uma posicionada na ponta de um grande quadrado.

— Elas foram construídas de modo a indicarem o horário e o cronograma. Durante muitas décadas, os estudantes da Uxlay seguiam o círculo educacional de Resar. Quando o sol batia na primeira torre, a da Faculdade de Línguas e Linguística, os alunos iam assistir às aulas no prédio. Ficavam lá até que a torre da Faculdade de História se iluminasse, então seguiam adiante para as próximas turmas. Resar postulava que a filosofia precisava ser ensinada no crepúsculo; só depois que a mente estivesse devidamente alimentada de arte, literatura, adivinhação e história é que ela estaria apta a entrar em discussões profundas.

Se Kidan apertasse os olhos o suficiente, poderia até acreditar que estava frequentando uma instituição educacional normal, com seres humanos normais.

O primeiro vislumbre dos dranaicos no campus, entretanto, já eliminou a esperança. Eles andavam em grupos, vinham dos edifícios Sost do Sul, que eram identificados por seus portões pretos de ferro com pontas espiraladas. A reitora Faris tinha deixado bem delineado que era proibido aos humanos entrar naqueles três prédios sem serem convidados, e a invasão era motivo para expulsão.

No mesmo instante, Kidan reconheceu uma das vampiras que encontrou em seu primeiro dia. Ainda estava vestida como um lorde da alta sociedade, belíssima. Seu nome era... Iniko. Uma das amigas de Susenyos. A dranaica fuzilou Kidan com o olhar.

Kidan olhou de volta com a mesma raiva, desejando ter uma arma consigo. Sentia a pele pinicar com a sensação de impotência. Pensou nas Três

Restrições do Último Sage, que mantinham os vampiros na linha, e abriu um sorriso. *Eles* também eram impotentes. June sempre fora mais ligada aos contos de fada e mitos, e era por isso que Kidan tinha feito o pingente de três pontas para ela. Kidan sentiu uma pontada no estômago. Precisava recuperar aquela pulseira.

Iniko mostrou os dentes para elas. Para Ramyn, para ser mais precisa.

— Você a conhece? — perguntou Kidan.

Ramyn desviou o olhar.

— É uma das dranaicas da minha casa. Foi ela que me colocou na árvore.

— Você podia ter se machucado de verdade.

— Foi minha culpa, de qualquer forma — disse Ramyn, caminhando com pressa para a Faculdade de Filosofia.

Kidan foi atrás. Em certos momentos, Ramyn se parecia muito com June, fraca e à espera de que alguém a capturasse. Kidan tensionou o maxilar. Os humanos daquele lugar estavam cercados de lobos.

A Faculdade de Filosofia reluzia em meio à bruma da tarde enquanto os alunos subiam as escadas. Kidan pegou o elevador junto de alguns estudantes nervosos e manteve distância deles até chegarem à sala 31. Algumas garotas sorridentes chamaram por Ramyn, e então ela desapareceu, e Kidan ficou ali para entrar sozinha.

A sala de aula parecia tão morta quanto uma foto antiga. Tinha sete janelas com vidros pintados de tinta sépia, todas tão esmaecidas que pareciam estar de luto. Havia pelo menos quarenta mesas e cadeiras arrumadas em círculos concêntricos, e no centro de tudo aquilo havia um homem que parecia o próprio funeral.

O único indício de vida no professor Andreyas eram suas tranças nagô. Eram quatro linhas grossas perfeitamente trançadas no couro cabeludo até o meio das costas, ponto em que estavam presas com uma presilha preta. O cabelo sugeria crescimento, humanidade. Ainda assim, enquanto ele observava os alunos com um ar magnificente que só se via em pinturas antigas, Kidan tirou aquilo da cabeça. Não havia lugar para humanidade naquela sala.

— Vejo que muitos de vocês não seguiram meu conselho de buscar outros cursos.

O desgosto combinava com seu tom de voz.

Todas as cadeiras estavam ocupadas, e todos os ocupantes se mexeram, nervosos.

Kidan teve vontade de desaparecer nas mesas do fundo, mas já havia gente nelas. As janelas com seu tom de marrom opaco minimizavam o efeito do sol, e as mesas estavam frias ao toque.

Kidan olhou para seu livro. Dranacto. Era a combinação de duas palavras — "dranaico", que significava "vampiro", e "acto", que significava "humano".

— Algumas regras — disse o professor. — A disciplina de Dranacto não segue os sistemas tradicionais de ensino, cronograma e avaliação. Os horários das aulas dependem dos acontecimentos do dia. Cada aluno tem direito a duas ausências com atestado médico ou qualquer outra circunstância não médica de vida ou morte. Mais faltas do que isso implicam dispensa imediata.

Ninguém contestou. Kidan colocou o lápis na vertical e furou a página do caderno. Ela achou que iria durar mais tempo, mas aquele comando autoritário e o comportamento manso de seus colegas já deixaram sua pele fervendo. Teria que passar um semestre inteiro naquele sofrimento?!

— Vocês vão encontrar no fundo da sala os números da orientação estudantil e do atendimento psicológico. Imploro que façam uso deles. Se podemos prevenir a perda de vidas, é o que deve ser feito, para que o futuro de nenhum de nós seja arruinado.

Kidan curvou os lábios. Até mesmo o que parecia ser uma boa intenção, no fim, servia aos interesses deles.

O professor prosseguiu.

— O curso de Introdução ao Dranacto oferece a base teórica para a coexistência entre dranaicos e acto. Foi desenvolvido por Demasus e pelo Último Sage durante a antiga civilização de Axum. Um de vocês vai se formar neste curso. Na cerimônia de parceria, deverá escolher no máximo dois dranaicos e, caso seja recíproco, estará apto a entrar no curso Domínio da Lei da Casa no ano que vem, para terminar sua inclusão à sociedade da Uxlay.

— Sinto muito, senhor — disse alguém. — Acho que escutei errado. Apenas um de nós vai se formar no Dranacto?

Era um garoto de rosto delicado e sardento, que aparentava ser o mais jovem da turma. Será que ele fazia parte de uma das casas que tia Silia mencionara? Kidan precisava fazer novas amizades se quisesse descobrir mais sobre Susenyos. Entretanto, ela tinha pouca paciência para a conversa fiada que deixava desconhecidos à vontade. Partia direto para as perguntas, o que deixava as pessoas incomodadas. Uma especialidade sua.

— A universidade me proíbe de reprovar a turma inteira. Pelo menos um de vocês precisa se formar para que o programa continue a existir.

O aluno engoliu em seco e olhou para o amigo, apreensivo.

— Não encarem uns aos outros como concorrentes. O Dranacto foi escrito em uma língua difícil, e vocês terão que traduzir. Formarão grupos de estudo para compensar suas inaptidões. — Ele pegou um pedaço de giz no quadro. — Agora, a teoria moral do Dranacto pode ser dividida em três partes. Se alguém souber quais são elas, por favor, nos agracie com o conhecimento.

Um som veio lá do fundo, uma voz suave, mas terrivelmente monótona.

— Relativismo, Quadrantismo e Concórdia.

Kidan se virou para olhar para a garota, mas havia três círculos, e ela só enxergou um casaco grande.

— Em aáraco, se for possível — disse o professor.

A mesma garota respondeu:

— Sophene, Arat e Koraq.

Os olhos dele brilharam com interesse.

— Sophene, Arat e Koraq. Também conhecidos como "os três venenos". Um desses temas vai se tornar incompreensível para vocês durante seus estudos. Quando isso acontecer, serão dispensados.

Ele caminhou até as paredes curvas e escreveu os três assuntos a serem estudados.

— Para o alívio de vocês, ou talvez seja mais um motivo de estresse, eu não aplico testes escritos. A compreensão de vocês é medida por perguntas informais, discussões formais e provas particulares. Vocês vão apoiar, incentivar e desafiar as ideias uns dos outros que surgirem nestes encontros. O silêncio é mortal nestes círculos, façam o possível para evitar. Recomendo que leiam para ampliarem seus horizontes, mas, se já não sabem desse princípio básico, estou disposto a ver vocês atingirem o fundo do poço. — O professor os observou, como um falcão diante da presa. — Vamos começar?

Kidan podia ouvir a própria respiração em meio ao silêncio absoluto.

— Sua primeira tarefa é a seguinte, acto. — Ele se sentou na beirada da mesa, sua pele negra reluzente por causa da luz que transpassava a janela. — Cada um de vocês sabe por que quer ser aprovado neste curso. Não estou falando das famílias e das pressões do legado, e sim do que vocês querem, seus objetivos pessoais. O que querem alcançar? Escrevam em um pedaço de papel. Resumam em uma palavra, não há necessidade de frases longas.

Houve um farfalhar de papéis enquanto os alunos se apressavam em realizar a tarefa. Kidan nem sequer levantou a caneta. Não havia palavra que resumisse o motivo de estar ali. Ao menos, não uma pessoal. A resposta era sempre June. O que ela queria alcançar em um curso sobre a coexistência entre humanos e vampiros? Seria bom saber como matá-los. Achou que esta era sua resposta: assassinato; vingança; fogo. Tudo que levasse à morte. Ela não tinha futuro algum mesmo, então não escreveu nada.

O professor pediu que pusessem seus respectivos nomes nos papéis e os recolheu. Em seguida, formou duplas com base nas respostas. Kidan sentiu um aperto no peito. Será que ficaria sem dupla?

— Kidan Adane e Ramyn Ajtaf — anunciou o professor Andreyas.

Kidan ficou em alerta e observou a conhecida garota de saia xadrez vermelha e blusa branca se aproximar enquanto os outros se juntavam a seus pares.

Ajtaf.

A Casa de Ouro. Uma das casas com as quais tia Silia mandara ter cuidado.

— Oi de novo. — A julgar por seu tom de voz, ela parecia tímida.

Kidan a encarou com atenção.

— Oi.

— Também não escreveu nada? — sussurrou Ramyn e, quando Kidan assentiu, a garota respondeu com uma leve tristeza na voz: — Bem-vinda ao clube.

Kidan franziu o cenho, cheia de perguntas. Ela deu uma espiada no relógio vintage de Ramyn. A pulseira tinha um broche que ela não notara antes: uma torre dourada estreita. A insígnia da Casa Ajtaf.

93

— Para a aula de Relativismo, vocês vão trabalhar com seus parceiros. Um não será aprovado sem o outro. E, não, não podem trocar de dupla — orientou o professor. — Vou dar uns minutinhos para se apresentarem.

De repente, Kidan não conseguia pensar em nada. Como é que as pessoas normais lidavam com aquele tipo de situação? Conversa fiada, ela imaginou. *Está animada para este ano? Qual é sua cor favorita? Que diabos está fazendo em um curso que vai deixá-la eternamente presa a vampiros?* Talvez essa última não.

Ramyn a observou, em um quase divertimento, e esperou Kidan falar.

Ah, dane-se. Só havia uma coisa que ela queria perguntar.

— O que sabe sobre Susenyos Sagad?

O rosto de Ramyn perdeu o brilho de uma só vez.

— Todo mundo conhece ele. — Ela colocou uma mecha de cabelo atrás da orelha.

Kidan baixou a voz.

— Ouvi dizer que ele faz coisas horríveis com garotas.

Ramyn arregalou os olhos.

— Quem disse isso?

— São só... boatos.

— Bem, não é verdade — disse ela rapidamente e olhou em volta para se certificar de que ninguém ouvira.

Ramyn mudou de posição, e sua clavícula ficou exposta. Havia uma marquinha vermelha de mordida em sua pele marrom.

Kidan ficou tensa.

— Você está bem?

— O quê? — Ramyn seguiu o olhar dela e ajeitou as roupas, cobrindo as marcas. — Sim, estou bem.

Kidan se lembrou das garotas vendadas com os ombros mordidos. Sentiu o suor frio escorrer pelas costas.

Sua voz parecia vinda das profundezas do inferno.

— Foi Susenyos que fez isso?

Ramyn ficou tensa, e então um lampejo de raiva atravessou seus olhos.

— Ele não fez nada comigo, e você não devia acreditar em tudo o que ouve.

Os dedos de Ramyn tremiam ao pegar o livro. Kidan viu os sinais de alerta cada vez mais fortes. Sem pensar muito, estendeu a mão para tocá-la e acalmar os nervos da garota. Kidan ficou chocada com a temperatura congelante daquele toque.

— Você devia usar algo mais quente — disse Kidan, apontando para as roupas dela.

— É. — Ramyn fungou. — Sempre esqueço.

Elas ficaram em um silêncio constrangedor, sem saber muito bem como continuar a conversa que deveriam ter. Será que Ramyn e Susenyos estavam ligados de alguma forma?

A Casa Ajtaf tinha mais de duzentos dranaicos, de acordo com o diário da tia Silia. Aquilo trouxe à tona uma pergunta que já vinha martelando no fundo da cabeça de Kidan. O que acontecera com os dranaicos vinculados à Casa Adane? Por que Susenyos Sagad era o único que restara?

Antes que ela pudesse fazer mais perguntas, o professor Andreyas os chamou outra vez.

— Vamos começar com uma pergunta básica. A moralidade é inata ou influenciada por outros fatores?

Nem uma mãozinha se ergueu.

— Se demonstrarem coragem, talvez eu não reprove todos já na primeira aula. — Aquele tom de condescendência deixava Kidan ansiosa. — Ninguém? Que poucas ideias vocês devem ter.

Ramyn se encolheu toda quando os olhos ancestrais do professor pousaram nela. Antes que percebesse, Kidan já estava falando, os olhos fixos em sua mesa.

— Humanos são produtos da influência. Estamos à mercê de nossas famílias e daqueles que amamos e perdemos. O mundo decide no que vamos nos transformar sem o controle destes. Então, influenciada.

A sombra do professor cobriu a mesa dela.

— Isso não difere você de um animal.

Ela ergueu a cabeça e encarou aquelas órbitas paradíssimas, o ódio fervilhando com a proximidade.

— Um animal mata e não sente remorso nem desprezo — disse ela. — A única moralidade humana que existe é a reflexão e o arrependimento.

— Hipótese interessante. Quais são suas fontes?

Kidan baixou a cabeça devagar. Não tinha fonte alguma.

— Pensamentos não têm o menor valor se não forem dissecados e provados. Encontre aqueles que fornecem a base para suas ideias antes de dizê-las.

A alfinetada daquela resposta só piorou conforme os minutos se passaram. Depois de certo tempo, a mesma garota de voz monótona de antes começou a falar.

— Eu concordo. Influenciada.

— Fonte? — O professor ergueu a cabeça.

— A primeira lei jurídica de Ojiran.

— Época interessante. Continue.

— Ojiran foi preso após ser acusado de seduzir e assassinar a esposa de um amigo. Antes de morrer, ele deixou um poema para o amigo.

— Você conhece o poema?

— Sim.

A garota tinha um tom de voz entediante, sem qualquer entonação ou ritmo. Um tom daqueles não devia nem mesmo ter autorização para ser usado durante a leitura de um livro, muito menos de um poema. O olhar de Kidan foi capturado pelas árvores do lado de fora, mas não durou muito. Ela voltou sua atenção à menina no primeiro verso.

— "Se a fonte de todo ódio é este olho, cegue-o. Mas, se o ódio permanece, leve o segundo. Se ainda fala, corte minha língua. Se ainda se contorce, embaralhe meus ossos. Se ainda vive, então olhe para suas mãos. Está na sua pele, e não na minha, na sua alma, então purifique-se. Purifique-se, meu amigo. E espero que possa se juntar a nós nas nuvens."

As palavras tiveram um impacto tremendo. Por um brevíssimo momento, a voz dela assumiu outra cadência. Tornou-se assombrada, trêmula, viva, como se ela própria estivesse apelando no julgamento.

— Tomado pela dúvida sobre aplicar ou não a pena de morte a Ojiran, o amigo ficou louco por nunca saber de verdade quem seduzira e matara sua esposa. Ficou conhecido como a "Mão da Infidelidade" e passou a perseguir e atacar o universo das prostitutas e dos adúlteros. Sendo assim, seu senso de moralidade foi muito influenciado pela carta deixada para ele.

A ponta do lápis de Kidan se quebrou em pedacinhos. Ela deu uma olhada para trás, bem devagar, os olhos percorrendo toda a extensão do chão. A garota usava um coturno preto. Kidan prestou atenção em seu formato, imaginando as solas duras pisando no cascalho da estrada.

Ao menos aquela garota não parecia ser frágil. A fragilidade era uma doença para Kidan. Ela a infectava por dentro e a ensandeceria até que encontrasse uma cura.

Uma caneta quicou perto das botas e provocou um barulho estranhamente alto. Kidan reparou em outra coisa e já guardou na memória — luvas sem dedo e mãos graciosas.

— Quem é ela? — sussurrou Kidan para Ramyn.

— Ah, essa é a Slen.

Slen. Até o nome era capaz de cortar a língua, e Kidan teve vontade de tocar os lábios dela, certa de que encontraria sangue ali. Ou talvez fosse só por causa daquelas palavras, do poema.

— A família dela é a Qaros. São donos do conservatório de música.

Qaros. Outra família importante sobre a qual a tia alertara.

Kidan baixou a voz e olhou para o ombro ferido de Ramyn. Precisava de mais respostas.

— Pode me encontrar amanhã no Cantinho Oriental do Café para discutir nosso projeto? Por volta do meio-dia?

Ramyn pareceu hesitar, mas então assentiu. Quando o professor Andreyas encerrou a aula passando para eles o primeiro trabalho, sobre as Balanças de Sovane, Ramyn foi a primeira a sair pela porta, como se estivesse ansiosa para se livrar de Kidan.

Ela soltou o ar. Suas habilidades sociais estavam enferrujadas. Passar um ano inteiro falando apenas com os móveis causava isso.

Ela se ocupou de traçar um novo plano. Formar um grupo de estudo com Ramyn Ajtaf e Slen Qaros, na tentativa de descobrir como a casa de cada uma estava envolvida no declínio da sua. E, o mais importante, por quê? Era inveja, vingança ou roubo de riquezas? E que tipo de riqueza a Casa Adane possuía para despertar tanto ódio assim?

É provável que tia Silia lhe aconselhasse a se afastar de todas elas. A permanecer viva. Se aquelas casas já estabilizadas descobrissem que ela andava xeretando, não seria difícil extinguir a Casa Adane para sempre. Kidan respirou devagar. Tudo o que precisava fazer era manter aquelas alunas por perto, tentar esboçar um sorriso em vez de manter a cara fechada, e melhorar o tom de voz. Kidan sentiu um grunhido escapar.

Se eles não a matassem por qualquer que fosse o projeto que tinham, de certo a matariam por sua adorável personalidade.

"Casa Qaros, os produtores de lã, pastores humildes que aquecem as outras casas com seus cobertores. Uma família de fazendeiros que conhecia a terra como a palma da mão, eles cultivaram e trabalharam com afinco para combater a fome na Uxlay. Eles são a Casa da Fazenda."

— *História das Casas Acto*
Por Yohannes Afera

A Casa Qaros subiu no ranking das famílias mais rápido do que qualquer outra nos últimos dez anos. Ao longo de gerações, eles estiveram sempre nos últimos lugares, mas recentemente mudaram para o ramo da música, fizeram parcerias com as casas menores e estão aos poucos subindo para o topo. São ambiciosos, e a ambição é perigosa.

Os ratos da Casa Qaros são ladrões, conhecidos por roubar dranaicos das outras casas. Dez dos nossos dranaicos desertaram para a Casa Qaros nos últimos anos. Tenha muito cuidado. Eles têm o sangue desleal.

15.

RAMYN AJTAF REMARCOU O ENCONTRO DELAS PARA A Biblioteca Grand Solomon. Kidan chegou cedo, feliz por estar bem longe de Susenyos e daquela casa mal-assombrada. Toda vez que olhava para ele, perdia totalmente o controle, o desejo de atacá-lo era quase devastador. Kidan achava que, pelo modo como trincava os dentes e olhava para ela, ele devia se sentir do mesmo jeito.

A biblioteca a lembrava de um túnel bem rico e presunçoso. Em vez de concreto rachado, o piso era lisinho e dourado, tão polido que dava até para tirar algo dos dentes no reflexo. Em vez dos cheiros desagradáveis, não havia odor algum; nem mesmo as tintas ou os papéis tinham autorização para perturbar a completa ausência de aromas. Todos os livros prendiam a respiração e comprimiam os pulmões para caber na encadernação de couro. Por fim, todo bom túnel abriga ratos. Na Biblioteca Solomon, na Uxlay, eles apareciam petrificados no formato de estátuas de homens e mulheres de olhos arregalados em todos os cantos. Era o tipo de beleza que apenas os mortos-vivos apreciavam. Ao centro da biblioteca, um lustre de três andares pairava sobre o logotipo da Uxlay, incrustado no chão. Na faixa que se desenrolava entre os dois leões com suas espadas, lia-se: *Preze mais por conhecimento do que por sangue, e se precisar sangrar, use o sangue como tinta.*

Kidan pegou um livro chamado *Armas da escuridão: Um relato sobre as guerras e batalhas travadas contra os dranaicos* e aprendeu duas maneiras de matar vampiros: prata que esteve em contato com a língua ensanguentada de um deles e o chifre de uma opala. Ela ficou intrigada com a primeira opção. O contato entre o sangue do vampiro e a prata criava algum tipo de reação química mortal. Então, se a prata com toque vermelho atingisse uma artéria vital, o dranaico morreria. Já a segunda opção lhe deu calafrios. Um chifre era um lembrete de uma vida que já não existia. Era uma recordação, uma preciosidade de um ato cruel.

Ela se sentou na cadeira e folheou o livro *Migração: Uma história dos dranaicos*, de Nardos Tesfa.

RITUAIS DE PARCERIA

O sangue de um humano acto é venenoso até ser cedido pelo próprio indivíduo na cerimônia de parceria. Se um dranaico beber o sangue de uma criança ou de um adulto que não foi iniciado, os olhos dele ficarão vermelhos por três dias, além de enfrentar as consequências no tribunal. A cerimônia de parceria, com a comunhão de sangue, só acontece depois que o acto se forma no Dranacto.

Kidan tocou as veias no punho. Será que o sangue era mesmo venenoso? Até que fosse cedido, pelo menos, sabe-se lá o que isso significava na prática. Em vez de alívio, ela sentiu medo. Os olhos sorridentes de June cobriram a página do livro e depois se arregalaram de dor. Ela seria torturada para ceder seu sangue? Kidan desenhou um triângulo sobre as palavras com os dedos, fazendo força para tentar expulsar aquela imagem. E então contraiu a mandíbula. Rituais e cerimônias. Aquela falsa diplomacia deles lhe dava nos nervos. Desprezava qualquer coisa que escondia sua real identidade, que fosse incapaz de se olhar no espelho.

Kidan folheou outros subtítulos. "Influência da África Ocidental." "A Primeira Guerra dos Dranaicos." "Dia da Cossia."

Para honrar o acordo que foi alcançado ao longo dos anos, o Dia sem leis da Cossia foi fundamental para converter dranaicos rebeldes aos costumes da Uxlay. O Dia da Cossia é uma celebração da natureza dos dranaicos e dos sacrifícios que precisaram fazer em nome da paz. Os humanos deixam as dependências da Uxlay à meia-noite, e então os dranaicos ficam livres para realizar atividades ilícitas.

Kidan leu mais duas vezes. Dia sem leis da Cossia. Um evento inteiro no qual os monstros não eram responsabilizados pelo que faziam. O que Susenyos tinha feito no último Dia da Cossia? Tinha saído da Uxlay para sequestrar June?

Kidan reuniu os arquivos públicos de cada Dia da Cossia, que registravam os vampiros desafiados, os defendidos e os mortos. Ela teve um sobressalto ao ver o nome de Susenyos quase no fim. Ao longo dos últimos cinco anos, Susenyos Sagad tinha matado quase todos os dranaicos da Casa Adane.

A violência e o calculismo puros por trás daquilo a fizeram cerrar os punhos. Todo ano, pouco a pouco, ele eliminava qualquer um que o ameaçasse. Durante o restante do ano, agia de maneira exemplar, seguindo as leis, a ponto da reitora Faris acreditar que ele era inocente de outros crimes.

O telefone apitou e interrompeu seus pensamentos. Kidan se virou para ler a mensagem de Ramyn. *Desculpe. Vou ter que cancelar.*

Kidan comprimiu os lábios. Precisava perguntar a Ramyn sobre aquelas marcas de mordida.

Ao sair, pediu mais um livro à bibliotecária.

— Você tem um exemplar de um livro chamado *Ebid Fiker*?

O livro que Susenyos sempre carregava.

A bibliotecária abriu um sorriso gentil diante da tentativa de Kidan em pronunciar amárico.

— Está falando de *Os amantes loucos*.

Os amantes loucos?

— Existe uma versão traduzida? — perguntou Kidan.

A bibliotecária assentiu e desatou a caminhar pelos corredores.

— É um livro bem famoso.

Com o exemplar em mãos, Kidan saiu e encontrou uma área vazia ao lado de uma pequena fonte. A água corria livre, sem folhas nem musgo. Kidan conseguia enxergar o desenho reluzente no fundo. Ela pensou na irmã e brincou com a pulseira. June adoraria um lugar bonito como aquele.

Então a água corrente foi aos poucos adotando um tom vermelho, o sangue engolindo o desenho nos azulejos no fundo até começar a transbordar. Kidan cambaleou para trás com um aperto no peito. Piscou — e então tudo tinha voltado ao normal, a água transparente. Seus dedos tremeram, e ela abriu o pingente da pulseira e tocou de leve o comprimido.

Vou encontrar você.

— Kidan, não é?

Ela levou um susto e reconheceu aquela voz de imediato. Um tom monótono, como se estivesse fora do mundo, até começar a ler poesia.

— Aqui em cima.

Slen Qaros estava no degrau do topo de uma escadaria larga. Sua jaqueta preta ia até as coxas, mas o visual era descolado, e não esquisito. Segurava um cigarro entre os dedos. As cinzas faiscavam, estimuladas pelo vento, e refletiam nas pupilas de Slen. Kidan piscou, e o vento levou embora qualquer brilho que houvesse nos olhos pretos da garota.

Kidan subiu os degraus até onde batia sol, o calor aquecendo suas pernas geladas. Ela olhou para o broche de bronze de Slen. Gostava da insígnia da Casa Qaros — uma espécie intrincada de troféu de cabeça para baixo, com três instrumentos musicais saindo pela boca como um emaranhado dourado.

— Todo mundo pensou que a Casa Adane ficaria para Susenyos Sagad, e aí você apareceu.

Não havia qualquer emoção em seu tom de voz, apenas a exposição de fatos.

Kidan tentou relaxar, satisfeita com a deixa para fazer sua pergunta.

— Você o conhece?

— Pessoalmente, não. Tudo o que eu sei é que ele matou todos os outros dranaicos da casa durante a Cossia, pelo menos os que foram idiotas o suficiente para permanecer lá. É por isso que nenhuma outra família o aceita como companheiro. Susenyos Selvagem sempre sobrevive. Pelo menos é o que meu pai diz.

Kidan olhou de relance para ela.

— Ouvi dizer que a maioria dos dranaicos da minha casa que sobreviveram foram para a sua.

Dez dranaicos da Casa Adane, para ser exata.

Slen deu de ombros.

— Quanto mais dranaicos ligados a sua casa, mais poder e jogo de cintura para lidar com as decisões políticas da Uxlay. Você pode usá-los para obter votos a favor de suas pautas e expandir seus negócios. Não é nada pessoal.

— Entendi.

Ela pendeu a cabeça para o lado.

— Está fazendo a aula de África Oriental e os Mortos-Vivos.

— Estou.

— Foi daí que tirou sua ideia? "A única moralidade humana que existe é a reflexão e o arrependimento." Pouca gente expressa os conceitos do Dranacto assim.

— Foi — respondeu Kidan, porque era mais fácil do que explicar a autoria de um assassinato.

— Entendi.

Kidan respirou fundo.

— Talvez a gente pudesse formar um grupo de estudos.

— Eu não formo grupos com qualquer um.

— A probabilidade de qualquer um de nós ser aprovado no Dranacto é muito baixa — disse Kidan, mudando de tática. — Eles dizem que a filosofia é sustentada por quatro pilares: arte, literatura, adivinhação e história. Quero fazer um grupo de estudos a partir dessas habilidades.

Slen pensou a respeito.

— O círculo educacional de Resar... parece interessante.

— Sei que Ramyn Ajtaf está focada na literatura. Tenho certeza de que ela participaria. Posso apresentar vocês duas.

— Todo mundo conhece a Ramyn.

O tom de voz de Slen tinha um toque de algo que Kidan não conseguiu identificar.

— Tudo bem, ótimo. Precisamos de um estudante de arte também. Sei que a Casa Umil comanda a Faculdade de Arte, então, se conhecer alguém de lá, seria ótimo — disse Kidan, pensando nas anotações da tia e no retrato pintado por Omar Umil.

Slen suspirou.

— Infelizmente, conheço uma pessoa.

Ótimo. Tudo estava fazendo sentido.

— Fica faltando o mais difícil: adivinhação — continuou Slen. — Você devia chamar o Mot Zebeya que eu vi seguindo você.

Kidan sentiu um arrepio no pescoço.

— O quê? Quando?

— Antes da aula. Ele estava se escondendo nas árvores.

Então ela tinha mesmo um stalker.

— Que diabos é um Mot Zebeya?

Slen arqueou uma das sobrancelhas.

— Não sabe o que são?

— Eu fui criada longe dos... costumes da Uxlay.

Slen pensou a respeito antes de responder.

— São chamados de Mot Zebeyas em amárico. Em tradução livre, é algo como os "Guardas da Morte". O mosteiro deles fica além do portão na direção nordeste, lá para cima das montanhas. Eles são levados para lá ainda crianças para se acostumarem com a solidão, como fez o Último Sage, e se tornarem os guardiões das nossas leis.

Kidan olhou ao redor, mas só conseguia enxergar o pátio da Universidade.

— Levados ainda crianças?

— Aqueles que nascem no mês de agosto em todas as casas costumam ser os escolhidos. É um sacrifício indesejável que nenhuma Família Acto gostaria de fazer. É proibido que a criança conheça sua família, seu status social e sua riqueza. Qualquer coisa que possa demovê-la de sua fé.

Kidan comprimiu os lábios.

— Por que alguém concordaria em abrir mão de seus filhos e filhas?

— A Uxlay depende deles. São os Mot Zebeyas que realizam as transformações de vampiros e os rituais de parceria. A criação isolada que eles recebem funciona como restrição e equilíbrio. Como eles não têm qualquer ligação ou quaisquer afetos na Uxlay, consideram todos sua família.

Kidan absorveu aquela informação. Slen Qaros era articulada e um poço de conhecimento. Ela seria bem útil.

— Ele seria uma adição de peso ao grupo. Eles são inteligentes e muito raros, ainda que antissociais. Seria uma vitória recrutá-lo.

— Vou fazer isso — disse Kidan, relutante.

Por que diabos ele a estava observando?

Slen olhou para ela com cuidado.

— Também quero uma outra coisa: *Mitos Tradicionais dos Abismos*. Um livro raro que vai ajudar na tradução dos conceitos do Dranacto. Pelo que ouvi dizer, está na seção de colecionador da biblioteca da Casa Adane.

Kidan assentiu e manteve seu tom de voz suave para a próxima frase. Era importante que Slen concordasse para que Kidan pudesse investigar a Casa Qaros.

— Então nos encontramos na sua casa para estudar?

As palavras de Slen saíram cheias de cautela.

— E por que não na sua?

Slen Qaros não era Ramyn Ajtaf. Seria necessário um tipo de abordagem diferente, de modo que Slen encarasse Kidan como um desafio que valia a pena. Aqueles olhos monótonos… queimavam, mais frios do que chamas azuis. Kidan os encarou com as próprias chamas.

— Porque, se eu for obrigada a passar mais um segundo com Susenyos Selvagem, sou capaz de matá-lo.

Kidan não colocou qualquer toque de humor naquelas palavras, e ainda assim… nenhum vislumbre de medo ou preocupação passou pelo rosto da garota Qaros. Que interessante.

Slen enfiou as mãos enluvadas no bolso e se levantou.

— Terça, quatro da tarde, na minha casa. Não apareça sem o Mot Zebeya.

16.

KIDAN FOI ATRÁS DO GAROTO MOT ZEBEYA PELO CAMPUS. Ele se destacava como um dedo machucado, com suas roupas pretas justinhas e a corrente branca pendurada no bolso. Andava com propósito, fazendo um caminho sinuoso em uma área cheia de prédios baixos, depois de um belo portão oculto por nuvens escuras e sinistras. Kidan parou para ler a frase entalhada acima de um leão com juba prateada empunhando uma longa espada — *Campos de Treinamento Sicion*. Uxlay tinha o próprio exército de elite de vampiros, mas Kidan ainda não vira nenhum dos Sicions. Ela sentiu um arrepio, esperando jamais ter que ver, e continuou até se deparar com uma clareira à distância. Era um campo cheio de estruturas altas de pedra. Lápides.

O garoto se agachou à sombra de um anjo de pedra e pegou algo no chão. Estava tão concentrado que Kidan chegou mais perto e depois se escondeu atrás de um monumento para observar. Ele abriu um livro sagrado pintado com o óleo aromático de uma flor roxa.

— Espionar é falta de educação — disse ele, com calma.

Kidan ficou paralisada quando seus olhos reflexivos se viraram para ela.

— Por que está me observando? — perguntou Kidan.

Ele tinha a pele marrom e era alto, e sua caminhada causou um tilintar. O som vinha de ossos de dedos amarrados em uma longa corrente, uma ponta no cinto e a outra no bolso da calça. Tinha o cabelo quase preto e usava camisa de gola alta preta e calça.

— Peço desculpas — disse ele com extrema sinceridade, apontando para os ossos. — Gostaria de fazer uma leitura pra você.

Kidan o observou, apreensiva.

— Com ossos de dedos?

— Ossos têm vitalidade e vontade própria. São usados no estudo do Sageísmo e preveem quem será o próximo a morrer.

Kidan sentiu um arrepio percorrer a coluna.

— Acha que vou morrer?

Ele franziu a testa.

— Sempre que estou perto de você, eles se mexem e batem uns nos outros. Em geral, eles não respondem de maneira tão forte.

Kidan deu um passo cauteloso para trás. E se ele soubesse sobre o comprimido azul, ou pior, sobre o assassinato?

— Vim aqui chamar você para entrar no nosso grupo de estudos do Dranacto. — O tom de voz dela ficou mais tenso. — Não para receber uma leitura.

Uma brisa suave balançou os sinos do monumento mais próximo e afastou os cachos do rosto dele.

— Então vou entrar no seu grupo.

Ela arqueou uma das sobrancelhas. Aquilo tinha sido fácil demais.

— Por quê?

— Todas as vidas devem ser protegidas e, se você está em perigo, é meu dever te proteger.

— Mas você nem me conhece.

— Por que isso importa?

Kidan não sabia o que pensar sobre ele. Não conseguia acreditar que houvesse alguém naquele lugar que fizesse qualquer coisa apenas pela bondade do coração.

O garoto olhou para ela do mesmo jeito, como se ela fosse uma criatura que ele não conseguia decifrar. Kidan o observou juntar as próprias coisas, e os dois saíram juntos do cemitério.

Ela olhou de relance para ele.

— Ouvi dizer que alunos Mot Zebeya são raros na Uxlay.

Um quase sorriso surgiu nos lábios dele, e seus olhos se voltaram ao portão nordeste do campus. Kidan estava perto o suficiente para enxergar as árvores encorpadas na fronteira do campus e as montanhas no horizonte. Havia mesmo um mosteiro lá em cima?

— Sim — respondeu ele, depois de um tempo. — A maioria de nós não busca uma parceria dranaica.

— Mas você busca?

— Quando você passa muito tempo verdadeiramente sozinho, consegue ver como uma alma dranaica se sente. Fria e silenciosa. A solidão nos ensina isso. Busco companhia porque é um jeito mais radiante de viver.

Kidan conhecia bem a ânsia de se sentir sozinha. Cada parte de seu corpo sofreu quando a irmã desaparecera e a deixara naquele apartamento onde dia e noite se misturavam. Ainda assim, não era desculpa. Kidan odiava aquela fraqueza do Último Sage. Ele recebera o poder de erradicar todos os vampiros do mundo, mas escolhera ficar ao lado deles. Essa falta de colhões deu origem a diversas gerações de ingênuos que não sabiam de nada.

Kidan disse ao Mot Zebeya para encontrá-la na Casa Qaros e observou enquanto ele ia embora. Outros estudantes se afastavam dele, como se quisessem evitar uma criatura fantasmagórica. Ele era o único por ali sem o broche com a insígnia de uma casa. Seu ar de solidão mexeu com o âmago de Kidan. Ela tentou dissipar aquela sensação tocando em sua pulseira.

Ela viu o Cantinho Ocidental do Chá no canto de um pequeno pátio. Pensou que talvez devesse comprar uns donuts. Do outro lado da Praça Sheba, viu os conhecidos cachos de Ramyn. Kidan ergueu a mão para acenar e então ficou paralisada. Susenyos apareceu, trocou algumas palavras em voz baixa com Ramyn e então a levou para um dos edifícios Sost do Sul, a mão apoiada em suas costas. Era o exato lugar que, de acordo com a reitora Faris, era proibido para os acto.

Kidan sentiu o coração enfraquecer, as pernas bambearem. Obrigou-se a caminhar, um pé na frente do outro, parando diante da porta por onde eles tinham entrado. Tentou abrir, mas estava trancada.

— Ramyn! — gritou, chutando a porta de ferro.

Um dranaico bem grande se aproximou e enxotou Kidan dali. Ela engoliu a raiva, virou a esquina e apoiou a testa no muro frio, tentando tirar da cabeça a imagem de Ramyn como June. Ela não era June.

Kidan se apressou em ligar para o telefone de Ramyn. Ela não atendeu. Não queria assustar a garota, então apenas mordeu o lábio e deixou uma mensagem de voz, dizendo para encontrá-la na Casa Qaros na terça-feira.

Ela se afastou e viu Susenyos Sagad observando-a de uma janela lá do alto. Uma das extremidades de seus lábios se ergueu num sorriso arrogante.

17.

Toda noite, Kidan ouvia os uivos de dor de Susenyos e os passos delicados de Etete apressando-se para ajudá-lo. Ouvia a conversa descontraída entre os dois lá na sala. As risadas e a familiaridade a deixavam intrigada. Etete dava bronca nele, como se fosse mãe, dizia que não forçasse tanto os limites e que fosse mais gentil com Kidan, e ele se mantinha em silêncio, como se estivesse ouvindo. Ela não compreendia a ligação dos dois.

Kidan estava atormentada pela sensação de que Susenyos estava muito próximo de conseguir mudar a lei estabelecida e, assim, ficar mais perto de dominar a casa, dando a ele ainda mais vantagem.

Contudo, não naquele dia. Não importava o quanto Kidan fosse sufocada pelas memórias de June, não importava o quanto aquilo apertasse sua garganta, ela não iria sair dali sem descobrir a lei.

Kidan se certificou de que Etete tinha saído de casa para uma tarefa antes de ir até o corredor. Não queria ser resgatada. Ela desenhou quadrados com os dedos sobre as coxas, mas obrigou-se a caminhar até lá. A reitora Faris disse que seria fácil. Seus ossos tremeram e se chocaram uns contra os outros quando o rosto ensanguentado de June surgiu. Havia uma mão enfiada em seu peito, apertando, puxando, rasgando os músculos.

— *Por que você não me encontrou ainda?*

Kidan se virou na direção da voz da irmã, em meio à escuridão completa.

— Vou encontrar.

— *Por que você me matou?*

Aquela voz não era a de June. Era diferente, mais velha, e golpeava a pele sensível das costas de Kidan como um chicote.

— *Você me deixou queimar com aquela casa. Eu devia saber que você era igual a eles.*

O cheiro de carne queimada pairava ao redor dela. Kidan vomitou ar, arfando até machucar a garganta por dentro. A náusea não passava, e a porta aberta do quarto acenava para ela como um lugar seguro. Era só passar pelo batente, e suas veias não estariam mais saltadas sobre a pele.

Não.

Ela apertou os olhos e se obrigou a ficar ali.

Me mostre a lei da casa. Me mostre a lei da casa!, Kidan gritou repetidas vezes na própria mente até começar a desmoronar.

A escuridão ofuscou sua visão. A pulsação perdeu o ritmo. Era isso. Ela iria morrer.

Chamas azuis começaram a consumir a ponta de seus dedos, que descascavam provocando uma dor excruciante. Kidan abriu a boca para gritar, mas ela apenas se encheu de fumaça preta. O fogo subia pelos braços como um raio, rachando e marcando a pele, e chegou ao peito como uma luz ofuscante. Ela implorou para que aquilo parasse, mas ainda havia muito mais pele para queimar. Seria uma morte lenta, um castigo.

Kidan se rendeu.

Deixou-se queimar. Queimar e queimar.

Horas se passaram, e ela alternava momentos de consciência e inconsciência. E então, quando só havia sobrado um último suspiro, ela sussurrou:

— Eu sou a herdeira da Casa Adane. Me mostre a lei da casa. Por favor.

Kidan já não conseguia mais sentir a própria pele, apenas o calor implacável. Ela ergueu a mão diante de si, despelada, o osso chamuscado como madeira branca. Kidan sentiu o horror percorrer o corpo. Aquilo era demais. Ela precisava fugir, precisava viver...

Um fio dourado começou a se mover e serpentear, transformando-se em letras. Ela soluçou aliviada e ainda teve forças para controlar os joelhos fracos e não cair. Para ler. Kidan precisava saber que lei o pai e a mãe tinham estabelecido antes de morrer. Ela cortou os lábios com os dentes, tamanha força com que os mordia. As palavras apareceram na parede e ficaram gravadas em sua mente.

SE SUSENYOS SAGAD COLOCAR A CASA ADANE EM RISCO, A CASA DEVE ROUBAR ALGO QUE TENHA IGUAL VALOR PARA ELE.

Ela correu até o quarto em uma velocidade desesperada e desmaiou em um sobressalto, caindo inconsciente. Um leve sorriso irrompeu em seus lábios. Ela tinha conseguido.

Kidan acordou no chão com dor de cabeça, mas tinha descoberto a lei. Sentiu uma onda de alívio por todo o corpo, além de gratidão por seu pai e sua mãe. Se eles tinham estabelecido aquela lei, era porque obviamente não confiavam nele. Estavam do lado dela. Susenyos estava em desvantagem. Ele não podia fazer mal à Casa Adane. Não podia fazer mal a ela *nem a June*.

No entanto... ele tinha sequestrado June. Infringira a lei, e talvez estivesse sendo punido por isso. Kidan precisava descobrir como a lei funcionava de fato.

Kidan pegou a fita com a confissão de sua vítima nos fundos do armário do banheiro com uma pontada no estômago. Copiou o áudio para o celular — protegido por senha — e elaborou um plano de ataque. Descobrir a lei da casa era o melhor trunfo que ela podia ter.

Naquele mesmo dia, ela iria confrontá-lo.

Kidan tinha que pressioná-lo a confessar sem revelar muito. O coração dela batia acelerado ao descer as escadas com a gravação.

Susenyos estava na sala que também servia de sala de estudos, sentado no sofá com seu livro favorito.

Kidan segurou o aparelho com força.

— Se me falar o que fez com a minha irmã, vou embora. Pode ficar com tudo. A casa, o dinheiro, tudo.

Ele olhou para ela com uma expressão entediada. Aquele desespero era perigoso, e só ficou dez vezes maior quando ela percebeu que não causara qualquer efeito nele.

— Você soava muito melhor quando estava inconsciente.

Ele tinha ouvido.

— Me conta — disse ela entre dentes.

— Me acusar de um crime desses... Talvez eu devesse abrir uma reclamação no Tribunal. Todos nós sabemos que os acto adoravam colocar a culpa dos próprios atos perversos em nós. — Ele pendeu a cabeça para o lado. — Talvez *você* tenha feito algo a June. Ouvi você pedir desculpas muitas vezes no corredor.

Kidan ficou chocada por um momento. Ele se afundou um pouco mais no sofá, o rosto exibia uma expressão de satisfação. Susenyos nunca a levaria a sério porque não a via como ameaça.

— Vou entregar isso aqui para a reitora.

Ele suspirou e arqueou as sobrancelhas. Kidan chegou mais perto. Apertou o botão para reproduzir. A gravação começou com um ruído, e a garganta dela coçou ao se lembrar da fumaça daquele dia.

— *Cadê a June?*

Era a voz de Kidan, mas bruta, como a de uma pessoa insana tentando recobrar algum equilíbrio. Estava de joelhos diante da mulher presa e amordaçada.

Susenyos se aproximou, interessado no conteúdo daquele interrogatório. Kidan o observou com atenção. Estava preocupado ou desconfortável?

Uma música tocou pelo telefone. Kidan se lembrava de ter escolhido uma batida mais grave que, tinha certeza, abafaria o som que saía de uma boca tapada. Ela gostara de ver o medo no rosto da vítima. Kidan enfiara a ponta de um cigarro aceso sobre a pele dela, e o cheiro de tabaco misturado com pele queimada a sufocara.

— *Eu vi um vampiro a levando. Eles só nos encontrariam se você tivesse falado onde estávamos. Você contou a eles?*

O veneno que escorria daquelas palavras era o de um animal que só desejava a verdade. Kidan a queimou mais três vezes e viu a pele dela carbonizar como papel, e então descascar.

Os cabelos de Mama Anoet estavam grudados em seu rosto largo e suado, os pequenos olhos arregalados de terror.

Aquela mulher já tinha alimentado Kidan e cuidado dela, protegendo-a dos perigos do mundo. Era a única mãe que ela conhecera e amara. Era esse amor — e o feito terrível cometido por Kidan apesar dele — que tornava impossível perdoá-la.

— *Sim. Ele queria vocês duas. Você e June* — *disse Mama Anoet, a voz áspera quando Kidan a desamordaçou um pouco.*

— *Quem? Qual era o nome dele?*

— *Eu... Eu não sei.*

Mais um grito ressoou quando Kidan enfiou a ponta do amado cigarro de Mama Anoet no pescoço dela.

Kidan viu um cintilar muito leve nos olhos de Susenyos. Desapareceu como um pavio sendo apagado por dois dedos, mas ela sabia que era raiva. Ele disfarçou a expressão, mas não adiantava. Já tinha dado a ela o que buscava.

Kidan fez um gesto próximo à orelha para indicar a ele que ouvisse a próxima parte.

— *Qual é o nome dele?*

Kidan tinha tateado a verdade e enfim conseguiria sua confirmação.

— *Sagad!* — *gritou Mama Anoet.* — *O nome dele é Susenyos Sagad.*

Algo sombrio borbulhava nos olhos dele.

— *Então essa é a sua prova.*

— *Por favor* — *implorou a vítima.*

A gravação registrou a respiração ofegante das duas, uma com dor, a outra em sua cruzada por vingança. Aquele tinha sido o momento em que a verdade destruíra o mundo perfeito de Kidan. O momento em que ela descobrira que a pessoa que deveria protegê-la tinha conspirado com os demônios dos quais ela passara a vida inteira fugindo.

Aquela raiva se apossara de cada centímetro de seu corpo. Era daquele tipo que ia até as profundezas do inferno e emergia em chamas eternas. Ela se lembrava do restante em fragmentos de imagens. Mama Anoet implorando, um fósforo riscado, a nicotina do cigarro queimando em seus pulmões. Então a casa pegou fogo. Ela estivera muito ocupada comemorando a justiça, eliminando um mal, para perceber que outro tinha se esgueirado diante de seus olhos. Os vizinhos gritavam ao chegar, o terror estampado em suas expressões boquiabertas, as pupilas pretas. Kidan rodopiou como um turbilhão, pronta para eliminar aquele monstro também. Os vizinhos ficaram do lado de fora, o fogo aquecendo a pele, a fumaça invadindo os pulmões, mas... não havia outro monstro. Estavam olhando para Kidan.

Ela. O demônio que os assustara.

Uma parte de Kidan também tinha morrido naquela noite.

Ela parou a gravação.

— Por que parar aí? — Os olhos dele brilhavam como estrelas. — Você tentou salvá-la?

Kidan piscou. Que pergunta estranha. A maioria das pessoas perguntava se ela tinha sobrevivido.

— Você tentou salvá-la ou a deixou lá pra queimar, passarinha? — perguntou ele com rispidez e levantou-se para ficar na frente dela.

Kidan engoliu em seco, e ele assistiu ao movimento atravessar o pescoço dela. Os batimentos aceleraram com a proximidade.

— Eu *não* sou uma assassina. Foi um acidente. — Seus lábios tremiam. — O fogo saiu de controle e eu tentei ajudar, mas...

Ela já estava acostumada com aquelas palavras, treinadas para dizer à imprensa e à polícia. O nó na garganta era bem verossímil.

Susenyos piscou enquanto a encarava, como se perdendo o interesse.

— Que decepção.

Kidan olhou para ele de cara fechada e tentou esconder o coração que batia acelerado.

Ela havia feito mais do que observar enquanto Mama Anoet queimava. Tinha saboreado cada grito abafado e o momento em que os olhos da mulher se arregalaram quando percebeu que a filha que tinha criado não iria resgatá-la.

É óbvio que ele acharia interessante a atitude mais volátil que ela tivera na vida. Kidan sentiu nojo. Os dedos coçavam de vontade de queimar a casa com ambos dentro.

— Quero saber o que fez com June. Quero a verdade, ou então vou entregar isso à reitora Faris hoje.

Kidan apertou bem o aparelho. Ela se recusava a deixar que ele fizesse piada ou a menosprezasse para se livrar da situação. Susenyos estava encurralado.

Ele cruzou os braços e se recostou na mesa.

— Ah, acho que isso está muito longe da verdade. Você quer sangue, e vai atrás dele de um jeito glorioso para uma humana. Então, mesmo se eu te contasse a verdade, acho que você não descansaria até que eu estivesse morto, yené Roana.

Yené Roana. Mais um apelido. Ele não a estava levando a sério. Kidan precisava mudar de tática.

— Eu sei a lei da casa que você quer mudar com tanto afinco — disse em provocação.

Ele ficou paralisado, o brilho dos olhos desapareceu.

Kidan sorriu. Até que enfim.

— "Se Susenyos Sagad colocar a Casa Adane em risco, a casa deve roubar algo que tenha igual valor para ele."

Ele mexeu os dedos, o corpo tenso como uma corda prestes a se romper. *Ótimo.*

— Então, acho que existem dois motivos pelos quais você pode querer mudar a lei. Um, você quer colocar a casa em risco sem consequências e, dois, você já colocou a casa em risco e teve algo roubado. — Ele parou de respirar, e os olhos de Kidan brilharam. — É a segunda, então.

Susenyos continuou quieto, e ela se sentiu encorajada.

— Você sequestrou June, ou então feriu meu pai e minha mãe, e agora a casa está te punindo. — Ela não conseguia evitar o prazer na voz. — Isso é bom demais.

— Você não sabe do que está falando — avisou ele, os dentes cerrados.

Kidan chegou bem perto do rosto dele, a uns dois centímetros de seu queixo, e olhou para cima para encará-lo.

— Não? Acho que estou chegando bem perto.

Susenyos envolveu o pescoço dela com seus dedos longos e quentes, apertando até ela sentir o coração acelerar e o corpo inteiro se retesar.

— Você está errada.

Ele estava tão perto que ela podia contar seus cílios. A pulsação dela estava frenética.

Susenyos estendeu a outra mão para o aparelho que Kidan segurava com força.

— Você já está com isso há muito tempo. Imagino que a única razão para ainda não ter entregado à reitora Faris é que o conteúdo compromete você muito mais do que a mim.

Ele pendeu a cabeça para o lado, quase com pena dela.

Kidan olhou para o peito dele.

— Não me importo com o que vai acontecer comigo.

— E, no entanto, ainda assim se importa com a verdade. Se importa com o que aconteceu a June, e ir para a prisão colocaria um fim a essa busca.

Kidan reprimiu um grito quando a mão grande de Susenyos amassou a dela, os ossos pressionando o gravador.

— Você vai fazer o seguinte: amanhã vai desistir do curso de Dranacto, entregar a Casa Adane a mim e voltar à sua vida.

Ele continuou apertando até que o gravador se soltou e caiu no chão. Ela tentou esmagá-lo com o pé, mas ele se moveu com uma rapidez sobrenatural. Empurrou-a para o lado e a lançou contra o armário de bebidas e copos.

— Talvez alguns anos na prisão deixem você mais receptiva.

Susenyos abriu um sorrisinho debochado e apertou o botão do meio.

Nada aconteceu. Ele franziu a testa e apertou o botão outra vez, mas o conteúdo tinha sido apagado. Kidan o fizera assim que pausara a gravação. É óbvio que ele tentaria usá-lo contra ela. Não podia se livrar da gravação de modo definitivo porque ainda precisava dela, e por isso tinha salvado uma cópia no celular antes de confrontá-lo.

Kidan se ajeitou, ainda meio cambaleante, mas olhou para Susenyos com a mesma fúria que irradiava dele e com um sorriso amargo no rosto.

— Você tem razão. Não vou embora enquanto não vir você morto por todas as coisas nojentas que já fez.

Ele deu um passo na direção dela, furioso, mas então se conteve e deu uma risada.

— Você tem uma ideia tão horrível a meu respeito... Estou ansioso para provar que é tudo verdade.

Kidan passou a mão nos cabelos e sentiu o cômodo rodopiar depois que ele saiu. Tocou na pulseira de borboleta que um dia pertencera a Mama Anoet. Seu comprimidinho azul. O ritmo do movimento de seu peito começou a desacelerar. *Respira*. O cômodo voltou à inércia. Embora fosse doloroso, aquele comprimido era o seu maior poder.

Era um poder porque escolher como e quando morrer dava aos seres humanos algo que perdiam no momento do nascimento: controle. Invencibilidade e punição — ambas estavam dentro de Kidan de algum modo, atadas àquela pulseira. E ela precisaria delas para perdoar ou matar aquela criatura lá em cima, o que ela escolhesse primeiro.

E daí que Mama Anoet, seu pai e sua mãe não conseguiram protegê-la? Kidan sempre dava um jeito de sobreviver.

18.

A CASA QAROS SE APRESENTAVA COM A POSTURA DE UM mordomo bem-vestido. Os passos de Kidan ecoavam no mármore, e ela sentia o frio lhe subindo pela coluna. Na enorme sala de estar, havia uma série de instrumentos musicais de madeira muito bem polidos e arrumados de maneira impecável. Kidan sentiu uma pontada de desconexão — a música guardava histórias e tradições de um país e de uma identidade que ela havia perdido.

O Mot Zebeya, Slen Qaros e... Ramyn Ajtaf estavam sentados a um dos lados de uma mesa oval. Kidan respirou aliviada. A garota não tinha sido sugada até a morte.

Ramyn está viva.

Do outro lado da mesa, um garoto bonito de camiseta de um amarelo terroso, colete escuro e mangas dobradas estava mergulhado na página que tinha diante de si. Com um lápis de carvão nas mãos, os dedos sujos de fuligem, ele estava imerso em seus desenhos.

Slen ergueu o queixo para Kidan.

— O livro dos *Mitos*?

Kidan vasculhara a estante da sala de estudos, mas não encontrara.

— Estou trabalhando nisso.

Ela assentiu e olhou ao redor da mesa.

— Apresentem-se rápido. Temos muito a fazer.

Ninguém falou nada. Kidan olhou de relance para as unhas lascadas e a clavícula ferida de Ramyn. Qual era a melhor maneira de perguntar: "Que diabos você estava fazendo no prédio dos vampiros?"

Não conseguia pensar em nada.

Ramyn sacou um pacote de balas de framboesa e ofereceu uma com um sorriso acolhedor. Kidan aceitou e reprimiu um suspiro, tentando aproveitar um pouco mais a gentileza da garota. Como Kidan já a tinha interrogado antes, Ramyn não falaria mais com ela.

A pulseira queimou em seu braço. *Olha só o que aconteceu com a última pessoa que você interrogou.*

Ela sentiu o gosto de pele queimada na boca e teve ânsia de vômito.

— Oi? Eu disse pra se apresentarem.

Slen acenou para o garoto bonito.

A insígnia da casa brilhou no peito dele: dois troncos em chamas azuis que formavam uma mulher dançando. Linda. Slen deve ter dado um chute nele, porque o garoto se mexeu em um solavanco e piscou como se só tivesse percebido a presença deles naquele instante.

— Yusef Umil, pessoal. Gosto de longas caminhadas na praia e garotas malvadas que andam de moto. Entre meus hobbies, está ser reprovado duas vezes em Dranacto, então, se estiverem ansiosos, lembrem-se de que não tanto quanto eu.

O sorriso de Ramyn desapareceu.

— Você foi mesmo reprovado duas vezes?

— Foi racismo, na verdade — brincou ele.

Kidan olhou para o garoto com curiosidade. Yusef Umil. O pai dele, Omar Umil, estava preso em Drastfort. Como era ser filho de um assassino? Será que a maldade do pai tinha resvalado nele? Por certo devia deixar uma mancha grande para trás.

— Que mais? — continuou ele, as sobrancelhas grossas franzidas. — Já me disseram que durante uma hora por dia eu produzo um trabalho de qualidade. Infelizmente, nunca sei quando essa hora virá, então sintam-se à vontade para ficar por perto o máximo que conseguirem. De preferência com papel e caneta na mão, para anotarem minhas ideias geniais quando elas surgirem.

Ramyn inclinou a cabeça para Kidan.

— Ele está brincando, não é?

— Não. — Slen não estava nada impressionada. — Ele tem a capacidade de concentração de uma agulha.

Kidan quase abriu um sorrisinho.

— Um Mot Zebeya. — Slen se virou para ele. — Vocês usam iniciais como nome, não é?

Eles usavam? Kidan se deu conta de que não tinha perguntado o nome dele.

— Isso. Pode me chamar de GK. Escolhi manter as tradições antigas em relação ao nome. Meu companheiro é quem vai me nomear, como Demasus fez com o Último Sage.

Kidan tentou se lembrar daquele nome, das histórias que ouvira quando criança. Demasus, o Leão de Dentes Afiados. Foi o líder do exército de vampiros que promoveu a guerra contra o Último Sage e espalhou um terror inimaginável.

— George — sugeriu Yusef na mesma hora.

GK franziu a testa.

— Acabei de falar que meu companheiro…

— Sim, sim, mas é que acho mesmo que você tem cara de George. Não, espera aí. Giorgis. Gostei desse.

Antes que GK pudesse contestar, um garoto alto parecido com Slen entrou na casa com uma bolsa de ginástica no ombro.

Ele semicerrou os olhos enquanto olhava para eles e então abriu um sorriso.

— Ramyn? Por onde você andou?

Ramyn ficou radiante e se levantou para abraçá-lo, seu corpinho miúdo chegava a ser cômico ao lado daquela altura toda.

— Somos péssimos sem você. Vai voltar para os ensaios da orquestra em breve?

Ramyn mordeu o lábio.

— Não, pelo menos não por enquanto.

A felicidade no rosto dele se desvaneceu.

— Sorte sua. Se eu pudesse sair, já estaria longe há tempos.

— Estamos tentando estudar aqui. — Slen abriu um livro grosso de traduções do amárico e do aáraco.

Ele sorriu e deu um beijo na têmpora de Slen.

— Não deixem minha irmã assustar vocês. Esta é a primeira vez que ela recebe convidados.

— Ei, eu venho aqui, eu sou um alguém — disse Yusef.

— Mas eu não te convido — respondeu Slen. — Você simplesmente está sempre aqui.

Yusef pegou o lápis e simulou uma facada no peito. O irmão de Slen riu e subiu a escada. Um fio de inveja se soltou dentro de Kidan diante daquela interação familiar. Slen tinha um irmão, uma família. Por que então a garota parecia estar no fundo do poço? Ou Kidan estava apenas imaginando aquela completa falta de afeto nos olhos de Slen?

Slen folheou *Introdução ao Dranacto*.

— Nosso primeiro círculo formal, sobre Sovane, é amanhã. Quero que reúnam informações sobre o assunto, cada um em seu respectivo tema. Quanto mais pontos de vista tivermos, mais rica nossa discussão vai ficar.

Todo mundo concordou, e eles mergulharam em um silêncio confortável. Kidan leu sobre a Balança de Sovane — uma narrativa histórica sobre um príncipe chamado Sovane Ezariah que sofria por ter duas mentes. Como duas almas não conseguem sobreviver em um único corpo, uma teria que ser eliminada. Kidan comprimiu os lábios. Por que o professor queria que aprendessem aquilo? Seu olhar se voltou aos colegas.

Ramyn mexia, nervosa, em seu relógio vintage quebrado.

GK movia a boca em repetições suaves, como se estivesse rezando, enquanto lia. Yusef mastigava sementes de abóbora assadas e arrancava páginas em vez de escrever nelas. Slen estava com a testa franzida, o lápis apoiado na boca.

Por que aqueles estudantes tinham escolhido vincular-se a vampiros? Eles não sabiam que era um caminho sangrento ou apenas não se importavam?

— Preciso ir ao banheiro — mentiu Kidan. — Onde é?

Slen falou sem sequer erguer a cabeça.

— Subindo a escada, segunda porta à esquerda.

Kidan subiu a escadaria dupla, os dedos percorrendo o corrimão dourado. A Casa Adane parecia uns cem anos mais velha do que aquela.

123

Depois de encontrar um armário de casacos e uma sala de jogos, ela chegou ao quarto de Slen. Um conjunto de onze violinos reluzia de dentro de seus respectivos estojos, o cheiro de cera e madeira mais fortes do que fumaça. Kidan vasculhou as gavetas de Slen depressa, o maxilar tenso a cada vez que não encontrava nada. Tia Silia tinha deixado uma péssima pista — a Casa Qaros se voltou contra a Casa Adane. Nada específico. Como Kidan iria aprender sobre as casas?

Kidan ouviu o som de passos e na mesma hora se pressionou contra a parede. Sua visão ficou turva, o sangue correndo nas veias. Se Slen entrasse ali, era o fim da linha para ela.

Kidan se arrependeu de não ter sido mais cuidadosa. Nem uma hora depois de colocar o plano em prática, já iria ser expulsa e conhecida para sempre como uma bisbilhoteira esquisitona. O boato se espalharia como fogo, e nenhum aluno chegaria perto dela. Kidan sentiu o estômago derreter, uma sensação parecida com a dos dias que se seguiram às notícias sobre seu julgamento por assassinato. Quase tinha esquecido quão apavorantes eram aqueles olhares na vizinhança.

Uma porta se abriu e se fechou, abafando as vozes. Ela soltou o ar devagar pelo nariz e contou até dez antes de sair. O corredor estava vazio. Graças a Deus.

— Não pode simplesmente sair — brigou uma voz mal-humorada em um dos quartos. — Precisamos de você.

Kidan se aproximou, colou o ouvido na porta e tomou o cuidado de não fazer barulho.

— E-Eu si-sinto muito — gaguejou Ramyn. — Não posso mais.

— Deixa ela em paz — interrompeu um garoto mais jovem, o irmão de Slen.

— Ela assumiu um compromisso.

— Danem-se seus compromissos.

O som de um tapa irrompeu no lado de dentro. Ramyn deu um gritinho, como se tivesse sido atingida. Kidan sentiu a respiração falhar, aquele som trazendo de volta uma memória que ela enterrara lá no fundo — June escondida na banheira depois de quebrar pratos de porcelana, Kidan assumindo a culpa e recebendo um beliscão.

124

Quando Ramyn choramingou de novo, Kidan abriu a porta sem pensar.

Um homem mais velho com um belo terno estava diante de Ramyn, seus dedos grossos segurando-a pelos ombros. Ao lado, o irmão de Slen estava com a mão na bochecha dolorida. Kidan semicerrou os olhos, aquela conhecida onda violenta de raiva se formando em suas vísceras.

Kidan se forçou a modular a voz e disse, com calma:

— Ramyn. Estou perdida. Sabe onde é o banheiro?

O olhar penetrante do homem se voltou a Kidan.

— Quem é você? — perguntou, pouco simpático.

— Kidan. Estou aqui para estudar.

— Kidan... Casa Adane? — Os olhos irritados de repente brilharam. — Prazer em conhecê-la. Sou Koril Qaros. Pai da Slen.

Ele apertou a mão dela com força, e Kidan se esforçou para não retribuir. Atrás de Koril, o irmão de Slen esfregava a bochecha.

— Você está bem? — perguntou Kidan.

— Ele está ótimo — desprezou Koril.

Kidan manteve os olhos focados no garoto até ele forçar um sorriso.

— Sim. Ramyn, mostre pra ela onde é.

Ramyn levou Kidan pelo corredor até um banheiro bem amplo. Pegou uma bolsinha de maquiagem e limpou o rímel borrado. Kidan pegou o estojo de sombras de Ramyn, abriu e olhou o reflexo no espelhinho. Seus olhos pareciam pequenos, mal se via os cílios, havia olheiras. Há quanto tempo não usava maquiagem? Um ano. Desde a noite em que June fora levada. Ela desistira de tudo que lhe dava alegria.

— O que aconteceu ali? — Kidan franziu a testa e colocou o estojo de volta.

— É só o ensaio da orquestra. Faltei a alguns recentemente.

— Ele bateu no filho?

Ramyn pegou o pincel de sobrancelha, mas sua mão tremia muito. Ela soltou o ar e colocou o pincel sobre a bancada.

— Sim.

Kidan olhou para aquela silhueta trêmula com pena. As lágrimas tinham apagado um pouco da sombra de Ramyn. Kidan pegou o pincel.

— Você tem spray fixador de maquiagem?

Ramyn entregou o frasco para ela, a sobrancelha erguida pela curiosidade. Kidan borrifou um pouco na tampa. Depois, passou o pincel em uma linda cor da paleta chocolate, mergulhou na tampa do spray e molhou até ficar satisfeita.

— Vire pra mim. — Kidan ajeitou o rosto de Ramyn com gentileza e já não se assustava mais com a frieza da pele dela. Começou a pintar as pálpebras. O processo era estranhamente calmo, como assistir a um filme com um velho amigo.

— Vai durar mais e fica mais pigmentado assim.

Ramyn abriu um sorrisinho e seu piercing de septo reluziu.

— Não sabia que você gostava de maquiagem.

— Não ligo muito para o restante do rosto, mas sempre gostei de brincar com os olhos.

Ramyn olhou para as pálpebras vazias de Kidan, os olhos castanhos ficaram bem grandes assim tão de perto. O perfume de pêssego de Ramyn fez o nariz de Kidan coçar.

— Então por que não usa nada?

Kidan mexeu os lábios, triste. Porque ela sempre se maquiava com June. Parecia uma traição aproveitar aquilo sem ela. O pincel tremeu um pouco, mas Kidan o segurou com força.

Quando terminou, Ramyn agradeceu a Kidan e foi se admirar no espelho.

Kidan se preparou para o tópico que de fato queria abordar.

— Precisamos conversar. Sei que você conhece Susenyos.

Ramyn ficou tensa.

— Eu não sei…

Kidan ignorou a pontada no estômago, trancou a porta do banheiro e fechou os olhos.

— O que está fazendo? — Ramyn parecia um filhote de cervo pego de surpresa pelos faróis.

— Vai me contar o que está fazendo com ele.

A voz de Kidan foi para aquele outro lugar, a mesma que usara para arrancar a verdade de Mama Anoet.

— Nã-Não estou fazendo nada com ele — sussurrou ela.

— Eu vi vocês dois juntos.

Os olhos de Ramyn se voltaram à porta. Em um curto espaço de tempo, Kidan a resgatara de uma situação ruim só para intimidá-la ainda mais. Odiava o fato de Ramyn se parecer tanto com June, o corpo macio, os olhos castanhos infinitos. Não queria machucá-la. A cada vez que machucava alguém, sua expectativa de vida era cortada pela metade, e ela já estava fazendo hora extra.

Kidan tentou uma abordagem diferente.

— Por favor, só me conte.

— Por quê? — A voz trêmula de Ramyn foi um golpe na alma. — Por que se importa tanto?

Os dedos de Kidan tremiam, mas ela fechou as mãos.

— Susenyos levou minha irmã. Vim a Uxlay para encontrá-la.

Elas ficaram em silêncio. Kidan não suportaria se mais alguém não acreditasse nela. Preparou-se para a decepção. Em vez disso, Ramyn estendeu as mãos geladas e macias para ela. Kidan se obrigou a não se afastar daquele carinho. Seu corpo inteiro doeu. Ela sentira falta do toque humano.

— Sinto muito. — A voz de Ramyn era muito rápida em emular a dor dos demais indivíduos. — É muito corajosa por vir tão longe por ela. Acho que meus irmãos nem piscariam se algo acontecesse comigo. Sempre dizem que não tenho futuro. Que sou inadequada, fraca. — Os olhos de Ramyn estavam cheios de admiração. — Sua irmã tem sorte de ter você.

— Família tem que estar sempre a seu lado — disse Kidan, sem conseguir imaginar muito bem por que os irmãos a tratariam daquele jeito.

Ramyn apertou as mãos.

— Não sei. Meus amigos sempre foram mais gentis comigo do que minha família.

Havia uma pontada de esperança na voz dela.

Kidan puxou as mãos de volta e as enfiou nos bolsos.

— O que ele está fazendo com você? — perguntou Kidan, de cabeça baixa.

Ramyn mexeu no relógio quebrado e soltou um suspiro de leve. Puxou a gola do vestido fininho para exibir as marcas de agulha ao longo da clavícula. Não eram mordidas.

— O quê...?

— Fui envenenada quando criança.

Kidan arregalou os olhos.

— Quem envenenou você?

— Não sei. Foi há muito tempo, mas não tem cura. Estou... morrendo.

Kidan sentiu um luto inesperado queimar por dentro. Teve que desviar o olhar da garota frágil, e os dedos logo começaram a desenhar um triângulo. Por que aquilo tinha acontecido com alguém como ela quando havia tantas criaturas do mal?

— Está tudo bem. — Ramyn sorriu, triste. — Sempre soube que ia me transformar em uma vampira.

Kidan sentiu um nó na garganta.

— Uma... vampira?

Ela assentiu.

— Susenyos está me ajudando a fazer uma troca de vida.

Troca de vida. Kidan tentou compreender o significado daquilo, as sobrancelhas arqueadas. Seu conhecimento sobre a transformação de humanos em vampiros estava ligado às Três Restrições. A terceira, especificamente, controlava a superpopulação de dranaicos. Obrigava os vampiros a sacrificarem a própria vida se quisessem conceder a imortalidade aos seres humanos.

Troca de vida... Será que era assim que o processo era chamado na Uxlay?

O estômago de Kidan revirou. Não conseguia imaginar Ramyn, com suas mãozinhas gentis, transformada em algo tão perverso.

— Não é fácil, sabe. Não são muitos os vampiros que topam abrir mão de sua imortalidade. Alguns pedem a você para fazer todo tipo de teste. Susenyos me ajuda a falar com eles.

Ramyn deu uma risada rápida.

O dedo de Kidan queimava a própria coxa, os desenhos de quadrado e triângulo quase gravados na pele. Ela tentou se concentrar.

— Pode me ajudar a descobrir o que ele fez com a minha irmã?

Ramyn se fechou em si mesma.

— Sinto muito.

Kidan apertou os punhos.

— Por quê?

— Você é assustadora, Kidan, mas não é nada comparada a ele. Eu... sinto muito. Não posso ajudar você.

Kidan virou de costas antes que fizesse algo de que se arrependeria depois.

— Espero de verdade que encontre ela — disse Ramyn em voz baixa.

Kidan fechou os olhos e correu para o andar de baixo, sem saber se queria abraçar ou machucar Ramyn. Por que Susenyos estava preocupado com a garota? Ele não iria abrir mão da própria vida, mas pelo jeito estava empenhado em encontrar alguém compatível com ela?

E, se ele a estava ajudando, por que Ramyn tinha tanto medo dele?

19.

— O PROFESSOR ANDREYAS ME CONTOU QUE JÁ SABE quem vai ser reprovado hoje — disse Susenyos, as pernas cruzadas na altura dos tornozelos sobre o braço do sofá. Em seguida, ele abriu um sorriso triunfante: — E seu nome está na lista.

Kidan ficou boquiaberta. Estava mesmo?

— Foi uma disputa entre quem vai expulsar você primeiro: a casa ou o curso de Dranacto. — Ele cruzou os braços atrás da cabeça e se afundou ainda mais no sofá. — Bem, foi um verdadeiro desprazer.

Kidan fechou a cara e saiu batendo a porta. Ela não seria reprovada de jeito algum.

Para o primeiro círculo formal do Dranacto, as cadeiras foram organizadas em um círculo, as janelas, fechadas, e a temperatura, regulada para ficar quentinho. Kidan nunca imaginou que fosse odiar tanto uma arrumação. Não oferecia qualquer proteção. O formato de arco era como um elástico invisível atrás deles, pressionando-os, e só era possível olhar para o rosto de outras pessoas, uma violação de privacidade inquietante. Se ela estava conseguindo ver as gotas de suor no buço dessas pessoas, era óbvio que também enxergavam o nervosismo dela.

— Bem-vindos ao seu primeiro círculo formal. Esta prova será dividida em duas partes: a discussão e um teste individual, no qual conversarei com cada um em particular. Vocês nunca devem concordar integralmente com a opinião de alguém. Caso façam isso, serão dispensados. Se não tiverem nada a dizer, também serão dispensados. Vamos começar?

Por mais engraçado que parecesse, aquilo fez todos ficarem em silêncio, apavorados. Os olhos dele brilharam.

— A Balança de Sovane: o que representa? E é possível mantê-la em equilíbrio? Coragem, acto.

Sem causar qualquer espanto, Slen Qaros foi a primeira a falar:

— Acredito que a balança não deveria existir. A busca pelo equilíbrio impede que a pessoa progrida, já que é atormentada pelas forças da natureza. Incline-se para a grandeza ou para a maldade, porque são opções melhores do que a indecisão.

Não houve mais pausa depois disso. Cada aluno teceu seus argumentos a partir das frases uns dos outros até que a primeira hora se encerrou. Três alunos foram dispensados.

Yusef respirou aliviado quando o olhar do professor passou por ele e seguiu em frente. Ramyn não tirou os olhos da mesa. Durante sua fala, ela estava trêmula.

— Bom trabalho para vocês que ficaram. Vamos fazer um intervalo de cinco minutos. Aguardem lá fora até seu nome ser chamado.

Yusef secou a testa suada. Pegou seu pacotinho favorito de sementes de abóbora assadas e começou a descascar com os dentes.

GK se jogou em uma das poltronas do lounge e franziu a testa para Yusef.

— Você me distraiu.

— Quando estou nervoso, eu como. Quer um pouco?

GK soltou um suspiro e pegou um punhado de sementes. Ramyn estava quieta ao lado de Slen.

Envenenada. Buscando uma troca de vida. Uma vampira.

Kidan sentiu o maxilar ficar tenso. Como poderia salvar aquela menina de destruir a própria alma?

— Kidan Adane — chamou o professor. — Venha comigo.

A sala tinha sido esvaziada e agora abrigava apenas uma cadeira. Aquilo a lembrou da sala de interrogatório empoeirada para onde fora levada depois do incêndio.

— O que aprendeu sobre Sovane?

O professor se inclinou sobre a mesa.

Kidan respirou fundo.

— Sovane era atormentado com frequência por uma sombra espiritual que adquiria forma humana e conversava com ele sobre estratégias de guerra, táticas de poder brilhantes e modos de liderar uma nação. Sovane nunca as colocava em prática porque, para cada estratégia, haveria perdas imensas. Ele se manteve em equilíbrio durante anos, tentando agradar a sombra inteligente e seu coração humano ao mesmo tempo, e ainda liderar o país. Até que a fome assolou o reino, e a balança perdeu o equilíbrio.

Ela continuou.

— Sovane se ajoelhou diante de seu povo e se declarou incapaz de liderá-los. Precisava destruir uma parte de si mesmo para que o lado sombrio emergisse. Ele descreveu a sensação como a de sacrificar um amigo de infância, atormentado por suas risadas até chegar o silêncio insuportável. Mas apenas uma mente forte poderia salvar seu povo, então o coração gentil precisava sucumbir.

— Quem você escolhe para sucumbir? — perguntou.

Kidan respirou fundo. Precisava confiar em seu instinto. O professor as colocara juntas por um motivo. Mesmo quando ficou evidente que a única forma de Sovane ter sucesso era renunciar à sua humanidade.

— Quem você escolhe para sucumbir? — perguntou o professor outra vez.

Kidan encarou os olhos pretos dele.

— Ramyn Ajtaf. — Suas palavras seguintes dilaceraram a garganta e a língua. — Ela é incapaz, fraca. Não vê futuro para si mesma.

Diante dos termos usados para se referir a uma garota moribunda, Kidan sentiu um nó no estômago. Uma parte dela ficou de fato magoada, um tipo de emoção que ela achava ter perdido para sempre. Ramyn tinha conseguido despertar a luz que Kidan escondera sob montanhas de cinzas. Havia uma brasa de esperança quase infantil. Um anseio pelo futuro, e não apenas pavor. Ramyn devia tê-la infectado quando elas se tocaram, os dedos frios e os olhos carinhosos da garota em colisão com sua alma sombria — e Kidan devia ter gostado. Queria mais. Por qual outro motivo estaria tão magoada? Seu peito subia e descia, desconfortável.

— Foi por isso que nos juntou com base nas nossas respostas, não foi? Para nos mostrar como éramos parecidas? Para experimentarmos a mesma dificuldade que Sovane teve para fazer essa escolha. Que não podemos ser boas em tudo.

O silêncio pairou entre eles. Kidan sentia como se tivesse esmagado com seu salto algo vivo e que respirava. Como aquele passarinho inocente que ela quis ajudar e acabou matando. Sempre acabava com sangue nas mãos, não importava o que fizesse. Ela secou a palma das mãos nas coxas.

O professor ainda não tinha falado nada.

Kidan sentiu uma pontada de preocupação. Aquilo tinha que estar certo. Nem ela nem Ramyn tinham escrito nada naquele papel porque nenhuma das duas enxergava um futuro, ou melhor, enxergava apenas um que contivesse morte.

A dúvida começou a surgir. Será que tinha interpretado errado a tarefa? Aquele seria o fim de seu tempo ali? Não poderia mais investigar o paradeiro de June. Ela ajeitou o corpo, se preparando para falar mais, quando o professor enfim disse:

— Muito bem. Pode sair.

Os ouvidos de Kidan zuniam quando ela se levantou. Tinha passado. O alívio diminuiu quando ela se deu conta de qual tinha sido o custo. Será que Ramyn passaria no teste?

Ela teve a resposta alguns minutos depois, quando Ramyn saiu da sala às lágrimas. Kidan engoliu em seco.

— Ramyn? — chamou Yusef.

Os cílios dela reluziam, molhados.

— Fui reprovada.

Kidan não conseguiu olhar nos olhos dela. Sentia-se podre, a pele escamosa e pegajosa, e tocou em sua pulseira na mesma hora. Respirou. Era o que ela fazia: magoava as pessoas ao redor.

No entanto, não se sentiria assim para sempre. Quando encontrasse June, tudo acabaria.

Ramyn fungou e foi embora.

Yusef passou a mão pelos cabelos cacheados.

— Odeio esta parte.

O teste continuou. Para surpresa geral, GK passou. Kidan imaginara que as convicções religiosas dele pudessem atrapalhar.

— Como foi? — perguntou Kidan a ele.

— Difícil. — Ele tinha uma expressão inquieta. — Não era o que esperava.

Slen apareceu em seguida, os olhos pretos e focados. Nenhuma surpresa. Yusef também passou.

Sete alunos foram reprovados.

O professor olhou para eles com uma das mãos no bolso da jaqueta comprida.

— É mais do que eu imaginava, mas não comemorem ainda. Em breve, terão sua primeira prova prática, no Baile de Gala dos Acto. Vistam-se da maneira mais imoral que conseguirem. Vão se apresentar para os dranaicos e esperar que escolham vocês.

De volta à casa, Kidan seguiu com calma até a sala de estudos. Susenyos mexia em alguns livros e pergaminhos sobre a mesa.

— Não precisa arrumar a mala. — Ele abriu um sorrisinho. — Etete já fez isso pra você.

Kidan puxou uma cadeira e se sentou com as pernas cruzadas sobre a mesa, derrubando alguns livros com as botas. Ele se recostou na cadeira, furioso ao ver a sujeira sobre seus papéis.

— Que porra você... — Ele mesmo se interrompeu e analisou a expressão satisfeita no rosto de Kidan. Em seguida, amassou o pedaço de papel que tinha na mão. — Você passou.

Ela abriu um sorriso convencido.

— Eu falei pra você. Não vou embora até você estar morto.

Com os olhos fervendo de raiva, ele empurrou com força os pés dela de cima da mesa, derrubando-a da cadeira.

Aquilo *doeu*. Ela ajeitou as tranças e olhou feio para ele do chão.

Susenyos arrumou a mesa.

— Acho que preciso deixar mais explícito que a sua presença nesta casa é indesejada.

20.

KIDAN SE MEXEU ENQUANTO DORMIA E, AO ESTICAR OS dedos, tocou o lençol úmido. Sentiu o frio se infiltrar em seu corpo como uma mordida venenosa. Abriu os olhos na mesma hora. A cama estava... molhada. Com o coração martelando, ela acendeu o abajur na mesa de cabeceira e gritou.

Havia sangue em *todo lugar*.

Kidan pulou da cama, mas escorregou em uma poça vermelha no chão. Gritou de novo, tentando se levantar, sem sucesso. Viu o próprio reflexo no espelho e ficou paralisada. O sangue se espalhava por seu corpo encharcado como se ela fosse um monstro desvairado. Kidan tentou limpar, mas ele parecia continuar se espalhando.

— Não, não. — Seus apelos arranhavam a garganta.

Será que tinha matado alguém enquanto dormia?

Por favor, não.

Uma risada grave a tirou daquele delírio e chamou sua atenção para um canto na sombra. Kidan sentiu as vísceras darem um nó. Susenyos estava ali, encostado na parede, os olhos brilhando.

— O quê...? De quem é esse sangue? — começou ela, sem conseguir terminar a frase.

— Ah, acho que você sabe.

June.

Kidan fechou os olhos e balançou a cabeça. Aquilo era um pesadelo. A casa estava lhe pregando peças.

135

As pernas de Kidan tremiam quando Susenyos se agachou diante dela, tocou a poça e espalhou o sangue por todo o rosto da garota, fazendo-a se encolher. Em seguida, levou os dedos à boca e provou. Os olhos se mantiveram pretos como sempre, os cabelos inalterados, mas ele abriu um sorriso perigoso.

— Este é seu último aviso.

Ele foi embora, deixando pegadas vermelhas para além da porta.

Kidan sentiu as pernas tremerem e juntou os joelhos, sem conseguir se mover.

Aquele não era o sangue de June. Não podia ser. Kidan ousou dar uma olhada em seu reflexo, o rosto arruinado.

Na mesma hora, ela pegou o telefone e ligou para a reitora Faris. A mulher atendeu depois de três toques.

— Kidan, está tarde e…

— Socorro — disse, a voz rouca.

A reitora Faris fez um barulho, como se estivesse se levantando, mas a voz permaneceu firme e calma.

— Kidan. Onde você está?

Kidan deixou a voz mais trêmula.

— *Socorro*.

Ela desligou e se preparou para o próximo passo, o estômago se contorcendo de pavor. Pegou uma de suas gravatas e a enfiou na boca. Em seguida, posicionou-se no chão, debaixo de uma cômoda grande, de modo que apenas seu braço absorvesse todo o impacto.

Kidan chutou a parte de baixo da cômoda, que rangeu e cambaleou. Chutou de novo. O móvel balançou para a frente e para trás, parecendo uma montanha, e o coração de Kidan estava acelerado.

Você tem que fazer isso.

A reitora Faris precisava de provas.

Kidan já tinha montado o cenário. Precisava apenas de um corpo ferido.

Ela chutou com força. A cômoda cambaleou para trás e, depois de menos de um segundo, caiu para a frente. Ela fechou os olhos como se o próprio céu estivesse caindo sobre seu braço esquerdo. Uma dor como ela nunca sentira antes percorreu o corpo. O grito foi absorvido pela gravata dentro

136

da boca, e ela sentiu a cabeça girar. O estrondo da queda abafou o *estalo* em seu maxilar, seus dedos, seu âmago. Precisou usar toda a força que tinha para tirar o braço quebrado lá de baixo e segurá-lo. Foi se arrastando para perto da cama, o corpo todo latejando.

Então ouviu batidas na porta. Em seu campo de visão, Kidan via pontinhos de luz, mas se esforçou para fazê-los sumir. Em meio à dor lancinante, conseguiu ouvir o tom de voz alarmado e as palavras apressadas de Susenyos em uma tentativa de impedir a reitora Faris e quem mais estivesse com ela de subir as escadas.

Quando entraram no quarto, Kidan estava com a cabeça baixa, as tranças caídas sobre o rosto, e segurava o braço.

— Meu Deus — sussurrou a reitora Faris, e então ordenou: — Ajudem ela!

Braços fortes ergueram Kidan e a levaram até a cama, o que a fez gritar de dor. Agora, no entanto, ela via quem estava ali — dois dranaicos armados, a reitora Faris e Susenyos com uma expressão de choque.

— De quem é esse sangue? — A expressão no rosto da reitora Faris era assustadora. — Me responda, Sagad.

Susenyos levou um momento para falar, o olhar confuso fixado em Kidan.

— É corante vermelho. Foi uma pegadinha inofensiva. Prova só.

Um dos dranaicos o fez e assentiu. A raiva da reitora Faris diminuiu um pouco. Com a mão trêmula, Kidan tocou o sangue em seu rosto e o passou pelas mãos, prestando atenção à consistência. Muito fininho e quase… granuloso. Não era sangue.

Uma mistura de alívio e fúria insurgiu de dentro dela.

Susenyos contornou os outros e parou ao lado de Kidan, na cama.

— Isso é só um grande mal-entendido. Ela está bem.

Susenyos segurou o braço dela, e Kidan gritou. Ele o soltou na mesma hora.

Kidan ainda podia usar aquela oportunidade.

Ela nem precisou fingir dor na voz.

— Ele quebrou meu… braço.

— *O quê?* — gritou ele.

— Saia de perto dela.

A voz da reitora Faris era pura autoridade. Quando Susenyos não se moveu, um dos dranaicos o empurrou para o lado.

— Rápido, dê seu sangue a ela — ordenou a reitora Faris.

Kidan tentou lutar contra o dranaico que colocava o pulso em sua boca. Ela se recuperaria sozinha. Contudo, a força assustadora do vampiro levou aquele gosto metálico até sua boca, e ela se contorceu toda ao sentir aquilo escorrendo pela garganta.

Pare.

Ao engolir a primeira gota, a dor cessou como se fosse uma febre baixando. O dranaico ignorou o quanto ela se debatia e lhe deu mais algumas gotas. Quando ele a soltou um pouco, ela o empurrou para longe e foi tentar vomitar. Filetes de sangue e saliva escorriam de seus lábios. O estômago se revirava, e ela vomitou de novo, mas não saiu nada. Kidan limpou a boca com raiva.

— Eu não precisava de ajuda — disse, olhando feio para ele.

— Existe um curto período de tempo em que o sangue de vampiros é eficaz para reconstruir ossos. — Ele falava de um jeito formal e assentiu de leve em um pedido de desculpas.

A reitora Faris estava concentrada em Susenyos, a voz mostrando que ela estava se esforçando para ficar calma.

— Ferir um acto, sobretudo na própria casa, é um crime dos grandes.

Susenyos contraiu tanto os lábios que suas presas quase ficaram expostas.

— Eu não toquei nela. Ela deve ter escorregado e derrubado a cômoda, ou então se machucado de propósito.

Nem mesmo ele parecia acreditar, olhando para o móvel tombado.

A reitora Faris olhou para a cômoda, depois para o rosto suado de Kidan.

Por favor, implorou Kidan em silêncio. *Faça alguma coisa.*

— É a mesma história da pulseira de novo — vociferou Susenyos, os olhos em brasa. — Ela quer me incriminar.

Kidan ficou boquiaberta. Ele disse que *ela* queria incriminá-lo?

— Está de brincadeira? A pulseira de June estava na sua gaveta! — rosnou Kidan, ignorando as pontadas no braço.

Ele soltou o ar, incrédulo.

— Eu seria muito idiota se fizesse isso.

— Você é mesmo!

A reitora Faris fechou os olhos, como se estivesse com dor de cabeça. Uma fúria intensa tomou o corpo de Kidan.

— Ele vai me matar.

Todos os músculos do maxilar de Susenyos se contorceram.

— Isso é ridículo. Ouça as acusações dela. De todos os lugares, por que eu esconderia a pulseira da minha *vítima* na minha gaveta?

Kidan rebateu no mesmo instante.

— Talvez seja esse o nível da sua perversão.

Ele deu um passo ameaçador na direção dela, os punhos cerrados, mas os vampiros o seguraram.

Então, com um tom de voz tão cruel quanto a morte, ele disse:

— Se eu deixei a pulseira na gaveta, de repente devo ter pendurado o cadáver no armário.

Kidan se contorceu, como se tivesse sido atingida de verdade.

— *Chega*! — A reitora Faris cortou a discussão com uma autoridade afiada. — A questão da pulseira será investigada, mas, Kidan, saiba de uma coisa: apenas suas impressões digitais foram encontradas nela.

Kidan estava completamente perdida.

— Você está com a pulseira?

— Sim. Susenyos me entregou.

Kidan sentiu um nó se formar na garganta.

— Não é… possível.

Susenyos cruzou os braços, prepotente. Ela então se lembrou. Ele tinha tomado o cuidado de não a tocar e usara um guardanapo. Estava muitos passos à frente dela.

— É porque eu peguei sem pensar! — Kidan ficou tentando encontrar as palavras. — Ele só pode ter colocado lá de propósito para eu encontrar.

Silêncio.

Eles não acreditavam nela. Assim como os detetives quando ela contou que June fora raptada.

— Vocês precisam acreditar em mim — implorou Kidan e olhou ao redor, como alguém ensandecido.

Susenyos lançou a ela um olhar de pena e se virou para a reitora Faris com um tom de voz ríspido.

— Por que está deixando isso continuar? Mande-a embora.

A reitora Faris olhou bem para ele, depois avaliou o quarto. Juntou os dedos das mãos na frente do corpo.

— Se qualquer coisa acontecer com Kidan Adane este ano, se ela for ferida ou, Deus me livre, *morrer*, Uxlay vai tirar toda a sua chance de usufruir dessa herança e colocá-lo na cadeia.

Susenyos arregalou os olhos, e seu tom de voz era perverso.

— Você não pode impor isso.

— Prefere ir ao tribunal dos Mot Zebeyas? Eles não vão ter a mesma compaixão.

— Você não pode *impor* isso. Os dranaicos não vão aceitar. Vai causar uma rebelião na Uxlay.

A reitora Faris chegou mais perto, a voz parecendo uma lâmina letal.

— Eu já vi Adanes demais morrerem.

Susenyos estava imóvel como uma estátua ao responder:

— Eu também.

A reitora Faris o examinou de perto. Ela era bem pequena diante do corpo musculoso de Susenyos, mas ainda assim não recuava.

— A Casa Adane não vai ser extinta sob a minha supervisão. Não vou permitir.

— Então mande-a embora.

A voz dele era baixa, indecifrável.

— Não, este é o legado dela.

Os lábios de Susenyos adotaram um formato cruel.

— Você vai fazer qualquer coisa para impedir que eu fique com esta casa. Já se deu ao trabalho de encontrar uma brecha na lei da herança. Por que ficar adiando essa questão? Por que não me mata logo?

O tom de voz duro fez os guardas segurarem as armas.

A reitora Faris ergueu a mão, e eles soltaram as lâminas.

— Você serviu à Casa Adane durante anos. Nunca esqueço a lealdade. Mas não me teste.

O peito de Susenyos subia e descia, as narinas dilatadas.

— Mande-a embora antes que...

— Antes que o quê? — interrompeu a reitora Faris. — Antes que você a machuque?

O maxilar dele ficou tenso.

— Não disse isso.

— Que bom. — A reitora Faris olhou para ele de cima a baixo. — Porque ela não deve ser machucada de forma alguma. Eu me fiz entender?

Ele assentiu devagar, os punhos cerrados com tanta força que as veias saltavam ao longo dos braços de pele escura.

Kidan respirou aliviada.

— Obrigada...

— Não, eu não terminei. — O tom de voz da reitora fez a casa tremer. — Se fizer uma acusação falsa contra Susenyos mais uma vez sem uma prova *irrefutável*, vai ser expulsa e impedida de usar nossos recursos jurídicos.

O rosto de Kidan empalideceu. O sorriso de Susenyos parecia uma faca de lâmina curva.

— Eu me fiz entender, Kidan?

A garota assentiu. *O que acabou de acontecer?*

— Muito bem. O sangue vampírico vai ajudar por hoje, mas vá até a enfermaria amanhã de manhã. Pode precisar de uma pomada para dor.

Kidan não disse nada, ainda tentava compreender. Ela havia ganhado mais do que perdido? Sua expectativa era de que ele fosse preso e investigado, mas aquilo não era tão ruim assim como prêmio de consolação, era?

— Boa noite. — A reitora Faris tocou o batente de madeira da porta ao passar. — E, por favor, pelo amor dos ancestrais que pagaram este legado com sangue, não levem a Casa Adane à ruína.

Susenyos esperou a porta da frente se fechar e então soltou uma gargalhada descrente e bateu palmas devagar.

— Muito bem. Nos deixou de mãos atadas. Está satisfeita agora?

— Eu avisei a você pra não fazer merda nenhuma comigo.

Ele deu um passo perigoso até ela, que ergueu o dedo e balançou devagar.

— Não, não. Nem um arranhão em mim.

Susenyos passou a mão no cabelo espesso, quase arrancando-o.

Pelo menos havia um lado bom — Susenyos não podia tocá-la. Ela segurou a pulseira, onde estava seu comprimido azul, e pensou na ironia de tudo aquilo. A morte dela sempre fora a resposta.

— Por que está sorrindo? — Ele olhou para Kidan com desconfiança.

O sorriso dela ganhou um toque de crueldade.

— Porque você perdeu e nem sabe disso ainda.

Ele fechou a cara e saiu batendo a porta com tanta força que uma das dobradiças quebrou.

A pobre casa não sobreviveria aos dois.

21.

O CAMPUS DA UXLAY TINHA APENAS UMA ESTAÇÃO NO ano. Quase nunca fazia sol, e chovia granizo de vez em quando, mas o vento nunca diminuía, soprando por corredores de tijolos, sacudindo tranças e atingindo pescoços descobertos. A parte de baixo das orelhas de Kidan parecia pedrinhas de gelo e queimava seu maxilar quando o tocava. Ela sabia o que era frio, mas aquilo era outra coisa; era um tipo de frio reservado aos cadáveres num necrotério.

Kidan enfiou o queixo dentro do suéter azul e a gravata escura sob o colarinho da camisa. Foi correndo até a loja do campus que vendia luvas. Estampada com os leões e espadas da Uxlay, elas eram bem populares, e os estoques esgotavam todos os dias. Kidan comprou o último par e, ao sair, deu de cara com Ramyn.

Ramyn usava um casaco bem leve, e os cabelos esvoaçando por completo, as bochechas rosadas por conta do frio. Kidan sentiu arrepios só de olhar para ela. Respirou fundo, tirou seu cachecol e o colocou ao redor do pescoço de Ramyn com cuidado. Seu próprio pescoço protestou de imediato, mas ela trincou os dentes para aguentar o ar congelante.

— Ah. — Ramyn arregalou os olhos. — Obrigada. Eu sempre esqueço.

— Eu sei.

Ramyn ficou segurando o cachecol, os olhos reluzindo.

— Eu ouvi o pessoal falando sobre sua irmã nos edifícios Sost do Sul.

Kidan sentiu o corpo paralisar.

— O quê? O que disseram? Ela está lá? Onde...

143

— Não falaram muita coisa — interrompeu ela na mesma hora, para acalmar Kidan. — Só ouvi mencionarem o nome dela.

O coração de Kidan batia como um tambor, o sangue pulsando nos ouvidos.

— Preciso saber mais.

— Eu sei — disse Ramyn com calma. — Mas você não pode entrar lá.

— Não me importo...

— Vai ser suspensa. Eu posso entrar. Vou tentar descobrir mais.

O zumbido nos ouvidos de Kidan diminuiu.

— Vai?

Ramyn mordeu o lábio e desviou o olhar.

— Eu devia ter ajudado você quando me pediu, mas fiquei com medo...

Kidan não podia crer. Enfim alguém acreditava nela, queria ajudá-la. Sem ter o que dizer, ela abraçou Ramyn com força, o que surpreendeu às duas. Ramyn deu uma risadinha e a abraçou de volta.

Kidan sentiu o cheiro doce de pêssegos de Ramyn.

— Obrigada. E sinto muito... pelo Dranacto.

— Está tudo bem. Vejo você mais tarde, certo? Podemos conversar mais.

Os olhos de Ramyn continuaram brilhantes enquanto ela se despedia.

Em breve, June.

Kidan se apegou àquele pensamento e caminhou apressada pelo pátio. No décimo segundo andar da Faculdade de Psicologia, havia uma área retangular cercada por oito salas. Kidan bateu na porta da Sala 3.

Yusef fez um gesto para que ela entrasse. Slen estava iluminada pela luz da janela, que se estendia quase de uma parede à outra.

— Os Mot Zebeyas protegem a vida. É isso que consideramos mais importante do que qualquer crença — dizia GK.

— Uma vida não é nada — desprezou Slen.

GK olhou para ela abismado.

— É tudo.

Kidan se sentou ao lado de Yusef, que parecia completamente entediado.

— É da natureza humana proteger aqueles que são próximos a nós. Pessoas morrem todos os dias e não se vê estranhos chorando por elas — continuou Slen.

144

— Esse é o problema do nosso mundo. Todas as vidas são iguais, e toda morte devia doer do mesmo jeito. A perda de um dedo devia ser tão séria quanto a da mão — disse GK, mais animado do que nunca.

Yusef bocejou.

— Não sei. Acho que ninguém se importaria de perder o dedo anelar. Sério, para que ele serve?

Todos olharam para ele.

Yusef piscou.

— Bem, não podemos perder o dedo do meio. Isso, sim, seria uma tragédia.

— Vamos ler logo — disse Slen.

Yusef se animou e se inclinou para Kidan.

— De nada. Eles estão nisso há uma hora.

Kidan quase abriu um sorriso.

Yusef passou a mão pelo cabelo curtinho e olhou para a janela do outro lado, que fazia as vezes de espelho.

— O vento está uma insanidade hoje.

Depois de cinquenta minutos trabalhando em silêncio, Kidan se levantou para esticar o pescoço e apreciar a vista. As Torres Arat formavam um quadrante; as estátuas de pedra escura empoleiradas em cada pináculo baixavam a cabeça, como se tivessem pena dos pobres estudantes que cruzavam o belo pátio de Resar para entrar nos prédios. Se Kidan inclinasse a cabeça o suficiente, as estátuas quase pareciam uma dupla de vítimas de um assassinato pacífico, ou em uma oração fervorosa. Que lugar estranho para colocar a decoração. Contudo, talvez aquilo fosse como os residentes da Uxlay gostavam de viver, entre o divino e a malevolência, usando um para esconder o outro.

Kidan se virou quando uma sombra na torre oposta chamou a sua atenção. Semicerrou os olhos na tentativa de entender do que se tratava. Uma onda de pavor atingiu seu âmago. Era uma pessoa, a cabeça sacudindo com força, pendurada no ar com alguém lhe segurando pelo pescoço.

O instinto de Kidan gritou. *June*. Ela deu uma guinada para a frente, mas uma superfície dura bloqueou o trajeto. Kidan bateu com força no vidro, os olhos grudados na silhueta pendurada no ar. Olhou para baixo em desespero, mas ninguém tinha notado. Um cachecol vermelho da Uxlay se desenrolou do pescoço da vítima e tremulou ao vento. O coração de Kidan desacelerou um pouco. Não era a irmã dela. June não teria motivo para usar aquele cachecol.

Kidan levou um susto com a presença de alguém ao seu lado.

— O que houve? — perguntou Yusef com preocupação.

Ele seguiu o olhar de Kidan e gritou, dando voz ao terror que se espalhava dentro dela. Os outros correram até eles e observaram a situação em pânico.

Alguém saiu correndo, e a porta bateu um segundo depois. GK. Ele devia ter saído em disparada, desesperado.

Yusef estava ao telefone, trêmulo e ofegante, enquanto falava com as autoridades do campus. Slen permanecia tão imóvel quanto Kidan.

Poucos segundos depois, GK apareceu no pátio. Ele passou por um grupo de alunos, e todos caíram no chão como se fossem pinos de boliche.

A pessoa se contorcia na altura apavorante. O agressor devia ser muitíssimo forte. *Vampiro.* O corpo de Kidan estava se liquefazendo. Mais uma vez ela estava ali, impotente, atrás de um vidro.

GK entrou na torre de Língua e Linguística, e ela o imaginou subindo as escadas dois degraus por vez.

Por favor, chegue a tempo.

— Ele não vai chegar a tempo — disse um deles a certa altura.

A mão soltou. A pessoa caiu, leve, um pedaço de corpo e membros com um rastro vermelho antes de Kidan fechar os olhos. O barulho do impacto ressoou em sua espinha e em sua cabeça. Quando abriu os olhos, já estava terminado.

Yusef chegou para a frente.

— Quem... é?

Embora houvesse centenas de alunos com roupas, corpos e alturas similares caminhando pelo campus, Kidan sabia que aquele cachecol pertencia à garota que tinha o cheiro doce de pêssegos. Assim como sabia que aquele dia estava com gosto de morte. Kidan levou os dedos ao próprio pescoço exposto.

— Ramyn.

22.

O CORPO DE RAMYN AJTAF TINHA CERTA GRACIOSIDADE em sua deformação. O pescoço estava virado para o lado, e os braços, dobrados sobre o peito como se ela estivesse embalando um bebê. As pernas, que deviam ter se curvado de um jeito pouco natural, estavam cobertas por um o cachecol, que a envolvia com delicadeza. Se Kidan não tivesse visto a queda, teria acreditado que o corpo de Ramyn pousara lentamente no chão, em vez de ter despencado até ele.

Yusef estava com os olhos vidrados.

— Como... Quem...?

Quando as autoridades do campus a ergueram, o cabelo revelou seu rosto, e os lábios apareceram. Mais cedo naquele dia, eles tinham um belo formato, como um coração bem redondinho e amarronzado. Agora, estavam secos, rachados e, sobretudo, manchados de *vermelho*. Kidan semicerrou os olhos. Não imaginara aquilo. Pela cor dos lábios, parecia que Ramyn tinha recebido um beijo de sangue antes de ser jogada de cima da torre.

Kidan correu até ela, furando o perímetro delimitado pela segurança do campus. Um oficial a capturou, mas ela lutou e deu uma cotovelada na barriga do homem, que a xingou e a soltou. Uma imagem saltava em sua vista. June deitada sob a luz do luar, o pescoço virado para o lado, os lábios manchados de sangue.

Kidan segurou a maca e virou a cabeça de Ramyn. Sobressaltos confusos ecoaram ao seu redor. O pescoço de Ramyn tinha duas marcas de mordida. Kidan passou o dedo nos lábios molhados de Ramyn. Alguns alunos desviaram o olhar, horrorizados. Era sangue.

Kidan olhou de repente para todo mundo ao redor. O assassino estava ali?

— Tire ela daqui — gritou alguém, e Kidan foi arrastada de lá.

Eles a levaram até um homem negro e alto que usava uma camisa branca por dentro de uma calça cinza. Usava um distintivo ao lado da insígnia da Uxlay. Detetive-Chefe.

— Qual é o seu nome? — perguntou ele.

Kidan tinha um desprezo bastante específico por todas as figuras de autoridade. Eles a decepcionaram muitas vezes seguidas no que dizia respeito a June, obrigando-a a resolver tudo por conta própria.

— Olhe para mim quando eu estiver falando com você — ordenou ele.

Kidan obedeceu, e os olhos dele eram como facas afiadas que penetraram sua alma. Reluziam, intensos, uma escuridão tão primitiva que deixava evidente que ele já tinha olhado diretamente nos olhos da morte e voltado para contar a história.

— Kidan — respondeu ela, reativa.

— O que estava fazendo com a vítima?

— Estava conferindo uma coisa.

— Por quê?

Kidan trincou os dentes de raiva. Por que deveria confiar nele? Ela olhou para a multidão. Quase todo mundo olhava para ela, e não para a cena do crime. Kidan sentiu um formigamento no pescoço diante daqueles olhares ríspidos, como se ela tivesse feito algo horrível.

O detetive percebeu e orientou que fossem a outro lugar. Feliz de sair da mira daqueles sussurros acusatórios, Kidan foi atrás. Entraram em uma casa térrea e, em um cômodo apertado, se sentaram um de frente para o outro.

Ela sentia o chão vibrar debaixo dos pés, como se estivesse se transformando na cela de prisão onde ficou até sua fiança ser paga. O lugar era uma mistura de cimento molhado, vômito seco e álcool. Ela tentou não se concentrar no distintivo.

Você não está mais lá.

Ele perguntou outra vez. Controlando a respiração, Kidan explicou como o caso se parecia com o de June. Disse a ele que tinha visto Susenyos com Ramyn nos edifícios Sost do Sul, mas a expressão no rosto do detetive não revelou nada.

Ela se encolheu um pouco diante do rosto inexpressivo dele, se perguntando se ele falaria sobre o caso dela.

O professor Andreyas os interrompeu e entrou, impaciente, no pequeno cômodo.

— Os Sicions vão chegar em breve. Tiveram que ser retirados de uma tarefa importante. Espero que você tenha alguma pista.

— Diretor Andreyas, como sempre, agradeço por bater à porta.

— Um nome, detetive.

A voz do professor estava agitada, impaciente.

— Eu devia pedir a *você* que me desse um nome. Os dranaicos são sua responsabilidade. Talvez você tenha deixado passar algum indício de insurgência?

A atitude do professor se tornou mais sombria.

— Temos tanta certeza assim que a culpa vem do meu departamento? Jogar alguém de uma torre me cheira a desespero humano.

O detetive semicerrou os olhos.

— Havia marcas de mordida. Kidan e o grupo de estudo dela estavam na Torre de Filosofia. Um deles chegou até a tentar correr até a Torre de Língua e Linguística, um rapaz chamado GK. Kidan disse que viu Susenyos Sagad com Ramyn Ajtaf.

Kidan sentiu um aperto na garganta. O professor Andreyas era o acompanhante da reitora Faris. Será que eles considerariam aquilo uma acusação falsa?

— Vou deixar os Sicions decidirem — respondeu o professor. — Quero isso resolvido até a semana do Baile de Gala dos Acto.

Quando ele saiu, Kidan se virou para o detetive.

— Eu posso ajudar.

— Não, vá pra casa. Mantenha-se em segurança.

— Casa — repetiu Kidan com incredulidade. — Com o vampiro que fez tudo isso! Por favor, me deixe ajudar.

Ela cerrou os punhos, e um minuto se passou. Sentiu os ombros tremerem.

— Olha só. — Ele respirou fundo. — Precisamos de provas concretas contra Susenyos. Qualquer coisa que possa ser validada e que o conecte ao crime de alguma maneira. Traga algo assim, e de repente eu posso usar.

Kidan piscou, uma onda de alívio percorrendo o corpo. Quando foi liberada, ela viu o cachecol em uma caixa, em cima de uma mesa. Sentiu o pescoço aquecido e depois frio, como se ele estivesse enrolado nela. Um buraco se abriu em seu peito.

Ramyn tinha virado alvo por sua culpa?

Os agentes estavam ocupados com outras tarefas. Ela logo pegou o cachecol, enfiou dentro do casaco e saiu. Guardá-lo era uma promessa inquebrável. Kidan faria Susenyos pagar, ou morreria tentando.

23.

— R AMYN.
Kidan olhou furiosa para Susenyos na sala de estar.

— Sim? Quer me acusar de alguma coisa?

Susenyos baixou seu livro, os olhos cheios de luz e raiva.

Não. A reitora Faris tinha se feito entender. Ela comprimiu bem os lábios e chegou a tremer, tamanho o esforço que teve que fazer para não gritar.

A expressão no olhar dele era de satisfação.

— Ótimo. A reitora Faris não vai ficar feliz com essa sua vingancinha particular. Não podemos fazer com que pensem que sou capaz de cometer um assassinato grotesco desses. Mas talvez você seja, yené Roana.

Aquele nome de novo. De acordo com o conhecimento limitado de Kidan em amárico, ela agora sabia que "yené" significava "minha" e descobrira que Roana era a protagonista de *Os amantes loucos*, aquele livro bizarro que ele estava sempre lendo.

Roana fora abandonada do lado de fora de uma igreja por causa de seus pensamentos profanos. Corria atrás de homens e mulheres com a avidez de um animal selvagem faminto. Capturada após um assassinato, tinha sido levada aos padres para ser expurgada. Implorara às estrelas da noite que lhe dessem um novo coração e tivera o pedido atendido pelos céus. Fora viver em uma vila abandonada e reprimira com a solidão qualquer traço restante de suas ânsias violentas. Não durara muito. A história começava de verdade quando ela escondia um rapaz procurado por um massacre em uma cidadezinha próxima. Seu nome era Matir, e ele carregava a própria escuridão.

Kidan não entendia por que Susenyos era tão fascinado por aquela história. Era grotesca — e, pior, ele a associava a ela.

Minha Roana.

Ela semicerrou os olhos.

— Não me chame assim.

— Por quê? Você sabe o que significa? — O tom de sua voz era de provocação.

— Não é o meu nome.

— Entendi, passarinha.

— Não me chame assim também. — Ela trincou os dentes.

Um indício de sorriso apareceu nos lábios dele, que virou para se aquecer diante da lareira.

— Se eu quiser matar um acto, há muitas maneiras mais prazerosas de fazer isso.

A voz dela falhou em horror.

— Tipo sugar o sangue deles, você quer dizer.

Ela não precisava olhar o rosto dele para saber que estava sorrindo. Susenyos abriu o frasco dourado e bebeu.

— Só um idiota iria desperdiçar sangue de acto. Há tão poucos de vocês...

Kidan de repente ficou de olhos vidrados no frasco, um novo pânico surgindo no coração. De quem era aquele sangue? Susenyos não tinha acompanhantes, e tia Silia tinha morrido. Será que era de June?

Ela ficou com as mãos trêmulas, a visão turva. Prova. Tinha que entregar aquele frasco ao detetive-chefe.

Durante alguns dias, Kidan analisou a rotina de bebida de Susenyos. Conseguira determinar o momento e o lugar exatos em que ele bebia do frasco. Era sempre que ela entrava no cômodo onde ele estava, quando ela o insultava e, sobretudo, quando encostava nele. Os dois davam espaço suficiente um ao outro para evitar que acontecesse, mas às vezes abriam a mesma maçaneta sem querer e se tocavam, por exemplo, e aí ele lançava um olhar fulminante para ela e bebia. Em seguida, colocava o frasco de volta no bolso de dentro do casaco. O único momento em que não estava de posse do frasco era quando ia para a "bebedeira" diária nos edifícios proibidos Sost do Sul. Ele o deixava em cima da cômoda. Todos os dias, a mesma coisa.

Kidan roubou o frasco com cuidado no terceiro dia, certificando-se de que suas digitais não ficassem marcadas nele.

Segurou com tanta força que se ela fosse um *deles* teria amassado. Ela aproximou o objeto do nariz, como se, tal qual um cão de caça, fosse capaz de sentir o cheiro do sangue da irmã.

O detetive-chefe o pegou com uma luva e o colocou em uma embalagem de plástico fechada.

— Vai levar um tempinho — disse ele.

Kidan assentiu. Ela nem sabia se queria ou não que fosse o sangue de June. De todo jeito, teria uma resposta em breve.

24.

A MORTE REPENTINA DE RAMYN AJTAF TROUXE CONSIGO comoção e luto jamais vistos. Cortinas pretas foram penduradas nos departamentos de Construção e Engenharia comandados pela família dela.

O funeral aconteceu em uma terça-feira lúgubre. Caixão fechado. Os oito irmãos de Ramyn estavam enfileirados, de ternos escuros e expressões sisudas.

Kidan tentou imaginar como fora crescer à sombra deles, uma pequena pomba em meio aos falcões. Será que eles sabiam a verdade sobre a esperança de Ramyn de fazer uma troca de vida?

Lá pelo meio da cerimônia, o sol apareceu sem ser convidado. As nuvens melancólicas que pairavam há dias sobre eles se abriram, revelando raios de luz que serpenteavam sobre o caixão e a cabeça dos participantes. Os irmãos de Ramyn mantiveram o luto, mas os olhos deles brilharam com uma luz traiçoeira quando se abaixaram para jogar flores no túmulo. Kidan balançou a cabeça e olhou de novo, mas só havia tristeza ali. Todos os broches da Casa Ajtaf estavam pintados de vermelho, simbolizando o luto. Nem toda família era tão disfuncional quanto a dela.

— Com licença — disse a ela um homem de pele marrom-clara e olhos verdes suaves.

Tamol Ajtaf, o irmão mais velho do núcleo da família Ajtaf, se apresentou. Tinha mais ou menos a mesma altura de Kidan e estava usando um belo terno.

— Aqui não é lugar para isso, mas tenho tentado entrar em contato com você.

— Tem?

— Sim. Você não respondeu às minhas cartas.

Ela não tinha recebido carta alguma.

— Sobre o que queria falar?

— O Projeto Arqueológico Axum. Tenho grande admiração pela dedicação de sua família em encontrar o povoado do Último Sage. A Ajtaf Construções ajudou com algumas escavações e fez muito progresso. Estamos interessados em assumir o projeto em caráter oficial. Pagaríamos bem, é óbvio.

Kidan foi tomada pela desconfiança. Tia Silia avisara a respeito dos Ajtaf. Por que ele estava falando de trabalho no meio do funeral da irmã? Não deveria estar perguntando a Kidan se ela conhecia Ramyn?

— Qual é o interesse em um povoado antigo? — perguntou ela.

Tamol abriu um sorriso modesto.

— É tão mítico quanto a Cidade Perdida de Atlantis. Buscar os tesouros do Último Sage e a história perdida daquele povoado é uma empreitada muito recompensadora.

Ele pegou um cartão de visitas e entregou a Kidan.

— É difícil passar nos estudos do Dranacto. Me ligue se quiser falar de outras opções.

No verso do cartão, estavam os dizeres:

**Estamos aqui para ajudar.
O 13º.**

Kidan franziu a testa. A reitora Faris mencionara que havia muitos grupos dentro da Uxlay e que a maior parte deles iria gostar de recrutar herdeiros de uma das casas fundadoras para apoiar seus projetos, mas Kidan imaginou que ninguém estava interessado.

Depois que ele saiu, Kidan tentou chorar por Ramyn. Mordeu a parte interna da bochecha em um esforço para fazer algo sair — uma lágrima que fosse, e ela saberia que não tinha um coração apodrecido.

Chore, implorou a si mesma.

Não adiantou de nada.

Kidan saiu dali e caminhou pelo cemitério, anotando nomes e datas. A maioria dos túmulos pertencia a jovens. Houvera uma morte no ano anterior. Duas dois anos antes. E há cinco anos, quatro alunos tinham morrido.

Aquilo a fez parar de repente. Kidan se perguntou o quê, ou quem, tinha matado aqueles alunos. Ela sentiu um nó no estômago ao se dar conta de que a Uxlay não conseguia proteger os estudantes. Ou não se importava em fazê-lo.

Seu desprezo pela reitora Faris retornou. Uxlay não era um lugar de leis e proteção, de jeito algum.

Um grupo de manifestantes que concordava com Kidan cercou a reitora Faris quando ela chegou. Eles a acusavam de não mudar as leis de proteção aos acto, o que acabava causando casos como aquele. Uma das meninas da Casa Delarus chegou até mesmo a tentar atacá-la com tinta, mas fora retirada.

Kidan assentiu em concordância. Era bom que os alunos estivessem contestando.

Apesar de sua falta de lágrimas, Kidan chegou em casa exausta e desesperada por sua cama. Ao entrar, no entanto, se deparou com o caos instaurado na sala de estudos. Aquilo era a última coisa de que ela precisava. Gavetas penduradas, armários abertos, copos quebrados e garrafas de bebida vazias. Susenyos estava deitado no carpete, a camisa toda desgrenhada, três frascos vazios ao redor. Olhava para a lareira, em transe.

Ela se aproximou devagar.

— Susenyos?

Nenhuma resposta.

Kidan tocou o ombro dele, que se contorceu e se levantou em um pulo, esfregando com toda a fúria o ponto em que ela o tocara. A garota olhou para a própria mão. Estava limpa, com algumas cicatrizes, mas nada que causasse uma reação como aquela.

— O que...

— Não se aproxime mais. — A voz dele era rouca, como se falar fosse um esforço. — Você pegou? Meu frasco?

— O quê? Não.

— Não minta pra mim — grunhiu Susenyos, deixando-a paralisada. O suor pingava da testa dele.

— *Não* estou mentindo.

Ele se virou para ela, os olhos em chamas, e balançou a cabeça. Segurou a cadeira com tanta força que ela rangeu.

Kidan falou um palavrão internamente.

— O que está acontecendo?

Uma veia saltou na têmpora dele, e Susenyos respirou fundo.

— Estou sem sangue.

Então ele não tinha como buscar mais sangue de June, onde quer que a estivesse prendendo?

— Por que não consegue pegar mais?

Só de dizer aquelas palavras, Kidan já sentiu ânsia de vômito. Ele deu uma risada impetuosa.

— Tenho restrições. E o sangue de Silia está acabando.

Silia? Ela tinha doado quantidades enormes de sangue antes de morrer?

Merda. Mesmo se Susenyos não estivesse mentindo, estava evidente que, se ele pudesse arranjar mais sangue, já o teria feito. De repente, Kidan se deu conta de que havia roubado todo o sangue de um vampiro. Ela ficou gelada.

Susenyos soltou um grunhido de dor e levou a mão à cabeça. Quebrou a cadeira em pedaços grosseiros e, com um deles, espetou a própria mão à mesa.

Kidan se contorceu e deu um grito.

— O que está fazendo?

— Você precisa ir embora — disse ele, ofegante, quase sem olhar para ela. Suas pupilas se expandiram como se pertencessem a um animal. As presas deslizavam para dentro e para fora.

Kidan cambaleou para trás.

— O que está acontecendo com você?

Ele deu uma risada melancólica.

— Se me lembro bem, cada nervo do meu corpo vai buscar o sangue do meu acompanhante em potencial, aonde quer que eu vá. O *seu* sangue.

Seu rosto, cheiro e toque são mais torturantes a cada segundo. Então, pela milionésima vez, sugiro que você arrume suas malas e *vá embora*.

Kidan olhou para a porta, mas não se mexeu.

A respiração irregular de Susenyos ecoava pela casa, o cheiro de violência se formando como um trovão prestes a soar. Um arranhão profundo, como o som de uma lâmina em uma árvore, a fez se virar de volta para ele. Entre os dentes de Susenyos havia um pedaço de madeira quebrado. As presas arranhavam aquilo como se fossem facas e deixavam cortes profundos.

— Merda — sussurrou ele.

Os olhos dele perderam a cor. No entanto, eram seus lábios, tensos e cheios de sangue, cortados pelos próprios dentes, que a lembravam de seu pesadelo. June podia estar ali deitada aos pés dele, os próprios lábios ensanguentados, imóvel como a morte.

— Por que ainda está aqui? — perguntou ele, respirando e quebrando a madeira. — Vá embora!

O grito dele fez a casa inteira ranger.

Kidan ajeitou a postura e pegou uma faca de manteiga na bandeja.

Ele riu.

— Essa faca não vai ajudar você, passarinha.

Ela segurou com mais força, a voz fria como gelo.

— Rituais de parceria. Se um vampiro beber o sangue de um humano que ainda não fez o voto de iniciação, vai ficar com os olhos vermelhos por três dias, além de ser preso. Então venha, se alimente de mim.

Ele rodopiou como se fosse um deus da morte.

— Eu posso obrigar você a fazer o voto de parceria.

Aquilo significava que ela não precisaria passar no Dranacto para fazer o voto?

Kidan paralisou por um momento ao lembrar que estava lidando com uma criatura muito antiga e letal. Contudo, logo se recuperou.

— Com os olhos vermelhos ou não, me morda, e vou direto à casa da reitora Faris.

Ela empunhou a faca mais alto, desafiando-o a chegar mais perto.

Susenyos olhou para ela com ódio e segurou o próprio maxilar.

— Minhas presas estão doendo, latejando como se fossem um osso quebrado. Vou morder tudo que houver nesta casa, incluindo você, para satisfazê-las. Não vou apenas me alimentar de você. Vou matar você.

Kidan abaixou a cabeça por um momento. Se o deixasse fazer aquilo, a reitora Faris sem dúvida teria que prendê-lo. Entretanto, e June? Será que ela seria encontrada?

Kidan precisava se certificar de que June não seria esquecida. Morrer naquele momento não adiantaria de nada.

Ela ergueu a cabeça e olhou para ele.

— Então acho que você vai ter que se controlar.

Ele revirou os olhos em um acesso de fúria sem fôlego e então falou, entre dentes.

— Se você não vai embora... Tem um alicate no galpão. Traga para cá agora.

Kidan congelou, sem entender.

Ele quase não mexeu a boca, de tão baixas que saíram as palavras seguintes.

— Você vai arrancar minhas presas.

Kidan arregalou os olhos. Aquilo parecia deliciosamente... doloroso. Ela recuou alguns passos e saiu para buscar o alicate. Mais sons de móveis sendo destruídos ecoavam pela casa. Ela voltou e parou perto da porta.

— Venha aqui. — Susenyos se apoiou na parede. — Vai ser o próprio inferno, mas elas vão crescer de novo. — Ele parecia falar consigo mesmo, para se preparar. — Vão, sim.

Kidan caminhou até Susenyos, que se contorceu, como se ela tivesse batido nele.

— Mais devagar — resmungou.

Ela aplicou mais suavidade em seu passo. Era ao mesmo tempo estranho e prazeroso vê-lo tão assustado, já que ele era o monstro. Susenyos virou o rosto de lado, os olhos fechados.

— O seu cheiro... é inebriante, porra.

— Olhe pra mim — ordenou ela.

— Pare de falar.

— Como eu vou...

Ele emitiu um som gutural e agarrou o maxilar dela, trazendo o rosto de Kidan para mais perto do rosto sangrento dele. O instinto de Kidan era resistir, mas ela hesitou ao perceber o tamanho do desejo que emanava, desenfreado, do corpo dele. As presas brancas estavam afiadas como nunca em contraste com a pele escura e reluzente. A respiração dela ficou entrecortada, como se fosse um passarinho capturado.

— Pare de respirar.

Ela obedeceu.

Susenyos a soltou e guiou a mão que segurava o alicate até sua boca bem aberta. O sangue pulsava na testa de Kidan. Ele posicionou o alicate no dente.

— Agora. — Ele respirou, trêmulo. — Seja rápida.

Kidan continuou manuseando o alicate, mas sem tocar o dente dele.

— O que está esperando? — reclamou.

Ela balançou a cabeça. Posicionou o alicate outra vez e tocou os dentes dele. Susenyos sibilou e tentou afastá-la. Se o simples toque dela o machucava daquele jeito, como seria quando arrancasse as presas? Kidan abriu um pequeno sorriso. Ele viu.

Merda.

Em um movimento ágil, ele a imprensou contra a parede.

— Você está gostando — falou ele, ofegante, prendendo-a com os braços, os músculos contraídos.

Diga que não.

— Sim.

A maldade nele se sobrepôs à dor.

— Quer que eu mostre a você como bebi o sangue de June?

Kidan ficou imóvel, e o sorriso desapareceu.

— O que você disse?

— Eu estava com ela assim, nos meus braços, toda indefesa. Tudo que precisei fazer foi me inclinar e...

Kidan agarrou o maxilar dele e enfiou o alicate dentro da boca. Susenyos arregalou os olhos. Ela pinçou o dente afiado e, com um movimento furioso, o puxou para trás. A força fez o ombro dela estalar e sangue jorrar em seu rosto.

O alicate saiu com a presa e um pedacinho da gengiva.

Susenyos socou a parede, bem do lado da orelha dela, então todos os outros sons desapareceram. Kidan se apressou para tirar o outro. Quando terminou, Susenyos caiu, a cabeça apoiada no chão. Ela respirava como se tivesse acabado de escalar uma montanha e olhava para ele.

Algo tinha se soltado dentro dela, a liberação de um tipo de ferocidade que deixava o mundo mais brilhante.

Susenyos era a maldade genuína. O tipo que ela continuaria derrotando.

Kidan se agachou e o segurou pelo queixo, como ele tinha feito com ela no corredor. A pele de Susenyos queimava, os olhos estavam molhados, mas sem lágrimas.

— Onde está June? — perguntou.

A dor das presas arrancadas vibrava do corpo dele para a palma das mãos dela, adentrando suas veias. Ele estava em agonia e se apoiava nela, inconscientemente, buscando alívio para aquela dor latejante.

— Me conte. — Ela baixou o tom de voz. — E eu dou a você o que quiser.

Os lábios dele se abriram. Kidan estava perto o suficiente para inalar a respiração dele. O cômodo inteiro pulsava. Ela roçou os dedos na bochecha de Susenyos e sentiu quando ele se contorceu sob aquele toque leve. Estava tão perto e submetido a tanta dor.

— Você as matou? — perguntou Kidan com a voz aveludada. — Você matou June e Ramyn?

Foi a pergunta errada a fazer. Como uma rajada de vento gelado, aquilo afastou qualquer proximidade que ela havia estabelecido com ele. Susenyos empurrou a mão dela para longe, se levantou cambaleante e foi para o escuro, escondendo seu rosto dela.

Kidan fechou os olhos, frustrada.

A porta da frente se abriu.

Etete entrou e começou a tremer diante da cena.

— Dranaico Susenyos! Acto Kidan! O que aconteceu?

Kidan caminhou para a escada, as presas em sua mão.

Podia levar um mês ou um ano, mas ela arrancaria todas as verdades dele, uma a uma.

25.

A AULA DE MITOLOGIA E MODERNIDADE ACONTECIA EM um dos teatros que ficavam dentro do Conservatório de Música Qaros. O curso era mais um dos requisitos para Kidan ficar na Uxlay. Ela precisava ter uma boa média nas duas eletivas e passar em Dranacto. Até então, aquela era a aula de que ela mais gostava.

No entanto, a ausência de Ramyn era como uma agulha que furava sua pele o tempo inteiro. Yusef tinha perdido o sorriso fácil e desenhava uma linha reta na borda do papel. Slen olhava para a frente, impossível de decifrar, como sempre. Kidan a encontrara na Torre de Filosofia na noite anterior, bem tarde. As duas não conseguiam dormir, então estudaram sem falar nada até amanhecer. Kidan costumava odiar o silêncio absoluto, começava a sentir o mesmo formigamento que tinha naquele apartamento apertado, mas ali parecera estranhamente natural, até mesmo acolhedor e nada frio. Naquele horário das bruxas, elas lamentaram por Ramyn sem nem citar o nome da garota.

GK contara o que tinha visto de relance ao professor Andreyas e ao detetive-chefe: uns sapatos de couro marrom e alguns anéis de metal.

Ele esfregou o rosto cansado mais uma vez.

— Não havia nada que você pudesse fazer — disse Kidan com calma.

— Eu podia ter chegado até ela mais rápido. — Os olhos reflexivos dele fervilhavam com perguntas. — Quanto tempo você ficou lá olhando ela se debater?

Kidan sentiu o corpo se contrair. Ela ouviu a acusação naquela frase. Por que não gritara no exato momento em que vira Ramyn?

Ela sentiu uma pontada de decepção. Em menos de uma semana, ele já a via de modo diferente. Talvez estivesse percebendo que não valia a pena salvá-la.

Havia pessoas a quem Mama Anoet chamava de "carcaças". O marido era uma delas.

— *Eles só vivem para si mesmos e morrem sozinhos.*

Era uma palavra violenta para se referir a um ser humano vivente. Kidan e June perguntaram como fazer para evitar se tornar uma delas, e Mama Anoet respondera:

— *Façam as pessoas se importarem com vocês. Senão sua existência não vale a pena. Vejam só de quantos de vocês eu tomo conta.*

Kidan ouviu o que ela não disse. *Vejam só o tanto de vidas que eu tenho.*

Kidan observou seu grupo de estudos, humano e vulnerável. Se alguém como Mama Anoet podia ser perdoada ao tomar conta de outras pessoas, será que Kidan também podia? Ela teve aquele amor em algum momento — com June, o coração ficou apertado ao pensar em todos os anos pela frente, feliz no auge da juventude. Até que a ausência da irmã deixou Kidan oca, mais próxima da morte. Talvez ela pudesse acolher novas almas, encontrar um jeito de respirar outra vez. Ela se sairia até melhor do que Mama Anoet, sem punir nem arriscar machucá-los. Kidan sentiu uma pontada no braço, a pulseira que a espetava diante daquele pensamento egoísta.

— Bom dia, turma — cumprimentou a professora Soliana Tesfaye, usando um vestido longo e estampado. Naquela aula, eles estudavam os mitos que deram origem à criação de dranaicos e acto, a relação entre o Último Sage e Demasus, e, lógico, as famosas Três Restrições, analisando os efeitos dessas histórias na sociedade atual. — Hoje vamos começar com uma apresentação, já que nossas lendas sempre foram passadas adiante por meio da oralidade.

As luzes baixaram. A peça trágica era sobre o Último Sage e Demasus, o Leão de Dentes Afiados, do mito aáraco. Fora adaptada de *Mitos tradicionais dos abismos* e livremente traduzida para se adequar à estrutura da Cruzada do Pantagon, uma história de guerra, de acordo com Slen.

O palco se iluminou com um grupo de pessoas mascaradas que usavam chifres curvados de impalas — os caçadores, Kidan se deu conta. Aqueles eram os moradores que protegiam suas respectivas famílias contra os dranaicos: bebedores de sangue ou, como o Ocidente os conhecia, vampiros.

Os caçadores humanos foram até uma caverna e encontraram o Último Sage usando uma máscara quebrada, um anel de rubi e segurando duas espadas. Eles imploraram que lhes desse armas para lutar contra os dranaicos.

Demasus, líder dos dranaicos, usava uma juba de leão como coroa e liderava seus exércitos para dizimar o reino de Axum. A cena seguinte relatava as histórias horríveis de algumas vítimas enquanto o massacre acontecia.

Kidan estava inquieta na cadeira. Eles eram muito indefesos diante das presas e da velocidade dos vampiros. Se os vampiros resolvessem se insurgir outra vez, que esperança haveria para o restante do mundo?

No segundo ato, o Último Sage chegava ao campo de batalha. Agarrava Demasus pelos ombros e desaparecia em meio à fumaça e às sombras. Os dois acordavam dentro de uma caverna vedada, isolados do mundo. Mesmo com todo seu poder, Demasus não conseguia quebrar a pedra para se libertar.

Anos se passaram, marcados pela mudança da grama ao lado da caverna, de acordo com as estações do ano.

Os moradores surgiam para expressar gratidão, enquanto os dranaicos tinham dispersado sem seu líder. Ainda assim, ninguém sabia o que acontecera naqueles anos.

As luzes do palco baixaram de novo, criando uma atmosfera mais íntima. O Último Sage e Demasus apareceram, de joelhos, olhando um para o outro. Demasus, cada vez mais perturbado, uivava e cobria o rosto com as mãos, a coroa de juba de leão jogada de lado. O auditório inteiro assistiu à batalha silenciosa. Uma lâmina caiu entre as mãos deles, roçou no peito de um e foi afastada pelo outro.

Kidan não sabia dizer quem era o bandido e quem era a vítima. Os dois interpretavam seus respectivos papéis numa dança graciosa, sem querer matar ou ser morto, viver ou morrer. Entraram num ciclo repetitivo, mas que nunca quebrava seu poder. *Eles devem ter sofrido*, pensou Kidan. *Sozinhos naquela caverna, tentando construir um caminho que era impossível para a natureza de cada um.*

A lâmina enfim atingiu seu ponto-final. Houve uma espécie de catarse no público, que assistia de olhos arregalados. O Último Sage tinha cortado a palma da própria mão e derramado o sangue numa tigela jogada por ali.

— Jure lealdade a mim, Demasus, e eu lhe darei meu sangue.

Kidan estava convencida de que o ator tinha mesmo cortado a mão. As gotas caíam devagar, como acontecia em cortes de verdade; caíam no prato dourado como se fosse uma água proibida. Demasus rosnava como um animal ferido, os olhos revezando entre a poça de sangue na tigela e o pescoço do Último Sage.

Ele não queria machucá-lo. O que teria provocado aquela amizade impossível dos dois?

— Jure que não vai machucar mais ninguém e é só me pedir para matar sua sede — anunciou o Último Sage.

— Você oferece o que quero para me torturar — respondeu Demasus. — Sua bondade é um veneno, e mereço seu coração por isso.

— Deixe-me restringir você à água, ao sol e à morte — disse o Último Sage. — Beba apenas daqueles que eu escolher para você. Vou ensiná-los a cuidar da sua espécie. Deixe de lado a força que os faz temê-los, como se fossem criaturas bestiais. Tirar uma vida, apenas com o custo da sua, para que saiba como ela é preciosa.

Em meio à fome que o impedia de ponderar, Demasus falou sua frase mais famosa:

— Você me desafia com sacrifícios, mas vai aguentar o que pedirei em troca?

Kidan se inclinou para a frente.

— Vou. E, em troca, você não vai sair do meu lado. Vai ser o vento para o meu mar, as estrelas para a minha noite. A sua companhia, Demasus: é isso que vou receber, até o dia da minha morte.

Então, sobre as duas espadas, um anel vermelho e uma máscara quebrada, eles criaram uma conexão. Uma conexão que seria herdada por oitenta famílias e levada à frente como uma tradição sagrada. Uma conexão que criara as Três Restrições dos Dranaicos, também chamadas de "Restrições da Água, do Sol e da Morte".

Primeira Restrição: os vampiros não podiam mais beber o sangue de todos os humanos, apenas das oitenta famílias; Segunda Restrição: seus poderes e sua força originais — diz a lenda que eles conseguiam desaparecer em meio às sombras e até voar — foram enfraquecidos e reprimidos; e Terceira Restrição: se quisessem transformar um humano em um vampiro, seria à custa da própria vida.

A última era a que Kidan mais adorava. Nunca haveria exércitos enormes de vampiros. *Ainda assim*, pensou ela, com a mão na pulseira: *Não se coloca uma coleira no mal. Você o mata.*

A cena terminou com os três objetos do Último Sage espalhados pelo mundo. Dizia-se que, caso aqueles artefatos fossem encontrados, teriam o poder de quebrar as restrições, então eles estavam bem escondidos, bem longe. Nos sete mares implacáveis, nas montanhas que chegavam até o céu, nas areias que se moviam no deserto, e ainda mais além.

Por fim, os dois homens foram até os moradores para ensiná-los aquele novo modo de vida — o Dranacto.

Os atores eram brilhantes. Kidan quase sentiu compaixão por Demasus, além de compreensão, e não raiva, em relação ao Último Sage.

GK havia se inclinado para a frente e segurava sua corrente.

— Não está exatamente certo — murmurou ele. — A caverna que eles ficaram não é em Axum. É nas montanhas Semain.

— Essas montanhas não existem — disse Slen, ajeitando as luvas repetidas vezes.

GK fez uma careta de leve.

— Elas existem. Só estão escondidas. Espero poder visitar um dia.

Yusef deu uma risadinha.

— Posso ir junto? Sempre quis dar um grito no topo do mundo.

GK passou a mão no rosto, exasperado. O pequeno sorriso de Kidan desapareceu quando ela olhou para o assento vazio ao lado. O piercing de septo de Ramyn teria cintilado, uma luzinha redonda acima de seus lábios em formato de coração. Ela não deveria ter morrido. No entanto, Kidan não podia perder tempo com Ramyn e aquele início frágil de amizade. Se ela não fizesse nada logo, quem mais morreria?

Kidan tentou se concentrar apenas nos fatos. Ramyn tinha visitado o prédio dos dranaicos nos Sost do Sul com Susenyos em busca de uma troca de vida. Fora lá que ela tinha ouvido os dranaicos da Uxlay falando sobre June.

Enquanto aguardava os resultados do exame de sangue, Kidan iria se infiltrar no prédio dos dranaicos e torcer para não ser expulsa da Uxlay.

"Casa Umil, a casa perfeita da arte e da beleza. Eles começaram com carvão, documentando a cultura e os povos africanos nas paredes, agindo como nossos historiadores e registrando as migrações. Hoje, o legado deles é refinado, a coleção abriga milhares e milhares de obras, e existe um museu dedicado a eles. São a Casa da Arte."

— *História das Casas Acto*
Por Yohannes Afera

Omar Umil foi preso catorze anos atrás pelos assassinatos violentos de dez de seus dranaicos. Seu único filho foi testemunha do crime e depôs contra o pai. Tinha apenas seis anos. A Casa Makary presidiu o caso, e Omar agora vive na Prisão Drastfort, na Uxlay.

Omar já foi um amigo bem próximo de todos nós. Seu pai e sua mãe ficariam arrasados em saber que ele caiu em desgraça alguns meses depois da morte deles. Vá até ele e compartilhe o que compartilhei com você.

26.

KIDAN ESPIONAVA OS TRÊS EDIFÍCIOS SOST DO SUL À DIStância. Eles se amontoavam como se fossem irmãos abraçados, atemporais em seu arenito vermelho, com a promessa de sangue a qualquer um que cruzasse os portões de ferro. Eram quatro da tarde e, de acordo com as observações de Kidan, era nesse horário que Susenyos chegava para sua bebedeira diária.

Ela caminhava a passos rápidos naquela direção, mas parou ao avistar dois garotos conhecidos sentados na pedra do lado de fora do prédio à esquerda.

GK e Yusef meditavam em silêncio. Yusef desenhava, os fones de ouvido na orelha, e GK lia seu livro de Mot Zebeya.

— Kidan! — acenou Yusef.

GK fechou o livro devagar e suspirou.

— Era pra você reparar apenas na música.

Kidan se aproximou.

— O que estão fazendo?

— GK está me ensinando uma das lições dos Mot Zebeyas, pra se conectar com a natureza e tal.

— Se chama Settliton — disse GK em voz baixa. — Todos vocês deviam praticar.

Para quem vivia reclamando um do outro, os dois pareciam bem satisfeitos.

— Aqui, ouça — ofereceu Yusef.

Kidan pegou um dos fones e colocou no ouvido.

169

— Nina Simone?

— Era o que estava tocando na primeira vez que pintei. Ajuda a me soltar.

Ela se recostou na pilastra, olhou para a grama recém-cortada da praça Sheba e ouviu o jazz suave junto ao vocal comovente. Kidan não sabia quando tinha sido a última vez que escutara música só pelo prazer de ouvir. Pareceu desconectada de tudo que conhecia.

— Vocês vêm aqui com frequência?

Yusef tocou a padronagem das paredes do hall em apreciação.

— Estes corredores são um tributo à instituição de ensino mais antiga que existe.

Havia arcos sobre a cabeça deles, como se as colunas sustentassem uma lua invisível entre elas e o teto. Os dedos de Kidan tatearam o trabalho geométrico que continuava pelas pilastras de madeira.

— Arte e arquitetura andaluza. É de tirar o fôlego, não é? Imagina só ser parceiro de um dranaico que viveu nessa época. Meu pai passou oito meses viajando com o dranaico dele só produzindo obras. O dranaico contava sobre a vida dele, e meu pai registrava tudo.

Ao dizer aquelas palavras, o rosto de Yusef se contorceu, e os olhos murcharam um pouco. Desde que Kidan lera sobre o pai de Yusef, havia se tornado fã. Ele havia matado dez de seus dranaicos. A única pessoa naquele buraco infernal que tinha algum bom senso. Kidan queria saber como ele havia realizado o feito. Com um chifre de impala? Foram todos de uma vez ou um a um?

Ela tentara visitá-lo na prisão Drastfort certa vez, mas o acesso havia sido negado. Não foi a prisão que negara a visita; Omar Umil não falava com ninguém. Então Kidan decidira escrever uma carta. Escolhera as palavras com muito cuidado para disfarçar o que queria dizer, já que os agentes liam tudo de antemão. Escrevera uma breve apresentação de si mesma, contara sobre a morte de tia Silia e solicitara um encontro com Omar Umil. Ele ainda não havia respondido. Talvez na próxima carta Kidan devesse mencionar que ela e o filho dele estavam no mesmo grupo de estudos. Com sorte, isso poderia persuadi-lo a vê-la.

Yusef suspirou e tirou o fone de ouvido. Perto de seus pés, havia alguns papéis amassados que ele reunira. Ele os recolheu e enfiou nos bolsos.

— Vamos até a cidade — disse de repente, o tom de voz animado.

GK suspirou e então se virou para Kidan.

— Vem com a gente.

Kidan abriu um sorriso triste diante daquele convite. Ela daria tudo para ser normal, sair e se divertir. Respirar e relaxar com as pequenas coisas.

— Não, vão lá vocês, divirtam-se.

Yusef acenou e saiu andando, mas GK permaneceu ali. Analisou os edifícios Sost do Sul, imponentes e envoltos nas nuvens espessas, e então olhou para ela com uma expressão pensativa.

— Tem certeza?

Kidan piscou ao ouvir o tom de voz dele. GK a tinha visto caminhar naquela direção?

— Tenho.

Ele assentiu devagar e tocou aqueles ossos de dedos de novo.

— Tenha cuidado.

Quando ele saiu, Kidan mordeu o lábio. Aquelas correntes tinham dito a ele que ela morreria lá dentro? Ela olhou para os portões de ferro preto. Havia uma pequena placa de metal em que se lia:

A ENTRADA DE ACTO SEM CONVITE É ESTRITAMENTE PROIBIDA. ENTRE POR SUA CONTA E RISCO.

Não havia escolha. Kidan entrou na cova dos leões.

Uma luz fraca atravessava as janelas altas. Os edifícios Sost do Sul eram olhos feitos de espelhos. Os quadros na parede fitavam com aqueles olhos vidrados e mal-assombrados, como se a despissem. Tiraram sua roupa e esfolaram seu corpo nu, removendo as partes mais rebeldes de seu ser. Kidan se deparou com pedaços da própria alma em todos os lugares. A violência de um homem desmaiado e ensanguentado, uma mulher que encarava com olhos apavorados e, ao mesmo tempo, desafiadores, as bochechas de uma criança lavadas de lágrimas. Um pessimismo mórbido agarrado em todas as paredes.

Ela foi então saudada por um barulho estranho: uma torrente de água vinda de uma porta ornamentada, como se o corredor em forma de arco estivesse prestes a ser inundado a qualquer momento.

Havia uma pequenina inscrição acima da porta: BANHO DE AROWA.

Kidan abriu a porta com cuidado. Uma névoa quente soprou em seu rosto na mesma hora, e os cílios ficaram com gotículas de água. Em meio à bruma, o salão feito de mármore era grande, com uma piscina no meio. Água quente irrompia pela boca de cabeças de leões pretos, criando uma camada de vapor. Através da névoa, três figuras se moveram. Kidan se abaixou e fechou a porta ao passar. A água borbulhante mascarou os mínimos barulhos que ela provocou.

Kidan semicerrou os olhos. As três figuras estavam com roupões brancos soltos. Uma delas encolheu os ombros, e o roupão caiu à beira da piscina. Em seguida, afundou a perna lisinha na água — Iniko, linda e elegante, os seios logo submergindo na água turquesa, o cabelo curto e reluzente sobre o rosto anguloso. O garoto que Kidan tinha visto com Iniko naquele primeiro dia entrou em seguida, o peito nu musculoso, uma bandana dourada amarrada na testa.

Se eles estavam ali, então... Kidan nem terminou o raciocínio. Susenyos tirou a roupa.

O corpo dele parecia o daquelas estátuas, a pele preta ajustada com precisão, sem nada sobrando nem faltando. Ela se forçou a desviar o olhar, mas ainda conseguiu dar uma olhada na pelve com formato perfeito, a bruma cobrindo o restante à medida que ele entrava na água.

Os três foram para as bordas da piscina e repousaram a cabeça. Kidan ficou agachada ali, os olhos fixos em Susenyos, a pele insuportavelmente quente.

— Taj, quero que vá a três lugares amanhã. — A voz de Susenyos, grave e crua, pairava até ela. — É urgente. Iniko, para você são cinco lugares.

Taj resmungou.

— Se estou agindo como o herói, talvez eles devessem mandar as cartas para mim.

Cartas? Kidan vasculhou a mente e se lembrou dos pergaminhos no quarto de Susenyos. *Cartas para o Imortal.* Aquilo era algum tipo de comunicação em código?

— Há uma questão com o processo de escavação em Axum, algum problema com os moradores locais. Eles vão parar a escavação se ninguém for até lá. — Havia um tom de irritação nas palavras de Susenyos. — Iniko?

— Feito. É melhor mesmo eu ir embora antes que faça algo de que eu me arrependa aqui.

— Por que está nos olhando desse jeito? — Taj deu uma risada de leve. O tom de voz dela era de reprovação.

— Eu falei pra vocês dois ficarem longe de Ramyn, e agora ela está morta. Kidan chegou mais perto, aliviando a tensão nas pernas agachadas.

— Todos nós nos divertimos com ela. Que Deus guarde sua alma.

Kidan não conseguiu identificar quem disse aquilo. Com o ar pressurizado, era mais difícil ouvir os sons, e o vapor saía de grades no chão, localizadas a cada cinco quadrados do piso. O calor tomou o corpo de Kidan. As múltiplas camadas de roupa não estavam ajudando. Ela puxou e afrouxou a gravata e passou o dorso da mão na testa para secar o suor. Havia carvão atrás daquelas grades? A que temperatura eles queriam chegar?

Estava silencioso demais. Eles tinham parado de falar. Kidan deu uma olhada, mas só conseguiu enxergar a névoa densa. Seu coração acelerou.

Precisava ir embora.

Imediatamente.

— O que temos aqui? — Uma voz grave e baixa chegou a fazer cócegas em sua nuca.

Kidan sentiu um frio na espinha. Cada célula de seu corpo se contorceu. Ela não teve coragem de se virar e ver o vampiro que se aproximava.

— Hoje é meu dia de sorte.

Ele riu de leve, bem ao lado da orelha dela. Como ele chegou ali tão rápido?

— Você... Você não pode me machucar — começou. — A reitora Faris...

— Você entrou por livre e espontânea vontade numa área *proibida* — disse ele com uma satisfação exagerada na voz. — Ao cruzar essa linha, você anulou o aviso dela. Neste prédio há dranaicos famintos, quedas acidentais e afogamentos. Muitas opções de morte que você tornou possíveis, e não se pode esperar que eu consiga salvar você de todas elas. Não sou Deus. Embora eu goste de atender a algumas preces.

Kidan sentiu o estômago se contorcer. A névoa se tornara mais densa, então ela não conseguia ver nada além de seus dedos. O suor pingava da testa para os olhos, e ela piscava furiosamente para evitar a irritação.

— E então, passarinha, vamos ficar assim para sempre ou vai olhar para mim?

O calor escaldava a pele de Kidan, elevando a pulsação lá para cima. Ela mordeu a parte de dentro da bochecha e usou aquela dor para forçar o próprio corpo a se virar. Se iria morrer, pelo menos seria olhando naqueles olhos podres.

E que visão eram aqueles olhos, arregalados e famintos. A bruma o cobria como se fosse uma segunda pele. O cabelo dele estava molhado e o corpo, nu, a não ser por uma toalha enrolada na cintura. Ela engoliu em seco, as bochechas quentes.

Ele deu um assobio, elogiando-a.

— Muito corajosa.

— Eu… vou embora. — Ela fez um movimento para trás, os sapatos escorregadios por causa da condensação.

Ele deu um passo para a frente, o que a deixou paralisada de medo. De maneira delicada, segurou a ponta da gravata dela e puxou, esfregando o tecido entre os dedos.

— Já tive muitas fantasias com essa sua gravata.

Kidan piscou, furiosa, e, quando Susenyos abriu um sorriso, tentou socá-lo. Ele segurou os punhos dela com uma das mãos e tirou a gravata com a outra. O colarinho permaneceu abotoado, mas, sem aquela camada de proteção, ela se sentiu absolutamente exposta.

— Devolve — comandou ela, irritada.

Então, para o horror de Kidan, ele utilizou a gravata para prender os dois punhos dela a um suporte de metal para toalhas mais acima. Kidan debatia as pernas, mas o ângulo era estranho, e quase nenhuma de suas tentativas de atingi-lo foi bem-sucedida. Ela ficou meio agachada, presa com os braços para o alto. Kidan balançou a cabeça para tirar as tranças do rosto suado.

Susenyos desapareceu em meio à névoa. O pânico de Kidan só aumentava. Ele iria deixá-la ali para morrer sufocada? As narinas dela queimavam com o cheiro de eucalipto que impregnava o ar úmido. Kidan puxou e tentou cravar os dentes na gravata, mas não adiantou. Os olhos ardiam, e ela gritava, sem fôlego, por ajuda.

A névoa branca a engoliu.

O Banho de Arowa desapareceu, e a fumaça invadiu sua garganta. O cheiro de corpo queimado se infiltrou nos cabelos dela. Não importava quantas vezes tomasse banho, o cheiro não sumia. Kidan engasgou. Ali, em meio à bruma, Mama Anoet jazia amarrada à cadeira, lutando para respirar e implorando por ajuda.

Não é fumaça. Você não está naquela casa.

Ela fechou os olhos com força e tentou acalmar o coração.

Está tudo bem.

Kidan ouviu uma espécie de assobio bem alto. O ar ficou menos espesso, e os olhos traídos de Mama Anoet se dissiparam. A pele de Kidan se arrepiou com a queda brusca na temperatura. Ela sentiu uma onda de alívio percorrer o corpo.

Susenyos estava de pé diante de Kidan, completamente vestido. Bem, quase. A camisa estava desabotoada até o umbigo. Para que usar a camisa assim? Susenyos arqueou a sobrancelha ao perceber que ela o estava encarando.

Kidan sentiu o rosto queimar, e não tinha a ver com o vapor.

— Me deixe ir ou vou gritar.

Ela sacudiu os braços, o suor molhando os lábios.

— Deixá-la ir? Você está na minha casa agora. Seria grosseiro ir embora sem nem compartilhar uma bebida. — Ele umedeceu os lábios, olhou para o pescoço dela e abriu um sorriso quando Kidan teve um calafrio. — Ou pode se desculpar por ter arrancado minhas presas, e eu deixo você ir.

Se desculpar?

Os olhos de Kidan viraram dois tracinhos de tão semicerrados.

— *Ou* você pode ir para o inferno.

Susenyos riu, como se já estivesse esperando aquela resposta, e a soltou. Quando Kidan estendeu a mão para pegar a gravata, ele a segurou fora do alcance dela, depois guardou no bolso de trás.

— Sua falta de autopreservação é, como sempre, espetacular. Vamos ver se conseguimos despertá-la.

175

27.

SUSENYOS A LEVOU ATÉ UM SALÃO REDONDO COM DIVERsos pequenos lounges nos cantos. Os dranaicos socializavam uns com os outros, alguns por trás de cortinas fechadas, outros no bar, e, bem no centro, havia uma fileira de acto vendados, como se fossem bonecos.

— O que é isso? — sibilou Kidan, ainda tentando se soltar dele.

— Captação de sangue. Da última vez, você foi bem mal-educada e interrompeu nossa reuniãozinha. Não lembra?

Kidan fez uma careta de nojo. Ele a empurrou para uma das salinhas e, com a gravata, amarrou as mãos dela numa poltrona.

Susenyos olhou para o mar de pessoas.

— Taj, fique de olho nela para mim.

Taj se afastou de uma dranaica estonteante e se juntou a ela. Susenyos caminhou até o grupo que estava vendado.

Taj a cumprimentou com uma reverência, os olhos castanhos brilhando.

— Taj Zuri. A pessoa com quem Yos deixa aqueles que ele mais odeia. Estava me perguntando quando nos veríamos de novo.

Ele exibiu um sorrisinho sarcástico, com uma covinha em cada bochecha. Os dreads longos estavam presos com a bandana dourada que ele tinha na testa. Na ponta da bandana, havia um broche com um símbolo — um cálice cheio de instrumentos musicais. Taj pertencia à Casa Qaros.

Kidan o encarou em silêncio.

— Ah, não vamos conversar, então. Entendi. — Ele se sentou no sofá diante dela e pegou uma revista na mesinha de centro. — Me avise se mudar de ideia.

Depois de tentar se soltar por alguns minutos, Kidan se deixou cair para trás e olhou as cortinas fechadas ao redor do salão.

— O que acontece por trás das cortinas?

Taj olhou para ela por cima da revista e sorriu.

— Está imaginando coisas horríveis, não é?

— E eu não deveria? Com um nome como captação de sangue?

— Ah, meu bem. Não. — Ele deixou a revista de lado. — Captação de sangue é para herdeiros que se formaram no Dranacto e fizeram o voto de parceria. Tecnicamente, só podemos beber o sangue de nossos parceiros, mas há quem curta deixar que outros deem uma provadinha, para ver se querem escolher outro vampiro. — Ele deu um longo suspiro. — Mas é só uma provinha. A regra de uma-vez-por-mês é revoltante, mas a reitora Faris adora uma regra.

Bem, ele era bem tagarela. Kidan manteve sua guarda, o rosto sério.

— Regra de uma-vez-por-mês?

— Só podemos beber do mesmo acto a cada trinta dias. A espera é agonizante e, para quem tem pouco autocontrole, é importante ir com calma.

— E por que ficam vendados?

— São eles que pedem. Ajuda a se concentrarem no ato. Alguns escolhem seus parceiros com base nos negócios, outros no prazer. Você deve imaginar minha preferência.

Ele abriu um sorriso enorme e sarcástico.

Kidan teve ânsia.

— Isso é nojento.

Taj riu e pendeu a cabeça para o lado, os olhos no pescoço dela.

— Sério? Você não iria querer dar uma experimentada por aí antes de escolher seu parceiro? Isso é injusto com você.

Ela se mexeu no assento.

— Não vou escolher ninguém.

Ele arqueou a sobrancelha.

— E se você gostar mais da sensação das minhas presas do que das de outro? Como vai saber se não tentar? — O olhar horrorizado de Kidan o fez rir. — Que pena. Não tem nada melhor do que isso.

— Pra *você*.

Ele riu de novo, de um jeito tão leve que a surpreendeu. Kidan nunca conhecera um vampiro que risse de maneira tão genuína nem com tanta frequência. Achava que eles eram incapazes de sentir felicidade real.

— Sim, mas os acto sentem prazer na mordida também — afirmou ele.

— Você vê coisas que nunca veria, tem experiências com as quais nunca sonhou.

— Como assim?

Ele franziu as sobrancelhas.

— Você está aqui há todo esse tempo e ninguém contou como o corpo humano reage a uma mordida?

O olhar de Kidan ficou ainda mais severo. Por que ela deveria se importar com aquele ato violento? Uma mordida era uma mordida.

— É um prazer ensinar a você. — Taj baixou sua voz melodiosa, como se estivesse contando um segredo. — Toda vez que um vampiro morde um humano, há reações químicas. No corpo, são *extraordinárias*, mas também na mente. Há um momento em que conseguimos enxergar as memórias e os pensamentos um do outro.

Kidan teve um sobressalto, uma mistura de choque e horror.

Os olhos dele brilhavam.

— Fica ainda melhor. Cada parte do corpo evoca uma categoria de emoção diferente. Uma mordida no punho nos leva à infância um do outro e, no peito, provoca violência. Mas eu sempre prefiro o pescoço. Não tem nada melhor do que conhecer os desejos de alguém.

Ele só podia estar mentindo, porque que porra era aquela?

Antes que pudesse fazer mais perguntas, Kidan observou Susenyos se aproximar da orelha de uma garota vendada.

— O que ele está fazendo?

Taj seguiu o olhar dela.

— Pedindo permissão. Nós não somos monstros. Quero dizer, não. Isso está errado. Nós não somos monstros, a não ser que você queira que sejamos.

Kidan não estava nem perto de começar a compreender as emoções que Taj Zuri provocava nela.

Susenyos se aproximou de braços dados com uma garota de cabelos pretos. Ela não parecia nem um pouco assustada. Ele acenou com a cabeça para Taj, que saiu com uma piscadela. Depois, colocou a garota no sofá vazio.

Kidan tentou se soltar, mas era impossível desfazer o nó. Susenyos se aproximou e se inclinou a ponto de os cabelos úmidos tocarem as bochechas dela. O cheiro de eucalipto e óleo de rosas emanava de sua pele, e a combinação era inebriante. Quase como uma droga. Ela umedeceu os lábios e se afastou o máximo que conseguiu.

— Você pegou meu frasco, não foi? — sussurrou ele. — O que fez com ele?

Kidan o encarou, o olhar furioso. Aquela era a única arma que tinha contra ele no momento, e iria continuar usando-a.

— E aí você arrancou minhas presas. — Havia uma raiva reprimida em sua fala. — Apenas uma pessoa já fez isso antes. Sabe o que fiz com ela?

Kidan colocou no rosto a expressão de puro desdém.

— Você a matou. Que original.

Ele abriu o botão do colarinho dela. Kidan sentiu arrepios no pescoço exposto. O peito subia e descia rápido, a respiração ofegante.

Susenyos abriu um sorriso lento para ela.

— Você se divertiu enquanto eu sentia uma dor excruciante, então nada mais justo que assistir ao meu momento de prazer.

Assistir ao...

O coração dela quase saiu pela boca.

Ele iria mordê-la.

— Relaxa, passarinha. — Ele colocou o dedo no vão do pescoço dela, e Kidan sentiu um arrepio. — Não vou beber de você... ainda.

Quando Susenyos se afastou, ela soltou o ar e chegou a ficar tonta de alívio. Ele se sentou no sofá e colocou a garota de cabelos pretos em seu colo. Passou o dedo bem devagar por todo o arco do pescoço. Kidan sentiu os músculos do próprio pescoço se contraírem. Pontadas quentes subiam por suas veias.

Ela viu que as presas já estavam mais do que curadas quando ele abriu a boca. Pareciam lâminas brancas como ossos, largas na base e mortalmente afiadas na ponta. Os lábios de Kidan se abriram.

Susenyos afastou a alça frouxa do vestido da garota e colocou a boca sobre seu ombro nu. Ela soltou um longo e despudorado suspiro. Kidan sentiu as orelhas queimarem. Ele chupava a pele devagar, com beijos lânguidos e lentos. Kidan moveu os próprios ombros e imaginou a boca de Susenyos quente e molhada como o interior de uma fruta cozida. Ela apertou a palma da mão para afastar aqueles pensamentos perturbadores.

A garota disse um "por favor" aos gemidos em seguida.

Meu deus, como alguém podia gostar daquilo?

Susenyos abriu os lábios. Kidan precisava parar de assistir.

Agora.

No entanto, por mais que tentasse, ela não conseguiu desviar o olhar dos olhos dele. Kidan soube o exato momento em que as presas perfuraram a carne, porque a garota estremeceu e agarrou a parte da frente da camisa dele.

Um filete de sangue escorreu por sua pele negra e foi absorvido pelo vestido. Durante todo o tempo, os olhos de Susenyos se mantiveram fixos nos de Kidan.

Os dentes dela rangiam, e a pele se esticava enquanto a sala desaparecia ao redor deles.

Kidan podia *senti-lo* em si, os braços envolvendo seu peito e sua cintura, apertando seu corpo como se apenas entrar em sua pele fosse capaz de satisfazê-lo. Os olhos dele chegaram ao ápice do desejo, queimando em um brilho dourado, um anel vermelho ao redor das pupilas, a ponta dos cabelos refletindo os raios de sol.

Olhe para o outro lado.

As entranhas de Kidan estavam reduzidas a cinzas.

Por que não está olhando para o outro lado?

Ela iria morrer ali, olhando para ele.

As mãos da garota cutucaram Susenyos, e ele se afastou, batendo os cílios em um estado que só podia ser de euforia. Beber do frasco não causava todo aquele brilho dourado nele, seus cabelos pareciam estar em chamas. As pernas de Kidan vacilaram, e ela as juntou para tentar evitar a tremedeira. Que tipo de monstro ele era?

Taj reapareceu, colocou um curativo no ombro da garota e a mandou embora. Recostou-se na parede ao lado de Susenyos e olhou para Kidan, a sobrancelha arqueada. Ela sentiu o calor subir pelo pescoço.

Susenyos abaixou a cabeça por um momento, tocou a própria testa e então foi andando meio cambaleante até ela, segurando os dois braços da cadeira. Kidan manteve os olhos no queixo dele, e não nas íris selvagens dos olhos.

— E pensar que vamos ser nós dois assim, todos os dias. — A voz dele tinha mudado, como se tivesse engolido muita fumaça. — É isso mesmo que você quer ficando aqui? Se sentar no meu colo pelo resto da vida? Me alimentar com seu sangue como uma boa passarinha?

O que quer que fosse aquele calor estranho que percorria o corpo de Kidan desapareceu de repente. Ela teve que fazer um esforço para não rosnar.

— Vai ter que me matar primeiro.

Ele se agachou diante dela, forçando-a a encarar seus olhos brilhantes.

— Só tem um jeito de eu deixar você ir embora daqui. Quero ouvir seu pedido de desculpas.

Ela fez uma careta.

— Desculpa?

— É, isso mesmo. Mas sem o deboche e sem parecer que é a primeira vez que você se desculpa na vida.

Ela olhou para ele, inexpressiva.

— Nunca.

De repente, a voz dele perdeu toda a calma e adotou um tom sombrio.

— Na verdade, *eu* peço desculpas. Não quero um pedido de perdão. Quero que implore.

— *O quê?*

— Me implore para deixá-la ir embora.

Ele não podia estar falando sério. Contudo, a impassibilidade de seu rosto e a tensão nos ombros de Taj diziam o contrário.

— Implore — repetiu Susenyos, o tom de voz grave e mortal. — Por tudo que você me fez passar. *Implore.*

Kidan sentiu uma gargalhada se formar em sua garganta e então a soltou no ar. O rosto de Susenyos se fechou. Ele não a conhecia mesmo.

— Tudo isso porque arranquei suas presas depois de você me implorar? Qual é o problema? Os dentes ainda estão doendo depois do seu showzinho?

Taj cobriu o rosto com a palma da mão.

Kidan o ignorou.

181

— Não vou pedir desculpas porra nenhuma, e com toda certeza não vou implorar.

Susenyos só precisou de quatro palavras para abalar aquela certeza dela.

— Taj, feche as cortinas.

A pele marrom de Taj ficou pálida.

— Tem certeza? Vamos lá, você ainda não bebeu da Chrisle.

— *Agora.*

Kidan estremeceu com a força das palavras. Contudo, foi a preocupação de Taj que a irritou. Do que ele tinha tanto medo?

— Pode deixar — respondeu Taj. — Mas primeiro você precisa ir lá anotar que bebeu de Arwal, antes que outra pessoa o faça.

Susenyos não se moveu.

— Não vai querer ser banido daqui de novo pela reitora Faris — continuou Taj com cuidado.

A saleta mergulhou no silêncio, a não ser pelos batimentos acelerados de Kidan.

Susenyos se levantou devagar, com um movimento contrariado do queixo.

— Volto já.

Depois que ele saiu, Taj respirou aliviado.

— Você precisa fazer o que ele está mandando pra sair deste lugar. É uma questão de orgulho agora. Um de vocês precisa ceder, e vai ter que ser você.

Kidan se irritou.

— De jeito algum…

Ele se aproximou e se agachou diante dela depressa, a expressão tensa no rosto.

— Você arrancou as presas dele. Não existe nada, *nada* mais humilhante para nós do que isso.

Ela ia contestar de novo, mas a frase morreu em seus lábios.

— É mais íntimo e mais violento do que arrancar nosso coração. É por isso que ele está com raiva.

Mais violento e íntimo… E daí? Que ficasse com raiva. Ele esperava empatia? Se aquilo o machucara tanto, então aquelas presas eram um lembrete bárbaro do que ela havia tirado dele, assim como ele tirara algo dela.

182

Os olhos castanhos de Taj estavam suplicantes.

— Ele não pode simplesmente deixar você ir embora. Você precisa ajudá-lo.

Kidan trincou o maxilar.

— Não.

Ele passou a mão no rosto.

— Vocês dois são teimosos para porra.

— Por que você se importa? — rebateu ela.

Ele olhou para ela com uma expressão ansiosa.

— Não importa se você morrer aqui dentro ou lá fora. Ele vai ser culpado.

— Está protegendo ele.

— Estou tentando ajudar vocês dois. Se os dois cruzarem essa linha, não vai ter mais volta.

Kidan desviou o olhar.

Taj ficou quieto por um tempo, até que, com o tom de voz suave, falou:

— Se não conseguir implorar olhando para ele, se vire pra mim. Só faça isso e diga o que for preciso para ele deixar você ir embora daqui.

Cada molécula do corpo dela vibrava de fúria. Quando Susenyos voltou e fechou as cortinas, bloqueando toda a luz e todo o barulho, Taj estava nos fundos, encostado na parede.

Uma faca fininha e reluzente apareceu nas mãos de Susenyos.

— Eu prefiro a minha de prata, mas essa vai servir. E então, vamos começar pelos dentes?

Kidan trincou os dentes com tanta força que logo não seria preciso faca para recolher os cacos.

Ele enfiou a faca na mesa lateral. Com o dedo indicador sobre o cabo, girou a faca e fez a madeira ranger e ceder.

— Ou talvez pela língua? Mas aí você não conseguiria implorar. Taj, o que acha?

Kidan olhou para Taj, cujos olhos grandes ainda suplicavam a ela. O ódio da garota era maior do que nunca. Entretanto, o rosto paciente e preocupado de Taj suavizou um pouco o sentimento, a fez enxergar alguma razão ali, a fez respirar.

Kidan não podia morrer sem derrotá-lo antes. Sem encontrar June.

Taj deu um leve meneio de cabeça para ela.

Quase sussurrando, ela se obrigou a dizer:

— Tudo bem. Desculpa.

A faca parou de girar.

— Não pare por aí. Pelo quê, exatamente? Arruinar minha paz? Tentar roubar o que foi deixado para mim por direito? Destruir meus tesouros? Arrancar minhas presas? Com uma lista longa dessas, é extraordinário que ainda esteja viva.

Cada palavra dele fazia Kidan se sentir como se estivesse engolindo ácido, e ela precisasse engolir tudo de uma só vez.

— Sinto muito por pegar seu frasco. Sinto muito por arrancar suas presas. *Sinto muito por você ser a criatura mais nojenta que já pisou na Terra. Sinto muito por não ter arrancado cada um dos seus dentes. Sinto muito por não ter encharcado você de gasolina e o queimado naquele observatório. Sinto muito por ainda não ter encontrado a arma que vai matá-lo.*

— O que mais? — incentivou ele.

— Por favor... me deixe ir.

Susenyos riu e deixou a arma de lado.

— Ah, não. Isso eu quero em público. Taj, traga ela.

Kidan ficou confusa quando Susenyos abriu as cortinas e saiu.

Com o rosto sério, Taj soltou as mãos de Kidan e a guiou até o meio do salão. Ele falou bem baixinho:

— Vai ter que se ajoelhar.

Ela arregalou os olhos.

— Não pode estar falando sério.

Susenyos assumiu sua posição ao lado de alguns dranaicos que davam umas risadinhas em alto e bom som.

— Meus queridos dranaicos, essa é Kidan Adane, que entrou em nosso prédio sem ser convidada. Ela tem algo a dizer antes que eu a deixe ir embora.

Havia pelo menos vinte dranaicos olhando para ela. As bochechas de Kidan queimavam. Ela se sentiu uma espécie de doença que estava ali infestando o ambiente e perturbando a paz deles.

Taj tentou abaixá-la, mas os joelhos não obedeciam.

— Kidan — avisou ele.

As pernas dela pareciam feitas de pedra maciça. Ela não iria se ajoelhar. Taj deve ter sentido isso porque colocou uma leve pressão em seu cotovelo, o que fez sua coluna ceder como se fosse gelo derretendo. A dor que sentiu quando os joelhos bateram no chão não era nada se comparada à vergonha que a engasgava.

— Tinha me esquecido do quanto eles são dignos de pena — disse uma mulher de cabelos prateados, os lábios vermelhos como o pecado.

— Sim. Muito. Mas mesmo assim dá vontade de observá-los para sempre. — A voz de Susenyos ficou áspera de novo. — Implore.

Kidan não aguentava olhar para seu rosto ávido, pronto para devorá-la como se fosse uma besta. Ela fechou os olhos e respirou fundo.

— Por favor... me deixe ir embora.

Houve risadas de leve ao redor de todo o salão, o que fez o sangue de Kidan ferver.

— De novo.

Ela falou mais baixo daquela vez.

Kidan ouviu quando ele se aproximou, os passos leves, o cheiro nauseante.

— Só mais uma vez, mas agora olhando para mim.

Ela se recusava a abrir os olhos.

— Por favor, só me deixe ir embora.

— Adoro o formato da sua boca quando está implorando. — A diversão na voz dele era exagerada. — Mas não me negue esses seus olhos escuros. Eles têm uma linguagem própria.

Kidan abriu os olhos enfurecidos, em brasa.

Susenyos respirou devagar, olhou para uma pupila, depois para a outra.

— Seu ódio queima como se fosse um oceano de gelo. E é todo... meu... Nunca algo me pertenceu tanto.

Merda, ela iria perder a cabeça. Começaria a xingá-lo. Deixaria que ele a matasse. Ela o deixaria fazer o que quisesse. Ela estava...

— Acho que já está bom — disse Taj depressa.

Susenyos inclinou a cabeça para o lado.

— Não sei. Ainda sinto que ela não está sendo sincera.

— Yos — disse Taj. — Olha para ela. Está tremendo.

Ah, ela estava tremendo, sim. Pelo esforço que fazia para não estrangulá-lo com uma gravata.

Susenyos olhou para as pessoas ao redor e então para ela, entediado.

— Acho que sim. E vai embora da Uxlay?

De jeito nenhum.

O olhar de Taj estava quase gritando com ela. *Só saia deste prédio.*

— Vou.

Susenyos pensou por um longo minuto, suspirou e se afastou.

— Leve-a pra casa e ajude-a a arrumar as malas. Se certifique de que ela foi embora.

Taj puxou Kidan do chão tão depressa que ela se desequilibrou com a mudança brusca no eixo de gravidade. Enquanto ele a conduzia a passos rápidos, ela deu uma olhadinha para trás. As pessoas parabenizavam Susenyos por seu showzinho. Ele sorria e aceitava os cumprimentos.

Kidan se obrigou a erguer a cabeça. Ele iria se arrepender daquilo. Ela revidaria em dobro.

Já do lado de fora dos edifícios Sost do Sul, as lâmpadas em formato de leão iluminavam a noite com seus raios ondulados. Ela havia mesmo ficado lá por horas?

— Você não vai embora, não é? — disse Taj quando cruzaram a fronteira e entraram em território acto.

Ela o ignorou e esfregou os punhos machucados.

Taj soltou o ar e passou a mão pelo cabelo. Ela ficou tensa, preocupada que ele fosse cumprir a ordem de Susenyos.

O que a garota não estava esperando era aquele sorrisinho acanhado.

— Diga a Yos que eu fui bem firme em minhas instruções e que assustei você, está bem?

— Não vai me forçar a ir embora?

— Não sou de forçar. Além do mais, não acho que ele quer que você vá embora.

— O quê? É óbvio que quer.

— Não. — A voz dele saiu mais baixa. — Se ele quisesse mesmo, tinha mandado Iniko com você.

Kidan semicerrou os olhos, desconfiada. Por que ele estava dividindo informações sobre o grupo? Por que a estava ajudando?

— Bem, vejo você amanhã — disse ele.

— Amanhã?

Ele sorriu, como se contasse um segredo.

— O Baile de Gala dos Acto. Vocês vão ter uma tarefa das grandes para cumprir. É uma das minhas favoritas, na verdade. É melhor fazer as pazes com Yos. Você vai ser reprovada se ele ainda estiver irritado.

Fazer as pazes com Yos.

Como se eles fossem colegas de quarto que implicam um com o outro. Como se ele não tivesse obrigado Kidan a implorar e feito com que ela o sentisse por todo seu corpo. Kidan sentiu outra vez uma pontada nos ombros e cerrou os punhos até que as unhas furassem a palma da mão. Não importava como. Ela tinha que se vingar dele.

28.

— **B**EM-VINDOS AO SEU PRIMEIRO BAILE DE GALA DOS Acto. Hoje, sua tarefa é convencer um vampiro a presentear você com um item de vestuário — disse o professor Andreyas.

Não era possível que Kidan tivesse ouvido bem. Eles estavam de pé sobre a grama, sob as estrelas, trajados em suas melhores roupas. O evento anual acontecia no Grande Andrômeda Hall, que reluzia diante deles como se fosse vidro quebrado dentro da água. Kidan usava um vestido verde-água de gola alta que a reitora Faris havia enviado para ela. A reitora insistira que a herdeira da Casa Adane precisava debutar de maneira apropriada. Um grampo de cabelo esmeralda, adornado com as montanhas da insígnia dos Adane, completava o visual, prendendo as tranças de Kidan e expondo seu pescoço.

— Você quer que a gente pegue as roupas deles? — perguntou Asmil, uma menina de cabelo curtinho, a voz bem aguda.

— Não é pegar. Eles precisam dar de presente a vocês — explicou o professor Andreyas, ajeitando as abotoaduras. — Pensem em algo bem pessoal: anéis, casacos ou até mesmo vestidos, se conseguirem. Tem que ser algo significativo. Quanto mais importante for o objeto, maior será sua nota. Embora eu odeie me repetir, vou fazer isso porque vocês sempre fingem não ter ouvido direito neste momento: *vocês não podem roubar.*

Ele encarou todos os alunos com aqueles olhos antigos até que assentissem.

Rufeal Makary, um garoto com um sorrisinho malicioso, perguntou:

— Existe alguma regra em especial que devemos seguir para conseguir um vestido? Qual é o limite?

Ele deu uma risadinha para o amigo.

O professor Andreyas olhou para eles sem se abalar.

— Não há limite. Pode fazer o que for necessário. Sedução, inclusive. Mas eu duvido que você seja capaz disso, Makary.

Uma linha se enrijeceu na mandíbula de Rufeal. Yusef riu e recebeu uma olhada daquelas.

— Vocês têm até meia-noite. Aproveitem a comida, a música e as conversas. Se esforcem, porque a festa inteira vai ficar de olho no que conseguirem. Boa sorte.

Depois que o professor saiu, eles permaneceram do lado de fora para elaborar estratégias.

— Até onde sei, Iniko Obu é o alvo mais difícil. A última vez que ela deu algum item de roupa, acho que foi há catorze anos. Já Taj Zuri distribui as dele como se fossem a porra de uma balinha — explicou Rufeal aos amigos a alguns passos de distância.

— E Susenyos Sagad? — perguntou Asmil, a voz meio trêmula. Kidan apurou os ouvidos.

— Acho que ele daria, mas ninguém se aproxima dele. Há muita história ruim a respeito daquela casa. Todo mundo sabe que ele matou os parceiros. Tipo, é só olhar a situação da Casa Adane. Como é que só sobrou *um* deles...

— Cale a boca, Makary — interrompeu Yusef, frio.

Rufeal cruzou os braços e deu uma olhada sombria para Kidan.

— Você sabe que tenho razão, Umil. Nem você o escolheu no ano passado.

A atenção dos outros alunos fez o rosto de Kidan esquentar. Ela olhou para a grama e cerrou os punhos. Não queria começar a pensar na perda de toda a sua linhagem — iria afundar naquele chão e não levantaria nunca mais. Contudo, June ainda estava ao seu alcance. Kidan faria de tudo para não perdê-la também.

— Ignore eles — disse Slen ao lado dela. — Se acha que consegue passar, tente com Susenyos.

Kidan sentiu um arrepio ao imaginar a cena. Não iria pedir a ele de jeito algum.

Eles entraram pelos portões imensos ladeados pelas estátuas douradas de leão de Demasus. A criatura mítica exibia suas presas violentas, e os alunos esfregavam sua juba em busca de sorte e coragem ao entrarem.

Do lado de dentro, música clássica ecoava no espaço amplo e reluzente, e o champanhe, assim como as conversas, era farto. As mesas ao redor do salão tinham lugares marcados de acordo com o status, respeitando o ranking das casas, que era determinado pelo sucesso dos negócios e a quantidade de dranaicos leais a elas. A primeira mesa pertencia à Casa Ajtaf, e a última, à Casa Adane.

Slen, GK e Kidan deram uma volta juntos no salão enquanto conversavam sobre quem poderiam abordar e perderam Yusef no caminho. Kidan avistou Taj conversando com Asmil, mas não havia nem sinal de Susenyos. Não que ela quisesse encontrá-lo. Ele não tinha voltado para casa na noite anterior, e ela esperava que não voltasse naquela também.

Quando os três pararam um pouco para descansar, Yusef reapareceu com uma peça de roupa — um sapato de salto. Tinham se passado exatamente cinco minutos. Slen e Kidan olharam para ele, chocadas.

— O que foi? — Ele deu de ombros. — Eu sou charmoso.

Rufeal deu uma risadinha ao passar por eles segurando um casaco, chegando em segundo lugar.

Kidan semicerrou os olhos.

— Odeio esse cara.

— Eu também — concordou Yusef.

— Ele não era seu parceiro de estudos no Dranacto ano passado? — perguntou Slen.

— Sim, mas ele tem uma energia... sinto que está sempre me observando.

Kidan deu uma olhada para Rufeal, que de fato os observava lá do outro lado do salão.

— Este ano ele é meu concorrente na Mostra de Arte Juvenil — continuou Yusef. — Ele quer virar um artista talentoso e arrogante. O mundo só suporta um desse tipo, e sou eu.

Yusef deu uma risada curta. Quando Kidan prestava atenção, notava que a risada dele soava como um carro em alta velocidade escorregando e derrapando na curva antes de bater. Como se fosse tudo uma fachada.

E agora ela percebeu sem a menor sombra de dúvida... Ele estava com medo. Artistas e sua busca em capturar o divino, obcecados pela criação, em serem os melhores.

— Tenho certeza de que você vai ficar bem — disse ela.

— É. Ele anda tentando convencer minha tia-avó a dar a ele um lugar no conselho do Museu de Arte Umil. É isso que está me incomodando. Desde quando os Makary começaram a trocar pastas por pincéis? Por que ele iria querer mudar para o mundo das artes? O museu é nosso, foi meu pai quem...

As palavras de Yusef se dissiparam, e ele balançou a cabeça. Kidan queria fazer mais perguntas, mas estava com receio de pressioná-lo cedo demais.

— Enfim, vocês deveriam se apressar. Vou pegar uma bebida — sugeriu Yusef e saiu.

— Quem você quer abordar, GK? — perguntou Kidan.

Os olhos acolhedores de GK focaram alguém. Kidan gostava de seus movimentos suaves, sua postura silenciosa de guardião, sempre observador e atento.

— Eu queria conversar com Susenyos Sagad. Ninguém nem sequer chegou perto dele, é difícil de assistir a isso.

— Não — disse Kidan rápido demais.

Ela sentiu um formigamento na nuca, mas não iria se virar para olhar. *Então ele está aqui.*

Slen e GK arquearam a sobrancelha.

— Vão por mim. Vocês não vão querer tê-lo como parceiro. Ele é perverso.

GK pensou um pouco a respeito e então assentiu. Ela suspirou de alívio. Não tinha conseguido proteger Ramyn das garras de Susenyos. Ainda podia proteger GK.

Alguém na mesa ao lado se mexeu, revelando um conhecido casaco com colete de veludo vermelho, além de maçãs do rosto esculpidas com perfeição. Kidan sentiu um nó no estômago. Iniko Obu. Pelo olhar mordaz que lançou, ela ouvira toda a conversa.

— Vou dar uma circulada — disse Kidan e se misturou à multidão, sacudindo os ombros para se livrar daquela ira de Iniko.

Quando já estava segura no meio de um monte de gente, ela soltou o ar.

Taj caminhou até ela. Mais cedo, ele usava um paletó, um casaco comprido e uma corrente de ouro. Agora restava apenas uma regata que exibia seus braços musculosos e… estava sem cinto.

— Sério? — Kidan arqueou uma sobrancelha. — Isso foi rápido.

— Em geral eu tento parar antes de ficar indecente, mas não consegui resistir. O professor não vai gostar. Disse que eu tinha que escolher três desta vez.

Ela deu uma olhada na bandana dourada que cobria mais a testa do que a linha do cabelo.

— Por que a usa assim?

Ele tocou a bandana, surpreso, e abriu um sorriso que não chegou até os olhos.

— Tenho uma cicatriz horrenda.

— A bandana é confortável?

— Não tem sido nos últimos sessenta anos.

Kidan abriu a boca.

— Então não deveria usar. Cicatrizes não são algo para se ter vergonha.

Ele sorriu.

— Vou me lembrar disso.

Ela mudou a posição do corpo sem saber muito bem como pedir o que queria.

— Me dê alguma coisa.

Ele fechou os olhos como se ela o tivesse machucado com as palavras.

— Eu queria poder.

— Por que não pode?

Taj olhou para os fundos do salão. Não havia dúvida para quem. Com os dentes cerrados, Kidan enfim olhou.

Lá estava ele, a postura arrogante, usando um terno que combinava com seus olhos pretos, com adornos vermelhos e dourados no colarinho. Ao olhar para Kidan e Taj, a expressão dele ficou mais sombria.

Kidan sentiu o sangue gelar.

— Não vai me dar nada por causa dele?

— Tenho que ficar do lado do meu amigo nesta.

GK tinha razão, Susenyos estava sozinho. Era incrível que nenhum acto ousasse se aproximar dele, como se houvesse um escudo invisível protegendo-o. Uma das alunas chegou a mudar de direção no meio do caminho para nem esbarrar com ele.

Ano após ano era aquilo que acontecia com ele?

Kidan cruzou os braços.

— Por que ele vem, então?

— Talvez tenha esperanças de que alguém dê uma chance a ele — respondeu Taj, o olhar parecendo apontar para ela.

Kidan emitiu um som de deboche.

— Talvez se seu *amigo* não fosse um alucinado filho da pu…

— Cuidado. — A postura sombria de Taj a fez interromper as palavras violentas. — Não o xingue na minha frente. É o jeito mais rápido de arruinar nossa amizade.

Kidan piscou. Taj a encarou, uma expressão de aviso inconfundível em seu rosto, certa escuridão ofuscando seus olhos castanhos. Ela sentiu o pulso acelerar diante daquela lealdade ardorosa, resoluta, antiga. Primeiro Iniko, e agora Taj. O que Susenyos havia feito para angariar toda aquela proteção? O que ele era para eles?

Kidan assentiu devagar, meio sem saber por quê. Quando foi que eles tinham virado amigos?

Taj sorriu de novo, e seu rosto se iluminou, como se aquele diálogo tenso nunca tivesse existido. Ele desejou sorte a ela e desapareceu em meio à multidão. Kidan balançou a cabeça tentando dissipar aquele aperto no peito. Era medo ou mágoa? Não, era mais nojento do que aquilo. Ela estava com inveja de Susenyos.

Ele tinha encontrado pessoas que o aceitavam como ele era. Que caminhavam ao seu lado sem titubear enquanto ele cometia atos impensáveis.

Kidan olhou para o outro lado da parede, para GK, que prestava atenção nas luzes e nos sons do baile com o corpo tenso; para Yusef, bem no centro do salão, que sorria perto de um grupo de garotas; e para Slen, que conversava com o irmão sorridente.

Ela se perguntou se algum dia teria a amizade verdadeira deles. Não tinha se permitido pensar naquilo até então. Aquele tipo de conexão sagrada era para pessoas dignas da vida. No entanto, se Susenyos podia ter amigos, por que ela não poderia?

Kidan balançou a cabeça. O que havia de errado com ela?

Uma briga no canto chamou a sua atenção.

— Me dê aqui. — Koril Qaros estava em cima de Slen e do irmão, o tom de voz frio como gelo.

O irmão de Slen lhe entregou um baseado. Koril olhou para o objeto por um segundo, depois deu um tapa no filho com o dorso da mão. O baseado voou e foi parar perto de Kidan, ainda aceso.

Slen acudiu o irmão.

— Deixe-o *em paz*.

— Esta é a última vez que vocês fazem essa casa passar vergonha — rosnou o pai para os dois, e então ajeitou o terno.

Kidan cravou as unhas na palma das mãos, a ponto de quase furá-las, e caminhou até eles sem pensar duas vezes. No caminho, pegou uma bebida em uma bandeja. Ela tropeçou a alguns centímetros de Koril e derramou vinho tinto nas costas de seu terno.

Koril Qaros se virou para ela devagar, pingando, o rosto todo contorcido.

Ela pôs as mãos na cabeça.

— Nossa, me desculpe.

Ele semicerrou aqueles olhos pequenos. Abriu a boca para dizer algo, mas desistiu ao perceber que metade do salão olhava para ele. Então, forçou um sorriso e saiu depressa para se limpar.

Slen conferiu se o irmão estava bem com um toque carinhoso. Kidan desviou o olhar. Já tinha feito a mesma coisa com June muitas vezes.

— Estou bem. — Ele se desvencilhou, envergonhado, e foi embora.

As pessoas voltaram a atenção para coisas mais interessantes. Slen cerrou os punhos, silenciosa.

— Obrigada. — A voz dela era como se fosse gelo derretendo. Quase suave.

Kidan engoliu em seco.

— Esta não é a primeira vez que seu pai faz isso.

— Eu sei.

Sua boca enrijeceu.

— Posso dar um jeito nele para você.

Slen piscou. A maior demonstração de emoção que Kidan já vira dela.

— Como assim?

Merda.

— Tipo, ajudar a denunciá-lo ou algo assim.

Slen a examinou, como se fosse uma tradução complicada. Kidan olhou para ela do mesmo jeito, desconfiada, tentando decifrar o que se passava naquela mente inteligente. Ali, naquele momento os olhos de Slen não estavam mais mortos, mas tinham tantas camadas que repeliam qualquer coisa que tentasse entrar neles.

Talvez Slen Qaros fosse a única pessoa ali que compreendesse uma traição familiar, um espinho cruel na pele. Não importava quão fundo você cavasse ou arranhasse a ferida, nunca conseguiria retirá-lo de lá.

As duas ficaram se olhando por um longo tempo, e um silêncio constrangedor pairou sobre elas. Resolveram a questão com um aceno e saíram andando para lados opostos do salão. Kidan balançou a cabeça e tentou se concentrar em sua tarefa.

Ao longo das três horas seguintes, todos os vampiros de quem ela se aproximou a ignoraram. Kidan começou a se sentir envergonhada a ponto de ficar puxando o próprio cabelo. Ela não queria os dranaicos, mas por que eles não *a* queiram? Com certeza tinham conversado sobre ela. Cochichado sobre a última herdeira da Casa Adane. Suas gengivas doíam de tanto prender a língua.

Um vampiro da Casa Rojit, um baixinho que cheirava a hortelã, a interrompeu antes mesmo que terminasse de falar.

— Desculpe, não estou interessado.

Ele desviou o rosto para os fundos do salão e arregalou os olhos de leve. Não tinha sido o primeiro a parecer nervoso. Kidan seguiu o olhar dele, confusa. Susenyos ergueu a taça e sorriu. O vampiro saiu correndo antes que ela pudesse falar alguma coisa.

Isso só pode ser brincadeira.

Kidan foi para cima de Susenyos como um raio.

— O que foi que disse a eles?

A voz dele saiu suave como uma seda.

— Que uma vida como seu parceiro seria uma sentença de morte.

Kidan ficou boquiaberta. Ele a tinha boicotado. Ela contorceu o rosto, mas gritar não adiantaria. Restavam apenas trinta minutos, então engoliu o ódio. Passou os olhos pelas roupas de Susenyos. Ele teria que servir.

Susenyos usava uma camisa branca com vários botões abertos que revelavam o peito musculoso sob a pele escura. Uma linha vermelha serpenteava pelo colarinho como se fossem veias, e anéis dourados adornavam suas tranças em estilo *twist*, refletindo uma luz que seus olhos não tinham. O casaco estava apoiado na cadeira ao lado dele. Tão fácil de pegar...

— Ah, eu desafio você a tentar.

— Tentar o quê? — perguntou, irritada por ele conseguir decifrá-la com tanta facilidade.

Ele deu um sorrisinho. E então foi *ele* quem a olhou de cima a baixo sem disfarçar, os olhos passando pelos quadris redondos, pelos seios grandes, até chegar ao pescoço. Ela sentiu o corpo esfriar e depois esquentar. O olhar dele ganhou um tom mais sombrio, uma mistura equilibrada entre desejo e nojo.

Ela trincou o maxilar.

— Pare com isso.

— Eu paro quando você parar.

— Não estou fazendo *isso* — rebateu Kidan com horror, embora estivesse, sim, prestando mais atenção nele desde aquele dia no Sost do Sul. Uma imagem indesejada dele enrolado na toalha passou por sua mente, aquele cheiro inebriante. Ela fez uma careta.

Susenyos olhou para as tranças presas de Kidan e sorriu.

— Melhor assim. Com seu lindo pescoço exposto.

Ela semicerrou os olhos.

— Não é à toa que ninguém quer ser seu parceiro.

Ele arqueou uma sobrancelha.

— Está perdendo seu tempo aqui discutindo comigo. Deveria ir *cortejar* alguns vampiros. É a minha vez de ficar observando.

Um lembrete do dia anterior. Kidan sentiu o ombro formigando de novo com a memória daquele beijo molhado e depois da mordida. Suas narinas se dilataram, mas ela conseguiu se acalmar.

— Eu entendo. — Ela se sentou ao lado dele, colocou o casaco no colo e fingiu compaixão. — Ninguém escolhe o pobre Susenyos, então você quer que eu sinta o mesmo.

— Adoro ver você ficando desesperada.

— Não estou desesperada.

— O que Taj disse? Vi você conversando com ele. — Ele deu uma olhada de canto de olho para ela. — Você parecia muito triste.

Ela segurou o casaco com força.

— É até fofo — disse ele, dando uma risada grave que vinha do peito.

— O quê?

— Você achar que Taj ia ficar contra mim. Aquela ajudinha dele no Sost do Sul foi assim tão convincente?

Ela se levantou. Meu Deus, como o odiava. Até ficar perto dele por alguns minutos era impossível.

— Espere aí. — Ele estendeu o braço musculoso. — Casaco, por favor.

Ela ainda o segurava com as duas mãos. Devolveu a ele com os dentes cerrados.

— À sua última noite. — Ele ergueu a taça. — Você até que durou mais do que eu imaginava.

Ela saiu irada dali.

Faltavam vinte minutos para a meia-noite, e quase todo mundo tinha conseguido. Para a surpresa de todos, GK estava conversando com… Iniko.

Kidan saiu daquele calor e foi respirar o ar gelado do lado de fora. As conversas no interior se tornaram distantes, e a grama se estendia até a floresta diante dela.

Era o fim.

Se ela fosse reprovada no Dranacto, não poderia ficar na Uxlay. Kidan sentiu o coração apertar e se apoiou na parede do prédio, de olhos fechados.

Sinto muito, June.

Ela ouviu o tilintar dos ossos de dedos.

— Está tudo bem?

Kidan ergueu a cabeça e deu um suspiro pesado.

— Vou ser reprovada.

GK franziu as sobrancelhas castanho-claras.

— Sempre tem o ano que vem.

Ela balançou a cabeça.

— Não posso esperar até ano que vem. Assim que eu sair, Susenyos vai herdar minha casa. Ele só precisa viver lá sozinho por vinte e oito dias consecutivos.

GK ficou ouvindo em silêncio. E então falou:

— Por que seu pai e sua mãe deixaram a casa pra ele?

— Não sei! — gritou ela, assustando-o. — Mas não posso ir embora agora. Estou aqui para...

As luzes se refletiam nos olhos castanhos dele. Pacientes. Kidan não sabia muito bem por que tinha uma sensação de afinidade com GK. Os outros a animavam — havia uma aura de desespero, criatividade e até perigo ao redor deles —, mas GK era limpo. Como o cheiro da grama depois da chuva.

Será que podia confiar nele? Kidan lembrou que ele tinha corrido para salvar Ramyn. Que ele se juntara ao grupo porque sentira que ela estava em perigo. Logo, logo não iria importar muito mesmo.

— Estou procurando a minha irmã. — A voz dela quase falhou com aquela confissão. — Susenyos a sequestrou, mas ninguém acredita em mim.

Os olhos de GK ficaram ofuscados por uma imensa preocupação. Era um alívio ver alguma outra pessoa reverberar sua dor. Queria contar tudo a ele.

GK ficou em silêncio por um longo tempo. Em seguida, pegou a mão de Kidan e colocou ali um botão preto de certo casaco de veludo vermelho.

Iniko tinha dado algo a ele.

— Pegue o meu — disse.

— O quê? Não posso.

— Não existe nada nas regras que diga que não posso dar de presente a você o que me foi dado.

O olhar de Kidan ganhou um toque de ternura.

— Mesmo que isso dê certo, você vai ser obrigado a sair. Está aqui para encontrar um parceiro.

Ele exibiu um sorriso triste.

— Meus motivos parecem fracos perto dos seus. Posso aguentar a solidão de ser Mot Zebeya por mais um ano. Pegue.

Kidan sofreu com a gentileza dele. O estilo de vida solitário dos Mot Zebeyas ainda era um pouco confuso para ela, mas devia ser cruel. Deixar a família sempre era. Kidan conhecia bem aquela fera na escuridão, tirando-a do controle. Estava sozinha havia apenas um ano, e aquilo já a destruíra. A necessidade de ouvir a voz de outras pessoas ao seu redor, o cheiro, o toque — ela havia começado a morrer no dia em que isso lhe fora tirado.

Quanto tempo fazia que GK estava sozinho? E ainda assim ali estava ele, se oferecendo para retornar àquele abismo. Quando Kidan pensava em bondade, era assim que ela queria tão desesperadamente ser. Gentil como Ramyn. Como June.

— Não. — Ela colocou o botão de volta na mão de GK e fechou os dedos dele em volta do objeto. — Vou dar outro jeito. Obrigada, GK.

Ele assentiu devagar, talvez querendo recusar, mas não o fez.

Um grupo de rapazes bêbados saiu do baile gritando e empurrando uns aos outros. Um deles perdeu o equilíbrio e bateu com uma garrafa de uísque em Kidan. Ela gritou de dor.

GK a segurou e a colocou atrás de seu corpo com uma rapidez surpreendente.

— Foi mal, cara — disse o garoto Rojit com um risinho e continuou bebendo.

— Você precisa prestar atenção por onde anda. — A voz de GK abafou tudo, o corpo tenso de um jeito pouco usual para ele.

O garoto Rojit piscou depressa.

— É... desculpa.

Ele tentou sair andando, mas GK parou na frente.

— Peça desculpas a ela.

O garoto bêbado trincou o maxilar.

— Saia do meu caminho.

Confusa, Kidan tocou o ombro tenso de GK.

— Está tudo bem.

Ele saiu da frente devagar, os olhos em um turbilhão. O garoto murmurou algo sobre os Mot Zebeyas serem esquisitos e saiu correndo para encontrar os amigos.

O rosto de GK continuou tenso, observando os garotos como se ainda fossem uma ameaça.

— Não se preocupe com eles — disse Kidan, tentando dissipar a tensão. — Só estão se divertindo.

— Se divertindo? — Ele falou quase como se fosse uma palavra estrangeira. — Acho que são uns idiotas.

Kidan permaneceu observando aquelas provocações infantis e as risadas.

— Não sei. Eles parecem felizes. Não me lembro da última vez que ri assim.

Ele a olhou com uma expressão cuidadosa.

— Desculpe por não ter percebido que você estava sofrendo tanto.

— Você não tinha como saber. — Ela abriu um sorriso triste. — Você deveria entrar. Estarei lá logo, logo.

Ele hesitou por um momento e então entrou.

O que GK disse sobre as regras lhe deu uma ideia perigosa.

Algum tipo de bem pessoal, tinha dito o professor Andreyas. Ela olhou o celular: faltavam dez minutos.

Kidan foi até sua casa mal-assombrada buscar algo que deixaria Susenyos insano de raiva.

Ah, ele ia *querer* ter lhe dado o casaco, os anéis, o guarda-roupa inteiro.

29.

KIDAN VOLTOU QUANDO FALTAVA UM MINUTO PARA A meia-noite, suada e ofegante, bem na hora que os alunos começavam a se organizar em fila.

— Onde você foi? — murmurou Slen quando Kidan subiu no palco. — Conseguiu alguma coisa?

— Sim. É... arriscado.

Os olhos de Slen brilharam de interesse, e Kidan comprimiu os lábios, nervosa. Aquilo podia ser genial — ou desastroso. De qualquer forma, ela sairia com uma última vitória.

A reitora Faris estava assistindo, um grampo de cabelo turquesa de contas prendia seu cabelo de modo impecável. Kidan ouvira dizer que o professor Andreyas tinha dado o objeto a ela quarenta anos antes, naquele mesmo dia. O professor de pele escura e tranças embutidas era o mais antigo dos dranaicos dali, parceiro da primeira reitora da Uxlay, e servia com lealdade a sua casa desde então.

— Acto e dranaicos. — O professor Andreyas não precisava erguer a voz para que prestassem atenção nele. — Seguindo a tradição, vamos agora revelar quais acto foram presenteados pelos dranaicos e obtiveram seu interesse pela parceria.

Yusef Umil ergueu o sapato de salto.

— Resa Tar, Casa Delarus.

Uma linda vampira com uma tatuagem no pescoço lançou um olhar sensual para ele.

Rufeal Makary acenou para um vampiro grande com uma barba densa.

— Asuris Redi, Casa Makary.

GK ergueu e mostrou um botão.

— Iniko Obu, Casa Ajtaf.

Sussurros de surpresa ecoaram pelo salão. Iniko confirmou com um breve aceno de cabeça.

O coração de Kidan começou a bater de maneira frenética quando chegou sua vez.

— Kidan?

Merda.

Sem qualquer peça de roupa nas mãos. Nada.

— Susenyos Sagad, Casa Adane.

O professor arqueou uma sobrancelha, assim como os outros espectadores, que chegaram para a frente para olhar. A reitora Faris olhou para ela e inclinou a cabeça, curiosa.

Susenyos manteve sua postura bem relaxada nos fundos do salão, bebendo seu drinque com um olhar triunfante. Ele sabia que não importava o que Kidan tivesse pegado, ele diria que não a havia presenteado, faria ela passar um vexame enorme e esse seria o fim da história.

Ela sabia que precisava de algo que Susenyos não pudesse negar. Algo que ele preferisse dizer que dera a ela do que admitir a todas as pessoas daquele salão que ela havia *arrancado* dele.

Kidan abriu a mão e revelou um par de presas reluzentes e ensanguentadas.

A multidão teve um sobressalto.

Susenyos engasgou.

Kidan sorriu.

— A tarefa era um item de vestuário — debochou Rufeal.

— Você disse alguma coisa pessoal, professor. — A voz dela soou alta em meio ao absoluto silêncio. — O que é mais pessoal para um vampiro do que seus dentes?

Uma risada ecoou e quebrou o silêncio. Os acto riram. Os dranaicos, não.

— Ele deu isso a você? — perguntou o professor Andreyas, a testa cor de mogno franzida.

Kidan arregalou os olhos.

202

— De que outro jeito eu conseguiria isso?

Todas as cabeças se viraram para Susenyos. Ele estava de pé, com Iniko e Taj a sua frente, bloqueando a passagem. Em que momento eles chegaram ali? Iniko segurava o braço dele com força, e Taj falava algo em seu ouvido. Ela podia imaginar as palavras apressadas de Taj, lembrando a ele de que estavam em público e pedindo que se acalmasse.

Susenyos iria admitir que ela havia arrancado as presas porque ele a atacara, quase a forçando a um voto de parceria? Não. A reitora Faris estava ali.

Ele iria dizer que Kidan arrancara as presas à força? Não. Era orgulhoso demais para isso. E ninguém acreditaria que uma garota humana fraca conseguiria lutar contra o Susenyos Selvagem.

Ele iria preferir dizer que dera as presas a ela e salvar a própria pele. Era o único movimento possível.

Pare de sorrir, disse a si mesma.

De verdade, ela tentou.

— Susenyos? — chamou o professor Andreyas.

Kidan achava que a expressão mais linda que já tinha visto no rosto de Susenyos fora quando ele encontrara o quarto dos artefatos destruído. Como estava errada… Aquele olhar no rosto dele superava todos os outros. Se Kidan soubesse pintar, capturaria aquela rigidez, os lábios apertados, os olhos pretos tornando-se vermelhos, as mãos dos amigos segurando-o como se ele fosse uma fera selvagem prestes a destroçar a garganta dela. Susenyos agora era toda a fúria dela, todo o seu ódio e a sua violência, manifestados em um corpo — e como aquilo caía bem nele, de um jeito demasiadamente decadente e divino, melhor do que as roupas que ele não quisera lhe dar de presente.

Agora eles estavam quites.

As palavras de Taj deviam tê-lo convencido, porque Susenyos conseguiu oferecer um aceno de cabeça mínimo, quase sem mexer o queixo. Aquilo provocou mais uma onda de cochichos ao redor do salão.

O professor Andreyas não esboçou qualquer reação.

— Muito bem.

Kidan soltou os braços e respirou. Ela tinha passado.

— Apresento a vocês o grupo deste ano. Desejo sorte a todos e espero que se juntem a nós formalmente na cerimônia de parceria do fim do ano. Agora, como dita a tradição, acto, por favor, tirem seus dranaicos escolhidos para uma dança.

As palmas aumentaram até que pararam de uma vez só.

Espere aí... Ele disse "dança"?

Quando Kidan olhou para os fundos do salão, Taj, Iniko e Susenyos tinham desaparecido.

30.

A REITORA FARIS AJUSTOU AS LUVAS DE SEDA E PAROU AO lado de Kidan.

— Belo espetáculo.

— Obrigada.

Seus olhos penetrantes pareciam ser capazes de ler os pensamentos de Kidan.

— E você vai dançar com Susenyos para exibir essa recém-adquirida... confiança, certo?

— Hum, não conheço a dança. Talvez ano que vem.

Kidan tentou se afastar, mas a reitora Faris chegou mais perto e abaixou a voz.

— Kidan. Susenyos não escondeu a raiva muito bem, e muita gente percebeu. Dance com ele, mostre a todos que isso foi uma *escolha*, ou então serei obrigada a investigar como foi que ele perdeu as presas.

Uma investigação não cairia bem para nenhum dos dois. Em quem a reitora Faris acreditaria?

Kidan sentiu a garganta seca.

— Ele foi embora.

A reitora Faris apontou para um corredor onde dois vampiros com roupas pretas montavam guarda. Espadas prateadas reluziam na cintura deles, e havia adagas amarradas nas coxas. Sicions. Eram os únicos autorizados a carregar armas de prata abertamente.

— Eles estão ali — disse a reitora Faris. — Vá buscar o seu dranaico. Vamos esperar.

Era impressionante o poder que aquela mulher exercia. Kidan engoliu um resmungo e andou pelo corredor que acabava em uma pequena galeria de arte.

— Você tem que dançar com ela. — A voz calma de Iniko atravessou a porta lateral.

Kidan ficou paralisada.

— Eu vou *arrancar* aquele coração podre dela. — A voz de Susenyos parecia queimada, gutural demais. — Saia da minha frente.

Houve um som de luta, como se eles estivessem tentando contê-lo.

— Se sair daqui agora, vão pensar que ela forçou você — continuou Iniko. — Mas, se dançar com ela, verão que é um compromisso para que se tornem parceiros, que você escolheu isso. Não é algo inédito.

— Inédito? Ela sacudiu minhas presas como se fossem a porra de um *troféu*.

Mais som de luta. Kidan abriu um sorrisinho.

— Você precisa se acalmar. — Pela voz de Taj, parecia que ele tinha uma faca enfiada na barriga.

— Você permitiu que ela fizesse isso. — A voz de Iniko ficou mais firme. — Todo mundo sabe que ela nunca conseguiria arrancar suas presas sem a sua permissão. Todos nós sabemos, Yos. Finja que foi o que você quis, para o seu bem.

— O que eu quis? Não seria mais fácil eu me ajoelhar logo e lamber os pés dela? — disse, irritado, o que aumentou ainda mais o sorriso de Kidan.

Sim, seria mais fácil.

Taj falou com voz ofegante.

— Se tivesse deixado eu dar minha blusa a ela...

— Não ouse terminar essa frase.

Kidan se contorceu com a alfinetada. Contudo, ela não queria perder aquilo de jeito algum. Então, ela se aproximou aos poucos, caminhando com cuidado.

— É só uma dança — implorou Taj.

— Não deixe eles pensarem que você é fraco, Sagad — acrescentou Iniko. — Lembre-se pelo que estamos lutando. Por que estamos todos aqui. Ela é só uma pessoa.

Ele falou três palavras sem nem abrir os dentes, a promessa de violência em cada uma delas:

— Ela está aqui.

A porta se abriu, e eles se avultaram em cima dela como deuses da ira. Seu ar de confiança quase cedeu diante do rosto deles. Se ela iria morrer em algum momento, aquela seria a hora.

Susenyos apertou a mão de Kidan, quase quebrando os ossos, e a arrastou pelo chão polido. Ela soltou um grito de dor.

— Mi... Minha mão! — disse ela, meio gritando. — O que está fazendo?

— Vamos dançar, passarinha.

207

31.

A BALADA DOS OLHOS NÃO ERA UMA SIMPLES DANÇA. OS participantes não se encaravam. O dranaico ficava atrás do acto, e eles não podiam se olhar nos olhos.

Havia espelhos no lugar das paredes que delimitavam o espaço de dança e refletiam uma luz suave tanto no mortal quanto no imortal. Três belos lustres desceram do teto, os cristais pendurados bem acima das tranças presas de Kidan.

Susenyos se posicionou atrás dela, os dedos espalmados em sua barriga para puxá-la para perto. O tecido de seu vestido era fino, os dedos deixaram uma marca nele. Ela encolheu a barriga, um calor se espalhando por todo o seu âmago. Endireitou a coluna com cuidado para que as costas não tocassem o peito dele. Dava para entrar mais uma pessoa no espaço constrangedor entre os dois.

— Você ficou com minhas presas? — sussurrou ele no ouvido de Kidan. — Qual é o seu problema?

Ela abriu um sorrisinho.

— Você tem seus tesouros, eu tenho os meus.

Susenyos soltou um rugido grave e perigoso, o que fez os cabelos da nuca de Kidan arrepiarem. A orquestra começou a tocar, e ele segurou a mão dela por trás, mais uma vez com uma força absurda, mas ela não reclamou. Susenyos não a conduzia em uma coreografia, o movimento estava mais para arrastar um peso incômodo ao qual ele estava preso. Foi lento no começo, lento o suficiente para ela manter as costas eretas e longe dele.

O ritmo se tornou mais rápido, uma explosão furiosa de violinos e piano, e os pés de Kidan vacilaram, mal tocando o chão enquanto o dranaico a virava e a inclinava para a frente. Susenyos a girou, e as costas dela deslizaram, a gravidade jogando-a na direção dele. Ele soltou um barulho que vibrou na garganta quando Kidan o tocou.

— Nunca vou perdoar você por isso. — A voz dele flutuava junto das luzes do lustre. — Eu devia ter bebido o seu sangue. Feito você sentir minhas presas.

Susenyos tocou a curva do pescoço dela, provocando uma nova corrente elétrica que chegou até a ponta de seus dedos das mãos. Ele tirou o grampo esmeralda dos cabelos dela, e suas tranças cascatearam como uma cachoeira preta. Susenyos utilizou os cabelos dela para esconder o rosto e levou a boca até o ponto da pulsação em seu pescoço. Kidan sentiu o terror.

— Não — avisou ela.

A voz dele era sedenta.

— Por quê? Não é o que você quer? Me expor como um monstro na frente de todo mundo?

Os giros da dança misturados à onda de adrenalina deixaram a cabeça de Kidan enevoada, e estava difícil pensar.

— Por que não foi embora? — sussurrou ele, o hálito quente em sua orelha. — Está aqui para me atormentar? O que mais preciso fazer para que vá embora?

Susenyos a segurou com mais força, e ela sentiu um fluxo de poder pelo corpo. Kidan gostava dele assim, fraco e ávido. Seria mais fácil utilizar isso contra ele. Expô-lo.

— Vá — desafiou ela, colando o corpo no dele e ignorando aquela eletricidade intensa entre eles. — Beba.

O gemido dele se misturou à música, e tudo se transformou em um crescendo meio confuso. Eles se moviam em arcos bem espaçados até que ela já não sabia mais dizer onde ela terminava e ele começava. Naquela velocidade, se Susenyos bebesse o sangue dela, ninguém veria em meio às luzes refletidas. Kidan precisava diminuir o ritmo. No entanto, eles tinham entrado em um universo onde apenas o corpo e os desejos importavam.

E precisavam correr. A música acabaria logo, e a mente deles voltaria aos seus respectivos corpos.

Rápido. Vira. Rápido. Vira.

Ainda assim, Susenyos não mordeu.

Kidan queria que todos vissem o monstro que ele era. Com a visão turva, levou a mão ao pescoço dele e o fez sangrar primeiro. Suas unhas arranharam a pele escura. Os dentes dele roçavam o pescoço dela. Sentiu uma eletricidade percorrer todo o corpo. Susenyos estava quase lá. Quase perdendo o controle, como um fio pegando fogo. Aconteceria a qualquer momento. Kidan fechou os olhos e se entregou àquela dor deliciosa.

Susenyos a girou com tanta força que ela esbarrou em outro par antes de ir parar no centro da pista de dança. Eles enfim se olharam. Um refletia o oceano, sombrio de ódio; o outro refletia o deserto, queimando em brasa. Ainda com a cabeça girando, Kidan não sabia dizer quem era quem.

Susenyos quebrou o contato visual primeiro, se virou e foi embora depressa. Kidan respirava ofegante e saiu do caminho conforme a dança continuava.

Seu coração batia acelerado, os dedos estavam doloridos, e ela tentava entender qual era exatamente a emoção que estava sentindo.

32.

A CASA ESTAVA SILENCIOSA QUANDO KIDAN CHEGOU DO baile. Ela fez um esforço para passar pelo corredor, onde June se apoiava em seus ombros e sussurrava bobagens sobre como Kidan quase tinha deixado que ele bebesse seu sangue. Ela entrou cambaleando no quarto. Na mesma hora, sentiu o ar invadir seus pulmões e aquele peso nos ombros desaparecer. Era incrível e apavorante como cada quarto provocava emoções diferentes. O quarto dela sempre trazia alívio.

Kidan tirou os sapatos de salto, mudou de roupa e se deitou na cama. A luz fraca do abajur deixava sua pele dourada.

Aquele plano de manter Susenyos na linha usando as ameaças da reitora Faris não duraria para sempre. Ela precisava voltar aos edifícios Sost do Sul. Precisava descobrir o que mais havia lá além da captação de sangue, e como Ramyn fora envolvida naqueles joguinhos doentios. Com sorte, Ramyn a levaria até June.

Entretanto, não havia jeito de Kidan entrar lá escondida outra vez sem ser pega. Como Ramyn conseguira? A mente de Kidan estava agitada. Não fora a doçura de Ramyn que a levara até lá dentro. Ela estava morrendo. Queria uma troca de vida.

Se ao menos Kidan estivesse morrendo...

Ela virou a cabeça para a parte de baixo da cômoda. Kidan tinha algo, sim. Com um rugido dentro dos ouvidos, ela pegou a caixa de madeira presa debaixo do móvel e encontrou o líquido transparente. As palavras da tia reapareceram em sua mente.

Caso decida fugir, engula a poção falsa que está dentro do livro.

211

O coração de Kidan bateu forte. Como ela não tinha pensado naquilo até aquele momento? Se interpretasse bem seu papel — uma garota com medo de morrer —, ela poderia refazer os passos de Ramyn e entrar no cerne daqueles grupos restritos? Suas veias vibravam com a possibilidade. Sim, era perigoso, mas podia dar certo.

Kidan abriu a tampa e hesitou. Tinha cheiro de vinagre e ácido. A voz de June se arrastou do corredor.

Beba. Venha me encontrar.

Kidan bebeu de uma vez só. Apenas depois que se enfiou debaixo das cobertas é que ela considerou a possibilidade de aquilo ser um veneno de verdade. Ainda assim, dormiu um sono profundo.

O rangido da porta se abrindo fez Kidan abrir um dos olhos. Ela ligou o abajur, e a silhueta de Susenyos se estendia pelo chão.

Kidan afundou o rosto ainda mais no travesseiro e resmungou.

— Não pode vir me torturar de manhã?

Ele não falou nada.

Ela suspirou.

— Que coisa nojenta vai colocar na minha cama desta vez? Uma cobra? Talvez um...

— Tem alguma coisa errada.

Não havia qualquer rastro de diversão no tom de voz de Susenyos. Ela se sentou e analisou a postura rígida dele, os dois dedos esfregando seu grampo de cabelo.

— Seu cheiro... — Os olhos dele adquiriram aquele tom de preto exasperante. — Você está doente?

Ah. O veneno falso tinha funcionado depressa.

Kidan olhou para o chão por um momento. Era difícil interpretar aquele papel. Tentou imaginar como seria uma pessoa que temia pela vida. Desconfortável, a boca aberta, com respostas lentas.

— Kidan — chamou Susenyos. — Você está doente?

Ela ergueu os olhos.

— Não.

Dava para ver o cérebro dele tentando decifrar as reações dela.

— Está mentindo.

Tia Silia tinha pensado com muito cuidado naquela doença mortal. Não podia dar origem a qualquer tratamento clínico nem exibir sintomas. Precisava se espalhar pelo corpo de maneira silenciosa com um corte repentino que a levaria embora em alguns meses. E também tinha que ser incurável.

— Me diga — pediu ele, a sobrancelha franzida. — Eu conheço esse cheiro. É planta de Shuvra. Mas não pode ser isso porque significaria que você foi...

Em voz baixa, sob a luz fraca do abajur, ela completou:

— Envenenada. É.

Ele arregalou os olhos. A urgência em sua voz a surpreendeu.

— Quem? Quem envenenou você?

— Eu... não sei.

Era estranho, quase bonito, ver o medo no rosto dele. Kidan sentia como se tivesse ganhado o direito de espiar um dos maiores segredos da natureza. Que o sol na verdade não estava no céu, e sim no fundo da água.

Ainda assim, Susenyos não olhava diretamente para ela, mas para algum ponto acima de sua cabeça, como se houvesse um fantasma ali perto que só ele fosse capaz de ver. Kidan piscou e retomou a consciência aos poucos. É lógico. O medo não era por ela. Kidan sentiu um golpe em seu orgulho ao se dar conta. Ela queria mesmo a preocupação dele?

Susenyos tinha medo do que a reitora Faris prometera fazer caso algo acontecesse a ela.

Kidan cruzou os braços.

— Por que parece tão surpreso? Acho que foi você quem me envenenou.

Ele piscou como se ela tivesse lhe dado um tapa. Era questão de tempo até que a frieza de Kidan apelasse para a dele, do mesmo jeito que o diabo apelava para o fogo do inferno.

— Acha que eu envenenei você?

Ela deu de ombros.

— Não é segredo algum que você me quer longe daqui.

— Veneno é arma de gente covarde — disse ele. — Se eu quisesse matar você, seria olhando nos seus olhos.

O ódio se espalhava entre os dois. Aquela sensação familiar no fundo do âmago de que todos os seus demônios desapareceriam se ela o matasse, aquilo ameaçava dominá-la. A cada dia que Kidan passava naquela casa, ela o espelhava, igualava sua violência, seu desejo. Susenyos a estava absorvendo por completo, mas ela não podia quebrar sua promessa. Tinha que destruir os dois.

Destruir todo o mal.

Os olhos desconfiados de Susenyos analisaram o rosto dela.

— Se for Shuvra, você tem alguns poucos meses de vida. Se acha que eu a envenenei, por que ainda está aqui?

Quando ela não respondeu, a raiva fervilhou dentro dele. Era preciso bem pouco para despertar o monstro aninhado ali. Kidan tinha lido em algum lugar que todos os dranaicos eram anfitriões de rostos mortos. Colecionavam almas que consideravam alegres e agradáveis e utilizam sua essência sob a própria pele. É por isso que, durante uma conversa, o sorriso deles podia se tornar falso, a luz sumir completamente de seus olhos, ou serem engolidos pela tristeza. Eram uma coleção de cem vidas e, num sopro, num dia ou numa hora ruim, você podia matar todas elas.

O tom de voz dela emanava uma autoridade de ferro.

— Você tem que me ajudar.

— Tenho? — debochou ele. — Eu não envenenei você.

Kidan viu as presas dele e sentiu o coração parar por um momento.

— Você *vai* me arranjar uma troca de vida.

Susenyos balançou a cabeça, incrédulo. Olhou para ela com pena e... saiu andando.

Como se tivesse desistido. Como se ela não fosse nada. Como ousava deixá-la sozinha daquele jeito?

Kidan se levantou e foi atrás dele no corredor.

— Me ajude, ou vou contar para a reitora Faris que *você* me envenenou.

Ele ficou paralisado, como se tivesse sido atingido por um raio. Em um minuto, ela estava imprensada na parede, a testa dele colada à dela.

As palavras que Susenyos proferiu foram bem raivosas:

214

— Não vai me chantagear para que eu *cuide* de você.

Ela estava com o coração na boca, mas sua voz não tremeu, e seus lábios quase continham um sorriso.

— Acho que estou fazendo isso de forma brilhante.

— Isso já foi longe demais. — A voz dele se arrastava, havia ali algo que ela não conseguiu identificar. — Chega, Kidan. Você tem que ir embora. Acabou.

O que ele queria dizer com aquilo?

Ele estava enfim cedendo? Talvez cansado daquele toma-lá-dá-cá? Se fosse o caso, ela precisava de uma estratégia diferente. Como se a casa a tivesse sentido, escreveu a lei restritiva com um fio dourado na parede.

Analisando os olhos turvos de Susenyos, Kidan fez um grande esforço, mas conseguiu deixar o tom de voz mais suave.

— Você vai ficar com a casa. Não posso disputar a herança, se eu for uma vampira. Eu já não seria considerada uma humana descendente da Casa Adane. No momento em que eu fizer a troca, você ganha.

A expressão desvairada dele mudou de repente, como se nuvens trovejantes tivessem aparecido, um vislumbre de possibilidade em seus olhos. Sim, aquilo iria deixá-lo intrigado.

— Você vai me ajudar — exigiu ela.

Os músculos no queixo dele ficaram tensos.

— Peça direito. Não me dê ordens.

— O quê? — rosnou ela, esquecendo sua estratégia.

— Me peça para salvar sua vida.

Mais uma vez, era uma questão de orgulho para ele. Kidan contorceu os dedos, furiosa. Ela tinha acabado de virar o jogo, mas ele estava determinado a ganhar. Embora… Será que aquilo era uma vitória para ele? Ainda era ela quem estava dando as cartas.

— Eu preciso da sua ajuda — murmurou ela.

— Isso não vai servir. — O rosto dele estava sério. — Mais alto e mais específico.

— Eu… — Kidan sentiu dificuldade para que a voz se soltasse das cordas vocais e ela pedisse algo muito mais íntimo do que a alma deles se fundindo em uma. — Eu… quero… viver. Por favor, me ajude.

Susenyos afastou as tranças dela com uma gentileza cruel. Daquela vez ela não se contorceu e permitiu que os dedos dele tocassem sua pele.

— E vai dizer à reitora Faris que não fui eu quem envenenou você?

As palavras dele pareciam, elas próprias, um doce veneno.

Kidan odiou a si mesma ao assentir.

Susenyos parecera entediado no primeiro dia em que se conheceram, o rosto completamente inexpressivo, mas algo tinha despertado em suas pupilas agora, um brilho surpreendente.

— Está mesmo pronta para se tornar uma vampira, passarinha? — Havia uma emoção escondida à espreita em sua voz, e ele olhou para os lábios dela. — Vai conseguir sobreviver?

Ela respirava em sincronia com ele.

— Não quero ser uma vampira.

Susenyos pensou naquelas palavras, deu um passo para trás e permitiu que ela relaxasse.

— Às vezes, para sobreviver, precisamos nos transformar em algo completamente novo.

33.

— **E**LE TE DEU AS PRESAS DE PRESENTE! — SLEN ENCArava Kidan. — Ainda não consigo acreditar.

Eles tinham se encontrado bem mais cedo que o normal na Cantinho Ocidental do Chá, e havia uma série de doces sobre a mesa. Slen segurava uma caneca de café, as mãos enluvadas.

GK não comia, preferia fazer jejum na maior parte dos dias, como todos os Mot Zebeyas. Havia um toque de preocupação em sua fala.

— Mesmo nos contos do Último Sage, presas costumam ser um símbolo de dor e perda, nunca uma sugestão de parceria.

Kidan pegou um minidonut de canela. Aquele gosto sempre a fazia lembrar de June cozinhando, atrapalhada e muito compenetrada, consultando o caderno enquanto experimentava ingredientes diferentes.

— Acho que ele quis causar.

Yusef passou a mão pelo cabelo, utilizando a janela preta como espelho. Ele era muito metódico em relação à aparência e queria que seus cachos ficassem arrumados de determinada maneira.

— E causou mesmo. Todo mundo só fala nisso. — Ele franziu a testa. — Fez o sapato que eu consegui parecer um prêmio de consolação.

— Deixe de ser invejoso — disse Slen, tocando a têmpora. — Você não é o tipo dele. Aceita.

Yusef fez cara de ofendido e depois deu uma risada.

— Tudo bem. Eu sou seu tipo.

GK abriu o livro.

— Acho que pra ser o tipo dela você vai precisar se concentrar um pouquinho mais na página do que no seu reflexo.

Yusef ficou boquiaberto, Slen deu um sorrisinho, e Kidan soltou uma gargalhada inesperada. Tocou os próprios lábios, surpresa que aquele som tivesse mesmo saído dela.

GK arqueou uma sobrancelha para ela e sorriu, a cabeça baixa.

Yusef balançou a cabeça.

— Os quietinhos são sempre os piores.

— Como disse GK, vamos nos concentrar, por favor. — Slen virou o computador para eles. — Quadrantismo. Nossa nova matéria. A tradução do aáraco para Quadrantismo diz que *os quatro quadrantes de um dranaico produzem um paraíso do qual o humano é o espelho.* Yusef, quer falar um pouco sobre isso?

Yusef cruzou as pernas sobre a cadeira e descolou um muffin de chocolate da forminha de papel que funcionava como embalagem. A calça marrom de boca larga e o suéter branco com as mangas dobradas o deixavam bonito de maneira casual.

— O Quadrantismo é uma teologia que prega que, para viver uma boa vida, o ser humano precisa manter seus quatro pilares intactos — explicou. — É algo que eu pratico.

— Como assim você pratica? — perguntou Kidan.

— É um estilo de vida. Metáforas para um bom comportamento. Para obter as condições ideais de bem-estar espiritual, mental, físico e material.

— Muitos artistas praticam — contou Slen. — Eles acreditam que os deixa mais próximos à criação, então dedicam quatro horas de seu dia para fortalecer os quatro pilares, uma hora para cada um.

— Então você pode nos ajudar a passar? — perguntou Kidan a Yusef.

Ele fez uma careta e esfregou o pescoço.

— Ironicamente, foi nessa fase que eu fui reprovado no Dranacto.

— Ah — disse Kidan.

Todos ficaram em silêncio por um tempinho.

— É similar aos princípios do Último Sage, como o Settliton — comentou GK a certa altura.

Slen cutucou o queixo com uma caneta.

— É uma abordagem interessante. Você consegue expor sua exegese sem vieses pessoais?

— Exegese — disse Yusef de modo distraído. — Coloque um dólar no pote.

Kidan observou, entretida, enquanto Slen respirava fundo e tirava uma nota amassada do bolso do casaco. Yusef pegou um pequeno pote de vidro na bolsa e colocou o dinheiro lá dentro. Havia uma etiqueta de fita crepe em que se lia, com as letras em fôrma dele: PALAVRAS QUE ME DEIXAM TRISTE.

Ele segurou o pote contra a luz.

— Logo, logo vou comprar um novo conjunto de lápis carvão.

— Sério mesmo? — Kidan nunca tinha imaginado que Slen toparia participar daquilo.

— É um jogo legítimo. Eu tenho um pote pra ele também — disse Slen.

O pote de Yusef tinha uma etiqueta em que se lia, com a letra cursiva de Slen, *Tagarelices criativas extenuantes* e estava cheio até a metade.

Yusef se inclinou para perto de Kidan.

— O engraçado é que ela me deve um dólar pela palavra "extenuante".

Kidan abriu um sorrisinho maldoso.

— GK, você acha que deveria arranjar um pote para o Yusef? Para os momentos em que ele se olha no espelho?

— Eu arranjei. — Os olhos calorosos de GK captaram a piada que ela estava tentando fazer. — Ficou muito pesado pra carregar.

Yusef só olhou para GK, depois para Kidan, a voz cheia de curiosidade.

— Vem cá, o que aconteceu com vocês dois? O engraçado aqui sou eu.

Kidan deu uma risada, amando tudo aquilo e se sentindo *normal* ao menos uma vez.

Eles estudaram em silêncio pelas duas horas seguintes, e então decidiram se encontrar de novo à tarde. Kidan saiu com as leituras obrigatórias.

GK foi atrás dela, e a expressão tranquila em seu rosto desaparecera um pouco.

— Você está bem?

— Sim, por que não estaria?

Ele se mexeu, e a corrente de ossos tilintou.

— É que você me disse que Susenyos fez algo com sua irmã, depois mostrou as presas dele pra todo mundo... Ele machucou você?

Os olhos dele estavam atormentados. Era provável que ele tivesse ficado preocupado por aquele tempo. Kidan apertou o braço dele, surpresa por ter iniciado aquele tipo de contato físico. Foi... bom.

— Estou bem, GK. De verdade. Eu não devia ter contado a você.

Ele passou os dedos pela corrente, ainda com o maxilar tenso.

— Mas primeiro sua irmã, depois Ramyn? — Ele balançou a cabeça. — Estou preocupado.

Ramyn tinha morrido depois de se aproximar de Kidan. Agora, ela estava passando mais tempo com GK. Kidan engoliu em seco. Precisava mantê-lo seguro.

— Que tal nas segundas-feiras antes da aula eu e você sairmos para uma caminhada nos campos? Podemos cuidar um do outro.

Aquilo pareceu dissipar a tensão dele. GK assentiu e abriu a porta, depois parou e se virou de volta para ela com um sorriso.

— Foi legal ouvir você rir. Mesmo que só por um tempinho.

Kidan sentiu o nó em seu peito se afrouxar um pouco, embora não conseguisse entender por que ele era tão legal com ela.

— Obrigada — disse.

Ela se apegou àquela leveza e se recusou a tocar na pulseira. Por alguns minutos, quase se sentiu feliz em um mundo sem June.

A culpa começou a corroê-la por dentro.

Mais tarde. Ela iria se punir mais tarde.

Kidan permaneceu deitada na cama, acordada. A casa a pressionava como se fosse um pedregulho enorme apertando seu peito, determinada a extinguir a lasquinha de alegria daquele dia. June e Mama Anoet se revezavam para cercá-la, as vozes mais vívidas do que nunca, do corredor para o quarto. Ela se vestiu e saiu da casa correndo, mal fechando a porta da frente. Agarrada aos joelhos, ela respirou o ar puro e frio, ainda tonta por estar com a mente enfim vazia. Sentiu o pescoço formigar, como se alguém a estivesse observando. Ela olhou para a janela no alto. Estava escuro e não dava para ver ninguém, mas ela podia jurar que as cortinas do quarto de Susenyos tinham se mexido.

Kidan balançou a cabeça e foi caminhar pelo campus, iluminada pelos postes de luz em formato de leão. Era meia-noite, mas uma das salas da Torre de Filosofia estava iluminada de laranja. Kidan pegou o elevador. Slen estava lá, como era de se esperar, e as duas se cumprimentaram e se sentaram. Havia uma única vela queimando no centro da mesa.

Slen empurrou um livro chamado *O Quadrante de Sage* para Kidan, que abriu a capa pesada. Era sobre os quatro princípios praticados pelo Último Sage em sua reclusão. Settliton. Kidan destacou as qualidades que tinham relação com o Quadrantismo, na esperança de decifrar a matéria. As duas trabalharam em meio a um leve farfalhar de papéis, toques gentis de digitação, uma tampinha sendo mordiscada por Slen. Seu habitual odor amadeirado estava misturado ao aroma de diversos copos vazios de café. Kidan devia dizer a ela para não beber tanto. Era provável que aquele fosse o motivo de ela não conseguir dormir.

A sala ficou mais quente após terem passado mais de uma hora ali. O sensor de aquecimento ligou, e Kidan tirou o cachecol e abriu o botão do colarinho. Slen mexeu os ombros para tirar o casaco e se livrou das luvas. Havia três marcas de arranhão — não, três cicatrizes — na palma das mãos dela, a pele marrom rasgada pelos riscos escuros. Kidan ficou paralisada ao virar a página.

Slen demorou um tempo para perceber que Kidan tinha parado de trabalhar. Ela então percebeu que a garota a encarava, piscou e logo pegou as luvas de volta, franzindo a testa.

— Quase esqueci que você estava aqui.

— Você não precisa colocar as luvas de volta.

Slen hesitou e então deixou as luvas de lado com cuidado, sem olhar para ela. Kidan não perguntou nada. Contudo, a pergunta ficou pairando naquele ambiente quentinho. Slen fechou os olhos, como se tivesse se deparado com um trecho inconveniente em aáraco que precisava de tradução.

— O arco do violino pode cortar a carne se você deslizar com força. Meu pai não gosta de erros.

Kidan entreabriu os lábios. Depois, quase que de imediato, os dentes rangeram com fúria. Ela desviou o olhar, as veias latejando.

— Minha mãe adotiva também não gostava de erros. Sempre que minha irmã e eu falávamos amárico, éramos punidas com um beliscão bem dolorido.

A pele sendo retorcida entre dois dedos queimava ainda mais do que um cigarro aceso. Talvez aquele seja o motivo de o idioma ainda deixar um gosto ruim na boca de Kidan.

— Me deixe ajudar você. — Kidan teve dificuldade para mexer o maxilar. Não sabia muito bem como poderia ajudar, mas queria fazer alguma coisa.

Slen olhou bem para ela, um vislumbre de curiosidade em sua expressão.

— Passar no Dranacto vai me ajudar. Assim, serei a próxima herdeira da Casa Qaros. Uma herdeira pode cometer todos os erros que quiser e ainda ser valorizada.

Kidan sentiu um gosto amargo na boca.

— Você não devia precisar ser uma herdeira para ser valorizada.

Slen olhou para a chama da vela.

— Num lugar onde o poder está nas casas, não há nada mais que possamos ser.

Aquelas chamas reluziram em seus olhos escuros de novo. Kidan quase podia imaginá-las crepitando, desafiando-a a queimar aquele lugar todinho — ou talvez fossem seus pensamentos martelando em sua cabeça, querendo sacudir a garota e dizer: *Não precisamos esperar que as casas nos deem poder. O poder pode vir de um fósforo, um isqueiro, uma arma, um fogo. Eu posso matá-lo para você.*

Kidan sentiu um arrepio diferente pelo corpo. Tocou a própria testa. O que havia de errado com ela? Estava mesmo piorando.

— Talvez agora você também possa ser honesta comigo — disse Slen.

Kidan arqueou as sobrancelhas.

— Sobre o quê?

As palavras de Slen foram lentas, inesperadas e quase sombrias.

— Susenyos Sagad envenenou você?

Kidan abriu a boca, mas a princípio não conseguiu produzir som algum.

— Como… você…

— Taj Zuri pertence à minha casa. Ele fala muito.

Certo. E era óbvio que Susenyos tinha contado ao amigo. Ainda assim, aquilo a surpreendia. Ainda não queria que ninguém soubesse.

— E se ele me envenenou? — perguntou Kidan, olhando de lado para ela.

Slen a encarou com aqueles olhos pretos. A chama se inclinou como se também quisesse ouvir.

— Posso cuidar dele pra você.

Eram as palavras de Kidan. Diretas, com certa incisividade.

Kidan arregalou os olhos. Seu coração quase saiu pela boca. Slen queria dizer a mesma coisa que ela sugerira no baile? Queria dizer... *matar* Susenyos? A sala ficou abafada de novo. Por que a ideia de elas serem parecidas era tão estimulante e, ainda assim, assustadora? Kidan queria dizer que sim. Queria que aquela menina experimentasse a sensação de tirar uma vida. Deixá-las cair juntas em uma espiral de violência e tormento. No entanto, não podia ser o que Slen estava sugerindo, não é?

— O que quer dizer? — perguntou Kidan, desesperada para interromper aquele zumbido de pensamentos.

Slen encarou a chama, a pele marrom reluzindo.

— Quero dizer que Susenyos pode ser mais um item da minha lista de tarefas quando for herdeira. Nunca falho nas minhas missões.

Kidan estava petrificada, desesperada para abrir a cabeça de Slen e de fato compreender seus pensamentos. Slen colocou sua trança curta para trás da orelha com piercing. Ver aquelas mãos graciosas e cheias de cicatrizes foi como levar um banho de água fria. Aquilo a libertou do frenesi.

Slen já estava na própria versão do inferno. Sofrendo.

Kidan mordeu a parte interna da bochecha e utilizou a dor para se manter centrada.

— Não, ele está me ajudando a fazer uma troca de vida.

As sobrancelhas de Slen se juntaram de leve.

— Entendi.

Kidan sentiu um nó no peito com a mudança no tom de voz dela. Não haveria outro momento como aquele com Slen. Vulnerabilidade era uma falha, algo a ser corrigido. Contudo, por mais que ela quisesse encontrar uma aliada para tudo aquilo, o que mais queria era que Slen sobrevivesse.

Kidan não aguentaria se a garota fosse a próxima a ficar pendurada pelo pescoço em uma das torres. Tinha que haver uma luz no fim do túnel para garotas que eram punidas apenas por existir.

Tudo o que havia na vingança de Kidan era culpa, ódio por si mesma e, eventualmente, morte. Levar mais uma vida só lhe causaria uma cicatriz ainda mais profunda.

Não, ela prometeu a si mesma. Não seria egoísta com Slen. Iria ajudá-la a preservar a alma, e não a destruí-la.

Havia outros métodos mais depravados de que Kidan podia se valer para alimentar sua solidão antes de encontrar seu fim.

34.

A CASA ADANE ABRIGAVA DIFERENTES PARTES DA MENTE de Kidan, que ia se transformando à medida que caminhava por ela. A porta da frente atraía a raiva, a cozinha pulsava de saudade, os corredores eram repletos de luto. Às vezes, Kidan se recostava em uma das paredes e deixava a tristeza engoli-la, cair sobre ela como uma cachoeira sem fim, antes que algum rangido em outro canto a lembrasse de continuar andando.

Havia pensamentos bons também. O quarto do canto satisfazia suas fantasias. Imaginava o sorriso gentil de uma mulher na penteadeira, sentia os ternos invisíveis dentro do armário vazio, substituía o cheiro de madeira e poeira por pele e perfume. Era perturbador o quanto ela sentia falta da família morta.

E então havia o quarto dele. Kidan ficava sentada ali em frente quando ele não estava em casa, tipo naquele instante, e observava como se fosse um bicho de estimação teimoso. As sombras dos pergaminhos tocavam seus pés, as histórias de tantas mulheres chamando-a para entrar. Kidan estendeu a mão e tocou a porta. Ao contrário do primeiro dia em que entrou ali, havia agora uma assustadora, porém marcante, ausência de ódio naquele espaço.

Por quê? Aquele quarto tinha matado centenas, aquele quarto sequestrara June, aquele quarto a convidava para entrar.

Kidan tinha a sensação de que sentiria o peito mais leve só de entrar naquele cômodo.

Está vendo?, a voz de June ressoava. *É porque você é como eles.*

Ela sentiu um arrepio. Aquela não era a verdadeira June.

Na parede, a lei da casa reluzia, provocando-a.

225

Se Susenyos Sagad colocar a Casa Adane em risco, a casa deve roubar algo que tenha igual valor para ele.

O que "Casa Adane" significava para o pai e a mãe dela? Etete dissera que Susenyos estava desesperado para mudar a lei, e, pela persistência dele naquele sofrimento no observatório, Kidan presumiu que algo de valor já tinha sido tirado dele. Aquilo a deixava sempre diante da mesma pergunta... O que Susenyos mais valorizava?

— O que está fazendo? — perguntou uma voz grave e sem afetações.

Kidan levou um susto. Susenyos estava de pé no fim do corredor. Ela não o ouvira entrar.

— Eu já estava saindo — respondeu ela, hesitante, mas não fez qualquer menção de se levantar. As pernas ainda estavam pesadas. Quanto tempo tinha passado naquele cômodo? O tempo corria de modo estranho ali.

Susenyos se aproximou devagar e a analisou por um momento antes de se sentar ao lado dela. A sensação era de que ele era sólido, como uma parede repentina entre Kidan e o corredor sombrio. Assim, a dor de seu luto diminuiu e fluiu como uma corrente. Os sinais de alerta percorreram o corpo de Kidan. Talvez não fosse apenas o quarto dele. *Ele* próprio afetava os espaços da casa. Os espaços da mente dela.

— Não se sente do meu lado — avisou Kidan, deslizando para longe dele.

— Acho que não tenho escolha. Etete não vai me perdoar se eu me afastar de uma garota moribunda com essa cara tão infeliz.

— Eu estou bem.

Ela ficou olhando para a frente, os olhos vidrados. Ele, por sua vez, continuou observando-a.

O tempo se estendeu por eras, e ela mergulhou mais fundo em toda aquela perda. Fechou os olhos. Não haveria fim para aquela dor.

— Não bebi o sangue de June. — Ele suspirou, e Kidan ergueu os olhos. — Não sei como a pulseira dela foi parar na minha gaveta. Não sei por que sua mãe adotiva falou meu nome. Então vou dizer isso uma vez e nunca mais, porque passei a vida inteira sendo acusado e julgado e me recuso a ter que provar qualquer coisa para alguém. — Susenyos olhou bem nos olhos dela. — Eu não sequestrei nem machuquei nem matei June.

Kidan se sentiu entorpecida com aquelas palavras, o sangue pulsando em seus ouvidos. Ele nunca tinha falado aquilo de maneira tão direta nem com tanta sinceridade.

Ela olhou para o chão.

— Por que está me dizendo isso agora? Depois de todo esse tempo?

A expressão dele era indecifrável.

— Para acalmar sua mente, já que vamos trabalhar juntos.

Uma onda de desconfiança percorreu o corpo dela. Kidan viu os olhos de June piscando, um alerta. O carpete começou a se enrugar debaixo dela. Ficou molhado e, quando ela ergueu a mão, havia sangue. Kidan a esfregou no colo furiosamente para limpar, mas, depois de poucos segundos, não havia nada ali.

— Acho que não está ajudando muito — admitiu ela, os joelhos trêmulos.

Susenyos observou as cortinas balançando em seu quarto como se pudesse ouvi-las falar.

— Quanto mais tempo se passa morando aqui, mais normal é sentir a casa. Ela amplifica suas emoções, então controlá-las exige esforço.

Ele fechou os olhos, os cílios sobre a pele macia, como se estivesse fazendo exatamente isso.

Kidan ergueu a cabeça para olhar as lâmpadas que piscavam sobre eles, almas prestes a serem extintas. Ela estava de volta àquele apartamento, no silêncio insuportável, o barulho do papel e do fogão sendo aceso. Um ciclo infinito sem chance de liberdade. As bordas do mundo foram ficando mais sombrias, e seus pulmões tiveram que trabalhar o dobro.

Os pergaminhos no quarto dele formavam sombras mais longas que se estendiam sobre os pés dela com um novo raio de luar. As sombras se enrolavam em seus tornozelos, gentis como um toque de mãe, e a encorajaram a falar mesmo sem vontade.

— Consigo sentir June aqui. Mama Anoet devia ter protegido a gente.

A voz de Kidan tremeu com o esforço de manter as palavras para si mesma.

Sentiu aquilo de novo.

A necessidade incontrolável de chorar, chorar e chorar até se dissolver em nada mais do que água. Aquilo crescia dentro dela como um vulcão, mas os olhos não encontravam a emoção. Não tinha chorado desde a morte de Mama Anoet. Que tipo de monstro não lamenta a morte da própria mãe?

Susenyos a observava com atenção; a lâmpada fraca acima deles piscou de novo, lançando-os na escuridão ou na luz. O silêncio se instalou.

Kidan olhou devagar nos olhos de Susenyos. Toda a luz da lâmpada estava contida neles. Ele piscou, e então os dois foram jogados na escuridão.

— Aqueles que esperamos que nos protejam muitas vezes falham — disse ele, o maxilar tenso. — Temos que encontrar um jeito de sobreviver por conta própria.

Por conta própria. Kidan refletiu sobre estar por conta própria. Sem June. Sozinha naquele apartamento. Só aquele pensamento já cortava mais fundo do que qualquer lâmina. Não existia vida naquela solidão, existia?

Atrás do ombro de Susenyos, o rosto de June brilhava. Os lábios sangravam, vermelhos, e o sangue escorria pelo queixo, o rosto apavorado de medo. A lâmpada prestes a queimar travava uma batalha para se manter acesa ali em cima. O homem nas sombras apareceu de novo, pairando sobre o pescoço de June. O rosto de Kidan se contorceu de dor, uma força que de repente apertava seu corpo. Sentiu o ar fugir de seus pulmões de uma só vez, e teve um sobressalto.

Me leve no lugar dela.

A luz se acendia e se apagava. Se acendia e se apagava.

— Kidan? — Susenyos parecia estar próximo demais.

Me leve. Me leve.

A lâmpada enfrentava dificuldades, e Kidan também. Sua respiração também era intermitente como a luz. Respirando. Sem respirar. Respirando. Sem respirar.

Kidan levou a mão ao peito em uma tentativa de cavar até o coração, mas a tensão só ia ficando cada vez mais forte. A lâmpada começou a ficar errática, pronta para explodir. Ela queria gritar, mas só conseguia abrir a boca sem emitir som algum.

Sem respirar.

Susenyos a levou até seu quarto escuro. Ela inspirou uma grande quantidade de ar, mas ele não chegava até os pulmões.

— Kidan — disse ele, com urgência na voz. — Você precisa respirar.

— Meu peito está muito apertado.

Ela engasgava em surtos dolorosos.

— Kidan, se você não se acalmar, vai desmaiar.

Ela começou a gritar. Um grito desgraçado e agonizante que jorrava dela como se fossem ondas quebrando no mar. Era um grito por Mama Anoet e por June. Um grito por todas as partes sombrias de sua alma. Um grito por alguém que estava morrendo — porque ela estava.

Kidan cravou as unhas no antebraço de Susenyos, do mesmo jeito que matara aquele passarinho e tirara sua vida.

Susenyos ficou tenso com aquele contato, mas se manteve ali, firme, indestrutível, recebendo todos os golpes que vinham dela.

Respire.

A casa lhe permitiu outra fantasia, um momento para levar seu corpo a águas mais calmas. Ali, não era em Susenyos que ela se apoiava, era o adiamento da punição, na forma de um monstro ou de um humano, não importava muito. Era culpa dela ter deixado chegar àquele ponto. No apartamento anterior, ela ouvia os vídeos de June para controlar os ataques de pânico. Nunca conseguia prevê-los. Passava meses muito bem, até que um dia precisava se agachar e se sentar no corredor do mercado. Contudo, naquela casa, ela sofria sozinha sem nada para aliviar a dor.

— Kidan? — A voz dele atravessou aquele pedaço de universo onde ela estava.

Susenyos ainda não tinha se afastado, e seu corpo pairava sobre ela.

— Por que… por que está me ajudando?

— Você precisa controlar suas emoções — disse ele, o tom de voz grave. — Está começando a afetar a casa. E me afetar.

Ainda bem que a escuridão escondia o rosto dele. Porque assim, até onde ela sabia, estava segurando e se apoiando na própria morte. Sim, na morte. Dessa maneira, podia descansar seu corpo ali mais um pouquinho. A morte era quentinha. Ela esperava que fosse como um oceano à noite, frio e impiedoso.

35.

MUITAS REUNIÕES ACONTECIAM NOS EDIFÍCIOS SOST do Sul. Quase todas eram tarde da noite e mediante convite. Toda sexta-feira, os dranaicos se encontravam para uma noite de boas conversas e jogos de azar. No momento em que Susenyos entrou com Kidan em uma sala escura com cortinas vermelhas, houve muitos sorrisinhos sarcásticos. Com toda a certeza, eles eram muito populares.

Kidan esperou que ele mencionasse a noite anterior. Estava tensa, pronta para a chateação, mas ele não disse nada a respeito. Ela só conseguiu sentir alívio. Susenyos estava deixando para lá.

Eles pararam diante de um homem de óculos e terno cinza.

— Oi, Yonam. Quero te apresentar a Kidan Adane — disse Susenyos.

O homem olhou para Kidan de cima a baixo. Ela usava um vestido preto simples acima do joelho.

— Este prédio é para dranaicos — disse ele.

— É, bem, ela está morrendo — respondeu Susenyos com um sorriso. — Podemos nos compadecer de uma garota moribunda, não é?

O homem arregalou os olhos, interessado. Kidan sentiu um arrepio diante daquele olhar.

Susenyos se virou e avistou alguém.

— Faça companhia a ela por mim. Volto já.

Kidan tentou ver para aonde ele tinha ido, mas a sala contava com apenas uma única lâmpada bem no centro. As extremidades estavam mergulhadas na escuridão, era provável que para a realização de negócios nefastos.

Yonam abriu um sorriso nada gentil para ela.

— O que vai fazer com sua nova vida de vampira? Imagino que esteja aqui em busca da troca de vida.

Aquela pergunta deixou a mente de Kidan confusa. Certa vez, o orientador do ensino médio tinha perguntado sobre suas aspirações. No primeiro ano, Kidan adorara fazer uma matéria eletiva de marcenaria e trabalhos com metal e descobrira uma nova paixão — a alegria de esculpir algo do nada, a sensação dos materiais duros e macios sendo rasgados, quebrados, soldados e refeitos, com possibilidades infinitas, de modo que nada nunca era seu formato final. Aquilo lhe dera uma paz verdadeira. Contudo, o orientador tinha torcido o nariz quando ela explicara que queria um trabalho em que pudesse destruir as coisas para construí-las de novo.

— Oi? — O vampiro Yonam franziu a testa. — Me ouviu?

Kidan pigarreou para afastar o nó da garganta.

— Ainda não pensei nisso.

Ele fez um "tsc".

— Óbvio que não pensou. Vai pressionar por alguma mudança? Lutar numa guerra? Começar uma revolução? Ou vai apenas piranhar e ficar bêbada de sangue por toda a eternidade? É o que a maioria das mulheres faz.

Kidan cerrou os punhos.

— Ignore ele — disse uma voz familiar vinda de trás.

Yonam fez bico.

— Por falar em piranhar… Como vão as conquistas, Taj? Ouvi dizer que você se entrega a qualquer um que lhe dê o mínimo de atenção.

Taj, que usava uma bela jaqueta escura, não pareceu se abalar nem um pouco.

— Mesmo que isso seja verdade, ainda assim você não será um deles.

Yonam fechou a cara tão depressa que Kidan quase deu uma risada. Ele apertou o próprio copo, com raiva, e foi embora.

Taj a analisou por um momento.

— Não vai me pedir para dar a você a minha vida?

Kidan deu uma olhada para ele.

— Da última vez que pedi para me dar alguma coisa, você disse que não.

Taj revirou os olhos.

231

— Uma escolha da qual vou me arrepender pelo resto da vida.

Ela deixou o risinho de lado e mudou de assunto.

— Ramyn Ajtaf também vinha a estes eventos?

Taj cruzou os braços, desconfiado.

— Vinha, sim.

Kidan tentou manter o tom de voz casual.

— Ela vem aqui em busca de uma segunda vida e acaba perdendo a primeira. Isso é pesado.

— Ninguém em sã consciência machucaria um acto. Mesmo que esteja morrendo, um acto ainda é muito valioso.

Ele estava se referindo ao sangue dos acto. Kidan sentiu o nó na garganta.

— Talvez ela tenha deixado de ser valiosa. De repente viu algo que não devia?

Taj estava prestes a dizer alguma coisa quando Iniko apareceu atrás dele.

— Yos está procurando você.

Ele respirou fundo e saiu com um aceno.

Iniko e Kidan ficaram diante do restante das pessoas, em silêncio. O desconforto se instalou entre elas.

— Susenyos não devia ter trazido você aqui. — A voz entrecortada de Iniko deixava Kidan nervosa.

— Por quê?

— Faz ele parecer fraco. Trazer a garota que exibiu as presas dele como se fosse um troféu de guerra, e ainda por cima admitir que a última herdeira de sua casa foi envenenada sob sua vigilância. Nenhuma família vai aceitá-lo agora.

— Talvez alguém do meu grupo de estudos possa adotá-lo como parceiro. Se ele salvar minha vida.

Iniko deu um risinho.

— Acto brincando de Deus. Só precisam de nós quando pegam uma gripe braba e ficam doentes.

— Você fala como se não tivesse sido humana um dia.

Um fogo perigoso queimou nos olhos de Iniko. Ela chegou mais perto, o largo colarinho vermelho roçando o pescoço de Kidan.

— Lutei muito pela minha imortalidade. E isso me custou muito mais do que você pode imaginar. Já *você*, acha que é só pedir com jeitinho que vai conseguir.

Kidan encarou aqueles olhos antigos que poderiam golpeá-la se ela dissesse a coisa errada. Os pulmões tentavam captar o ar.

— Posso sentir a falta de vontade em você — disse Iniko, a respiração sobre a bochecha de Kidan. — Seu coração já está morto.

Kidan sentiu o coração saltar na garganta. Mesmo depois que Iniko saiu e se misturou aos grupos, sua fala continuara ecoando, cruel e verdadeira. Kidan sabia que era impossível para ela querer viver. Continuar aquela existência desgraçada, se odiando a ponto da exaustão. Era só questão de tempo até que Susenyos percebesse também.

Kidan pediu um drinque, decidiu se sentar e ficou imaginando como tinha sido para Ramyn ficar se exibindo para que algum daqueles vampiros desse a ela a própria vida. Alguém deslizou um cartão sobre a mesa de Kidan, interrompendo seus pensamentos. Na parte da frente, havia um 13º estampado. Na parte de trás:

Se quiser outra chance na vida, venha sozinha.
Prédio 34, 2º andar, Sala 1.

Kidan teve um sobressalto de leve. Tamol Ajtaf tinha lhe dado um cartão com aquele símbolo do 13º.

Ela procurou Susenyos, mas não conseguiu encontrá-lo. Então colocou o cartão sob o copo e saiu dali. Se Susenyos fosse membro, aquilo não iria ajudar muito. Entretanto, se ela não voltasse do prédio 34, ao menos teriam alguma pista para procurar.

Levou cinco minutos para Kidan chegar até a sala. Uma bela mocinha da Casa Delarus abriu a porta. Kidan a reconheceu do funeral de Ramyn — era uma das manifestantes que brigavam por mudanças na lei de proteção. Fora ela quem confrontara a reitora Faris e fora convidada a se retirar pelos seguranças.

— Entre — disse ela.

Uma reunião silenciosa ocupava diversas mesas com luz baixa, e havia uísque e charutos em cada uma das seções. O cheiro do charuto fez o estômago de Kidan revirar — era muito similar ao odor da pele queimada de Mama Anoet.

Um conhecido par de olhos pequenos do outro lado do salão a deixou alarmada.

Koril Qaros se aproximou e segurou as mãos dela.

— Sinto muito por sua doença.

O pai de Slen… estava ali. Ela se atrapalhou toda tentando esconder a surpresa.

Respire, sorria. Não, não sorria. Ela deveria estar triste. Assustada. Morrendo.

— É… obrigada.

— Como você está?

Kidan queria se soltar daquelas mãos calejadas. Só conseguia se lembrar de que elas haviam segurado Ramyn com força e esbofeteado o irmão de Slen. De que haviam desfigurado a palma das mãos de Slen com rasgos dolorosos. Kidan pensou outra vez naquela dissociação apática no olhar de Slen. Ela já tinha vivido a própria cota de horrores e, ainda assim, não andava por aí aérea e invisível como sua parceira de estudos. Agora ela entendia por quê. Kidan sentiu um gosto amargo na boca ao imaginar diversas maneiras pelas quais podia livrar o pai de Slen daquelas mãos problemáticas.

— Estou mantendo o pensamento positivo — disse ela. — Esperançosa por uma troca de vida.

Ele assentiu, compadecido.

— Espero que consiga. Ouvi dizer que a lista está bem grande este ano. Vamos beber alguma coisa.

Kidan sacudiu a mão para se livrar daquela energia ruim quando ele se virou de costas.

Sentaram-se a uma das mesas.

— Ouvi dizer que você foi ao Sost do Sul com Susenyos Sagad.

Mas já?

— Não tive escolha. — Ela resolveu interpretar a mocinha gentil. — Eu… não conheço mais ninguém.

Koril Qaros deu um gole no uísque.

— Infelizmente, Susenyos não é muito bem-vindo por diversos dranaicos, dado seu histórico violento. Acho que ser vista com ele pode diminuir suas chances.

Então Susenyos não era bem vindo ali. Contudo, o que exatamente era "ali"? O que era aquele grupo 13º, e por que Tamol Ajtaf e Koril Qaros faziam parte?

— Acho que sei de um dranaico que estaria disposto a trocar a vida com você.

— Sério? — Ela deixou a voz um oitavo mais aguda.

— Não vai ser fácil — disse ele, o tom quase macabro. — Quero que a gente se encontre aqui toda tarde, pra ver se conseguimos ajudar um ao outro. Aos poucos, vou apresentar você aos outros membros para ver o que podemos fazer com a sua situação.

— O que exatamente é o 13º?

— Ah, eu não me preocuparia muito com isso. Há diversos clubes privados e exclusivos formados na Uxlay. O objetivo do 13º é ajudar alunos endividados ou reprovados, e agora os doentes, como você.

— Ramyn veio aqui? — perguntou Kidan sem pensar.

O sorriso no rosto dele se desfigurou um pouquinho.

— Sim. Uma tragédia o que aconteceu com ela. Estávamos quase encontrando uma troca de vida.

Kidan sentiu um aperto de raiva no estômago.

Respire. Calma.

Ela havia quase conseguido se acalmar até que ele disse algo que a fez querer atravessar aquela taça na crânio dele.

— Ouvi falar de sua irmã, June. São tempos perigosos para as garotas. Me avise se eu puder fazer alguma coisa para ajudar a encontrá-la.

Kidan desenhou triângulos ao longo das coxas e se forçou a responder:

— Obrigada.

Koril se levantou e fechou o botão de seu terno caro.

— Se Susenyos causar problemas, a lei está ao seu lado. Não hesite em se proteger dele.

Estranho, pensou Kidan enquanto ele a acompanhava até a saída. Um dia antes, ela teria amado ter alguém com quem contar contra Susenyos. Koril Qaros, no entanto, era outro tipo de monstro.

36.

QUANDO KIDAN VOLTOU PARA CASA, SUSENYOS ESTAVA sentado diante da lareira. Serviu num copo uma dose de sangue de seu novo frasco e bebeu. Em seguida, ergueu um cartão entre dois dedos.

— O 13º convidou você?

Ele observou com a expressão cautelosa enquanto ela tirava o casaco e os sapatos de salto.

— Quem estava lá?

Kidan não se apressou, pendurou o cachecol, caminhou até o outro lado da saia, se serviu de um copo de água e enfim se sentou ao lado dele.

Ignorou a sobrancelha arqueada de Susenyos e o próprio corpo gritando para que ela se mexesse.

Sempre houvera apenas um suspeito de sequestrar June. Susenyos. No entanto, o 13º... Será que poderiam ter algum papel na coisa toda? Susenyos era parte do grupo e estava fingindo? Ela precisava tomar cuidado. Interpretar um papel diferente. Ser simpática. A agressividade não levara a lugar algum.

— Koril Qaros — disse ela, observando-o com atenção sobre o copo.

O olhar frio de Susenyos estava fixado nela.

— Ele ofereceu a você uma troca de vida?

Kidan hesitou e ponderou o que deveria compartilhar.

— Ainda não.

— Sem dúvida não vai ser da casa dele. Ele não compartilha seus dranaicos.

Interessante.

236

— Ele me disse para não confiar em você.

Susenyos abriu um sorrisinho sarcástico.

— Não me surpreende.

— Eu não confio em você.

Susenyos olhou para o teto, a luz refletindo em seu rosto de pele marrom.

— Vamos considerar os fatos. Se você morrer, eu herdo a casa. Se você se transformar em dranaica, eu ainda herdo a casa. Não tem nada a temer em relação a mim.

Aquilo parecia ser verdade, mas ela precisaria de muito mais para confiar nele.

— Além do mais, você vai precisar da minha ajuda. O 13º só oferece a troca de vida a um grupo muito pequeno e seleto.

— Tão heroico ele…

Susenyos quase deu uma risada.

— Em troca, quero que me conte tudo que disserem sobre mim naquele grupinho secreto.

Ela arqueou a sobrancelha, ao mesmo tempo surpresa e não surpresa.

— Por quê?

— Quero conhecer todos os meus inimigos. E fico nervoso quando começam a convidar uns aos outros para o chá.

Kidan revirou os olhos.

— Deixe de ser paranoico. Eles não estão atrás de você. Só não gostam de você, o que é muito válido.

Susenyos emitiu um barulho, um ronco grave que a surpreendeu. Uma… risada que parecia genuína, em vez de cruel. Que estranho.

— Venha, vamos trabalhar — disse ele, caminhando até a sala de artefatos.

Curiosa, Kidan foi atrás. A maçaneta da porta ainda estava quebrada, uma cortesia de seu machado. Do lado de dentro, a respiração dela embaçava o metal. Das três prateleiras que Kidan destruíra, uma tinha sido restaurada por completo. Ela arregalou os olhos ao ver como Susenyos tinha remontado os diversos objetos com tanto cuidado. Entretanto, ainda havia caixas com pedaços estilhaçados na estação de trabalho no fim do cômodo.

237

A atenção de Kidan se voltou ao imenso retrato da deusa. O rasgo de seu machado ainda estava lá, não tinha sido consertado.

— Acho que eu deveria pedir desculpas — disse Kidan quando viu que ele olhava para o quadro com desejo e saudade.

— Deveria, sim. Você arruinou algo muito importante pra mim.

— Quem é ela?

Ele hesitou, como se estivesse decidindo se queria compartilhar aquela parte de si mesmo. Quando enfim falou, havia um toque de reverência cobrindo sua voz.

— Eu a vi quando eu era jovem, ou pelo menos era no que acreditava. Ela me salvou. Tentei captá-la do melhor jeito que consegui. É uma das coisas que me lembra felicidade, vida.

Kidan nunca esperou que Susenyos fizesse o tipo religioso, mas seu tom de voz só podia ser descrito como de adoração. Ela analisou a pele escura da mulher, toda reluzente. O poder em seus braços. As armas de prata, o anel vermelho, a máscara de madeira quebrada. Um anjo ou uma deusa, ela não sabia dizer.

— Do que ela salvou você?

Susenyos ficou em silêncio, e Kidan olhou para ele de esguelha. Seus olhos estavam escuros e agitados como o oceano, infinitos como o começo dos tempos. Ele piscou, e então a memória que tinha se apossado desapareceu.

Ele se virou de costas para o retrato.

— Aqui.

Kidan franziu a testa, fitou o buraco dos olhos na máscara, e uma pulsação ecoou nas paredes da sala. Por um momento, ela poderia jurar que a deusa havia se movido, um tremor leve como a superfície da água. Kidan piscou, e a imagem ficou parada. Ela foi atrás de Susenyos junto aos restos arruinados dos artefatos. Ele pegou dois pares de luvas brancas.

— Então, por que estamos aqui? — Kidan esfregou os braços por conta do frio.

— É assim que você vai convencer o 13º a oferecer a você a troca de vida.

— Com artefatos velhos?

— Com a sua história.

Eles se instalaram na estação de trabalho, onde havia diversas ferramentas e equipamentos. Entre eles, uma luminária e uma lente de aumento.

— Quando perguntarem por que você quer viver, deve dizer que é para continuar o legado da Casa Adane.

Ele entregou a ela cinco pedaços quebrados de um anel de lata, além das luvas.

— Está falando sério?

— Seriíssimo. Você vai falar sobre a preservação da história africana, seu amor pela recuperação de artefatos roubados que representam não apenas um país como também gerações de nativos espalhadas pelo mundo. Que isso é a única coisa imortal que existe neste mundo.

Sob a luz fraca da luminária, a pele dele adquiriu um tom mais rico de marrom, e a concentração fazia suas sobrancelhas se aproximarem. Com a blusa meio aberta e a luz que parecia jogar um filtro de bronze sobre ele, Susenyos poderia ser uma foto antiga, gasta e surrada, guardada na caixa de chapéus da avó ou no bolso, uma lembrança de seu amor de juventude.

Ele era a própria história.

Kidan queria mesmo mexer com os artefatos. Sentia falta do trabalho manual. O cheiro do metal antigo e da serragem daquelas aulas da escola preencheu o espaço, deixando seus músculos tensos de tanta animação. Ainda assim, ela hesitou.

A verdadeira idade de Susenyos aparecia ao demonstrar seu descontentamento.

— Você ainda não confia em mim.

— Eu só não sabia que você era assim.

Ele a olhou com uma expressão difícil de decifrar.

— O que você sabe de fato a meu respeito? Além das suposições e histórias que você criou? Você me transformou no seu pesadelo no momento em que ouviu meu nome. E pesadelos não têm direito a gostos e desgostos. Só temos direito de aterrorizar.

Kidan franziu as sobrancelhas diante do tom resignado daquelas palavras. No entanto, havia algo a mais ali que ela não conseguia ter certeza do que se tratava.

— E agora? — Kidan analisou os olhos dele. — O que mudou?

239

— Você vai se tornar uma de nós. — Susenyos aumentou o tom de voz de leve. — Um vampiro nunca se esquiva de saber a verdade.

Se ele descobrisse que ela estava mentindo sobre o envenenamento, que continuaria sendo humana, com boas chances de tomar a casa dele, aquela aliança frágil iria desmoronar.

Kidan pegou as luvas devagar e as calçou. Ele assentiu, e as aulas começaram. A cada artefato que consertavam, Susenyos contava sobre sua origem e importância.

— Etiópia, 1823. Uma imperadora usou no dia do casamento.

Dava para ver um esboço de sorriso nos lábios dele. Contudo, os objetos favoritos de Kidan eram aqueles que tinham sido roubados de volta dos países colonizadores com a ajuda do Departamento de Arqueologia e História da Casa Adane. O senso de justiça que a percorria era doce. E ela se sentiu muito culpada por ter destruído muitos daqueles tesouros de maneira irreparável. Não importava o quanto fossem cuidadosos na restauração, eles nunca mais seriam imaculados como antes.

Susenyos, é óbvio, era um professor muito frustrante. Dizia não antes mesmo que ela erguesse o pedaço a ser colado, ficava em cima dela como uma sombra até que Kidan não enxergasse mais nada, analisava o que ela tinha feito e encontrava vinte falhas, desfazia tudo e a mandava tentar de novo. Kidan teve vontade de arrancar os próprios cabelos, mas obedeceu, tentando absorver os ensinamentos.

— E a coroa que peguei naquele dia? — perguntou ela, colando um cálice quebrado com cuidado. — Qual é a história dela?

— Ainda está com ela?

— Não — respondeu Kidan. Tecnicamente, não era mais uma coroa.

— Então acho que não vai saber.

Ele não parecia irritado, apenas pensativo. Como se soubesse que ela havia feito algo irreversível com a coroa.

Eles conversaram sobre livros históricos também, inclusive o *Mitos tradicionais dos abismos*, obra que Slen queria para decifrar o Dranacto. Estava ali, escondido nos nichos das prateleiras, um livro fino com listras vermelhas. Quando ela pediu emprestado, Susenyos o entregou com cuidado, os olhos hesitantes.

— Quero de volta depois.

Havia muitos livros em amárico, e ela teve bastante dificuldade em ler as letrinhas, até que desistiu com um suspiro. O gosto na boca era metálico. Como algo que ela sabia podia ter desaparecido de sua mente por completo? Sua capacidade de fala era limitada a algumas frases inúteis. Kidan tocou a própria mão, e a memória dos beliscões provocou umas pontadas. Mama Anoet devia ter deixado que elas praticassem o idioma. Kidan sentia-se como se estivesse no mar, obrigada a enfrentar ondas imensas em um barquinho minúsculo, enquanto deveria estar rumando para as árvores e a costa. Ela não tinha uma base, um terreno, para se expandir.

— Estes são meus favoritos — disse Susenyos, despertando-a dos pensamentos. Ele segurava uma pilha de livros.

Kidan queria perguntar a ele sobre *Os amantes loucos*, mas hesitou. Não queria que ele soubesse que ela estava lendo. Em essência, o livro era um caso conturbado entre duas almas destruídas, rumo à tragédia. Kidan não imaginaria que Susenyos ficaria relendo aquele tipo de história. Ela ficara tão absorvida pela narrativa que começara a ficar acordada lendo até três da manhã todas as noites.

Depois da conversa deles, Kidan encontrou clássicos, poemas trágicos e frases devastadoras que traziam à vida seus pensamentos mais íntimos. Ela nunca tinha encontrado beleza no tormento antes. Contudo, pelas mãos de escritores centenários, até assassinos se viam emaranhados em histórias de perdão. Naquelas histórias, Kidan era a heroína. Elas lhe ofereciam conforto, e logo ela ficou obcecada em encontrar textos que confessassem a maldade, como se ela pudesse ser purificada pela água benta.

Naquelas noites frias em que não conseguia dormir, sua janela se acendia, e ela recitava passagens de livros que falavam com sua alma. O zunido de cada criatura alada em sua mente cessava para ouvir as palavras, e elas se aqueciam ao lado das luminárias antes que o calor as incinerasse e as transformasse em pó.

Alimentada pela linguagem de homens ambiciosos e monstruosos como ele, Kidan sabia exatamente o que levar para Koril Qaros para ganhar sua confiança.

37.

No encontro seguinte com Koril Qaros, Kidan deu a ele uma caixa de madeira com um texto gravado em amárico.

— Um presente — disse ela. — Para agradecer seu convite.

Ele deixou a bebida de lado e pegou a caixa. No interior, havia uma flauta washint feita de uma madeira nativa encontrada apenas na Etiópia.

Koril a pegou com cuidado e admirou o objeto.

— Isso é um achado impressionante.

— Acho que vai ficar lindo no Conservatório Qaros.

Uma nova fagulha de interesse se acendeu nos olhos dele. Koril colocou a flauta na superfície de veludo e notou o anel. Com um rubi bem grande que tinha uma rachadura perceptível na base, o anel brilhava como o pôr do sol. Koril olhou para ela, surpreso.

— Ah, isso — disse Kidan de maneira casual. — Devo ter colocado aí dentro sem querer.

Susenyos lhe ensinara o valor da história, e aquilo seria útil — mas não o suficiente contra um homem que buscava possuir a arte, fosse música, fosse retrato ou antiguidades.

— Sabe que anel é este?

Susenyos ficaria irado se soubesse que ela tinha pegado, mas Kidan se preocuparia com isso depois.

— É a réplica mais fiel do anel perdido do Último Sage, esculpida com o mesmo rubi encontrado em Axum. Dizem que foi utilizado na criação das Três Restrições.

— Então você sabe que seu valor é incalculável.

— É possível calcular o valor de qualquer coisa. Só depende do que você quer.

O sorriso dele ganhou um toque de astúcia. Koril a observou com uma expressão gananciosa por um longo tempo, até que disse:

— Se estiver disponível, hoje à noite teremos um encontro, e acho que vai ser fascinante para você.

Kidan observou ele colocar o anel no dedo ossudo. Teve vontade de torcer o pulso dele e pegar o objeto de volta. *Depois*, disse a si mesma.

Kidan já imaginava que o encontro seria um evento formal, vestido preto e com drinques, como fora antes. O que ela não imaginava era que iria a uma apresentação particular da transformação de um vampiro no prédio dos Mot Zebeyas. Koril Qaros foi com ela até o segundo andar, onde já havia criaturas misteriosas sentadas, conversando.

Os olhos verdes de Tamol Ajtaf brilhavam atrás dos óculos.

— Olá de novo.

Ela disfarçou seu desgosto com um sorriso forçado. Não tinha gostado dele no funeral de Ramyn e com certeza não gostava agora.

— Kidan está buscando uma troca de vida — contou Koril. — Acho que podemos todos nos ajudar.

Os dois trocaram um olhar que Kidan não conseguiu decifrar.

— Talvez a gente pudesse discutir a salvaguarda daquilo que de fato pertence a você. — As abotoaduras de Tamol reluziram com a torre dourada da Casa Ajtaf.

Kidan comprimiu os lábios.

— Está falando do sítio arqueológico de Axum.

— Não é segredo para ninguém que a Ajtaf Construções adoraria fazer negócios com a Casa Adane. A busca pelo povoado do Último Sage deve continuar. Nossa empresa pode ajudar.

Então eles estavam de volta àquilo. Ninguém tinha dito, mas parecia que o preço pela imortalidade dela era entregar os negócios de sua casa. Aquele era o objetivo do 13º? A total absorção das finanças de outras casas?

Por que então eles machucariam Ramyn ou June? Kidan estava deixando passar alguma coisa.

— Mais tarde, Tamol. Temos preocupações maiores agora — disse Koril, antes de levá-la embora.

Quando encontraram um lugar mais reservado, ele começou a falar em voz baixa:

— Tenho uma tarefa para você. Sei que é bem próxima de Yusef Umil.

Kidan se mexeu, meio nervosa.

— Sou.

— Acha que ele vai passar no Dranacto?

— Acho que sim.

Koril comprimiu os lábios.

— Entendi. Quero que você impeça o garoto de passar. Consegue fazer isso?

— Eu... Por quê?

— A líder da Casa Umil atualmente é uma senhora de idade bem avançada. É mais fácil convencê-la de nossos planos grandiosos do que a um garoto teimoso.

— E que planos são esses? — perguntou Kidan com cuidado.

— Cada coisa em seu tempo. — Koril sorriu e então se virou para o grupo. — Rufeal — chamou ele —, você tem uma aliada em sua tarefa.

Kidan sentiu um nó na garganta. Rufeal Makary estava no 13º?

— É a irmã dele, Sara Makary, quem vai receber a troca de vida hoje — contou Koril.

— E quem é o vampiro que está desistindo de sua vida? — perguntou Kidan.

— Alguém da Casa Umil, acho.

A Casa Makary estava mesmo atacando os Umil — nos negócios, no mundo da arte e agora caçando seus dranaicos. Yusef não estava sendo paranoico.

Rufeal usava um terno elegante e abriu um sorrisinho malicioso.

— Nunca imaginei ver você aqui, Adane. Talvez sejamos mais parecidos do que eu imaginei.

Kidan teve vontade de arremessá-lo para bem longe.

244

Koril segurou nos ombros dos dois.

— Quero que trabalhem juntos em relação ao garoto Umil.

Os dois assentiram, e Koril seguiu andando.

— Não é fácil fazer alguém ser reprovado — comentou Kidan.

Rufeal ajustou seu relógio caríssimo.

— Já fiz isso antes. E, se meu plano não der certo, vamos ter que recorrer a opções menos prazerosas, não é? Falhar em uma tarefa do 13º não é uma opção.

Kidan ficou imóvel.

— O que está querendo dizer?

Ele não explicou, mas o brilho em seus olhos fez Kidan se arrepiar todinha. Era por isso que Yusef sempre era reprovado?

— Por favor, tomem seus lugares — ordenou uma voz suave lá embaixo.

Rufeal caminhou até a mãe e desceu a escada de braços dados com ela. Kidan ficou ali de pé ao lado do corrimão e se inclinou para ver.

O altar lá embaixo tinha cortinas pretas macabras. Uma jovem que Kidan imaginou ser Sara Makary as abriu. Ela usava um vestido kemis tradicional, solto e na altura do tornozelo. Flores brancas e brilhantes foram deixadas diante da garota pelos Mot Zebeyas, servos fiéis identificados pelas correntes de ossos de dedos penduradas no pescoço, no pulso ou na cintura.

Um dos Mot Zebeyas ergueu a cabeça e Kidan teve um sobressalto. GK se ajeitou junto dos outros e não olhou para cima.

Ela desceu os degraus depressa e se enfiou em uma das muitas fileiras de bancos iluminadas pela luz fraca.

GK a avistou e, surpreso, foi falar com ela.

— Kidan? O que está fazendo aqui?

— O que *você* está fazendo aqui?

Ele franziu a testa diante do tom de voz dela.

— Ajudando em uma transformação.

— Conhece aquelas pessoas lá no segundo andar? — perguntou desconfiada. Será que ele estava no 13º?

Meu deus, ela esperava que não.

GK olhou para cima.

— Não, mas sempre tem público para essas coisas.

O coração de Kidan desacelerou.

— Então como é que tudo isso funciona?

— Está fazendo Introdução ao Dranacto e não sabe como é feita uma transformação? — Ele não soou grosseiro, apenas curioso.

Kidan chegou para o lado e deu um tapinha no assento ao lado dela.

— Você pode me explicar. Eu aprendo rápido.

Ele olhou de volta para o altar.

— Vem, anda — disse Kidan.

GK pareceu dividido antes de se sentar.

Sara Makary se sentou numa cama de pedra, e a vampira que estava lhe dando a vida ajoelhou diante da garota. Kidan avistou uma silhueta familiar, um chifre com sulcos circulares, igual ao que já tinha visto no livro *Armas da escuridão*. O mundo dela parou, seus dedos se contorciam ao lado do corpo.

Um chifre de impala. Se ela conseguisse roubar um, enfim teria uma arma contra eles.

Um Mot Zebeya mais velho pegou o chifre e cortou o pulso da vampira, deixando-a mais fraca. Sara Makary bebeu o sangue devagar.

Kidan sentiu um gosto salgado na boca. Ela iria mesmo testemunhar a criação de mais uma daquelas criaturas?

— Então ela bebe o sangue da vampira e acorda sendo um deles?

— Tipo isso.

— Achei que seria mais complicado.

O corpo de GK ficou tenso.

— Existe um jeito proibido que se chama transformação de morte. Nessa, os humanos podem ser transformados depois de terem morrido.

Kidan sentiu o estômago revirar. Depois da morte...

Sua voz saiu abafada:

— Não sabia nem que isso era possível.

Os olhos de GK se tornaram sérios.

— Só é possível fazer nas primeiras horas após a morte, antes que algumas mudanças irreversíveis aconteçam ao corpo. Se o sangue dranaico for injetado direto no coração antes que seja tarde demais, a transformação ilícita começa a acontecer.

246

A garganta de Kidan quase se fechou.

— Isso é... horrível.

— Dranaicos rebeldes costumam fazer esse tipo de coisa. É um movimento desesperado, um último recurso, com consequências terríveis. — Ela percebeu o tom de repulsa nas palavras dele. — Os que passam por esse tipo de transformação são mais violentos e sanguinários.

Kidan encontrou algum conforto na aversão de GK. Os dois estavam em sintonia e viam maldade ao imaginar aquele cenário.

Sara Makary continuou bebendo o sangue do pulso da vampira pelos vinte minutos seguintes. Aos poucos, a postura da dranaica foi enfraquecendo, os olhos fechando, até que ela caiu na cama de pedra. Morta.

Os olhos de Sara Makary se abriram, depois se fecharam, e ela dormiu.

— Ela só vai acordar daqui a dois dias — explicou GK.

— Por quê?

— Cada um diz uma coisa, mas acho que é porque nesse período ela está revivendo cada memória, pensamento e emoção daquela vampira. A troca de vida é um instrumento muito poderoso que nos foi dado pelo Último Sage.

Poderoso, sim. No entanto, um instrumento que nunca deveria existir.

Um dos Mot Zebeyas mais antigos se aproximou, todo craquelado e cheirando a papel velho. GK se levantou depressa e fez uma leve reverência.

— Qual é seu nome? — perguntou o Mot Zebeya com uma voz profunda e curiosa.

Ela piscou.

— Kidan.

O colar de ossos de dedos sacudiu junto do pescoço meio encurvado dele.

— Você deveria ir ao mosteiro. Gostaria de lhe dar algo para ler.

Kidan engoliu em seco. De novo aquilo. Todos os Mot Zebeyas sentiam a morte?

— Ela não quer, mas estou cuidando dela — explicou GK, e Kidan abriu um pequeno sorriso ao ouvir aquelas palavras.

Os dois se afastaram um pouco e falaram em voz baixa, olhando para Kidan. Talvez ela não fosse bem-vinda ali.

Na cama de pedra, Rufeal fazia carinho na bochecha da irmã e sussurrava alguma coisa. Quando seus olhos bateram em Kidan, ele abriu um pequeno sorriso.

E, se meu plano não der certo, vamos ter que recorrer a opções menos prazerosas, não é?

Kidan alongou o pescoço e cerrou os punhos. Se ele encostasse um dedo em Yusef, se juntaria à irmã naquela pedra. Contudo, sem o coração, para que nunca mais acordasse.

38.

KIDAN FICOU NA COLA DE YUSEF NOS DIAS SEGUINTES, desesperada para mantê-lo longe dos olhares ávidos de Rufeal Makary. Ele costumava ir à cidade com GK nos fins de semana, mas às vezes decidia passar tempo no Grande Andrômeda Hall, onde Slen praticava violino. Depois da ala esquerda, havia uma sala grande e vazia, perfeita para abrigar os belos sons melancólicos que pairavam na direção dos domos.

Nos cantos do lugar havia apenas estátuas gregas e romanas, bem visíveis por seu material caro de mármore branco. Enquanto Slen tocava, Yusef desenhava, sentado de pernas cruzadas no chão.

Kidan se sentou no chão frio de pedra também, hipnotizada pela música. Olhou para Yusef para ver o que o estava inspirando. Naquele dia, era Slen, a cabeça inclinada e o queixo pousado sobre o violino, os dedos à mostra, o braço para trás em movimento.

Yusef já estava com a borracha na mão.

— Os olhos dela. — Ele esfregou com fúria, e, de repente, Slen parecia estar com os olhos vendados. — Não consigo acertar.

Kidan se deixou levar pelas ondas agudas e graves das notas. Slen parecia amar a arte daquilo, os olhos fechados nos tons altos e baixos da melodia triste. Os olhos de Kidan quase ficaram marejados quando Slen tocou a nota final com uma intensidade tão interminável que Kidan teve certeza de que as cordas iriam arrebentar. A vibração reverberou em seu corpo, no mármore, no centro da terra.

Ao terminar, Slen respirou fundo e então abriu os olhos e os fitou.

— O que acharam?

— Você é incrível — disseram Yusef e Kidan ao mesmo tempo, e então sorriram.

Slen guardou o violino e foi se sentar ao lado deles.

— Espero conseguir virar solista até o ano que vem.

Kidan olhou para ela, a expressão curiosa.

— Você ama isso, não é?

Ela assentiu.

Os olhos de Kidan se voltaram às cicatrizes na palma das mãos e às luvas que ela calçava de volta.

Ela franziu a testa.

— Mesmo assim?

Kidan se deu conta tarde demais de que era uma pergunta grosseira. Yusef ficou paralisado ao lado dela. Ele devia saber também.

Ela tentou pedir desculpas e retirar o que disse. O que havia de errado com ela? Contudo, Slen respondeu:

— Se eu odiasse tocar, ele venceria. Tiraria muito mais de mim do que um pouco de pele.

Yusef ficou com a expressão abatida, e ele segurou com força seu lápis carvão. Kidan observou o mármore enquanto ia absorvendo as palavras de Slen. Ela era muito mais forte do que Kidan pensava. Era preciso muita força para amar um pedaço de si mesma que estava envenenado. Slen estava sugando o veneno para fora toda vez que tocava. Como será que era aquilo? Encher a boca de toxinas e cuspir, em vez de engolir?

Kidan abriu um sorriso triste.

— Gosto disso. Não deixar eles vencerem. Minha irmã e eu tentamos continuar falando amárico o máximo possível, mas acabamos perdendo. Nossa mãe adotiva se certificou disso. Eu não costumava me importar muito, mas agora...

Ela parou de falar, sem saber muito bem por que estava contando aquilo a eles.

Yusef olhou para ela, compadecido.

— Sinto muito.

Slen, por sua vez, olhava para ela com determinação.

— Posso ensinar amárico a você.

As palavras de gratidão ficaram presas na garganta de Kidan, de modo que ela só conseguiu assentir. A tensão derreteu como se fosse gelo, e Kidan se sentiu mais confortável.

Yusef refez os olhos de Slen, mas de repente pegou a borracha de novo. Kidan balançou a cabeça.

— Nunca vai ficar satisfeito com o seu trabalho?

— Não enquanto tudo existir para me lembrar de que eu não sou bom.

— Sério? Tudo?

— Estou tentando alcançar algo que só vou dominar com pelo menos uma década de experiência. Meu futuro eu conhece cada erro, cada ângulo, cada técnica. Estou competindo com as habilidades dele, e odeio meu trabalho atual por causa disso.

Que horrível se sentir assim.

Yusef suspirou.

— Mas eu sei que posso ser ótimo. É como a pulsação sob meu dedo. É deprimente conhecer o próprio potencial. Todos os dias que não estou em busca disso parecem um desperdício.

Kidan virou a cabeça e olhou para o teto no formato de uma catedral.

— A busca pela perfeição é um lembrete de que sempre seremos imperfeitos. — Era impressionante que se lembrasse de uma citação do Dranacto de forma tão exata. — É libertador, não acham?

— Está mais para uma maldição. — Yusef apagou um dos olhos do desenho. — A Casa Makary fez uma oferta para comprar o Museu de Arte Umil. Se eu não passar no Dranacto este ano e não ganhar algumas ações de propriedade da casa, vou perdê-lo.

Kidan tinha ouvido falar que, desde a prisão de Omar Umil, o status do Museu de Arte Umil vinha decaindo. Contudo, a arrecadação de fundos para a Mostra de Arte Juvenil iria exibir um novo artista para a sociedade, além de angariar milhões. Era um evento de prestígio organizado pelos Umil com certa regularidade. A entrada de Rufeal Makary sem dúvida colocava ainda mais pressão em Yusef.

O silêncio pairou sobre eles durante vários minutos. Slen pegou a bolsa e entregou a Yusef o pote de *Tagarelices criativas extenuantes*. Kidan deu uma risada. Yusef balançou a cabeça, sorrindo, e depositou um dólar amassado.

Kidan estava começando a entender a dinâmica dos dois. Como a arte os aproximava.

— Podemos começar suas aulas hoje. — Slen colocou a bolsa do violino nas costas e se levantou. — Torre de Filosofia?

Kidan assentiu com um pequeno sorriso.

— Estarei lá.

Yusef ficou observando Slen ir embora.

— Ela não conta a todo mundo o que aconteceu. Fico feliz que confie em você. Acho que ela não teria me contado se eu não a tivesse encontrado logo depois do acontecido... Era tanto sangue... — Ele trincou o maxilar e então olhou para Kidan com uma expressão séria que não era muito comum para ele. — Ajude-a. Ela não me deixa fazer isso, mas talvez deixe você.

Kidan assentiu e no mesmo instante gostou ainda mais dele.

Yusef folheou o caderno até chegar em certa página. Um desenho em lápis carvão de mãos familiares surgiu — eram delicadas, com as unhas feitas. No pulso fino, havia um relógio vintage.

Kidan teve um sobressalto.

— Essa é Ramyn?

Yusef olhou com os olhos marejados.

— Sim.

Kidan quase conseguia ouvir o relógio quebrado — fazendo tique-taque, mas preso sempre na mesma posição. Ela sentiu um vazio no peito.

— Ela teria gostado.

Yusef folheou de novo. Dessa vez as mãos eram maiores e seguravam um livro antigo, com uma corrente de ossos de dedos pendurada entre as páginas. Os detalhes eram incríveis, cada veia, cada mancha. GK.

Quando Kidan se deparou com o desenho de si mesma, tudo ao redor desapareceu. Não havia nada de extraordinário em suas mãos — eram ásperas, as unhas ainda em crescimento por arranhar seus símbolos tantas vezes —, mas foi a ação que a pegou desprevenida. Ela estava mexendo na pulseira de borboleta, os dedos apertando o compartimento onde ficava a pílula azul. Ele não tinha percebido, é óbvio, mas Kidan ficou chocada que ele tivesse captado sua personalidade tão completamente apenas desenhando suas mãos.

Ela sentiu um nó na garganta.

— Por que... por que desenhou essas coisas?

— É minha inscrição para a Mostra de Arte Juvenil. Sempre achei mãos mais expressivas que rostos.

Kidan tocou a pulseira, e a frieza do metal a queimou. Ela não sabia se queria ser captada daquela maneira.

Yusef continuou, sem se dar conta daquele tormento dentro dela.

— Acho que isso começou com meu pai. Ele sempre teve a mania de manter as mãos limpas. Lavava dez vezes por dia, mesmo quando estava pintando. Não gostava de manchas em seus dedos. — Ele soltou uma risada melancólica. — As mãos dele estavam perfeitamente limpas até ele matar metade dos nossos dranaicos. Aí elas ficaram cobertas de sangue. Nossos pais são todos doentes.

A dor dele era tão visceral que Kidan sentiu o próprio coração doer. Como será que tinha sido para Yusef testemunhar contra o pai? Presenciar algo tão horrível na própria família? Ela teve vontade de viajar no tempo, pegar o pequeno Yusef e afastá-lo de Omar Umil. Do mesmo jeito que queria libertar Slen de Koril Qaros.

— Não precisa falar dele — disse ela com honestidade.

— Não há nada para falar. Ele é um assassino. Uma desgraça. Como é que posso herdar minha casa se ela é conhecida por isso?

Quando Yusef olhou para ela, sua expressão era tão desolada que Kidan precisou cerrar os punhos para conter a vontade de abraçá-lo.

— Continue fazendo escolhas que seu pai não faria. Como Slen disse, não podemos permitir que eles vençam, certo?

Ela tentou abrir um sorriso. Yusef fungou e assentiu, devagar.

Kidan analisou os olhos vendados de Slen no desenho de Yusef e só conseguiu pensar que aquele era o melhor jeito de captar a essência de seu olhar. Havia algo de inanimado na expressão dela, uma armadura de ferro que ninguém conseguia penetrar. Era exatamente o que atraía Kidan com a força de uma onda violenta.

Talvez a chave de tudo fosse perceber que a paz residia na sobrevivência, para além das cicatrizes e dos beliscões, e em meio à merecida vingança, e não à rendição. Era um pensamento bastante, bastante perigoso.

253

39.

"FRÁGIL" ERA A PALAVRA PARA DEFINIR AQUELE NOVO acordo entre Kidan e Susenyos. Ele a ajudaria a conseguir uma troca de vida, e ela não iria até a reitora Faris para acusá-lo. Contudo, a investigação de Kidan tinha seguido por caminhos que ela não imaginava, além do fato de que ainda não se sabia muito bem qual era o envolvimento de Susenyos com o 13º.

Eles andavam com cuidado quando estavam perto um do outro, quase diplomáticos no modo como compartilhavam a casa, esperando que o outro saísse antes de ocupar algum cômodo. Às vezes, quando se esbarravam, Kidan se lembrava daquela noite nos edifícios Sost do Sul e se sentia febril, como se a boca e as presas dele estivessem em seu ombro. O pensamento a perturbava tanto que ela fugia para o cômodo mais próximo na tentativa de evitá-lo. Os dois tomavam cuidado para não cair em velhos hábitos. No entanto, a coisa foi ficando entediante e, em vez de sair da sala de estudos quando ele estava prestes a entrar, ela ficou.

Os olhos escuros de Susenyos cintilaram de curiosidade. Com cuidado, ele se sentou de frente para ela.

— O que está estudando?

Kidan hesitou, sem saber muito bem como se comportar naquele novo estado de paz.

— Dranacto, mas estou empacada.

Depois de se desesperarem na tentativa de decifrar o Quadrantismo, Kidan e os outros identificaram alguns dos principais acontecimentos históricos dos dranaicos e seguiram a teologia e o modo como ela afetara as mudanças políticas, sociais e econômicas. Foram as leituras mais agonizantes da vida de Kidan.

— Slen e GK acham que a tarefa é aprender mais sobre os dranaicos de nossas respectivas casas.

Ela o examinou.

Susenyos sugeriu que ela fosse à Biblioteca Contemporânea Ajtaf do outro lado do campus com um atípico sorrisinho nos lábios.

— O Período Gojam, no século XIX, provavelmente vai ser interessante.

Kidan arqueou uma sobrancelha, curiosa. Disposta a tentar qualquer coisa àquela altura do campeonato, ela foi até a segunda biblioteca da Uxlay, ao norte do campus, que ao contrário da biblioteca principal, tinha móveis novinhos e fora modernizada com guias e assistentes tecnológicos.

Em cada superfície branca havia uma pequena tela acompanhada de um fone de ouvido preto. Kidan se sentou na cadeira diante de uma daquelas telas e ouviu um resumo da história dos dranaicos durante o período sombrio do colonialismo na África Oriental, antes da criação do celebrado movimento Pan-Africano no século XX. Kidan encontrou fatos interessantes. Os imperadores etíopes recebiam um novo nome depois de ascenderem ao trono. Também era comum que oficiais militares utilizassem uma juba de leão como adereço de cabeça. Então, na categoria chamada de *História escondida*, ela encontrou um nome conhecido, de um imperador que governara a província de Gojam, e ficou chocada.

Susenyos III.

— Não pode ser — disse ela em voz alta, recebendo olhares enviesados de outros alunos.

Boquiaberta, Kidan olhou para a foto impressionante, a imagem grudada em seus olhos.

Quando Kidan voltou correndo para casa, Susenyos estava no quarto aproveitando a luz do sol da tarde. Usava sua camisa favorita, os músculos firmes do peito banhados com os raios de sol. Ela não tinha entrado no quarto dele desde a noite do ataque de pânico.

— Você era *imperador*?

Aquela pergunta a fez refletir, e o impacto da história e do que significava desafiá-la a atingiram de uma vez. Lá no fundo ela também se perguntava o que mais ele estava escondendo.

Kidan sacou o celular.

— Susenyos Sagad III. Seu nome de trono era Malak Sagad IV, o que significa *a quem os anjos reverenciam.* Você está de brincadeira, não é?

Susenyos se alongou na poltrona, os olhos escuros mirando todos os lados.

— Bem, você já devia ter percebido que estava na presença da realeza.

Ela olhou para aquele retrato majestoso na tela e depois para ele ali. Era impossível, mas nitidamente possível.

Kidan balançou a cabeça.

— Me conte.

Susenyos fez um gesto para que ela se sentasse, e Kidan hesitou. Aquele convite representava uma linha que ela não queria cruzar. Tentou encontrar uma explicação para ele. Quanto mais pesquisas fizesse a respeito de Susenyos, melhor seria para sua investigação. Era uma desculpa bem fraca, mas Kidan precisava dela para justificar que estivesse se sentando naquela cama macia.

Kidan passou os dedos no retrato, sobre a cabeça que agora não tinha uma coroa.

— Como é que você foi de imperador a...

— Dranaico? É uma longa história.

Ela teve um sobressalto.

— Espera aí. A coroa que eu peguei?

Susenyos abriu um meio sorrisinho de canto.

— Era minha. Usei no dia da minha coroação.

Kidan mal conseguia acreditar. Será que ele a mataria se descobrisse que havia feito um colar com ela?

— O que aconteceu?

— Uma tragédia como a maioria das outras, acredito. — Ele franziu a testa. — Começou com boatos sobre ataques, moradores invadindo a propriedade alheia para sequestrar jovens meninas, animais com sangue drenado. Não tínhamos ideia de que tipo de praga era nem do quanto estávamos indefesos, até que alguns dranaicos rebeldes invadiram minha corte. Quiseram me transformar em vampiro para fazer do meu império a casa deles.

Kidan continuou piscando. *Minha corte.* O mais surpreendente, no entanto, era que a história dele começava como a dela: vampiros o atacaram e roubaram o que ele tinha de mais precioso.

— Você lutou e tentou resistir?

Seu olhar fervilhou ao se virar para ela, como se intocado houvesse séculos.

— Sim, durante um tempo. Depois percebi o quanto os humanos eram fracos e me juntei ao outro lado.

Ele escolhera a imortalidade. Kidan sentiu um gosto ruim na boca. Ficara tão envolvida na história que se esquecera da verdadeira natureza dele. O que esperava que Susenyos fizesse? Ficasse aferrado aos humanos para morrer? Apenas a alma mais sortuda do mundo escolheria aquele caminho tão digno.

— O que aconteceu com o restante da corte? — perguntou Kidan, abraçando o próprio corpo.

Ele ficou em silêncio por alguns segundos, o olhar enevoado.

— Morreram. Tudo o que restou deles está naquela sala de artefatos.

Kidan sentiu uma onda inesperada de culpa. Aqueles artefatos... não eram apenas uma coleção histórica; pertenciam a pessoas que foram próximas dele. Ela havia destruído tudo, e ele ia lá todos os dias para continuar consertando.

Uma leve mudança ocorreu no quarto de Susenyos, uma paz entrava pela janela e dispersava a escuridão. Kidan balançou a cabeça, tentando combater aquela calma que se expandia em seu peito. Quando voltou ao próprio quarto, ela o encontrou no escuro, sem sol, sem oferecer o conforto que ela sentia antes.

40.

Surpresa e boatos se espalharam pela Uxlay no primeiro dia de chuva do ano. Koril Qaros foi levado para ser interrogado pelas autoridades do campus. Algumas provas de que ele havia impedido Ramyn fisicamente de sair de sua casa tinham sido vazadas no site do campus. A natureza pública da evidência não deixara qualquer margem para discussão, e o pai de Slen passou a ser o principal suspeito da morte de Ramyn.

Slen não fora ao encontro do grupo de estudo, como era de se esperar. Não havia nenhum livro aberto, e estavam todos sentados em silêncio. O único som provinha do vídeo ao qual GK assistia no celular.

— Finalmente. — Ele soltou um suspiro, as sobrancelhas franzidas. — Vai haver justiça para Ramyn.

Kidan não tinha a menor pena de Koril Qaros. Entretanto, aquilo levantava mais perguntas do que dava respostas. Quem jogara Ramyn da torre? Todos sabiam que aquele ato final tinha sido de um vampiro que havia mordido o pescoço dela e pintado os lábios de sangue. Que vampiro tinha sido? E como aquilo se conectava a June?

No encontro seguinte do 13º, a ausência de Koril Qaros era o principal assunto das conversas. Kidan ficou escondida nas sombras, à espreita.

— Jogar alguém do alto de uma torre parece meio performático, não? — opinou uma belíssima dranaica de batom preto. — Parece que Qaros queria que o mundo inteiro visse. É bem estranho para um ato tão particular quanto um assassinato.

Seu colega magro e de bigode disse:

— Por que ele iria querer isso?

Ela deu de ombros em um gesto gracioso.

— Talvez ele adore uma performance. Ou então estava desviando a atenção com um golpe de mestre.

— Desviando a atenção? — disse Kidan de repente. — Para o quê?

A mulher piscou os cílios densos.

— Para a torre, é lógico. Como se fosse um holofote piscando para que todos olhassem para lá enquanto o cabeça do plano estava escondido nas sombras.

Um dranaico, que vestia um belo terno vinho, respondeu:

— Mas foi por isso que Koril se tornou suspeito. Ele não tinha ninguém que confirmasse seu paradeiro na hora da morte da menina. Teria sido mais inteligente nem se esconder nas sombras, nem se exibir totalmente na luz.

A mulher abriu um sorriso de dentes lindos.

— Adoro seu raciocínio, Sacro.

Sacro fez uma pequena mesura.

Kidan franziu a testa. Não gostava do modo sem empatia como as pessoas discutiam a questão, mas a análise fria de fato levantara uma boa pergunta: por que Koril Qaros havia tornado a morte de Ramyn tão pública? Kidan não conseguia identificar qual era a vantagem.

Na parte da frente da sala, Tamol Ajtaf se levantou e fechou o botão dourado do terno.

— Um segundo da atenção de vocês, por favor. Sei que a notícia é um choque para todos nós. Koril Qaros era um membro amado deste grupo. Garanto a vocês que as autoridades estão investigando tudo da melhor maneira. Se tiverem alguma preocupação pessoal, por favor, falem comigo.

Kidan encarou aqueles olhos verdes frios. Ele não havia expressado luto por Ramyn, pelo menos não em público. E ali estava ele de novo, calmo, controlado e sem nenhum amassado no terno, anunciando que o assassino da irmã tinha sido encontrado.

Rufeal Makary parou ao lado dela.

— Eles devem gostar mesmo de você — disse. — Ninguém entra aqui tão rápido. Mas, pensando bem, é mais fácil para você, já que é a única herdeira e tudo mais.

Kidan se obrigou a ficar ali.

— Não parece difícil entrar aqui.

O sorriso dele desvaneceu um pouco.

— Nós que nascemos com catorze primos sempre temos que nos destacar.

— Como assim?

— Acha que o 13º encontrou uma troca de vida para minha irmã do nada, por pura bondade? Eu tive que cumprir diversas tarefas, inclusive a nossa.

Kidan sentiu um arrepio na nuca.

— Não precisa se preocupar com Yusef. Vou resolver.

Ele arqueou uma sobrancelha, duvidando.

— Se ele passar no Quadrantismo, eu é que vou ter que lidar com isso. E você talvez não consiga a sua troca de vida.

Makary tinha uma determinação doentia no olhar, um predador a caça de sua presa. Kidan se forçou a assentir.

Do outro lado da sala, Tamol escapuliu por uma porta lateral com um novo membro que Kidan nunca tinha visto. Era da Casa Delarus, com certeza. A insígnia deles era uma seda vermelha costurada em formato de rosa, bem apropriada para a Casa da Moda.

— Sai o velho e entra o novo, como dizem — continuou Rufeal. — O 13º adora mudanças. Os membros daqui mudam mais rápido do que Sacro troca de terno. É preciso ser útil sempre. Quando Umil perdeu a cabeça, Makary entrou. Agora que Qaros caiu, Delarus está pronto para...

— Espere aí, Umil? Está falando de Omar Umil?

— Quem mais poderia ser?

Kidan sentiu uma dor na cabeça. Como não sabia que Omar Umil fazia parte do 13º? Como ele estava preso e isolado, ela tinha presumido que sempre fora excluído.

— Tenho que ir.

Rufeal ergueu sua taça.

— Faça o que quiser, Herdeira Fundadora. Deixe a gente aqui lutando pelos restos enquanto você come seu leão.

Kidan sentiu os ombros relaxarem à medida que se afastava dele. Ela sabia o que iria incluir na próxima carta para chamar a atenção de Omar Umil. Mencionou o número 13 duas vezes. Uma falando do aniversário da mãe, outra citando uma data aleatória. Esperava que fosse suficiente.

Depois de entregar a carta, ela voltou para a casa vazia.

Pensou em estudar um pouco sobre Quadrantismo, mas seu estômago estava roncando. No forno da cozinha, havia uma panela de siga wot e um prato de pão injera. Kidan tirou a tampa e sentiu o cheiro da carne cozida lentamente com alecrim. Agradeceu a Etete mentalmente e foi esquentar a comida. Um bilhete em cima da bancada de mármore chamou sua atenção.

Susenyos, vou visitar meus filhos. Não vá ao observatório sozinho.

Kidan colocou o bilhete de volta. A casa estava estranhamente silenciosa. Ela caminhou pelos corredores se defendendo da revoada de facas que vinha em sua direção e chegou ao observatório. Abriu a porta com cuidado e deixou o feixe de luz azul iluminar seus pés.

Susenyos estava jogado no chão, completamente imóvel.

— Susenyos — sussurrou ela.

Ele não se moveu. Kidan deu um passo para a frente e parou. Susenyos a avisara diversas vezes — *minha sede de sangue é incontrolável naquele cômodo.*

Ela avistou uma lareira ao lado e estendeu a mão para pegar algumas frutas falsas. Havia algumas cerejas em suas mãos. Sem pensar, começou a jogá-las nele, na esperança de que acordasse. Elas apenas quicaram em Susenyos, cuja pele escura brilhava como se fosse uma obsidiana sob um vitral.

— Ei!

Depois que acabaram as cerejas, ela pegou maçãs e toranjas e as jogou com mais força.

Três das frutas caíram nele, que seguiu sem responder.

A voz de June a invadiu como um tornado em fúria.

— *Deixe-o sofrer!*

Kidan começou a tropeçar para trás.

— *Ele merece isso* — disse June, e a voz se tornou mais forte. — *Está ali vulnerável. O que está esperando?*

Kidan tremeu. Como ela parecia tão real?

— Preciso da ajuda dele. Ainda estou procurando você e... Sei que estou perto.

— *Ele tem que morrer. Mate todo o mal.*

Kidan olhou para o corpo dele enquanto sua cabeça lutava contra si mesma. Ela se lembrou da noite em que ele a tirou do corredor. A dor insuportável depois de alguns minutos. Ele estava ali havia quanto tempo? O dia inteiro?

Susenyos tinha que morrer, e, ainda assim, ela não conseguia evitar vê-lo como um jovem rei que perdera a própria corte e as pessoas que amava, tendo apenas seus artefatos como companhia. Com uma chave que ele mantinha pendurada no pescoço. Ouvir aquela história havia amenizado a imagem dele contra a vontade de Kidan, seu perfil ia se transformando de criminoso para vítima.

E o peito dele estava tão imóvel...

Ah, dane-se.

— *Não!* — gritou June.

Kidan correu para dentro do cômodo mais frio da casa, os pelos da nuca arrepiados, embora estivesse de suéter. Os olhos furiosos de June se dissolveram em fumaça na porta e irradiavam tanta raiva de Kidan que ela se esqueceu de respirar.

Kidan deixou de lado aquela imagem, se agachou diante de Susenyos e cutucou a bochecha dele, se assustando com a pele gelada do dranaico.

— Ei! — Ela o sacudiu pelos ombros. Com força. — Acorde!

Susenyos abriu os olhos.

Ele cambaleou para longe como se ela fosse uma aranha, o olhar aterrorizado. Kidan sentiu o coração subir à boca.

Ela ergueu as mãos para o alto e aos poucos foi se levantando.

Susenyos se levantou também e ficou em posição de luta.

— Vou embora agora — disse ela.

Kidan deu um passo para trás, mas ele avançou para cima dela e a pressionou contra a janela, fazendo as costas de Kidan estalarem. Um dos cantos afiados atingiu o punho de Kidan e o cortou de leve. Ela sentiu a dor irradiando da mão até a coluna.

— É a Kidan! — gritou ela. — Você está vendo coisas.

O delírio de Susenyos começou a se dissipar.

— Kidan? O que está fazendo aqui?

Ela sentiu alívio percorrer suas costelas.

— Ajudando você.

Kidan escondeu o punho que sangrava, mas não adiantaria. Susenyos sentiria o cheiro e, naquele quarto, a atacaria. Ela sentiu o coração bater em pânico quando o sangue começou a escorrer pela palma da mão.

Merda.

Em vez disso, Susenyos recuou, tocou a testa e começou a falar com um tom de voz mais rouco que um trovão.

— Eu disse pra você não entrar aqui…

— De nada…

— *Fora.*

— Como é que é?

— Saia daqui! — rosnou, e a janela de vidro estilhaçou atrás dela.

As bochechas de Kidan ardiam em fúria. Ela segurou o próprio punho e saiu do quarto feito um raio para dar uma olhada na mão. Não era um grande corte, mas algumas gotinhas de sangue mancharam o piso azul. Ainda assim, Susenyos não tinha percebido. Não se ajoelhara para provar como da primeira vez. Não pegara o frasco. Não seria tão chocante se o único ponto consistente a respeito dos vampiros não fosse a reação que tinham ao sangue.

263

41.

SUSENYOS APARECEU UMA HORA DEPOIS, DE BANHO TO-mado, o cabelo úmido, e com a cor de volta ao rosto. Kidan o ignorou e seguiu concentrada nos estudos ao lado da lareira.

Ele passou os dedos nas tranças úmidas.

— Não pode simplesmente entrar naquele cômodo de novo e...

— Por quê?

O maxilar dele enrijeceu de tensão.

— É perigoso.

Kidan semicerrou os olhos. Não acreditava naquilo. Não mais.

— Eu estava sangrando.

— O quê?

— Você disse que sua sede de sangue é incontrolável no observatório. Eu estava sangrando lá. Você não reagiu.

Susenyos franziu as sobrancelhas e depois relaxou.

— Eu estava fazendo o favor de não atacar você.

Ele foi até a cadeira e começou a preparar as cartas, arrumando as luvas e a tinta.

Os ouvidos de Kidan latejavam. Havia alguma coisa pulsando nela, como se tivesse descoberto um tesouro, mas não soubesse exatamente o quê. A lei da casa postulava que, se ele a colocasse em risco, perderia algo de igual valor. Noite após noite Susenyos se sujeitava ao sofrimento para mudar aquela lei. O que a casa roubara dele? Devia ser algo poderoso. Kidan se lembrou da lei do chá da reitora Faris. Quais eram os limites de uma lei tão punitiva?

Ela semicerrou ainda mais os olhos.

— Onde?

Susenyos nem sequer ergueu a cabeça.

— O quê?

— Onde eu estava sangrando?

— Qual é a importância disso?

— Você sempre percebe o sangue. Percebeu a mudança no meu cheiro quando fui envenenada.

— Deixe isso pra lá. — O tom de voz irritado a surpreendeu.

— Por que... — começou Kidan, mas parou de falar quando ele se virou para ela, a expressão muito sombria. Susenyos estava furioso, mas sob aquilo espreitava a mesma névoa de medo do observatório. Por que ele mudava tanto sempre que aquele cômodo era mencionado? — Por que está com medo?

— Kidan. — Ele disse o nome dela com muito cuidado, quase como uma ameaça. — Deixe isso pra lá.

A lâmpada da sala de estudos piscou, e as paredes se moveram com violência. Era como se o corredor estivesse esticando os dedos até ali, segurando-a pelo pescoço. *Não fale nada.*

Kidan se levantou de onde estava, foi até a mesa dele e se inclinou para a frente sem conseguir evitar o desenrolar daquela história. Por que ele não tinha reagido ao sangue dela?

— Se Susenyos Sagad colocar a Casa Adane em risco, a casa deve roubar algo que tenha igual valor para ele. — Kidan olhou para o observatório e depois de volta para o rosto irado de Susenyos. — Alguma coisa que *você* valoriza muito... algo pelo qual lutou, que o salvou da morte quando ela chegou à sua corte. — Ela interrompeu a si mesma e arregalou os olhos. — Mas isso não é possível.

Ele se levantou e apoiou as mãos sobre a mesa. Estava a poucos centímetros do nariz dela e mal conseguia se conter.

— Não faça isso.

Como ela poderia não fazer? Susenyos talvez a matasse por falar seus segredos em voz alta. Entretanto, Kidan precisava expulsar aquela verdade de seu corpo, deixar que criasse um caos em tudo que achava que sabia.

— Existe um motivo. — Ela respirou. — Um motivo para você me alertar a não entrar naquele cômodo. Não porque é perigoso para mim, e sim porque é perigoso para *você*.

A lâmpada piscava de modo errático, como se fosse um passarinho na gaiola, se debatendo para tentar fugir da morte.

— *Volte* para a sua cadeira. — Cada palavra saiu com dificuldade em meio aos dentes cerrados.

A falta de reação ao sangue, como ele parecia estar absolutamente fraco no observatório, quase… humano.

Kidan compreendeu. Ah, ela enfim tinha entendido, e era glorioso. Um pequeno sorriso apareceu em seu rosto.

Kidan chegou tão perto que conseguiu identificar os risquinhos nos olhos alertas.

— A casa está roubando sua imortalidade, não é?

Susenyos fechou os olhos devagar e xingou em voz baixa.

— Você não seria capaz de simplesmente deixar isso pra lá.

Ela sentiu o peito se encher de uma luz inacreditável.

— Estou certa, não é? A lei da casa já está em vigor? A casa rouba o que você mais valoriza.

A mesa foi arremessada para o lado bem rápido e fez um estrondo. Bateu na prateleira e derrubou vários livros. Kidan deu um pulo, chocada. Susenyos pairou sobre ela e a agarrou pela mão.

As pernas de Kidan estavam bambas.

— O que está fazendo?

Susenyos a empurrou para a frente, uma força repentina que a impedia de respirar à medida que ele ia mudando seu centro de gravidade. Os dois se moviam muito depressa. O estômago dela revirava, a bile chegava até a garganta. Vomitaria se ele não *parasse*. Quando enfim conseguiu ar, Kidan estava fria como pedra, dentro da adega debaixo da casa. Ela olhou os arredores e tocou as paredes úmidas. Susenyos segurou o portão e o trancou.

— Não. Não! Susenyos! — Ela batia no portão com toda a fúria. — Não faça isso!

Ele ficou ali, os ombros subindo e descendo, observando-a com uma expressão sombria.

— Não era pra você saber.

Kidan sentiu o medo dar um nó em seu âmago.

— Não vou contar a ninguém. Me deixe sair.

Ele se afastou, subiu a escada e fechou a porta lá de cima.

— Susenyos! Merda!

Kidan buscou alguma saída no espaço, mas havia apenas garrafas de bebidas em vermelho-escuro e marrom. Kidan se jogou no chão frio e tentou respirar em meio ao pânico. Se Susenyos fosse matá-la, já teria matado. Um bom sinal. Ele não tinha decidido. Ela só precisava convencê-lo de que não representava qualquer ameaça. No entanto, ainda assim...

Susenyos.

Humano.

Pelo menos no observatório.

Kidan encostou as mãos na pedra, enfim se dando conta do peso da casa e de suas leis. As leis das casas eram poderosas — entretanto, aquilo? Mudar a estrutura da vida e da morte, tirar o poder de um imortal, oferecer força inacreditável a um mortal. Era por isso que os filhos daquele lugar matavam uns aos outros na tentativa de herdar o legado? Era prova de que ela ainda tinha muito a aprender.

A família dela soubera exatamente como punir Susenyos por colocar a Casa Adane em risco. Até onde o termo "casa" se estendia e terminava? O que ela protegia? Era muito vago para definir. Kidan deixou os pensamentos a conduzirem e começou a relembrar cada interação dos últimos meses repetidas vezes, até que tudo ficasse emaranhado. Exausta, ela dormiu no chão batendo os dentes. Com a orelha colada à pedra, imaginou a barriga da casa em chamas, para que não congelasse até a morte.

A porta se abriu de novo. Kidan limpou o cascalho do rosto e se levantou.

— Susenyos?

As pernas que desceram as escadas eram mais finas, sob um casaco vermelho brocado familiar e de cabelos perfeitamente cortados. Kidan sentiu algo gelado percorrer sua coluna.

Iniko Obu estava parada por detrás das grades do portão com uma expressão fria e inexpressiva. Um segundo som de passos revelou que Susenyos também estava ali.

Kidan olhou para ele.

— Quero conversar com você.

— Aposto que quer — interrompeu Iniko. — Mas quem vai lidar com você sou eu.

Kidan continuou virada para ele, implorando com os olhos, mas Susenyos balançou a cabeça e subiu de novo.

— Espere, por favor.

Iniko arrastou uma cadeira velha, se sentou e inclinou a cabeça para o lado.

— Ele não sabe o que fazer com você. Já eu tenho uma intenção bem definida.

— Não vou contar a ninguém — disse Kidan, a voz rouca.

— Ele não pode arriscar.

Kidan fechou a cara.

— Se você fizer algo comigo, a reitora Faris vai prender você. Acha mesmo que ele arriscaria a vida dele por você?

O sorriso de Iniko era uma curva fina e sem qualquer graça.

— Ele é nosso líder. Minha lealdade é inabalável, e sua tentativa de mudar isso diz muito mais sobre você do que imagina.

Kidan se esforçou para não se acovardar diante da ira dela.

— Cadê o Taj?

— Taj não quer ver o que vai acontecer aqui.

Kidan recuou e se sentou no chão. Estava perdida.

— Como estão os pesadelos? — Iniko inclinou a cabeça.

— Pesadelos?

— Dizem que a Shuvra infecta a mente e traz à tona os acontecimentos mais horrendos.

Kidan focou um vinho antigo.

— Está tudo bem. Estou acostumada com pesadelos.

Não era verdade, mas June era especialista naquilo. Não havia um dia no ano em que ela não acordasse desgrenhada e aterrorizada. Parassonia, era como chamavam.

— Yos me disse que ouve seus batimentos cardíacos. Ficam mais irregulares a cada dia. Sua respiração também está prejudicada. Você não tem muito tempo.

268

Kidan hesitou.

— Ele disse isso?

— Sim. Ele quer que você viva. Já viu muitos Adane morrerem.

Kidan deu uma olhada para Iniko a fim de tentar identificar se aquilo era uma estratégia torta para fazê-la confessar. Kidan desviou a atenção. Não podia ser verdade. Susenyos só se importava com uma coisa: mudar a lei da casa para que seu segredo não fosse descoberto.

— Me conte sobre seus pesadelos — continuou Iniko.

— O quê?

— Estou curiosa.

— Não consigo me lembrar de nenhum agora.

Iniko se levantou, sua sombra comprida como a foice da morte.

— Pouca gente sabe disso, mas a Shuvra se originou na África Ocidental. Era dada a mães chorosas que perdiam os filhos. Sabe o que ela faz? Impede os sonhos e regula o corpo para descansar durante o sono. A maioria das pessoas acredita que seus entes queridos morreram porque estão dormindo muito pacificamente. Sem pesadelos.

O estômago de Kidan deu um pulo.

— Vai ver a minha é de uma classe diferente.

O portão se abriu. Kidan deu um pulo. Iniko entrou devagar, tão confiante em sua capacidade de dominar Kidan que deixou a porta escancarada.

Kidan pegou uma garrafa de vinho atrás de si e golpeou Iniko. O vidro quebrou sobre o braço dela e a deixou encharcada de vermelho.

Ela franziu a testa e olhou para as próprias roupas.

— Isso foi um erro.

Kidan deu uma guinada e saiu correndo.

Chegou a dar três passos até seu braço ser puxado de volta. O punho de repente ficou lacerado. Iniko levou a mão de Kidan à boca, lambendo o sangue que pingava. As presas apareceram em seguida.

— Que porra você está fazendo? — gritou Kidan.

Iniko a mordeu. Kidan sentiu a dor emergir das veias.

— Pare com...

A mão forte de Iniko apertou a garganta de Kidan. O cômodo começou a girar em meio a uma bruma e foi parar em outro lugar. Kidan estava em um… navio. Não, Iniko estava em um navio, acorrentada, desmembrando seus agressores com uma ferocidade equivalente à de uma pantera. Eles a chamavam de Demônio da Água, aquela que tinha a capacidade de afundar navios piratas. Contudo, aquilo era mais do que assistir ao passado de Iniko. Sua raiva passava para dentro da pele de Kidan e fervilhava em um calor desconfortável, então, quando Iniko enfim a soltou, Kidan escorregou para o chão, e tudo rodava.

Iniko se agachou, os cabelos em brasa.

— Seu sangue está limpo.

Kidan ainda estava no balanço de um barco, os lábios ressecados pela sede. Ela se lembrou do que Taj havia dito a respeito da conexão entre a mordida do vampiro e as memórias. O pulso revelava a infância. Será que a juventude de Iniko tinha sido assim? Será que ela tinha vislumbrado a infância de Kidan?

O som de mais passos revelava que mais alguém estava descendo a escada.

Corra, disse a si mesma, mas suas pernas já não tinham mais qualquer energia.

Susenyos apareceu no portão. Puxou Iniko para se levantar e tinha uma urgência na voz.

— Me diga que não bebeu o sangue dela. Que *porra*…

— Ela não está envenenada. Eu tinha que provar.

O tempo parou, e Susenyos também ficou imóvel.

— O quê?

— Ela mentiu. Não havia Shuvra alguma.

Iniko cuspiu, os lábios manchados de sangue.

Susenyos olhou para Kidan com uma expressão ameaçadora. Ela se levantou ainda cambaleando. Iria morrer ali se não se movesse.

Corra, gritou sua mente. Com um arroubo desesperado de força, Kidan passou por eles e chegou até o portão. Sentiu a esperança florescer em seu peito. Estava quase à beira da escada. Só precisava subir.

Um corpo forte trombou com o dela. Taj, que parecia até um lobo sem seu sorriso habitual, se avultava sobre ela.

— Isso dói mais em mim do que em você.

Taj a segurou pelo pulso e a manteve imóvel enquanto Susenyos chegava até eles.

— Espere. — O desespero era notável no tom de voz dela. — Me deixe explicar...

Susenyos segurou o pulso de Kidan perto do rosto e sentiu o cheiro do sangue. Sua imobilidade foi a confirmação necessária para os outros. Ele ajeitou o corpo, o rosto sem qualquer sinal de luz.

— Taj. — A voz de Susenyos era como o próprio gelo. — Leve Iniko e dê a ela sangue da própria casa. Vocês dois nunca estiveram aqui. Esconda-a até o vermelho nos olhos sumir.

As veias do pescoço de Iniko começaram a se contrair. Suas pupilas grandes e douradas em breve começariam a sangrar. Quando um vampiro bebia o sangue de um humano não iniciado, ficava doente, com os olhos vermelhos por três dias. Era tempo suficiente para ser pego e punido com a morte.

Taj levou um longo tempo para soltar Kidan, até que enfim o fez, os olhos castanhos pesados.

— Sinto muito.

Aquela declaração fez o coração de Kidan bater frenético. Ela iria morrer.

Os dois desapareceram com uma velocidade nada natural. De repente, a última coisa que Kidan queria era ficar sozinha com Susenyos.

— Não se engane, Kidan — disse ele, a voz perturbada. — Se alguma coisa acontecer a Iniko por causa disso, eu mesmo vou matar você.

As presas dele emergiram, os olhos focados no pulso dela que sangrava. Kidan cambaleou para trás, na direção da escada e da liberdade, escondendo a mão. Susenyos balançou a cabeça, ajustou o maxilar, pegou seu frasco e bebeu tudo de uma vez, amassando o recipiente de metal. Os cabelos e os olhos dele pegaram fogo, brilhando em um tom dourado-avermelhado.

Ele segurou o portão da adega.

— Para dentro. Agora.

Kidan olhou para a escada. Estava *tão* perto.

— Corra. — A voz dele ficou mais encorpada com a fome, os caninos contrastando com a pele escura. — Desafio você a correr e destruir a nós dois.

271

Kidan sentiu o coração subir à boca. Andou até a adega, até ele.

— Mais devagar — rosnou Susenyos, a mão agarrando com força o portão.

Kidan diminuiu o passo e, quando passou por ele, Susenyos virou o rosto de imediato, como se o cheiro dela fosse forte demais. Kidan caminhou até que suas costas tocassem a última prateleira de vinhos. Ele a trancou lá depressa e hesitou enquanto olhava para a fechadura.

— Você mentiu para mim e me usou — disse ele, a voz grave e inexpressiva. — E é tudo minha culpa. Eu acreditei em você muito rápido porque eu queria acreditar. Por um momento de fraqueza, quis que aquele veneno em seu corpo fosse a resposta para tudo. Significava que eu não precisaria matar você, que você já não era uma ameaça, que iria virar uma vampira e nós dois poderíamos ficar em paz.

Um nó inesperado se formou na garganta de Kidan.

— Susenyos…

— Obrigada por me lembrar em que pé estamos.

Ele foi embora. Kidan se sentou no chão devagar. Pegou a gravata e amarrou ao redor do punho que sangrava. A pressão engoliu a dor, e ela fez um esforço para conseguir pensar.

O que iria fazer?

Era o fim. Eles sabiam o segredo dela. *Ele* sabia. O rosto de Susenyos se materializou em sua mente, a mistura de choque e traição, seguida por aquelas palavras melancólicas.

Kidan fechou os olhos e buscou a irmã.

Eu falhei. Sinto muito, June.

June não respondeu. Estava irada com Kidan por ajudar Susenyos, por quebrar sua promessa. Kidan se afundou no cheiro de vinho fermentado, a cabeça cada vez mais pesada. Os cacos de vidro a chamavam. Talvez fosse a hora dela.

A porta se abriu, e alguém com passos mais leves se aproximava.

O rosto acolhedor de Etete estava cheio de preocupação.

— Kidan? Ah, querida.

— Etete? — Kidan correu até o portão e segurou a grade. — Por favor, me deixe sair.

Etete estava com um chaveiro enorme e começou a tentar chave por chave.

— Onde eles estão? — perguntou Kidan, a voz rouca.

— Foram ajudar Iniko. Precisamos ser rápidas.

Kidan fechou os olhos. Ainda poderia sair daquela com vida. A sexta chave fez clique e abriu a porta. Kidan abraçou Etete e sentiu seu cheiro de pão quentinho.

— Obrigada.

— Vá e não volte nunca mais.

Kidan correu escada acima. Tinha que arrumar a mala e partir. Os corredores davam espetadas em seu cérebro como agulhadas. Ela segurou a cabeça, tentando lutar contra a dor. A imagem de June apareceu no fim do corredor.

Não pode ir embora.

O poder da voz de June bateu em seu peito e deixou Kidan sem equilíbrio.

Você prometeu que iria me encontrar.

O mundo pareceu desmoronar, mas alguém a segurou pela cintura. Kidan se contorcia enquanto quem quer que fosse a guiava até seu quarto, onde ela conseguia respirar.

Etete secou as lágrimas de Kidan com o cachecol. Contudo, elas não paravam. Pela primeira vez em meses, jorravam dela como se fosse um ferimento profundo.

— Não posso ir embora. Preciso encontrá-la.

— Susenyos vai matar você se ficar aqui. — A expressão de Etete era tensa. — Ele nunca permite que esse segredo seja descoberto.

Então Etete conhecia a lei da casa. Ele confiava nela àquele ponto. Os outros dranaicos da Casa Adane… será que tinham descoberto? Por isso ele os matara?

A luz do corredor piscou. Os olhos castanhos-mel de June eram afiados como uma faca.

— Ela quer que eu fique. Mesmo que morra tentando…

Etete assentiu, preocupada.

273

Uma última tentativa. Kidan devia aquilo a June. Se Iniko fosse pega por beber o sangue à força, todo mundo saberia que Kidan não estava envenenada. Seria o fim de sua investigação. Hoje era sua última chance de descobrir algo útil.

Por um milagre, a tela de seu telefone se acendeu com um e-mail da prisão Drastfort. Omar Umil estava pronto para recebê-la. Kidan pressionou o celular contra o peito e agradeceu ao universo.

42.

DRASTFORT LEMBRAVA A KIDAN A PRÓPRIA PRISÃO. ELA ficou na entrada, com dificuldade de seguir para dentro. Era como se estivesse lá de novo, naquela noite de pele queimada, algemas nos pulsos e garganta em carne viva por causa da inalação de fumaça.

Kidan tinha sido humana até o momento em que entrara naquela delegacia, e ali se tornara um animal, empurrado, incitado, jogado numa gaiola. Os cabelos desgrenhados, o corpo sujo, a alma marcada de cicatrizes; de olhos arregalados e aguardando dentro daquelas paredes apertadas.

Kidan nunca tinha odiado tanto a si mesma quanto no momento em que estivera naquela gaiola.

— Vai entrar? — perguntou um policial de dentro da cabine pouco iluminada.

Kidan sacudiu o corpo e passou pelo batente da porta, segurando a respiração.

— Estou aqui para ver Omar Umil.

O policial tinha olhos de falcão.

— Razão da visita?

— Ele é um velho amigo da família.

— Pode se sentar aqui dentro na área de espera.

Uma hora depois, sua entrada foi autorizada. Omar Umil era um homem de 60 anos, pele marrom cheia de manchas e barba grisalha. Ele se sentou do outro lado da mesa, o olhar em um dos cantos do teto.

— Olá. — Kidan olhou para o canto. Havia apenas uma teia de aranha elaborada, nada mais. — Obrigada por enfim concordar em me ver.

Ele não disse nada.

— Tenho algumas perguntas para você, se não se incomodar. Sei que esteve...

— Aquela teia — interrompeu ele, a voz mais áspera do que uma lixa. — Me traga um pouco dela.

— Perdão?

Omar Umil encarou o canto outra vez.

— Por quê?

Nenhuma resposta.

— Isso é bastante importante, então se puder me dar um minutinho do seu tempo...

— A teia primeiro.

Kidan contraiu o maxilar. Então se levantou, arrastou uma das cadeiras até a quina da parede, subiu e sacudiu os dedos em meio à teia, enrolando-a como se fosse algodão-doce na mão. Depois, depositou aquele emaranhado nas mãos grandes dele.

Ela esfregou as próprias mãos para limpá-las.

— Então, minhas perguntas. Quero falar sobre o 13º.

Daquela vez, ele parou de olhar para a bola de teia. Ergueu a cabeça, e algo parecido com reconhecimento cintilou em seus olhos caídos.

— Kidan Adane. Sobrinha de Silia. Filha de Mahlet e Aman.

Kidan piscou, surpresa. Ela pensava tão pouco em sua mãe e seu pai biológicos que era sempre chocante quando outras pessoas os mencionavam. Kidan não gostava da tristeza nem da distância evocadas.

Omar Umil analisou as feições de Kidan — observou suas sobrancelhas, os olhos com pálpebras caídas, o declive reto do nariz, os lábios de cores diferentes.

— Onde está sua irmã?

Kidan ajeitou a postura.

— June?

— É, June — disse ele, lembrando. — Sua família era a menor de todas na Uxlay, sobrava muito espaço na tela. Fácil de pintar, mas difícil não sentir muito pelas vidas perdidas. Avô e avó, pai e mãe, duas filhas.

— Só as duas filhas agora — disse ela em voz baixa. — O restante da família está morto. June está desaparecida. Por isso estou aqui.

A careta de preocupação dele pareceu genuína.

— Acho que o 13º ou Susenyos Sagad tiveram alguma coisa a ver com o sumiço de June. Só não sei qual é a conexão entre eles. — Kidan se inclinou para a frente. — Por favor, se souber de qualquer coisa, me conte.

Umil ficou em silêncio e girou a bola de teia para a frente e para trás, para a frente e para trás...

Kidan insistiu.

— Preciso saber o que eles querem. Você era parte do grupo. O que aconteceu?

O rosto dele se transformou como a superfície de um lago preto.

— O 13º promete uma nova estrutura dentro da nossa sociedade. Um homem deve ser capaz de estabelecer as próprias regras dentro de casa para proteger a si mesmo e sua família em primeiro lugar, e não a Uxlay. É isso que eles dizem.

Kidan franziu as sobrancelhas. A reitora Faris tinha falado da importância de todas as casas se unirem, sob a mesma lei de proteção, para que nenhum desconhecido pudesse se infiltrar na Uxlay. Então o 13º queria que cada casa fosse uma entidade separada... mas por que arriscar que a universidade ficasse vulnerável?

— Eles são um veneno, e a Uxlay está completamente infestada por dentro. — Ele cuspiu, o que a assustou. — As casas leais estão sucumbindo ao movimento deles, e os dranaicos estão conspirando.

A pressão que ele aplicou sobre a bola de teia a deixou achatada.

— Sei como eles chamam a Casa Umil: o Matadouro. Mas eles eram espiões, quase todos. Infestaram a minha casa, onde minha esposa e meu filho comiam e dormiam. Eu precisava removê-los dali. Eles juraram parceria, mas tramaram contra mim.

Kidan compreendia aquela insanidade que se agarrou a ele. Aquela necessidade de remover a mancha daqueles que o traíram. Ela também a visitava com frequência.

— O que aconteceu depois?

O tom de voz dele se tornava mais mal-humorado à medida que ele falava.

— Eles precisavam que eu fosse o açougueiro. Para provar a ideia de que as leis deveriam proteger primeiramente os membros da casa e seus dranaicos. Que a maior ameaça vinha de dentro da Uxlay, e não de fora.

Kidan sentiu a pele formigar. O 13º era atraente tanto para acto quanto para dranaicos, enredando-os naquela ideia de revolução com a promessa de uma chance de controlar os poderes das casas. Devia ser por isso que odiavam Susenyos. Ele foi nomeado como herdeiro de uma Casa Fundadora e não daria atenção àquelas reivindicações.

— Quantas casas já se juntaram? — perguntou Omar Umil.

— Que eu saiba, quatro. Ajtaf, Makary, Qaros e Delarus. Mas o 13º parece querer mais.

Ele deu uma risada bruta, gutural.

— Aqueles vermes da Casa Makary. Lógico. Faz anos que estão atacando minha casa.

Um senso de injustiça estufou o peito de Kidan. Os olhos brilhantes de Rufeal Makary surgiram na mente dela. Será que Omar Umil sabia que estavam sabotando seu filho?

— Acha que o 13º levou June?

Os olhos de Umil percorreram a sala, de canto a canto. Não seria tão perturbador se Kidan não tivesse demonstrado o mesmo padrão no tamborilar dos dedos. Assim como ela, Umil era um assassino desacreditado e abandonado pela família. Será que Kidan terminaria ali se não tomasse cuidado?

— O 13º precisa de uma herdeira da Casa Adane — disse ele. — Uma casa por si só é inútil. Ela não consegue criar leis poderosas nem estabelecer alianças. Se eles estão com sua irmã, ela está viva.

Uma herdeira da Casa Adane. Se foi por isso que pegaram June, será que Kidan tinha de alguma forma arruinado o plano deles ao chegar a Uxlay?

— Onde eles a manteriam? — perguntou Kidan, nervosa.

— Poderia ser em qualquer lugar.

Kidan pegou o diário da tia Silia e também os padrões e linhas que ela mesma tinha desenhado. Ramyn Ajtaf estava em uma ponta e, na outra,

Koril Qaros. Ela precisava de ajuda para conectar tudo e dar sentido ao diagrama. Kidan mostrou a ele.

— Ramyn Ajtaf estava doente e buscava uma troca de vida. O 13º se ofereceu para ajudar, e disseram que arranjariam a troca. Antes de a matarem.

Em seus olhos ela viu o luto, e ele tocou com cuidado as palavras do convite do funeral de Ramyn.

— A filha de Helen.

— Não, filha de Reta. — Kidan tinha estudado com cuidado a árvore genealógica da família Ajtaf.

Umil não disse nada. Depois de um tempo, Kidan continuou:

— Fiquei pensando no motivo para matarem Ramyn. Ela era inocente, como quase todo mundo. Várias casas ficaram indignadas com a morte dela, e algumas, como a Delarus, até entraram no 13º com essa ideia de que precisavam de mais proteção.

Umil contorceu os lábios.

— Cada morte é calculada pelo 13º. Precisa servir não apenas a um, e sim a dois propósitos.

Qual tinha sido o propósito da morte de Ramyn além de atrair novas casas?

— Aí é que eu não entendo. Koril Qaros foi preso pelo assassinato de Ramyn. Ele é membro do 13º. Por que entregá-lo?

Umil balançou a cabeça.

— Koril é o herdeiro da Casa Qaros. O 13º precisa dessa cobra criada. Vão conseguir tirá-lo antes de terminar o dia.

— Mas não o tiraram. Ele segue na cadeia.

Ao ouvir aquilo, Umil fez um gesto com os cotovelos para dentro.

— Quando foi que o prenderam?

— Três dias atrás.

— Dias? — Ele analisou o nome no papel, como se contivesse algum segredo. — Não pode estar certo.

— Foi o que pensei. Por que o 13º abandonaria um dos seus?

A frustração de Kidan estava de volta. Ela estava prestes a desvendar algo, mas, toda vez que chegava perto, acabava se afastando um pouco mais.

Umil afastou o diário e murmurou para si mesmo:

— Koril é um dos mais fortes. Sagaz. Esperto o suficiente para matar alguém em uma sala cheia de gente. Por que abandoná-lo agora? O que estão planejando?

Kidan sentiu um arrepio na orelha.

— Espere aí, você disse que uma casa em si é inútil, que ela precisa de um herdeiro, certo? Se o 13º só se importa com os donos verdadeiros… e os filhos de Koril?

— Os irmãos? — Ele pensou a respeito, e Kidan sentiu a garganta seca. — Eles passaram no Dranacto?

— Uma está no meu grupo. Ela é inteligente, está para passar.

Os olhos pretos de Umil olharam bem para os dela.

— Então eles já vão ter a herdeira de Qaros.

Aquilo significaria… Kidan olhou bem para o pai de Yusef. Ficou mais difícil respirar, e ela se recostou na cadeira. Umil tinha dito algo que agora latejava em seu ouvido.

Esperto o suficiente para matar alguém em uma sala cheia de gente.

Slen estivera com eles na torre quando Ramyn Ajtaf fora jogada da janela. Uma morte que levara o pai abusivo de Slen para a cadeia.

— Não. — Kidan folheou o diário. — Devo ter errado em alguma coisa. Slen não faria isso… Não é possível que seja parte desse grupo.

Kidan revisou suas suspeitas anteriores. Poderia haver outros motivos por que o 13º precisava de Koril incriminado e preso. Ela só precisava encontrá-los. No entanto, ler se tornou tarefa difícil, os dedos tamborilavam. Quadrado. Quadrado. Triângulo. Quadrado.

Umil a observava em silêncio, e então segurou sua mão nervosa.

— Vá embora.

— O quê?

— Vá embora da Uxlay. Hoje. Eles vão saber que nos falamos e vão matar você.

Kidan puxou a mão de volta.

— Não posso ir embora. Minha irmã e meus colegas de sala estão em perigo.

Um silêncio funesto sufocou os dois.

— Eu escrevi que estou no grupo de estudos com Yusef. Você não me perguntou nada sobre ele — disse ela em voz baixa.

Umil desviou o olhar.

— Não há nada para perguntar.

— Por que todos vocês fazem isso? — perguntou Kidan, desabafando. — Por que todos os pais e as mães que conheço fazem mal aos próprios filhos e filhas? Por que nos colocar no mundo, nos criar, para depois nos abandonar? Não podem nos culpar quando revidamos e tentamos fazer mal a vocês. Era para vocês nos protegerem. E, ainda assim...

Kidan mordeu a parte interna da bochecha. O pai de Slen tinha levado a filha a fazer aquilo. Mama Anoet tinha levado Kidan a fazer o que fizera.

— Lealdade familiar. — As narinas de Kidan queimavam. — Que grande mentirada!

Era possível que ela não estivesse com raiva dele, e sim de sua mais recente descoberta. O espaço seguro que Kidan achava ter encontrado parecia estar se desvanecendo.

Slen.

De todas as pessoas, por que tinha que ser Slen?!

Kidan arrumou as coisas com rapidez, o desejo de confirmar a informação era insuportável.

— Kidan — chamou Omar Umil quando ela chegou à porta. — Proteja meu filho. Se ele passar no Dranacto, vai ser o primeiro na linha dos herdeiros. Yusef vai se recusar a entrar no 13º, e eles não vão deixar essa história de lado. Entende? — Umil aguardou até que ela assentisse. — Na minha casa, debaixo das tábuas do piso do porão, cinco quadrados a partir do canto esquerdo, tem uma caixa trancada. A chave fica embaixo. Tem algumas armas. Use-as. Destrua tudo que for de prata na sua casa primeiro. Concede muito poder aos vampiros se tocarem seu sangue.

Kidan ficou chocada e agradecida.

— Farei... isso.

Yusef sempre estaria seguro com ela. Kidan não abandonava aqueles de quem gostava.

O problema era Slen Qaros. Os olhos inexpressivos de Slen tinham impressionado Kidan, e logo depois os olhos castanhos suaves de Ramyn.

Seu coração dividido em dois. Metade levava à destruição de todos os traços de maldade e à conquista do perdão. Tudo o que Kidan tinha ido ali conseguir; a outra metade levava a uma esperança perigosa e indefinida de que sua alma torturada e miserável tinha enfim encontrado sua gêmea. Numa garota que usava nada menos do que luvas com os dedos cortados.

43.

KIDAN PRECISAVA DA CONFISSÃO DE SLEN MAIS DO QUE do próprio ar.

Mexendo no celular no bolso, ela se sentou nos degraus escondidos onde conhecera Slen e pensou na confissão de Mama Anoet. Os últimos raios de sol refletiram em seus olhos, e ela balançava a perna, ansiosa. Não tinha visto Susenyos nem Taj em lugar algum. Com sorte, eles estariam ocupados demais cuidando de Iniko para irem atrás dela. Sua melhor opção era contar à reitora Faris sobre a imortalidade de Susenyos e que ele a mataria por descobrir seu segredo. A reitora lhe ofereceria proteção — mas e se... Kidan estivesse errada? E se Susenyos fosse completamente inocente?

Uma brisa gelada soprou sob as mangas de sua camisa. Se estivesse em casa, o corredor a puniria por aquele pensamento. É lógico que ele não era completamente inocente. Susenyos tinha algum envolvimento com a história. Ele apenas o escondera muito bem, assim como sua imortalidade roubada.

Agora, Slen podia ser igualmente culpada. Se fizesse mesmo parte do 13º, será que ela sabia algo sobre June?

A cabeça de Kidan doía. Ela não estava raciocinando direito, precisava de um tempo para bolar um plano.

Tranças grossas e curtas emolduravam o maxilar agressivo de Slen, o sol forte atrás dela. Ela subiu as escadas com as mãos enfiadas nos bolsos grandes. As duas estavam posicionadas da mesma maneira que no dia em que se conheceram, com espaço suficiente para que duas pessoas fossem colocadas entre elas. O vento assobiava e fazia cócegas nas orelhas de Kidan.

A voz de Kidan foi levada pela rajada de vento.

— Você ouviu falar de um caso de uma família adotiva em Green Heights? Uma garota botou fogo na casa com a mãe adotiva dentro. Descobriu que a mãe adotiva estava por trás do desaparecimento da irmã.

— Pais e mães podem ser cruéis.

— Sim, mas e os filhos? Os filhos podem ser impiedosos. — Kidan analisou o perfil dela. — Não acha que é errado?

— Com relação a qual interpretação?

— Não estou falando sobre Dranacto, Slen. Isso é a vida real.

— Você acredita que tem diferença.

Se Slen sabia do segredo de Kidan, estava fazendo um trabalho impecável em fingir que não.

Kidan respirou fundo.

— E se eu dissesse a você que não é só uma história do noticiário, e que é sobre minha irmã e eu?

— Então por que você não está na prisão? — perguntou Slen.

— Por que você não está?

As duas se olharam e, por um breve momento, Kidan vislumbrou uma curvatura muito sutil nos lábios de Slen, que sumiu rapidamente.

— Seu pai é um homem violento — disse Kidan.

— É.

— Ele foi preso.

— Correto de novo.

Kidan mexeu a mão no bolso, rolando para a frente e para trás o botão de "play". Não conseguia apertar. Era como pular de um abismo e torcer para haver uma rede imensa no fundo. Slen não iria confessar sem exigir algo mais em troca. Contudo, qual seria a sensação de enfim contar a alguém? Alguém que havia tirado uma vida por causa de uma traição imperdoável? A pulseira tilintava com cuidado sob os últimos raios de sol. June não iria querer que ela o fizesse.

— Você sabia que seu pai era membro de um grupo chamado 13º? — perguntou Kidan com calma.

Slen virou a cabeça para o céu roxo e laranja. Seu perfil era lindíssimo, ainda que nitidamente ela não quisesse que fosse assim.

— Slen. Me responda. Você sabia que seu pai era membro...

— Eu sei que *você* é membro de um grupo chamado 13º. Sei que você está aqui procurando June. Sei que você é uma assassina, Kidan. Eu sei.

Kidan sentiu a visão ficar um pouco turva nas extremidades da vista e abriu a boca. Tentou falar, mas não conseguiu.

Slen falou ainda voltada ao céu, distraída:

— Sei até qual é sua próxima pergunta. Onde está June? Eu não sei se o 13º a pegou, vai ter que perguntar aos integrantes mais velhos.

Kidan enfim conseguiu colocar uma pergunta para fora:

— Por quê? Por que se juntou a eles?

Slen colocou um cigarro entre os dedos graciosos e o acendeu.

— Não é óbvio? Meu pai adora duas coisas: poder e música. O 13º o protegeu muito bem. Durante anos, ele era intocável. Não havia como derrotar o 13º, apenas se juntar a eles. Fiz minha primeira tentativa de entrar para o grupo aos 18 anos e fui recusada. Tentei de novo este ano e recebi minha primeira tarefa: conseguir que outras casas se juntassem à causa do 13º. Em troca, meu pai seria removido. Tenho certeza de que você compreende isso.

Kidan não conseguia falar. Suas têmporas doíam, e ela franziu a testa.

— Mas por que atacar Ramyn?

Centelhas de cinzas se acenderam nos olhos inexpressivos de Slen.

— Só uma verdadeira ameaça dentro da Uxlay faria as casas se mexerem.

— Não estou entendendo.

— Pense bem, Kidan. Por que você ficou tão chateada mesmo conhecendo Ramyn há pouco tempo?

Kidan não sabia responder àquela pergunta. Apenas gostava de Ramyn. Tinha sido tão natural quanto respirar.

Os olhos de Slen perderam o fogo, como se ela compreendesse.

— Quase todo mundo adorava Ramyn Ajtaf, então todos iriam lamentar. Quando a aluna mais querida e fofa morre, a maior parte das casas acaba cedendo. Era o tipo de morte que de fato podia tocar o coração das pessoas.

Kidan ficou sem fôlego diante da crueldade das ações de Slen. E o mais perturbador era que parecia que Slen também gostava de Ramyn.

Por quê?, ela teve vontade de gritar. *Por que destruir sua alma?* Kidan quisera poupá-la daquilo, do ato desprezível que era tirar uma vida.

Slen observou a fonte abaixo delas.

— Eu precisava da morte dela. Por causa disso, vou conseguir viver em dobro a vida que eu tinha.

Havia sido tudo uma performance. Um espetáculo perturbador elaborado de modo meticuloso para eliminar e manipular. Se Kidan se distanciasse, poderia apreciar o brilhantismo doentio da atitude. Estavam todos tão distraídos pela tragédia que nem suspeitaram que o assassino estivesse entre eles. Por que olhar para uma garota indefesa quando o monstro mais óbvio está por aí exibindo seus dentes? Kidan tinha esquecido que as criaturas mais assustadoras quase sempre eram garotas injustiçadas. Ela não era a prova viva disso?

— A vida humana vale assim tão pouco? — sussurrou Kidan.

Uma pergunta para as duas.

Slen ergueu o olhar. Sua mirada tinha um tom sombrio tão puro que Kidan sentia dor só de olhar para ela.

— E a da sua mãe adotiva? Eu fiz o que precisava fazer para proteger meu irmão. Assim como você fez o que fez por June. Não somos assim tão diferentes.

Kidan cerrou os punhos. Era justamente aquele o problema. Ser parecida com Kidan era uma sentença de morte. Não havia futuro ali.

Kidan pigarreou, e sua voz ficou dura como aço.

— Quem jogou Ramyn da torre?

— Um dranaico do 13º que é leal a mim.

— Os lábios dela manchados de sangue. Você disse ao dranaico para fazer aquilo?

Slen piscou.

— O quê?

— Responda à pergunta — exigiu Kidan.

Slen arqueou as sobrancelhas de leve.

— Foi decisão do dranaico.

Kidan queria acreditar nela. Acreditar que ainda existia algo que valia a pena salvar. Nunca tinha visto alguém brincar com a vida humana de maneira tão casual quanto Slen. Não era exatamente aquilo que ela desprezava nos vampiros? Eles usavam a vulnerabilidade humana como arma e

assim exerciam seu poder. Era algo além de uma admissão de culpa, era...
perverso. Então por que Kidan ainda estava ali sentada conversando em
vez de cumprir sua promessa de limpar o mundo de todo aquele mal?

Porque uma pitada de satisfação havia emergido em meio a todo aquele
barulho. Slen tinha dado um jeito em seu pai abusivo. Tinha sobrevivido.
Kidan tocou a pulseira e ouviu os gritos de Mama Anoet enquanto o fogo
lambia sua pele.

Tem que matá-la, exigia a voz de June.

Tenho que poupá-la, rebatia Kidan. *Ela só está tentando se livrar do pai.*

June a puniu com um silêncio violento e interminável. Kidan fechou os
olhos com força. Toda vez que decepcionava a irmã, a rachadura entre as
duas se tornava maior e impossível de atravessar. Kidan levou a mão ao peito.

— Kidan? — chamou Slen, fazendo-a abrir os olhos. — Você está bem?
Parecia que estava em outro lugar.

— Preciso falar com o dranaico — disse Kidan apressada, as mãos
pendendo na lateral. — Qual é o nome dele?

— Não posso contar.

— Por quê?

— Porque tenho mais uma tarefa. E preciso de sua ajuda.

— Você já fez seu pai ser preso. Por que ainda está trabalhando com eles?

— Preciso provar meu valor antes de me formar. — Havia uma ponta
de tensão em sua voz. — Não há como sair do 13º.

Slen gostava de controle, e o 13º estava puxando as cordinhas dela.

— O que eles querem?

Slen bateu as cinzas do cigarro.

— Susenyos Sagad vai ser preso hoje por conspirar com meu pai para
matar Ramyn.

Kidan ficou sem palavras por um bom tempo. Aquela revelação deixava
evidente que Susenyos não apenas era inocente como ainda por cima estava
sendo *incriminado*.

Kidan mal ouviu as palavras seguintes de Slen.

— Você precisa confirmar as denúncias do promotor na audiência. Só
depois que ele for preso é que o 13º vai contar algo a você sobre June, *se*
eles a sequestraram.

— O... O que eles querem com Susenyos?

— Ele é uma ameaça. Mas sacrificá-lo a favor de sua irmã me parece exatamente algo que você faria. Não me decepcione.

Sacrificá-lo... Apesar de tudo, aquela frase fez Kidan se contorcer.

Kidan tentou relembrar por que desconfiara de Susenyos: será que o 13º tinha dado o nome errado a Mama Anoet? Plantado a pulseira de June? Feito Slen usar a morte de Ramyn como último recurso?

Aquilo era demais. Ela abria e fechava os punhos.

O alvo deles sempre tinha sido Susenyos. E ninguém tinha caído tanto naquela armadilha quanto Kidan.

44.

UANDO KIDAN CHEGOU EM CASA, A TORNEIRA ESTAVA aberta no banheiro do andar de cima. Ela subiu depressa os degraus, gritando na escuridão.

— Susenyos!

A água parou. Logo em seguida, Susenyos apareceu no topo da escada, a toalha pendurada no ombro. Eles se olharam, a casa em silêncio. A expressão dele era furiosa, sinistra. Ela havia mentido para ele e o acusado. Como os papéis tinham se invertido com tanta rapidez?

Kidan queria avisá-lo, mas alguma coisa a impediu de falar. O que ela queria dizer? O que tinha acontecido com Iniko? Mais importante, por que ela se importava? O momento se estendeu entre os dois, ambos iluminados pelo luar, ambos em silêncio.

Antes que ela pudesse falar qualquer coisa, o barulho de uma batida forte à porta irrompeu. Etete saiu correndo da cozinha para abrir.

— Não vá — disse Kidan, baixinho.

O professor Andreyas entrou com dois dranaicos fortes, e eles passaram direto por Etete. Estavam vestidos de preto e tinham espadas de prata reluzentes penduradas nas costas. Sicions.

— O que é isso? — reclamou Susenyos.

Os Sicions subiram a escada sem pedir permissão nem olhar para Kidan. Pegaram as lâminas e fizeram um talhe nas próprias línguas, encharcando-as de vermelho.

O professor falou, com um tom de voz neutro:

— Encontramos o dranaico que matou Ramyn Ajtaf.

Antes que Susenyos pudesse se mexer, os Sicions estavam com as espadas apontadas para seu pescoço. Ele olhou para Kidan, chocado, embora a última traição dela mal tivesse cicatrizado. Kidan desviou o olhar.

Ela ouviu os rosnados de Susenyos enquanto ele tentava se soltar e o som da lâmina rasgando sua pele. O gemido de dor a fez olhar para ele. Estava encurvado, de joelhos, os olhos vermelhos fitando-a com ódio, um grande corte na barriga. A prata banhada de sangue dos Sicions não tinha atingido nenhuma artéria vital, mas não havia nenhuma garantia de que o próximo golpe não o faria. Susenyos parou de se debater, e eles o arrastaram escada abaixo. Kidan ouviu-o xingar, destinado apenas a ela, cheio de veneno.

— *Zoher*.

Susenyos parecia uma fera contida e ferida. O professor Andreyas olhou para Kidan.

— Venha ao tribunal dos Mot Zebeyas amanhã de manhã. Você vai ter que depor em detalhes sobre por que acha que Susenyos sequestrou June.

Kidan assentiu devagar, e eles foram embora.

Etete cobriu a boca para abafar seus soluços enquanto eles arrastavam Susenyos para a escuridão do lado de fora. O som do choro dela deixou Kidan arrasada.

Kidan foi cambaleando pelo corredor, a respiração ofegante. Tateou a parede com os dedos em busca dos espinhos pontiagudos de sofrimento, mas não havia dor nem reverberação. A lâmpada não piscou. June não perambulava pelo corredor para assombrá-la.

A dor dela... não estava mais ali. Kidan percorreu a casa inteira procurando-a, indo de cômodo em cômodo. A casa se movia sob os pés dela, as áreas de sua mente se reorganizavam. Ela havia sentido aquilo na vez em que Susenyos quase se abrira sobre seu passado — o quarto dele mudara, tornando-se mais suave. Agora ela caminhava para algo pior, modificado. O observatório a aguardava, e sua luz azul e fria banhou o rosto de Kidan. Gelado como uma pedra no oceano, o quarto a atraía para dentro. Sua respiração começou a soltar fumaça no mesmo instante.

Um grito perpassou o cômodo. Uma mulher torturada. Kidan colocou as mãos sobre os ouvidos, mas a voz de Mama Anoet descia do teto como uma tempestade. Ela ficou paralisada. Havia uma sensação de morte naquele cômodo que Kidan nunca tinha experimentado. Uma boca aberta com algo infinito, algo que a lembrava do quanto ela era impossível de ser salva, de que poderia ser derrotada com um único suspiro.

— June — disse ela num sobressalto. — Me ajude.

Uma mão invisível a estrangulava com a intenção de deixá-la inconsciente. Os músculos de Kidan se contraíram, e ela engasgou. Seus batimentos ecoavam nas paredes, a visão começava a ficar turva junto do luar.

— *Você sabe como terminar isso, Kid.* — A voz de June enfim irrompeu, e Kidan sentiu uma lágrima escorrer pelo rosto. — *Mantenha sua promessa. Mate Slen. Mate Susenyos.*

— Você não entende! — disse Kidan. — Não é culpa dela. Ela só queria proteger o irmão.

A pressão cresceu em seu peito, sufocante. Kidan precisava respirar ou então terminar tudo naquele momento. Ela levou as mãos à pulseira com dificuldade, abriu-a e pegou o comprimido. Ele escorregou pelos dedos trêmulos. Com seus olhos gentis cor de mel, June o pegou do chão e o estendeu para ela, como se fosse uma fruta venenosa.

— *Todo o mal* — encorajou a irmã, tão linda quanto o sol do verão.

Kidan o pegou e o engoliu enquanto June fazia carinho em sua bochecha e, enfim, sorria. As lágrimas escorriam pelo rosto de Kidan.

— Kidan! — A voz se sobrepôs ao som de seus batimentos acelerados.

O rosto bondoso de uma mulher e seu cheiro de pão quentinho a tiraram daquela escuridão. O toque de Etete era a salvação, e Kidan a agarrou com todas as forças enquanto ela a arrastava para o corredor.

Kidan tocou o próprio pulso. O coração não tinha parado. A pulseira permanecia intacta, sua boca livre da morte. Ela tentou forçar o vômito e colocar para fora. No entanto, tudo tinha sido uma ilusão. Aquela casa… Não havia limites para o que ela podia deturpar e evocar?

— Obrigada. — Ela tremia. — Obrigada.

Os olhos enrugados de Etete se transformaram em poços profundos.

— Você juntou sua mente à dele.

Kidan ajeitou a postura.

— O quê?

— A casa entende vocês dois como um só. Agora, o observatório também é onde você sente dor.

— Como... isso é possível?

— Esta casa precisa de um mestre que seja fiel a si mesmo e pacífico. Vocês estão num cabo de guerra, tentando puxá-la para direções diferentes, então ela não irá se render a nenhum dos dois. — Etete segurou a ponta de seu turbante sobre o peito. Havia lágrimas em seus olhos. — Vocês dois vão trazer a ruína para todos nós.

Kidan desviou o olhar. Odiava fazer mal a Etete.

— Ele me chamou de zoher. O que isso quer dizer?

— Significa "traidor". Aquele que desperdiça o sangue e o sacrifício de seus ancestrais.

A casa foi se retraindo, diminuindo a energia. Kidan se viu no quarto de Susenyos. Estava limpo e organizado, e ela sentiu uma calma cobrir seu corpo, como se fosse uma garoa. *Os amantes loucos* estava na ponta da mesa, diante da parede de pergaminhos sobre os quais ela nunca tinha perguntado a ele.

Kidan passou o dedo sobre a toranja que pingava estampada na capa e então folheou o livro. Ele tinha sublinhado frases e feito os próprios comentários nas margens. O que ele amava tanto naquele livro? Era uma intimidade pervertida, repugnante. Ela pegou o próprio exemplar e voltou ao quarto dele, já que o dela não oferecia mais o mesmo acolhimento. Com os ombros relaxados, Kidan leu. Ela queria saber como o livro terminava antes da audiência e, quando descobriu, caiu no sono sob o som da chuva fraca.

— Peça, yené Matir — disse Roana, dando beijos na barriga de seu amante. — Peça qualquer coisa, tudo que quiser. Se estiver dentro das minhas capacidades e da minha regra, eu lhe darei sem qualquer desdém ou arrependimento futuro. Mas, se quebrar a minha regra, vou triturá-lo em mil almas e punir cada reencarnação delas mil vezes.

Os amantes loucos, por Chimand Alizo.

45.

O ÓRGÃO JUDICIÁRIO QUE PRESIDIA A UNIVERSIDADE Uxlay era composto por três Mot Zebeyas como juízes, além de um júri formado por dranaicos e acto. Kidan ficou surpresa com a rapidez com que se organizaram para a audiência preliminar de Susenyos. A audiência de Koril Qaros ainda não tinha acontecido. Por mais que pregassem a igualdade, quando o assunto era assassinato e maldade, a Uxlay mirava de primeira nos vampiros.

Kidan esperou numa área privada dentro do prédio do tribunal, os dedos se contorcendo de nervoso. Não sabia o que iria dizer. Os acontecimentos dos dias anteriores demandavam meses para serem digeridos. Slen e Koril Qaros. Ramyn Ajtaf. Susenyos Sagad.

Ela fechou os olhos e tentou organizá-los por grau de importância. A resposta: June, sempre. Ainda que, no dia anterior, a irmã tivesse lhe dado o comprimido... Quisera que Kidan morresse. Ela balançou a cabeça. *Não*. A casa deturpava as coisas.

Será que entregar tudo ao 13º era a melhor maneira de ter June de volta? Se Kidan colaborasse e se tornasse uma herdeira leal e dedicada, será que June apareceria?

As palavras de Umil ecoaram na mente dela: *O 13º precisa de uma herdeira da Casa Adane.*

Aquilo significava que, por enquanto, June estava viva.

— Eles estão prontos, querida. — A mulher com óculos de armação vinho parou diante da porta.

Kidan entrou na sala do tribunal e caminhou a passos curtos até o banco de testemunhas. Seus olhos se voltaram de imediato para Susenyos. Os pulsos dele estavam presos por algemas pretas. As alças tinham espinhos e perfuravam sua pele. Ele estava de cabeça baixa, mas a ergueu ao sentir a presença dela.

A raiva invadiu o peito de Kidan.

Era para ser Susenyos. Ele deveria ser a fonte de tudo. Deveria ter sido ele a jogar Ramyn da torre e sequestrar June. Durante quantas noites ela sonhara com aquele exato momento? Deixá-lo de joelhos e acabar com ele, e também com ela mesma?

Não havia nem um pingo de luz na escuridão dos olhos de Susenyos. Sua promessa era de morte, e Kidan acreditava nela. Quando ele fosse derrotado, os pensamentos dela deixariam de espetar a carne macia de sua mente como facas. Ele despertava mais ódio, mais violência, mais injustiça. Mesmo sentado ali, Susenyos parecia conseguir ver o potencial de perversão dentro dela. A escuridão se agitou dentro de Kidan, abriu as asas, pronta para voar para fora do peito.

Naquele exato momento, ela poderia condená-lo e assim matar a parte ruim de si mesma. Que importava se ele fosse inocente? Quantos mais ele já havia matado? Uma vez que as mãos eram manchadas de sangue, não havia mais como limpar. Havia apenas a renúncia, no caso de pessoas que buscavam perdão, mas Susenyos jamais se arrependeria.

Ou ela o matava, ou ele matava o bem que ainda restava nela. E nesse caso June jamais a perdoaria.

A porta dos fundos se abriu, e Yusef e GK entraram. O aperto no peito de Kidan diminuiu, as sombras que turvavam sua visão se dissiparam. Não sabia ao certo o que a atraía para eles, aquela luz provocadora, vibrante. Talvez fosse o fato de nunca ter tido amigos de verdade, sempre ter mantido uma distância fria, tomando tanto cuidado para não revelar sua verdadeira identidade que sempre acabava isolada nos fundos de toda sala de aula. Talvez enfim tivesse encontrado um vislumbre da família que perdera, ou da humanidade roubada dela com a morte de Mama Anoet. As sementes daquela amizade ainda estavam crescendo, embora ela sentisse que já alimentavam uma parte de si há tanto tempo faminta.

Slen apareceu atrás deles, uma silhueta escura de casaco, a cabeça bem erguida. A visão de Kidan ficou turva de novo, sem entender bem o que sentia em relação a ela. Slen tinha mandado matar Ramyn. Ela também tinha mandado o pai asqueroso para a prisão. A dor e o alívio se emaranhavam num turbilhão dentro de Kidan.

Yusef abriu um sorriso brilhante como a luz do sol. GK a encarou e acenou com a cabeça, gentil.

Estamos aqui por você, os dois pareciam dizer.

A ansiedade dela diminuiu um pouco. Entretanto, o que seria deles dali a alguns meses? O 13º tinha cercado seus novos amigos como se fossem lobos. Se aquela sociedade secreta tinha conseguido recrutar Slen, a mais forte deles, que esperança havia para os outros?

Todos abandonados pelos pais e pelas mães, vulneráveis e desesperados por um amor parental; Kidan gostava deles mais do que pensava ser capaz. E, talvez, se conseguisse salvar alguém daquela vez, seu pior pecado pudesse ser perdoado. Ela deixaria de ser apenas uma carcaça e se tornaria uma pessoa viva, calorosa, *amada*.

Do meio da escuridão completa irrompeu aquele vislumbre de esperança. Ela ainda não podia se livrar de Susenyos nem de si mesma. Não enquanto ainda havia trabalho a ser feito. Aquele lugar iria arruinar seus novos amigos, imbuir a alma deles com palavras antigas que criariam raízes dentro deles, manifestando-se de maneiras destrutivas. Kidan já estava além da salvação, mas podia protegê-los daquilo — da fraqueza da mente, da descida à loucura. Como fizera com June.

Ela pegaria para si os pecados deles até que sua mente estivesse confusa, e a pele, esticada. E, aí, quando encontrasse seu fim, seria como nas peças de teatro — uma heroína, e não uma vilã.

O 13º não seria derrotado se ela não mostrasse os dentes. Sim... teria que mergulhar mais uma vez. Como na noite em que Mama Anoet morrera. Se era a monstruosidade que os protegeria e traria June para casa, ela não podia mais negar a si mesma. Iria salvar Susenyos Sagad. Juntos, eles derrotariam o 13º.

Susenyos estava calmo, calmo demais para um vampiro que aguardava uma possível sentença de morte. Ele inclinou a cabeça para o lado como se compreendesse que Kidan estava se transformando ali mesmo, diante de seus olhos. Ela sentiu uma dor que partiu da sua cabeça para se espalhar pelos braços e latejar em seus pulsos. Ele a alertara sobre aquilo, não exatamente falando com todas as letras, e sim com livros perversos como *Os amantes loucos*. Reprimir sua natureza acabaria por destruí-la.

Taj entrou em silêncio e ficou de pé no fundo da sala, os braços cruzados, a expressão séria. Iniko chegou pela porta lateral. Seus olhos já não tinham sangue, e ela analisou todos os pontos de fuga da sala. Eles matariam todo mundo ali antes de deixar que Susenyos fosse preso numa cela.

— Kidan Adane — disse o promotor, irritado. Já devia estar chamando-a havia um tempinho. — Você relatou que os lábios de sua irmã June Adane estavam marcados da mesma maneira que aconteceu com Ramyn Ajtaf. Você acredita que Susenyos Sagad sequestrou sua irmã e matou Ramyn Ajtaf?

Ela respirou fundo.

— Não.

Um murmúrio se espalhou pela sala. Aqueles que tinham ido assistir a Susenyos ser crucificado trocaram olhares e se mexeram, inquietos.

— Você não acredita que ele sequestrou June Adane?

Kidan soltou o ar.

— Não.

O volume dos sussurros aumentou. Susenyos adotou a postura mais antipática que ela já tinha visto até então.

O promotor leu um documento, franzindo a testa.

— E o acordo que Susenyos assinou com Koril Qaros a respeito do Projeto Arqueológico Axum? Você sabia disso?

Não, ela não sabia. Kidan se lembrou da foto de Susenyos com sua família nas ruínas de Axum, seu grande amor pela preservação de artefatos. Do entusiasmo em sua voz quando falava em valorizar os arquivos. Não parecia lógico pensar que ele abriria mão daquela mina de ouro histórica.

— Aquele local é administrado por Susenyos e minha família há gerações. Por que ele venderia?

— Imagino que para se juntar à Casa Qaros.

Então era assim que planejavam ligar Koril Qaros a Susenyos.

297

— Um vampiro que matou todos os dranaicos de sua casa de repente se importa em ter companhia? Ainda mais de um homem como Koril Qaros? — Kidan fez um gesto de desdém com a mão.

Um silêncio surpreso invadiu o ambiente. Susenyos estava de cabeça baixa, mas ela podia jurar ter visto um vislumbre de seus dentes.

O promotor pegou uma bolsa com uma etiqueta onde se lia PROVA. O frasco de Susenyos estava ali. Aquele mesmo que ela entregara ao detetive-chefe.

Merda.

— Este sangue foi coletado do cantil de Susenyos Sagad. Não é compatível com o de ninguém que temos no nosso sistema.

Kidan repreendeu a si mesma. O 13º devia ter ingerência com as autoridades do campus. O detetive-chefe não estava ali.

— Eu queria incriminá-lo — revelou Kidan. — Então coloquei o meu sangue, que eu sabia que ainda não constava no sistema.

Os olhos escuros de Susenyos reluziram.

— Isso é um delito grave.

— Eu sei.

— Pode até ser motivo de expulsão.

A reitora Faris olhou de Kidan para Susenyos. Kidan não podia ir embora. Estava perto demais de June.

Suas mãos estavam suadas, os dedos, inquietos.

— Eu sei. Sinto muito. Eu ainda estava... estou sofrendo pela minha irmã. Queria saber quem a tinha levado. Passei do limite.

A reitora Faris a encarou. Será que usaria aquela chance para expulsá-la? A mulher era inteligente. Se Kidan estava defendendo Susenyos publicamente, ela devia ter entendido que a ameaça partia de outro lugar.

Por favor, acredite em mim.

A reitora Faris desviou o olhar e falou alguma coisa em voz baixa para o professor Andreyas. Ele transmitiu a mensagem, e o promotor voltou ao seu lugar, ajeitando a gravata.

— Susenyos Sagad — chamou o promotor. — Você gostaria de prestar uma queixa por difamação?

Um sentimento de choque reverberou por todo o tribunal. Kidan arregalou os olhos.

Susenyos não ergueu a cabeça, então ela não conseguiu ver a expressão dele.

— Não vai ser necessário.

Kidan soltou o ar e relaxou na cadeira.

— Muito bem. — O promotor pigarreou. — Kidan Adane vai receber uma advertência formal e assinar uma autorização de residência. Caso ela se forme e domine sua casa, vai jurar obedecer a todas as leis. Se for pega quebrando mais alguma lei, a Casa Adane lhe será tomada e será entregue à Uxlay para usar como achar melhor.

Susenyos se virou para a reitora Faris, uma mistura de raiva e surpresa em sua expressão. A reitora continuou olhando para a frente, serena como sempre. Kidan ficou sem reação. Tinha pensado que a reitora a estava ajudando, orientando uma companheira de Casa Fundadora. Será que ela queria tudo para si?

— Você aceita? — perguntou o promotor.

O olhar de Susenyos encontrou o de Kidan, a sobrancelha franzida, implorando que ela recusasse.

Kidan olhou para seus companheiros de turma. Para os membros do 13º sentados, inquietos, ansiosos pelo declínio de Susenyos para terem a Casa Adane para si. Tamol Ajtaf estava de cara fechada, e Rufeal Makary estava próximo a Yusef como se fosse um abutre.

— Aceito.

Susenyos fechou os olhos.

— Muito bem — disse o promotor. — Pode ir ao escritório assinar a papelada.

Cada degrau que descia para sair do banco de testemunhas era um nó no estômago de Kidan. Ela teve a sensação angustiante de que fizera algo irreversível. Que um dia, dali a uma semana, um mês ou até um ano, aquele momento iria roubar tudo dela.

Contudo, ela não tinha escolha. Susenyos conhecia aquele lugar, sabia como contornar as leis para eliminar seus inimigos. Ele era uma arma de destruição e, se fosse apontada para o lado certo, podia garantir que ela seguisse com seus planos sem precisar sujar as mãos de sangue.

Juntos, eles eliminariam todos os rastros do 13º. Juntos, eles encontrariam June. Assim que ele a perdoasse... o céu era o limite.

46.

Susenyos não falou nada quando voltou para casa, os pulsos machucados, o orgulho ferido. Também não falou no dia seguinte quando Kidan tentou puxar conversa. Ela explicou que não tinha contado a ninguém sobre a imortalidade, que o salvara no momento em que a Uxlay queria enterrá-lo, mas nada surtiu efeito. Nem mesmo uma demonstração de que ele a ouvira.

A casa inchava e se esticava com sua fúria, várias lâmpadas explodindo toda vez que ele passava por elas.

Kidan compreendeu que ele iria querer que ela ficasse vulnerável, talvez de joelhos de novo, antes de fazer as pazes. Ela sufocou a raiva e elaborou um plano. Um lugar onde Susenyos não tivesse como escapar dela.

Kidan chegou ao Banho de Arowa meia hora antes de Susenyos e tirou a roupa. Entrou na piscina grande, a água deslizando por suas coxas, sedosa como leite. Ela apoiou as costas num dos cantos curvos da piscina, a cabeça voltada para o teto, e contemplou as pinturas no alto. Ela se sentiu atraída pela imagem, os corpos negros nus entrelaçados com apenas algumas tiras de seda, para manter o recato. Kidan pegou o exemplar de *Os amantes loucos* que tinha levado consigo e releu os últimos capítulos. Ficara enojada com a violência dos personagens no começo, pois não tinha entendido que era uma linguagem forjada no sangue para comunicar seus desejos mais profundos.

— Você não devia estar aqui.

A voz de Susenyos reverberou nas paredes cavernosas. Kidan fingiu não ouvir e continuou lendo. As torneiras de leão foram ligadas, e ela ouviu o farfalhar do roupão caindo no chão, depois a ondulação da água quando ele entrou.

Quando Kidan olhou, Susenyos estava com metade do corpo submerso, o peito bem-definido em meio à bruma do vapor. Ela se permitiu o prazer de analisar a arquitetura do corpo dele. Não o tinha feito antes por conta da visão ofuscada pelo ódio de perder June e pela certeza de que nada relacionado àquilo poderia ser interessante, muito menos bonito.

E, no entanto, naquele momento, diante do peitoral de pele escura, dos músculos esculpidos, pedindo para serem tocados, ela se perguntava se aquela era a mesma pessoa que andava odiando.

— É um erro ficar sozinha comigo — disse ele, a voz mais densa que o vapor. — Se eu matar você aqui, terei justa causa.

A sede de violência dele a envolvia, infiltrava-se em seus poros.

— Entendo por que ama a história deles — disse Kidan, voltando ao livro.

O olhar fixo de Susenyos parecia quase perfurar a testa dela. Ele não disse nada, o que significava que estava a um passo de perder o controle. Kidan deixou o livro de lado e se levantou, para ficar no mesmo nível dele. O vapor escondia seu peito, mas a brisa repentina a deixou arrepiada. Os olhos dele abaixaram por um momento e então subiram de novo. O coração de Kidan veio à boca diante daquele olhar intenso. A promessa de perigo. Aqueles não eram olhos humanos — eram pedras de carvão do inferno em brasa.

— Não vou contar a ninguém que você é humano — disse ela, a voz rouca.

O sorriso de Susenyos era uma curva sem qualquer traço de humor. Ele estendeu a mão e a segurou pelo pescoço. Kidan arregalou os olhos. No segundo seguinte, ele a mergulhou na água escaldante. As narinas e os ouvidos de Kidan queimavam, a água invadindo sua boca enquanto ela se contorcia e tentava se soltar. A rajada agressiva de bolhas assumiu o formato do rosto de June. A irmã estendia a mão, sorrindo, e Kidan lutava contra o chamado invisível para morrer e deixar aquele mundo.

Venha. Você já fez o suficiente.

Os membros de Kidan pararam de se debater e então ficaram moles. O sorriso de June sumiu. Ela também estava se afogando.

Contudo, a vida invadiu outra vez o corpo de Kidan, e ela lutou. Susenyos a ergueu, suas costas contra o peito dele, e tirou as tranças emboladas do rosto balbuciante.

— Calma, yené Roana, *calma*. — A respiração quente fez cócegas em sua orelha. — Você quase se foi.

Kidan tossiu, engasgou e ficou na ponta dos pés para tentar alcançar a altura dele e evitar a pressão do braço que a prendia.

— Se *algum* dia me chamar de humano de novo, eu mato você. — Ele encostou o rosto no pescoço dela e inspirou profundamente. — Consigo sentir sua veia bombeando o sangue. Se não se acalmar, ela vai explodir.

— Eu estava errada. — Kidan conseguiu se recompor, o nariz escorrendo. — Cometi um erro.

— Humm.

Ele respirou ao longo do pescoço dela. Kidan sentiu pontadas no corpo inteiro com aquele movimento.

— Quero que a gente trabalhe junto — disse ela, apressada.

— O problema, passarinha, é que eu não confio em você. Você é bem traiçoeira.

— Então se proteja — disparou ela, porque estava com medo. — Não fique tão vulnerável.

Aquilo o fez rir. Um som alto e retumbante que vibrou contra a pele dela e se infiltrou em suas cordas vocais. O vapor ficou mais forte, e o suor escorria da testa de Kidan. Ele passou o dorso dos dedos pelos ombros dela. Kidan fechou os olhos com força e reprimiu um arquejo, a pele ficando toda arrepiada. Ela ficou contente por ele não poder ver o seu rosto.

— Só você pra ficar nua diante de um vampiro e dizer a ele para não ficar vulnerável.

— A nudez não é o que me deixa vulnerável diante de você.

— Imagino que não — comentou ele, e então empurrou a cabeça dela para o lado.

Os olhares se encontraram. Kidan não exibia qualquer emoção no rosto, e ele também não. Nenhum dos dois iria ceder. No entanto, assim como naquele dia nos edifícios Sost do Sul, nenhum dos dois também era capaz de desviar o olhar. Só que daquela vez era Kidan quem estava nos braços dele, e não a garota de cabelos pretos. Ela sentiu um formigamento no ombro ao se lembrar, o desejo se espalhando pelo corpo, traiçoeiro e inconveniente. Dava para ver que ele também estava lutando contra o desejo, os olhos fixos nos lábios dela por tempo demais antes de se desviarem.

Susenyos sempre estivera sedento por seu sangue, mas aquela atração também pelo corpo dela era uma surpresa interessante... Será que sempre estivera ali? Kidan tinha confundido a intensidade dos seus olhares no passado, achando que ele a queria morta, quando na verdade se tratava de outra coisa?

Ela abriu um sorrisinho de leve ao se dar conta, e Susenyos a segurou com mais força. Kidan roçou o braço ao redor do próprio pescoço, lentamente. Susenyos sibilou, e ela queria ouvir mais. Iria se fartar de prazer quando o matasse. Seria o ato mais erótico de todos, mas, como todo prazer, chegaria ao fim.

O problema era a espera. Eles eram duas serpentes com as presas arrancadas, o veneno deixando os dois ensandecidos com a vontade de sair.

— Sei que você não levou June — sussurrou ela, encarando aqueles olhos infinitos.

— Agora você escolhe acreditar em mim. Depois de mentir, me usar e me humilhar. Devo agradecer?

As narinas de Kidan dilataram.

— Você também fez coisas horríveis comigo. Quer que eu faça uma lista?

Ele deu uma risada sem humor.

— Está vendo? É por isso que nossa parceria nunca vai dar certo.

Alguma coisa como um osso pontiagudo arranhou o pescoço de Kidan. Os dentes dele.

Ela ficou imóvel.

— Meu sangue é veneno. Não me formei no Dranacto nem fiz o voto de parceria.

Ele sorriu, a boca ainda encostada em sua pele.

— Ah, você não viu Iniko no tribunal? Que cor eram os olhos dela? O seu sangue é totalmente bebível.

Os olhos de Iniko continuaram pretos. Era impossível. Nenhum traço de sangue.

— Como? — Sua voz saiu trêmula.

— Eu poderia contar a você — disse ele, parecendo estar gostando muito daquilo. — Mas gosto de ver sua cabecinha confusa.

— Por favor, escute. Eu não devia ter culpado você. Sei que o 13º tentou incriminá-lo pela morte de Ramyn. Acredito que também o incriminaram pelo desaparecimento de June.

— Sei disso, e eles vão pagar — disse ele com um grunhido que fez os pelos da nuca de Kidan se arrepiarem.

— Vamos trabalhar juntos — ofereceu Kidan. — Quero destruir o 13º. Me ajude.

— Não.

Ele passou a boca pela clavícula de Kidan, intenso, perigoso. Cada centímetro da pele dela se incendiou com aquele contato. Os pensamentos ficaram desconexos, e falar era uma tarefa árdua, mas ela precisava expor seus termos. Não demoraria para ele sugar o sangue dela.

— Eu senti — disse ela num sobressalto. — Senti dor no observatório. Ele interrompeu os avanços.

— Isso é impossível.

— Etete disse que nossa mente está sincronizada. A casa nos entende como um só, e apenas juntos podemos dominá-la.

Susenyos não a matou, então era um sinal de que estava ouvindo. Pareceu ao mesmo tempo incomodado e fascinado pela ideia.

— Isso é... raro.

— Pensamos que eu teria que sair para que você dominasse a casa. — Ela se apressava com as palavras, tentando desviar daquele olhar assassino. — Mas você também sentiu, não foi? Quando você me contou sobre a morte do seu povo e como virou vampiro. O seu quarto mudou, passou a representar outra coisa.

— Não, eu não senti nada — ponderou. — O que você sentiu?

Susenyos iria mesmo obrigá-la a falar. *Canalha*. Kidan olhou de relance para ele.

— Bem, o que você costuma sentir no seu quarto?

— Conforto. — Ele deu de ombros. — É o meu quarto.

— Eu também senti.

Um sorrisinho apareceu nos lábios dele, dando um tempo na sombra que o possuía.

— Você se sentiu confortável no meu quarto?

Kidan sentiu as bochechas esquentarem. Por que aquela confissão era tão íntima? De repente, ela ficou muito consciente de que os dois estavam nus sob uma camada de névoa.

— A questão é que os cômodos estão se transformando e os espaços da nossa mente estão virando um só. Você disse que eu precisava controlar as minhas emoções porque a casa estava sendo afetada. Se nós dois estivermos em conflito, a casa vai continuar nos dando respostas evasivas. Mas, se mostrarmos a ela que estamos unidos, talvez ela se submeta a nós. É óbvio que...

— Pare de falar.

Ela parou, a boca seca.

— Você contou a alguém o que descobriu?

Havia uma tensão na voz dele, medo, ou talvez raiva. Estava falando sobre a questão da imortalidade.

— Não.

Ele hesitou por um minuto.

— Por quê?

— Porque é uma fraqueza para nós dois. Se o 13º descobrir, podem atacar você. E eu preciso da sua proteção.

— Minha proteção? — Os dedos dele ainda estavam no pescoço dela. Sem apertar, mas prontos, cálidos. — E por que acha que tem a minha proteção?

Kidan queria olhar para o rosto dele e extrair o máximo de informação que pudesse ajudá-la, mas Susenyos a mantinha a uma certa distância. Ele parecia em conflito consigo mesmo, mas talvez aquilo não passasse de uma esperança tola e ele já estivesse decidido a se livrar dela. Kidan tinha mais uma carta na manga para tentar seduzi-lo.

— *Os amantes loucos.* — Ela desviou o olhar para o livro engolido pelas nuvens brancas. — Famosos por amar um ao outro com todas as partes do corpo, menos o coração, e então levar o outro à morte. É sombrio até para você. Mas eles tinham um inimigo em comum e trabalharam juntos para derrotar a fera. Não é isso o que você quer, yené Matir?

A postura dele mudou por completo ao ouvir aquela palavra, e ele deu um passo para trás. Kidan ficou de frente para Susenyos, devagar, a névoa envolvendo seu pescoço.

Susenyos a olhou com extrema cautela e curiosidade.

Ela citou o início da famosa frase:

— Peça... Se estiver dentro das minhas capacidades e da minha regra, eu lhe darei sem qualquer desdém ou arrependimento depois — disse ela devagar.

— Mas, se quebrar a minha regra, vou triturá-la em mil almas e punir cada reencarnação delas mil vezes — completou ele, inclinando a cabeça para o lado, os olhos brilhando. — Tudo bem, eu entro no seu joguinho. E quais são suas capacidades e sua regra?

Ela respirou fundo e inalou aquele ar denso.

— Minhas capacidades são limitadas pelo meu status e pela minha natureza. Minha regra é uma só. Você nunca poderá machucar meus amigos nem minha família.

— Previsível. — Susenyos passou o dedo pela lateral do corpo dela, pela curva da cintura, e Kidan abriu os lábios num arquejo silencioso. — E isso aqui? Não quer se proteger de mim?

Susenyos sem dúvida a desejava. Os olhos de Kidan passearam por seus ombros largos, sua pele que ficava ainda mais escura sob aquele teto abobadado e reluzente com as gotas de água. Um calor invadiu seu peito, desconfortável e indesejado.

Enquanto ela refletia, as presas dele ficaram ainda mais pronunciadas, tamanho era seu sorriso.

— Tem certeza? — perguntou ele. — Posso deixar você de joelhos toda noite se for esse meu pedido.

Ela piscou, e o que quer que fosse aquela sensação estranha dentro dela se dissipou. Aquilo era um acordo. Nada mais. Além disso, Kidan queria a crueldade de Susenyos, era o combustível para estimular o ódio em seu interior e lembrá-la exatamente de quem ele era.

— Tudo bem — disse ela.

— O que você diz e o que seu olhar mostra são coisas bem diferentes.

— E as suas? — perguntou ela, querendo mudar logo de assunto. — Quais são as suas capacidades e a sua regra?

— Capacidades infinitas. Regra: você nunca vai fazer nada que me obrigue a deixar a Casa Adane ou a Uxlay.

Kidan esperava que ele falasse da casa, mas não da Uxlay. Tinha imaginado que a primeira vontade de Susenyos fosse fugir daquele lugar que o enfraquecia. Por que ficar? Qual era a razão para permanecer num lugar que estava tirando seu poder?

— Todo o resto é possível? — perguntou ele com cuidado.

— Sim.

Ele traçou uma linha com o dedo bem no meio do peito dela, tocando sua cicatriz. Kidan respirou fundo.

— É raro ver cicatrizes em acto. Com tanto sangue de vampiro disponível, os ferimentos se fecham antes mesmo de abrir. — Ele franziu a testa. — Como conseguiu essa aqui?

— Não me lembro.

Kidan achava que tinha sido na noite em que ela e June fugiram com a tia Silia. Foram arrancadas da cama no meio da noite, enfiadas em um carro e levadas embora. A violência da cicatriz causada por uma lâmina, como se alguém tivesse tentado tirar seu coração, a enfurecia.

O toque suave de Susenyos a trouxe de volta ao presente, faíscas de eletricidade circulando em suas veias.

— Temos um acordo? — perguntou ela, tentando não fechar os olhos.

— Temos.

Ela soltou o ar.

— Ótimo.

— Então, se me permite fazer meu primeiro pedido. — Seu tom de voz mudou e ficou mais rouco. — Me deixe beber seu sangue. Quero fazer isso desde a primeira vez que a vi, sentada diante daquele fogo, pedindo ajuda com o passarinho na mão. Você se lembra disso?

Kidan inclinou o pescoço para o lado, oferecendo-se a ele.

— Si-Sim.

— Não, aí não. Não bebo do pescoço antes da cerimônia de parceria. E não queremos que você conheça meus desejos mais profundos agora, não é mesmo?

Kidan se lembrou do que tinha vislumbrado quando Iniko a mordera. Navios. Oceano. Morte. Ela sentiu um nó no estômago. Tentou lembrar o que mais sabia. O pulso representava a infância. O pescoço, os desejos. Então onde…

Susenyos se abaixou e colocou a boca sobre seu seio, fazendo com que ela arquejasse. O peito representava violência. Muito adequado.

Ele usou a língua para dar prazer a ela, deixando-a com a respiração entrecortada. Aquilo era perigoso. Era muito perigoso permitir que ele a tocasse daquele jeito.

— Mude sua regra. — A respiração de Susenyos incendiava ainda mais o corpo de Kidan. — Me mande parar.

Ela não o fez.

A língua deslizou em sua pele, e um desejo invisível a percorreu. Sua boca ficou seca, o corpo mais pesado que o normal, e ela teve dificuldade de se concentrar. Já tinha se esquecido havia muito tempo da natureza carnal de seu corpo, que parecia ávido por mais. E além disso, Kidan queria espiar a mente perversa dele.

Os dentes de Susenyos roçaram a pele sensível dela e a morderam com cuidado. Kidan soltou um gritinho e cravou as unhas nos ombros dele.

As pinturas do teto rodopiaram e derreteram até que Kidan entrou na mente de Susenyos, até que ela se tornou ele. Kidan sentiu uma dose pura de poder invadir seus músculos enquanto Susenyos entrava como um raio numa sala grande e matava todos os sete dranaicos restantes da Casa Adane. Tinham descoberto algum segredo, talvez que ele virava humano em um dos quartos, e tinham que morrer. As mãos dele, ali as mãos dela, ficaram pegajosas de sangue, uma dor lancinante nos pulmões por causa do esforço. Um atrás do outro, os corpos iam tombando ao redor dele, manchando suas roupas de vermelho.

Desorientada, Kidan examinou as próprias mãos, apoiadas nos ombros dele. Nada de sangue. Sentiu uma pontada com a rapidez com que a imagem desapareceu e toda aquela energia se esvaiu. Era humana outra vez.

Susenyos ergueu a cabeça, ainda com sangue no canto da boca, parecendo ser próprio sol, pulsando com vida, o fogo na ponta dos cabelos. Hesitante, Kidan passou os dedos entre os cabelos dele. A luz a cobriu também.

— O que você viu? — A exaustão estava evidente na voz de Susenyos.

Kidan passou o dedo pelo rosto banhado de dourado dele, e Susenyos teve um sobressalto e depois fechou os olhos.

— Força — respondeu. Ela sentiu um aperto no peito. — O que você viu? Quando ele abriu os olhos, as chamas serpenteavam em seus olhos pretos.

— Uma mulher gritando. Uma casa em chamas, e você queimando junto.

Era isso, então. Ele sabia o que ela fizera com Mama Anoet. De um monstro para outro. Dali em diante, era o que podiam ser um para o outro e como iriam derrotar seus inimigos. Eles dariam conta de cada um dos membros do 13º, mas os que estavam rodeando seus novos amigos seriam os primeiros.

47.

KIDAN FOLHEAVA O LIVRO *MITOS TRADICIONAIS DOS abismos* na Torre de Filosofia enquanto esperava por Slen e Yusef. Precisava que Slen lhe fornecesse todas as informações possíveis a respeito do 13º, e para isso tinha levado o exemplar de modo a persuadi-la.

O professor Andreyas tinha rejeitado a abordagem atual deles para o Quadrantismo.

Os quatro quadrantes de um dranaico produzem um paraíso do qual o humano é o espelho.

Eles tinham tentado entender o que exatamente constituía o paraíso, mas falharam todas as vezes. Kidan folheava histórias sobre céu e inferno no livro. Talvez o paraíso se referisse a um poder divino. Para Yusef, era a criatividade, e o motivo pelo qual passava quatro horas por dia praticando-a.

Kidan se deparou com uma história sobre o cosmos, o poder de uma árvore atingida por um raio que serviu como portal entre os dois mundos. Ela passou a mão sobre a ilustração na parte inferior da página. Era chamada de árvore do céu e do inferno, mas em aáraco céu e inferno eram traduzidos em uma única palavra — "esat". Entre parênteses, lia-se "fogo ou água".

— Céu e inferno… mesma palavra — disse Kidan para si mesma.

O trabalho original do Dranacto usava a palavra "esat", que Slen presumira significar "paraíso". Não apenas Slen como todo mundo que praticava o Quadrantismo.

Kidan reescreveu a frase, mas mudou "paraíso" para "purgatório" e se recostou na cadeira, chocada.

Os quatro quadrantes de um dranaico produzem um purgatório do qual o humano é o espelho.

Quando eles chegaram, Kidan explicou o que tinha pensado:

— Estávamos traduzindo errado. O certo é o purgatório de um dranaico.

Slen pegou na mesma hora o livro dos mitos.

— Não é possível — disse Yusef. — O paraíso do dranaico é o equilíbrio com os quatro pilares. Bem-estar espiritual, mental, físico e material. Quando um ser humano se torna o espelho disso, entra em contato com a natureza e é capaz de produzir maravilhas.

Slen analisou o texto em silêncio, a expressão de surpresa ficando mais evidente em seu rosto a cada frase.

— Kidan tem mesmo razão. Como foi que eu não vi uma coisa dessas?

Yusef pegou o livro com os dedos manchados de carvão e leu, a testa franzida.

— Purgatório. Estão me dizendo que passei esse tempo tudo usando uma técnica de meditação que só causa dor?

Kidan olhou para ele, notando que seus ombros estavam trêmulos.

— Você está bem?

— Preciso ir.

Yusef foi embora. Kidan quis ir atrás dele, mas Slen estava falando, perto de conseguir decifrar o tema.

— A frase diz que o humano é um espelho do purgatório deles. Como provamos isso?

Elas começaram a lançar ideias e tentar voltar às dicas que o professor poderia ter dado.

A mente de Slen seguia trabalhando.

— E se a gente precisar perguntar aos dranaicos? A primeira tarefa era para nos compararmos uns aos outros e escolher quem iria ficar no curso. Agora, temos que nos comparar aos dranaicos.

— É possível. O purgatório de alguém é uma coisa muito pessoal. O único jeito de saber é perguntando.

Slen ficou em silêncio por alguns instantes.

— Sim, e comparar ao nosso.

Kidan engoliu em seco. Por que aquela era a tarefa deles? Era horrenda e invasiva, quase tão ruim quanto confessar um assassinato. A outra questão problemática era saber se os vampiros estariam dispostos a compartilhar, e a que preço. Ela agora compreendia por que o professor Andreyas dissera que apenas uma pessoa iria se formar.

O celular de Kidan vibrou com uma mensagem de GK.

Por favor, venha. Yusef está destruindo o quarto dele.

Ela respondeu de imediato:

Por quê?

Rufeal Makary foi escolhido como
Artista para Ficar de Olho
na Mostra de Arte Juvenil.

Kidan soltou um palavrão.

— Yusef está com problemas. Vamos.

Slen continuou ali diante dos livros abertos.

— Slen, vamos.

— Não podemos perder tempo. Vou continuar pesquisando.

Kidan se certificou de que não havia ninguém no corredor e então baixou a voz:

— Precisamos falar sobre o vampiro que jogou Ramyn da torre.

Slen ficou paralisada.

— Por quê?

— Eu tenho um plano. Confia em mim.

— Você salvou o Susenyos. Agora o pessoal do 13º está puto. — Quando Kidan tentou argumentar, Slen a interrompeu: — Passar no Dranacto é a única coisa que importa.

Kidan reprimiu a frustração e ficou observando Slen lhe dar as costas. Quando outra mensagem urgente de GK chegou, ela saiu apressada.

A Casa Umil ficava a dez minutos de onde ela estava. Quando chegou, uma criada abriu a porta para ela. Kidan correu pelas escadas até o quarto de Yusef.

Um GK aliviado abriu a porta.

— Entre.

Havia tons de vermelho e dourado entremeados no tapete, na roupa de cama e nos móveis. Yusef, tentando se equilibrar de forma meio precária numa gaveta aberta, tentava tirar um de seus desenhos de carvão da parede.

— Yusef? — chamou Kidan.

Ele se virou, os olhos vidrados.

— Preciso começar do zero. Estes estão todos errados. Estou indo pelo caminho errado.

— Certo, mas desça daí. Vamos conversar sobre isso — respondeu Kidan.

Ele permaneceu onde estava, olhando para o desenho de um homem mais velho que se parecia com ele. A incrível atenção às rugas ao redor dos olhos e à marca de nascença na testa era impressionante. Omar Umil.

— Eu estava errado, Kidan. Assim como estava errado sobre o Quadrantismo. E se eu não consigo criar justamente porque estou sustentando os quatro quadrantes da natureza? Na tentativa de manter todos em equilíbrio, eu estou me matando, e essa nem era a ideia. É o purgatório. Eu me joguei no inferno.

— Como assim? — perguntou ela e trocou um olhar nervoso com GK.

Quando não obteve resposta de Yusef, a preocupação de Kidan aumentou muito. Ele apresentava o mesmo tipo de comportamento desequilibrado do pai, assim como quando Omar Umil pedira pela teia de aranha.

A tela do notebook aberto de Yusef exibia o anúncio do Artista para Ficar de Olho, um sorriso radiante no rosto de Rufeal Makary ao posar para a foto.

A criatura que vivia dentro de Kidan começou a despertar. Alongava-se e exibia suas garras diante do cheiro de ameaça. Ela pegou o notebook e examinou a curva da boca de Rufeal. Daquela vez, não teve nenhuma vontade de se conter.

O apelo de Omar Umil veio à sua mente: *Proteja meu filho.*

Kidan desceu até o porão enquanto GK consolava Yusef. Encontrou a tábua com algumas marcas, a cinco quadrados de distância do lado esquerdo, como Omar Umil lhe dissera, e a abriu. Pegou uma caixa pesada de dentro e a destrancou. Por cima, havia equipamentos de escalada, cordas e grampos. Kidan mergulhou a mão e agarrou algo no formato de um chifre. Ao lado havia uma arma com sete cartuchos de balas. Ela sentiu o poder invadindo seu corpo. Havia o suficiente ali. *Ótimo.* Tinha que se preparar para o que viria a seguir.

48.

KIDAN E SUSENYOS DESCANSAVAM NO SOFÁ DA SALA DE estudos, a lareira acesa. Conversaram sobre todas as maneiras pelas quais era possível extinguir uma vida sem fazer barulho. Tinham encontrado algo em comum com aquele acordo, e era muito adequado que sua primeira tarefa juntos fosse planejar um assassinato. Eles canalizaram toda a energia venenosa que sentiam em relação um ao outro para uma missão específica, e admiravam o próprio trabalho como dois cirurgiões diante de um corpo aberto.

Seu primeiro alvo era Rufeal Makary. Foi o primeiro pedido de Kidan.

Ela falou das três maneiras de abafar um assassinato: uma arma discreta, um local escondido e uma história coerente. Em seus momentos de raiva, Kidan já tinha testemunhado o terror que era quando um desses três pilares desmoronava. Assassinato adorava fazer alarde, adorava falar por aí. Era preciso remover toda informação possível.

Rufeal Makary era um estudante ocupado e estava quase sempre cercado de pessoas, a não ser quando estava trabalhando. A terceira sala do segundo andar do Museu de Arte Umil era dedicada à arte de mosaico — a especialidade de Rufeal. Havia prateleiras lotadas de cerâmicas e pedras coloridas aguardando para serem espatifadas e reorganizadas para se transformarem em belas peças. Qualquer pequeno tropeço poderia causar um acidente imenso. A sala também ficava bem visível do elevador, além de ter uma câmera no canto. Entretanto, se Rufeal fosse para o lado oeste do prédio, onde havia um ponto que não era registrado pelas câmeras, eles teriam o local perfeito.

A arma foi mais complicada. Tinha que parecer acidental, para que não houvesse nenhuma necessidade de investigação — nem de transporte do corpo, enterro e perda do controle da história.

Kidan flertou com a ideia de um veneno e apreciou a ideia de algo potencialmente indetectável. Algo que fosse colocado nos vidros de mosaico ou nas paredes da sala. Levaria um tempinho, mas Rufeal acabaria morrendo.

Susenyos a observava com uma taça encostada nos lábios.

— Você está ficando perigosamente irresistível.

Kidan pegou um morango no prato de frutas que estava sobre a mesa e deu uma mordida.

— Você não está contribuindo para a nossa discussão.

— Me distraí prestando atenção no funcionamento da sua mente sombria.

Ela fechou a cara para ele.

— Anda, você deve saber de um jeito mais fácil de se livrar dele. Compartilhe.

— Fico magoado com essa suposição. É difícil eu passar tanto tempo assim planejando meus assassinatos.

A boca de Kidan se curvou de leve. Susenyos chegou mais perto, a perna dobrada roçando na dela.

— Isso foi um sorriso?

Quando ela ergueu os olhos, já não havia sinal dele.

— Precisamos saber por que o 13º está atrás de você — disse ela, séria.

O rosto de Susenyos perdeu o tom jocoso, que foi substituído por uma expressão mal-humorada.

— Eu sempre soube que as famílias não iriam gostar que um vampiro herdasse uma casa. Seria a primeira vez que aconteceria na Uxlay. Mas irem tão longe para me incriminar... Não achei que seriam capazes.

Kidan compreendia a frustração dele.

— Omar Umil disse que as casas querem independência para cada uma formular a própria lei.

Susenyos ajeitou o corpo.

— Tem certeza?

Ela assentiu.

316

Susenyos olhou para o fogo, a expressão perturbada.

— Isso quebraria a lei universal. Uxlay estaria vulnerável. — A voz dele ficou mais séria. — Que insanidade eles estão planejando?

— O que não entendo é por que não quebrar a lei universal de uma vez? Por que formar um grupo para isso?

— A reitora Faris mandaria os Sicions dela para qualquer casa que ousasse quebrar a lei da fronteira. Se estão planejando fazer isso, e até mesmo tenho minhas dúvidas sobre serem capazes de fazer uma coisa dessas, todas as casas ao longo da fronteira precisam quebrá-la ao mesmo tempo. Assim, a reitora Faris não teria tempo de consertar o rombo.

O olhar calculista de Susenyos provocou um arrepio em Kidan.

— Eles estão com a June — disse ela em voz baixa. — Omar disse que eles precisam de uma herdeira e que não a machucariam. — Kidan mordeu o lábio. — O que você acha?

Susenyos ficou um bom tempo pensando.

— É provável. Ainda mais agora que você deixou evidente que não está do lado deles. Vão precisar que June venha para dominar a Casa Adane. Se estão com ela, ela está viva.

Kidan respirou fundo, contente por aquela confirmação.

— Mas quem foi que deu seu nome para Mama Anoet?

Ele coçou o queixo.

— É provável que tenha sido o mesmo vampiro que matou Ramyn. Você sabe quem é?

Só Slen sabia.

— Não, mas vou descobrir — disse ela, determinada.

Ele sorriu com certo pesar.

— E pensar que durante esse tempo todo tínhamos um inimigo em comum. Fomos jogados um contra o outro por tempo demais. Sinceramente, é uma afronta. Quando eu descobrir quem foi que planejou tudo isso, essa pessoa vai ter uma morte lenta e sofrida.

Os pelos da nuca de Kidan se arrepiaram diante daquela promessa letal.

Susenyos a olhou com cautela.

— Precisamos confiar um no outro. Chega de joguinhos.

A casa chegou a ranger após aquela declaração. Será que Kidan conseguiria confiar nele? Era difícil e levaria tempo. Contudo, eles podiam ir com calma. Ela assentiu e se afundou mais no sofá, jogando a cabeça para trás e deixando com que o dourado do fogo a banhasse.

Sentiu a tensão saindo do seu corpo, os ombros relaxando. Kidan não lembrava qual fora a última vez que tinha se sentido tão bem em sua casa.

Sua casa. Que pensamento estranho, imaginar aquele pesadelo de lugar como sua casa.

— Voltando a Rufeal. Imagino que ter um parceiro vampiro tenha alguns privilégios. Sei que vocês têm força e velocidade, mas o que mais? — perguntou ela.

— Já estou falhando em atender às suas expectativas? — provocou Susenyos.

Kidan conseguiu ouvir o sorriso dele.

— Yusef disse que vocês têm garras, mas sei que ele estava me sacaneando.

— Nós temos garras, sim.

Ela olhou para as mãos grandes dele.

— Têm? Posso ver?

Com um olhar divertido, Susenyos estendeu a mão para ela. Veias verde-claras em formato de raios marcavam a pele negra. Então, suas unhas curtas e limpas começaram a crescer e virar garras enormes, a pontinha preta como se tivesse sido mergulhada no carvão. Kidan ficou boquiaberta e passou a mão nas unhas marcadas. Eram afiadas o suficiente para cortar um fio.

— Como nunca vi você as usando? — A voz dela emanava fascínio.

— Quando as garras aparecem, em geral é porque deixamos nossa natureza se apossar por completo, mais monstro do que humano. Muita gente não gosta, mas... você nitidamente gosta.

Kidan recuou as mãos na hora.

— Só estava curiosa sobre seus poderes.

Susenyos manteve o sorrisinho no rosto.

— A habilidade de estabelecer a própria lei da sua casa? Isso, sim, é poder de verdade. — Ele estendeu a mão para ela. — Vamos lá?

Kidan sentiu o estômago revirar. No entanto, era o combinado deles. Susenyos a ajudaria com o 13º. Ela o ajudaria a dominar a casa. Toda noite, eles iriam tentar ficar no observatório. Juntos. A casa precisava de paz para ser dominada.

Eles foram andando até chegarem ao lado de fora do cômodo iluminado. Kidan sentiu um aperto no estômago, apreensiva. Da última vez que entrou ali, June lhe dera o comprimido azul para tomar.

— Por quanto tempo temos que ficar aqui?

— Pelo tempo que conseguirmos.

Kidan sentiu o corpo ceder.

— Minha família... por que eles estabeleceram essa lei para você?

— Para eu ficar aqui e defender sua Casa para sempre.

Parecia quase cruel. Se Susenyos tinha ficado ao lado deles por décadas, por que não confiavam nele? Como se tivesse conseguido ouvir aqueles pensamentos, ele cruzou os braços e falou em voz baixa:

— Seu pai e sua mãe não podiam passar esta casa para alguém que não valorizava os humanos. Precisavam me curar dessa falha fatal, e o que seria uma lição melhor do que me tornar um deles? — Ele fez uma careta ao dizer aquilo, depois olhou para o cômodo. — Então este lugar remove a minha imortalidade. Me deixa cara a cara com a morte.

— Mas eles criaram a lei especificamente para você, e não para os outros dranaicos da Casa Adane. Por quê?

Ele passou a mão no rosto.

— Sua família me pegou enquanto eu estava fugindo. Acharam que, se algum dia a casa ficasse em perigo, eu iria abandoná-los. Queriam se certificar de que eu nunca fosse embora.

Fugindo... de quê?

— Espere aí, você não pode ir embora?

— Eu fui uma vez. E aí, quando voltei, descobri que um dos quartos tinha mudado.

Ela foi entendendo aos poucos.

— Você colocou a casa em risco ao ir embora.

Ele coçou o queixo, a raiva começando a aparecer.

— A linguagem da lei é vaga de propósito, assim nunca sei ao certo que tipo de ação vai acioná-la. Preciso tomar muito cuidado. Caso contrário, ela vai tirando tudo de mim, cômodo a cômodo.

Kidan franziu a sobrancelha.

— Por que não ir embora da Uxlay e não voltar nunca mais? A lei só funciona nesta casa, certo? Só precisaria se certificar de nunca mais voltar aqui.

Uma tempestade parecia estar se formando na expressão dele.

— Não, Uxlay é o único lugar seguro.

Seguro? Aquele lugar era seguro?

— Seguro do quê?

Ele soltou um suspiro frustrado.

— Não posso contar a você mais do que isso. Queria poder. Mas até isso pode acionar a lei e me custar mais um cômodo.

Ele abriu e fechou os dedos, num movimento desesperado. Kidan franziu a testa. Ela se lembrou daquelas noites em que ele estava deitado, quase morto, até Etete retirá-lo dali. Susenyos tinha convencido todo mundo de que era intocável, livre para fazer o que quisesse, mas no fundo não era muito diferente dela, preso a uma promessa, a uma palavra.

Kidan entrou e se preparou para o frio congelante. Susenyos foi logo atrás e respirou, ofegante. Os dois se sentaram no chão, a lua iluminando a pele negra deles, e deixaram que as espadas caíssem sobre eles.

Começou com June. Dormindo, morta. Em seguida, Mama Anoet gritando, morrendo. O mundo inteiro com medo de Kidan.

Ela mordeu o lábio com tanta força que o cortou e o fez sangrar. Susenyos lidava melhor com a dor, de olhos fechados. O único indicativo de que estava sentindo alguma dor eram os dedos tensos apertando o punho cerrado, as veias saltando nos braços.

A imagem que assombrava Kidan se transformou num rosto familiar — o dela mesma. Kidan com pupilas vermelhas e a boca ensanguentada. Aquela versão de Kidan não estava observando June de trás de uma janela, e sim mordendo o pescoço dela e colorindo seus lábios. Aquela Kidan matara a mãe adotiva e reagira cheia de raiva, e não de luto ou arrependimento. Só sentia desprezo pela irmã e queria lhe dar uma lição por abandoná-la. Queria rasgar a pele dela e espalhar o terror. Aquela Kidan tinha que morrer.

O fantasma de June foi até ela, segurando uma faca, os olhos substituídos por luas. Kidan segurou o cabo, e June a ajudou a guiar a faca até o peito de Susenyos.

Isso.

A faca então se retorceu, e o braço de Kidan se dobrou para tocar o próprio coração.

Isso.

Kidan tentou argumentar com sua consciência. Eles ainda podiam fazer o bem, mas June não ouvia nada naquele cômodo. Seus olhos pareciam queimar Kidan, despertando um inferno. Ela arquejou, a vontade de gritar lhe subindo pela garganta. A dor e o grito andavam juntos. Era a única saída, a única maneira de se libertar. Kidan não conseguia se manter presa, precisava se soltar.

Susenyos abriu os olhos. Nenhum dos dois conseguia falar, mas o olhar dele lhe dizia para aguentar firme. Ficar. Kidan implorou para saírem dali, as bochechas molhadas.

Vá agora. Mate-o. Mate todo o mal.

As palavras de June ressoaram como um trovão.

Kidan partiu para cima e atacou Susenyos com um grunhido feroz. Ele arqueou as sobrancelhas e lutou para contê-la. Na mão dela não havia uma faca, mas isso não a impediu. Ela o esfolava e arranhava, tirando sangue de suas bochechas. Ele sibilava, tentando jogá-la para o lado. A força acabou atingindo a ilusão, e os dois foram como um raio para a saída, precipitando-se no corredor, aos sobressaltos.

— Isso vai ser mais difícil do que eu imaginava — disse Susenyos, ofegante. Ele tocou a bochecha e esfregou os dedos sujos de sangue, enojado. Contudo, a pele já começava a cicatrizar.

— Não sei o que aconteceu — sussurrou Kidan, os olhos arregalados. — Eu não consegui me controlar.

Ele assentiu, como se compreendesse.

— Você está procurando um jeito de acabar com a dor. Infelizmente para mim, você acha que a resposta é me matar.

Susenyos continuou a observando, a expressão indecifrável. Não era só ele; ela também. A faca também estava apontada para o seu próprio coração.

— Também ouço — disse ele depois de um tempo. — Aquele instinto lá no fundo que diz a você para fazer qualquer coisa necessária que vá acabar com a dor.

— O que diz a você para fazer?

Ele hesitou um pouco, cerrou os punhos e depois soltou.

— Voltar no tempo e salvar meu povo da morte.

Então era aquilo que estava no cerne de sua tortura. Kidan deu uma olhada para o chaveiro pendurado no pescoço de Susenyos, que guardava as roupas e os tesouros do povo dele. Ela estreitou os olhos diante daquele sentimento de perda.

— Mas você… não pode.

— Então você entende o problema. — Ele encarou o quarto com tamanho ardor que poderia queimá-lo até virar cinza. — Fique aqui descansando.

Ela se recostou na parede, agradecida. Susenyos entrou e se sentou no quarto assombrado. Seu rosto pinicava, e suas mãos sangravam, mas ele resistiu, hora após hora.

A mente dos dois podia até estar em sincronia, mas o coração não poderia ser mais diferente. Susenyos lutava por sua imortalidade. Kidan lutava pela morte.

E o cômodo acabaria sendo dilacerado pela natureza dos dois.

49.

SUSENYOS ESTAVA EM SEU QUARTO, ESCREVENDO UMA carta. Kidan se recostou no batente da porta e observou a luz do sol banhar o ambiente. Era reconfortante a diferença do local para o observatório. Talvez tivesse sido arquitetado daquela maneira. Para um momento de paz.

Susenyos falou enquanto escrevia:

— Está tudo pronto para Rufeal. É só questão de tempo.

No dia anterior, Susenyos arrebentara os canos dos banheiros próximos ao estúdio de arte de Rufeal. Muitos dos estudantes de arte correram para conseguir um espaço para trabalhar na biblioteca às vésperas da exposição, mas Rufeal recebera uma dica sobre um depósito onde o antigo departamento de arqueologia costumava guardar seus objetos. Era tão silencioso que dava para ouvir as musas falando. No fim do dia, Rufeal já tinha transportado todas as suas coisas para o espaço. Não havia câmeras lá.

Kidan relaxou os ombros. Não estava muito certa sobre o acordo entre eles, mas valorizava aqueles momentos em que Susenyos nem pensava em questionar um assassinato.

— O que está escrevendo? — perguntou ela.

— Venha ver.

O quarto ia dissipando a tensão do corpo de Kidan a cada passo que ela dava, o sol afastando o frio. Ela fechou os olhos por um momento e se deixou invadir por aquele calor. Chuva fraca e terra preenchiam todos os seus sentidos. Por que aquele quarto era tão tranquilizante?

Quando Kidan abriu os olhos, Susenyos a observava com uma estranha intensidade no rosto. Ela pigarreou, caminhou até a mesa e leu por cima do ombro dele.

— Cartas para o Imortal? — perguntou ela, na esperança de acabar com aquela perscrutação silenciosa.

Aos poucos, ele foi desviando o olhar.

— Sim, cartas enviadas a mim.

Kidan examinou as prateleiras que se estendiam até o teto. Devia haver milhares de pergaminhos.

— O que é isso exatamente?

— Um serviço.

— Para quê?

A voz dele exalava uma animação surpreendente.

— Na maioria das vezes para mulheres negras, que historicamente e até hoje sempre foram os indivíduos menos protegidos da sociedade. Quando eu vivia fora da Uxlay, pensei de que maneira elas podiam solicitar minha ajuda. Eu não podia estar em todos os lugares, não podia estar dentro das casas e dos locais de trabalho, mas um pedaço de pergaminho com tinta poderia. A carta era o modo de comunicação mais acessível naquela época, e dizíamos quem podíamos encontrar. No início, ninguém escreveu. Agora escrevem todos os dias, todas as horas. Alguns pedidos são imediatos, outros não; algumas só estão buscando algo mais na vida.

Susenyos parecia orgulhoso do que tinha criado, e era surpreendente mais uma vez vê-lo num papel diferente. Kidan não compreendia muito bem qual versão dele era a verdadeira. No entanto, a magnitude das cartas a assombrou, algumas datando do século XIX.

— Você responde a todas?

— Sim.

— O que você diz?

— A verdade. Talvez elas nunca me vejam, mas vão sentir minha presença na vida delas. Hoje, amanhã, daqui a dez anos. Assim como a sombra de uma nuvem, ou uma rajada de vento que parece muito específica, elas vão saber que eu as ouvi.

Kidan se inclinou sobre a mesa e pegou outra carta sem pensar muito, e foi aí que a pulseira enganchou na caneta, quebrou e caiu. Antes que ela pudesse pegar, o comprimido azul quicou e fez barulho sobre a mesa.

Susenyos o pegou e franziu a testa, a expressão confusa.

Merda. Ela sentiu o coração apertado.

Tinha que pensar rápido, mas nada surgia.

— Kidan. — O nome dela saiu de um jeito tenso. — Isso é o que estou pensando?

— Não se preocupe. É só por via das dúvidas. — Ela deu de ombros.

— Você carrega uma coisa que pode te matar, só por via das dúvidas? — Havia um tom de desconforto na voz dele.

— Quero que seja uma escolha minha. Caso eu seja atacada... acabar com tudo antes que fique ruim demais, sabe?

Pela expressão de Susenyos, ele não sabia. Kidan pegou o comprimido da mão dele, se afastou e tentou consertar a pulseira. Não queria ser julgada.

Ela não conseguia fechar o bracelete, e a dor do observatório se infiltrou ali. A presença de June vazou para aquele espaço, lembrando-a de não quebrar sua promessa.

Matar todo o mal.

Kidan nem sentiu que Susenyos tinha se mexido até que ele estivesse ao seu lado e abrisse uma das mãos. Um pedaço do fecho. Com os dedos trêmulos, ela o pegou, sem saber se aquele nervosismo era por causa da proximidade repentina ou por ele ter descoberto seu segredo mais sombrio sem querer.

Susenyos não disse nada enquanto ela tentava consertar o metal, chegando a machucar o polegar. O compartimento não fechava. Ele colocou as mãos sobre as dela. Kidan entregou a pulseira e deixou que ele fizesse o trabalho de fechar. Era como a aula de restauração que tiveram, mas daquela vez não era um tesouro que estavam restaurando; era um pedaço de Kidan ali desprotegido, pronto para ser dissecado.

Eles ficaram em silêncio durante um bom tempo depois que Susenyos terminou. O intervalo de tempo fez o coração dela se acalmar aos poucos.

Kidan se sentiu impelida a compartilhar a história. O quarto sussurrava que era seguro.

— A pulseira era de Mama Anoet. Fiz uma para ela e outra para June. Ela dizia que borboletas são símbolo de transformação, mas nunca falou de que tipo eram. No caso de algumas pessoas seria melhor nem mudar, não acha? — Ela sentiu uma tristeza invadi-la. — Eu mudei, e isso a matou.

As palavras dele foram sérias, graves.

— Você fez o que tinha que fazer.

É lógico que ele não iria julgá-la. Susenyos não via nada de errado em matar alguém.

— Você acha que a morte vai livrar você disso — murmurou ele. — Mas aquele vazio só vai queimar mais do que o sol.

— Não é poesia que eu quero, e sim punição. E se eu quiser queimar?

— Porque você é tão má, tão vil, tão podre, não é? — Havia um certo deboche no tom de voz dele. — Se você é tudo isso, que esperança sobra para o restante de nós?

A voz de Kidan adotou certa rispidez.

— Eu sei o que fiz… E do que sou capaz.

Ele ficou em silêncio por um longo tempo.

— É uma pena que quando enfim encontro minha semelhante, ela não se ame o suficiente para permanecer neste mundo. — Kidan piscou os olhos castanhos para ele. — Como vai conquistar o observatório se tem tanto ódio de si mesma?

Kidan, quase fascinada por aquela pergunta, não conseguiu desviar o olhar. A imobilidade dele sempre a impressionava, os olhos pretos fixos, sem nem mesmo uma piscadela para interromper o contato visual.

— Você se ama de verdade? — sussurrou ela.

Susenyos estava sempre centrado, imóvel. Kidan queria sentir o gosto daquele tipo de certeza. De viver tanto tempo e continuar assim.

Ele pelo menos parou um pouco para pensar. A luz do sol se movia em ondas sobre sua pele negra perfeita, e ela se deu conta do quão violentamente eterno Susenyos era.

— Sim. Ninguém busca a imortalidade se não se amar.

Foi a vez de Kidan não piscar. Os olhos ressecaram, e a água escapou deles como se fosse uma película, mas ela continuou encarando.

— Como?

Susenyos se aproximou, abaixou a cabeça e passou o polegar na bochecha dela. Aquela intimidade repentina a assustou, mas Kidan não recuou.

— Vou te ensinar. Se me deixar, posso te ensinar milhares de maneiras diferentes de se amar.

326

Aquela promessa perturbou sua alma.

Era perigoso amar a si mesma. Porque quando Kidan amava, ela amava por completo. De um jeito egoísta.

Ignorando o desconforto repentino que a acometeu, Kidan se afastou, envergonhada. Ela passou os dedos sobre os pergaminhos antes de ir embora do quarto. Aqueles sussurros, apelos e desejos transformados em palavras, todos querendo uma visita dele.

Mais tarde naquele mesmo dia, Kidan se viu escrevendo sua primeira carta para ele. As palavras a obrigaram a se concentrar, a escolher um assunto sobre o qual queria falar. June. Mama Anoet. A morte do pai e da mãe. As opções fervilhavam, mas foram outras palavras, surpreendentemente honestas, que chegaram até a página.

Carta ao Imortal.

Acho que nasci para morrer. Tudo o que faço parece sem sentido ou, pior, machuca aqueles à minha volta. Até mesmo os pensamentos que acredito serem bons terminam numa ânsia de sangue. Existe algo dentro de mim que não se encaixa. Algo sólido e pontiagudo que deseja sair. Quer destruir o mundo inteiro, despedaçá-lo e reorganizá-lo, estilhaçar tudo só para me agradar. Quanto mais eu luto contra esse desejo, mais coisas eu perco. Ele está tomando meu corpo, minha mente, meu coração. Não aguento mais. Quero paz e calma. Preciso acabar com isso logo, antes que me vença. Por favor, me diga como aguentar tudo isso.

Seus dedos tremiam, e ela lutou contra a ânsia de riscar tudo. Kidan não escreveu seu nome, o país nem o ano. Não queria que ele soubesse que vinha dela. No dia seguinte, quando a casa estava vazia, Kidan escondeu o papel debaixo de um dos pergaminhos. As cortinas se mexeram, e, embora as palavras estivessem perdidas e que seu pedido provavelmente não seria respondido, a casa ouviu e murmurou algo, como se tivesse compreendido.

50.

UMA SÉRIE DE BATIDAS ALTAS ACORDOU KIDAN NO MEIO da noite. Ela desceu apressada e foi acendendo as luzes.

— Olá? Quem está aí?

As batidas continuaram, e Kidan procurou por Susenyos, mas o lado dele da casa estava escuro.

Quando ela abriu a porta, duas pessoas entraram feito um raio, uma segurando a outra. Yusef se apoiava com força em Slen, emitindo um som grave e preocupante. Quando eles estavam sob a luz, Kidan viu o sangue. Sentiu o corpo congelar.

— O que aconteceu?

Os olhos de Slen estavam vidrados, em choque, e a voz hesitante e ofegante.

— O sangue não é nosso.

Kidan ficou imóvel.

— Estava falando sério quando disse que eu podia confiar em você? — perguntou Slen, e o tremor em sua voz já tinha sumido.

Kidan estava chocada demais para falar.

— Estava? — perguntou Slen de novo, mais alto.

— Sim, sim. É óbvio.

Slen hesitou por um momento e então entregou Yusef nas mãos de Kidan, que quase caiu com o peso dele.

— Preciso resolver umas coisas.

— Espera, o que você…?

Ela já tinha se virado, pegado o casaco no gancho e saído correndo. Kidan tentou colocar Yusef no sofá, mas os dois tropeçaram poucos centímetros antes de alcançá-lo.

Yusef tremia. Kidan tentou acalmá-lo, ela mesma cada vez mais apavorada, mas ele a afastou, sentou-se no carpete com as mãos na cabeça e começou a murmurar alguma coisa.

— O que aconteceu? — perguntou ela de novo.

Ele sussurrava alguma coisa em outra língua, a voz suplicante, dolorosa, e aquilo partiu o coração dela.

— Yusef, por favor. Me conte o que aconteceu.

Por cima do cabelo cacheado de Yusef, ela viu Susenyos chegando.

— Me perdoe — disse Susenyos.

— O quê?

— Me perdoe. É isso o que ele está falando — explicou, apontando com o queixo para o outro.

Yusef continuou sacudindo o corpo para a frente e para trás, enquanto Kidan sussurrava frases tranquilizadoras sem ter certeza de que funcionariam, mas também sem conseguir parar.

— Rufeal... — disse Yusef num arquejo.

Kidan olhou para Susenyos em choque.

Susenyos se agachou diante deles.

— O que tem o Rufeal?

O tom de voz de Yusef ficou completamente frio, em choque:

— Ele... está morto.

Yusef olhou para as próprias mãos ensanguentadas.

— Você o machucou? — perguntou Kidan em voz baixa.

— Eu não... achei que eu conseguiria.

Kidan sentiu o coração partir enquanto Yusef soluçava em silêncio. Ela só havia rezado duas vezes na vida: na noite em que June fora levada e na noite em que matara sua mãe adotiva. As duas situações a tinham deixado de joelhos, perdas profundas que ela teria destruído a si mesma para evitar. Aquela perda da alma de Yusef era desesperadora.

Entretanto, Kidan já não estava mais rezando, e sim xingando todos os deuses do universo por tirarem dela tudo que havia de bom. Por que ela não era suficiente? Por que eles precisavam envenenar todas as pessoas ao redor?

Kidan chamou Susenyos com gentileza.

— Me ajude a levá-lo lá pra cima.

Segurando cada um de um lado, eles carregaram Yusef até o chuveiro e fecharam a porta.

— Que porra está acontecendo? — perguntou ela, a voz trêmula. — Ele não vai sobreviver a uma coisa dessas. Ele é uma boa pessoa. E se o 13º for atrás dele?

A mente de Kidan voltou diretamente àquela noite, jogada numa cela como se fosse um animal. Ela sentiu o coração apertar.

Susenyos, que prestava atenção à lâmpada piscando sobre eles, começou a falar antes que ela começasse a surtar:

— Lembre-se do que eu te disse. Você vai ajudá-lo, e eu vou ajudar você.

Kidan se apegou àquelas palavras e assentiu.

Quando desceram, Slen tinha voltado com um quadro coberto. A presença dela despertou uma pontada de fúria.

— Você o obrigou a fazer isso? — perguntou Kidan.

Slen olhou para ela, inexpressiva como sempre.

— Yusef é a pessoa menos indicada para lidar com algo assim.

Kidan partiu para cima dela.

— E que porra aconteceu?

— Mais importante, onde está o corpo? — perguntou Susenyos, que apareceu vindo de trás dela.

Slen arqueou a sobrancelha para Kidan.

— Meu dranaico cuidou disso.

— Seu dranaico do 13º? Quem é?

Slen se recusou a responder.

Susenyos cruzou os braços, o olhar duro e desconfiado.

— Existe algum motivo em particular para não querer nos contar? Talvez esteja planejando incriminar outra pessoa inocente por um dos seus assassinatos.

Os dois ficaram se encarando, sem desviar nem piscar. Minutos se passaram. Kidan tinha certeza de que, se não estivesse lá, eles teriam avançado um contra o outro.

Kidan quebrou o silêncio:

— Slen, conte pra gente o que aconteceu.

Kidan estava agitada demais para se sentar, e então Slen começou a relatar os acontecimentos daquela noite. Rufeal Makary passara a tarde trabalhando no mosaico do famoso retrato chamado *Mulher de azul*. Era a tela que estava naquele momento apoiada na lareira. Ao vê-la, Kidan se recostou no sofá, impressionada com sua beleza. Rufeal tinha escolhido uma linda cerâmica marrom para a pele da mulher, e vidro azul-celeste para as roupas, que cascateavam, parecendo ondas. O vidro refletia o céu, num tom de azul cerúleo, e dava uma tonalidade à pele como se ela tivesse sido envolvida pelo próprio mar. Era uma recriação perfeita do original, a não ser por uma pequena novidade — o sangue de seu criador espirrara em duas linhas que cortavam seus seios e pescoço, uma rajada vermelha e chocante que chamava toda a atenção.

Kidan ouviu um zumbido nos ouvidos. Estava angustiada com aquela violência, e mais ainda por ter partido de alguém que ela considerava uma pessoa totalmente gentil.

A arma do crime fora um martelo. O mesmo martelo que Rufeal usara para espatifar os vidros e as cerâmicas e criar a peça.

— Por que Yusef faria isso? — sussurrou Kidan.

— Ele também não sabe. — Slen se inclinou para se aproximar dela. — Você sabe que ele não vai conseguir lidar com isso.

Kidan não gostou do tom de voz dela.

— Nós vamos ajudá-lo.

— Ele vai nos arrastar para o fundo do poço junto com ele.

— Não podemos abandoná-lo. O 13º vai vir atrás dele.

— Eu o conheço.

— Você o conhece. — Kidan deu uma risada de deboche. — E ainda assim é a primeira a querer deixá-lo de lado?

— Não estou falando da prisão nem do 13º. Estou falando do Dranacto. Ele não vai conseguir se concentrar, e isso vai atrapalhar todos nós.

— Vai abandonar seu amigo por causa de uma aula? — perguntou Kidan, boquiaberta, tentando ler o rosto de Slen.

— Eu fui honesta sobre os meus objetivos desde o começo.

Kidan ficou irritada, as narinas inflando.

— Vamos passar no Dranacto todos *juntos*.

Slen se levantou para sair e parou para olhar a tela.

— Queime isso e reze para o 13º não vir atrás de todos nós.

Kidan olhou para *A mulher de azul*. Sua beleza estonteante combinava com os olhos que pareciam pérolas. Kidan estava tão focada na imagem que não ouviu o chuveiro desligar. Foi a sombra avultando no sofá que lhe avisou da presença de Yusef. Ela teve um sobressalto e tentou cobrir a tela.

Yusef nem olhou para ela, a expressão vidrada e assombrada.

Kidan ergueu a mão, mas depois desistiu e baixou de novo.

— Você devia dormir aqui hoje.

Ele não respondeu.

Kidan estava cheia de perguntas, mas não tinha como bombardeá-lo naquele estado. Yusef caminhou e se esticou no sofá, ainda olhando para o retrato. Kidan pegou um cobertor na lavanderia e o entregou a ele. Ela hesitou, sem saber se deveria tirar o quadro dali. Precisava ser destruído. Contudo, ela também queria examiná-lo um pouco mais. Havia alguma coisa ali que atraía sua atenção. Ela se sentou no sofá de frente para Yusef e esperou que ele dormisse antes de levar o quadro para o andar de cima. Kidan colocou o quadro no espaço atrás da penteadeira. Havia um nível de premeditação por parte de Slen no assassinato de Ramyn, mas, no caso de Yusef, fora um surto de violência. Ambas eram ações que ela não esperava de nenhum dos dois.

Você não pode salvá-los.

A voz de June entrou como uma rajada pela janela aberta, e Kidan correu para fechá-la de uma vez. Sua respiração saiu esfumaçada.

E se eles machucarem outras pessoas? Quer mesmo ter mais sangue nas suas mãos?

A alternativa era remover seus novos amigos daquele mundo. Kidan balançou a cabeça. Seus amigos não iriam machucar mais ninguém. Tinham cometido um erro. Um erro. Sim. Ela rezou para June.

Deixe que eles vivam.

Naquele estado de delírio, Kidan achou que June podia estar envenenando seus amigos de propósito, com ciúmes porque, quando Kidan acordasse, seu primeiro pensamento seria um futuro pacífico junto a eles.

51.

O CORPO DE RUFEAL MAKARY APARECEU FORA DOS LI-
mites da Uxlay desmembrado, as partes espalhadas na floresta ao
redor. Um relatório surpreendente concluiu que ele fora atacado por um
animal selvagem; estava quase irreconhecível. O dranaico de Slen tinha
uma maneira bem doentia de lidar com corpos.

A Casa Makary pintou de vermelho seus broches com uma pena e
um pergaminho e enterrou o garoto no túmulo da família, ao lado da tia,
Helen Makary.

O campus promoveu algumas atividades para que os alunos tivessem
acompanhamento psicológico. Fora isso, não houve nenhuma investigação.
Nenhuma grande comoção. Kidan compreendeu que o luto mais profundo
era reservado aos filhos e às filhas principais das famílias, como Ramyn
Ajtaf. Rufeal não passava de um coadjuvante, o 13º na linha de sucessão
para herdar a casa.

Yusef não falou pelos três dias seguintes. Elas se revezavam para fazer
companhia a ele regularmente, até que Slen sugeriu que o levassem à sala
vazia do Grande Salão Andrômeda. Quando não havia eventos, o espaço
ficava quase sempre vazio. Slen deu tela e tintas a ele e então saiu. Kidan
ficou. Yusef não falou nada, apenas parou para comer em silêncio e pintou.
Kidan ficou preocupada à medida que as horas passavam. Começara a se
acostumar ao som dos lápis carvão no papel e ao cheiro de semente de
abóbora tostada que o acompanhava a todos os lugares.

Yusef se afastou da tela, a pele toda suja de tinta branca e azul royal,
além dos riscos cinza.

— Não está mais aqui. — Era um som frágil e pequeno, mas era ele. Yusef estava falando.

Kidan endireitou o corpo, saiu da posição desconfortável em que estava e deixou de lado o livro que levara.

Era uma pintura de uma mulher negra de pé numa camada de carvão em brasa. Seu rosto se contorcia de dor, e ela carregava quatro crianças pelo corpo. Elas puxavam suas roupas, arranhavam seu pescoço e suas costas e a mordiam, no desespero de fugir do fogo. Kidan encarou, impressionada. Era uma expressão tão pura de amor materno que ela não conseguia continuar olhando nem desviar por completo o rosto. Ele tinha dado o título *Purgatório do Quadrante*.

— O que não está mais aí? — perguntou Kidan com calma, se aproximando dele.

Ele piscou, e uma lágrima escorreu pela bochecha.

— Eu não quero destruí-lo. Aquela voz me dizendo pra queimar tudo... não está mais aqui.

— Isso é bom. Não é?

— Bom. — A voz dele era tensa e triste. — Como pode ser bom eu não odiar a mim mesmo exatamente no único momento em que eu deveria?

Kidan baixou a cabeça.

— Eu... eu matei alguém, Kidan. — Ele olhou ao redor, boquiaberto, como se tivesse acabado de se dar conta. — Por que não fui preso?

— Eu e Slen cuidamos disso.

Ele balançou a cabeça com veemência.

— Por que estão fazendo isso? Por que se envolveram?

— Sabemos que você é uma boa pessoa. Não vamos deixar eles estragarem sua vida por causa de um acidente.

Ele olhou para ela sem entender.

— Um acidente?

Aquela era a verdade que ela repetira para si mesma ao longo dos três dias anteriores. Ele era uma boa pessoa. Aquele ato não maculava sua natureza.

— Um acidente — repetiu ela e segurou os ombros dele. — Precisa nos contar se há algo a mais.

Yusef cambaleou para trás, mas Kidan segurou seus ombros com mais força.

— Já está feito, Yusef. Nós vamos ajudar você. Eu prometo.

Kidan não o soltou até que ele acreditasse, um pequeno brilho começando a aparecer em seu olhar triste. Não podia deixar que Yusef terminasse como ela. De que maneira sua vida teria sido diferente se alguém a tivesse encontrado depois do assassinato de Mama Anoet? Alguém que a tivesse acalmado e dito que tudo ficaria bem? Ela ficou paralisada pela memória. *Nunca mais.*

Slen apareceu na porta e os observou.

Kidan deixou Yusef voltar ao trabalho e se aproximou dela.

— Você é muito boa com ele — disse Slen.

Kidan olhou para ela.

— Você também. Foi por isso que o trouxe aqui para pintar, não foi?

Slen não disse nada, mas Kidan estava começando a compreendê-la por trás daquela armadura. Não que não se importasse com Yusef, ela só não gostava de demonstrar. E, apesar da confissão fria, ela se sentia culpada por Ramyn. Kidan a avistara visitando o túmulo de Ramyn certo dia de manhã cedinho, antes mesmo de os pássaros começarem a cantar.

Kidan soltou um suspiro.

— Sei que ainda não confia em mim, e também não tenho certeza se confio em você, mas tenho um plano.

— *Havia* um plano. Prender Susenyos Sagad. Um plano que você sabotou. — A voz dela demonstrava certo tom de rispidez.

— Sei que você quer ser livre, Slen. Mas não deixe o 13º controlá-la.

Aquilo fez Slen hesitar, e então ela perguntou, relutante:

— Qual é o seu plano?

— Depois que você me disser quem matou Ramyn, eu e Susenyos vamos eliminar todos os membros do 13º.

Os olhos inexpressivos de Slen analisaram Kidan em busca de desonestidade ou deslealdade.

— Isso é suicídio. Quase metade da Uxlay faz parte do 13º.

— Não me importo. Eles estão com a minha irmã — disse Kidan, decidida.

Slen olhou para ela com cuidado.

— Meu pai não pode sair da prisão.

— Ele não vai. Ninguém entende isso melhor do que eu. — Kidan respirou fundo. — Agora, quem foi que jogou Ramyn do alto da torre?

O silêncio pairou entre elas por um longo momento.

Enfim, Slen disse em voz baixa:

— O nome dele é Titus Levigne. Vou falar com ele antes. Depois da aula de amanhã ele irá se encontrar com você.

— Obrigada. — Kidan soltou o ar.

Slen observou Yusef com suas tintas.

— Por falar em amanhã, sabe o que precisa fazer para passar no Quadrantismo, não é?

Kidan suspirou.

— Saber mais sobre o ato mais horroroso do meu vampiro. Ótimo.

Ela andava esperando o momento certo para perguntar a Susenyos sobre seu purgatório, mas o incidente com Yusef a fizera esquecer aquilo. Sabendo o quanto ele gostava de guardar os próprios segredos, não iria ser fácil.

52.

— PRECISO DA SUA AJUDA COM A AULA DE QUADRANtismo — disse Kidan, se aproximando da mesa de Susenyos, sua sombra cobrindo as letras diante dele.

Quando Susenyos se concentrava, batia a caneta duas vezes no ponto-final das frases. Havia uma cadência em sua escrita — um arranhão, um rabisco, um traço, ponto, ponto — que ela gostava.

— Hum?

— Não é grande coisa — disse de maneira casual. — Só queria saber qual é seu purgatório? — Ela passou a mão na borda da mesa.

Ele soltou a caneta.

— Era mais fácil me pedir pra dividir minha alma e entregar a você.

— Bem, se preferir isso, não me importo.

Ele abriu um sorrisinho divertido. Em seguida, deixou a caneta em cima da mesa, se levantou e se aproximou dela.

Kidan teve um sobressalto quando ele colocou a mão na parte interna da coxa dela. Susenyos fazia movimentos circulares de leve com os dedos, e ela sentia o peito subir e descer. Aquela nova dinâmica entre os dois era estranha, e Kidan odiava a si mesma por não sentir nenhuma repulsa com o que acontecia.

— O que está fazendo? — perguntou ela, ofegante.

— Você conhece a relação entre o corpo humano e a mordida, certo?

Depois de um tempo, ela respondeu:

— Sim.

— Que pensamentos meus você veria se eu a mordesse aqui?

Mesmo por cima da calça, o rastro dos dedos de Susenyos provocava arrepios de prazer nela.

Kidan segurou o pulso dele.

— Não sei.

— Pecado.

Ela arregalou os olhos, e os lábios dele se moveram num sorrisinho.

— Então, veja bem, só há um jeito de descobrir a verdade.

Kidan o afastou, não muito, apenas o necessário para conseguir pensar com um pouco mais de lucidez.

— Ou você poderia só me contar.

— Não, eu prefiro desse jeito. — Ele abriu um sorriso triunfante.

Ela enfiou os dedos na parte de baixo da mesa tentando concentrar sua tensão ali.

— Porque quer também olhar a minha mente.

— Sempre.

— Você já sabe qual é o meu. O que fiz com Mama Anoet.

Susenyos passou o dedo indicador nas sobrancelhas dela, obrigando-a a olhar diretamente para ele.

— Se eu soubesse, você não estaria com essa cara apavorada. O que é, yené Roana? O que está escondendo?

Kidan baixou a cabeça e olhou para o peito dele.

— Nada.

Como punição, Susenyos retirou sua mão quente, e ela teve que reprimir a vontade de se inclinar para a frente.

— É uma pena ser reprovada no Dranacto depois de chegar tão longe.

— Isso é um pedido.

— O meu também é.

Kidan semicerrou os olhos.

— Já imagino o seu pecado, de qualquer forma. Você matou muita gente.

Susenyos abriu um sorriso que exibiu suas presas.

— Nós dois sabemos que há atos piores do que a morte.

Kidan detestava a maneira como os olhos de Susenyos penetravam os dela, bem fundo, arrancando os pensamentos confusos referentes à sua devassidão.

Ele caminhou até uma das prateleiras para continuar seu trabalho. Kidan olhou pela janela, as silhuetas sinistras dos prédios da universidade visíveis em meio às árvores do terreno da Casa Adane. Ela conseguia ouvir o farfalhar do vento da tarde pelos corredores, as luminárias em forma de leão se acendendo para iluminar a névoa. Uxlay se agarrava a seus mistérios, mas exigia que os alunos rasgassem a própria pele e sangrassem. Suas paredes antigas de pedra se alimentavam daquele tormento.

Dranacto. Um campo de estudo bastante mórbido.

Kidan desabotoou a calça.

Susenyos parou com a mão sobre um dos pergaminhos.

— O que você está fazendo?

Ela não se permitiu ter muito tempo para pensar. Pensar era doloroso, e ela só queria um alívio. Kidan tirou a calça e subiu na mesa alta, a ponta dos pés mal tocando o chão.

— Como disse, eu tenho uma tarefa do curso. — Era só isso. Uma tarefa.

Susenyos deu um sorrisinho enquanto se aproximava devagar. Com os olhos fixos nos dela, ele se ajoelhou entre suas pernas e posicionou as coxas dela nos ombros. Kidan sentiu um nó no estômago. Aquilo era diferente daquele dia no Banho de Arowa; era mais íntimo. O sangue bombeava bem perto da pele. O que será que eles veriam na mente um do outro?

A língua de Susenyos tocou a pele de Kidan, e ela segurou com mais força o canto da mesa.

— Quero aprender mais sobre você. — A respiração dele era puro fogo sobre ela. — O fato de eu poder ver sua mente ao explorar seu corpo é uma das poucas coisas pelas quais sou grato neste mundo desgraçado.

As palavras dançaram nos ouvidos dela, e o cômodo inteiro se transformou num borrão, a única sensação existente eram os lábios dele em sua pele.

— Não me julgue, yené Roana — avisou Susenyos.

Kidan contraiu as coxas quando ele roçou o músculo com as presas.

— Sempre vou julgar você. — A voz dela saiu entrecortada. — No dia em que eu não julgar, quero que você me mate.

Susenyos sorriu, a boca encostada nela.

— No dia em que você não me julgar, vou querer você na minha cama.

Antes que Kidan pudesse processar aquelas palavras, ele a mordeu. Com força.

Kidan chiou e afundou os dedos nos cabelos dele. Ela jogou a cabeça para trás e encarou o teto.

Seu crânio zunia com a dor da mordida. Círculos de luz do sol giravam furiosos até que ela revirou os olhos. Imagens recortadas irrompiam na escuridão.

Susenyos, humano, ainda com jeito de menino. Uma coroa sobre seus cabelos despenteados. Uma corte cheia que amava o novo e ingênuo imperador.

Um ataque de monstros com presas aos muros do castelo. Eles tinham ido beber o sangue do jovem imperador. A morte de um imperador para libertar um país. Uma troca justa. Entretanto, o imperador se acovardou diante da morte.

Ele fugiu, enganou a morte e ressuscitou como um deles. Vingou-se e estava seminu na sala no trono, renascido com uma avidez insaciável. Contudo, não era por sangue. Ele desejava companhia, companhia eterna.

Ele caçou vampiros, aprisionou-os e torturou cada um deles para que abdicassem de sua imortalidade em favor de seus súditos. O palácio sangrava enquanto Susenyos obrigava sua corte a beber sangue vampiresco e abandonar a humanidade. Eles dormiram durante seis dias e então começaram a acordar, um por um.

O primeiro a acordar foi um menino com uma cicatriz profunda no pescoço e a mão machucada.

Susenyos, já dranaico, cruel. Mais velho. Um círculo de sangue escorrendo em sua testa. Uma corte cheia de vampiros leais a seu novo senhor.

A imagem ia passando depressa, os anos se transformando em décadas à medida que eles saíam em busca de algo. Vingança. Poder. Um exército muito forte atrás de seu imperador marchando para a escuridão. A escuridão os encontrou de volta, as sombras provocando gritos horríveis. Ele os levara a uma tortura sem fim.

A cena mudou, e os olhos do menino rei estavam vermelhos e vidrados à medida que a imagem desvanecia. Kidan tocou a têmpora e tentou dar conta do momento inebriante que sempre a invadia depois da experiência.

— Viu o suficiente? — A voz dele parecia um oceano, sombria e molhada.

Kidan piscou diversas vezes. Ela olhou para o dranaico ali no meio de suas pernas. Era o mesmo garoto, ainda que completamente sobrenatural e cruel.

— Você disse que sua corte morreu — falou ela, a respiração ofegante.

— Eles morreram.

— Não... você os matou... — Ela gaguejou e pensou na sala de antiguidades, uma coleção de centenas de itens. — Todo mundo no seu palácio. Você os forçou a virar vampiros.

Os olhos dele estavam bem abertos, implacáveis por aquela verdade. Os lábios escorregadios com o sangue dela.

— Sim.

Kidan não conseguia compreender aquela violência.

— Quantos anos você tinha?

— Dezenove.

— Já tinha idade suficiente para saber das coisas.

— Olha aí aquele julgamento.

Ela balançou a cabeça.

— Mas no fim... eles ficaram todos presos numa dor eterna? O que aconteceu?

— Vamos deixar essa parte para a nossa próxima violação de privacidade desconfortável.

Ele pegou uma atadura, rasgou um pedaço com os dentes e colocou sobre as marcas de mordida. Kidan se vestiu devagar na tentativa de compreender o que mais ele escondia. Susenyos pegou o cantil e bebeu com gosto. Não devia ter se saciado por completo. *Então por que parar?* Era porque não queria que ela visse mais? Ele conseguia controlar o quanto ela via?

— Não vai me perguntar o que vi na sua mente? — perguntou ele, limpando a boca.

Kidan sentiu o coração acelerar de pânico, um passarinho patético que se alimentava de seu último segredo. Ela foi até a janela que ia do chão ao teto, os respingos de chuva e a condensação deixando o ar mais frio de repente e fazendo-a esfregar os braços. No reflexo do vidro, ela o viu como se fosse uma sombra senciente que chegava perto demais.

— Nós somos assim tão diferentes? — murmurou Susenyos e parou atrás dela, roçando o peito em suas costas. Os arrepios de frio que Kidan estava sentindo evaporaram com aquele toque, uma rajada de calor da cabeça aos pés.

Seu corpo continuava a traí-la. Mesmo agora, quando queria sair dali, ele não se mexia, como se reagisse à presença de Susenyos por conta própria.

— Vai — disse ele, atrás dela. — Me pergunte.

Kidan sentiu um nó na garganta, mas seguiu em frente.

— O que você viu?

— Você quer parar — sussurrou ele. — Quer desistir dela.

Kidan se preparou para a dor. O sorriso e os cílios compridos de June preencheram sua visão. Já não aliviavam sua ansiedade, e sim a incitavam.

— Isso não é verdade — disse ela apenas por reflexo. Não havia muito por que mentir para ele àquela altura. — O 13º está com ela e vamos encontrá-la. Rufeal está morto... é um bom começo.

Ela *ainda* estava procurando, fazendo algo. Entretanto, havia semanas que não assistia a nenhum vídeo de June, e a memória dela não lhe trazia alegria, apenas punição. Limitação.

— Seu alvo foi Rufeal apenas por causa de June, nada mais? — perguntou ele.

Kidan não disse nada.

— Escolheu salvar Slen, mas punir Rufeal. Ela é cúmplice de assassinato e membro do 13º, então por quê?

Kidan franziu as sobrancelhas e encolheu o corpo.

— Não quero deixar você desconfortável.

— Então pare de falar — disse ela.

Ele soltou um suspiro. Kidan relaxou de novo e ficou encarando o padrão do percurso da chuva na janela; os redemoinhos e borrões um reflexo da própria mente. O que ele estava pedindo era para ela dar sentido àquilo, organizar as teias emaranhadas.

— Você quer saber por que não matei Slen. — Só de falar aquelas palavras, ela já sentiu um gosto ácido na boca.

Contudo, nem Kidan compreendia o porquê. Por que aqueles novos amigos eram diferentes? Por que estava permitindo que eles entrassem em sua vida? A princípio, era para investigá-los, mas ela não demorou a vislumbrar a escuridão que havia na alma deles. O primeiro teste, da Balança de Sovane, já tinha provado isso. Eles tinham se disposto a deixar os amigos serem reprovados para seguirem em frente. Kidan devia ter se distanciado naquele momento. No entanto, se aqueles alunos eram um pouco corrompidos, como ela, será que poderiam ajudá-la?

— As regras do seu mundo vão se adaptando por causa deles. É perigoso, yené Roana. — A voz dele fez cócegas em sua orelha. — Você precisa encontrar seus motivos. Eles são a única coisa que podemos usar como guia.

Susenyos roçou a bochecha na dela, que odiou achar aquilo tão delicioso. Com o toque dele, ela sentia que ia desemaranhando um fio, começando a dar sentido às coisas.

— Se eu ceder às minhas razões, elas vão me dizer para abandonar meus amigos. Não posso ficar sozinha. — Ela voltou a franzir as sobrancelhas, concentrada. — Eles me fazem questionar o que é certo e errado. Nenhum deles é quem eu achei que seria. Slen é toda durona até você testemunhá-la cuidando do irmão. Yusef é solar, mas, toda vez que pega um lápis, a escuridão se apossa dele. E tem GK. Ele vê o mundo de um jeito muito puro. Tenho curiosidade a respeito de sua fé. Quero ver se ele vai mantê-la. Eu... quero ver no que nossa amizade vai se transformar.

Susenyos ficou em silêncio por um tempo.

— Vejo a paz que eles dão a você.

Kidan se virou, quase rindo.

— Paz? Ninguém me dá paz. Não acho que jamais conseguirei ter paz. Só estou tentando evitar mais dor.

Sombras cobriram o rosto dele.

— Não, eu já vi. Nos jardins, ou nos cafés, você fica ali ouvindo eles falarem, e sua expressão fica muito suave, de um jeito que não vejo em nenhum outro lugar.

Kidan franziu a testa e ficou olhando para ele, os olhos semicerrados. Quando que ele a ficou observando?

— Eu e você já estivemos na mente um do outro, e, ainda assim, você não se sente confortável comigo. Por quê?

Susenyos pendeu a cabeça para o lado ao falar, os olhos pretos tentando arrancar a verdade dela.

— Você não carrega nenhuma dúvida a respeito da sua violência — sussurrou ela. — Você não questiona nem se arrepende de seus assassinatos. Nunca vou me sentir à vontade com você porque a dúvida é a única coisa que me torna humana.

A parte de trás dos dedos dele roçaram a orelha de Kidan. Ela deixou a voz de Susenyos entrar ali, macia, sem se preocupar em lutar contra o próprio corpo.

— Você não devia temer a loucura que te acompanha à noite, e sim o caos do dia. Você espera que eu vá machucá-la, então se protege. Mas se permite ser vulnerável com os outros. Quando é que vai reconhecer que os humanos são as criaturas mais desprezíveis que existem?

Kidan não respondeu, então ele ficou ali por um momento e depois voltou à mesa. Ela sentiu um arrepio subir pelas costas e pelo pescoço e se instalar ali como um nó. Susenyos tinha colocado em palavras os pensamentos que a assombravam, sozinha, perguntando que horrores ainda os aguardavam e se poderiam ser salvos.

53.

OS VINTE E TRÊS ALUNOS REMANESCENTES AGUARDAVAM ansiosos do lado de fora da sala do professor Andreyas. Muitos ainda liam freneticamente as próprias anotações, os lábios se movendo enquanto recitavam.

Kidan foi a primeira. A sala estava escura, e ela se sentou na única cadeira bem no centro, iluminada apenas por uma lâmpada.

— E então, Kidan, o que achou do Quadrantismo?

Ela parou, se lembrou de Susenyos de joelhos, os olhos escuros e lábios ensanguentados. Um monstro, e, no entanto, com um intenso desejo nitidamente humano. Ela explicou o que Susenyos tinha feito ao forçar seu povo a uma vida imortal.

Era preciso ter uma conexão pessoal com a teoria para explicar como um humano poderia se assemelhar a um dranaico. Ela puxou as mangas da camisa por cima das mãos e explicou sobre os meses mais difíceis de sua vida, sozinha naquele apartamento.

Kidan olhou para o lado de fora pela janela lateral. Dizer aquelas palavras era quase como arrancar os dentes. Por que era tão difícil?

— Se eu tivesse o poder de nunca mais me sentir sozinha… acho… que faria a mesma escolha que ele.

Ela abaixou a cabeça, incapaz de encarar a verdade daquelas palavras. No entanto, elas estavam ali, brutais e honestas.

— Tem certeza? — perguntou o professor.

Kidan se preparou para responder, mas outra voz falou:

— Sim.

Ela deu um pulo e se virou. Antes mesmo de vê-lo ali nas sombras, tinha reconhecido seu tom de voz sério, aquele que usava para tratar de negócios. Curto e direto.

Susenyos se aproximou, vestido com um longo sobretudo preto, e parou ao lado da cadeira, sem olhar para ela.

— Ela explicou perfeitamente.

Há quanto tempo ele estava ali? Kidan desviou o olhar, a cabeça baixa.

— Obrigado. Pode ir.

Susenyos ficou ali por um momento a mais, e então saiu pela porta lateral.

— Muito bem — disse o professor. — Você passou.

Kidan olhou para ele, irritada.

— Por que não me disse que ele estava aqui?

— Isso teria mudado sua resposta?

Ela mordeu o lábio e pegou a bolsa.

— Fique na sala anexa até o final da prova.

Ela olhou para a porta principal, torcendo para que os amigos não demorassem a se juntar a ela, e foi para a sala anexa, na lateral. GK apareceu na entrada.

— Você passou? — perguntou Kidan, ajeitando a postura.

— Eu... abandonei o curso.

Kidan arregalou os olhos, as sobrancelhas quase indo parar na linha da testa.

— O quê?

— O purgatório de Iniko... Ela foi obrigada a abandonar seu povo por causa de uma ordem. Eu nunca vou querer me conectar com isso, deixar para trás tanta destruição. — Havia preocupação em seus olhos. — Eu nunca sinto raiva. É uma emoção que deixamos de lado no treinamento, mas agora está me sufocando. Estou mudando e não gosto muito da pessoa que estou me tornando.

— Mas você me disse que queria um parceiro dranaico.

— Não quero mais. Não se for uma ligação mergulhada em tanta raiva e ódio.

— Tem certeza?

— Vou salvar minha alma. — Seu sorriso acolhedor foi voltando aos poucos. — Não é esse o caminho que quero.

— Então você vai embora.

Kidan não conseguiu evitar a decepção no tom de voz.

GK olhou para ela, a expressão suave, e pegou a corrente de ossos na barra da calça.

— A corrente continua me avisando da sua morte.

Ela evitou seu olhar intenso e olhou então para aquela corrente macabra, o nó em sua garganta ficando cada vez maior. Talvez GK estivesse errado. Talvez os ossos não estivessem prevendo sua morte, e sim revelando seus assassinatos.

— Eu ainda a ouço se engasgar. Ramyn, quero dizer. Estava tão perto de salvá-la, e agora tenho a mesma sensação horrível. De que vai ser tarde demais para salvar todos vocês.

Lá estava aquele eco outra vez, uma conexão com GK que sempre pareceu única. Quase familiar, primitiva, uma necessidade de salvar e proteger os outros, mesmo se fosse preciso arriscar a própria vida. A culpa que corroía a alma ao falhar. Ramyn era a June de GK, e ele andava por aí assombrado pela ideia de que iria falhar com as outras pessoas de quem gostava.

GK olhou para o chão.

— Não sei como ajudar você, Kidan.

Ela franziu as sobrancelhas.

— Estou bem, GK. Não precisa se preocupar comigo.

Ele continuou mexendo nos ossos, a expressão indecifrável.

— E Yusef… alguma coisa aconteceu com ele, não foi?

Kidan sentiu o sangue congelar.

— Não, acho que é só preocupação por causa da exposição.

GK assentiu sem muita vontade, parecendo um pouco decepcionado. Depois que ele foi embora, Kidan se jogou numa cadeira. Tinha passado a se apoiar na presença serena de GK, mas nem isso mais era seguro. Até que as coisas se acalmassem… ela teria que manter distância.

Por fim, Titus Levigne entrou para a prova de Slen. Kidan sentiu os ombros tensos. Ela mal podia esperar que Slen aparecesse. Ficou tamborilando com os dedos e fez tanto barulho que recebeu um olhar irritado de uma garota ali de passagem.

Quando eles enfim apareceram, Slen a cumprimentou com um aceno de cabeça. Kidan endireitou os dedos antes contorcidos e se concentrou no vampiro que tinha todas as respostas. Ela foi atrás dele lá para fora — June seguindo seu rastro, a brisa balançando suas tranças cacheadas. Os olhos caídos da irmã tinham voltado à cor natural de mel. A fúria dos dias anteriores tinha sumido de seu rosto como se fosse neve derretendo. Kidan estava no caminho certo.

348

54.

TITUS LEVIGNE ERA UM DRANAICO DE ROSTO PÁLIDO E usava um sobretudo grande e caro. Tinha cheiro de perfume e charutos e ofereceu um folhado a Kidan com um leve sotaque na voz. Eles tinham ido a um dos menores cafés no campus, Axum Buna, e começou a cair uma chuvinha que deixava respingos na janela. Não era o que ela esperava ao imaginar a pessoa que atacara June. Contudo, pensando bem, as mesmas mãos que naquele momento cortavam um folhado delicado na frente dela tinham segurado Ramyn Ajtaf no ar pelo pescoço.

— Slen falou com você?

— Falou.

Kidan baixou o tom de voz antes de falar:

— As marcas nos lábios de Ramyn, por que fez aquilo?

Ele arqueou a sobrancelha.

— Não posso falar de coisas que possam me comprometer fora do Dia da Cossia.

— Não vou contar a ninguém.

— Não conheço você.

— Slen conhece, e ela sabe que mantenho minha palavra.

— Pode ser verdade, mas não necessariamente vai ter a mesma compaixão comigo. E se me denunciar para os Sicions?

Kidan estava ficando sem paciência.

— Você teve alguma coisa a ver com June Adane?

— June. — Ele revirou o nome na língua diversas vezes. — Creio que não.

— Então *por que*...

349

Titus chegou para a frente. Ela tinha erguido o tom de voz e agora o garçom olhava para eles com curiosidade.

— Vá ao Dia da Cossia daqui a algumas semanas e poderemos conversar livremente. Fora disso, não entre em contato comigo de novo.

E, assim, ele saiu.

Kidan chegou em casa molhada e arrasada. Todo aquele tempo sem conseguir uma pista sobre o paradeiro de June era irritante. Ela bateu a porta da frente e sentiu um arrepio ao pendurar o cachecol e o casaco no gancho. Kidan subiu para o quarto e se deitou na cama.

Ela pegou os fones de ouvido e reproduziu os vídeos de June.

— *Oi, pessoal* — disse a voz doce de June. — *Não vão acreditar no que fiz na escola hoje. Estou morrendo de vergonha.*

Era como voltar para casa. A voz de June nos vídeos era muito mais gentil do que aquela que visitava Kidan ali no mundo real. Às vezes, Kidan tinha dificuldade de distinguir qual delas era de fato sua irmã. A June dos vídeos era sorridente, nervosa e gentil. A June que aparecia dentro daquela casa era violenta e cruel. Talvez fosse Kidan quem gostava de corromper a realidade transformando coisas lindas em armas para punir a si mesma.

— Dia difícil? — perguntou Susenyos, fazendo-a ter um sobressalto.

Ele se recostou na porta, a cabeça inclinada para o lado. Era estranho sempre vê-lo em casa agora.

Kidan tirou os fones.

— Foi o Titus. Ele se ofereceu para me contar mais sobre Ramyn, mas só se eu for ao Dia da Cossia.

A postura de Susenyos ficou mais tensa.

— Nenhum acto pode ir ao Dia da Cossia. Vocês têm que evacuar o campus.

Ela passou por ele para chegar até o armário e pegou um suéter atrás da porta.

— Você pode me escoltar?

— Você não deveria ir.

— Por quê?

— Ele vai matar você.

Kidan parou diante daquele tom de voz sinistro e colocou uma camisa.

— Bem, é um risco que estou disposta a correr.

Quando ela colocou a cabeça para fora da camisa, Susenyos estava de braços cruzados, olhando para o chão.

— Também acho que, se for, vai ver coisas de que não vai gostar.

Kidan deu uma risada de leve.

— Depois de tudo que já vi, acredite, vou ficar bem. Além do mais, é um pedido oficial.

Mesmo com o rosto ainda tenso, ele assentiu. Kidan ficava satisfeita por Susenyos ouvi-la agora. Aquele acordo entre eles equilibrava o poder, que passava da mão de um ao outro, embora ele ainda não tivesse usufruído do seu como ameaçara fazer. Ela tinha esperanças de que o pedido dele fosse mais exigente. Aquilo a estava deixando inquieta. O que Susenyos estava esperando?

— Quer beber meu sangue de novo? — perguntou ela, afastando a camisa do pescoço.

Os olhos de Susenyos foram direto para a sua clavícula, as pupilas dilatadas. No entanto, ele se virou de costas.

— Não, você vai precisar da sua força.

— Pra quê?

Ele pegou seu cantil e fez uma careta ao perceber o quanto estava leve.

— Enfrentar nosso quarto da tortura. Me ajude a dominar a casa. Esse é meu único pedido no momento.

Nas semanas até o Dia da Cossia, eles passaram cada vez mais tempo no observatório. Durante o período, Kidan caiu no choro, hiperventilou e desmaiou quatro vezes.

Em todas as vezes, ela atacava Susenyos com um ímpeto selvagem. Continuava vendo a si mesma matando-o, depois arrancando o próprio coração de maneira tão realista que era ensandecedor sentir suas batidas naquele quarto. Sentir a respiração dele. June exigia aquilo. E Kidan tinha que lutar contra, implorar por mais tempo e listar seus argumentos como se fosse uma oração. Susenyos iria ajudá-la a salvar os outros. Iria se redimir. E ela, por sua vez, iria ajudar a salvar os outros e redimir a si mesma.

Susenyos saía do quarto com mordidas profundas e arranhões no rosto e no peito. Sempre tocava o próprio sangue, surpreso por ser ferido com tanta facilidade, e seu maxilar ficava tenso.

— Desculpe — sussurrou ela já no corredor enquanto observava a pele de Susenyos cicatrizando.

— Você sonhou em me matar durante muito tempo. Não culpe seu corpo por ainda reagir dessa maneira. — Ele estremeceu devido ao machucado extenso que estava no processo de desaparecer de seu torso.

Kidan passou a mão no cabelo.

— Não sei por que isso não para.

Susenyos pelo menos já tinha melhorado — conseguira ficar lá durante sete horas.

— Mesmo uma hora ainda é algo bom — disse o vampiro a ela, a frustração evidente em seu maxilar cerrado. — Ficar mais tempo não prova nada. A tarefa é enfrentar sua dor, mas eu sinto que só estou aumentando minha tolerância a ela.

Kidan se lembrou da fonte da dor de Susenyos, tentando salvar sua corte da morte. Agora ela sabia que ele os tinha transformado em vampiros à força. E que então tinham sido apanhados por algo violento que os torturara infinitamente, até que ele a impediu de ver o restante.

— Onde eles estão? — perguntou ela, devagar. — Sua corte.

Susenyos ficou paralisado. Seu corpo estava tão imóvel que ela sabia que ele não iria responder.

— Estão vivos?

Silêncio de novo. O rosto tenso dele exalava culpa, mas pelo que exatamente Kidan não sabia.

Ela soltou um suspiro.

— Não precisa me contar, mas, se você está há anos tentando dominar esse quarto, talvez devesse falar a respeito.

Ele se levantou devagar e olhou para o quarto como se fosse uma fera selvagem.

— Não há nada para falar. Eles se foram, e minha imortalidade é tudo o que me restou.

Kidan analisou os músculos fortes das costas dele.

— Isso é mesmo a coisa mais importante para você?

Susenyos olhou para trás sem se virar, os olhos sérios como aço.

— Sim. Sempre.

55.

— O DIA DA COSSIA É UMA TRADIÇÃO ANTIGA CRIADA para satisfazer os dranaicos que argumentavam que as leis da Uxlay violavam sua natureza mais animalesca. Eles exigiram, durante um dia apenas, um ringue de luta sem humanos. Aqueles que morressem no Dia da Cossia deveriam ser esquecidos.

Susenyos ajeitou o broche da casa na manga da roupa. As montanhas clara e escura brilhavam como estrelas perdidas. Seu paletó era preto, bordado com fio dourado, e caía muito bem nele. Seus lábios não paravam de se curvar para cima.

— Por que está sorrindo?

— Estou sorrindo porque no fim desta noite terei menos inimigos vivos.

Kidan balançou a cabeça e se virou para ajeitar o vestido diante da penteadeira. Ela sentiu o olhar intenso de Susenyos em suas costas.

— Esse vestido é muito perigoso. Espere aí... — Ele teve um sobressalto, surpreso. — É a minha coroa no seu lindo pescoço?

Kidan tinha passado uma sombra dourada e gostara do ar ousado que dera aos olhos, além de combinar com o vestido cor de âmbar e a máscara de raposa. Contudo, o pescoço estava muito exposto, até que ela se lembrou das cruzes douradas e de rubi que tinha retirado da coroa.

— Não se importa, não é?

Susenyos se aproximou, passou os dedos pela clavícula dela e pelo colar inteiramente decorado com as joias que um dia foram de sua coroa. Seu toque era frio, e ele roçou o dorso dos dedos no queixo dela e ficou ali por alguns segundos além do normal. Kidan inclinou a cabeça e expôs ainda mais o pescoço. A respiração dele se intensificou, os olhos pretos ardendo.

Ela manteve os olhos fixos nos de Susenyos e enxergou a fome dele, o coração aos pulos.

— Quer pedir alguma coisa? Nós temos um combinado.

Susenyos desviou o rosto, fechou os olhos por um momento e quando se voltou a ela outra vez, sua fome já estava contida. Kidan franziu a testa. Queria ver mais sobre ele, e o pescoço era onde estavam escondidos os desejos mais profundos. Ela fez beicinho e tocou o pescoço devagar.

Susenyos olhou para o pescoço dela e então para o restante do corpo.

— Pare com isso — avisou ele. — Caso contrário não vamos chegar ao evento.

Os olhares dos dois se cruzaram no espelho. Que bela imagem os dois formavam, Kidan e seu vampiro. Seu... vampiro. Ela esperou a sensação de repulsa que aquelas palavras costumavam lhe provocar, mas não houve nenhuma.

— Titus vai morrer esta noite. — Susenyos contraiu os dedos nas costas dela.

Kidan sentiu arrepios nos braços.

— Preciso conversar com ele primeiro.

— Você vai. Mas ele morre hoje à noite.

Seu tom de voz letal não deixava qualquer espaço para argumentar. Ela assentiu.

— No momento em que descobrirem quem você é, e que é possível beber seu sangue, eles vão beber até você morrer. Não tire essa máscara.

No reflexo do espelho, o pescoço exposto de Kidan parecia demasiado humano. Seu peito subia e descia, ofegante, de nervoso. Por dentro do vestido, amarrado à coxa, estava o chifre de impala de Omar Umil. Ela não iria até lá desprotegida.

— Por que é possível beber meu sangue? — perguntou ela. — Ainda não fui a uma cerimônia de parceria para fazer o voto.

O tom de voz de Susenyos mudou para algo mais divertido.

— Você *fez* um voto. Só não sabe disso ainda.

· 354

Kidan ergueu o olhar para ele, que a analisou com um sorrisinho no rosto, sempre evitando a questão. Pelo menos, daquela vez ela enfim teria uma resposta sobre a conexão entre June e Ramyn.

Do lado de fora dos edifícios Sost de arenito vermelho, Susenyos deu o braço a Kidan. As luzes das lâmpadas em formato de leão iluminavam o caminho que dava para os portões de ferro da estrutura. Na entrada, cada vampiro recebia uma listinha das pessoas que queriam desafiá-lo naquele dia.

Kidan arqueou as sobrancelhas ao ver a lista de Susenyos.

— Vinte e dois?

Ele deu de ombros.

— Eu irrito muita gente.

Kidan balançou a cabeça.

O Dia da Cossia era o único momento em que armas de prata eram permitidas, e os dranaicos não desperdiçavam a oportunidade. Iniko usava uma gargantilha com spikes de prata, duas facas presas nos braços e um machado nas costas. A lâmina curva de Taj estava pendurada na cintura, e Susenyos tinha duas espadas gêmeas de dragão. Eram de dragão, dissera a ela, porque a ponta da lâmina tinha uma textura parecida com a de couro, endentada.

Pele escura e prata. Eles eram como deuses abandonados que roubaram os dentes do diabo. E estavam de tirar o fôlego.

Kidan gostava da esperteza associada à prata no mito dos vampiros. O brilhante Demasus plantara sementes de desinformação quando dissera que o metal era tóxico para vampiros. Sendo assim, toda cidade por onde ele passava comprava prata para se defender contra os exércitos. Ele roubava aquelas armas tolas e as derretia para construir lâminas mais poderosas. Até hoje, humanos brandiam o metal na presença de vampiros. A própria Kidan carregara prata na infância por conta de alguma crença equivocada de proteção.

Eles entraram no prédio da captação de sangue. Não tinha mudado nada desde a última vez. Ainda havia várias cabines ao redor do espaço opulento, com cortinas vermelhas prontas para serem fechadas a fim de se obter mais privacidade. No centro, havia um palco.

Quando se instalaram numa das cabines do canto, Taj abriu um sorrisinho.

— Uma acto vindo aqui no Dia da Cossia. Você tem nove corações?

— Só um. Mas já está bem morto.

O sorriso dele aumentou, se é que era possível.

— Você sabe que está incrível nesse vestido, não sabe?

— Sim.

— Ótimo. Só conferindo.

Kidan mordeu o lábio, se divertindo.

Slen e Yusef, assim como todo o restante, tinham tirado um recesso de uma semana entre os semestres. Não havia nenhum acto nas dependências do campus. Kidan sentiu um arrepio. Talvez ela fosse a única humana do mundo com um convite para o inferno.

Susenyos falou algo no ouvido de Taj. Ele ajeitou a postura e olhou ao redor, o sorriso se dissipando. Um dranaico grande e barbudo olhava diretamente para ele.

— Taj, posso começar por você? — O dranaico se aproximou exibindo suas longas presas. — Se eu ganhar, você se junta à Casa Makary e larga aqueles ratos da Qaros. Se você ganhar, eu me junto à sua casa.

— Então eu perco de qualquer jeito?

— Está com medo?

— Só desse seu bigode — murmurou Taj.

O dranaico enfiou o rosto diante de Taj, exalando um bafo de carne. Iniko o empurrou com a bota, e ele caiu cambaleando e mostrando os dentes.

— Não toque nele. — Ela semicerrou os olhos.

— Não é segredo nenhum quem você escolheria. É ótimo que aquela Criança Ilícita tenha morrido antes de se tornar uma acto de verdade — cuspiu o dranaico enorme.

Kidan prestou mais atenção. *Criança Ilícita?*

— Você está velho demais pra fazer fofoca como se fosse um adolescente, Asuris. — O desdém de Iniko só fez saltar uma veia na têmpora dele.

— Fofoca? Nós da Casa Makary não esquecemos qual era o rosto de Helen Makary. Ninguém esquece aqueles cabelos pretos ondulados e os lábios em formato de coração. Aquela garota Ajtaf se parecia com ela cada dia mais.

— Insulte minha casa mais uma vez e vou molhar minha lâmina. — Iniko levou a mão até o machado nas costas.

Iniko era da Casa Ajtaf. Estavam falando sobre Ramyn?

Asuris pegou uma das espadas grandes que estavam amarradas às suas coxas.

— Um pequeno teste pode nos dizer a verdade. Se a Casa Ajtaf for inocente, seu líder não deveria temer nada.

Iniko se levantou tão depressa que provocou um vento forte pelo ombro de Kidan. Susenyos agarrou a mão dela e a trouxe para mais perto de seu assento. Kidan ficou paralisada por um momento diante do gesto repentino, e então foi se acomodar ao lado dele.

— Você deveria tomar cuidado com o que fala, Asuris. Iniko não molha a espada há anos — disse Susenyos.

Asuris não demonstrou qualquer medo.

— Você lembra o que fazíamos com as Crianças Ilícitas naquela época. Fique feliz por Koril ter matado aquela menina antes que ela herdasse suas casas, ou então eu teria...

Iniko o empurrou para o espaço aberto. A força do movimento fez mexer o vestido de Kidan e o colarinho de Susenyos. Asuris se levantou num pulo, rosnando, e pegou suas armas. O falatório pela sala morreu de imediato. Todos os dranaicos se inclinaram para a frente, o cheiro de violência fazendo-os exibir os dentes. A morte não se apresentava para eles com tanta facilidade, já que as leis da Uxlay os proibiam de matar abertamente. Contudo, mesmo ali, a vida deles não seria desperdiçada. Os dranaicos derrotados seriam levados aos campos dos Mot Zebeyas e a vida deles seria dada aos próximos da lista da troca de vida. O processo todo era impressionante. Como eles garantiam que a imortalidade continuasse em vigor.

— Não é ruim que ela esteja sem prática? — perguntou Kidan, quase preocupada.

— Pelo contrário, isso a deixa mais forte. Cada vez que usamos nosso sangue para revestir a prata, ele leva mais tempo para ficar poderoso outra vez. Iniko controla seu temperamento e libera sua raiva de forma espetacular. Observe. — A voz de Susenyos exalava seu deleite. — A prata lambida com sangue nunca erra o alvo.

Iniko pegou uma das facas presas ao braço, levou até a língua e a cortou. O líquido vermelho se espalhou pela lâmina reluzente. Quando ela a arremessou, a arma voou com uma mira impressionante. Asuris, entretanto, desviou, e ela golpeou a parede oposta. Iniko moveu a cabeça, e então a faca enfiada na parede se soltou sozinha, se virou ao contrário e lançou-se nas costas dele, que soltou um uivo. Kidan ficou boquiaberta. Eles podiam controlar a prata lambida com sangue sem nem mesmo tocá-la.

Quando ela se virou para Susenyos, de boca aberta, seus olhos brilhavam.

— Eu disse.

Asuris tirou a faca das costas como se fosse um carrapato irritante e lambeu sua espada grande.

Ele a arremessou fazendo um arco rápido e ágil. Iniko rebateu com seu machado, mas a força a fez dar alguns passos para trás e cortou suas mãos.

— Vamos lá, meu bem — disse Taj na lateral, batendo palmas. — Arranque esse tufo que ele chama de bigode da cara dele!

— *Fique quieto* — grunhiu ela e jogou a próxima arma com uma precisão impressionante.

Aquela disputa deixou Kidan incrivelmente consciente da própria mortalidade. A fragilidade de sua carne, afundando com a pressão de um dedo e se machucando com a picada de uma agulha. A pele era mesmo a única proteção que os humanos tinham? Mesmo as partes mais duras — como crânio, ossos e dentes — precisavam estar do lado de fora para ter alguma chance.

— O que está desenhando aí? — murmurou Susenyos.

Ela não tinha percebido, mas estava desenhando um quadrado na coxa dele. Susenyos pegou a mão dela e esticou os dedos.

— O que significam esses símbolos, passarinha? Não é a primeira vez que a vejo fazer isso.

— Nada — respondeu ela, e Susenyos fez um leve movimento com os lábios. — Ele falou que o líder da Casa Ajtaf tinha que pagar — disse Kidan, pensativa. — É o pai de Ramyn.

Kidan tinha entendido que os dranaicos sabiam muito sobre os casos das famílias, mas escolhiam ficar quietos. Mesmo nas reuniões do 13º, eles se comunicavam com sorrisinhos e trocas de olhares. Ela os tinha ouvido chamarem o pai de Ramyn de Tesasus, embora não fosse o nome dele. Tesasus fora um rei do século XVII que tivera cinquenta e cinco esposas. O casamento dentro da tradição acto raramente era apenas entre um homem e uma mulher. Contudo, o líder da Casa Ajtaf tinha levado a coisa a outro patamar, com cinco esposas. A maioria dos irmãos de Ramyn eram meios-irmãos.

Kidan se virou para Susenyos.

— E então, o que são as Crianças Ilícitas?

Susenyos hesitou um pouco antes de responder, o rosto sério:

— O casamento entre acto é proibido. Os acto devem se casar e procriar com humanos do mundo exterior... As Crianças Ilícitas são o resultado do desrespeito a essa lei. No passado, elas eram dadas aos vampiros, para beberem o sangue delas e matá-las. A existência dessas crianças ameaçava toda a linhagem, então elas sofriam para dar o exemplo aos outros. Hoje em dia, os progenitores é quem são punidos.

Kidan arregalou os olhos ao compreender toda a extensão da acusação de Asuris.

— Ramyn era filha de duas casas?

— Somos proibidos de espalhar esses boatos fora do Dia da Cossia. Iniko pode me matar se souber que estou contando a você.

— Ser herdeira de duas famílias a deixaria muito poderosa. — Kidan expressou aquele pensamento e depois um outro, mais frio e cruel: — Todo mundo a veria como uma ameaça.

Aquilo rendeu a ela um sorriso triste, bem de leve, só no arco dos lábios.

— Que inferno, não é? A política das famílias.

— Você sabe de mais coisa.

O embate das espadas veio de trás do ouvido dela, a prata refletindo nos olhos pretos de Susenyos. Ele abaixou a cabeça por um momento, e ela teve a resposta.

— É por isso que ela foi envenenada quando criança? Quem iria... fazer algo assim...? — Kidan parou, a compreensão como um gosto amargo na boca. — Os irmãos.

Kidan *tinha* mesmo visto algo estranho no funeral de Ramyn, um brilho inquietante no olhar dos irmãos. Ela trincou o maxilar com tanta força que sua gengiva tremeu. Ramyn não tinha nem ideia de que os monstros estavam dentro de sua própria família. Os dedos de Kidan desenharam erraticamente um formato de triângulo.

— Calma, yené Roana. — Ele esticou os dedos dela.

Kidan sabia qual irmão era o responsável por aquilo tudo — Tamol. Tinha farejado a ambição e a ganância nele desde o dia em que ele lhe perguntara sobre o Projeto Arqueológico Axum, em vez de expressar o luto por Ramyn. Era óbvio que ele não deixaria a irmã herdar duas casas. Contudo, Kidan ainda precisava de confirmação.

— Foi o Tamol, não foi?

— É o que Iniko suspeita.

Kidan relaxou um pouco, mas a raiva não se dissipou por completo. Eles observaram Iniko desferir milhares de golpes com sua gargantilha até seu oponente não ser nada mais do que um bolo de carne se contorcendo. As pernas de Kidan tremeram. Ela nunca mais iria irritar Iniko.

Taj levou os dedos à boca e assobiou.

— Iniko Obu, pessoal. *Nunca* mexam com ela.

Ele pulou para o palco, segurou o rosto de Iniko e beijou sua têmpora. Ao sair, ela entregou o machado a ele e abriu um leve sorriso.

Iniko se retirou para um dos corredores, e Kidan foi atrás.

56.

KIDAN ANDAVA DE UM LADO PARA O OUTRO À PORTA DO banheiro, esperando Iniko sair. Se Tamol tinha envenenado Ramyn quando ela era criança, por que ainda estava vivo?

Ela estava com vontade de gritar. O som do choque de lâminas interrompeu seus pensamentos, e, curiosa, ela voltou pelo corredor.

Susenyos estava no centro do palco. Tinha tirado o paletó e girava as espadas gêmeas nas mãos. De frente para ele, segurando uma espada pequena, estava Titus Levigne.

Um buraco se formou no estômago de Kidan.

De repente, os dois avançaram um contra o outro. O encontro das lâminas provocava faíscas, que explodiam como fogos de artifício diante dos olhos de Kidan. Os dois se agarraram, lâminas coladas ao pescoço. Titus falava com um sorrisinho debochado no rosto. Susenyos estava perfeitamente imóvel.

Ele vai morrer esta noite.

Titus não podia morrer antes de contar a verdade a ela.

Kidan fez menção de sair correndo para o centro da sala, mas Taj se materializou em sua frente, o braço musculoso impedindo sua passagem. A extremidade da bandana dourada dele balançava sobre as costas.

— Ainda não.

— Eu tenho que...

— Ele ainda não está pronto. — O tom de voz dele era praticamente sem vida.

Kidan franziu a testa. O que ele queria dizer com isso?

Susenyos jogou as armas dos dois no chão e derrubou Titus. A pedra debaixo deles rachou como se fosse um relâmpago, e Kidan sentiu o tremor sob os pés.

Titus soltou um gemido.

Todos tinham se aquietado, em silêncio — nem as cortinas ousavam se mover.

Susenyos arregaçou as mangas e falou com uma voz que só podia pertencer à morte:

— Não gosto de gente que age pelas costas. Tanto trabalho para me incriminar. Por que não veio me enfrentar diretamente?

Uma rajada de frio se infiltrou sob as roupas de Kidan. Susenyos ergueu o corpo de Titus para que todos pudessem ver seu rosto, segurando-o pelo ombro.

Olhando de trás, as garras escuras de Susenyos saíam de seus dedos, rasgando a raiz das unhas. Kidan arquejou. Sua visão estava borrada nos cantos, e seu mundo agora era apenas ele.

Susenyos cravou as garras afiadas como facas nas costas de Titus. Um som horrível de esguicho e esmagamento chegou aos ouvidos de Kidan.

Titus gritou... um grito que não tinha como ter partido de um vampiro poderoso. Vários dranaicos que estavam no círculo deram um passo para trás. Kidan ficou paralisada, o sangue latejando nos ouvidos, a mente sem ter certeza se estava num pesadelo, os dedos se contorcendo de maneira patética.

— Vamos ver o quanto a sua coluna aguenta — disse Susenyos bem perto do ouvido dele, a calmaria em pessoa.

Titus se contorceu e tossiu sangue escuro, as pupilas dilatadas. Kidan levou um bom tempo para entender o que tinha acontecido. Ela ficou boquiaberta, tomada pelo terror.

Susenyos tinha agarrado a coluna dele.

Por dentro.

Titus começou a balbuciar apelos ininteligíveis enquanto Susenyos movia a mão para cima, a pele rasgando como se fosse um pão macio, músculos e ossos aos pedaços, e sangue — muito *sangue*. Jorrava na camisa de Susenyos, formando uma poça embaixo dele.

— E aí você a convidou para vir aqui. O que estava planejando fazer? — A voz desviou uma fração do tom calmo. — Achou que ela viria sozinha?

Ele estava falando de Kidan.

Algo devia ter sido pinçado ou puxado lá dentro, porque Titus revirou os olhos, e tudo o que restou de visível foi sua esclera.

Kidan deu um passo para trás.

Ela conseguia sentir o ódio macabro de Susenyos em cada célula de seu corpo. Tinha que fugir. Correr do poder e da morte sufocantes que irradiavam dele. Se aquele era o tipo de poder que os vampiros dominavam com as Três Restrições, do que é que seriam capazes sem elas?

O corpo de Titus deu um solavanco com o golpe seguinte.

— Yos — chamou Taj uma única vez, a voz decidida. — Chega.

Susenyos, com o olhar assassino, piscou e então se voltou para Kidan com aquela fúria incontrolável. Ela sentiu os joelhos trêmulos e repentinamente se lembrou de por que se mantivera a maior parte da vida escondida da espécie dele. O instinto de abaixar a cabeça e fazer uma *reverência* era absurdo.

Kidan conseguia sentir na própria garganta o ar denso com a crueldade dele e não conseguia respirar, se mexer, pensar — porque, se fizesse alguma dessas coisas, se cometesse um único erro, ele a mataria.

Susenyos mataria todos eles.

Ela olhou para baixo. Seus joelhos vacilaram, e ela iria cair no chão a qualquer momento.

— Kidan. — A voz suave de Taj falava só com ela. — Você está bem. Está segura.

Ela não conseguia parar de tremer.

— Pode olhar para ele. A raiva dele não é com você, e sim por você.

Kidan tentou erguer a cabeça, mordendo o lábio trêmulo. Qual era o problema dela? Desde quando temia pela própria vida? Ela foi levantando o pescoço aos poucos; fitou os sapatos vermelhos dele, os ombros largos e, mais acima, os olhos. Estavam fixos nela.

Todo o restante desapareceu.

Kidan tinha achado que já conhecia as nuances da raiva de Susenyos — quando ela destruíra os artefatos, ou quando mostrara as presas dele

363

publicamente. Aqueles momentos de raiva não foram... nada. Uma versão bem diluída, presa e reprimida pelas leis da Uxlay, que só vazava pelas beiradas. Será que tinha sido sua lealdade à família Adane que o impedira? Ele podia ter arrancado o coração dela sem nem piscar, se quisesse. Contudo, não o fizera... Até mesmo agora sua ira a protegia em vez de destruí-la.

Por ela.

Susenyos tirou a mão dali. Titus arquejou e desmoronou no chão. Taj saiu do lado de Kidan, pegou uma toalha no painel lateral e foi com Susenyos para o canto. Os dois interagiam de um jeito que parecia já ser habitual, Taj limpando as mãos dele e falando devagar.

O corpo contorcido de Titus chamou a atenção de Kidan. Ele estava vivo e, para a surpresa dela, se curava também bastante rápido, a pele arrancada juntando-se ao restante.

O medo de Kidan diminuiu, e ela endireitou a postura. Andou até Titus e se agachou, a voz firme.

— Cadê a June?

Os olhos do vampiro transbordavam dor, e ele soltou um rosnado.

— *Você.*

— Me conte o que fez com a minha irmã.

Antes que Kidan pudesse piscar, Titus já tinha partido para cima dela, como uma sombra por cima de seus ombros. Era extraordinário que ele conseguisse se mover tão rápido com as costas aos pedaços. Entretanto, ainda estava um pouco desequilibrado, então colocou todo o peso em Kidan e a imprensou. Ela lutou, se debatendo para tentar sair de baixo dele, mas uma garra afiada em sua garganta a fez parar.

Ele riu, cambaleando de um lado para o outro.

— Vou levar você comigo.

Susenyos e Taj estavam paralisados do outro lado do salão.

— Ouviu isso, Sagad? — gritou Titus para o teto. — Como você é leal a essa garota... Ela acabou contigo no dia que exibiu suas presas? Colocou você na coleira como se fosse um cachorro selvagem?

A expressão no rosto de Susenyos era de puro ódio.

— Solte-a.

Kidan foi aos poucos estendendo a mão para pegar sua arma.

— Não. — A risada maníaca de Titus arranhou seu ouvido. — Vou dá-la de presente aos Nefrasi. Não é o que você quer, encontrar sua irmã? Sua estúpida.

Kidan ficou imóvel.

— Nefrasi? Foram essas pessoas quem pegaram June?

Titus só tinha olhos para Susenyos, e mal ouvia Kidan.

— Eu teria dado uma morte mais piedosa a ela. Agora, eles vão pegar a coluna dela e usar como cinto.

— Não se mexa, passarinha. — Susenyos se aproximou devagar.

— Ajoelhe-se! — gritou Titus, passando a faca de leve no pescoço de Kidan até ela se contorcer. Um filete de sangue escorreu por seu pescoço.

Os músculos de Susenyos chegaram a vibrar de raiva, mas ele se abaixou. Mexia a boca como se estivesse tentando dizer algo a ela sem abrir muito os lábios, mas Kidan não compreendia.

— Susenyos III, Malak Sagad, Grande Imperador. Por quem os anjos se curvam. Fazendo uma reverência para mim? — Titus estava se deliciando.

Kidan começou a puxar o vestido para cima devagar, para alcançar o chifre de impala.

— Você está muito longe dos seus dias de glória, Malak Sagad. Se todos nós tivéssemos tido um exército monstruoso como o seu, não estaríamos aqui nos curvando aos pés dos acto. E, no entanto, aqui está você, há décadas um cachorrinho de estimação da mesma casa. Que *patético*.

Os olhos de Susenyos se estreitaram ao máximo, o maxilar tenso.

Titus colocou uma segunda garra no pescoço de Kidan. Ela estremeceu.

— Ele te contou sobre a corte dele? No que ele os transformou? A selvageria dos...

— Tecnicamente — interrompeu Susenyos, a voz monótona —, não é considerado uma reverência se o joelho não tocar o chão, mas como você foi criado num celeiro, vou perdoar sua ignorância.

Titus olhou para o joelho de Susenyos a diversos centímetros do chão.

— E *eu* não me ajoelho por ninguém.

Susenyos cuspiu antes que Titus conseguisse cortar a garganta de Kidan. Um engasgo atordoado explodiu atrás dela. Titus tropeçou para trás na mesma hora. Algo tinha voado da boca de Susenyos, afiado e rápido como uma bala, e resvalado no pescoço dela antes de encontrar seu alvo.

Titus cambaleou, tentou segurá-la e então caiu. Um prego de prata estava alojado debaixo do pomo de adão.

— Quem são os Nefrasi? — perguntou Kidan.

Titus olhava para cima, os olhos vidrados, sem ver nada. Susenyos se aproximou do dranaico imóvel, retirou o prego, limpou-o com todo cuidado e então encaixou-o no céu da boca.

— Você não devia tê-lo matado. — As palavras dela saíram trêmulas.

— Eu tentei ser piedoso. Mas ele me provocou.

O braço direito de Susenyos ainda estava escorregadio com sangue e entranhas. Tinha estado dentro de alguém.

Piedoso.

— Leve-a — disse Susenyos, o rosto indecifrável.

Alguém puxou Kidan do chão. Ela começou a discutir, mas Susenyos já estava dando as costas para enfrentar o próximo desafiante. Taj a conduziu pelo corredor até um canto seguro.

Kidan estava atordoada com tudo aquilo. A ira de Susenyos, a informação que tinha descoberto. Será que Titus tinha sequestrado June a pedido daqueles Nefrasi?

— Quem são os Nefrasi? — perguntou a Taj, desesperada.

— Não sei. Nunca ouvimos falar deles.

Taj levou a mão até o ferimento no pescoço de Kidan, e ela recuou.

— Você está sangrando.

Era para ter sido naquela noite. Era para Kidan enfim ter conseguido alguma informação genuína sobre June.

Ela encostou a cabeça na parede, e lágrimas de frustração começaram a escorrer. Desde quando ela chorava com aquela facilidade?

— Será que algum dia vou encontrá-la?

Os olhos de Taj ficaram mais suaves, e ele abriu a boca para dizer algo. Um desafiante cutucou o ombro dele e o interrompeu. Ele cerrou o maxilar e disse:

— Fique aqui e limpe seu pescoço. Já volto.

Os dois desapareceram no corredor.

Kidan se sentiu impotente. Estagnada. Precisava agir. Naquela noite. Conseguir justiça para Ramyn até que pudesse conseguir para June. Rufeal Makary tinha morrido, mas Tamol Ajtaf estava vivo. Ela iria perguntar a ele sobre os Nefrasi primeiro e, se ele não soubesse de nada, iria matá-lo. Sim, ela precisava retomar o controle.

Kidan estava indo na direção do banheiro para se lavar quando alguns dranaicos bloquearam sua passagem.

— Licença. — Ela tentou contorná-los, mas foi novamente bloqueada.

Merda. Ela escondeu o pescoço, mas os dranaicos chegaram mais perto, sorrindo.

— Tire a máscara.

Kidan nem sentia mais as pernas. Um círculo logo se formou ao redor dela, diversas figuras surgindo da escuridão.

— Estão sentindo esse cheiro? Tem uma acto purinha entre nós.

Um deles pegou uma garra de prata e a cortou bem no meio do vestido. Ela gritou e segurou o rasgo final enquanto o sangue escorria. Ele então cortou o braço dela, e Kidan sentiu mais uma onda de dor. O dranaico levou o dedo até a boca, e suas pupilas ficaram acesas.

— Limpa. Podemos beber dela.

Kidan puxou o chifre de impala e se virou em um círculo.

— Não se aproximem!

Essa declaração foi recebida com gargalhada. Alguém a empurrou, e então seu corpo inteiro cambaleou. Outro empurrão fez a sala girar, e ela tropeçou. Eles a jogavam de um lado a outro do círculo, rindo de seu estado de pavor. Aglomerando-se ao seu redor.

Alguém segurou os braços de Kidan por trás. Ela se debateu e enfiou o chifre numa coxa. O vampiro gritou e soltou.

— Você vai pagar...

Uma espada de dragão atravessou o tórax do vampiro, esguichando sangue no rosto de Kidan. Ela o limpou depressa e assistiu ao dranaico cair.

Susenyos mal vestia a camisa, toda rasgada de outras lutas. Iniko e Taj estavam logo atrás, as armas de prata cobertas de sangue.

— Essa foi uma boa distração, mas vai ter que fazer melhor do que isso — disse Susenyos, a respiração ofegante.

Tremendo, ela tentou esconder o corte na barriga. No entanto, quando Susenyos a olhou de cima a baixo, suas presas ficaram maiores, as pontas incandescentes.

— Quem cortou seu lindo vestido?

O tom de voz dele causou arrepios em seus braços. Era uma sensação estranha de alívio, ser a pessoa a ser resgatada. Kidan fez um esforço para ficar de pé e olhou para o canalha que tinha começado tudo aquilo. Susenyos voltou seu olhar letal a ele. Alguns recuaram e foram embora. Outros ficaram. Kidan pegou o chifre, colocou-o de volta na alça da coxa e saiu do caminho.

— E então? — disse Susenyos com um estrondo, estendendo os braços fortes. — O que estão esperando?

Taj e Iniko ficaram do lado de fora do círculo, prontos para ajudar caso fosse necessário.

Foi uma dança de morte sem precedentes. Susenyos desmembrou cada uma das mãos que ousara tocá-la. A brutalidade, os golpes sem grande esforço — Kidan nunca vira um poder tão verdadeiramente desenfreado. Susenyos não pertencia a uma universidade, preso a leis e ordem, e sim a um campo de batalha, enfrentando milhares de espadas e desafiando-as a atacar. Por que ele tinha escolhido a Uxlay como sua casa? Por que permitia que aquele lugar ditasse as regras quando no fundo poderia fazer todos se ajoelharem diante dele? Kidan não conseguia entender.

A cada dranaico que caía, os Sicions arrastavam o corpo para uma sala de drenagem. O sangue precisava ser todo drenado antes que o corpo estivesse pronto para a troca de vida.

As lâminas de prata de Susenyos se tornaram uma extensão dele mesmo, as pontas ondulantes cortando carne e provocando gritos. Kidan se contorcia e estremecia à medida que os gritos começavam a ser dignos de pena, implorando por piedade. Entretanto, ainda assim ela não o interrompeu nem disse que já era suficiente. Num transe macabro, ela observou enquanto o chão branco se tornava vermelho.

Fora aquela raiva que tinha se apossado dela quando ateara fogo na casa de Mama Anoet. Kidan tivera que se tornar um escudo no momento em que descobrira que June era gentil demais para aquele mundo. Precisava ser a armadura inquebrável que recebia todos os golpes, ou então encontrar algum equilíbrio divino entre golpear e suportar os golpes, porque June não merecia aquilo.

Ela nunca fora a pessoa que valia a pena proteger. Por quem valia a pena derramar todo aquele sangue.

Quando Susenyos enfim foi ao encontro dela, deixando para trás um rastro de corpos, seu cabelo estava emaranhado, e a pele escura brilhava como se ele tivesse saído de um mar vermelho.

Sussurros de "Susenyos Selvagem" ecoaram pela sala, mas ninguém ousou erguer a voz.

— Está machucada? — A voz dele estava mais rouca que o normal, os olhos fixos nela.

Quando Kidan não respondeu, ele se aproximou. De todas as emoções, era a preocupação que tinha substituído a raiva que o possuíra.

— Onde?

Ele passou os dedos pelo corte no vestido.

A barriga de Kidan se incendiou com aquele contato, e ela fechou os olhos, saboreando a umidade de seus dedos ensanguentados. Quando Susenyos a tocou, ele pareceu a ela ser humano da mesma maneira que um copo quando se balançava na beira de uma mesa — ofuscante quando o sol reluzia através dele, adorável quando deslizava para uma ruína inimaginável.

— Estou te assustando? — A voz dele era retumbante como pedras numa montanha. — Quer ir embora?

Os músculos dos ombros dele ficaram tensos, como se estivessem se preparando para mais um golpe. Susenyos confundira os batimentos acelerados do coração dela com medo. Contudo, tratava-se de excitação, aquela adrenalina que se sentia ao escalar uma montanha. Kidan ergueu os olhos e colocou as mãos sobre as dele, manchando as próprias palmas de vermelho. Ele virou o rosto para onde estavam as mãos unidas, como se fizesse uma pergunta, então o ergueu, os olhos brilhando. Seu poder se infiltrou nela, e Kidan sentiu aquele inimigo imortal, molhado e a desejando. Estava esperando ali havia muito tempo, e ela não tinha mais como negar.

Só por aquela noite, ela o queria sem a companhia da culpa e da autopunição. Uma noite como ele era e, mais importante, como ela era.

Dia da Cossia. Um dia livre de leis e promessas. Livre da memória assombrada de June e de sua promessa de acabar com tudo.

Uma noite. Ela o teria por uma noite.

Kidan quebrou o contato visual entre os dois, encontrou a salinha mais próxima e o puxou para dentro com uma força surpreendente. Susenyos deixou escapar uma respiração ofegante, quente e ao mesmo tempo carregada. Ela tirou o que tinha restado da camisa dele com um único movimento, revelando seu torso esculpido, e o empurrou de costas.

Ele tropeçou numa poltrona, os olhos arregalados, como se estivesse imaginando tudo aquilo.

— Calma, calma.

Kidan fechou as cortinas, subiu o vestido até a altura das coxas e viu o olhar dele ficar vidrado. Ela tirou a própria máscara.

— Peça — disse ela, a voz cheia de desejo. Irreconhecível. — Quero que você peça.

No sentido mais verdadeiro, ela agora se sentia sua Roana, e ele era seu Matir.

Quando Susenyos se deu conta de que a intenção dela era justamente o oposto de ir embora, abriu um sorrisinho.

— Não fui eu quem me empurrei para este quarto escuro. Se você quer, você pede.

— Por que está sendo difícil? — Ela trincou os dentes, impaciente.

Ele inclinou a cabeça para o lado.

— Por que é difícil para você pedir algo que quer?

— Eu já pedi muitas coisas a você.

Susenyos a agarrou pela cintura e a puxou para seu colo numa velocidade repentina. Kidan arquejou. Seus dedos pressionaram o peitoral firme, e ela admirou a bela cor da pele dele com o sangue, um tom mais escuro que a sua própria pele marrom.

— Você pediu coisas que serviam a outras pessoas — disse ele. — Para proteger seus amigos, encontrar sua irmã. Nunca ouvi você pedir nada para si, para o seu prazer.

Ela abriu a boca, mas não conseguia. Aquele pedido parecia impossível. Como poderia aproveitar a vida numa hora daquelas? *Ainda mais* numa hora daquelas?

Kidan escondeu o rosto. De repente, se sentiu com frio. Suja. O que ainda estava fazendo ali? Não sabia o que queria daquela situação. Esquecer o rastro de morte que tinha nas mãos? Pensar em si mesma pelo menos uma vez?

O peito de Susenyos pressionou o dela, provocando uma deliciosa onda de calor e obrigando-a a prestar atenção nele de novo. Apenas os olhos dele estavam iluminados naquele quarto escuro e se recusavam a deixá-la ir embora. Kidan relaxou os ombros e adorou o percurso que a mão de Susenyos fez em sua coxa.

— Repita depois de mim — disse ele, falando com dificuldade. — Eu.

— Eu — disse ela, ofegante.

— Quero.

Ela respirou fundo.

— Quero.

— Você.

Depois de alguns momentos, ela teve coragem:

— Você.

Susenyos manchou o vestido dourado, segurando-a com força e colocando-a sobre uma de suas coxas. O novo ângulo fez os lábios de Kidan se abrirem, surpresos. Os olhos dele brilhavam.

Kidan se moveu antes até de pensar. O vestido subiu ainda mais quando ela montou na perna dele, envolvendo-a com as coxas. Susenyos deu beijos e pequenas mordidas no pescoço dela, os dentes roçando a pele, e puxou o vestido para baixo até os ombros. Entretanto, as tranças ficaram no caminho. Ele emitiu um ruído de frustração e então juntou os cabelos dela com uma das mãos, a pressão firme em seu couro cabeludo, e usou uma trança para amarrar as demais. Kidan sentiu o ar frio contra a nuca. Caiu para a frente no peito dele, quase tocando seus lábios.

— Não me solte. — A frase dela era algo entre um apelo e uma exigência. — Segure mais forte.

Susenyos obedeceu. Kidan queria que ele a mordesse e deixasse cicatrizes até que sua pele fosse um reflexo das ruínas emaranhadas de sua alma. Não havia nada pior que pudessem fazer um ao outro, e muito que podiam fazer um *pelo* outro.

Kidan se agarrou nele, segurando apenas pele e músculos, e começou um movimento de vaivém contínuo, saboreando a fricção provocada.

Susenyos passou o dedo pela clavícula dela, e o contraste entre aquele toque suave e a pegada forte a fez morder o lábio.

— Aí está você, yené Roana.

Kidan fechou os olhos ao ouvir o novo nome pelo qual ele a chamava. Naquele dia sem leis, ela podia admitir que amava o modo como aquele som saía da boca dele, a possessividade contida ali, e, ainda mais, a intenção carregada que havia sempre que ele usava aquela expressão.

Ela sentiu os caninos de Susenyos ántes mesmo de vê-los. Sua força pontiaguda arrancou-lhe um arquejo. Com a cabeça afundada no pescoço dela, ele traçou duas linhas com os dentes, fortes o suficiente para provocar dor, mas não para rasgar a pele.

— Achei que você não bebia do pescoço. — Ela estava ofegante demais para ser convincente.

Ele soltou um palavrão e virou o rosto, a bochecha quente sobre sua clavícula.

— Neste momento não consigo me lembrar do porquê disso — murmurou ele.

Kidan levou a boca dele até o seu ombro nu.

— Mas daqui você bebe, não é?

Ele estremeceu debaixo dela.

— Você está acabando comigo.

Aquelas palavras excitaram Kidan, e ela imaginou aquela cena num momento diferente, naquela primeira noite que ele a levara ali e a obrigara a observá-lo beber o sangue de outra garota.

— Eu odiei tanto você naquele dia — sussurrou ela, toda arrepiada.

Susenyos deu um beijo suave no ombro dela e entendeu na mesma hora.

— Porque eu fiz você implorar?

Ela sentiu outro arrepio.

— Porque eu não conseguia parar de imaginar a sua boca em mim.

Kidan podia jurar tê-lo ouvido gemer. Ela afundou os dedos nos cabelos grossos de Susenyos, amando aquela textura áspera nas palmas macias, e então ergueu sua cabeça.

Ela olhou naqueles olhos infinitos e nocivos.

— Eu ainda te odeio.

Por que ele tinha que saber aquilo, Kidan não tinha certeza. Contudo, a sensação fora boa, então ela repetiu.

— Eu te odeio, Susenyos.

As sobrancelhas dele se arquearam em uma expressão de reverência, como se ela tivesse dito justamente o oposto.

— Enquanto me odiar trouxer você ao meu colo, posso aguentar. Pode me odiar pela eternidade.

Ela encostou a testa na dele, deixando que aquele pedido puxasse seus lábios, compartilhando a mesma respiração quente e irregular.

— Eternidade... eu poderia fazer coisas horríveis com você.

— Mais do que já fez?

O puxão na boca se alongou um pouco mais.

— Muito mais. E você continuaria me perdoando? — Kidan mexeu os quadris com intenção, o que provocou um arquejo nela. — Desde que eu sempre viesse parar no seu colo?

— Nossa, sim.

Ela não conseguiu evitar um sorrisinho.

— Você confessa umas coisas muito perigosas quando quer algo.

Susenyos passou o dedo nos lábios dela.

— É a melhor maneira de arrancar a verdade de mim. Sou muito melhor lidando com tortura.

Kidan sentiu o corpo ferver por dentro diante do olhar ávido dele. Susenyos a admirava como se ela fosse o próprio sol.

Mais. Ela queria muito mais. Continuou com os movimentos. A mão dele, firme em suas costas, se moveu alguns centímetros para baixo, dando a estabilidade de que ela precisava. Com a boca aberta, a respiração ofegante, Kidan sentia o prazer do jeito que queria. Susenyos também começou a se mover no mesmo ritmo debaixo dela.

— Mais devagar — sussurrou ela no ouvido dele, pegando emprestado a palavra favorita dele.

Susenyos sorriu e a ergueu um pouco mais alto, diminuindo a velocidade. Kidan se arrepiou quando ele devorou seu ombro, beijando e puxando a pele. Um pensamento emergiu de sua mente atordoada. Ela estivera certa lá atrás. A boca de Susenyos era quente e molhada como uma fruta. Como será que seria a sensação em seus lábios?

As presas roçavam nela num movimento contínuo, provocando uma onda elétrica em seu corpo. No entanto, Susenyos ainda não a tinha mordido.

A respiração de Kidan foi ficando mais irregular.

— O que está esperando?

— Você.

Meu Deus, mas ela queria beijá-lo.

Kidan fez menção de fazer isso, mas ele segurou seu queixo e a interrompeu a poucos centímetros.

Ela abriu os olhos, confusa, mordendo o lábio. Susenyos usou o polegar para libertar o lábio inferior e só aquele olhar intenso fez a boca de Kidan latejar.

Ele respirou fundo.

— Não me deixe beijar você. Vai ser a última coisa que vai fazer na vida.

Kidan quis protestar, mas ele já estava escondendo o rosto dela, a boca em sua bochecha, depois na curva do pescoço e mais abaixo no ombro, com beijos morosos de deixar as pernas bambas. Ela perdeu a capacidade de pensar direito e fechou os olhos. Era pura energia prestes a colidir com outra.

Quando sentiu aquela onda familiar crescer dentro de si, Kidan não conseguiu dizer o nome dele por inteiro — era muito comprido, e ela só tinha capacidade de emitir um único suspiro, então agarrou os braços dele e sussurrou:

— Yos.

Susenyos cravou as presas nela. A dor e o prazer se misturaram e vibraram, e o corpo de Kidan ascendeu aos céus. Sua mente, no entanto, permaneceu ali... naquele quarto, assistindo àquela cena pelos olhos de obsidiana dele. Os lábios de Kidan estavam corados e presos entre os dentes, o vestido bagunçado e puxado para baixo, o rosto radiante. A imagem foi se desfazendo, e ela voltou à terra, debruçada sobre ele.

Susenyos respirava mais forte, e o movimento fazia o corpo de Kidan subir e descer. Ela sentiu uma pressão nas costas e nas coxas. Eram as garras dele que tinham reaparecido.

— O ombro... — ela conseguiu dizer no meio de seu delírio. — Que tipo de memória ele mostra?

A voz dele, lambuzada de desejo, era densa e ofegante.

— Não tenho certeza. O que você viu?

Uma mentira.

Todos os vampiros tinham que saber que memória cada parte do corpo evocava. Eles nunca mordiam por acaso. Contudo… ela descobriu que também não queria saber. Não tinha visto uma memória antiga, e sim a formação de uma nova. Aquele momento que tinham acabado de compartilhar devia ter reivindicado o espaço do que o ombro costumava evocar. Qualquer que fosse aquele sentimento, ela não tinha certeza se nenhum dos dois estava preparado ainda.

— Nada muito nítido — sussurrou ela. — Estava distraída demais. O que você viu?

Susenyos desviou o olhar, parecendo agradecido pela mentira.

Será que também tinha visto a si mesmo nas memórias dela? Seus dedos enfiados nos cabelos emaranhados dele, os olhos faiscantes, os lábios reluzentes de sangue?

Kidan engoliu em seco e se preparou para a resposta.

Susenyos passou o dedo numa linha pelo pescoço dela, fazendo seus joelhos apertarem ao redor dele.

Ele abriu os lábios para falar:

— Também não vi nada.

Os olhos de Kidan brilharam. Eles compreendiam um ao outro sem precisarem de palavras, como se compartilhassem a mesma mente.

Susenyos viu o chifre de impala jogado no chão. A única arma que podia matá-lo, e ela nem percebeu quando ele a tirou de sua coxa.

— Eu me pergunto — murmurou ele. — Para quem era isso?

Kidan passou a mão sobre o peitoral firme de Susenyos, bem onde estaria seu coração de aço.

— E se eu dissesse que era para você?

Ele agarrou o pulso dela na velocidade de um raio, o que a fez suspirar, e inclinou a cabeça, quase maravilhado.

— É uma pena que eu não saiba dizer se isso é verdade ou não. E, pior ainda, que eu nem pareça me importar neste momento.

Kidan sorriu. Ele de fato confessava coisas perigosas.

375

57.

O IMÓVEL QUE TAMOL AJTAF OCUPAVA FICAVA NO LIMITE ocidental do campus, perto do portão principal da Uxlay para a cidade. Todo seu esplendor e sua suntuosidade fizeram o sangue de Kidan ferver. Era para ser de Ramyn. Contudo, o mundo continuaria tomando enquanto suas mãos não fossem chamuscadas.

Susenyos e Kidan estacionaram a várias ruas de distância. Ela tirou o cinto de segurança.

— Calma, yené Roana — disse Susenyos, analisando seu rosto concentrado. — Os Ajtaf têm centenas de dranaicos. Não vai ser fácil entrar...

Kidan abriu a porta e saiu. Susenyos soltou um palavrão em amárico e foi atrás.

— Qual é seu plano exatamente?

— Me dê suas chaves.

Ele hesitou.

— Nunca a vi dirigir. Você sabe?

— O suficiente para bater.

Susenyos piscou, como se tivesse entendido errado.

— Vou bater o carro com Tamol dentro — explicou ela. — Você precisa voltar para casa, para que não coloquem a culpa em você.

Ele continuou boquiaberto.

— E você vai estar dentro do carro?

— Sim.

O olhar chocado de Susenyos teria sido cômico em qualquer outra situação.

— Isso é absolutamente...

— Um pedido.

Ele a encarou como se ela fosse um alienígena e ergueu a mão.

— Me perdoe por isso porque não há nada que eu odeie mais do que as palavras que vou falar agora, *mas você esqueceu que é humana*?

Kidan abriu um sorrisinho para ele.

— É perigoso. — O rosto de Susenyos ficou mais sério. — Temos tempo para planejar melhor.

— Planejar me fez perder a oportunidade com Rufeal. Além do mais, você mesmo disse que perder tempo planejando assassinatos nem sempre é a melhor abordagem.

— Mais uma vez, me perdoe, mas você é *humana*. As regras são totalmente diferentes.

Kidan olhou para ele com os olhos semicerrados.

— Não estou com medo.

— A gente pode dar um jeito de se certificar de que você não acabe morrendo...

— Você sabe quem são os Nefrasi? — interrompeu ela.

Susenyos se calou. Sob a luz difusa do poste mais próximo, o rosto dele parecia severo, quase carrancudo.

— Não.

— Então o único jeito é perguntar ao Tamol — explicou ela. Eles não tinham tempo para aquilo. — Um acidente é a melhor opção. Eles não vão suspeitar de mim porque estarei lá com ele.

— E se você morrer? — Ele soltou um suspiro frustrado. — O que acontece?

Aquilo a fez hesitar por uma fração de segundo.

— Vamos deixar nas mãos do destino.

Susenyos deu uma risada exasperada.

— Você segue determinada a brincar com a morte. — Kidan não respondeu, então ele balançou a cabeça. — Tente não morrer, passarinha. É provável que a casa fique insuportável sem você.

Kidan viu o reflexo dos dois na janela do carro e se perguntou como tinham chegado àquele ponto. Eles pareciam mesmo parceiros, em sincronia.

— Vá embora de verdade — orientou ela. — Esteja em algum lugar público para o 13º não poder culpá-lo.

Kidan pegou as chaves e entrou no sedan preto sofisticado. Susenyos ficou lá como uma sombra pelo retrovisor. Um sorriso triste preencheu o rosto dela. Talvez ele nunca fosse entender por que Kidan ficava ultrapassando os limites, flertando com a morte repetidas vezes para conseguir suportar a sensação dos próprios batimentos. Só um gostinho, e ela já estaria pronta para a próxima.

Kidan ligou para o número de Tamol, totalmente focada no plano.

— É a Kidan.

— Kidan? — Ele não parecia sonolento. Talvez estivesse trabalhando. — Está tarde.

— Desculpe. — Ela tentou soar envergonhada. — Mas estou indo embora hoje. Não posso mais ficar aqui.

— Está tudo bem?

— Na verdade, não. — A voz dela tremia. — Você disse que podia me ajudar com um dinheiro? Quero falar sobre o Projeto Arqueológico Axum.

Ela ouviu um farfalhar de papéis.

— Você está em casa?

— Estou indo embora da Uxlay agora. Se quiser conversar, vou passar pela sua casa daqui a alguns minutos.

Ele esperou alguns instantes e então disse:

— Estarei do lado de fora. Não vá embora sem falar comigo.

Kidan desligou. Ela soltou os ombros, uma onda de adrenalina percorrendo suas veias. O ar da noite entrou pela janela aberta, balançou as tranças e esfriou suas bochechas. O cantinho de seus lábios se arqueou. Ela enfim estava no controle.

Quando Kidan chegou, Tamol Ajtaf ajeitou os óculos e semicerrou os olhos para ela. Usava um casaco grande e calças de pijama.

— Podemos conversar lá dentro.

Havia lágrimas nos olhos dela.

— Não, não vou passar mais um segundo na Uxlay. Estou indo para a cidade.

Ele cerrou o maxilar, mas acabou apenas assentindo. Para a surpresa de Kidan, Tamol havia levado uma pasta, que segurou com cuidado ao entrar no carro. Ela tentou não sorrir ao dar a partida.

— O que aconteceu? — Os olhos verdes a encararam de cima a baixo. — Foi Susenyos? Eu falei para a reitora Faris que ele deveria ser removido daquela casa.

Kidan se virou para ele. Os olhos de Tamol brilhavam, ávidos.

— É tudo. Não é só ele.

Ele colocou um pouco de compaixão no tom de voz.

— Dranacto é difícil. Não culpo você.

Kidan segurou o volante com mais força quando os portões dourados da Uxlay se abriram. Eles pegaram a estrada sinuosa ladeada por árvores que dava em Zaf Haven.

— Você disse que podia me ajudar com o projeto Axum.

— Certo.

Ele abriu a pasta e tirou alguns papéis.

— Não faz nenhum sentido um vampiro ser dono de uma casa. Ainda mais uma como a Adane. Não sei o que sua família estava pensando quando a deixou para Susenyos. Em termos oficiais, você não pode assinar documentos repassando sua parte até se formar, mas felizmente você é a última de sua linhagem…

— Não sou a última da minha linhagem. — O fogo tomou seus olhos, e a estrada à frente entrava e saía de seu campo de visão. — É minha irmã. June.

Ele pigarreou, desconfortável.

— Certo, mas ela não está aqui, e você é a mais velha, então está autorizada a assinar para repassar a casa.

— Sabe, Ramyn tinha me dado o conselho oposto. Ficar e lutar pelo que é meu de direito.

Tamol evitou encará-la e mexeu em seus papéis.

— Bem, às vezes o melhor a fazer é observar de fora.

Kidan pisou um pouco mais no acelerador. Só um pouquinho. Ela não entendia como uma família poderia colocar um parente contra o outro por

379

causa de coisas triviais como dinheiro e poder. Tamol ficara tão apavorado com o potencial de Ramyn que a sabotou antes mesmo de ver aonde ela iria chegar.

Os nós dos dedos dela ficaram brancos.

— Quem são os Nefrasi?

Ele apertou os papéis com mais força.

— O quê?

— Os Nefrasi. Sei que apoiam o 13º. Quem são eles?

— Nunca ouvi falar deles.

Eles fizeram uma curva bem acentuada, e o corpo de Tamol sacolejou. A pasta bateu na porta com um estrondo.

Havia um indício de medo em sua voz:

— Você deveria ir mais devagar.

— Sei que você envenenou Ramyn e arruinou as chances dela de herdar a Casa Ajtaf. Vou contar à reitora Faris se não me disser quem são os Nefrasi.

Ele piscou, chocado, e — como a maioria dos homens fazia — supôs que ela estava blefando.

— *Eu* é que vou prender você por difamação.

Kidan pisou mais forte no pedal e deu uma leve sacudida no volante. Os ombros deles sacolejavam com violência junto do carro.

— O que está fazendo? — gritou ele.

— Acho que você não está entendendo no que se meteu.

As palavras dele saíram calmas, lentas como asas flutuando:

— Pare o carro agora.

— Me conte sobre os Nefrasi, ou termino tudo aqui agora. — Quando Tamol não disse nada, Kidan pisou mais fundo no pedal. — Não acha que eu tenho coragem? Pode me testar.

Ele cerrou os punhos, e por um momento Kidan achou que Tamol tentaria agarrar o volante, mas então ele relaxou.

— Tudo bem, tudo bem. Vá devagar. Vou te contar.

Kidan desacelerou. Só um pouquinho.

Tamol soltou o ar.

— Eu só sei que é um grupo de fora da Uxlay. Eles subsidiam nossos projetos quando não queremos usar as contas da Uxlay.

Fora da Uxlay.

— O que eles querem?

— A mesma coisa que o 13º — respondeu ele, sem paciência. — Uma nova estrutura de herança e direitos de posse. A capacidade de estabelecer nossas leis dentro de cada casa, assim como as Casas Fundadoras. É lógico que não teria como você entender uma coisa dessas.

— A lei universal protege as fronteiras da Uxlay.

— É o mundo exterior que precisa de proteção contra *nós* — disse ele, irritado. — Por que deveríamos renunciar a esse poder?

— E Ramyn? Você a envenenou porque não suportava a ideia de que um dia ela pudesse comandar duas casas?

Ele olhou para a frente, o rosto inexpressivo. Era esperto demais para confirmar ou negar.

Kidan rangeu os dentes.

— Onde está June?

Ele contorceu a boca.

— Sua irmã? Como é que eu vou saber?

— Eu sei que o 13º, os Nefrasi, ou seja lá de que porra vocês o chamam, a pegou.

Tamol a encarou, a testa franzida.

— Não sei do que você está falando.

— Isso é verdade. Você não compreende o amor familiar.

Dois faróis piscaram bem alto, ofuscando a visão deles, quando quase bateram num outro carro. Tamol segurou o cinto de segurança com força.

— Você precisa ir mais devagar!

— Me diga onde está June.

— Eu não sei!

Tudo bem.

Se ele não queria mais falar, ela também não queria. O tremor estrondoso do acelerador vibrava sob seus pés. Kidan poderia ter poupado a vida dele se tivesse tido um bom motivo para trair Ramyn. Se estivesse protegendo outra pessoa. Contudo, a escolha dele de sacrificar a própria família não passava de um ato de ganância. Podia ser a própria Mama Anoet sentada ali no lugar dele.

381

Kidan deu uma guinada para fora da estrada e jogou o carro contra um grupo de árvores grandes. Enquanto o mundo explodia em vidro e metal retorcido, o grito dele ecoou e foi abruptamente interrompido, falhando em alcançar sabe-se lá para quem ele estava rezando.

Quando os olhos de Kidan se fecharam, seu corpo estava imprensado debaixo de algo. Ela estava gelada, e a luz da lua iluminava seu rosto. A terra fresca do solo se estendeu até os dedos pálidos dela, tentando puxá-la para dentro de seu ventre quentinho. Prometia um renascimento, uma segunda vida, bastava que ela mergulhasse. Os pulmões ensanguentados pararam de funcionar.

Os portões da morte eram adornados com alecrim fresco, como no jardim de Mama Anoet. Havia um som irritante, fraco como asas de borboleta, mas que ia crescendo e ficando mais forte, pulsante como um batimento cardíaco, depois como um tambor de pele de leão. Era um aviso chamando Kidan para voltar à superfície. Ela não conseguia ver quem ou o que era. Não se importava. Ela estava no fim.

Ainda assim, o ritmo das batidas era maníaco como se o próprio diabo fosse o responsável. Contra sua vontade, aquilo a guiou de volta, para longe dos portões com cheiros frescos e de volta ao céu. Entrou em seu corpo de maneira sorrateira, batendo do lado de dentro como se fosse um segundo coração.

Kidan abriu os olhos. Uma silhueta pairava sobre seu rosto. As bordas do corpo de Susenyos estavam borradas, como nos desenhos com lápis carvão de Yusef, e ele tinha as sobrancelhas franzidas.

— Eu podia jurar que seu coração tinha parado — sussurrou, tirando o pulso ensanguentado da boca de Kidan.

Ela sentiu gosto de sangue debaixo da língua. Queria perguntar a ele o que estava acontecendo, mas seu maxilar não se mexia. Nenhum de seus membros obedecia aos comandos.

— Calma, Kidan. Não precisa falar. Seus olhos têm uma linguagem própria.

Susenyos procurou algo atrás de si, um cenário que misturava poeira e luzes quebradas. Quando ela começou a apagar de novo, os dedos fortes dele entraram debaixo da curva da nuca.

— Não, mantenha esses olhos abertos — ordenou. — Registre todas as falhas que eu possuo, planeje suas vinganças contra mim, imagine o assassinato perfeito bem no meu coração. Mas mantenha esses olhos abertos.

Era difícil fazer aquilo. Era como se houvesse punhados de neve em seus cílios, pesando, ávidos por fechar. No entanto, toda vez que Kidan tentava deixá-lo, Susenyos a trazia de volta com o cheiro da violência. Não havia nenhuma necessidade de promessas de amor ou de ternura. Nenhum deles estava autorizado a sentir a mínima faísca desse tipo de aflição. Entretanto, talvez a alma deles estivesse destinada a estar em companhia eterna. Em devoção, adoração e na luxúria da brutalidade.

58.

Na aula de Mitologia e Modernidade, Kidan tinha pesquisado a respeito de um deus egoísta e solitário. Para decorar seu paraíso vazio, ele vasculhava a terra em busca dos corações mais puros, que brilhavam como estrelas, e os colecionava. Deixava os maus e corruptos para apodrecerem entre eles na Terra. Para garantir que não chegariam ao seu paraíso, ele lhes dava três vidas em vez de uma, já que a morte era o único caminho para se libertar daquele mundo. Eles sobreviviam a feitos milagrosos, esses homens vis e imunes à morte, e espalhavam terror sobre os inocentes. O trabalho que ela entregou tinha explorado a tenacidade do mal e sua habilidade de sobreviver.

Contudo, Tamol Ajtaf teria servido como um objeto de estudo muito melhor. Pulmões esmagados, clavícula quebrada, ferimento na cabeça. Vivo.

Bem, quase. Ele estava em coma induzido por conta da dor lancinante, mas era esperado que a certa altura ele se recuperasse com a ajuda gradual do sangue dranaico.

Os dois estavam internados no Hospital Rojit, da Uxlay. O corpo de Kidan doía como uma fruta amassada, mas estava se recuperando. Ela teria alta naquela noite. As enfermeiras falaram diversas vezes de como ela havia sido sortuda. Entretanto, tudo o que sentia era falta de sorte.

— Precisamos conversar com Yusef. — Kidan estava de pé ao lado de Slen no cemitério. — Temos um inimigo em comum. Então precisamos contar tudo uns aos outros.

Slen tinha dado um gelo em Kidan e ignorado todas as suas ligações desde que descobrira que Titus fora morto.

— Confessar a Yusef? — perguntou ela, incrédula. — Não.

Elas ficaram ali até o sol mergulhar atrás de uma nuvem, lançando uma penumbra sobre a pele e aumentando as sombras no chão. O túmulo de Ramyn Ajtaf estava coberto de flores frescas. Kidan tinha ido ali de propósito, para que Slen não lhe escapasse.

— Eu estava pensando por que não odeio você, Slen. Durante vários dias, depois que me contou a verdade, fiquei esperando aquela sensação de raiva, aversão, qualquer coisa. De todas as pessoas, você é quem mais merece minha raiva pelo que fez com Ramyn.

Na noite anterior, Kidan se ocupara de um de seus rituais secretos. Pegara o quadro *Mulher de azul*, o sangue de Rufeal formando duas linhas secas e mórbidas sobre ele, e enrolou o cachecol de Ramyn nos dedos, sentindo o cheiro do perfume de pêssego da menina. Kidan precisava se livrar daquelas lembranças, mas não conseguia. Tinha colocado a pulseira de Mama Anoet junto deles, imaginando se aqueles objetos estavam de fato associados um ao outro, perdendo-se na violência de tudo aquilo.

Susenyos tinha lhe ajudado a enxergar. A paz traiçoeira encontrada na violência. O caminho a seguir.

— Quero odiar você, Slen.

Slen olhava para o epitáfio da lápide — *A morte não é o fim*.

— Por que não odeia?

Kidan respirou fundo, derrotada.

— Porque eu entendo você. Sei que não gosta do que fez. Estava desesperada. Disposta a qualquer coisa para salvar a si mesma e ao seu irmão. — A voz dela ficou mais tensa. — Porque você sou eu, Slen.

Kidan abriu o coração e a alma.

— Você é uma anomalia, Kidan. — Slen franziu as sobrancelhas. — Não sei o que fazer com você.

Um quase sorriso apareceu nos lábios de Kidan.

Slen jogou a cabeça para trás. O vento soprou mais forte e esfriou seu rosto.

— Tudo bem.

— Tudo bem?

— Vamos tentar do seu jeito. Parece que a morte é incapaz de atingir você. Talvez possamos todos sobreviver a isso.

Reunidos em sua sala particular na torre sem GK, os três pareciam insignificantes contra o peso dos tijolos e das pedras da Uxlay.

Depois do assassinato de Rufeal, Yusef fora quem mais havia se fechado em si mesmo. Por exemplo, ele tinha adquirido o hábito de lavar as mãos por mais tempo que o necessário mesmo que sempre cheirasse a desinfetante. Sem uma âncora, suas ações erráticas iriam acabar engolindo-o para as profundezas de um mar no qual ele não podia nadar.

Kidan não sabia como dizer as palavras seguintes. Sua confissão sem dúvida abriria um buraco no mundo dele. Diferentemente de Slen, não havia como saber se ele sobreviveria àquilo.

Kidan respirou fundo.

— Antes de vir à Uxlay, botei fogo na minha casa com minha mãe adotiva dentro. — Era a primeira vez que Kidan contava em voz alta a história que estava incrustada em seus ossos, e aquilo era doloroso. — Ela devia proteger a mim e minha irmã, mas em vez disso nos traiu. June foi sequestrada por um vampiro por causa dela. Mas ela foi gentil durante a vida inteira antes disso. Me criou, me vestiu, me alimentou, e eu... a matei.

Yusef ficou olhando, piscou um pouco, e depois seguiu encarando. Kidan esperou, o coração acelerado. Ele tinha que processar as palavras dela e decidir por conta própria, sem pressão ou incentivo dela. Kidan desejava criar algo ali, um lugar onde todos os demônios que lhes pertenciam dançassem sobre a cabeça deles e lhes dessem uma trégua. Todos os três precisavam enxergar a beleza na absolvição.

Quando já havia passado tempo suficiente, ela continuou:

— Existe um grupo aqui dentro da Uxlay chamado 13º. Eles querem que todas as casas se aliem a eles para apoiar seus projetos de mudança. Acredito que eles levaram minha irmã.

Kidan sentiu um aperto no peito. Rezou para aquilo dar certo. Não sabia o que faria se não desse.

Yusef esfregou as mãos.

— Susenyos me disse que foi Rufeal quem me fez ser reprovado no ano passado. Que meu pai foi manipulado pelo 13º para matar os dranaicos da casa, o que o levou à prisão.

Kidan ficou boquiaberta. *Por que Susenyos diria aquilo a ele?*

Quando Yusef ergueu a cabeça, seus olhos estavam cheios de terror.

— Você matou alguém, Kidan.

Ela examinou a mesa.

— Sim.

O tremor nas mãos dele voltou.

Kidan olhou para Slen, que tinha uma expressão de alerta no rosto. Elas deviam ter se olhado durante muito tempo, porque Yusef chamou, meio hesitante:

— Slen?

Aos poucos, ela contou a ele sobre o assassinato de Ramyn e a prisão do pai. A expressão de Yusef era de puro choque.

— Você é membro do 13º? — Era possível ouvir o sentimento de traição na voz dele.

Slen olhou para a mesa por um momento e então voltou à expressão de seriedade de sempre.

— Era o único jeito de me livrar do meu pai.

Yusef olhava para ela com uma emoção que Kidan não conseguiu identificar, mas que causou uma reação em Slen, que ficou ajustando as luvas repetidas vezes.

— E agora? — perguntou ele. — Você ainda é membro?

Kidan não confiava em Slen para ter a resposta certa para essa pergunta.

— Ela está me ajudando a eliminá-los — explicou Kidan de prontidão. — Precisamos nos proteger. É o motivo de estarmos aqui fazendo isso. Você não está sozinho nessa, Yusef.

Ele apoiou a cabeça nas mãos.

— Isso é um inferno. Nós somos assassinos. Estamos arruinados.

Kidan fechou os olhos. Era daquilo que tinha medo.

— Não — rebateu Slen, determinada. — Nós somos a própria tragédia. Nada pode nos arruinar a não ser que nós deixemos. *Eu* não vou deixar.

Yusef foi erguendo a cabeça aos poucos. O olhar inabalável de Slen não o abandonou em nenhum momento, desfazendo sua expressão dura como se fosse o sol em meio à névoa.

Kidan conseguiu enxergar, enfim. Uma vida para além daquele ano e do seguinte. Aquele espaço que eles tinham criado, compartilhando verdades horríveis e absolvendo uns aos outros, iria fazer acontecer seu desejo mais profundo. Que outros seres humanos, e não vampiros, vissem sua alma e não se contorcessem de pavor.

Debaixo da mesa, Kidan jogou fora a pulseira, e algo se deslocou dentro dela. A voz de June avançou sobre a irmã, mas foi interrompida na mesma hora. Os pulmões de Kidan se expandiram com ar puro, e ela respirou fundo.

Eles iriam ajudar uns aos outros a eliminar o 13º. Viveriam uma vida honesta depois disso. Kidan não precisava da pílula azul naquele momento.

Por fim, ela pediu ajuda:

— Um grupo chamado Nefrasi controla o 13º. Preciso da ajuda de vocês para descobrir quem são eles. Se destruirmos os Nefrasi, o 13º deixa de existir. Eu não posso fazer isso... sozinha.

Naquele momento de quietude, eles estavam unidos, prontos para redimir uns aos outros.

59.

A S TRÊS TRAGÉDIAS DA UXLAY PROSPERARAM EM SEU recém-descoberto tormento. Ninguém podia tocá-los, e tudo estava à disposição. Nas semanas que se seguiram, os estudos e as análises do Dranacto assumiram um tom mais acinzentado, não eram mais sólidos, e sim feitos de água, para que pudessem viver através deles, encontrar suas reflexões nos próprios corações e derramar a si mesmos nos ensinamentos.

Para a última matéria do Dranacto — Concórdia —, o professor Andreyas perguntou qual fora o preço pago pela paz acordada entre dranaicos e acto. Quando o Último Sage pediu a Demasus, o Leão de Dentes Afiados, que se rendesse às Três Restrições e abandonasse sua natureza, o que Demasus pediu em troca? Tinha que ser um sacrifício equivalente. A resposta parecia ser um espelho de prata — mas a interpretação disso lhes fugia e parecia estar fora de alcance.

Eles passaram horas na Biblioteca Grand Solomon consultando textos antigos e rastreando os movimentos dos Nefrasi ao longo da história. Descobriram muito pouco, tão pouco que era capaz de os registros terem sido apagados. À medida que os dias passavam, Kidan se agitava com mínimas pistas falsas. A vida dela havia sido assim a maior parte do ano, fora instigada e controlada como uma ovelha, enquanto alguém mantinha a informação fora de alcance. Um mestre brincando com seu brinquedo favorito.

Sob a luminária da mesa, Slen leu uma pequena matéria de jornal dos anos 1940:

— "Os Nefrasi buscam uma expansão de consciência a partir da existência sufocante do mundano. Negociam tesouros materiais do continente africano e pagam uma quantia generosa a quem oferecer esses tesouros. O encontro vai acontecer ao meio-dia, perto da farmácia Lotus."

— Eles estavam na Grã-Bretanha? — perguntou Kidan.

— Não apenas lá. — Yusef puxou o computador para perto. — Esta aqui é uma propaganda de Mogadíscio, em 1960. Não consigo ler muito bem, mas acredito que a tradução seja algo do tipo: "Vamos nos livrar da fome com a água, ofuscar o sol para que a colheita seja abundante e triunfar sobre a morte." Eles eram um movimento, e esses anúncios eram colocados nas universidades para atrair novos iniciados.

— Acho que estão falando sobre as Três Restrições. Vejam só as três palavras-chave que estão usando: "água", "sol" e "morte" — destacou Kidan.

O telefone de Yusef tocou, e ele levou um susto.

— É GK.

Slen dispensou logo.

— Diga a ele que não vamos nos encontrar hoje.

— Odeio mentir pra ele.

— Prefere que ele saiba o que estamos fazendo?

Yusef mordeu o lábio e foi responder.

Quando eles já não estavam aguentando mais ver livros pela frente, bebiam e ficavam perambulando pelo campus à noite, cambaleando nos corredores em meio a ataques de riso sem sentido. Sempre recebiam olhares irritados de outros alunos, mas estavam tão alheios a tudo que aqueles desconhecidos nem os afetavam. Yusef caminhava por todos os muros baixos e todas as saliências, se equilibrando de um lado a outro. Slen fumava. E Kidan ficava para trás falando sobre sua tentativa fracassada de assassinar Tamol Ajtaf, sentindo um raio de prazer percorrer o corpo sempre que conseguia arrancar um sorriso de Slen. Os sorrisos eram raros como diamantes.

— Slen, me segura se eu cair! — gritou Yusef e quase caiu.

Slen soltou um palavrão e correu já lhe estendendo a mão.

Kidan caminhou pela grama e se sentou para olhar as estrelas. A brisa da noite soprava carregando o cheiro doce de flores. Ela soltou o ar. Aquela sensação... Kidan queria engarrafar e beber para sempre. Era mais frágil do que tudo que ela era capaz de segurar.

— Resolva um problema aqui pra mim. Quem é mais bonito, Andrômeda ou Resus? — perguntou Yusef, se jogando ao lado dela.

Slen se sentou do outro lado.

— Andrômeda — respondeu Kidan, sorrindo.

— Viu? — Yusef piscou para Slen.

— Não faça isso.

Slen prendeu o casaco em volta do corpo e parecia inquieta, a voz estranhamente rouca.

Kidan percebeu um fiapo de alguma coisa ali, muito de leve para conseguir entender ao certo o que era. Ela olhou para o pulso nu. Seu corpo zunia. Aquelas pessoas que tinha conhecido naquela universidade assustadora, será que elas eram mesmo a cura? Durante todo aquele tempo? Sua mente acelerou, depois se acalmou, transbordando com palavras e sentimentos não ditos. Ela precisava dos dedos para traduzir aquilo.

Kidan delineou na grama um formato que por muito tempo pensou ser impossível. A última vez que o desenhara fora uma semana antes do aniversário de 18 anos dela e da irmã. June sempre gostara de comemorar antes, para tirar a pressão do dia exato. Nenhuma delas tinha autorização para convidar amigos, então celebravam sozinhas e sempre trocavam cinco presentes, para fazer parecer que havia mais gente. Uma festinha.

— Para as irmãs mais tristes do mundo — dissera Kidan com um sorrisinho.

June sorriu de volta.

— Muito patéticas.

Aquela foi a única noite do ano em que June não teve terror noturno. Kidan ficou a noite inteira acordada, observando-a dormir em paz e desenhando aquele mesmo formato.

Um círculo, lento e meio trêmulo.

Alegria.

Aquela bolha de delírio e caos controlado explodiu no sábado de manhã. Eles estavam no novo local favorito do grupo, o Cantinho Oriental do Café, esperando o pedido de Slen e discutindo sobre como a campanha de guerra de Demasus se relacionava com a Concórdia.

Slen e Kidan tinham anotado comentários de sete clássicos, com referências de possíveis interpretações. Elas não esperavam que Yusef fosse aguentar a carga de trabalho, mas para a grande surpresa das garotas ele estava firme e forte, fora o primeiro a chegar ao café cheio de novas ideias e já estava com o terceiro café do dia nas mãos.

— Se era isso que ele precisava pra se concentrar, de repente a gente devia organizar uns assassinatos mensais. — Slen ficou olhando aquele estado concentrado de Yusef com uma expressão diferente, acalorada.

— Meu deus, você é doente. — Yusef piscou os olhos castanhos. — Venha ao meu estúdio mais tarde?

— Não.

Ele abriu um sorrisinho.

— Não vou falar nada. Você só vai assistir enquanto eu anoto algumas coisas.

Slen abriu a boca para recusar, mas então hesitou, como se estivesse considerando o convite. O sorriso dele ficou ainda maior. Kidan balançou a cabeça e escondeu um sorriso.

Um atendente foi até a mesa deles e colocou uma bebida diante de Slen. Quando ela pegou o copo para beber, sentiu que havia algo colado na lateral. Ficou paralisada. Olhou ao redor de uma vez só e vasculhou o local.

Kidan estava atenta e percebeu.

— O que foi?

Ela entregou o bilhete.

E se fosse sangue do seu sangue caindo de uma torre?
— Irmã de Ramyn

Yusef deixou os livros de lado e se inclinou para ler.

— Irmã de Ramyn?

Slen se levantou da mesa e jogou o café fora, como se fosse um veneno.

— Ramyn não tinha irmã. É alguém querendo mexer comigo.

— É o 13º? — Yusef ficou pálido.

— Provavelmente — disse Slen, a voz sombria.

— O que podemos fazer?

— Nada. Eles querem que a gente cometa um erro. A gente tem que continuar indo à aula e passando pelas tarefas. Se eles acreditarem que vamos nos formar, não vão nos machucar. Eles precisam de herdeiros, lembram?

As palavras de Slen eram reconfortantes, mas seus olhos expressavam algo diferente. Kidan viu os escudos subirem ali de volta, uma cautela que tinha sumido por um breve momento, mas que agora estava de volta ao nível máximo de alerta, e ninguém estava alheio às suspeitas.

Slen não apareceu na sessão de estudos da tarde. Kidan mordia o lábio e ouvia Yusef contar sobre suas descobertas em relação aos Nefrasi, mas na verdade pensava em como seu caminho até June estaria arruinado se Slen fosse pega pelo 13º.

— Vou dizer o que me preocupa. — Yusef coçou a cabeça. — Esse grupo Nefrasi criou o 13º para, o quê, assumir o controle da Uxlay? Isso significa que eles não são parte das nossas doze casas. Não podem entrar no território da Uxlay sem serem detectados. Então podemos concluir que são casas rebeldes.

Em sua aula de África Oriental e os Mortos-Vivos, Kidan pesquisou sobre a Separação das Oitenta Famílias de Acto e suas diferentes facções. Apenas doze casas tinham optado por se juntar à instituição da Uxlay, fundada pelos Adane e pelos Faris. Contudo, havia outras 67 casas espalhadas do lado de fora daqueles muros altos, e nenhuma delas vivia a partir dos ensinamentos do Último Sage. Uma das casas havia sido extinta.

Yusef estremeceu.

— Se esse for o caso, eu já ouvi histórias sobre como elas se alimentam de seus acto.

Kidan engoliu em seco. Rezou para que June não tivesse sido pega por uma delas.

Eles ouviram o som de uma briga acalorada vindo do jardim. Pela janela aberta da biblioteca, Kidan e Yusef viram o irmão de Slen gritando com ela.

Ele estava visivelmente irritado, e dava para ouvi-lo proferir todo tipo de palavrão. Slen estava quieta, pequena diante da silhueta enorme do irmão. Ele a empurrou no pilar mais próximo.

— Que merda é essa? — Yusef já estava correndo até ela. Kidan foi logo atrás.

Quando chegaram ao jardim de grama cortada, ouviram os pedidos dele.

— Conserte as coisas. Conte a eles o que você sabe.

Slen olhou o rosto do irmão, tão calma quanto uma tempestade silenciosa.

— Não posso.

O irmão estava perplexo e começou a cerrar os punhos. Yusef e Kidan sentiram sua fúria e se colocaram no meio dos dois. O olhar dele para Slen era de partir o coração, e Kidan sentiu uma pontada em seu próprio peito. Era o tipo de rixa familiar que ela conhecia muito bem. Olhou para Slen, que estava de cabeça baixa.

Depois que o irmão foi embora, eles ficaram parados ali, no frio do inverno, atordoados.

— O que foi isso? — perguntou Kidan.

O irmão de Slen também tinha recebido um bilhete.

Sua irmã sabe quem matou Ramyn Ajtaf.

O mundo inteiro de Kidan cambaleou logo depois de conseguir se equilibrar. Ela amassou o bilhete até que virasse uma bolinha. O 13º estava fazendo suas ameaças. Logo, logo iriam agir.

— O que fazemos? — sussurrou Yusef.

Slen parecia perdida, então Kidan endireitou o corpo e disse:

— Vou cuidar disso.

A expressão de Yusef ficou mais aliviada, e Slen assentiu. Kidan tinha encontrado uma nova força naquela relação de confiança, um poder que ela iria usar para derrotar qualquer um que os ameaçasse.

60.

NA NOITE DA ESPERADA MOSTRA DE ARTE JUVENIL, ELES aparaceram com seus trajes mais caros. Slen escolheu um terninho escuro com luvas combinando. Kidan optou por um vestido decotado verde floresta com estampa de chamas queimando. Já Yusef trajava um terno extravagante adornado com diamantes nos punhos e no colarinho. GK foi mais modesto, mas estava bonito em seu terno simples com sua marca registrada: a corrente de ossos de dedos. O fato de ele ter ido lá para apoiar Yusef fez Kidan sorrir.

A arte de Yusef dentro da estimada Galeria Umil era uma coleção de humanidade frágil capturada com uso do carvão em toda a sua expressão. O estilo que ele escolheu, mais borrado, criava um efeito de redemoinho de escuridão, que passava de um desenho ao outro.

A última obra, e a mais importante, estava coberta num canto, e seria revelada às onze da noite. Com o champanhe vibrando na língua, eles circulavam juntos por ali. Até mesmo Slen, que sempre reclamava de Yusef perder tempo durante as sessões de estudo, parou para examinar cada obra. Não era de surpreender que houvesse um desenho de Slen, com uma pincelada branca no lugar dos olhos. No entanto, havia também outro de um garoto cobrindo o rosto com o braço, como se estivesse chorando, e um punhado de lírios flutuando atrás dele.

GK ficou olhando para esse desenho durante um longo tempo. Kidan se aproximou dele.

GK prestava atenção especial às flores.

— Ele cria obras tão lindas.

— Cria mesmo.

— Como vão os estudos? — perguntou ele.

— Não tão divertidos sem você — admitiu Kidan.

— Eu sinto falta da voz de vocês. Não tinha me dado conta do quanto são barulhentos. Agora está tudo silencioso de novo.

Ela sentiu uma pontada no peito. Ninguém entendia tanto de solidão quanto Kidan, mas ainda assim... como é que poderiam incluí-lo naquele momento? Ele estava mais seguro sem eles.

Os olhos de GK a atraíam. Kidan cerrou bem os punhos para segurar a vontade de convidá-lo para o próximo encontro. Slen chegou perto dela, a expressão de alerta nos olhos.

— Está na hora — disse.

O público se reuniu para a revelação da última obra. Yusef chegou para a frente, radiante, sob fortes aplausos.

— Obrigado a todos por virem. — Ele tocou em seu broche. — É uma honra exibir meu trabalho no mesmo lugar onde meu pai e o pai dele já exibiram. Legado é uma coisa engraçada. Você não se interessa muito por ele até que esteja prestes a ser tirado de você. Este ano eu descobri o quanto o Museu de Arte Umil significa pra mim. Quero prestar homenagem ao homem que começou tudo isso.

Depois de mais uma rodada de aplausos, Yusef segurou a corda e revelou o quadro.

O público ficou boquiaberto. Slen se engasgou com a bebida. A taça de champanhe de Kidan quebrou em sua mão.

Aquele não era Omar Umil. Era *A mulher de azul*, de Rufeal, linda e crítica como sempre, olhando bem para dentro da alma de cada um ali. Estava suja, com o sangue de seu criador ainda manchando seu peito e pescoço. Kidan sentiu um buraco se abrir em seu estômago até as profundezas do inferno.

— Merda — xingou Slen.

— Porra — acrescentou Kidan.

Yusef continuava petrificado olhando para o retrato.

— Isso não fazia parte dessa coleção — disse GK, franzindo a testa. — Por que ele mudou?

A multidão aguardava uma resposta, mas Yusef não conseguia parar de olhar. O suor escorria de sua testa, a boca abrindo e fechando como se fosse um peixe fora da água.

— Ele vai surtar — sussurrou Slen.

Kidan deu um passo para trás em busca de uma rota de fuga. Não havia alarme de incêndio para puxar nem sprinklers, já que a água podia danificar as obras. O fogo só poderia ser apagado isolando as salas, uma a uma.

Kidan xingou outra vez, dessa vez em voz baixa.

Pense. *Pense.*

— Vou desmaiar — sussurrou para Slen. — Leve Yusef.

— O quê? — perguntou Slen em voz baixa.

Kidan jogou os braços para o alto e se jogou do jeito mais dramático possível no par de braços mais próximo. Um homem assustado a segurou, ainda bem. GK estava do lado de Kidan quando as pessoas se viraram para olhar, a expressão preocupada.

— Vão, abram espaço.

Kidan deitou no chão e viu quando Slen segurou a mão de Yusef e o puxou. Eles entraram na sala de depósito.

Kidan se levantou, ainda cambaleante.

— Acho que só preciso de ar.

— Eu vou com você... — começou GK.

— Não! Quero dizer, eu estou bem. Só com um pouco de calor.

Ela se afastou e o deixou ali, o olhar magoado, e foi atrás dos amigos. Yusef já não estava mais catatônico. Estava furioso, tremendo e olhando direto para Kidan. Por um momento ela ficou tensa e confusa.

O retrato.

— Não — disse ela depressa. — Não fui eu.

— Você me disse que tinha se livrado dele. — Quem falou foi Slen, o olhar frio.

Kidan pensou que aquela sala tinha sido isolada, porque não havia ar em seus pulmões. O olhar dos dois era paralisante, ao mesmo tempo familiar e feito da mais dura das pedras. Eles a tinham excluído e tornado realidade seus piores pesadelos. Como ela podia explicar que tinha ficado com a tela para… o quê? Por que *tinha* ficado com aquilo? Ela queria voltar no tempo e arrancar as próprias mãos.

— Não fui eu — implorou. — Eu nunca faria isso.

Yusef desviou o olhar, como se não suportasse encará-la. Slen não parecia acreditar nela também.

Slen olhou para Yusef.

— Você precisa voltar lá.

— De jeito nenhum.

— Precisa falar por que escolheu o retrato. Algumas pessoas já reconheceram que é o trabalho de Rufeal. Vai lá e explica por que você escolheu terminar o trabalho para ele.

Yusef balançou a cabeça com força. Slen segurou seu rosto, e ele ficou imóvel.

— Você consegue e vai fazer isso, Yusef, ou eu juro que eu mesma mato você.

— E eu ajudo — disse Kidan.

Slen ergueu a mão.

— Não. Acho que precisamos manter certa distância um do outro. Ficar juntos o tempo inteiro não é muito inteligente.

Parecia lógico, mas o que estava dito nas entrelinhas era bem óbvio: desconfiança.

Sob a orientação de Slen, Yusef conseguiu voltar. Ele teceu toda uma história sobre a tragédia do jovem artista que se foi muito cedo e falou sobre escolher a última obra de Rufeal para preservar o artista e conquistar a imortalidade para o mortal. O público amou, mas Kidan estava nervosa, vasculhando todos os rostos em busca de potenciais inimigos.

Eles estavam ali os observando? Rindo deles? Sua nuca começou a pinicar, e ela olhou ao redor, mas não conseguiu identificar ameaça em meio àquela quantidade de gente.

61.

KÍDAN COLOCOU O QUARTO ABAIXO EM BUSCA DO RETRATO atrás da penteadeira. Logicamente não estava lá, assim como o cachecol de Ramyn. As gavetas estavam todas reviradas, as roupas espalhadas pelo chão. A pulseira de borboleta de Mama Anoet caiu no chão. Ela a pegou com delicadeza, abriu o compartimento e viu que o comprimido estava lá dentro.

Segurá-lo era um alívio, seu propósito antigo a estabilizando.

— O que houve? — Susenyos estava parado à porta.

Kidan escondeu a pulseira depressa e se levantou de frente para ele.

— Você pegou o retrato no meu quarto?

A voz dela era de puro desespero, ávida para culpar Susenyos e acabar com aquela insanidade.

— É você quem está ameaçando a gente? — continuou ela.

— *A gente?*

— Slen e agora Yusef. — Kidan andava de um lado para o outro, contorcendo os dedos. — O cachecol de Ramyn também sumiu.

Susenyos deve ter sentido pena dela, porque disse:

— Quem estava presente nos crimes de Slen e Yusef?

Kidan piscou, chocada por ter deixado passar uma pista óbvia em meio àquele desespero.

Titus Levigne. Ele tinha matado Ramyn e, depois que Yusef matara Rufeal, fora recrutado por Slen para lidar com o corpo. Kidan não tinha pensado nele porque estava morto. No entanto, mesmo que estivesse morto, isso não significava que não tivesse falado com os vivos antes de morrer. Titus tinha contado a alguém? Com certeza. Devia ter contado.

Kidan jogou seu abajur dourado na parede, espatifando-o.

— Isso era do Marrocos. Uma senhora muito simpática me deu — disse Susenyos, olhando, melancólico. — Gostava muito dele.

— É o 13º ou são os Nefrasi de novo. — Kidan continuou andando de um lado para o outro. — O que eles querem com a gente?

— Sua atenção, eu imagino. Assustar você.

Ela segurou a cadeira da penteadeira e tentou acalmar a respiração. Ficou olhando para um ponto no chão, desenhando em sua cabeça os formatos aos quais se apegara.

— Mas não é por isso que está destruindo meus tesouros, não é?

Depois de um longo momento, ela falou, a voz áspera:

— Slen e Yusef acham que eu fiz isso. Por que fiquei com aquele retrato?

— Quer que eu te responda?

Ela fechou a cara diante daquele tom condescendente.

— Não.

Ele sorriu.

— É bem óbvio, passarinha. Você queria uma lembrança do erro deles para que pudesse tolerar o seu.

Ele saiu de onde estava e olhou, desejoso, para os pedacinhos quebrados.

— Lógico, você ainda acha que eles são perfeitos. Mas o que você não sabe é que eles já vieram destruídos.

— Eles não são monstros. — O maxilar de Kidan ficou tenso, embora a voz tivesse falhado. — Eles foram vítimas, estavam confusos, não tinham outra escolha…

— Você foi uma vítima, estava confusa, não tinha outra escolha — disse ele, a voz decidida, ecoando pelo ambiente.

Kidan sentiu uma dor no coração ao ouvir aquelas palavras. Ela fora uma vítima, embora nunca tivesse se permitido admitir isso. Vítimas mereciam compaixão e compreensão. Agressores eram descartados, eliminados como se fossem uma infecção da carne do mundo. Ela sentiu o peito se expandir enquanto lágrimas incontroláveis pinicavam seus olhos. O que havia de errado com ela? Por que andava sempre chorando?

Surpreso com a reação dela, Susenyos se aproximou e passou a mão em sua bochecha. Aquela mudança dele, assumindo uma postura carinhosa, causou um arrepio na coluna de Kidan. Com o polegar, Susenyos tentou secar as lágrimas, mas ela desviou o rosto. Aquilo era demais. A sombra da mão dele pairou ali, depois caiu devagar.

— Eles fizeram coisas horríveis, e, ainda assim, você gosta deles — continuou ele, calmo como uma chuva fraca. — Perdoe-os e perdoe a si mesma.

Ela não conseguia olhar para cima.

— Sei que você contou a Yusef sobre Rufeal e o 13º. Foi o que o levou…

— A matar. Sim.

Ela se contorceu toda, os olhos arregalados.

— Por quê?

Susenyos olhou para ela por um longo tempo, os olhos cor de carvão num redemoinho.

— Para te ensinar.

Posso te ensinar milhares de maneiras diferentes de amar a si mesma.

Ele tinha incentivado Yusef a matar… por ela. O horror a fez engasgar com as palavras.

— Do que está falando?

— Para mostrar a você que, se você os ama pelo que são, mesmo com sua maldade natural, pode amar a si mesma com a sua também.

— O que eu fiz e o que eles fizeram não é a mesma coisa. Nunca vai ser. Eu *matei* a única mãe que tive. — A voz dela falhou, quase estripada por algo no fundo de sua alma, que iria deixar uma cicatriz.

Susenyos não cedeu, se recusava a deixá-la ganhar.

— Para proteger, Kidan. Você matou para proteger. Achou inclusive que remover a si mesma do mundo protegeria a todos. Sua morte não vai pôr fim à violência na Terra. Só vai machucar aqueles que gostam de você.

Kidan balançou a cabeça com força. Não conseguia dizer nada. Contudo, algo naqueles olhos pretos a acalmou, a fez compreender. Ela se viu refletida no olhar dele, não como era, e sim como talvez poderia ser. Naquelas pupilas escuras, sua silhueta era cercada por chamas eternas, como uma deusa da morte.

Susenyos se aproximou, passou os longos dedos pelas tranças dela e abaixou a cabeça. Kidan ficou tensa quando ele roçou sua orelha. O toque dele a acalmava e, ao mesmo tempo, enviava uma descarga elétrica por seu corpo. Ela cerrou os punhos para reprimir a vontade de agarrar a camisa dele.

— O mundo adora punir as garotas que sonham na escuridão. O meu plano é adorá-las.

Aquelas palavras jorraram dentro dela como se fossem uma água proibida, fazendo-a estremecer. A fera acorrentada dentro de Kidan sussurrou de volta, traiçoeira.

Seu coração apertou. Ela levou o dedo até a coxa para desenhar um símbolo, mas Susenyos ficou ali parado. Toda vez que ela tentava, o dedo paralisava. Não havia um símbolo que descrevesse exatamente o que ele provocava nela. Susenyos devia ter percebido sua hesitação, porque olhou para seus dedos nervosos. Em seguida, pegou a mão dela com calma e os deixou relaxados.

Susenyos levou os dedos dela até seus lábios macios. Kidan observou. As sombras do quarto dela se moveram, envolvendo-o na escuridão implacável. Depois de tudo que ela havia feito, ele seguia voltando. Kidan não havia mostrado a ele nenhum lado bom de si, nenhum lado compassivo. E ainda assim Susenyos suportara seu ódio, seus ataques, sua raiva, sua crueldade. Talvez ele fosse a única pessoa no mundo que podia sobreviver àquelas partes dela e sempre... ficar.

Por um momento, enquanto estavam em sua boca, seus dedos sabiam o que fazer; foram para a bochecha, quase carinhosos, tocando a pele macia. Uma pequena faísca de surpresa apareceu nos olhos de Susenyos, mas ele não se afastou. Com o mindinho, Kidan desenhou um novo formato sob seu queixo. Uma espiral com três linhas. E então franziu as sobrancelhas. Nunca tinha visto aquele símbolo, mas, de alguma maneira, o conhecia. Talvez de um sonho.

Um barulho proveniente de algum lugar da casa a fez dar um pulo. Ela colocou a mão sobre o peito, a pulsação acelerada. Susenyos se afastou e se recostou no peitoril da janela com um sorrisinho no rosto. A luz da lua banhava de prata sua pele, quase da cor de uma obsidiana. Kidan tentou não notar como os músculos ficaram marcados quando ele cruzou os braços, ou como o tecido da camisa se moveu e deixou exposta a pele negra de sua barriga. Sob as mãos dela, eles estiveram deliciosamente fortes naquela salinha. Kidan sentiu a garganta seca, e um cheiro de... eucalipto e óleo de rosas invadiu o quarto. Uma nuvem de vapor envolveu seu pescoço, tão quente que ela teve vontade de arrancar as próprias roupas. Talvez as dele também.

Kidan engoliu em seco. Franziu um pouco a testa. Não tinha aproveitado o suficiente no Dia da Cossia. Um dia de liberdade vertiginosa do qual ela sentia falta.

— Está com o olhar fixo, passarinha.

Kidan sentiu as bochechas queimarem e desviou o olhar.

A risada dele ecoou da garganta.

— Você parece tensa. Posso te ajudar a relaxar, se quiser. Só precisa pedir.

Meu Deus.

— Talvez um banho? — continuou ele, tentando evitar o sorriso. — De eucalipto com óleo de rosas?

Ela virou a cabeça de repente, chocada e furiosa.

— O que disse?

A ilusão do vapor ganhou densidade, e Susenyos passou os dedos pela fumaça, os olhos curiosos grudados nela.

— Interessante. Parece que a dor no observatório não é a única coisa que podemos compartilhar nesta casa.

Kidan sabia que a casa potencializava emoções e a torturava com memórias de Mama Anoet e June. No entanto, aquilo? Expor seus pensamentos sobre ele? Que humilhante.

Ela tentou obrigar a mente a se concentrar. A pensar no retrato e no cachecol. A fumaça foi se dissipando e de repente desapareceu por completo.

Ele arqueou a sobrancelha.

— Se quer ajudar, me diga como fazer Slen e Yusef compreenderem — disse ela séria.

Ele suspirou, mas respondeu assim mesmo:

— Eu já tive um amigo antes, algo parecido com seu grupinho. Nos conhecemos na infância: um servo falastrão e um príncipe. Você pode imaginar quem era quem. Ele me insultou, não lembro muito bem o que disse, e eu queria que ele fosse açoitado. Mas, para além disso, queria que ele me servisse sempre que eu tivesse vontade.

— Que encantador saber que você era um canalha desde criança.

Ele sorriu.

— Não, encantador era o modo como ele me dava frutas, me vestia e cantava para mim cheio de ódio no olhar.

— Você não disse que eram amigos?

— Calma. Todos os melhores amigos começam como adversários. No meu aniversário de 15 anos, invasores atacaram a periferia da cidade que me foi dada para governar. Mataram a irmã dele e destruíram minha imagem perante meu pai. Pela primeira vez na vida, nós dois estávamos do mesmo lado. Dei a ele uma armadura real e nos envolvemos em uma insana perseguição aos invasores. Nós os achamos e, óbvio, os massacramos. Como humano, não há nada que se assemelhe a matar algo que é mais poderoso e mais velho que você.

Kidan sentiu um arrepio na coluna.

— Aquela profusão de violência nos tornou amigos. Até hoje, nenhuma outra pessoa compreendeu tão bem minha sede de sangue quanto ele. Primeiro como garotos humanos, depois como jovens dranaicos.

Lógico. Se o garoto era servo dele, estava na corte, e Susenyos tinha obrigado todos eles a virarem vampiros.

— Se ele também foi transformado em dranaico, por onde anda sua alma gêmea destrutiva hoje em dia? — perguntou ela.

Uma emoção que Kidan não soube distinguir irrompeu no rosto de Susenyos. Nostalgia, talvez.

— Uma promessa quebrada causou nossa separação. Eu escolhi esta casa, sua família.

— Minha família está morta. — Ela não pretendia que soasse cruel, mas acabou sendo. — Não resta mais nada que o prenda aqui. Sua regra é que eu nunca lhe peça para ir embora daqui. Existe algum outro motivo para você ficar. Algo que não quer me contar.

Ele abriu um sorriso lento e satisfeito.

— Ele teria gostado de você. Tinha a mesma natureza desconfiada. Para responder sua primeira pergunta, sobre fazer Slen e Yusef entenderem: livre-se de seus amigos. Você já aproveitou o que eles tinham a oferecer, mas agora estão te limitando. Em algum momento vão ficar tristes e amargurados. Se contar todos os seus segredos a eles, vão acabar se tornando seus inimigos mais mortais.

Parecia que ele estava falando por experiência própria. Sempre compartilhando pequenos fragmentos de sua história, mas nunca o suficiente.

Ela balançou a cabeça.

— No dia em que você me impediu de ver o que aconteceu com a sua corte, vocês estavam sendo torturados. Foi horrível... Quem fez aquilo com vocês? Conseguiram escapar?

Sua expressão se tornou mais sombria, os braços cruzados se apertaram com ainda mais força. Aquela mudança de humor foi ao mesmo tempo lenta e repentina, mas Kidan não recuou. Susenyos tinha dito que a família dela o encontrara no meio de uma fuga.

— Me conte — insistiu ela, chegando mais perto. — Do que você está fugindo?

Ele ajeitou os ombros.

— De nada.

— Tudo bem. — Ela olhou para o chão. — Eu acho que já sei mesmo.

— O que você sabe?

— GK disse que Iniko foi obrigada a abandonar aqueles que amava para seguir ordens. Ela chama você de líder e sempre segue seus comandos. Você abandonou sua corte, não foi? Foi assim que fugiu do que quer que tenha capturado vocês.

Susenyos se virou para a janela e esfregou o queixo.

— E se eu abandonei? Você quer me julgar ainda mais?

— Não estou julgando.

Ele olhou para trás e sacudiu a cabeça ao ver o rosto dela.

— Não é o que seus olhos estão dizendo.

Kidan mordeu a parte interna da bochecha. Não queria estar certa. Ele tinha transformado toda sua corte em imortais porque não suportaria perdê-los. E depois os abandonou para se esconder naquele lugar impenetrável?

— O que foi? — perguntou ele, de repente, assustando-a. — Não fique quieta agora. Você sempre tem tanto a dizer...

— O que quer que eu diga? — Seus olhos estavam em chamas. — Eu nunca abandonaria meus amigos.

— Não, você prefere morrer por eles. Acha que isso te absolve? — Seu tom de voz era cáustico. — Me diga uma coisa. O que é a verdadeira absolvição? Lidar com o que você fez e sentir a dor de suas vítimas ajoelhado em um quarto frio ou se matar para escapar de seus erros?

— Eu...

Susenyos estava exposto, mais vulnerável do que nunca. Os dois sabiam que ele não tinha a intenção de compartilhar tanto.

Kidan nadou na escuridão dos olhos dele, flutuando em tantos segredos.

— Você está se punindo também, não é? — sussurrou. — Se arrepende do que fez com eles.

Ele ficou paralisado, como se tivesse sido atingido por algo.

— Não preciso me punir. Eu não fiz nada errado.

O tom de voz e as palavras entrecortadas refletiam o exato oposto. Kidan se aproximou, e Susenyos respirou fundo, com cuidado.

— Anos, Susenyos. Você passou anos tentando superar sua dor e dominar esta casa. Não consegue porque está punindo a si mesmo.

Ele mexeu o maxilar como se estivesse diante de Titus de novo, o prego escondido no céu da boca.

— Eu não tinha entendido isso até agora. — Ela foi cuidadosa com as palavras. — Mas está por toda a casa. A chave que sempre carrega no pescoço, os objetos dos quais cuida e restaura todos os dias, o observatório onde luta contra eles. Você sente falta deles, Yos, e isso está te matando.

Um leve franzir entre as sobrancelhas dele. Kidan estava perto. Mais perto do que nunca daquilo que Susenyos vinha escondendo.

— Se eles estão vivos e bem, por que não vai até eles?

Os músculos dos ombros dele se moveram, os punhos abrindo e fechando. Ela ficou tensa e se preparou para a explosão.

— Olha o que ela fez com você. — Seu tom de voz era suave e destruidor. — Olha o que a família fez com você, e ainda me diz para ir atrás deles.

Os escudos de Kidan desapareceram como uma vela ao vento.

— Quanto mais seu círculo aumenta, maior é a área de onde os golpes podem vir — sussurrou ele. — Acredite em mim, Kidan. Já senti esses ataques. Você não quer isso.

Kidan não disse nada, então ele olhou para o chão com uma expressão de perda, e saiu. Ela se jogou na cama e fechou os olhos, sentindo uma pressão descomunal por trás deles. As palavras de Susenyos provocaram um arrepio. A ideia de viver sozinha durante anos... Ela não aguentaria. De novo, não. O rosto de Slen e o de Yusef surgiram diante dela. Distantes, acusatórios.

Kidan enfiou a mão no bolso e colocou a pulseira. A pressão diminuiu e foi sumindo. *Ela* escolhia a duração da própria vida, e, se ainda quisesse, havia uma rota de fuga. Kidan pegou os fones de ouvido e recorreu aos vídeos de June. Entretanto, não ouviu o tom de voz fofo das histórias dela; em vez disso, foi a June macabra quem respondeu:

Mate todo o mal. Mate todos eles.

Kidan arrancou os fones e os jogou longe. Aninhou-se na cama e se balançou. Quando aquilo iria acabar?

62.

G K CONVIDOU KIDAN PARA DAR UMA CAMINHADA TRÊS dias depois de sua briga com os outros. Eles tinham interrompido suas caminhadas matinais depois que GK largara o curso e Kidan precisara manter a distância. Entretanto, ela sabia que encontrá-lo iria dissipar a bruma de escuridão que a sufocava. Aquela postura conhecida dele, as roupas pretas, os cabelos bem cortados e os olhos castanhos gentis traziam luz ao seu dia.

Eles caminharam pelas planícies onduladas nos limites do campus até o cemitério. Parecia que haviam se passado anos desde que se conheceram ali. Ela estivera tão preocupada com os amigos assassinos que deixara GK de lado. Tinha sentido falta de sua companhia serena.

Ele ergueu a bolsa e abriu uma das criptas.

— Você tem uma chave? — A voz dela ecoou na câmara vazia quando entraram.

— Às vezes, venho aqui sozinho fazer minhas leituras.

— É isso que quer fazer? — Os pelos dos braços de Kidan se arrepiaram com o frio. — Sabe que não estou interessada.

Ele limpou a poeira no centro da sala, colocou a bolsa em um canto e posicionou sua corrente no meio.

— Não é pra você. — As palavras de GK saíram tensas. — Os ossos estão batendo perto de todos eles.

Kidan foi até ele depressa e também se agachou.

— Eles estão em perigo?

GK olhou para ela com uma expressão que Kidan não soube decifrar.

— Você está preocupada.

— Óbvio que estou.

— Não estava tão preocupada assim com você mesma.

— Não se preocupe comigo. Só veja se todos vocês vão ficar bem.

GK só olhou para ela, ainda sem tocar nos ossos, como se estivesse tentando entender alguma coisa.

— O que foi? — Ela franziu a testa. — Depressa.

— Pegue minha outra corrente. Está na minha bolsa.

Ela correu para abrir a bolsa e tirou de lá um cachecol, alguns livros e um conjunto de chaves de cripta, mas não havia corrente. Ela colocou tudo de volta e começou a procurar em outro bolso. E então seus dedos congelaram. Aquele era o cachecol vermelho oficial da Uxlay, com a insígnia de leão. Kidan nunca tinha visto GK usar um daqueles. Ela o virou, e o frio se espalhou por todo o seu corpo. Na ponta da peça havia uma pequena mancha mais escura, como se alguém tivesse derramado vinho. Kidan aproximou o rosto do tecido. O cheiro doce de pêssegos invadiu seus sentidos.

— GK. — A pulsação dela estava acelerada. — O que é isso?

— É o cachecol de Ramyn.

Ele se levantou e a encarou com os olhos petrificados.

— O quê? — sussurrou ela.

— Encontrei no seu quarto. Junto do quadro de Rufeal Makary.

A repulsa no tom de voz dele fez Kidan cambalear para trás, pisar nas chaves e quase perder o equilíbrio.

Não. Não era possível.

— Como vocês conseguem viver assim? — As palavras dele eram como facas em seus pulmões, e ela não conseguia respirar. *Não.*

Não.

Ele continuou se aproximando, encurralando-a na parede.

— Venha comigo agora para confessar.

— GK...

— Como pôde fazer isso, Kidan? Com a própria mãe? — Kidan se agachou enquanto ele se avultava sobre ela e lhe estendia a mão. — Por que faria isso consigo mesma...?

— Pare! — gritou ela com cada fibra de seu corpo, e fechou bem os olhos. O grito retumbou naquele pequeno espaço com uma força capaz de rachar seus ossos.

GK não a tocou.

Aos poucos, Kidan abriu os olhos. A mão dele continuava estendida, os dedos a poucos centímetros dela.

Kidan chegou para o lado, pegou a bolsa e as chaves e correu até a entrada. GK não se moveu. Mesmo quando ela estava prestes a trancá-lo ali dentro, ele permaneceu onde estava, os olhos acolhedores e emotivos.

GK sussurrou uma palavra em aáraco, suave e temeroso. Uma palavra que parecia tanto um xingamento quanto uma oração. Ficou repetindo em voz baixa, os olhos cravados nela, como se fosse um demônio que ele podia derrotar.

O coração de Kidan se partiu.

— Só... sente-se aí e espere, *por favor*.

GK arregalou os olhos quando ele caiu de joelhos e então se sentou.

Kidan sentiu um nó no estômago diante do olhar de horror no rosto dele. No entanto, ele a ouviu, e ela ficou agradecida.

— Vou voltar. Só me espere aqui. Por favor.

Ele olhou para o chão sujo e não falou nada.

Kidan precisava de tempo para entender como GK estava envolvido. Como fazê-lo compreender a situação antes que arruinasse tudo.

Ela correu até o centro do campus, tropeçando em pedras e esfolando as mãos. A Torre de Filosofia tinha um formato sombrio e sinistro no pôr do sol. A chuva caiu na testa de Kidan, e ela a tocou. Era sangue. Ela balançou a cabeça. Não, era chuva.

Se concentre.

Kidan se atrapalhou toda para sacar o telefone e convocou um encontro de emergência com Slen e Yusef, sem dizer o motivo. Precisava contar a eles cara a cara.

Enquanto esperava por eles na sala de estudos, Kidan andava de um lado para o outro. As chaves em suas mãos sacudiam e se batiam. Ela foi colocá-las dentro da bolsa de GK quando um pequeno livro caiu de lá — *Mitos tradicionais dos abismos*.

Ela o pegou. GK devia ter encontrado em seu quarto também. Folheou o livro com pressa. Ele tinha marcado diversos trechos. Kidan não tinha muita certeza do que procurava — até que o nome "Nefari" chamou sua atenção. O coração quase saiu pela boca enquanto ela lia.

O "Nefari", termo utilizado no século XIX, foi popularizado pelos moradores locais de Gojam. Eles falavam de um monstro que usava metais prateados, exibia os dentes como se fosse um lobo e colecionava objetos amaldiçoados. Havia três avisos antes de o monstro aparecer. Rituais que envolviam água, sol e morte. Contudo, a maior parte das pessoas dizia que a criatura não era um monstro, e sim um rei amaldiçoado com sede de sangue.

Kidan não estava tão interessada no monstro, e sim no desenho que exibia a caracterização de um Nefari: sem dúvida era um vampiro, com argolas e anéis de prata pendurados pelo corpo. Ela observou aquilo por um bom tempo, sem ter muita certeza de por que parecia importante. Usar adereços de prata era proibido na Uxlay, mas parecia condizente que os vampiros rebeldes decorassem o corpo com eles. Kidan passou os dedos sobre a silhueta do vampiro com a língua para fora. Era longa, e havia algo que se assemelhava a um piercing brilhando nela.

Kidan só tinha visto uma pessoa que desafiara a lei da prata com sucesso usando aquele mesmo artifício. Na verdade, ele salvara sua vida com aquilo, cuspindo o objeto como uma bala para matar Titus Levigne.

Ela sentiu um aperto no peito, a mágoa e a raiva borbulhava dentro de si. O Nefari. Moradores locais de Gojam.

Susenyos Sagad. Antigo imperador da província de Gojam.

Ela fechou o livro com força.

Tinha sido boba de confiar nele, de ajustar seus princípios e deixar que ele entrasse em seu mundo. Tinha perguntado diretamente a ele quem eram os Nefrasi, os mesmos que tinham algo a ver com June, e ele mentira.

Por que continuar com os joguinhos? Ela achou que eles já tinham ultrapassado a fase das traições e mentiras. O som de seu coração ecoou perto dos ouvidos, lento, escoando. Talvez tivesse sido boba em pensar que poderia haver paz entre eles. Ela apertou os dedos na lateral do corpo.

Na mesma hora, Kidan ligou para Slen, contou o que tinha descoberto sobre GK e pediu que ela ficasse lá com ele até seu retorno. Deixou a chave da cripta dentro da sala e correu para casa, disposta a arrancar cada um dos segredos de Susenyos.

63.

O PLANO ERA SEDUZI-LO, FAZÊ-LO CONFESSAR DEVAGAR, com calma, e podia até ter dado certo. Ele tinha dito que era mais fácil arrancar verdades dele assim do que com tortura.

No entanto, quando ela entrou na sala de estudos e o viu relaxado e confortável no sofá, com um ar de triunfo por tê-la conduzido até ali, sem que ela sequer tivesse se dado conta, qualquer traço de desejo abandonou seu corpo.

As paredes do estúdio pegaram fogo, ardendo de maneira gradual com sua raiva. Eram só os dois ali. Etete passaria a noite fora.

Kidan levara com ela a arma do porão de Omar Umil. Balas normais não atingiam dranaicos. Em contrapartida, triturar um chifre de impala e queimá-lo era outra conversa. Inspirada pelo livro *Armas da escuridão*, ela tinha coberto as balas com o pó do chifre. Os guerreiros do Último Sage tinham usado alcatrão para espalhar o pó de chifre em suas flechas antes de as atirarem nos corações dranaicos.

Ela estava lutando contra as próprias mãos, que se aproximavam da arma escondida na parte de trás da calça. Não era o que desejava. Queria conversar com ele. Ouvir e entender de verdade.

Contudo, o quarto se alimentava de sua raiva, e não havia bom senso na raiva. Ela trincou os dentes enquanto o fogo a consumia, e então seus dedos começaram a puxar a arma. A outra mão segurava o livro dos mitos.

— Estou sentindo o quarto ser completamente tomado pela sua raiva — disse ele, concentrado em uma das cartas. — O que foi que eu fiz agora?

Ela não respondeu.

Susenyos continuou escrevendo, animado.

— Não quer ver no que estou trabalhando? Peço desculpas por ter demorado tanto a responder à sua carta. Não havia nome. Demorei um pouquinho pra entender que era você.

Kidan franziu a testa e abriu a boca. Ele tinha encontrado a carta que ela escondera sob os pergaminhos? Tinha lido suas palavras torturadas e vulneráveis? Ela sentiu o rosto queimar e uma vontade imensa de desaparecer. Entretanto, tinha um livro e uma arma em mãos, ancorando-a. Kidan segurou com força e jogou o livro dos mitos nas costas dele. Susenyos pegou o objeto no ar com facilidade, menosprezando aquela explosão como se fosse uma mosca irritante.

— O Nefari, nome criado pelos moradores de Gojam, na Etiópia. Seu país. — Kidan trincou os dentes.

— Tecnicamente, é seu país também.

— Você faz parte dos Nefrasi.

As chamas chegaram ao teto, crepitando acima dela.

Susenyos colocou a caneta em cima da mesa e, enfim, se virou para ela. Abriu um sorrisinho como o de alguém que enfim tinha sido flagrado.

— Me perdoe, mas nunca imaginei que você iria descobrir a verdade. Me permita um momento para ficar orgulhoso, pode ser?

Se ele não tivesse sorrido, talvez ela pudesse ter controlado a raiva. Podia ter saído dali e voltado com mais calma. No entanto, ele estava se divertindo.

Sorrindo para ela. Sorrindo por ter mentido para ela.

Tudo ficou vermelho na frente de Kidan. Ela sacou a arma e apontou para ele.

O sorriso de Susenyos se estilhaçou como vidro. Seus olhos ficaram cautelosos na mesma hora ao sentir o toque dela no gatilho, sua postura trêmula e as chamas que queimavam ao redor.

— Não se submeta à sua raiva, passarinha.

June tinha desaparecido de sua mente nos últimos dias, talvez irritada demais pela escolha de Kidan de continuar trabalhando com Susenyos. Contudo, sua voz agora reaparecera.

Agora.

O braço de Kidan deu um solavanco quando ela disparou, e a força a fez tropeçar e quase derrubar a arma.

A bala concentrou sua fúria em um único ponto e dali explodiu em ondas deliciosas. Kidan queria fazer aquilo várias vezes. Susenyos gritou uma série de palavrões, alternando entre o inglês e o amárico. Agarrou o ombro onde a bala havia entrado, uivando, o rosto uma mistura de dor e completo choque. Ela viu em seu rosto que ele sabia que havia resquícios de chifre de impala em seu corpo.

Mais. A sala estalava com as chamas em seu ouvido. *Mais. Ele me sequestrou.*

Kidan andou até Susenyos, agachou, encarou seus olhos pretos e encostou a arma em seu joelho.

Ele inclinou a cabeça para a frente.

— Você está perdendo a cabeça. É a casa amplificando suas emoções. Lute contra sua raiva, Kidan. *Agora.*

— Você acha que quero fazer isso? — A voz dela estava exausta, magoada. — Por que mentiu pra mim?

Ele ofegava, o peito subia e descia acelerado, os olhos concentrados na expressão angustiada dela.

— Me dê a arma e eu te conto.

Susenyos avançou para tentar pegar, mas ela desviou. Ele exibiu os dentes caninos e quase a agarrou pelo pescoço, mas estava enfraquecido pela bala. Kidan se levantou e deu vários passos para trás.

Algo saiu da boca de Susenyos em alta velocidade na direção dela. Kidan desviou do prego de prata por sorte. O projétil pegou de raspão em sua orelha, atravessou a janela e deixou um buraquinho.

Ela arregalou os olhos. Susenyos tinha mesmo tentado matá-la?

— Errou — disse Kidan, debochando. — Se tentar remover a bala, eu atiro de novo.

— Tá — resmungou ele.

Enfim tinha funcionado. Não havia qualquer traço de diversão nos olhos dele.

Ela se sentou no sofá de frente para o vampiro, a arma apoiada no braço do móvel.

— Agora, vamos tentar de novo. Onde está a minha irmã?

Susenyos fechou a cara.

— Já não respondi essa pergunta vezes suficientes? Eu não sei…

Os dedos dela se aproximaram do gatilho.

— Pare de *mentir* pra mim.

— Eu não posso contar a você! — gritou ele. — Isso colocaria a casa em risco e vai me custar…

— Não se preocupe com a casa tirando sua imortalidade, Susenyos, porque *eu* vou matar você. *Comece a falar.*

Ele olhou para a arma e depois de volta para o rosto dela. Não encontrou sinal algum de hesitação.

Seu ódio começou a aparecer.

— Se isso me custar outro cômodo, *eu* é que vou matar *você.*

Ela ergueu ainda mais a arma, petulante. Ele olhou para cima e balançou a cabeça.

— Eu devia ter tirado o chifre de impala de você no Dia da Cossia.

— Quem são os Nefrasi?

A boca de Susenyos se contorceu de leve.

— Ainda não fez essa conexão? Eles são a minha corte.

Kidan ficou boquiaberta. *A corte que ele obrigou a se transformar e depois abandonou?*

— Nós sobrevivemos e prosperamos por toda a África e além, graças a mim. Tínhamos um tipo de liberdade que você não pode nem imaginar e nos deleitávamos com ela. Eu nos batizei de Nefrasi, nascidos de um monstro de prata.

Ela trincou os dentes.

— Eu devia cortar sua língua fora.

Ele deu uma risada abafada.

— Não tenho mais razão para mentir. Você sabe que, se esse pó chegar ao meu coração, eu morro. Me deixe remover a bala.

Susenyos tentou se mover, mas Kidan não deixou.

— Não. Sugiro que você fale mais rápido.

Ele engoliu em seco, abriu e fechou a boca como se estivesse faminto. Talvez Kidan tivesse atirado perto demais do coração e, sem querer, acelerado o caminho do pó até o órgão vital.

Susenyos apontou para o livro que ela havia derrubado no chão.

— O que você conhece dos mitos?

Ela não respondeu.

— Weha, Tsay e Mot. As Três Restrições. O objetivo dos Nefrasi era acabar com elas. Queríamos ter a liberdade de viver de acordo com nossos instintos mais primitivos. Beber o sangue de quem quiséssemos, canalizar o poder do sol e produzir nosso exército sem ter que sacrificar nossa vida.

— Está me dizendo que vocês perseguiam mitos, como se fossem crianças, para tentar quebrar uma maldição de mil anos?

— Quando você é imortal, há tempo para tudo.

— E o que isso tem a ver comigo e com June?

— Minha autocentrada Roana, isso tem a ver comigo. É a *minha* história. Você é a personagem estranha que entrou na minha peça e vai acabar sendo morta se não tomar cuidado.

Ela atirou na luminária de pé bem ao lado da cabeça dele, e Susenyos arregalou os olhos. Seu ouvido zumbia, e ele o tapou, aos berros.

— *Esta* personagem fica impaciente quando não consegue o que quer.

— É a sua família que é importante! Não você ou June. Os malditos do seu pai e da sua mãe eram inteligentes e curiosos até demais e deixaram um legado cujo poder você ainda não conseguiu entender.

Kidan pensou por um momento. De que legado ele estava falando?

Então ela riu.

— O projeto Axum. A porra do sítio arqueológico?

Susenyos abaixou a mão, pesaroso.

— Catorze anos atrás, surgiram boatos de que uma parte do povoado do Último Sage tinha sido encontrada. Parte preservada e intocada da civilização desde seus dias mais antigos, além de alguns tesouros usados por ele na criação das Três Restrições.

— Boatos — repetiu ela.

As palavras seguintes de Susenyos saíram cheias de arrogância, ainda que ele estivesse suando como um moribundo:

— Só que não era apenas isso. Eu encontrei junto com seus pais. Eles confiaram em mim para protegê-lo. Eu tenho um dos artefatos que, segundo a profecia, pode quebrar a Segunda Restrição.

Kidan se inclinou para a frente, o coração acelerado. Prestava muita atenção a cada palavra, enfim a verdade mais importante estava ali.

— Continue.

— Naquela mesma noite, esta casa foi atacada, e sua família foi morta. Eu fiquei para proteger o artefato.

Kidan apoiou a lateral da arma em sua cabeça. Aquele toque acelerou sua pulsação.

— Foi por isso que deixaram a casa pra você — disse a si mesma. — A lei da casa. Esse tempo inteiro... — Ela semicerrou os olhos, pensando em toda aquela traição. — E ninguém me contou.

— Eu matei e torturei milhares de pessoas para proteger esse artefato. Mentir para você não chega nem perto de todos os horrores que cometi, Kidan, então nem venha me olhar com essa cara de magoada.

Ela piscou e desviou o olhar. A Restrição do Sol tinha enfraquecido os vampiros de modo significativo. Contudo, se eles eram assim em seu estado enfraquecido, Kidan não queria nem imaginar a abrangência de seu poder total.

— Está me dizendo que em algum lugar desta casa está um dos artefatos do Último Sage?

— Sim.

— Você já o usou?

Mesmo debilitado, ele abriu um sorrisinho.

— Não é assim que funciona.

— Entregue-o a mim.

Ele jogou a cabeça para trás, como se ela fosse pesada demais para carregar.

— Ah, por favor. Você não acha que é assim tão fácil, não é? Estamos falando de um objeto que pode alterar o equilíbrio do nosso mundo.

Kidan olhou por cima dele.

— Imagino que não esteja com você neste momento, ou então não estaria sob a mira de uma arma.

— Péssima avaliação da minha parte, achar que eu não precisava de proteção contra você.

Kidan se levantou e andou de um lado para o outro. Olhou para a sala de artefatos. Será que estava ali? Não, ele não deixaria em um lugar tão óbvio. Além dos mais, por que o pai e a mãe dela entregariam um poder tão grande nas mãos dele?

E então ela se deu conta.

— Não, você ainda não está com ele... Não estaria mais aqui se estivesse... Susenyos ficou parado, mas as cortinas da casa balançaram, as paredes sussurraram, e a lâmpada acima deles piscou, dando a ela a resposta.

— Eles o esconderam na casa. — A voz de Kidan ecoou, assombrada.

O maxilar de Susenyos estava tenso. Ela o encarou, boquiaberta. Seu pai e sua mãe eram gênios.

SE SUSENYOS SAGAD COLOCAR A CASA ADANE EM RISCO, A CASA DEVE ROUBAR ALGO QUE TENHA IGUAL VALOR PARA ELE.

"Casa Adane" se referia, na verdade, ao artefato da Segunda Restrição. O artefato do Sol.

Eles nunca entregaram o artefato a ele, mas, ainda assim, o obrigaram a protegê-lo. Ele estava ali tentando quebrar a lei que lhe enfraquecia e estabelecer uma nova que lhe daria uma força incomensurável.

— Agora tudo faz sentido. Os Nefrasi querem matar você por sabe-se lá o que fez a eles. E você quer o artefato do Sol e se esconder aqui na Uxlay para se manter protegido.

Toda a cor abandonou o rosto dele.

— Eu fugi a vida inteira, Kidan. Não me julgue por querer viver. Há horrores me esperando lá fora que jamais quero enfrentar. Um imortal é alguém apaixonado pela vida. Não consigo imaginar ver o fim dela. Nem o da minha, nem o das pessoas de quem eu gosto. — Ele olhou para a pulseira dela, fervilhando. — Infelizmente, nem todos podem ser salvos.

Kidan tocou a pulseira sem nem pensar.

— Esse perigo de que tanto fala. O que é?

Ele afundou ainda mais na cadeira, os olhos pretos e molhados. Assombrados.

— Acho que vai ter que me matar.

Ela fez um som de deboche e ergueu a arma.

— Me conte.

— Não posso. Não consigo falar a respeito, é uma limitação física. — Ela franziu as sobrancelhas, confusa. — Você só precisa saber que os Nefrasi são os mensageiros. Eles são o começo do fim.

O queixo de Kidan se moveu de leve, quebrando seu olhar severo.

— Quando você soube que sua corte tinha levado June?

Aquela pergunta era importante.

Ele já sabia que os Nefrasi estavam com June desde o momento em que Kidan pisara naquela casa? Já sabia quando a consolara durante seu ataque de pânico? Durante o Dia da Cossia? Ela queria saber que memórias dos dois estavam maculadas pelas mentiras.

Susenyos a olhou diretamente, sério.

— Achei que você tinha vindo até aqui para me incriminar em relação a June. Então descobrimos o 13º... membros gananciosos das famílias que estavam se esforçando muito para me destruir, mas não fazia sentido me odiarem tanto. — Ele comprimiu os lábios. — Foi só quando Titus citou o nome Nefrasi no Dia da Cossia, ao dizer que entregaria você a eles, é que me dei conta do que estava acontecendo nos bastidores. — Ele respirou fundo, como se estivesse exausto. — Eu não ouvia falar da minha corte havia sessenta anos. Achei que estavam mortos ou espalhados por aí. Imagine a minha surpresa quando você encontrou a pulseira de June na *minha* gaveta. Sua mãe adotiva mencionou *meu* nome. Pequenos sinais e joguinhos me avisando que eles estavam chegando, e eu ignorando todos.

Ele olhou para o chão, a expressão indecifrável. Kidan se lembrou do Dia da Cossia. As palavras maníacas de Titus enquanto quase rasgava sua garganta.

— Você matou Titus porque ele ia expor você.

— Eu o matei porque ele estava com as mãos em você — corrigiu ele depressa. — Impedir que você descobrisse a existência deles foi uma vantagem extra.

Ela queria gritar, mas, em vez disso, sua voz saiu trêmula:

— Eu perguntei a você sobre eles, e você mentiu pra mim. Por que não me contou?

— Era tarde demais naquele momento. — Os olhos dele ondulavam como as marés em um oceano escuro. — Eu sabia que, se mandasse você a eles, isso custaria sua vida. E de alguma maneira eu acabei me acostumando a salvá-la.

— Não diga que algo em meio a tudo isso foi por mim — sussurrou ela, com mais medo de que as palavras dele fossem verdade do que qualquer outra coisa.

Susenyos olhou para o corpo trêmulo de Kidan por um longo tempo. Suas palavras saíram lentas, como se o pulmão estivesse falhando:

— Não, tem razão. Não foi por você.

Ela soltou o ar, aliviada.

— Então por quê?

— Que outra escolha eu tinha? Os Nefrasi queriam que você fosse procurá-los e caísse na armadilha, se tornasse a herdeira e entregasse o artefato. Espiões e truques. É nesse lugar que os Nefrasi fazem guerra. Foi assim que adquiriram o artefato da Água. Não posso permitir que consigam este também.

Kidan teve um sobressalto. Eles já estavam de posse de um dos artefatos. Isso significava que duas das Três Restrições estavam sob risco de cair? O que isso causaria à Uxlay? E ao restante do mundo?

Ela sentiu um nó de medo na garganta. Durante todo aquele tempo, tudo tinha sido um jogo doentio que não tinha nada a ver com ela.

Kidan encostou o cano da arma na testa dele, e uma ideia desesperada lhe ocorreu.

— E se eu entregar você aos Nefrasi em troca de June?

Susenyos ficou imóvel.

— Você não vai.

— Não vou? — Apenas uma dor lancinante permanecia em sua garganta. — Você não sabe o que eu faria pela minha irmã. E você se colocou numa posição em que é muito fácil descartá-lo. Mentira atrás de mentira.

Ele deu uma risada cansada, mas seus olhos permaneceram frios.

— Eu menti. Quebrei sua regra. Cometi erros superficiais, e seu instinto é me descartar. Me matar. O que foi meu crime se comparado aos de seus amigos assassinos?

Ela mordeu o lábio e desviou o olhar. Não conseguia pensar.

— Eles são… diferentes.

— Eles são humanos. E por isso merecem seu *perdão infinito*! — gritou ele, e a lareira rugiu e ganhou vida.

Com as chamas ardendo atrás dele e os cabelos soltos, Susenyos se tornou de fato o demônio que ela queria que fosse. Kidan se afastou do calor, a arma quase escorregando de sua mão.

— Você não abomina as minhas ações, Kidan. Você odeia minha alma, a essência do que sou. Odeia que eu viva para sempre, que meus danos sejam eternos, minha escuridão infinita. Sempre vai querer me matar por causa dela, porque não aceitou a sua.

Uma mancha escura surgiu no tapete — sangue, como se a casa estivesse tendo uma hemorragia interna. Kidan tentou desviar, mas estava por todo lugar. Escorrendo das paredes. O fogo subia pelas pilastras, e o retrato de família na parede se espatifou no chão. A foto do pai e da mãe foi engolida pelas chamas.

— O que está acontecendo? — gritou ela, tentando acompanhar as rachaduras na parede, em sua mente.

Susenyos olhou para os próprios pés, os olhos arregalados, e inspirou fundo. Expirou. Tentou se acalmar. O fogo abrandou, como um dragão que volta para sua gaiola.

— Precisa me deixar tirar essa bala para que eu me cure. Não vou conseguir controlar minha raiva por muito tempo.

— Sua corte pegou a June.

Ele fechou os olhos, a voz irregular em sua força.

— E eu estou me esforçando ao máximo para que não peguem você também.

Kidan jogou a arma de lado e segurou o rosto dele com as duas mãos. Ele piscou, o olhar concentrado nela. Surpreso.

— Onde estão os Nefrasi? — implorou ela. — Por favor, Yos. Me diga.

Todo o fogo da sala se extinguiu, e sobrou apenas uma leve fumaça.

Ele a olhou com um sorriso derrotado.

— Você não tem medo da morte, não é, minha triste Roana? Vou contar a você a tão aguardada verdade. Vá lá e entregue seus pulsos aos Nefrasi, eles vão cortá-los para você. — Ele colocou sua boca molhada sobre as veias do pulso dela, logo acima da pulseira de borboleta. O toque queimou como se fosse um raio. — Não serei a pessoa a fazer isso.

Com aquelas palavras melancólicas, Susenyos pendeu a cabeça para a frente, inconsciente. Ela o abraçou no instinto, embalando-o, e então se levantou de repente.

64.

KIDAN OBSERVOU SEU VAMPIRO DORMINDO. OS CÍLIOS grossos repousados sobre o rosto imóvel. Só conseguia descrever sua pele negra como a transparência da água jorrando.

Susenyos estava tão próximo dos portões da morte que ela já começava a imaginar a vida sem sua existência. Kidan iria encontrar o artefato, onde quer que estivesse, e salvar a irmã. Bastava apenas deixá-lo dormir, deixar seu coração diminuir o ritmo até suas derradeiras batidas.

Ainda assim, ela continuava ali no tapete, com a arma ao lado, observando o peito dele subir e descer em um ritmo bem fraco. A sensação era diferente da que tivera com o quadro *A mulher de azul*, ou o cachecol de Ramyn. Aqueles objetos a atraíam pelo choque de um ato horrendo e inesperado. Aquela cena de morte ali era previsível, até profetizada. Talvez até mais do que a dela. E doía tanto quanto se fosse a dela.

Não era amor. Kidan não esperava amá-lo. O mundo não sobreviveria à versão de amor dos dois. Entretanto, havia a semente de algo ali, algum tipo de cordão mutilado que unia o coração sombrio deles, e Kidan não conseguia cortá-lo.

Ela passou a mão no pulso que ele beijara e conferiu se o peito dele ainda se movia. Olhou para a pilha de papéis e a caneta. Susenyos tinha dito que estava escrevendo... uma carta para ela.

Kidan se levantou meio entorpecida, pegou o papel e começou a ler, a letra cursiva e cuidadosa.

Minha querida Kidan,

existem muitas maldades grotescas neste mundo. Vai por mim, já estive diante de todas elas. No entanto, a mais assustadora de todas é a da mente. Se você não consegue suportar o som da própria voz, o olhar de seus olhos, a alma de seu corpo, eu lhe peço para fazer a coisa mais difícil de todas — esperar. Espere pelo próximo dia, a próxima hora, o próximo minuto, e, quando chegar perto, espere mais outro. Puna o tempo da mesma maneira que ele a puniu ao lhe prometer a vida e pegá-la de volta no último segundo. Afinal, por que ele deve vencer? Faça-o esperar, e, enquanto estiver ocupada com sua vingança, a mudança vai acontecer da maneira mais gentil. Você vai se encontrar e vai descobrir que é suficiente, está transformada e mais viva do que nunca.

Eternamente seu,
Susenyos

Kidan ficou encarando aquelas palavras, a visão embaçada, as emoções um redemoinho de tristeza, raiva e culpa. Ela levou os dedos às bordas do papel para rasgá-lo, para romper aquela conexão horrenda entre eles, ampliada por aquela carta, mas hesitou. Comprimiu os lábios em uma tentativa de fazer as lágrimas recuarem. Havia carinho e ternura naquelas frases, e, fosse pela beleza da escrita, fosse porque ele de fato sentia aquilo, ela nunca tivera isso antes. Alguém que queria tanto que ela vivesse.

Odiando a si mesma, Kidan dobrou o papel em quatro e o colocou no bolso.

Foi então que a porta da frente explodiu de suas dobradiças, e ela deu um pulo. Mal piscou, e Taj já a segurava pelo pescoço enquanto a imprensava na parede.

— Por favor, me diga que ele não está morto. — Os olhos castanhos de Taj piscavam, e um medo genuíno contorcia suas feições.

— Não está. Ainda.

Ele soltou o ar e relaxou a mão. Iniko foi até Susenyos, ergueu sua cabeça e examinou o ferimento da bala.

Ela pegou a arma, tirou uma das balas e encostou a língua. Cuspiu na mesma hora, em meio aos xingamentos.

— O que é? — perguntou Taj.

— Chifre de impala. — A voz dela era dura. — Em pó.

Taj piscou e olhou para Kidan, chocado.

— Onde conseguiu isso?

— Eu fiz.

Taj respirou em um sobressalto.

— Meu deus, eu amo as mulheres do século XXI.

— Ela atirou nele. Preciso drená-lo. Agora. — Iniko ergueu o braço de Susenyos sobre o ombro.

Com uma força incrível, ela o arrastou para o porão.

— Fique aqui. — Taj disse a Kidan. — Quero saber todos os detalhes desse caos.

— Me solte.

Ele a soltou e ajeitou a blusa amassada dela como um pai orgulhoso, depois se inclinou para sussurrar em seu ouvido:

— Depois que resolvermos isso, se quiser me escolher como parceiro, estou disponível. Você pode ter dois.

Kidan o ignorou.

— Como souberam que precisavam vir?

Taj mostrou o prego de prata que Susenyos cuspiu. Reluzia no ar como se fosse uma luz de mentira.

— Nós a chamamos de Sofia. A quarta integrante do nosso grupo.

Susenyos nunca tivera intenção de atirar nela. Ele queria mandar uma mensagem.

A prata lambida com sangue nunca erra o alvo.

Kidan tinha sido derrotada por um maldito prego. Ela queria gritar.

— Então, e sobre a cerimônia de parceria? — continuou Taj com um sorrisinho. — Estarei livre.

— Você mentiu pra mim também. Você é Nefrasi.

O sorriso de Taj sumiu, o rosto tomado por sombras.

— *Era* Nefrasi. Deixe para lá, Kidan. Se sua irmã está com eles, não vai recuperá-la. Não sem perder a sua vida.

Ela abaixou a cabeça. As palavras dele eram quase as mesmas de Susenyos.

Uma dor intensa e repentina nas entranhas fez Kidan se curvar. Taj a amparou, assustado.

— O que houve?

Ela teve um sobressalto, os olhos arregalados.

— Eu... Eu não sei...

Uma segunda pontada atingiu a costela esquerda, como se ela tivesse levado um tiro. Taj a colocou no sofá.

Quando Iniko subiu para chamá-lo, ele abriu e fechou a boca.

— Descanse. Você deve ter se machucado. Volto já.

Ele desapareceu do nada. Kidan respirava com a sensação de que suas entranhas estavam sendo retorcidas. Era uma punição da casa? Devia ser, porque não era real, e a dor estava melhorando aos poucos. Contudo, a casa afetava sua mente... Isso significava que começara a manipular seu corpo também?

Ela secou a testa e olhou para o celular, que vibrava. Havia diversas ligações perdidas, mensagens sobre GK. *Merda*. Tinha esquecido por completo.

Ela ligou para Slen na mesma hora.

— Onde você estava? — perguntou Slen. — GK confessou tudo. Foi ele quem disse ao meu irmão que eu sabia quem matou Ramyn.

A voz de Slen tinha um tom perigoso.

Kidan fechou os olhos.

— Vou até o quarto dele vasculhar as coisas, ver se ele tem algo mais contra nós.

Um silêncio longo do outro lado.

— Slen? — chamou Kidan. — Dê um pouco de água a ele e me esperem.

— Tá, tudo bem.

Kidan correu até o dormitório masculino no campus. GK o dividia com outro rapaz que também era discípulo dos Mot Zebeyas.

— Oi, GK esqueceu os livros aqui. Posso pegar?

O discípulo a deixou entrar e foi para o canto dele. Os dois dormiam no chão. Não havia decorações nas paredes nem porta-retratos nas prateleiras. Kidan se agachou e pegou alguns livros aleatórios enquanto vasculhava a única gaveta. Com cuidado para o companheiro de quarto não ver, ela abriu o armário, mas nada pareceu estranho ali. O livro que GK sempre carregava estava na cama. Na primeira página, havia a insígnia com as lâminas iguais, a máscara quebrada e o anel ensanguentado. Kidan passou o dedo sobre ela com curiosidade. Agora que sabia a verdade, os artefatos perdidos do Último Sage apareciam em todos os lugares. Kidan escondeu o livro debaixo do casaco e saiu.

Ela se sentou num banco no jardim e abriu o livro. O cheiro de flores roxas invadiu seu nariz no mesmo instante. Havia mantras de oração, além de orientações e regras para um Mot Zebeya no começo do livro. Ela folheou as páginas e, mais para o fim, encontrou registros com datas, quase como um diário. Mesmo odiando a si mesma por invadir a privacidade dele, ela foi até o dia em que eles todos se conheceram.

1º de setembro

Eles são muito barulhentos e discutem demais. Nos raros momentos em que não falam, estão inquietos, estudando. Os dedos tamborilam enquanto leem, ou então se alongam para esticar os ossos, mas nenhum deles faz tanto barulho quanto ele. Yusef chama aquilo de sementes de abóbora, pequenas sementes barulhentas que ele fica mastigando o tempo inteiro. Não existe disciplina, ele não as consome apenas no café, almoço ou jantar, por exemplo. Se fosse assim, eu o evitaria nesses momentos.

Só consigo encontrar o silêncio da plenitude no mosteiro ou aqui no meu quarto. É um erro me juntar a esse grupo, mas a mão da morte paira sobre um deles.

Sinto essa ânsia por protegê-la e salvá-la. A corrente de dedos nunca reagiu de modo tão intenso, como se houvesse uma voz ancestral ecoando pelo objeto e me dizendo para mantê-la a salvo. Até entregar minha vida se for necessário.

Kidan Adane deve viver, diz essa voz. Ela precisa.

Kidan sentiu o peito encher diante daquelas palavras de proteção. O que ela havia feito para merecer tamanha bondade?

10 de setembro

Eu falhei hoje. Uma vida foi tirada bem diante dos meus olhos. Eu vi a silhueta do homem que matou Ramyn — um braço escuro que reluzia com faixas de metal enquanto esganava a pobre garota. Ainda consigo sentir seu grito no fundo da minha garganta. Eles nos avisaram no mosteiro Mot Zebeya que a morte iria nos assustar. Que sufocaria nossa fé e nos deixaria de joelhos, e, no entanto, ainda assim precisávamos nos proteger dela. Se eu senti a morte de Ramyn dessa maneira, imagine a família? Agora compreendo por que somos criados na solidão. É insuportável nos importar com as almas quando elas são extinguíveis com tanta facilidade. Preciso me lembrar dos princípios do Último Sage, fazer minhas orações e me manter desapegado. Um Mot Zebeya não tem família nenhuma, e todo mundo é sua família. A perda de um dedo deve ser tão importante quanto a da mão inteira.

12 de setembro

O professor não é um homem justo. Sente prazer em dissecar atos abomináveis em nome da educação. Ele me ouve recontar o incidente repetidas vezes sem demonstrar qualquer vislumbre de emoção. Ele consegue sentir minha culpa, eu acho. Por que outro motivo me daria uma tarefa particular? Quero recusar, mas não consigo. Ele me orienta a encontrar o vampiro que usa faixas de metal e analisar seus movimentos. O professor acredita que posso circular livremente tanto entre as áreas dos dranaicos quanto entre as dos acto sem levantar suspeitas. Um homem de fé, diz ele, é respeitado pelos sagrados e pelos profanos.

1º de novembro

Não estou nada perto de encontrar o dranaico que matou Ramyn Ajtaf. A cada momento que passo com os três, me preocupo com a segurança deles. Mas o tempo não parece vivo na presença deles. A linha de raciocínio deles não tem fim, e é fácil se perder, não entender uma piada e fazer todos rirem com uma pergunta simples. É como eu imagino que seja aprender um novo idioma. É legal ouvir a alegria deles, talvez mais legal do que o silêncio deste quarto.

Yusef aparece logo que o sol nasce e me leva para a torre mais alta, para me desenhar na primeira luz do dia. Um projeto pessoal. Fico sentado ali, o ar frio desaparecendo a cada raio de luz. Não demora muito até que ele rasgue o desenho na minha frente, frustrado pela visão dele não capturar a realidade. Já entendi os hábitos de preservação dele e me preparo para o que está por vir. Depois de um dia particularmente ruim de sua veia criativa, sempre vem um dia rebelde. Ele me pede para ir à cidade de noite. Pegamos o carro dele, e eu dirijo, sempre, porque ele é bonito demais para isso.

4 de novembro

Eu o encontrei. O dranaico que matou Ramyn Ajtaf. Os dranaicos exibem todos os seus objetos de prata nas semanas antes do Dia da Cossia. Todas as armas precisam ser registradas na corte dos Mot Zebeyas. Eu não o reconheci a princípio, não enquanto registrava suas facas dentadas, mas então três faixas de prata bateram na mesa. Um sobretudo estivera cobrindo os braços até aquele momento.

Titus Levigne.

Eu o segui depois das minhas aulas. Ele me flagrou uma vez, e ofereci uma leitura. Ele recusou e me mandou ficar longe. Mas como eu poderia? Então percebi que ele se encontrava com outra garota. Eu reconheceria aquelas mãos enluvadas em qualquer lugar. Por que Slen Qaros estava falando com Titus? Ele não estava ligado à casa dela. Fiquei preocupado com sua segurança e comecei a segui-la.

430

15 de novembro

Slen chegou à Escola de Arte e desapareceu por uma das portas laterais. Demorou quase meia hora para sair. E, quando veio, segurava alguém pelos ombros. Alguém que parecia machucado ou fraco, e quase fui lá ajudar quando reconheci Yusef.

Os olhos não tinham alma. Era uma imagem tão impressionante em comparação ao que eu conhecia dele que fiquei paralisado. O que tinha acontecido? Titus o machucara? Mas aquilo não parecia plausível. Os dois caminharam devagar até o elevador. Quase fui atrás para segui-los, mas a porta se abriu de novo, e Titus apareceu com uma sacola para telas pendurada no ombro. Não estava carregando uma pintura. O que estava naquela sacola era disforme, grande como um animal, e não se movia.

Depois eu descobri que era Rufeal Makary, quando saíram as notícias de que tinha sido atacado por um animal.

Kidan fechou os olhos, interrompendo as palavras de GK. Ele os flagrara na noite em que Yusef matara Rufeal. Como Kidan não tinha percebido? Estava tão preocupada com os outros que não percebera que um deles estava sofrendo? Não queria ler o que imaginava vir a seguir, mas se obrigou. Ela merecia se sentir péssima.

29 de novembro

Eles cancelaram nosso grupo de estudos. Os três ficaram na casa de Kidan. Escondidos. Eu os analisei, em busca de sinais de aflição, mas Slen e Kidan estavam calmas como o oceano. Estavam mentindo, e eu me senti enojado por mentirem tão bem.

20 de dezembro

Um dia antes do Dia da Cossia, o campus estava vazio, muita gente foi ficar com a família na cidade. Esperei até que os dranaicos fossem para seu horário habitual de alimentação e entrei no quarto de Titus. Encontrei as faixas de metal e as peguei para levá-las. Era uma sensação boa tê-las em minhas mãos, como se fosse uma pequena vingança por Ramyn.

Não imaginei que encontraria o restante. Titus tinha fotos de Slen, diversas imagens dos encontros dos dois na cidade. Provas de que ela incriminara o pai pela morte de Ramyn. E então havia um martelo dentro de uma sacola, com sangue seco e impressões digitais. Uma matéria de jornal sobre a mãe adotiva de Kidan. Aquelas coisas não faziam sentido. A mente faz de tudo para não corromper algo bom, mas eles já eram corrompidos. Ali estava a prova.

Eu estava errado. A morte não paira sobre Kidan. Ela própria é a mão da morte. Não foi o fim dela que meus ossos previram, mas o fim dos outros.

Lágrimas começaram a rolar, mas Kidan secou os olhos furiosamente para continuar lendo.

22 de dezembro

Titus morreu. Não é incomum ouvir falar de dranaicos que morrem no Dia da Cossia, mas esse me deu muito prazer. A morte não devia provocar prazer. O que estou me tornando? Devia contar ao professor o que descobri, mas como isso está relacionado aos outros? O que será do futuro deles?

1º de janeiro

Vim aqui para me proteger da morte, mas justamente as pessoas mais próximas de mim são seus arautos. Tento fazer com que vejam sua maldade, na esperança de que confessem. Falei com o irmão de Slen. Deixei o quadro de Rufeal dentro da exposição de Yusef.

Ainda assim, eu desejo a amizade deles. Ainda desejo salvar Kidan. É uma contradição que tira meu sono. Mas a cada dia que permaneço em silêncio, sangue cobre minhas mãos também. Se eu quero que sejam perdoados, talvez deva confessar. Se eles forem destruídos, receio que eu vá junto.

Aquele era o último registro, escrito na noite anterior. Kidan segurou a cabeça com as duas mãos. Era culpada de muita coisa, mas torturar GK com sua maldade era demais para suportar. Ela pensou que ele estava a salvo, e, no entanto, se afundara junto a eles. Kidan ergueu a cabeça e ligou para Slen. Ela atendeu depois do quarto toque.

Houve um longo silêncio do outro lado que fez Kidan olhar para conferir o telefone antes de colocá-lo na orelha de novo.

— Slen? Alô?

Um silêncio profundo se seguiu.

— Slen? — repetiu com cuidado. — O que houve?

— GK está... morto.

Tudo ao redor de Kidan começou a rodar, e ela quase soltou o telefone.

— O quê... O que foi que disse?

Dessa vez, a voz de Slen foi firme:

— Nós o matamos.

65.

KIDAN ESMURROU A ENTRADA FECHADA DA CRIPTA COM uma das mãos, a outra segurava o diário de GK. Um Yusef assustado abriu a porta, o rosto tomado pelo terror.

A visão de Kidan focou um único ponto, e tudo ao redor perdeu a cor, a não ser a pessoa no centro do lugar. Havia uma poça de sangue sob o corpo de GK, a corrente de ossos de dedos emoldurando sua cabeça como se fosse uma coroa.

Kidan tropeçou e caiu de joelhos, com um soluço. Ela estendeu a mão até sua bochecha pálida, mas não conseguiu tocá-lo.

GK.

A única alma que queria protegê-los, a única alma que merecia toda a felicidade do mundo.

Morto.

Seu peito não se movia.

Respire, por favor.

Lágrimas inundaram os olhos de Kidan. Dois ferimentos a faca, um na parte de baixo da barriga e outro nas costelas, faziam jorrar o sangue escuro em um fluxo contínuo, que terminava em sua camisa preta. Ela enfiou os dedos nos ferimentos.

A voz dela saiu destroçada e gutural, quase inumana:

— Por quê?

Slen se agachou ao lado dela, o cheiro de café e resina cortando o ar úmido da cripta.

Havia uma faca cheia de sangue em sua mão enluvada. Yusef tinha se retraído no canto, murmurando, as mãos ensanguentadas segurando a cabeça.

— *Por quê?* — A voz de Kidan era fria como a morte. — *Por que fizeram isso?*

— Não havia outro jeito. — Slen a encarou com uma determinação brutal. O mundo de Kidan caiu diante daqueles olhos malditos. — Eu tinha que garantir que ele não iria ligar para as autoridades. — Ela ofereceu a faca a Kidan como se fosse uma fruta venenosa. — É como você disse. Nós compartilhamos nossos crimes, compartilhamos nossos erros.

Kidan não entendeu a princípio. Eles queriam que ela golpeasse GK mais uma vez para completar três ferimentos a faca. Kidan se afastou da lâmina, deles, e viu o que os dois eram de verdade.

Selvagens.

Ela fazia parte de um grupo que esfaqueava um amigo para livrar a própria cara. Não havia redenção, não havia perdão para tal atitude. Eles iriam direto para as profundezas do inferno.

— Pegue.

Numa onda de fúria, Kidan pegou a faca e puxou Slen para ficar de pé. O pescoço dela ficou sob a lâmina afiada, os olhos arregalados.

— Kidan! O que está…

Kidan reagiu com tamanha fúria que Yusef desistiu de protestar no mesmo instante.

— Depois de tudo, você *ainda* não entende.

Ela vibrava com uma violência tão intensa que espetou a pele de Slen, de onde escorreu um fio de sangue.

— Você matou todos nós.

Slen piscou e examinou o tremor de Kidan.

— Ele queria nos entregar.

— E daí? — gritou Kidan, fazendo-a se contorcer. — Você tirou dele a chance de nos encontrar, de se encontrar.

Embora a língua de Kidan estivesse afiada, seu rosto era pura angústia, as lágrimas encharcando os cílios. Aquilo manteve Slen confusa e imóvel. A dor no coração de Kidan era insuportável.

Mate-a.

Ela ficou paralisada. A voz estava mais forte agora, e Kidan não conseguia lutar contra aquilo. A lâmina avançou um pouco mais.

— Kidan? — Slen contorceu o rosto, genuinamente preocupada.

Mate-a. Kidan balançou a cabeça com força. *Nenhum deles deveria sair daqui vivo.*

A voz de Yusef tremia.

— Solte-a, Kidan.

Kidan não conseguia. As lágrimas escorriam pelas bochechas. Slen engasgou diante da pressão. Um filete de sangue desceu pelo polegar de Kidan.

— Pare com isso! — gritou Yusef.

— E você? — rebateu Kidan. — Por que fez isso?

Yusef estava com os olhos vermelhos e sem voz como se fosse uma criança.

— Eu...

— Por que não devíamos todos morrer aqui? — perguntou Kidan.

Ele não ousou falar. Não havia resposta.

Kidan empurrou Slen para longe, com nojo, e se jogou no chão. O rosto de GK tinha perdido a cor, seu tom de pele virado um amarelo pálido. Seus olhos acolhedores nunca mais refletiriam a luz.

Como eles puderam?

Yusef mudou de posição e se agachou. Eles ficaram ali, sem ter nada mais a dizer e muito a sentir. Durante meia hora, talvez um pouco mais, ninguém falou nada. Tinham despertado algo horrível demais para explicar e se perderam. Levados pelo controle, pela criatividade e pela vingança, tinham perdido a única coisa que os permitira sobreviver durante todos aqueles meses.

Kidan fora a primeira a compreender, aquele poder que os três tinham, um escudo forjado para protegê-los. Eles tinham salvado a vida dela. Sob a proteção deles e em defesa dos seus atos, ela aprendera a não se odiar.

Yusef chorava sem lágrimas, os olhos assombrados, e os dedos inquietos folheando sem pensar as páginas do diário de GK. Slen tocava alguma música silenciosa com os dedos.

— Ele não lutou. — A voz de Yusef era um sussurro frágil e confuso. — Só ficou parado. Como se já soubesse que íamos fazer isso com ele.

Kidan tentou não registrar aquela imagem de impotência, mas não adiantou. Todos os sonhos dela seriam assombrados a partir dali. Eles o assassinaram, e ele nem reagiu.

Não havia como salvá-los. Não havia como salvar a si mesma.

Kidan se levantou, descontrolada, segurando firme a faca. Iria terminar logo com aquilo, rápido e sem dor.

No entanto, não conseguia dar mais nenhum passo, pois uma força igualmente poderosa a mantinha no lugar. Seus ossos trepidavam como se estivessem entre duas paredes rotativas. Quanto mais ela puxava, mais as armadilhas a prendiam. Seu corpo inteiro se contorceu. Ela ficaria naquela cripta congelada para sempre, nem morta, nem viva, sempre no meio do caminho.

Por favor, por favor, me ajude. Ninguém ouviu seu apelo. Yusef e Slen continuavam sem ter noção de que ela estava muito perto de explodir. Queria avisá-los para correrem como nunca, mas a boca não abria.

Um som patético e desesperado ecoou de seus lábios.

Yusef ergueu a cabeça.

— Kidan?

Foi um erro falar o nome dela com tanta familiaridade e carinho. Onde estava aquele cuidado com GK? Na mesma hora, as armadilhas se soltaram, e ela foi tomada pela fúria. Começou a caminhar até ele, a faca em riste, tremendo.

Sinto muito. Sinto muito. Sinto muito que todos tenhamos que morrer...

Você acha que a morte vai livrar você disso. Mas aquele vazio só vai queimar mais do que o sol.

Kidan ficou imóvel na mesma hora. Entre todas as pessoas, foram as palavras *dele* que ecoaram dentro de si naquela escuridão sufocante.

Ela parou onde estava e fechou os olhos diante de Yusef e sua expressão confusa. Kidan imaginou Susenyos ali perto. O formato de seu corpo expulsava o frio selvagem da cripta. Chuva fraca e lenha queimada a embalaram até o cheiro dele. Susenyos foi tirando os dedos dela, um a um, sussurrando em seu ouvido e causando arrepios na coluna.

Não sei o que fazer, disse ela em sua mente.

Perdoe os dois e perdoe a si mesma.

Eles o mataram.

Silêncio. Tanto silêncio que ela temeu que ele tivesse desaparecido.

Um imortal é alguém apaixonado pela vida. Não consigo imaginar ver o fim dela. Nem o da minha, nem o das pessoas de quem eu gosto.

A faca caiu no chão. Kidan arfou como se estivesse saindo de um afogamento. Esfregou o nariz na manga da camisa, e a solução lhe veio muito nitidamente.

— Me perdoe — sussurrou para GK.

Slen e Yusef ergueram a cabeça. Kidan falou com a voz rouca:

— Nós vamos salvá-lo. Ele vai se transformar em vampiro.

Eles a olharam como se ela tivesse enlouquecido. Talvez ela tivesse. Contudo, a morte dele era inaceitável, era um sacrilégio. Não fora apenas uma vida tirada naquele dia. Todos eles estavam lutando para sobreviver desde o momento em que GK parara de respirar.

— É tarde demais — disse Slen, franzindo a sobrancelha. — Ele está morto.

— Existe mais de uma maneira de virar vampiro — respondeu ela devagar.

— Não. — Slen ajeitou o corpo. — Transformação de morte? De jeito nenhum.

Yusef se levantou devagar, uma tensão que podia ser confundida com esperança em sua voz.

— Onde você vai achar um vampiro disposto a abrir mão da vida? A Uxlay nunca vai deixar acontecer uma transformação de morte.

Kidan já tinha se decidido.

— Os Nefrasi. Vou descobrir onde estão.

Um silêncio aterrador pairou sobre eles.

Yusef falou, enfim:

— Do que está falando? A facção que pegou sua irmã?

— Vou descobrir onde eles estão — repetiu ela, decidida, e sacou o celular. — Não tenho tempo de explicar. Só temos algumas horas antes de perdê-lo.

Kidan se lembrou do que GK tinha lhe ensinado. Era preciso injetar sangue de dranaico diretamente em seu coração antes que ele não tivesse mais condições de aceitar.

Os outros ficaram parados, em vez de começarem a se mover e fazer alguma coisa, como ela esperara.

Kidan olhou para eles com uma expressão assustadora.

— Vocês dois vão me ajudar a salvá-lo, ou então, juro por Deus, vou matar todos nós.

— Não é isso — disse Yusef baixinho. — Ele preferiria morrer a se transformar em um vampiro assim.

Kidan um dia acreditara naquilo também. Escolher a morte no lugar de uma vida miserável era melhor, mais honrado. No entanto, foda-se a vida honrada.

GK aprenderia a se amar. Ela iria ajudar.

O sangue derramado já começava a secar ao redor do corpo.

— Em poucas horas — repetiu ela como uma oração e uma maldição. — Nós vamos trazê-lo de volta.

66.

K IDAN VOLTOU PARA CASA ÀS ONZE DA NOITE. MANDOU
Slen e Yusef esconderem o corpo de GK e aguardarem sua ligação.

Ela parou no centro da sala, guiada pelo leve toque do luar no batente da janela. As luzes tinham sido apagadas. Um assobio de vento soprava em sua bochecha, graças ao buraco feito pelo prego que atravessara a janela. Era a única marca deixada na casa que revelava o que acontecera.

Ele estava ali. Àquela altura, Kidan já conseguia encontrá-lo na escuridão, sentia o gosto de sua sede de violência, como se fosse uma névoa.

— Se quer me punir, ande logo com isso. — A voz dela reverberava nos móveis.

Algo segurou a mão dela. Dedos longos e firmes. Seguraram sua mão e a puxaram. Kidan sentiu o coração subir à boca e o mundo girar. O vento golpeava sua pele aos arranhões, e seus pulmões lutavam para respirar. Ela estava voando, caindo, ou ambos, a gravidade pulverizando seu corpo em todas as direções. Uma parada repentina e assustadora fez seus joelhos cederem, e ela sentiu a bile chegar até a boca.

Resmungou.

— Precisava mesmo fazer isso?

Quando os olhos dela pararam de rodar, Kidan se viu sozinha, de pé numa saliência bem estreita da torre mais alta do campus.

Ela tentou fugir para trás, mas só havia parede. O jardim se estendia, enorme, com apenas alguns feixes de luz dourada das luminárias em formato de leão revelando seu formato lá, bem lá embaixo. Seus joelhos fraquejaram.

— Susenyos! — gritou ela contra o farfalhar do vento.

A noite não respondeu de volta. Seus ouvidos pulsavam de pânico. Ele não tinha deixado Kidan ali, tinha? Ela espalmou a parede para se segurar, mas estava completamente solta. Um passo em falso, e já não faria mais parte desse mundo.

Ela semicerrou os olhos e tentou respirar, pensar.

— Merda. Merda.

— Para uma garota que prega tanto sobre a morte, você parece bem assustada.

Kidan sentiu uma onda de alívio. Viu que ele estava a alguns passos dela, sentado com uma das pernas penduradas no parapeito, uma presença impressionante sob as estrelas.

— Susenyos — disse ela cautelosa.

— Sim, meu amor?

— Sei que está com raiva.

— Ah, raiva é uma emoção tão humana... Eu estou insatisfeito. Tive uma visão sobre o que eu e você poderíamos ser, e você jogou tudo fora.

— Olha, me desculpe...

— Você me custou mais um cômodo — interrompeu ele, traindo sua voz calma.

Ela ficou paralisada.

— O quê?

— Mais um cômodo onde fico fraco e vulnerável porque você me obrigou a contar sobre o artefato.

Ela arregalou os olhos. Abriu e fechou a boca. Qualquer ação de Susenyos que colocasse o artefato em risco deveria puni-lo. Ele se tornara humano no observatório quando tentara fugir da casa, e agora aquilo.

— Você roubou muitas coisas de mim, Kidan. Mas não vou perdoar você por essa.

— Tudo que eu queria era saber a verdade e encontrar minha irmã.

Ele alongou os braços como se fosse um gato entediado.

— Como você já provou inúmeras vezes. Qualquer outra coisa que não mereça a sua afeição, que se dane.

— Você mentiu pra mim.

— E *você* me matou. — A resposta de Susenyos se lançou como uma chicotada, indignada. E então ele sorriu e lembrou a si mesmo. — Bem, quase.

— Se tivesse me contado sobre os Nefrasi antes...

— Sim, por favor, faça uma lista de todos os meus numerosos erros. É o que você mais gosta de fazer. Se eu tivesse contado antes, você teria apenas corrido para a morte um pouco mais cedo. Teria perdido os meses que aproveitou com seus amiguinhos. Se eu tivesse contado a verdade, a casa teria removido minha *imortalidade*.

Kidan se inclinou para a frente, e era uma experiência consciente e cansativa se manter parada. Ela olhou para seus sapatos e os apoiou um pouco mais na parede. *Agrade-o*, foi o que sugeriu sua mente. *Peça desculpas*.

— Você tinha razão sobre Slen e Yusef. Eles mataram... GK.

As palavras tiveram o mesmo efeito que o de tirar uma espada enfiada em seu peito.

Aquilo surpreendeu Susenyos, que assumiu um tom cruel e sarcástico. O luar bateu em seu rosto anguloso e deixou metade dele na sombra.

— E durante tanto tempo você achou que eu era a fera perversa. Eu não avisei sobre esse seu grupinho?

— Por favor.

— Estamos implorando agora? Que delícia.

Susenyos se levantou com uma facilidade anormal para quem estava se equilibrando no parapeito. Caminhou até ela, e o coração de Kidan acelerou diante da ameaça que havia naqueles olhos.

— Não pode me matar antes de eu trazer GK de volta — pediu ela.

Ele ficou imóvel.

— O que disse?

— Vamos transformá-lo.

— E que vida vão usar na troca? — Ele percorreu o espaço entre os dois num piscar de olhos, debochando. — A minha?

Kidan se agitou com a presença dele e chegou um milímetro para a frente. *Pare*, gritou para si mesma.

— Não. — Ela encarou aqueles olhos raivosos. — Quero pegar um deles, os Nefrasi. Por tudo que tiraram de nós. Quero que um deles devolva a vida a GK.

Susenyos olhou para ela de lado, e a surpresa se sobrepôs à raiva.

— O que vai oferecer a eles em troca? Os Nefrasi vão querer um pagamento, e vai ser algo cruel. É provável que seja a sua vida.

As pernas dela se moveram para a frente de novo, a despeito de sua vontade.

— Não vou dar isso a eles. Vou lutar pela vida.

Ele observou o pé dela na beirada.

— Minha adorada Kidan, você não consegue lutar nem contra um vento forte.

Eles sabiam que não havia vento nenhum empurrando-a para a frente — aquilo era outra coisa, mais fundo que a própria consciência, um monstro que ela ainda precisava derrotar.

— Lá vamos nós de novo, passarinha. Mexer com almas feridas e fazer com que morram três vezes em vez de uma. Deixe seu amigo morrer.

Ela sacudiu as tranças com força.

— Não. Ele, não.

Susenyos inclinou a cabeça para o lado.

— Você é um belo objeto de estudo. Uma garota humana ao mesmo tempo apaixonada e em guerra com a morte. — As palavras seguintes a surpreenderam: — Tudo bem, vou salvar GK.

Ela sentiu um nó no peito, de esperança.

— Vai mesmo?

— Sim. Os Nefrasi não vão descansar enquanto não vierem atrás de mim. Posso me proteger contra eles. A única questão continua sendo você. Sua imprevisibilidade e completa falta de noção das consequências.

Ele deu um passo para trás e observou a escuridão, as mãos dobradas atrás de si.

— Então eu lhe faço um último pedido em troca desse presente. Quero a sua vida.

Kidan sentiu um aperto no coração. Aquela era a punição dela. Mais cruel do que enfiar uma bala em sua coxa, ele a arrastara até ali para fazer com que ela acertasse as contas com o que tinha se tornado e enfim escolhesse.

Seus lábios mal se moveram.

— Não.

— Por qual motivo? — Ele deu uma risadinha. — Vou assumir suas tarefas e proteger seus amigos. Melhor do que você, devo acrescentar.

— Yos.

Ele ficou tenso na hora, a voz mais profunda que o inferno.

— Pra você é Susenyos. Você perdeu o privilégio de me chamar assim.

Seus olhos escuros revelavam o quanto ela o magoara. Kidan ficou surpresa que tivesse capacidade de machucá-lo de tal modo. O que ela podia fazer? Era sua natureza. Machucava todos ao seu redor.

— Responda a minha pergunta — disse Susenyos mais alto, falando como se estivesse em um palco diante de um público de milhares. — Por que motivo você, Kidan Adane, deveria continuar existindo?

Ela se inclinou para a frente, quase caiu e então deu o impulso para trás.

— Pare.

— Vamos acabar com tudo aqui, minha infeliz Roana. Libertar a nós dois. Qual é o seu motivo para lutar tanto?

— Você precisa do meu... sangue. Minha parceria.

— Então você existe só pra mim? — Ele riu.

— Não.

— Então qual é o motivo?

A mente dela foi para todos os lados com aquela pergunta. Susenyos nunca ficaria satisfeito enquanto não arrancasse uma confissão final dela. A verdade egoísta e grotesca.

— Que motivo...?

— *Não tem motivo* — rebateu ela, aquela conhecida fúria solapando o medo. — Não preciso de um motivo. Quero viver, então eu vou. É minha vida, e faço o que eu quiser. *Minha.*

Eles se olharam como se fossem a Terra e o Sol. Em chamas, queimando, ardendo, até incendiar a alma.

Enfim, ele estendeu a mão.

— Muito bem. Então me entregue.

Por um momento, Kidan ficou confusa. Susenyos olhava para o pulso dela. Kidan abriu o fecho da pulseira de borboleta e entregou a pílula. Ele a pegou, os olhos indecifráveis.

Então, quando Susenyos teve certeza de que ela acreditava mesmo nas próprias palavras e confiava nele, deu um giro conjunto na passagem estreita. As costas dela se arquearam para a escuridão, a ponta dos pés oscilando no parapeito. Uma mão forte segurou-a pela cintura antes que caísse.

Seu olhar raivoso ficou mais sombrio ao olhar para os lábios dela. Por um segundo insano e irracional, ela pensou que ele iria beijá-la. Sentiu um frio imenso no estômago, as tranças voando com o vento forte. Kidan segurou a camisa dele com força, sem saber se queria puxá-lo ou afastá-lo.

— Yos?

Os dedos dele desapareceram de sua cintura. Sem nada para segurá-la, Kidan caiu.

Seu coração permaneceu com ele na torre. Alguma força o arrancara de dentro de sua pele, e, à medida que ela caía em queda livre, o coração chamava por ela. Em todas as ideias de Kidan sobre como resolver a questão da morte, ela não tinha percebido que a queda livre seria um arrependimento pulsante e imediato.

Kidan acordou no sofá, sua cabeça girava. Apoiou-se nos ombros e piscou para afastar a sonolência. Conferiu o torso, as pernas, os braços. Tudo estava intacto. Ele devia tê-la segurado.

Susenyos estava ao lado do janelão que ia do chão ao teto.

— Não posso ir com você. Como disse antes, não posso sair da Uxlay. Taj e Iniko vão acompanhá-la. Eles vêm localizando alguns Nefrasi na cidade.

Kidan ficou chocada demais com aquelas palavras para dizer qualquer coisa.

Ele a olhou fixamente, a expressão dissimulada.

— Não posso sair daqui.

— A lei da casa. Eu entendo, Susenyos. Não vou pedir a você para se colocar em risco de novo.

Ele andou até ela.

— Com sua falta de limites para fazer tudo por seus entes queridos, duvido que consiga manter essa promessa.

Ela abriu um sorriso hesitante para tentar quebrar a tensão dele.

— Parece que você está com inveja.

Ele franziu a testa.

— Desse amor aterrorizante que você reserva para algumas poucas pessoas? Muito.

— Nós não precisamos de amor, Susenyos. Nossa conexão é muito maior do que isso. Você é meu parceiro.

Ela não conseguiu decifrar a expressão no rosto de Susenyos, como se houvesse uma película escura sobre os olhos dele.

— Não morra — ordenou ele. — Lute pela vida, como você disse.

Kidan sentiu o coração apertar dentro do peito. Ela abriu um sorriso sincero.

— Não ouviu falar? Parece que a morte não quer nada comigo.

Susenyos olhou para o pulso dela, depois para o peito, como se pudesse ouvir as batidas lentas e hesitantes.

— Nem a morte consegue resistir quando se flerta tanto com ela.

A lei da Uxlay era direta no que dizia respeito ao envolvimento com dranaicos rebeldes. Para alunos, suspensão imediata até a audiência judicial. Para adultos, expulsão imediata da sociedade da Uxlay. A reitora Faris usava a lei universal de proteção para alertá-la sobre qualquer movimento em massa de dranaicos contra o campus. Mesmo que os Nefrasi estivessem em Zaf Haven, não conseguiriam encontrar a universidade.

Um centro comunitário abandonado bem nos limites da cidade era o único lugar possível para encontrar os rebeldes. Kidan e os amigos foram até lá na parte de trás da ambulância da enfermaria. Taj dirigia, estranhamente quieto. O corpo de GK jazia em uma maca entre eles.

Iniko ajeitou suas facas de prata sobre os antebraços.

— Alguns poucos Nefrasi estão em Zaf Haven. Eu e Taj vamos trazer um dranaico a vocês. Sejam rápidos, porque, se nos encontrarem, não vamos conseguir lutar com todos. — Iniko semicerrou os olhos, a expressão de reprovação outra vez. Ela achava aquele plano ruim, mas Susenyos dera uma ordem, e eles obedeceram.

Kidan estava grata.

As silhuetas das torres da Uxlay foram ficando cada vez menores. Ela sentiu um formigamento na pele pela sensação de estar exposta demais.

— Você acha que não vamos conseguir seguir em frente se não o revivermos — disse Slen, a voz neutra, ao lado de Kidan. — Mas e se eu conseguir?

— Slen.

Seus olhos sombrios encontraram os de Kidan.

— Não quero ser indelicada, mas eu poderia ir embora e deixar vocês aí. Seria a coisa mais fácil a fazer.

Kidan soltou um suspiro.

— Bem, espero que a sua ambição não foda com todos nós.

— Para o bem de vocês, também espero.

Depois de deixá-los no centro comunitário sinistro, Taj e Iniko partiram. Slen pegou uma bolsa cheia de materiais de que eles iriam precisar para a transformação. Mesmo relutante, Iniko tinha devolvido a arma a Kidan. Tinha apenas mais duas balas, mas seria útil.

Os sapatos deixavam pegadas empoeiradas no chão enquanto eles caminhavam até o palco vazio. A luz da lua entrava pelo vitral e jogava feixes azuis e vermelhos sobre seus rostos. A parede ficara amarelada no formato das letras que antes a decoravam.

Kidan conferiu o celular. Tinham pouco tempo antes que se tornasse impossível reviver o corpo de GK. Ela se sentou no banco frio e se lembrou do ritual dos Mot Zebeyas quando transformaram Sara Makary.

Yusef andava de um lado para o outro, sem conseguir se sentar, enquanto o tempo passava muito rápido.

— Merda — disse Yusef enquanto olhava para a porta. — E se eles não conseguirem?

Kidan não tinha nada mais ao que se apegar além de uma esperança sem limites.

— Eles vão conseguir.

Ela fechou os olhos com força e rezou.

De repente, a porta se abriu com um estrondo. Taj e Iniko entraram carregando uma figura amordaçada que se contorcia. Kidan entrou em ação e entregou a eles mais um pouco do pó de chifre. Não era o suficiente para apagá-lo por completo, e eles também não queriam que ele morresse envenenado antes que pudesse transformar GK.

— Ele precisa ser pendurado de cabeça pra baixo. Assim vai ser mais fácil drenar o sangue — disse Slen.

Taj e Iniko hesitaram. Kidan compreendeu que tratar alguém da espécie deles como um animal não caiu muito bem para os dois.

— Por favor — acrescentou Kidan. — Amarrem ele de cabeça para baixo.

Eles conseguiram cumprir a tarefa com muito mais facilidade do que o imaginado. O dranaico, que ainda resmungava, foi pendurado em um suporte com diversos cabos de cortina. Eles colocaram o corpo de GK sob o vampiro e tiraram sua camisa. Alguém precisava fazer uma incisão até o coração.

— Eu posso fazer — ofereceu Slen e se agachou ao lado de GK.

Eles tinham que cortar a garganta do dranaico e escoar o sangue por um tubo indo até o coração de GK. Os dedos de Kidan tremiam ao pegar a faca cirúrgica na bolsa. Ela tentou pensar naquilo como se fosse o abate de um animal — não havia o que fazer. Na frente dela, a expressão de Yusef era de pavor.

— Você não precisa olhar — disse ela.

— Não, preciso, sim.

Depois de respirar fundo, Kidan posicionou a faca na carótida do vampiro. A pele dele estava tão quente quanto a dos dedos dela, que buscavam a veia. Ele arregalou os olhos de medo e gritou sob a mordaça.

De repente, Taj teve um sobressalto e arregalou os olhos.

— Taj? — Iniko ficou alerta.

Taj cambaleou e caiu para a frente, uma lâmina de prata espetada em suas costas.

Kidan deixou cair a faca que estava em sua mão. Iniko foi como um raio até Taj, desviando de três agulhas de prata cuspidas de algum lugar no telhado escuro. No fim, uma delas acabou acertando sua coxa, e ela caiu no chão, gemendo.

Kidan correu até ela, mas o grito de Iniko fez seu sangue congelar.

— O que está fazendo? Corra!

448

67.

OS NERVOS DE KIDAN VIBRAVAM EM SEU CORPO FIRME. Ela se atrapalhou toda, mas pegou a arma e mirou no telhado. As risadas a acompanhavam enquanto ela girava na tentativa de encontrar os alvos. O dranaico que eles tinham amarrado foi levado em um redemoinho escuro. Num piscar de olhos, Iniko e Taj também sumiram.

Um jovem rapaz de paletó emergiu da escuridão com a mão no bolso. Kidan não hesitou. Puxou o gatilho. Ele ergueu o braço, e a bala ricocheteou em algo metálico e depois caiu no chão.

Ele deu um risinho ao notar a manga arruinada e então a arregaçou. Kidan tentou não demonstrar seu horror. A mão e o antebraço esquerdos estavam totalmente cobertos de prata, com buracos que pareciam botões demarcando a estrutura rígida. Quando ele mexia os dedos, o escudo de prata se movia como se fosse a superfície da água. Seis ou sete vampiros surgiram da escuridão, cercando Kidan e os amigos. Atrás deles, outros vampiros aguardavam, figuras sombrias empoleiradas em bancos e suportes no alto.

Kidan baixou a arma. Só tinha mais uma bala. Precisava fazer valer.

Um homem enorme como uma montanha surgiu com Taj e Iniko amarrados em correntes de prata embebidas em sangue, cravejadas de espinhos. O casaco perfeito de Iniko estava todo rasgado, e seu laço, encharcado de sangue escuro. Pelos diversos cortes ao longo de seus braços, parecia que o sangue dranaico naqueles espinhos tinha entrado muito fundo, enfraquecendo-a. Kidan esperava que não tivessem atingido nenhuma artéria vital. Taj perdera a consciência. Entretanto, seu pavor diminuiu um pouco quando ela percebeu que o peito dele se movia.

449

— Kidan Adane. Que prazer finalmente conhecê-la — disse o rapaz com braço de prata. Ele tinha três anéis de prata bem grossos na mão direita, que usou para tirar o paletó. Em seu peitoral, músculos fortes e mais uma série de correntes de metal penduradas.

Kidan deu um passo para a frente, protegendo Yusef, que tremia, atrás dela.

— Quem é você?

— Ele não contou meu nome a você? É a cara dele.

O vampiro se aproximou de Slen, a puxou para cima e cheirou seu pescoço, um gesto repugnante. Ela se encolheu, mas não reclamou. Kidan puxou o braço dela, soltando-a da mão dele.

O vampiro inclinou a cabeça para o lado.

— Pode me chamar de Samson Malak Sagad.

— Sagad?

Ele era diferente do restante dos homens Nefrasi por causa do cabelo. Não era comprido, não tinha tranças nem cachos; era escuro e bem curtinho, revelando uma cicatriz horrenda que ia da orelha ao pescoço. Kidan teve um leve sobressalto. Ela o vira rapidamente nas memórias de Yos — o primeiro a ser transformado, um garoto com cicatriz no pescoço e a mão machucada.

Era aquele o amigo de infância de quem Susenyos falara? O criado que virara amigo, com quem ele massacrara um bando inteiro?

— Então você conhece o sobrenome.

— Susenyos não tem irmãos.

O vampiro deu uma risada assustadora.

— Ah, você tem razão. Eu e Susenyos somos ligados por algo muito mais forte do que sangue. "Sagad" é para a realeza, e significa "curvar-se"... algo que você deveria fazer.

Kidan se manteve de pé, ereta.

Ele semicerrou os olhos.

— Vejo o mesmo ar de insolência em todo acto que sai daquele lugar que vocês chamam de Uxlay. Treinados desde a infância a nos ver como seus protetores. Mal posso esperar para apresentar a você o verdadeiro medo.

O ódio de Kidan era como um ser consciente, sussurrando bobagens em seu ouvido.

— Onde está minha irmã?

O sorriso dele serpenteou como uma víbora.

— A adorável June está segura. Mas é óbvio que não a trouxe para testemunhar um ato tão violento. Ela é muito sensível.

A mão de Kidan que segurava a arma afrouxou de leve. Depois de meses tateando no escuro, ela enfim tinha encontrado June. A irmã estava ao seu alcance.

Seu coração bateu com um ritmo insano e diferente de esperança. June podia ir para casa. Tudo aquilo... toda aquela dor acabaria em breve.

Samson analisou cada um deles, o olhar sombrio.

— Deixe-me ver se eu acerto. Titus nos informou muito bem. A líder Slen Qaros. O artista Yusef Umil. A santa Kidan Adane. Herdeiros das grandes Casas da Uxlay. — Ele soltou um "tsc" ao olhar para o cadáver de GK. — Ah, e o coitado do menino devoto sem nome.

Risadas irromperam do telhado, seu público estava entretido.

Kidan fechou a cara, irada.

— Que porra você quer?

Ele arqueou a sobrancelha e trocou olhares com um dos outros.

— Você realmente precisa de um treinamento adequado.

O sangue fervia nos olhos de Kidan, mas ela ficou quieta. Eles estavam em muito menor número.

— Existe uma tradição entre os Nefrasi da qual os iniciados participam para determinar seu valor. Já que vocês tentaram sacrificar um de nós à força para reviver seu morto, acho que seria adequado participarem.

Os Nefrasi começaram a gritar, animados, e o ambiente refletia a violência. Os urros ecoavam de todas as direções. Kidan tentou estimar quantos deles havia ali. Uns quarenta, no mínimo. Sua determinação estremeceu como a grama ao vento.

Samson falou enquanto olhava para o teto, os olhos brilhando:

— É bem simples, na verdade. O iniciado segura um pedaço de prata e tenta não derrubá-lo, não importa o ataque que enfrente. Como o iniciado já está morto, o corpo dele vai ser a prata. Então, se quer transformar seu menino devoto, é só não soltá-lo. O que me diz?

As risadas cruéis de novo. O suor escorria pela testa de Yusef. Slen mantinha a cabeça baixa.

Samson se sentou na primeira fileira de bancos e cruzou as pernas.

— Bem, quem vai primeiro?

— Eu vou — respondeu Kidan de imediato.

— Que mártir. — Os olhos dele brilhavam. — Mas eu quero o artista primeiro. Ele parece pronto para sair correndo.

Yusef engoliu em seco, mas deu um passo à frente. Tanto Kidan quanto Slen se colocaram diante dele.

— Não vamos entrar no seu joguinho doentio.

O líder Nefrasi pendeu a cabeça para o lado. De repente, Kidan estava de joelhos ao lado dele, o braço tão torcido para trás que deu para ouvir o estalo de seu ombro. Ela sibilou de dor, sem conseguir ver o rosto de quem a atacara.

— Você vai ser a última, herdeira.

Ela se contorcia e observava os outros através da cortina formada por suas tranças caídas sobre o rosto. *Corram*, ela implorou com os olhos. *Corram.*

Yusef, o tolo, se aproximou de GK.

— O que está fazendo? — gritou Kidan. — Deixe… Ah!

Seu braço foi ainda mais torcido, e ela chegou a ficar tonta.

Samson chegou para a frente e falou outra vez:

— Lembrem-se da regra. Se qualquer um de vocês soltar seu amigo, ele não vai ser transformado.

Yusef olhou para o rosto de GK com uma expressão indecifrável. Ajoelhou-se ao lado dele, pegou sua mão e entrelaçou os dedos rígidos aos seus.

Uma das Nefrasi apareceu, usando botas de salto alto. Tinha um piercing de prata na ponte do nariz, em formato de barra, e o cabelo estava dividido em dois coques no estilo afro puff. Ela ajoelhou e acariciou o rosto de Yusef com a delicadeza de uma amante, e sussurrou algo que Kidan não conseguiu ouvir.

— Arin. — A voz de Iniko soou tensa de repente. — Não faça isso.

As duas se olharam. Arin a ignorou e se avultou sobre Yusef como um felino prestes a devorá-lo. Iniko abaixou a cabeça. Kidan entrou em pânico.

Arin pegou uma pequena garrafa de perfume no bolso e despejou o conteúdo nas mãos unidas dos dois.

— O que está fazendo? — Yusef tremia.

Arin não falou nada. Apenas pegou um isqueiro e o aproximou das mãos deles.

A voz de Yusef era de puro horror.

— Não, não... não faça isso!

Quando a primeira chama atingiu sua pele, ele gritou e tentou usar a outra mão para apagá-la. Não conseguiu. Arin a segurou e prendeu-a no chão com o salto da bota. Chamas azuis e violentas lambiam a mão dos dois.

Slen lutou contra os vampiros que apareceram para segurá-la. O grito de Yusef parecia rasgar a alma de Kidan. Ela queria arrancar os próprios ouvidos.

— Yusef! — gritou Kidan. — Solte!

Yusef se recusou a soltar, o rosto contorcido em agonia. Para evitar que ele fosse queimado vivo diante deles, Arin apagava o fogo que passava da linha do pulso, mantendo as chamas apenas nas duas mãos unidas. A pele borbulhava e caía, e as chamas consumiam a carne.

Aquele cheiro.

Kidan teve ânsia de vômito. Falou com o rosto encostado no chão.

— Pare, por favor. Por favor.

Samson ergueu a mão, e Arin se afastou.

A mão de Yusef e a de GK permaneciam unidas. Slen se soltou primeiro e foi correndo até eles. Tirou o casaco e cobriu a mão dos dois, extinguindo as chamas. Yusef parou de gritar e se jogou contra o peito dela, o olhar desvanecido. Slen não conseguia desvencilhar as mãos deles sem arrancar a pele. Seu rosto se contorcia.

— Slen Qaros é a próxima.

Kidan viu tudo vermelho a sua frente. Ela agarrou a mão direita de Samson Sagad, aquela que tinha carne, e a mordeu. Com força.

Seus dentes pararam no osso, e ela mastigou até sentir gosto de sangue. Ele xingou e a jogou do outro lado da sala. Kidan bateu com a cabeça no chão e sentiu uma dor desmedida. Contudo, conseguiu superar a visão turva e encontrou Slen. Cuspiu o pedacinho de carne que arrancara perto dos pés dela. Slen logo compreendeu e se agachou para pegar — mas gritou quando um salto esmagou sua mão enluvada.

— Essas garotas — disse Arin, a voz doce e maliciosa. — Adoro essa ousadia. Me deixe ficar com elas.

— Tentando curar a mão do seu amigo com o meu dedo. Que poético — rosnou Samson Sagad com ódio.

Kidan ficou no chão, a bochecha apoiada na pedra fria. Nos lábios sentia o gosto metálico do sangue.

Ela havia feito aquilo com os outros, arrastado-os para o inferno por se sentir culpada. Agora assistiria à morte de todos eles. Suas lágrimas formaram uma poça no chão, deixando-o mais escuro.

Onde estava a força de Kidan? Nunca sentira sua humanidade tão presente quanto naquele momento. Tão fraca e frágil. Como poderia proteger alguém desse jeito?

— *Chega* — rosnou Slen, empurrando o salto de Arin para longe. Ela se levantou, os olhos em chamas. — Eu corto o coração de GK agora mesmo se nos deixar ir. Ele já está morto.

O líder dos Nefrasi arqueou a sobrancelha.

— Que lógica cruel. Quer dizer então que vocês três são mais dignos da vida do que o menino devoto?

— Nós estamos vivos. Se somos dignos, isso ainda vamos ver.

Ele parecia ter gostado da resposta, porque pegou uma faca no bolso do paletó e a jogou aos pés de Slen.

— Vai lá. Me mostre seu sangue frio. Corte o coração dele.

Kidan se levantou com as mãos no chão.

— Não.

Slen a ignorou. Sentou-se em cima do peito de GK e cortou a camisa com um rasgo violento. Yusef falou baixinho demais para que Kidan entendesse, mas ela podia afirmar se tratar de um apelo. Ele se aproximou para interromper Slen, mas, em seu estado tão enfraquecido, era muito fácil ignorá-lo.

Slen mediu desde a base da garganta de GK até o meio e mudou um pouco de posição para a esquerda antes de fazer a incisão.

Foi preciso certo tempo para fazer o corte. O sangue que jorrou era preto. Kidan sentiu um buraco no peito. Eles tinham demorado demais. Logo seria impossível reviver o coração de GK.

Ainda assim, Slen continuou trabalhando, com uma lentidão incompatível com sua habitual agilidade. Não havia nenhum motivo para ser perfeccionista naquele momento. Ela estava enrolando, a mão bem fundo no peito dele durante o que pareceram horas.

— Por que está demorando tanto? — resmungou Samson.

Kidan entendeu aos poucos, o pensamento se sobrepondo à dor de cabeça latejante. Slen não estava arrancando o coração; estava mantendo-o no lugar, tentando estender o tempo em que ainda seria possível salvá-lo.

Tudo ficou evidente na cabeça de Kidan.

Ela analisou o líder dos Nefrasi. Samson Sagad não queria puni-los mais do que queria machucar Susenyos. Mexer-se doía demais, mas ela o fez e enfiou a mão no bolso. Alguém a segurou com força, e Kidan se apressou em dizer:

— Meu celular. Ligue para Susenyos.

Samson ficou paralisado, os olhos fixos nela.

— É ele quem você quer, não é? — disse ela, a voz derrotada. — Ligue e traga-o aqui.

Não posso sair da Uxlay.

Ele a observou com os olhos tomados pela escuridão, apenas um pontinho brilhando dentro deles.

— Você o conduziria à morte para salvar a própria vida?

Kidan encarou a pedra manchada de lágrimas.

— Não seria a primeira vez.

Ele sorriu diante da resposta, um sorriso verdadeiramente reluzente.

— Muito bem. Vamos trazê-lo aqui.

68.

SAMSON COLOCOU O CELULAR DIANTE DE KIDAN, NO VI-va-voz, os olhos de serpente fixos nela. Os vampiros Nefrasi se inclinaram para a frente para ouvir. Não se ouvia nenhum som no telhado.

— Kidan? — atendeu Susenyos com urgência na voz.

— Malak Sagad, meu irmão. Como senti falta da sua voz. — Samson olhou para os amigos no segundo andar do salão. — Susenyos, o Justo. O homem que obrigou uma corte inteira a aderir ao vampirismo, só para abandoná-la ao próprio inferno. Sua lealdade inspiraria sonetos, wendem.

Susenyos não respondeu.

Vários segundos se passaram, até que Samson soltou um longo suspiro.

— Muito bem. Eu prefiro conversar cara a cara. Taj e Iniko foram capturados. Estou com sua bela parceira e os amigos dela em diferentes estágios de sofrimento. Só quero o artefato que está com você.

— Chantagem trivial assim? Você estava brincando de imperador tão bem até agora.

A boca do líder Nefrasi se contorceu de leve.

— Você continua se escondendo como um covarde nesse campus lamentável.

— Eu gosto bastante do campus. Mantém os ratos do lado de fora.

Samson deu uma gargalhada impetuosa que fez Kidan se encolher.

— Os ratos vão estraçalhar seus lindos amigos se você não vier.

— A garota é um nada. Os amigos dela, menos ainda.

O líder dos Nefrasi pegou a cabeça de Kidan e a bateu com força no banco mais próximo. Ela sentiu o ouvido explodir ao gritar. Ouviu também os amigos levantando a voz. Kidan tentou se concentrar para além da visão turva. Slen trincava os dentes sob o vampiro que estava enfiado em seu pescoço, bebendo seu sangue. Yusef se debatia sem sucesso também.

— Parem! — vociferou Kidan, mas ninguém ouviu.

Samson a ergueu pelos cabelos, e ela gemeu, tentando diminuir a pressão no couro cabeludo.

— Venha nos enfrentar, seu covarde. Ou vou matá-la.

Não havia um pingo de desconforto na voz de Susenyos.

— Vá em frente, vou ficar aqui ouvindo. Mate-a para mim.

Samson ficou imóvel e então rosnou feito uma fera.

— O quê?

A cabeça de Kidan latejava em agonia.

— Mate-a para mim, wendem. Não sabe a dor de cabeça que é herdar casas com esse monte de herdeiras aparecendo. Ela está nas suas mãos, não é? Mate-a.

Os olhos de Samson estavam embebidos de fúria.

Então, a parte mais ferida de Kidan o chamou.

— Yos.

Susenyos parou de falar.

Kidan sabia o que estava pedindo a ele quando chamou seu nome, e se odiava por isso. Contudo, ele já sabia, não é mesmo? Sabia que ela era inescrupulosa e egoísta e que sempre tomava a decisão errada. Susenyos a enxergava. Ele a compreendia melhor até do que ela gostaria. No entanto, Kidan também o conhecia, e aquele pedido — para arriscar o que ele mais valorizava — ficaria sem resposta. Sair da Uxlay faria com que a lei o punisse.

— Que adorável. — A voz de Samson ganhou novo fôlego. — Ninguém aqui nunca testemunhou esse seu instinto de proteção. Venha se redimir, zoher — rosnou ele. — Vamos ver se o imperador egoísta vai se sacrificar pela donzela em perigo.

Todas as pessoas no salão aguardavam a resposta.

— Não é meu papel me sacrificar. É o de vocês. — O tom de voz de Susenyos permanecia entediado. — E vocês se sacrificaram de modo brilhante. Eu agradeço a todos, de verdade. Não teria chegado à Uxlay sem o sangue e a morte de vocês. Serviram muito bem ao seu imperador.

A raiva se propagou no ambiente como uma onda de calor no deserto. Arin cerrou o punho e deu um soco no chão, fazendo-o implodir e tremer por toda a fileira de bancos. Kidan bateu os dentes diante daquela força.

— Estou vendo que Arin está aí — continuou Susenyos quando a poeira baixou. — Sempre com esse gênio difícil.

— Venha nos enfrentar, Yos. — O tom de voz de Arin era letal. — Ou eu mesma vou destruir esse campus tijolo por tijolo.

Ele vai mesmo nos deixar aqui para morrer, pensou Kidan.

— Vou terminar *Os amantes loucos* para você, passarinha — disse Susenyos, a voz ainda igual. — Você perdeu um belo capítulo. Matir concede o desejo a Roana. Ele a deixa ficar com Aesdros, e eles têm um lindo final juntos.

— O quê...?

A ligação ficou muda.

— Não — disse ela em um lamento.

Susenyos tinha desligado.

A mente de Kidan começou a girar. Ela havia terminado o maldito livro. Não havia nenhum lindo final. A ruína de Matir e Roana começava quando ela se apaixonava por outra pessoa. Um humano, Aesdros, que não jogava aquele joguinho de regras e tinha apenas um amor puro para oferecer. Ela implorou a Matir para deixar o humano viver com eles, e ele se recusou por um tempo, até enfim autorizar. Os três viveram juntos e encontraram um equilíbrio para seu ódio ardente, até que certa noite o humano cortou a garganta dos dois. Ela não conseguiu entender o significado da história na época, e muito menos naquele momento.

Samson estraçalhou o celular em mil pedaços. Em seguida, olhou para o grupo de vampiros no segundo andar do salão.

— Entenderam agora? — rugiu. — Ouviram as palavras dele? Ele nos abandonaria de novo e de novo!

Todos ficaram em silêncio. Arin mantinha os punhos cerrados, o sangue escorrendo pelas palmas de tanto que apertava.

Os olhos mortais de Samson pararam em Kidan. Sua pulsação assumiu uma velocidade frenética.

Todos os barulhos sumiram no universo de Kidan enquanto ela observava a boca de Samson se movendo em ondas furiosas, as veias latejando na testa. Só havia um jeito de acalmar um monstro ferido.

Um convite. Assim como Roana tinha feito ao chamar o desconhecido Aesdros para sua casa.

Kidan arregalou os olhos. Susenyos *tinha* dito a ela o que fazer.

Sua voz saiu tão hesitante quanto um passarinho recém-nascido que tenta voar:

— Eu posso colocar você dentro da Uxlay.

O líder dos Nefrasi já estava sem paciência. Kidan tinha poucos segundos antes que ele cortasse sua garganta. Ela estava com taquicardia, mas olhou nos olhos dele.

— Posso ser sua parceira.

Ele ficou imóvel.

— Repita, herdeira.

Aos poucos, sua voz ganhou firmeza.

— Você não vai ser mais rebelde. Pode entrar na Casa Adane não apenas como espião, mas como meu igual. Posso escolhê-lo como meu companheiro. Você quer acesso ao artefato e à minha casa, não é? Posso fazer isso acontecer. Posso fazer você ultrapassar a lei universal.

O silêncio de Samson·era profundo como o fim do mundo. Ele falou devagar:

— Se eu concordar, só você não vai ser suficiente. Preciso que meu povo também entre.

Ele virou a cabeça para os amigos de Kidan. Já não havia mais ninguém bebendo o sangue de Slen e Yusef.

— Não — disse Slen, a garganta sangrando, ainda segurando o coração de GK. — De jeito nenhum.

Rápida como um raio, Arin deu um tapa no rosto de Slen, fazendo-a cuspir sangue.

— Pare! — Yusef tentou proteger Slen com o braço bom. — Nós vamos fazer. Vamos escolher vocês como parceiros.

Samson cruzou os braços. Um escuro, o outro prateado.

— E aquela filosofia nojenta que vocês estudam? Não podem escolher parceiros se não forem aprovados no curso, não é?

A determinação de Kidan era forte, cruel.

— Nós vamos passar. Só falta uma prova.

Ele arqueou as sobrancelhas de leve.

— Muita coragem. E o que vão pedir de nós em troca desse presente generoso?

Kidan olhou para GK.

— Lógico. — Ele olhou para cada um de seus comparsas. — Nós abominamos tudo aquilo que o canalha do Sage prega. É por isso que queremos quebrar as Três Restrições. E aí vocês vêm aqui me pedir para sacrificar a vida de um dos meus homens por um de vocês.

Kidan tentou se agarrar ao resto de energia que ainda tinha.

— Não posso pedir ao meu povo para abrir mão da própria vida — argumentou Samson com um ódio surpreendente. — Não vou tirar a vida deles, como ele fez.

Kidan baixou a cabeça. Era o fim, então. Esperava que ela fosse a primeira a ser morta.

Passos ecoaram no silêncio.

— Leul — chamou Arin. — Volte para trás.

Leul era um rapaz jovem com um olho de metal. Todos os Nefrasi incorporavam a prata ao corpo.

— Precisamos libertar nosso povo. — A voz dele era mais suave do que a de qualquer outra pessoa ali. — Finalmente estamos chegando perto.

— Vou arrancar seu olho de prata se você não chegar pra trás — rosnou Arin.

Ele sorriu e analisou o corpo de GK.

— Vocês já ouviram os boatos. Não vou desaparecer por completo. Parte de mim vai viver dentro desse garoto. Ele é tão jovem…

Leul tirou o olho de prata e o colocou na mão dela. Arin o segurou pelo colarinho, mas ele não hesitou. Seu olho se curou aos poucos, em volta de uma pupila preta. Ele falou algo em amárico, um som gentil que saiu de sua boca, e então a afastou. Pegou uma faca de prata da cintura de Arin, cortou o pulso e o deixou sangrar.

Samson assentiu.

— Vá. Salve seu amigo.

Kidan a princípio rastejou, e então, começou a correr até GK quando sentiu a terra firme debaixo dos pés. Ajoelhou-se perto da cabeça dele. Slen estava focada na tarefa, o punho enfiado em meio a músculo e tecido. Kidan nunca tinha visto um coração humano antes. A carne estava firme como uma rosa retorcida, veias azuis e verde-claras se emaranhando.

— Slen.

— Você me pediu para salvar a vida dele. Eu não falho nas minhas tarefas.

— Slen — disse ela de novo, porque nada mais expressava a gratidão que jorrava dentro dela. Acabar de vez com a vida de GK seria tão fácil quanto se inclinar para trás. Ela precisava ficar totalmente imóvel.

— Quando ele acordar e quiser me matar, lembre-o de que segurei seu coração.

Leul despejou o sangue sobre o corpo aberto. Todos mergulharam no silêncio. Com Yusef segurando a mão de Leul no lugar, os três estavam em volta de GK para ressuscitá-lo.

À medida que a pele de Leul perdia a cor, os músculos e os tecidos de GK iam acordando e se regenerando. Slen retirou as mãos ensanguentadas devagar enquanto a pele se fechava. Leul caiu nos braços de Arin. O luto e a fúria se misturavam no movimento de suas sobrancelhas. Ela olhou para Iniko, que a encarou com uma tristeza silenciosa.

Kidan acariciou a bochecha fria de GK, querendo que ele acordasse. Precisava ver os olhos dele outra vez. Tudo teria valido a pena quando ele abrisse os olhos.

Os cílios bateram como se fossem asas frágeis. Ela teve um sobressalto de alívio. Ele iria acordar. A qualquer momento.

— Levem-no.

Todos foram empurrados pelos dranaicos. Yusef urrou quando sua mão enfim se soltou. GK foi levado.

— Não! — gritou Kidan. — O que estão fazendo?

— Garantindo que vão manter a palavra. Se quebrarem a promessa de nos escolherem como parceiros, não vão mais ver seu amigo.

— Espere, por favor. Deixem-nos vê-lo primeiro!

Samson manteve os olhos fixos nela e chamou:

— Warde.

O vampiro gigante parou. GK estava pendurado em seus ombros largos. Ela sentiu o peito apertar quando ele ergueu a cabeça. O marrom das pupilas havia ganhado um tom mogno dourado, as unhas, crescido como garras pretas. Os olhos dele já não refletiam a luz, e sim perfuravam como o sol, ofuscantes. A raiva e o poder contidos neles deixaram Kidan chocada. Ambos direcionados a ela. Dava para sentir a alma dele se desfazendo, rasgando e moldando uma coisa nova. De outro mundo.

Ela abriu a boca, mas não saiu nada. GK olhava para ela com fúria, traído para além do imaginável. Yusef foi o primeiro a dizer alguma coisa, fraco mas suficiente:

— Vamos voltar para pegar você, GK. Vamos encontrá-lo.

O vampiro saiu com ele. GK caiu no sono de novo e só iria acordar dali a alguns dias.

Kidan se recompôs e se virou para o líder Nefrasi, o olhar de ódio.

— Quero a minha irmã também.

Samson deu uma risada.

— Duvido que ela queira você. Afinal, muito tempo já se passou.

462

69.

K IDAN APOIAVA A CABEÇA DE YUSEF NO BANCO DE TRÁS do carro enquanto Taj pisava fundo de volta à Uxlay. Iniko estava sentada de lado, fazendo curativos em si mesma, como se fosse uma espécie de ritual. Slen segurava a mão de Yusef que não estava queimada, tentando confortar seus gemidos de dor.

— Já estamos chegando — dizia ela de vez em quando.

Kidan sentiu o estômago revirar ao olhar para a mão direita dele, em carne viva e enrugada como se fosse uma amêndoa podre.

— Beba. — Slen colocou uma garrafa com o sangue de Taj diante dele. Ele mexeu a cabeça em agonia.

Slen conseguiu dar alguns goles a ele, mas a mão não se regenerava. Tinham esperado tempo demais, e Kidan temia que o dano fosse irreversível.

Slen colocou o dedo trêmulo sobre o ferimento no pescoço.

— Eles beberam nosso sangue. Por que não é venenoso pra eles?

Kidan se perguntou a mesma coisa.

— Não sei. Talvez seja mentira essa história de que precisamos nos formar e fazer o voto antes.

— Não, já beberam meu sangue antes. O dranaico cuspiu na mesma hora, e seus olhos ficaram sangrando por dias.

Elas se olharam, intrigadas.

O que Susenyos tinha dito? Que Kidan fizera alguma espécie de voto sem saber? Que voto Slen e Yusef tinham feito?

Quando Taj adentrou o terreno da Uxlay, a garganta de Kidan se expandiu, e o ar circulou livremente por seu corpo. Ela nunca imaginou que ver aquelas torres sombrias lhe traria tanto alívio.

463

Kidan entregou Yusef a Taj, que seguiu com Iniko no mesmo instante, enquanto Kidan e Slen saíram correndo pelo campus sozinhas. Algo latejava no fundo de seus olhos, e Kidan levou a mão à parte de trás da cabeça. Os dedos ficaram molhados. Foi como se a dor tivesse sido despertada pelo toque, aguda, como se uma faca tivesse sido enfiada atrás do crânio.

Ela não parou de correr, mas a dor fez sua visão ondular como se fosse a superfície da água. E, por mais incrível que fosse, sua vontade se sobre-pôs. A dor ficou guardada para que tratasse dela depois. Kidan chegou à enfermaria, e uma das enfermeiras correu para atendê-las.

Ela levou Slen, examinou o pescoço mordido e chamou outras enfermeiras.

O reflexo de Kidan no espelho ao longe era monstruoso. As roupas estavam cobertas de manchas vermelhas. Algumas dela, outras de Samson, quando arrancou um pedaço de seu dedo. O rosto, sobretudo a boca, estava coberto de sangue. Ela precisava se lavar. Pelo espelho, Kidan observou Susenyos abrir a porta e entrar como um furacão, do mesmo jeito que um deus desce para espalhar o terror.

Ele olhou pelo hall fluorescente, a voz estrondosa como um trovão.

— Kidan!

Ela se virou, e ele a viu na mesma hora. Seus olhos ardiam com mil sóis, a mesma ira que ela vira no Dia da Cossia emanando dele. Susenyos então se deu conta de como ela estava ferida, e aqueles olhos perderam a intensidade, ficaram mais lúgubres.

Kidan não percebeu que estava correndo para ele até que o corpo dos dois colidiu, e ela jogou os braços ao redor de seu pescoço. Susenyos soltou um grunhido profundo quando eles se chocaram.

As lágrimas dela molharam o casaco dele.

— Eu entendi sua dica. Obrigada.

Ele ficou paralisado por um longo tempo e então a abraçou com cuidado.

— Agora você me deixou preocupado, passarinha.

Kidan recuou ao ouvir aquelas palavras, e de repente se sentiu enver-gonhada e consciente de que o estava abraçando.

— Desculpe…

Susenyos tocou a cabeça dela, e Kidan se encolheu. Ele soltou um palavrão, tirou a mão e viu o sangue.

— Kidan — disse ele, a voz calma, embora seu rosto exibisse outra coisa. — Você está sangrando. Ele fez isso?

Seu crânio começou a latejar de novo. Ela se afastou e tropeçou. Susenyos a segurou na mesma hora. Sua visão ficou turva, e de repente o chão do hospital se transformou naquele centro comunitário abandonado. Ela procurou pelos outros, mas tinham sumido.

— Yusef... Slen? Onde eles estão?

Ele trincou o maxilar.

— Eles estão sendo cuidados. Venha comigo.

Kidan deixou que Susenyos a levasse até uma despensa — o cheiro de produtos químicos de limpeza despertou de leve seus sentidos —, mas ela estava desmaiando, cada vez mais perto do chão enquanto ele fechava a porta.

— Ei. — Ele exibiu as presas e mordeu o próprio pulso. O sangue escorreu pela pele negra. — Você precisa beber.

Kidan tentou se concentrar nos olhos de Susenyos, penetrantes, o temor cada vez maior dentro deles. Era o tipo de preocupação que ela não merecia. O tipo que ela queria quando dissera a ele que tinha sido envenenada. Com cuidado, Susenyos colocou o pulso na boca de Kidan, e ela lambeu e sugou a pele dele. O gosto não era diferente do seu, nem doce, nem amargo. No entanto, a curou, desanuviou a visão e eliminou a dor. Ela conseguiu abrir os olhos sem precisar fechá-los de novo em seguida.

Quando Kidan já estava plena e consciente, ele tirou a mão. Examinou o rosto dela, a boca, e até as tranças cobertas de sangue, as sobrancelhas pinçadas.

— Precisamos limpar você.

— Ele disse que June não iria querer me ver. Acha que ela está com raiva porque não a encontrei logo? — Kidan olhou bem fundo naqueles olhos. — Ele está mentindo.

Susenyos ficou em silêncio.

— Ele é um mentiroso.

Mais uma vez, Susenyos não disse nada.

— Kidan… — Ele hesitou, e aquilo a assustou. Susenyos nunca media as palavras, nem quando deveria.

— O que foi?

Susenyos abriu a boca, mas desviou o olhar e só depois a encarou de novo.

— Sua irmã deixou uma mensagem pra você.

O estômago dela deu um nó.

— O quê?

Ele estava sendo cuidadoso.

— Acho que seria sábio ver agora…

— Ver? Como assim?

Ele olhou para ela, a expressão conflituosa, e então suspirou.

— Ela mandou um vídeo. Está em casa.

Um vídeo. A terra se abriu debaixo de seus pés. Lógico, um vídeo. Era assim que June sempre se comunicava. Kidan saiu correndo da despensa e da enfermaria, ignorando o chamado de Susenyos.

Levou cinco minutos para chegar à Casa Adane, os pés batiam no cascalho como se fossem um tambor. Ofegante, entrou como um raio pela porta da frente. A sala estava um caos completo. O fogo tinha lambido os quatro cantos. Paredes rasgadas com rachaduras profundas e empaladas por espadas. Os móveis estavam tombados e destruídos, como se um tornado tivesse passado por ali. Havia *tanta* raiva, e não era dela.

Susenyos estivera furioso.

O ar sumiu de seus pulmões quando o vidro quebrado do lustre se esmigalhou sob os pés dela. O que tinha acontecido ali?

Aquele pensamento a abandonou quando o rosto de June apareceu, projetado na tela da sala.

— June? — sussurrou Kidan.

Não era a casa pregando peças nela. Aquilo era real.

Real.

Kidan correu para analisar o rosto da irmã e checar se havia sinal de ferimentos, qualquer marca de agressão. Seus punhos cerrados se soltaram. As bochechas de June estavam rosadas, cheias de vida, os olhos cor de mel brilhantes. Os cabelos dela tinham crescido para além dos ombros. Sentimentos de alívio e confusão tomaram a mente de Kidan.

Ela caminhou devagar até o sofá e voltou o vídeo para o começo. Tinha dois minutos de duração.

Seu dedo tremeu sobre o botão de play. Teve que usar o corpo inteiro para apertá-lo, cada nervo e músculo de seu corpo reunindo forças para o que viria a seguir.

— *Oi, Kid. Não sei muito bem por onde começar.* — A voz de June tinha mudado, estava menos estridente.

Ela puxou as mangas do suéter por cima das mãos, os ombros encolhidos.

— *Sinto muito por tudo. Sinto mesmo. Por onde começo?*

Ela se perdeu, e Kidan quase sorriu diante daquele velho hábito. June sempre começava e interrompia um raciocínio em seus antigos vídeos.

— *Mama Anoet não devia ter feito aquilo. Todo mundo sabia que ela precisava de dinheiro, mas ela nos amava. Não sei exatamente por que ela mudou. Mas sei como ela tratava você, que a vigiava como se você fosse fazer algo terrível. Talvez tenha sido na noite que você chegou em casa com os punhos cobertos de sangue, lembra? Depois de cair na briga com aqueles garotos que colocaram um rato morto no meu armário. Ela ficou muito irritada.* — June sacudiu a cabeça para afastar a memória. — *Enfim, ela sabia que os Nefrasi estavam indo buscar você. Queriam a filha mais velha, a próxima na linha de sucessão. Não achei que ela fosse concordar em entregar você a eles.*

O modo como a palavra Nefrasi saiu da boca de June, com tanta familiaridade, provocou um nó no estômago de Kidan.

— *Mas eu os encontrei primeiro e... alguma coisa mudou. Não tive medo deles. Todos aqueles pesadelos horrendos que eu sempre tive... desapareceram. Encontrei a cura para a minha doença. Eu não podia voltar para casa, para a escola, deixar todo mundo preocupado. Queria ver se eu conseguia ser feliz de novo, e talvez eu conseguisse na Uxlay, vivendo na casa onde nosso pai e nossa mãe viviam, seguindo o legado deles.* — June olhou para a câmera de novo, bem dentro dos olhos de Kidan. — *Eles não me machucaram. Ninguém nunca nem bebeu meu sangue. Eles não são como a gente pensava. Cuidam de mim como se eu fosse uma deles... como se eu fosse família. Me sinto segura.*

Família. Eu não podia voltar para casa. As bochechas de Kidan estavam molhadas. Lágrimas silenciosas escorriam, não muito diferente de uma vela perdendo a cera.

Depois que fui embora, eles começaram a me treinar. Me ensinaram a traduzir do amárico e do aáraco. Já consigo ler sem me desconcentrar, além de recitar filosofia. Até me ensinaram a lutar, para me proteger. Eu estava pronta. Pronta para entrar na Uxlay e herdar a Casa Adane. Mas aí a tia Silia morreu de repente e a reitora... — June balançou a cabeça com um sorriso pesaroso. — *Ela chegou com você à Uxlay primeiro.*

Os joelhos de Kidan queimavam sobre o tapete à medida que ela se aproximava da tela. June ficou em silêncio por uns dez segundos. Aquilo durou uma eternidade.

— *Se eu tivesse dito a você que queria ir com eles, você iria me obrigar a voltar. E eu teria obedecido, porque sempre te obedeci. Pela primeira vez, eu quis tomar uma decisão sozinha. Queria que você acreditasse que fugi. Então, naquela noite, eu arrumei minhas malas...* — Ela parou. — *Não era pra você estar em casa.*

Enquanto June falava, pedaços daquela noite horrível que Kidan tinha enterrado bem fundo começaram a voltar à tona. June tinha dado a Kidan ingressos para uma palestra sobre trabalhos com metais, mas Kidan voltara do meio do caminho. Tinha sentido que havia esquecido alguma coisa, e aquilo martelara tanto em sua cabeça que ela voltara para casa e vira June sob o luar, os lábios vermelhos de sangue. Então Kidan batera na porta trancada e gritara com a silhueta do homem que pegara sua irmã e fora embora.

— *Era pra você estar na palestra* — sussurrou June com tamanho arrependimento que Kidan quase acreditou. — *Depois disso, eu esperava que você seguisse em frente ou então pensasse que eu estava morta. Eu não podia olhar para trás. Se olhasse, teria voltado correndo. Não sabia dizer "não" a você. Nunca soube.*

Kidan sentiu um gosto ácido na garganta. Não queria ouvir mais nada, mas ficou ali, atenta a cada palavra, esperando, rezando por um motivo para tudo aquilo. Uma explicação.

— *E então você chegou à Uxlay e acusou Susenyos Sagad de me sequestrar.* — June mordeu o lábio. — *Quando eu descobri, quis ir até você na hora, mas*

Samson... ele tinha outros planos. Queria que você se livrasse de Susenyos primeiro. Todos nós queríamos isso. — A voz dela ficou um pouquinho mais aguda. Kidan não sabia por quê. — *A Casa Adane deveria ser herdada por uma de nós, e não por Susenyos. Então usamos o 13º para incriminá-lo e ligar meu desaparecimento à morte de Ramyn Ajtaf. Sei que parece cruel, mas Susenyos já fez coisas terríveis, machucou muita gente. A gente... Eu nunca imaginei que você iria acabar ajudando Susenyos.* — Ela franziu a sobrancelha como se aquela fosse a coisa mais estranha de toda a história. — *Não importa agora. Você deveria ajudar Samson. Dê a ele o artefato do Sol. Ele tem ótimos planos que vão ajudar a todos nós.* — Ela abaixou os olhos, com um sorriso triste, e ali apareceu um fragmento da antiga June em meio àquela versão irreconhecível. — *Como está Mama Anoet? Espero que a tenha perdoado. Eu a perdoei. Agora que sabe de tudo, talvez eu possa ir visitar você um dia.*

Ela estava perguntando sobre Mama Anoet?

June não sabia.

Kidan balançou a cabeça. Não, aquela não era a irmã dela. Era a casa de novo, brincando com seus medos. Uma invenção de sua culpa e de sua ansiedade.

June hesitou, como se quisesse falar mais alguma coisa. Kidan se inclinou para a frente, a respiração entrecortada. June piscou, e o rosto de Kidan ficou refletido na tela preta.

Não.

Kidan recomeçou o vídeo. Ouviu com mais cuidado. Buscou sinais de coerção ou ameaça. June não podia estar dizendo aquele tipo de coisa por conta própria. Kidan perdeu o fôlego. Colocou o vídeo para tocar de novo e ficou olhando, às vezes ouvindo June, às vezes analisando sua boca, os dedos contraídos, as unhas limpas e grandes, as tranças longas. Ela parecia linda, mais saudável do que nunca. Kidan reproduziu o vídeo de dezenas de vezes.

— Kidan — chamou uma voz. Ela devia ter pegado no sono no sofá, porque Susenyos estava diante dela. — Você precisa se levantar. Comer alguma coisa, se lavar. Ainda está coberta de sangue.

Ela achou que não iria conseguir se levantar nunca mais. Cada osso estava mais pesado, cada movimento era uma tarefa angustiante. Ela o ignorou, então Susenyos suspirou e foi embora.

As horas foram se misturando umas às outras até que seu estômago começou a se contrair. Fome. Ela gostava da dor intensa que sentia todas as vezes que se virava no sofá. Aquilo a ancorava naquele lugar, onde ela ficaria presa até que seu corpo apodrecesse. Os olhos doíam de tanto tempo olhando para a tela.

O vídeo foi desligado.

— Chega — disse Susenyos. — Pode ver de novo depois que tomar banho e comer.

Ele queria muito que ela se limpasse, mas tudo que Kidan queria era mergulhar ainda mais em sua sujeira. Ela se levantou, e a perna estava dormente. Susenyos a segurou, mas ela o empurrou e tentou andar até a TV para ligá-la. Ele a segurou pelos ombros e a manteve parada ali.

— Comida. Banho. Depois eu deixo você em paz.

Kidan caminhou até o banheiro, sobretudo porque precisava fazer xixi. O reflexo no espelho a fez parar. Havia sangue seco grudado na boca, no queixo, nas tranças. Ela estava nojenta. E não havia água que pudesse limpar aquilo.

As luzes dos corredores piscavam, conduzindo-a até o cômodo mais iluminado — ou talvez fosse um aviso. O observatório secou suas lágrimas e puxou seu coração como se fosse uma maré. Kidan se sentou no chão frio.

O cômodo se refestelou com sua dor, ampliando-se ao redor dela como se fosse uma bolha impenetrável. Ela olhou para o próprio pulso, e a pulseira não estava lá. Tinha imaginado tudo? Ela tinha melhorado, não tinha?

Entretanto, June não tinha sido sequestrada. Ela escolhera ir embora. E, ao fazer isso, mergulhara Kidan no período mais sombrio de sua vida. A mente de Kidan procurava um motivo. Um motivo oculto para que a irmã tivesse sido tão cruel — mas nada lhe ocorria.

Kidan apoiou a cabeça na parede. Certa vez, ela prometera destruir aquela maldade, daquele tipo que se espalhava dentro dela e pela Uxlay. Contudo, o mal estava em todos os lugares.

— Kidan? — Susenyos abriu a porta.

Ele olhou para ela com certa preocupação.

— Ela não sabe — sussurrou Kidan, a voz atormentada. — Ela não sabe o que fiz para encontrá-la. Mama Anoet... — Seus lábios tremeram. — June me abandonou e não olhou para trás. Ela não sabe o que fiz, quantas vezes morri tentando encontrá-la.

Susenyos se agachou, a voz tensa de raiva.

— Eu sei.

— Estou cansada. — Ela deixou uma lágrima correr. — Estou tão cansada...

Os olhos dele refletiam sua dor e pareciam senti-la com a mesma intensidade.

— Deixe-me emprestar minha força a você.

Ele estendeu a mão para ela e esperou. A pergunta que havia ali era a mesma que ela queria fazer a si mesma: *você consegue seguir em frente por algo que não seja June?* Ela levou um longo tempo para segurar a mão dele, desesperada para saber. Seus dedos longos e quentes seguraram os dela.

70.

N AQUELA NOITE, ELES FORAM ATÉ O BANHO DE AROWA. Ficaram diante de uma banheira de pedra à qual se tinha acesso por meio de uma pequena escadaria. A superfície lisa e vazia era coberta de desenhos dourados e turquesa de deuses negros modestamente vestidos.

Susenyos foi até a parede e pressionou uma pequena abertura. Um painel deslizou para o lado, revelando toalhas, sabonetes e produtos para tratar os cabelos. No painel seguinte, havia roupões e vestidos em diferentes tons de pôr do sol.

A água quente jorrava para encher a banheira. Kidan sabia que precisava tirar as roupas, mas os braços ficaram pendendo na lateral do corpo, exaustos demais. Susenyos tirou as roupas para ela e se abaixou para descalçar os sapatos, afrouxar a gravata e desabotoar a camisa. Ela se preparou, o coração meio apertado a princípio, mas, aos poucos, a cada peça de roupa que ia saindo, as intenções dele ficavam mais evidentes. Só queria ajudá-la.

Como tinham terminado daquele jeito? Em todos os seus sonhos e pesadelos, ele nunca se transformara naquilo. Alguém em quem ela quase pudesse se apoiar.

A gentileza de Susenyos sempre a surpreendia e desarmava.

Ele se virou de costas para que ela pudesse se despir por completo e entrar na água. O calor era escaldante, mas ela conteve sua reação. Iria se acostumar logo, logo, e, só por um momento, queria sentir a pele queimar.

Kidan inspirou e expirou, o eucalipto e o óleo de rosas engolindo todos os seus sentidos. Moveu-se devagar e mergulhou a cabeça. A ponta das orelhas queimava, e os olhos também, mas, quando ela subiu de volta à superfície, a sensação era de que estavam limpos. Manchas vermelhas ondulavam na água ao seu redor, o sangue seco se soltando do corpo e dos cabelos.

Ela se enroscou no próprio corpo no centro da banheira e viu que ele a observava com olhos cautelosos.

— Ninguém costuma vir aqui a esta hora, então você não deve ser incomodada. Mas vou ficar ali fora assim mesmo. — A voz dele ecoou no salão cavernoso.

Susenyos começou a caminhar rumo às portas ornamentadas.

— Eu sei que já não tenho direito de pedir nada... — Kidan falou olhando para baixo e ouviu quando ele parou. — Mas... não vá embora.

O borbulhar da água ergueu vapor ao redor dela. Um minuto se passou. Kidan não aguentou olhar e ver que ele tinha ido. Na verdade, não podia culpá-lo. Depois de tudo que fizera com ele, Susenyos não devia nem tê-la ajudado quando foram capturados. Como ele ainda suportava ficar perto dela?

Um barulho de respingo chamou sua atenção do outro lado da banheira. Ele tinha mergulhado só as pernas, a calça dobrada, e se sentado na borda. Tinha tirado o casaco, então estava só com a blusa aberta. Kidan semicerrou os olhos e sentiu um nó na garganta.

— Venha aqui. — Ele dobrou as mangas da camisa.

Ela foi até ele sem questionar.

Susenyos a virou ao contrário, as costas apoiadas na curva da banheira e entre as pernas dele.

Ele pegou uma de suas tranças e começou a desfazê-la com cuidado. Kidan esperou que a conhecida dor que sentia ao fazer o cabelo aparecesse, mas ela não veio. Apenas o prazer de sentir suas raízes sendo soltas fazia com que tivesse consciência de que estava sendo tocada por ele. Com toda a habilidade, Susenyos desfez cada uma das tranças, removeu o cabelo extra e deixou que seus cachos naturais caíssem sobre a bochecha e o pescoço. Kidan se virou para olhar para ele em meio às mechas escuras.

— Por que não está com raiva de mim? — perguntou ela com calma. — Você sabe o que fiz.

— A fraqueza de Samson é sua necessidade de me machucar. — A voz de Susenyos era moderada. — Ele só ouviria sua proposta se achasse que você estava me traindo. Por isso dei a dica saída de *Os amantes loucos*. Você compreendeu brilhantemente.

— Mas, se eu me formar, ele vai vir à Uxlay. E vai ser meu... parceiro.

Kidan sentiu um calafrio. Quando os dedos longos e esguios de Susenyos começaram a massagear sua cabeça ferida, ela se derreteu toda.

— Aí, eu e você vamos fazer o que fazemos melhor.

Ela tentou não fechar os olhos.

— O quê?

— Matar, yené Roana. Arrancamos o coração dele e enterramos debaixo da nossa casa.

O modo como Susenyos a encarava, com carinho e gentileza, entrou na sua pele junto do vapor e das essências inebriantes. Kidan se virou, segurou a mão grande dele, traçou com o dedo um caminho pelas veias e subiu até o braço firme. Beijou a base de seu pulso, como ele já tinha feito uma vez, e sentiu gosto de água de rosas.

O calor de antes despertou uma chama que percorreu todas as fibras de seu corpo. Ela estendeu a mão e puxou o pescoço dele para baixo, a boca perto de seu ouvido.

— Quero que faça isso aqui — sussurrou ela. — Que beba do meu pescoço. Não na cerimônia de parceria. Não com ele. Quero aqui, sozinhos.

Ela o puxou para dentro da água, e ele foi de bom grado. Eles ficaram parados no centro da banheira, meio submersos, perdidos na névoa de vapor de novo. Kidan passou a mão pela camisa molhada dele, a pele negra aparecendo. *Lindo*.

Susenyos segurou os cachos soltos dela, e uma rajada de ar frio passou por seu pescoço e pelas orelhas. Em seguida, beijou a área que ligava o ombro ao pescoço. Kidan virou a cabeça para lhe dar mais acesso. Susenyos roçou os dentes sobre a linha sensível do pescoço, e ela sibilou em antecipação.

— Tem certeza? — murmurou ele.

A vibração de sua voz a fez tremer e se contorcer. Kidan precisava ver o desejo dele. Precisava sentir.

Fechou os olhos.

— Sim. Beba, Yos.

474

A mordida foi intensa, repentina e cheia de desejo. Susenyos a imprensou contra o próprio corpo, como se o toque entre eles não fosse o suficiente, e bebeu, com vontade. A visão de Kidan se moveu para o teto, misturando-se às ilustrações ali num redemoinho de cores até chegar ao seu mais profundo desejo. Kidan viu os dois — Susenyos e ela, lado a lado, restaurando as ruínas da Casa Adane. Viu Susenyos conseguindo todos os artefatos do Último Sage, poderoso além do imaginável como mestre da casa na Uxlay, que continuava impenetrável. Ela o viu reunido com sua corte, rindo diante de uma fogueira, milhares de pessoas que carregavam pedacinhos dele, todas juntas. Kidan mergulhou naquela visão muito explícita do que ele queria, seus sonhos, suas esperanças. Aos poucos, o desejo foi diminuindo, e ela voltou ao próprio corpo, vazia de novo.

Kidan percebeu que havia sangue escorrendo de seu pescoço até o peito. Com os lábios manchados e a voz molhada, Susenyos perguntou:

— O que você viu?

Kidan piscou para ele.

— Você quer... tudo.

Seus olhos e cabelos reluziam naquela cor vermelho-dourada.

— Sim.

— E o que você viu? — sussurrou ela, desesperada para saber. Qual era seu desejo?

Ele encostou a testa na dela.

— Não é o suficiente. Você não quer o suficiente.

Kidan abriu um sorriso triste. Exatamente o que imaginava.

— Não existe esperança para mim, então.

O rosto de Susenyos foi tomado por sombras.

— Não. Você perdeu aquilo pelo que estava lutando, mas vai encontrar outro propósito. Vai pegar o amor e a lealdade dos quais tenho inveja e usar muito bem. — Ele abriu um sorriso quando ela semicerrou os olhos. — E Deus ajude a todos nós se não formos considerados dignos quando você fizer isso.

71.

A ENFERMARIA DA UXLAY ESTAVA VAZIA, A NÃO SER PELOS três. Yusef estava deitado na cama, a mão direita enfaixada sobre o peito. Ainda não tinha recuperado o bronzeado saudável do rosto. Três dos ossos de seus dedos tinham sofrido dano permanente, e ele não conseguia fechar o punho nem segurar um lápis. Kidan sentia um aperto no peito toda vez que ele gemia de dor.

O professor Andreyas chegou às cinco em ponto para ouvir a resposta da tarefa final.

Ele se dirigiu a eles com as mãos nos bolsos do longo casaco, quatro tranças enraizadas no couro cabeludo.

— Vocês são os únicos que restaram do grupo deste ano. Se não fosse pela insistência da reitora de que eu lhes desse uma chance, teria dispensado todos os três.

Kidan engoliu em seco. Todos os outros tinham sido reprovados?

O professor olhou para a janela em formato de pentágono por onde se via o fogo dourado das tochas das Torres Arat.

— Então, o que Demasus pediu em troca? Para este novo mundo de paz e coexistência que o Último Sage imaginou, mas que parecia limitar apenas os dranaicos: presos a algumas famílias, tendo os poderes enfraquecidos, incapazes de se reproduzir sem um sacrifício. Existe um preço que o Último Sage podia pagar?

Todos ficaram em silêncio, as sobrancelhas franzidas. Tinham passado horas presos ali levantando ideia atrás de ideia até se decidirem por uma. No texto do Dranacto que tinham traduzido, o Último Sage pagara a Demasus o preço — um espelho de prata passado de geração em geração pelas oitenta famílias de acto. Tinham decifrado uma metáfora a partir daí, mas ainda parecia uma resposta fraca. Kidan tinha a péssima sensação de que estava deixando algo passar. Não podiam falhar. Havia muito em risco. Samson estava lá, esperando nos portões.

— Minha mão direita. — Yusef olhou para o teto com a visão turva.

— Meu pai. — Slen olhava fixamente para o professor.

— Minha irmã — concluiu Kidan. — Um preço pessoal para cada um de nós.

O professor Andreyas continuou olhando para o jardim do campus.

Eles esperaram. Um segundo, depois dois, e mais vários.

Ele soltou um suspiro.

— Mais um ano decepcionante.

— O quê? — Yusef tremia.

— Boa sorte no ano que vem.

O professor Andreyas caminhou até a porta, deixando-os paralisados, entre choque e fúria.

Kidan se levantou de repente.

— Nós demos tudo por este curso!

O professor Andreyas parou sob as luzes brancas.

— Pelo visto, não tudo.

Slen suspirou, exasperada, e levou as mãos à cabeça. Tinha ficado calmíssima na emboscada dos vampiros rebeldes, mas ali estava, prestes a ter um colapso.

O professor deu mais um passo.

— Espere! — gritou Kidan. Os outros a cercaram.

O professor Andreyas se virou devagar, as sobrancelhas escuras arqueadas.

— Cuidado.

Ela cerrou os punhos, tremendo. Como tinham entendido errado? A resposta tinha que estar no espelho de prata que foi dado de presente. Tinha que simbolizar que cada acto que ficasse diante dele pagaria a Demasus um preço diferente. No entanto, se não era isso... a única opção era que o espelho tinha ficado diante de Demasus. O preço era o próprio Demasus?

Seus ouvidos pulsavam ao ritmo de suas palavras.

— Demasus queria que soubéssemos o que é o desejo incontrolável, o que é a sede agonizante, o que é a existência abominável. Só quando entendêssemos isso poderíamos, de fato, ser seus parceiros. Ele queria tudo que falamos aqui, mas... algo mais. Queria que esse fosse o preço a ser pago por cada geração, para que todo mundo que ousasse ter um dranaico como parceiro primeiro vivesse e fosse punido como ele. O Último Sage pediu a Demasus que vivesse como humano, respeitando as Três Restrições. Demasus pediu que os humanos... vivessem como ele vivia.

Yusef e Slen respiraram fundo em conjunto.

Por que os vampiros de Samson conseguiram beber o sangue de Slen de repente? Era venenoso no início do ano, então o que tinha mudado? Mais importante, por que Susenyos tinha conseguido beber o sangue de Kidan ao longo de todos aqueles meses?

Kidan olhou para Slen, que tinha matado Ramyn. Para Yusef, que matara seu rival. Para si mesma, que tinha queimado viva sua mãe adotiva. Pensou em June. Nenhum dos Nefrasi tinha bebido o sangue dela. Não porque não queriam, e sim porque não podiam.

A reação sempre silenciada na Uxlay com relação às mortes. Os cemitérios cheios de cadáveres de jovens estudantes. Ano após ano.

Slen e Yusef deviam ter compreendido sua linha de raciocínio porque balançaram a cabeça e se viraram para ela com os olhos arregalados, petrificados.

Entretanto, aquele era o custo da paz. Todos eles eram Demasus. Tinham se transformado nele no momento em que haviam decidido...

— Matar.

Os olhos de Slen quase saltaram do rosto, e Yusef teve um sobressalto.

O coração de Kidan acelerou ao encarar os olhos ancestrais e concentrados do professor Andreyas.

— Matar. Foi isso que Demasus pediu ao Último Sage. Tirar uma vida humana e entender qual era a sensação.

Se Kidan estivesse errada, teria condenado todos eles ao inferno.

O professor esperou e os fez duvidar, suar.

— Pelos olhos apavorados de todos vocês, presumo que há alguma verdade no que estão dizendo.

— Não sei do que está falando, professor — respondeu Yusef na mesma hora. — É tudo puramente teórico.

O professor Andreyas então fez algo muito incomum. Abriu um sorriso.

— Parabéns. Vocês todos passaram.

— Passamos? — Slen não se aguentou.

— Só esqueceram uma coisa. Sim, Demasus pediu aos humanos que matassem, mas não só isso. Também que matassem por livre e espontânea vontade. Eles precisam querer, precisam agir com o próprio desejo; do contrário, o sangue continua sendo venenoso. Não vão poder ter um dranaico como parceiro.

Eles se olharam, se lembrando dos próprios assassinatos.

Os ombros do professor Andreyas brilhavam sob o pôr do sol, como um anjo da morte pairando diante deles.

— Aguardo ansiosamente nossa aula no ano que vem. Sempre prefiro Dominar a Lei da Casa ao curso de Introdução ao Dranacto. É muito mais estimulante.

Quando ele saiu, Yusef se jogou de volta no travesseiro.

— Estimulante? Se o próximo ano for estimulante, melhor ir logo viver como Demasus, o próprio demônio.

— Então eles queriam que a gente matasse. Durante todo esse tempo — sussurrou Slen, vasculhando o chão com os olhos. — A primeira lição era trair sua essência humana, a segunda, se relacionar com o purgatório dos dranaicos e a terceira... se tornar um deles.

Eles ficaram sentados ali, sem palavras diante daquela descoberta.

Yusef deu uma risada meio vacilante, se contorceu de dor e segurou o braço machucado.

— São todos completamente doentes. É tarde demais pra desistir de tudo?

Naquele estado de fragilidade em que se encontravam, todos abriram uma sombra de sorriso.

Susenyos tinha contado a Yusef sobre o 13º de propósito, levando-o a matar. Para garantir que ele se formasse. Seu sorriso se alargou ainda mais. Não havia limites para as tramoias dele?

— A Uxlay talvez nos mate por trazer rebeldes aqui pra dentro — disse Slen, o olhar calculista já em vigor. — Precisamos fazer isso de um jeito muito inteligente.

— É bem simples, não é? — disse Kidan, enfim com uma visão muito lúcida de tudo e limpando alguns fios da roupa de Yusef. — Precisamos matar nossos companheiros rebeldes antes, então.

72.

E RA A ÚLTIMA SEMANA DO SEMESTRE, E TODOS OS PA- triarcas e matriarcas das grandes casas de acto se reuniram no Grande Salão Andrômeda. A cerimônia de parceria era um evento que ninguém perdia.

A família Ajtaf entrou na frente e assumiu seu lugar na primeira fileira. Slen foi a terceira a entrar, com a mãe e o irmão, um de cada lado. A ausência do líder dos Qaros não diminuiu a empolgação da casa para parabenizar sua nova potencial herdeira. Apenas o irmão não sorria. Slen optou por um casaco tradicional bordado em vez de sua jaqueta preta e prata esterlina sul-africana para suas joias de formatura. Os broches não eram mais de bronze. A prata reluzia na manga da roupa, o símbolo da taça com instrumentos musicais gravado no centro.

Yusef apareceu na décima primeira fila com a tia-avó, a mão direita apoiada na tipoia. Ele beijou a bochecha dela e subiu a escada até a plataforma, sorrindo diante de fracos aplausos. Tinha escolhido um broche de prata somali, gravado com o símbolo dos troncos queimando e a mulher formada por chamas azuis.

Kidan foi a última. Não tinha parente algum, ninguém para preencher as últimas fileiras do salão e celebrar seu sucesso. Agora compreendia o que os tinha tirado daquela vida: um plano para quebrar uma maldição de mil anos coletando tesouros poderosos. Era um azar tremendo que a família dela acabasse sendo a guardiã dos artefatos. E ali estava ela, no dia da formatura, convidando aqueles que os perseguiram para sua casa. Ela sentiu a decepção pesar em seus ombros à medida que caminhava sobre o mármore requintado. Tanto sacrifício, tanto sangue. Será que algum dia ela iria fazer tudo aquilo valer a pena?

A insígnia de sua casa brilhava em um broche banhado em prata feito na Etiópia. Estava pregado em sua manga, acima de onde antes ficava a pulseira, beijando o pulso gentilmente e vibrando na própria frequência. As duas montanhas, clara e escura, se misturavam. Tinha certo peso, mas ela estava disposta a carregá-lo.

O professor Andreyas chamou a atenção do público.

— É um prazer apresentar a vocês nossos novos formandos de Introdução ao Dranacto. Eu os testei bastante, e esses três compreenderam os ensinamentos que construíram a base de tudo que desfrutamos hoje. Casas, aplaudam seus potenciais herdeiros e lhes desejem sorte enquanto continuam em sua introdução à sociedade da Uxlay.

Os aplausos vibravam sob a sola dos pés de Kidan. Seus olhos estavam cravados nas portas fechadas. A qualquer momento, os Nefrasi seriam arrastados até ali pelos Sicions por tentativa de invasão.

— Agora, os dranaicos que desejem mudar de parceria ou que estejam atualmente sem parceria, por favor se levantem.

Vinte e quatro deles se levantaram de uma vez, removeram seus broches e colocaram dentro de taças grandes, uma para cada uma das doze casas. Com as mangas vazias, eles se posicionaram em fileiras diante do palco. Como novos iniciados, eles podiam escolher apenas dois companheiros, mas podiam ter mais depois que herdassem suas respectivas casas. Susenyos estava firme e forte na segunda fileira ao lado de Taj, os olhos pretos fixos em Kidan.

Ele acenou de leve para ela, que ajeitou a postura.

Slen deu um passo à frente.

— Posso dizer algumas palavras antes de começarmos?

O professor Andreyas arqueou a sobrancelha, mas permitiu.

A voz de Slen se transformava quando ela falava em público, em voz alta. Como na vez em que leu o poema de Ojiran, tinha a capacidade de enfeitiçar.

— Em nossos estudos, acabamos nos deparando com um grupo de vampiros rebeldes que já causou muito mal à Uxlay. Assim, em honra a

Demasus e ao Último Sage, decidimos escolher como companheiros esses que se desgarraram do caminho normal e que clamam por uma segunda chance.

Os murmúrios se espalharam pelo público.

A reitora Faris, sentada na primeira fila, franziu a testa.

— Está dizendo que dranaicos rebeldes renunciaram ao seu modo de vida e querem se aliar à nossa causa?

— Vão fazer isso se lhes for dada a chance.

Com aquela deixa, as portas se abriram, e três Nefrasi entraram, contidos pelos Sicions. Eles foram colocados de joelhos de imediato. Houve sobressaltos por todo o salão.

Kidan seguiu o olhar de Samson para onde Susenyos estava. A força malévola daquele olhar podia matar o próprio demônio. Os lábios de Samson se curvaram de um jeito cruel. Ah, ele estava muito feliz. Susenyos parecia entediado, mas seu queixo se moveu. Kidan sabia agora que esse hábito significava que ele estava consciente, alerta e mexendo em seu prego escondido.

A reitora Faris desceu as escadas para acalmar a multidão.

O líder da Casa Ajtaf se levantou, indignado.

— Isso é ridículo. Não podemos deixar que nossas crianças se associem a esses rebeldes.

— Isso é nitidamente um plano para furar nossas defesas — gritou outro, da Casa Makary.

A reitora se virou para os três.

— Onde os encontraram?

Slen continuou falando com toda a calma:

— Quando estávamos em pesquisa para uma de nossas tarefas, nos aventuramos nos limites da cidade e tivemos a curiosidade inocente...

— Curiosidade! Estão admitindo que quebraram a lei! — Casa Makary de novo, o pai de Rufeal.

O sangue de Kidan ferveu.

— Permitir que rebeldes entrem na área da universidade é quebrar a lei — disse um dos Sicions, a voz tão inexpressiva quanto seu rosto. — Esses Nefrasi estavam lá fora para serem encontrados. Não se esconderam de nós.

A reitora Faris examinou o rosto de Kidan.

— Eles estão ameaçando vocês? Se estiverem, falem agora, e nós os expulsaremos. Prometo que nada vai acontecer a vocês.

A vontade de contar a verdade queimava dentro de Kidan. Queria que a reitora Faris lesse sua mente. No entanto, por GK, ela se manteve calada.

Slen não se apressou em responder também, e a reitora Faris percebeu essa hesitação.

Foi Yusef quem falou:

— Não é para isso que nos ensinam o Dranacto? Para criar a paz com os imortais e viver junto deles? Muitos vampiros nesta sala já foram rebeldes antes de optarem pela Uxlay.

Houve mais uma onda de sussurros furiosos, mas era impossível refutar aquele argumento.

Depois de um longo momento, a reitora Faris olhou para seu companheiro.

— Muito bem. Você sabe o que fazer.

O professor Andreyas relaxou o rosto levemente franzido e caminhou até os Nefrasi ajoelhados, a voz dura e autoritária.

— Se escolherem entrar na Uxlay, precisam cumprir todas as leis. Qualquer desvio das Leis Inquebráveis resultará em morte ou troca de vida. Vocês terão sessões de conversa particulares comigo em que avaliarei suas intenções, e, se eu encontrar uma falha, um erro sequer, vão sofrer as consequências. Está compreendido?

Arin não escondeu muito bem o desgosto e abriu um pequeno sorrisinho em seu belo rosto. Samson assentiu, meio forçado.

— Ergam as mãos e repitam comigo.

Eles ergueram as mãos e repetiram o juramento de fidelidade da Uxlay, da coexistência com as famílias. Samson deu um risinho ao recitar a sétima lei — obedecer e proteger seu acto.

O professor Andreyas voltou ao centro do salão de novo.

— Slen Qaros. Quem vai ser seu parceiro?

— Vou escolher dois parceiros esta noite. Prometo tratá-los como iguais, sem pedir mais a eles do que pediria ao meu sangue. — Slen manteve a cabeça erguida. — Taj Zuri e… Warde.

Warde, o dranaico do tamanho de uma montanha que tinha derrotado Iniko e carregado GK nas costas, tinha uma expressão no rosto que poderia aterrorizar o próprio demônio. Seus passos fizeram os lustres de cristal tremerem. Até Kidan quis evitar seus olhos apavorantes.

Taj parecia ter metade de seu tamanho habitual ao lado do Nefrasi ao pegarem os broches da Casa Qaros, os colocarem na roupa e curvarem-se diante de Slen, embora a de Warde mal tenha sido uma reverência — estava mais para um leve aceno de cabeça. Fizeram o juramento da Uxlay com Slen e então beberam do sangue dela, Warde no pulso e Taj no pescoço.

A cerimônia continuou. Yusef teve um calafrio e inconscientemente tocou a mão machucada.

— Vou escolher uma parceira hoje.

Ele escolheu a vampira imortal que o queimara. Arin sorriu como se fosse um gato travesso e encarou Susenyos, que retribuiu o olhar com a expressão cautelosa. Ela pegou o broche da Casa Umil, subiu as escadas com suas botas de salto e bebeu da mão ilesa de Yusef. Kidan teve que ficar imóvel para conter a raiva.

Então foi a vez dela.

— Vou escolher dois parceiros desta noite em diante. Prometo tratá-los como iguais, sem pedir mais a eles do que pediria ao meu sangue.

Kidan tinha treinado aquelas palavras em seu quarto e ainda assim parecia ter algo errado.

— Susenyos Sagad e Samson Sagad.

Os dois saíram de seus lugares, se encontraram no centro e foram caminhando juntos. Os lábios se moviam em uma conversa silenciosa, embora os dois estivessem com o olhar fixo nela. Samson pegou o broche da Casa Adane e o jogou para cima. As montanhas voaram num arco e arrancaram sobressaltos de todos. Samson franziu a testa, distraído pelo público. Susenyos pegou o broche a centímetros de tocar o chão e prendeu-o em sua roupa. Um suspiro de alívio visível emanou da multidão.

— Primeira lição, rebeldes — resmungou com raiva o professor Andreyas, chamando a atenção de todos. — O broche da sua casa representa sua lealdade com a casa, mas também, e mais importante, sua fidelidade à Uxlay. Mesmo em seu último suspiro, ele nunca pode tocar o chão.

Era a primeira vez que Kidan via o professor mostrar uma pequena rachadura em sua fachada de pedra, e a veemência de suas palavras fez suas pernas tremerem.

Os Sicions tinham dado um passo à frente, já com as mãos nas armas. Samson fez uma careta, mas pegou outro broche e foi mais cuidadoso. Os Sicions voltaram aos seus lugares.

Os companheiros de Kidan subiram ao palco e curvaram-se diante dela em perfeita sincronia.

Susenyos chegou mais perto e inclinou o pescoço de Kidan para o lado. Ela sentiu um arrepio quando ele passou os dedos sobre sua clavícula e se contorceu quando a mão fria de Samson segurou seu pulso.

— Ignore-o — disse Susenyos em seu ouvido, a respiração calma e quente. Aquela sensação percorreu sua espinha em ondas deliciosas. — Imagine que estamos lá, em Arowa, sozinhos.

E assim ela imaginou. O salão desapareceu ao redor deles.

As palavras dele a embalaram em águas calmas, e ela até esqueceu o quanto aquilo ali era doloroso. Quando a segunda mordida chegou em seu pulso, ela já estava flutuando.

Foi uma colisão de dois mundos, duas mentes. Samson estava ali, jovem, humano, ainda sem a mão de prata. Susenyos coberto de bronze, lindo, um ar de príncipe. Estavam sentados em um campo com um castelo atrás deles. Uma garota com a pele marrom-clara e macia passou por ali, e Samson arrancou um pedaço da grama, desviando o olhar. Susenyos se balançava de tanto rir, provocando. Tinha 16, talvez 17 anos.

— *Se continuar olhando para a minha noiva, vou arrancar seus olhos* — *disse Susenyos, uma faísca de provocação no olhar.*

A imagem desapareceu muito depressa. Kidan voltou a si e olhou para Susenyos, os olhos vermelhos, os cabelos reluzentes, e para Samson, uma sombra bruxuleante atrás de si. A história deles parecia ter sido tecida numa constelação do tempo, costurada com uma amizade feroz e traição.

Depois de encerrada a cerimônia, os convidados se encaminharam para o salão de festa. Havia uma música suave tocando; comida e bebida eram servidas. Kidan beliscava alguns dos quitutes e sorria para Yusef, a quem a tia-avó enchia de beijos.

Samson se aproximou, uma taça de champanhe na mão de prata. Aquilo lembrava Kidan da armadura que estava na sala dos artefatos. Toda a prata tinha sumido. Os anéis e as correntes também, já que a Uxlay não permitia decorações corporais em prata.

Kidan perdeu o apetite. Susenyos a observava do outro lado do salão. Pronto para ir em seu resgate se fosse necessário. Slen ergueu a cabeça. Yusef abriu um sorriso tenso. Estavam em alerta também.

Samson abaixou a voz e colocou o drinque sobre a mesa alta.

— Me entregue o artefato e você e seus amigos todos saem ilesos.

— Sabe, eu cheguei querendo queimar este lugar e colocar tudo abaixo — confessou Kidan, a sobrancelha arqueada. — Não suportava isso aqui.

— Isso pode ser providenciado — disse Samson satisfeito. — Quando me der o artefato, posso colocar fogo neste lugar. A parte mais difícil era ultrapassar as leis de entrada.

Sim. A Uxlay era uma bela fortaleza.

Então ele disse algo que a deixou paralisada como a morte:

— June está na cidade e quer ver você. Podem se reunir esta noite mesmo, se quiser.

Assim, do nada. Contudo, aquela ideia lhe trouxe um gosto ruim à boca.

Como está Mama Anoet?

June escolheu ir embora e não voltar mais.

— Não vou. — Kidan olhava para seu drinque cor de âmbar.

Um pequeno sorriso apareceu em seu rosto ao perceber a falta de culpa. O silêncio pleno na mente depois de fazer sua escolha. Uma escolha que fez por si mesma, pelo menos uma vez.

Uma tempestade começava a se formar no tom de voz dele.

— Sua irmã está esperando por você.

Ela abriu um sorrisinho sem qualquer traço de humor.

— Bem, então mande ela ao inferno por mim, pode ser?

Kidan se virou para sair. Ele agarrou o braço dela com a mão de metal causando muita dor, apertando até o osso, e a puxou para seu peito. Ela engoliu um grito. Susenyos começou a caminhar até ela, mas Kidan fez que não com um aceno de cabeça. Ele parou.

— Se não se importa com a sua irmã, ainda tenho seu amigo devoto...

— Exatamente. — Kidan ficou irritada. — E, enquanto ele não estiver livre e de volta, você e eu não temos nada para conversar.

— Não era esse o combinado. Entregue o artefato primeiro — disse ele entre dentes, o maxilar contraído.

Ela abriu um sorriso cruel.

— Bem-vindo a Uxlay. Agora, me solte, ou eu vou gritar.

Ele exibiu as presas horrendas, e Kidan sentiu o coração subir à boca. Alguns alunos da Casa Rojit passaram por ali, e ele a soltou, mas não recuou.

Seu pescoço marcado de cicatrizes tocou a bochecha dela, como se fosse um vidro estilhaçado, as palavras sinistras jorrando no ouvido dela.

— Vou adorar ensinar a você o que é servidão de verdade, herdeira. Vou adorar destruí-la.

Kidan fechou a cara, calafrios subiam pela coluna. Deu as costas a ele e caminhou para a saída. Susenyos apertou o passo e começou a caminhar ao lado dela.

— E então? — Ele mal conseguia conter a voz.

— Vamos matá-lo — respondeu Kidan. — Tenho um plano.

Susenyos enfiou as mãos nos bolsos e abriu um sorriso.

— Essa é a mente que eu amo.

73.

Susenyos e Kidan passaram a semana juntos. Uma semana pacífica em que não quiseram matar um ao outro. Ele lia trechos de livros para ela ao lado da janela, enquanto o sol banhava a pele dos dois. Também comeram frutas maduras, o néctar doce salpicando a língua, e discutiram meios de se livrar dos Nefrasi.

Kidan já não atacava mais Susenyos quando estavam sob a luz azul-clara do observatório. Aquela voz que dizia a ela para machucar ambos tinha sumido. Eles deviam conseguir ficar mais tempo lá, mas agora era Susenyos quem não estava aguentando. Ele a encorajava a continuar e então ia cambaleando escada acima, o que a deixava intrigada.

— Onde ele está? — perguntou Kidan no sétimo dia, torcendo um anel de metal no que poderia ser uma caixa de joias ou uma tartaruga de casco achatado.

Kidan tinha voltado a trabalhar com metais, para se manter ocupada e aproveitar aquelas horas livres das férias. Recolhia antiguidades descartadas e moldava um objeto com o outro. A criação lhe dava um senso de controle muito feliz.

— Você deve tê-lo irritado no dia da cerimônia.

Susenyos respondeu de sua estação de trabalho, onde restaurava os artefatos quebrados. Artefatos que pertenciam aos Nefrasi. Ver aquilo dava uma dor no peito de Kidan. Susenyos tinha dito coisas cruéis a eles ao telefone, e estava nítido que ele queria que o odiassem. Talvez ainda estivesse se punindo. Kidan sabia muito bem como era.

— Achei que ele já teria se mudado a essa altura — disse ela.

O plano para matar Samson não iria funcionar sem a presença dele, e ela estava ficando ansiosa com a espera.

Susenyos parou de trabalhar, perdido em seus pensamentos de novo, e encarou o desenho da deusa. Fazia isso a cada vinte minutos, os dedos brincando com o prego de prata que ele costumava deixar no céu da boca. Kidan queria perguntar a ele o que estava acontecendo, mas já sabia.

Samson estava a caminho dali para matá-lo. Era óbvio que aquilo pesava em sua mente.

Ele afastou a cadeira e ficou parado diante do retrato.

— Você me perguntou sobre ele uma vez.

Kidan se levantou de sua estação e foi até ele. Susenyos chegou para o lado e lhe deu um espaço de que ela nem precisava. Como se não quisesse encostar nela.

Kidan franziu a testa diante daquela reação.

— O que você percebe? — perguntou ele.

Aquela imagem sempre a impressionara, uma ira muito familiar que borbulhava dentro dela, antiga e faminta. A máscara de madeira quebrada capturava os olhos intensos da deusa, as espadas amarradas em suas costas reluziam, prateadas e violentas, e em sua mão fechada havia um anel vermelho flamejante...

Kidan arregalou os olhos.

— As Três Restrições... os artefatos. Ela os está usando. Nunca tinha reparado. Mas o Último Sage não era um homem?

Susenyos abriu um sorriso de leve.

— Sages não têm gênero. Mas aquele que criou o Dranacto era um homem, sim.

— Então existem outros? — sussurrou Kidan.

— Existiram. Muitos deles, em certa época. Não sobrou nenhum hoje em dia. — A sensação de perda deixou sua voz tensa.

Kidan passou os dedos sobre a máscara. Como é que tinha quebrado? Ela sentiu a pele formigar.

— Acha que podemos conseguir que a casa nos mostre onde está o artefato do Sol? — perguntou ela.

O tom de voz dele agora era de frustração.

— Eu tentei durante anos, e você viu como fui bem-sucedido.

Kidan olhou para ele, solidária.

— Um está nesta casa, e o outro com os Nefrasi. Onde está o último?

— Não sabemos. Encontramos o artefato da Água, que são as espadas, duzentos anos atrás. Já o artefato do Sol, que é a máscara, catorze anos atrás. E aí seu pai e sua mãe o esconderam nesta casa. Vai saber quanto tempo vai levar para o artefato da Morte ser encontrado.

Ele pareceu tão melancólico por achar que, mesmo sendo imortal, nunca iria ver os três artefatos juntos.

Eles foram para a cozinha, e Susenyos descascou uma fruta para adicionar à comida. A favorita dele era toranja. Kidan examinou seus dedos longos e esguios e se lembrou de quando ele desfez suas tranças e massageou sua cabeça. Sua gentileza.

Ela franziu a testa de novo.

Com exceção da cerimônia de parceria, Susenyos nunca mais a tocara desde o Banho de Arowa. Nem um roçar de ombros, um contato acidental dos dedos e sem dúvida nada mais elaborado do que isso. Ele mantinha uma distância considerável dela, como acontecia quando eles não se suportavam.

Kidan ficou impressionada ao notar como seu corpo desejava aqueles toques. Talvez ele não estivesse mais interessado desse modo. Ela sentiu um aperto no estômago ao pensar, mas deixou a ideia de lado.

Susenyos estava falando sobre algum artefato que se parecia com o anel do Último Sage quando espetou o polegar e o sangue se espalhou no local. Ele levou o dedo à boca e chupou para aliviar a dor. Um instinto bastante humano.

Kidan ficou paralisada na cadeira.

Eles se olharam.

E ali, naqueles olhos pretos, aquela *coisa* que ela não estava entendendo muito bem, algo que estava faltando desde a semana anterior, fez sentido.

— Aqui é a cozinha. — A voz dela estava tensa. — Você devia estar se curando.

Ele abriu um pequeno sorriso e pegou uma toalha para pressionar o corte.

— Eu estava imaginando quanto tempo você ia levar para perceber.

Ela sentiu uma onda congelante pelas costas, seu olhar revezando entre o dedo e o rosto dele.

— Você é... humano em mais cômodos. Quantos?

Ele hesitou e respirou fundo.

— Todos.

— *Todos eles?* — Ela se levantou num impulso. — Desde quando?

Ele ficou quieto, e a mente dela acelerou para tentar resolver o enigma, mas não conseguiu.

— Yos. — Ela o obrigou a olhar. — Desde quando?

Ele colocou a fruta no prato.

— A noite em que vocês foram salvar o GK.

Ela o encarou, piscando.

— Mas você não saiu da casa. Ela só roubaria sua imortalidade se você colocasse o artefato do Sol em perigo.

O olhar dele era de derrota.

— Eu o coloquei em perigo.

Ela franziu as sobrancelhas.

— Não, a única coisa que fez naquela noite foi falar ao telefone. Você me deu a dica... — Ela teve um sobressalto. — Foi isso? Você colocou a casa em risco quando me deu a dica de *Os amantes loucos*?

Susenyos assentiu desanimado.

— Isso não pode contar! — gritou ela, e fogo irrompeu do fogão.

Susenyos o apagou com o pano, embora o fogo não fosse real.

— Infelizmente, a casa discorda de você. Eu achei que a pista não iria provocar nada, mas estava errado. A casa está conectada à minha mente. Ela sentiu minha intenção. E minha intenção era salvar você trazendo uma ameaça para a casa.

A voz dele continuava contida, num esforço grande para não se alterar.

Susenyos pegou o prato e passou por ela.

— Vamos comer.

Kidan estava chocada. Contudo, disse a si mesma:

— É só nesta casa.

Ela correu atrás dele.

— Se você sair daqui, ainda vai ter sua imortalidade, certo?

— Sim. — Susenyos voltou à cozinha para pegar mais pratos.

Kidan o seguiu de perto.

— Samson está vindo aqui matar você. A Uxlay não é mais segura. Você precisa ir embora.

Ele parou e abriu um sorriso preguiçoso que nem alcançou os olhos.

— Por quê? Não venha me dizer que agora está preocupada com meu bem-estar.

Ela não rebateu, não sorriu, apenas o encarou. Ela *estava* começando a se preocupar e… isso a apavorava. Quando foi que os sentimentos de Kidan por Susenyos tinham se transformado daquele jeito? Assim como os quartos da casa, seus sentimentos iam mudando sem fazer alarde e contra sua vontade.

Sua cabeça se contraiu com a imagem arruinada do futuro deles. Enfraquecido assim, Susenyos seria destruído pela crueldade de Samson. Kidan sentiu uma onda de pavor percorrer seu corpo. Aquilo mudava tudo.

Os olhos dele ficaram mais escuros naquele silêncio, e sua voz era cuidadosa.

— Mantenha sua guarda, passarinha. Não vá hesitar agora.

Seu maxilar se contraiu de leve.

— Não estou hesitando.

— Está, sim. Nada do que contei a você deve mudar seus planos. — Ele quase parecia confuso com a preocupação dela.

Kidan comprimiu os lábios.

— Não muda.

— Ótimo.

— *Perfeito*. — Ela soltou o verbo. — E quando ele matar você por ter cortado o dedo sem conseguir se curar? E aí?

Os lábios dele se curvaram. Foi quase genuíno.

— Bem, pelo que está parecendo, talvez você me vingue.

Kidan balançou a cabeça e cerrou os punhos.

— Isso não é piada.

Seu olhar intenso parecia entrar na alma dela.

— Por que você me mandaria embora?

Ela cruzou os braços para colocar certa distância entre eles, para proteger o coração que tinha acabado de voltar a bater.

— Eu precisava que ajudasse meus amigos. Que salvasse GK. Precisava que você fosse forte, mas agora...

Um silêncio profundo pairou sobre eles, deu mais peso àquelas palavras e deixou-as mais perversas do que Kidan pretendia. No entanto, ela não voltou atrás, não podia. Deixou daquele jeito, a verdade egoísta.

— Não precisa de mim? — Algo apavorante se cristalizou em seu olhar sombrio. — Não se preocupe. Ainda vai ter a minha força.

O tom de voz de Susenyos estava inteiramente gélido.

Kidan ficou olhando para o chão e sentiu o abismo entre eles ficar cada vez maior.

— Mas eu não entendo. Por que não está gritando? Por que não está com raiva? Você é humano...

— Não. Não diga essa palavra. — O maxilar ficou tenso enquanto ele encarava, piscando.

Kidan mordeu o lábio, frustrada.

— Por que não estou com raiva? — Os pratos nas mãos dele bateram na mesa. — É óbvio que estou. Sempre estarei. Não se lembra do estado desta sala quando chegou?

Ela observou a sala e se lembrou daquela noite confusa. O fogo lambendo tudo, espadas enfiadas nas paredes, móveis quebrados, e muita, muita *fúria*. Entretanto, June estava na tela, e nada mais importava. Agora Kidan se lembrava. Ela entendeu que aquela raiva era porque a casa tinha roubado tudo dele.

— Então você está com raiva — disse ela devagar. — É lógico que está com raiva. Então por que não me contou?

— Eu fui gritar com você. Tinha toda a intenção de fazer isso naquele dia na enfermaria.

Ela se lembrou dele entrando pelas portas como um anjo da morte, gritando seu nome. Tudo ficou evidente.

Susenyos estava de cabeça baixa, os olhos eram dourados naquele ângulo, forjados entre duas emoções conflituosas.

— Você correu para os meus braços. Estava machucada e veio até mim. Por que tinha que fazer aquilo? Você me deixou incapaz de brigar.

Kidan sentiu uma pontada no coração.

— Eu não culpo você, Kidan. Eu me arrisquei e paguei o preço. Cometi um erro.

A visão dela ficou embaçada. Um erro.

— Esse é o ponto crucial do meu pesadelo — continuou ele, a voz atormentada. — Minha força foi roubada. Não suporto a sensação da minha pele, as batidas embotadas do meu coração, e, ainda que todos os ossos do meu corpo estejam me dizendo para fugir antes que a morte chegue, preciso ficar. Eu *vou* encontrar todos os artefatos do Último Sage e impedir que Samson ponha as mãos nesse poder. — Suas palavras fizeram a casa inteira tremer. — Não existe nada mais importante do que esse objetivo, e nada vai me impedir de atingi-lo.

Susenyos a encarou com uma determinação inabalável até que Kidan assentisse. Ele respirou fundo e soltou o ar.

— Ótimo. E o motivo de eu não ter punido você, bem, você já fez isso consigo mesma, não é? Eu a vi se afundar na tristeza depois do vídeo de June. A casa foi ficando sufocante com a sua perda, até o ponto que eu não conseguia mais respirar. A sua dor... — A expressão dele mudou, sombria e aflita. — Que cicatriz eu poderia adicionar que você já não tenha? Até eu tenho meus limites.

Foi como se alguém segurasse e apertasse seu coração. Susenyos não tinha gritado com ela por causa de June. Durante quase duas semanas, ele fingira que tudo tinha dado certo. Carregara aquela perda consigo sem dizer nada. Deixou que ela começasse a ter esperanças outra vez.

— Obrigada — disse ela em voz baixa, surpreendendo os dois.

Susenyos piscou, como se tivesse ouvido errado.

— Obrigada por esperar. Por me dar um tempo. — Ela ajeitou a postura e olhou para ele com o que esperava ser uma expressão forte e inabalável. — Eu posso aguentar agora. Não precisa se segurar. Pode gritar comigo por tudo que fiz. Tudo que arruinei.

Susenyos olhou para ela com as pálpebras pesadas até fechar os olhos por completo.

— Não quero gritar com você — disse em voz baixa. — Chega desse auto-ódio, dessa punição. Deixe isso para trás. Só me interessa agora o que pode acontecer comigo. O que vai acontecer com você.

Susenyos andou até ela devagar, e o corpo de Kidan ficou tenso, cada nervo alerta, os olhos acompanhando seus dedos e já sentindo seu calor. Ela conhecia aquela posição dele. Iria segurar o queixo dela, como sempre fazia quando falava sério. Contudo, Susenyos deixou os dedos caírem a centímetros do rosto dela, uma contração frustrada em seu maxilar. Kidan tentou disfarçar a decepção em seus olhos.

As palavras dele eram como aço, afiadas e determinadas:

— Você é Kidan Adane, herdeira da Casa Adane, capaz de dominar esta casa até que a sua vontade se sobreponha a todas as vontades.

Ela piscou, surpresa. No entanto, ele não tinha terminado:

— Porque se eu falhar, embora eu vá lutar *muito* para isso não acontecer, você vai estar pronta. Você vai mudar a lei atual e criar uma nova que vai me devolver muito mais do que perdi.

Ela olhou para o rosto inabalável dele, aquela determinação inflexível que o fez ficar na casa por décadas. Susenyos estava em chamas com aquele desejo, um desejo que iria queimá-los até as cinzas.

— Isso é um pedido ou uma ordem? — Ela olhou bem nos olhos dele, a voz igualmente afiada. Precisava saber em que pé estavam e como seguiriam dali para a frente.

O rosto de Susenyos se contraiu diante da pergunta, as pupilas se agitaram até que enfim se esconderam atrás de alguma emoção oculta.

— Só vamos saber se você falhar. Não falhe.

Quando ele se afastou, Kidan olhou para o dedo cortado.

Humano.

Uma palavra que ele nem suportava ouvir. Ela conseguia ver o pedido silencioso em seu rosto. Susenyos precisava que ela continuasse tratando-o da mesma maneira, embora absolutamente tudo tivesse mudado.

Kidan concedeu o desejo dele e cruzou os braços.

— Então é uma corrida. Para ver quem consegue dominar a casa primeiro.

Ele arqueou as sobrancelhas, surpreso.

— Acho que sim.

— Bem, não vá me atrapalhar.

Seu rosto ainda estava sombrio, mas os lábios se curvaram de leve.

— Jamais sonharia em fazer isso.

As luzes ficaram mais baixas ao redor deles, as paredes se aproximaram, como se quisessem que chegassem mais perto. Kidan se perguntou se ele sentira o mesmo. Susenyos também estava endireitando o corpo? O que eles eram, exatamente? Muitas coisas um para o outro, talvez nada suficientemente para ser inteiro.

A campainha tocou. Aquilo sacudiu o retrato da família, o relógio antigo e a própria essência da casa.

A boca de Susenyos ficou tensa. Kidan sentiu o frio se espalhar pelas veias. As lâmpadas do corredor explodiram e se estilhaçaram, e a escuridão engoliu o trajeto. O tapete se movia como se fossem as ondas do oceano. Há muito tempo aquilo não acontecia.

— Está vendo isso também? — sussurrou Kidan.

Susenyos assentiu.

— O medo espreita no corredor. Não significa que não passamos por ele.

A cada passo, o tapete agarrava a sola dos sapatos deles, determinado a afundá-los. De repente, eles estavam frágeis. Às portas de algo novo, Kidan e Susenyos tinham que fugir juntos para proteger o fragmento de paz que haviam encontrado. Uma semana não era suficiente. Nunca seria.

Uma figura sombria estava parada do lado de fora da porta, atrás do vidro. O terror invadiu seu peito. Tinha visto aquela sombra quando ela fora buscar sua irmã. E agora estava à sua porta.

Susenyos assentiu para ela.

Kidan respirou fundo e abriu a porta. Uma rajada de luz irritou seus olhos. O sol brilhava, embora dentro de casa parecesse noite.

Samson Sagad ajeitou sua luva reluzente.

— Desculpem pelo atraso. Tive que ir buscar uma coisa. — Ele olhou para Susenyos, a expressão dura como mármore, que se transformou num sorriso doentio ao se virar para Kidan. — Embora eu tenha a sensação de que não sentiram minha falta.

— Sempre com inveja, wendem. Depois de todos esses anos, imaginei que você teria cultivado um novo defeito. — Os olhos de Susenyos brilhavam, e ele se recostou na parede, de braços cruzados.

Kidan sempre ficava impressionada com a habilidade dele de se mascarar.

Samson trincou o maxilar e depois abriu um sorriso perigoso. Em seguida, se virou para o lado.

— Venha aqui — ordenou.

Kidan franziu a testa. Uma moça jovem apareceu em sua frente, o cheiro de flores silvestres e mel carregado pelo vento. A visão de Kidan ficou embaçada e depois entrou em foco. A garota usava um vestido azul-claro, sua pele negra brilhava, as tranças um pouco abaixo do ombro. Tinha uma pulseira com uma borboleta e um sol de três pontas pendurada no pulso.

Os lábios de Kidan estremeceram. Não podia pronunciar aquele nome que seria capaz de deixá-la em pedaços outra vez. Seus pés já estavam afundando naquele corredor, e ela iria se afogar. Kidan tentou endireitar o corpo e implorou do ponto mais fundo de sua alma.

Por favor, por favor. Me dê forças.

O chão tremeu sob os pés dela, e os cacos das lâmpadas se reconstruíram sozinhos. As luzes se acenderam de volta e iluminaram por completo o corredor.

Ela se virou para Susenyos, surpresa, mas ele já a observava atentamente, as sobrancelhas arqueadas. O tapete abandonou sua água, o medo recuou e foi para outro cômodo. Trancado ao longe.

Outra coisa empurrava seus pés. Algo repentino, sacolejante. O chão de seus ancestrais se revolvia como se fosse uma fera antiga com a boca aberta. A terra a engoliu, contínua, poderosa, e a vestiu com uma armadura — começando nos pés, subindo pelas pernas e cobrindo seus ombros. Ela sentiu o poder percorrer suas veias, vertiginoso. A mão de Kidan *amassou* a maçaneta. Ela ficou olhando, embasbacada, para o metal retorcido.

Pela primeira vez, Kidan tinha dado um comando para a casa. E ela obedecera.

Aos poucos, olhou para a irmã. Uma refletia a lua solitária, a outra explodia com o sol ardente.

— June.

AGRADECIMENTOS

Uau. Este livro. Carrego esse sonho comigo desde a adolescência. Naquela época, eu era a única menina negra da turma e encontrava refúgio nos livros sobre vampiros e todo tipo de criatura. Esse é o poder das histórias — acredito que elas nos deixam um pouco mais destemidas. Poder reimaginar os vampiros com origens africanas, pele escura e lindas tranças é o maior sonho que eu poderia alcançar. Contudo, como todos os sonhos, precisei de tempo e do apoio de muitas pessoas ao longo do caminho.

À minha agente, Paige Terlip, quero oferecer minha gratidão. Obrigada por ver algo especial em *Inimigo imortal*.

A Ruqayyah Daud e Nazima Abdillahi, vocês não têm ideia da alegria que é publicar este livro com o apoio de duas editoras negras. Eu me sinto segura, compreendida e bem orientada. Muito obrigada.

Sou grata a todas as diferentes equipes que continuam a colaborar para fazer deste livro um sucesso. Obrigada à equipe da Little, Brown Books for Young Readers: Megan Tingley, Alvina Ling, Lily Choi, Alexandra Hightower, Deirdre Jones, Nina Montoya, Esther Reisberg, Jenny Kimura, Savannah Kennelly, Bill Grace, Andie Divelbiss, Emilie Polster, Cheryl Lew, Hannah Klein, Hannah Koerner, Janelle DeLuise, Jackie Engel, Shawn Foster, Danielle Cantarella, Christie Michel e Victoria Stapleton. Obrigada também ao editor Richard Slovak e às revisoras Lara Stelmaszyk e Brandy Colbert.

Um agradecimento especial a Tyiana Combs, que viu a apresentação virtual deste livro e me conectou com a minha editora. Eu tinha esperanças de atingir o público certo e foi *exatamente* o que aconteceu.

Tenho muita sorte de ter minha amiga mais próxima e primeira leitora, Hanna Bechiche. Quando mandei mensagem a ela contando da ideia para este livro, ela me respondeu, todas as letras em caixa alta, com um retumbante "SIM". Seu entusiasmo infinito me incentivou ao longo de inúmeras rejeições, além de todas as partes do processo de escrita. Eu te amo para sempre.

Conheci muitos autores incríveis nesta jornada, que me ofereceram muitos conselhos sábios e uma positividade maravilhosa: Sarah Mughal Rana, Emily Varga, Esmie Jikiemi-Pearson, Fallon DeMornay, Kamilah Cole, Jen Carnelian, Tanvi Berwah, Maeeda Khan, M. K. Lobb, Grace D. Li, Yasmine Jibril, Mel Howard e Alechia Dow. Mal posso esperar para colecionar e promover os livros de todos vocês. A Birukti Tsige, minha companheira escritora habesha, obrigada por tornar este espaço menos solitário.

Quando mencionei casualmente para minhas amigas que seria uma autora publicada enquanto tomávamos um drinque, fiquei extremamente nervosa. Eles ficaram chocados, com razão, mas nunca me senti mais incentivada. Anasimone, Martina, Sally, Rebecca, Chichak e Rukia — eu adoro todas vocês.

A Loza e Salem, minhas adoráveis primas, obrigada por sempre me fazerem rir e serem as irmãs que nunca tive.

Sou grata, sobretudo, pela minha família. Numa noite, com direito a um curso completo e apresentação em Power Point explicando sobre o mercado editorial e o contrato do meu livro, eles ficaram sabendo da minha jornada de sete anos escrevendo. Abraçaram tudo e se tornaram minha maior fortaleza enquanto eu editava este livro. Ao meu irmão mais novo, Abenezer, que me encontrou um dia surtando durante um momento difícil do enredo e me deu um post-it escrito "fique firme" — beleza, irmão, vou ficar. Ao meu irmão mais velho, Micky, que respira alegria e me lembra de não levar as coisas tão a sério — pode deixar, vou tentar. Ao meu pai e à minha mãe, que sacrificaram tudo para criar meus irmãos e eu com uma abundância de oportunidades — espero ter deixado vocês orgulhosos. ሁላችሁንም ከልቤ አመሰግናለሁ. እወዳችኋለሁ.

Por fim, a você, leitor. Obrigada por voltar ao mundo dos vampiros comigo.

SOBRE A AUTORA

Tigest Girma é uma escritora etíope que mora em Melbourne, Austrália. Formada em Educação, a autora divide seu tempo entre dar aulas e escrever, e o seu livro de estreia, *Inimigo imortal*, tornou-se best-seller do *New York Times*. Apaixonada por explorar personagens e mitos do Leste Africano, seu trabalho entrelaça histórias negras com o obscuro e o fantástico. Em seu tempo livre, ela pode ser encontrada assistindo novamente a seus programas favoritos, que são os que o vilão fica com a garota.

Este livro foi composto na tipografia Minion Pro,
em corpo 11/16, e impresso em papel off-white,
no Sistema Cameron da Divisão Gráfica
da Distribuidora Record.